真武人间

一部描述真实武术的长篇小说

ZHENWU RENJIAN

郭捷 著

广西师范大学出版社
GUANGXI NORMAL UNIVERSITY PRESS
·桂林·

图书在版编目（CIP）数据

真武人间 / 郭捷著．—桂林：广西师范大学出版社，2012.12

ISBN 978-7-5495-3026-7

Ⅰ．真⋯ Ⅱ．郭⋯ Ⅲ．长篇小说－中国－当代 Ⅳ．I247.5

中国版本图书馆 CIP 数据核字（2012）第 288690 号

广西师范大学出版社出版发行

（广西桂林市中华路 22 号　邮政编码：541001
网址：http://www.bbtpress.com）

出版人：何林夏

全国新华书店经销

衡阳顺地印务有限公司印刷

（湖南省衡阳市雁峰区园艺村 9 号　邮政编码：421008）

开本：787 mm × 1 092 mm　1/16

印张：37　　字数：600 千字

2012 年 12 月第 1 版　　2012 年 12 月第 1 次印刷

印数：0 001~3 000 册　　定价：60.00 元

自 序

自动笔开始，想念着很多人。

良师、益友、好对手。

从开始练习武术那一天起，多有闻得“武术乃强力凌人、致人死命之技”的说法；又多有人教导，武术只是“强身健体”之术；或闻武术乃“悟道”之法，等等，不一而足。

想了很久，武术有何用？

往大了说，那是“今日一点心魂，昨日万里长城”，或者是传承国粹，或者是别的什么重要的传承，又或是守护什么重要的秘宝——这样的说法实在有许许多多，许多人嘴里常嚷嚷这样的话，可是我相信，他们心底的那个答案，以及练武的真正动机绝非如此。（笔者并非君子，谢谢。）

往小了说，人不外乎身躯与灵魂，在大千世界里先求得性命坚固，为自己与身边的人造就一份安宁福气。（做到这些已经挺不容易了，真的。）

左思右想，上面这些应该已经是武术在当今世上大多数的用途了。

而练武人自己呢？

几年前，我开始对“正信”这个词十分在意，佛门中“正信”指的是“虔信佛所说正法之心，此信心不因遭逢诸异道而稍生疑念”。

武术也该有类似的正信吧？那应该是一条通向自己本心，笔直而洁净的道路。

倘若是正信，不论最终成果如何，在人心里正面情绪应当会越来越多，而负面情绪则越来越少。

我遇到过许多练武之人——常年居住于寺院、道观的修行者；农闲时在田间地头苦练把式的农人；每日下了班便到拳馆报到的白领或工人；夜深人静时在地下通道里挥汗如雨的小卖部老板；擂台上光芒耀眼的职业拳手；擅长武艺、威武挺拔的军人；同学们每日在外玩乐，而自己却在出租房里站桩行拳数小时的学生，等等，各行各业，贫穷或富有，无名或显赫。

每个人都有些不想对人说的话，纵然对亲人和密友也一样。

但是每当用心去感受，我确实能觉察到他们充盈的内心，饱满的精神——虽然很多时候我并不清楚他们在想什么。

自己回头看看，这些年来，最想念最惦记的那些长辈、朋友，多数曾与自己拳脚相向。武术是很真实的事情，这种相互对打练习所建立起来的信任，最是难能可贵。人同此心，我想他们应该也是一样的。

而这些常年努力不懈的人，他们与人相搏向来得心应手、不骄不躁，打斗下手极是利落，却从未鼓吹过暴力、残忍、杀戮。平日里实战练习，那打得鼻青脸肿之后，又一块去吃喝聊天的，多是性善知己。偏偏这样的人，极少有劫难与恶事加身，像是冥冥中得到了某种庇护一般。

后来我与师父提及此事，他嘿嘿坏笑："你回头想想，与人比试，什么时候发挥得最好？当然是没有敌意的时候啦！想想当年初次见你的时候，你身心都像裹着厚重坚硬的铁甲，木桩一般，挨打的货，啊……现在打你不如当年痛快了，真怀念啊！"（居然怀念这种事情……）——幸好我一直依照着拳中法则，坚持练习。若是半途而废、急躁求成、动机不纯者，定然不会在听到这样的话后豁然开朗。

特此，我献上这些文字，除感谢教导过我的所有长辈，与我拳脚相向、互相勉励的好朋友，更重要的是，祝福所有的武人——发勇猛心易，持长久心难，练拳已是辛苦事，所以大家都要过得更幸福才好。

"都说祝人幸福啦！你写了那么多打法、练法又是哪种意思？"我的哥们卫峰和大头问我。

"两个笨蛋，给人祝福，当然要捎上些小礼物啦！要不跟节日短信群发有什么区别？真不懂事！"我骂道。

当然，还有那些尚武却还未付诸行动的人——我们等你们很久了，一块儿练拳吗？

作　者

2011 年 11 月

目录

1 ＞ 第一章 薪火相传
6 ＞ 第二章 识英杰东瀛试艺
11 ＞ 第三章 无比流轶事
16 ＞ 第四章 居酒屋遭遇战
21 ＞ 第五章 勇叔的道
26 ＞ 第六章 戴家心意拳内功
31 ＞ 第七章 武藏不败？
37 ＞ 第八章 武艺与国仇
42 ＞ 第九章 缠拳喂手
47 ＞ 第十章 抗日大刀术
53 ＞ 第十一章 无比流刀招——峰回九转
58 ＞ 第十二章 地藏院明心，武藏野见性
64 ＞ 第十三章 勇悍的暹罗武士
69 ＞ 第十四章 孱弱的善良佛子
75 ＞ 第十五章 好对手，好朋友
80 ＞ 第十六章 道爷风骨
86 ＞ 第十七章 格斗节奏
92 ＞ 第十八章 暹罗武神
98 ＞ 第十九章 泰拳之祖
103 ＞ 第二十章 大头的幸福
108 ＞ 第二十一章 殷鸿勇舞成文狮
113 ＞ 第二十二章 四把捶

119 > 第二十三章 老拳师的解脱
124 > 第二十四章 隔代传人
129 > 第二十五章 护手钺
134 > 第二十六章 新的因缘
140 > 第二十七章 豌豆公主的铮铮铁骨
146 > 第二十八章 难寻练拳地
152 > 第二十九章 重拾武心的军人
157 > 第三十章 金门高手，倾城尤物
162 > 第三十一章 初识中国跤
168 > 第三十二章 黑爷威武
174 > 第三十三章 受身
179 > 第三十四章 岂曰无衣
184 > 第三十五章 妙招“堕地炮”
190 > 第三十六章 十三太保
195 > 第三十七章 容光逼人的虎禅
201 > 第三十八章 真正的好弟子
206 > 第三十九章 蒙古跤手
211 > 第四十章 飞仙正、刺猿奇
216 > 第四十一章 胜负之心不可得
221 > 第四十二章 跤王的惨败
226 > 第四十三章 八卦释人身
231 > 第四十四章 “永不沾尘”作绝响?
236 > 第四十五章 回乡求助
241 > 第四十六章 无名炼体术
246 > 第四十七章 票贩
252 > 第四十八章 七爷
257 > 第四十九章 风雪猎场
262 > 第五十章 煞星的调教
267 > 第五十一章 华盛与东联
272 > 第五十二章 绝色逼人，妖女千红
277 > 第五十三章 问道真武，青山深处
283 > 第五十四章 苍茫紫宵近，梦醒白云间
289 > 第五十五章 洪门扎职

294 ＞ 第五十六章　那一酒瓶的风情
299 ＞ 第五十七章　苦行求精进，凛冽若孤松
305 ＞ 第五十八章　第一把刀
311 ＞ 第五十九章　双拳密如雨，快似一挂鞭
316 ＞ 第六十章　胤如受辱虎禅怒
322 ＞ 第六十一章　虎禅之母
327 ＞ 第六十二章　琴如其人
333 ＞ 第六十三章　人生的抉择
339 ＞ 第六十四章　好梦难圆，岁月无多
344 ＞ 第六十五章　铁刀断，因缘牵
350 ＞ 第六十六章　高三鹞子的关山老刀
355 ＞ 第六十七章　杀手阿信
360 ＞ 第六十八章　幕天席地的妖娆
366 ＞ 第六十九章　累劫之缘化何人，翻为苦相吝死生
371 ＞ 第七十章　色上一把刀，拳下不留人
376 ＞ 第七十一章　名医续武运
382 ＞ 第七十二章　彩衣捧砚催题卷，红袖添香伴学书
387 ＞ 第七十三章　月下持龙，骄阳似我
394 ＞ 第七十四章　相思断
400 ＞ 第七十五章　拢芳心虎禅下厨
405 ＞ 第七十六章　煞星酷刑
409 ＞ 第七十七章　辣手含恨为吾师
415 ＞ 第七十八章　愁入风尘愁更烦
420 ＞ 第七十九章　壮怀长剑歌作泪，玉骨将成泉下土
426 ＞ 第八十章　树海苦修溯祖风，林中销魂付终身
432 ＞ 第八十一章　拳法套子
437 ＞ 第八十二章　虎伏澄灵鼓角张
443 ＞ 第八十三章　豪杰相聚
448 ＞ 第八十四章　我的温柔，我的勇气
454 ＞ 第八十五章　平生苦战
459 ＞ 第八十六章　势如破竹
464 ＞ 第八十七章　孩子气的爹
469 ＞ 第八十八章　山河动八极，好汉终相惜

474 > 第八十九章　巫家单刀
479 > 第九十章　赎罪
484 > 第九十一章　君结绶之千里，惜瑶草之徒芳
489 > 第九十二章　友情的回馈
494 > 第九十三章　长在黑暗里的向日葵
498 > 第九十四章　和光同尘再无想，禅心随我共天翔
506 > 第九十五章　剑术拆字诀
512 > 第九十六章　试虎胆老剑逼命
517 > 第九十七章　我武惟扬
523 > 第九十八章　武心布施破愚顽
529 > 第九十九章　门生受辱，虎禅护短
534 > 第一〇〇章　聚财之人
540 > 第一〇一章　明王降罗汉
545 > 第一〇二章　风萧水寒，兄弟永诀
550 > 第一〇三章　山河动，鬼神愁
556 > 第一〇四章　邪道螳螂
562 > 第一〇五章　干臂即刚臂
567 > 第一〇六章　杀念无明，道师棒喝
573 > 第一〇七章　寻梦不恨天涯远，咫尺一趟归去来
578 > 第一〇八章　老少壮志不言愁，万里问路白云头

第一章　薪火相传

“那几年里，不该死的死了，我这本该死的却还活着，而且活得很长很长。”

活着好！要是不活着，我哪里知道自己的儿子、孙子会这么有出息，而我的曾孙更是把我湮没了多年的武者之心给重新点燃，让这点灰烬发出最后一点热力。

老人家叫岳文勋，今年九十八岁，很老了，脸上却透出红润，乱糟糟的胡子和向后梳得整整齐齐的头发，质地、光泽都十分饱满，仍旧是黑的多，白的少。眼睛眯成一条缝，乍一看，眼神有些混沌。但是你若与他的眼神对视得久了，却能感觉到老人家眼里细细的精芒能扎得你眼睛生痛，扎透你的身子，让人不由自主地想缩成一团。这种少见的搭配，看上去确实相当特殊。

他伏在案台上，一笔笔写着自己一生所学，以及自己一生中走过的路，生怕有半点遗漏，写几个字就停下来想想。翻过去的信纸已经积累了很厚的一沓，是很漂亮的旧体字，很少有人在那么长的文章中，还能一丝不苟地遵守书法中那提顿、藏露、方圆、快慢之道。

或许老人是不想给这件东西留下任何瑕疵，更重要的是对最后拿到这些文字的小家伙，这该是一篇完美的文稿，毕竟旧体字如果潦草了，读的人容易出错。

“虎禅去日本看望国忠，顺道做武术修行，等他回来，我把这篇文字交给他的时候，他会是什么样的心情啊？一定爱不释手，欢呼雀跃……总之，这小家伙的快乐，是我一生中最后的一种乐趣。”

老人拿起旱烟杆吧嗒几口，有滋有味地念叨着。

对于一个真正的武者来说，最重要的不是拳法的招式，不是什么内外功的练法，而是一个真正的高手毕生的练武经验。有这个作为印证，可以让后人少走许多的弯路，得到很大的启发。

“老哥哥们，你们输了，你们的功夫，现在早没影儿了，留下些不知道是什么东西的玩意儿。许多没摸着门儿的小辈也顶上了前人的名号，打起了祖先当年的牌子，扛起了先贤的大旗。没错，小时候，每次比武，我总是打不过哥几个，但是我活得最长，长到可以把当年我们的那些东西：练武、打斗、还有遇险护身的经验，完完整整地告诉我那曾孙儿。你们都别小气，我把你们当年的经历也一块儿写给了孩子。不管你们喜不喜欢我这么做，我想还是和当年一样——我铁了心要干的事情，你们总是能够接受的。瞧我老成这样了，还在跟另外一个世界的你们要小孩子的赖皮。人生下来的时候，一个孩子，什么都没有，单纯，现在什么都放下了，又单纯了，又像孩子一般，所以你们有脾气，等我过几年下去了，你们再冲我发吧。”

终于写到了结尾，按照惯例要写上落款，可是写上“岳文勋”好，还是……老人笔尖停在空中，他的双手，在他九十八岁的今天仍然饱满稳定，一生中厮杀、比武都鲜有差错，在做这个抉择的时候，却不禁微微地颤抖。

这些是为什么写的？为的是传承，还是为了虎禅？

“我这么老了，已经不想干什么大事了，什么风云沧桑、什么流派兴衰，都与我无关。倘若我的老哥们儿还都在世，那虎禅得被他们宠成什么样子？我还在乎什么？我是为了什么打破祖宗惯例，留下文字？若要单论及武术的传承，一代一代，那并不是形式上的教学，而是用心关怀着后代的成长，别人我不知道，也不想管，我关心的只是虎禅。”

老人深深地吸了一口气，终于落笔，犹如果断出招，写上了落款：太爷爷。

大洋彼岸，日本东京。

“虎禅！臭小子，才来半个小时就往外跑。”

“不是，我刚来的时候看到那边有个很朴素的武道馆。可有味儿啦！国内没有这样儿的。”

“不成！过来给爷爷点茶。”

“爷爷，你见哪个年轻人跑到国外旅行还待家里喝茶的呢！”

“你爷爷我不是年轻人，我不管，你要学学茶道茶德。这也是修行。修行又不一定要打架。阿勇！把他给我揪到茶室里来！”

常年跟随着岳国忠的亲信阿勇，手足无措地挠头。

“总裁，我完全打不过孙少爷啊……”

“嗯？跑了？他什么时候跑的？”

“总裁，孙少爷的身法一直是很快的啊……”

“早说了，这臭小子练武练多了，就是不学好！”

“不过话说回来，孙少爷调皮，我看您生气也生得很愉快。他不在的时候，您很少如此开朗。”

“哈哈哈哈，你们啊……罢了，晚上的茶会后，我跟虎禅吃饭。”

在日本，有许多很有名的武道组织：空手道的极真会、柔道的大道塾、合气道的养神馆等等，这些武道体系都不足为奇。而在许多小道场中，有些不出名的武道流派经营惨淡，有的小武道馆甚至入不敷出，还是馆长自己填钱撑着，来学的人也少。

但道场小，名气小，不代表功夫一定不行。有的是道场经营不善；有的是武道的体系不利于群体教学；更有的还守着武术界的诸多老规矩和古老而又确实很有效的训练方法，只是现代年轻人很难接受。比如在日本青森，据说有剑术流派的入门仪式还保持着歃血为誓的惯例。

还有的实战功夫，虽然厉害，却远不如经过修改的现代竞技化武术来得漂亮、潇洒、大气。比如现代剑道出剑走闪都很潇洒，手中的竹剑碰到对手就得分，显得十分的轻巧。但古剑道却不一样，如果没有裙裤的掩饰，下盘的动作就很大，招式看起来粗野蛮横，可是出剑劈斩、刺突的威力和实际对敌的效果，却是现代剑道没法比拟的。

这些年复一年守着自己小道场的人们，很少费心思去想自己的武道馆如何赢利、如何宣传，而是像老和尚坐苦禅，守株待兔般随缘，这更显示出武道对他们来说，已经是不需要去思考，没有任何怀疑地成了生命中的一部分，就像人们很少会去想“我为什么有两只脚？为什么不是一只脚，不是三只脚，偏偏是两只脚”一样。

所以与这些小道场交流，往往能获得十分独特的心得，受益匪浅。

虎禅转了老半天，好不容易才找到了刚才的那家武道馆。

里面传出道场师范讲解的声音。

“古代的柔术，是在战场上使用的，在刀或枪被砍断后，必须空手搏击。武士们都穿着‘胴甲’，脸上也有‘面颊’的保护，若是用打击技术，攻击效率很低。但因为关节仍旧能够活动自如，所以用柔术扭断关节的招式就特别地好用。因为是在战争中使用的武术，所以我们流派，包括其他的一些流派，将左手称为‘弓’手，右手称为‘马’手，意思是左手乃是持弓之手，右手则持马缰……”

虎禅听得入神，觉得这个解释挺符合逻辑，而且“弓手”与“马手”的名称也甚为精辟、罕见。

虎禅曾在日本陪伴爷爷两年，与当地人交往甚多，因此口语相当不错。

“外面的朋友，虽是站在玄关之后，也算是踏入了道场，你这样偷听很失礼。”

虎禅走出玄关。道场中几乎全是木质结构，墙上有些书法作品，其中最吸引目光的乃是一幅楷书，写的是俳圣松尾芭蕉所作俳句——长夏草木深，武士当年梦痕。

“先生，您误会了，您的见解独到，技艺想必也十分精湛，我怕打断了您说话，这不算一种失礼。”

虎禅虽然解释，但是却没有像日本人一样行礼，双手自然下垂，暗自放松身体，轻轻抻拔着肩背上的筋腱，这是交手比试前最好的准备。

师范年纪不大，看起来只有二十五六岁，不张口说话的时候，牙关就是紧紧地咬着，嘴角微微下撇，把鼻唇沟拉得很深，这样的表情动作使这张脸看起来坚毅、顽固、严厉、学究，特别不讨人喜欢。

咬紧牙关，是格斗的基本准则，下巴被击打后不容易脑震荡，而牙齿时常紧扣的人，往往性格坚毅，手脚麻利。平常总是下巴放松、嘴巴略张的人，往往智弱心慈。

师范上下仔细地打量着虎禅。

“原来这么年轻。看你的肩背沉坠，厚实浑圆，双臂柔活，定是经过长期的修炼，并非寻常之辈，而在我们这陈旧的木地板上也行走无声，足见身手不凡。

请问是何流派的修行者?”

“嗯,中国的太极拳,还有心意六合。”

“噢!太极拳!我奶奶也练……”

道场中的一个弟子一边跳舞般地比划着,一边呀啦呀啦地唱歌。其他的几个跟着咧嘴笑起来。

“住嘴!”

师范低声斥责,场面顿时安静。

只有自己亲身多年苦练,有相当见识的人,才能够从身体线条,骨相,走路姿势等等,大致评估对方曾经付出的努力和现在拥有的实力。

“我是这里的馆主兼代师范,本多英明。”

“我叫岳虎禅,中国人。”

“年纪轻轻,筋骨受过如此锤炼打熬,绝不会是寻常的健身太极拳。寻常的健身武术,是没有筋骨功夫的,他练的很可能是用于实战的拳法。还有那心意六合,是凶名远播的拳法,早年听师父说过。只是心意六合拳的流派很多,不知道这少年练的是哪一种?”师范快速琢磨了一会儿,没理出有用的头绪。

“愿意试合吗?”本多先发制人地询问对方意见。切磋比试,在日本称为“试合”。

实际上本多英明知道,问了也是多余,对方就是来找对手的,只不过由自己先开口,纵然失败,也显得更具有武道家的热诚与豪爽性情。

“请多指教!”虎禅早在等着这话,立刻回应。

虎禅也不摆起手的架势,身体自然站立,两脚分开与肩同宽。这个姿势是武术中最初的姿势,也是最难的姿势,在中国武术中称为“无极势”,在日本武术中称为“自然体”。初学的时候,站这个姿势,需要安定心神、放松身体、端正身架并且调整气血。据说在武术达到很高的境界之后,这是一个没有破绽的准备势。

“注意了!”师范后脚一蹬冲向虎禅,发力之时,踩出很豪迈的撞击声。双掌一前一后,手指略勾,举在胸口高处,一手向着虎禅的腰带处抓去,一手直接抓取虎禅的中门。

第二章　识英杰东瀛试艺

“总裁,恕我直言,为何不让虎禅来日本读书呢?您看国内那些家长可着劲地把孩子往外送。而且把他接到身边,也省得您老成天惦记。”

“父亲在国内,他九十八岁了,现在唯一的乐趣就是跟虎禅混一块儿。我这忙,父亲闲,忙了就不会惦记那么多,闲了才会发慌。要是给老爷子知道你出这主意,瞧他不用旱烟杆敲破你的头。哈哈!”

阿勇眼睛向上瞟,摸摸头,仿佛老太爷那赤铜烟杆已经举到了自己头上一般。

老爷子那铜烟杆儿,多少年了都不换,除了平日抽上两口,当年也是拿来代替点穴橛捅人,当兵器使的。

“只是,总裁,我稍微查过虎禅将要就读的那个学校,并不是什么好学校,学校的整体师资不强,而且校园风气不太好,您何必让他在国内读这种学校呢。”

“你可真上心哪,其实读什么学校都是一样的。你懂得关心虎禅,我这个当爷爷的难道会不懂吗?我也调查过,还调查得很仔细。师资、校园风气、就业率等数据,这是蒙混人的,你看看每年来我们公司应聘的,有多少名校的学生被我刷下去。一个人要想真正长大成人,首先就得有三个基本要素:良师、益友、好对手,这三个条件,那里都拥有了,还有什么可挑剔的呢?我这孙子,好就好在本真本性,要让他来这儿读那些个贵族学校不难,但是老太爷、我、还有殷鸿,都不喜欢那样的地方。住着最好的宿舍,还有那一层漂亮的校服,严谨的礼仪,权威的教授,看起来高高在上,但也许几年的时间,只能给人披上一层看起来还不错的皮。强人是在真实的泥土里滚打出来的,那些贵族学校或许能教出聪明自信的精英,但是我不认为他们能教出百折不挠的强人,而且咱家的人,谁没经历过点不一般的风浪，风气不好，环境不好，最是考验人，何况虎禅自己也未必愿意跑到这儿来读书啊。阿勇，你从前不也有段不一般的经历吗？”

沉默了一会，阿勇低下头，细细地思索。

确实如此，从老太爷，到自己跟随了二十多年的这个株式会社总裁岳国忠，到虎禅的父亲岳殷鸿，都是少见的杰出人物。

如果说世界上的贵族、精英，都如钻石一样的耀眼，这祖孙四代人，则有泥土一样淳朴的本质，其价值，像是经过匠心独具的名师雕琢之后，再入烈火烧炼而成的珍贵白瓷。历经岁月考验，看似朴实无华，实际价值却可能远在钻石之上。

这应该就是大巧若拙。

到底是什么样的教育，能教出这样的人呢？

“我也是父亲教出来的，没人比我更清楚老爷子。现在的虎禅，看起来多有活力啊！”岳国忠微笑地看着阿勇。

道场中，虎禅迎着猛冲上来的师范，脊背弓起，手指略屈成爪，肩背臂膀恍如被溅上火星一般，没有任何预兆地惊弹而起，如猫一般伸展开，闪电般向师范的脸上抓去。

心意拳讲究“身如槐虫”，一弓一伸，一起一落，一束一展，脊椎以及各个骨节都圆活无碍，所以这弓身缩身的动作，是心意拳的身法大势。又有十大形拳，分别以十种动物的神韵与运动特点为其精要，这一惊乍，一把抠上脸，便是十大形的猴形。

不管多厉害的高手，脸上弹指间被人挠一把，都要吃一惊并且回防。

中国山西戴家心意六合的身法、手法讲究形如鬼魅，就是要一惊一乍地给对手捣乱，打击心理盲点，打得对方如见鬼一般。

果然不出所料，师范立刻回手格挡，两人手搭上了，虎禅脚下立刻穿插，转成武当拳的圆转大气，向着师范的偏门走去，两手粘压住师范的双手，脚下步子丝毫不断，师范用力伸手抓拿，虎禅便侧身让过，脚步不断地走圆、转折，并牵引、压制着师范的双手。师范每每要抽手摆脱虎禅的压制、粘连时，虎禅便一脚大步跨出向师范的两腿之间插去，整个身体向对方怀里挤进，用短劲挤靠，并用肩头撞向师范的胸口。本多师范略退了小半步，给自己一个重整攻势的机会，双手向虎禅的脖子回抱，准备跳起来使飞身十字固，用两腿缠住虎禅的腰，再扳倒在地上进行绞杀。可是虎禅身子猛地一缩，脊背弓起，身体像是缩成一只比原来的自己小了三分之一的猿猴，本多师范抱了个空。虎禅缩身的同时，头撞向师范的胸口，双手把师范的两腿一抽，一声闷响，师范一屁股坐在地板上。虎禅知道对方如果倒地，很可能使用柔术的“寝技”，也就是地面绞杀技术，既然是“试合”，也不好意思随便使用重手狠砸，或者抠抓撕扯。于是在师范失去重心的同时，虎禅本已缩成一小团的身体，奋力一纵，远远跃开。

师范很快地站起来，向虎禅鞠了一躬，脸色也比刚开始的时候缓和了不少。

“你是个好手，我的眼光不错，已经值得高兴。这次交手，使我受益匪浅，还愿意继续吗？”

日本的武道家，一向佩服有实力的人。不光是武人，不论你是哪种行当，只要有一项超越普通人的本事，他们便很容易打心眼里对你生出尊重。

“本多师范，你人不错，试合吃亏了不生气，我当然也愿意奉陪，请指教。”

“这回合我们也试着用一用‘当身’技吧？”

“当身”技，在日本的武道里，是指用拳脚直接打击的技术。

“好的，开始吧。”

这回师范用脚趾抠着地面，慢慢地向眼前的对手靠近，而虎禅则是原地立个门户，左手掌心向下，抬到胸口高处，指尖微屈，指向对手。

搏击格斗中，距离感十分重要，这几乎能影响所有攻防的效果。

而在虎禅和师范之间，两人已经确定好了自己的有效攻击范围，这个范围几乎是一触即发的。

虎禅开始略微地后退，师范一见对方后退，心知对方很可能是心里受到压力，气势衰弱，从而开始退却。

师范绝不放弃这个好机会，突然进步侧身，闪向虎禅的左侧，用身体靠住了虎禅的左手臂，让虎禅在这一瞬间无法出手，好加以进攻，用的是柔术中“入身”的步法，然后右脚向虎禅的踝关节钩挂。

谁知刚挨上虎禅的身体，忽然一空，虎禅又退了，下面钩挂的脚也踢了个空。

虎禅握掌成拳，一捶砸向师范的脸。

“这拳力道是不小，但是预兆未免太大，速度也没想象中的快，我能抓住他的手臂。”

师范在一瞬间中估计好形势，立刻伸出双手抓住了虎禅的手腕，猛地拉扯虎禅的重心，准备转身将虎禅投摔出去。

这时虎禅向前轻跃一步，反抢到师范的面前，眉心一蹙，牙齿一咬，一股狠劲冲上来，又坠又沉的右臂，微微抬起右掌，向着师范的手臂抽砸下去。

师范一看虎禅这个表情，登时头皮发麻，忽然想起了很久以前，自己长辈的一个叮嘱，接着手臂上一阵透骨的疼痛，不由得“啊”的一声叫出来，捂住手臂被砸中的地方，立刻拼命后跃，退得老远，避过了虎禅继而铲向他小腿胫骨的一脚暗腿。

“本多先生，得罪了。”

虎禅拱手行礼，道场的学生一股脑儿跑上去，向师范询问是否伤重。

“好厉害，一开始的退后，打出的重拳，都是请君入瓮，最后的一个劈砸才是目的，兵法运用居然如此娴熟，让人想起二天居士碑上铭刻的话‘随机应变者，良将之达道也’。”

本多师范边说边满头冒汗，透骨的痛虽然稍微减轻了一点，但是也让他心跳加快，面色发青。

“先生，不介意的话，可以让我给你推拿一下吗？如果留下瘀伤就不好了。”

“当然，能领教武术之外的推拿手法，求之不得。”

因为是试合，虎禅虽然打得认真，但用的是磕砸的劲道，并不甚重，没有伤到筋骨，用烧酒揉搓了一下，本多便已活动自如。

“不知是否方便透露你所练拳法的确切流派?”

“我所学的太极拳来自中国武当山，心意拳是中国的戴家心意拳。”

“难怪，我早年听老师说过，中国的戴氏六合心意，不同于当代所见的功夫，与现在所说的刚猛、柔化的功夫都不一样，带有以前老拳法的古朴、阴狠、诡诈，动作看似阴柔，且不美观，但是既锋利又巧妙，出手的目标都在人们的心理盲点上，所以有‘形如鬼魅’之说。”

本多师范略微沉默了一下，用赞许的表情看着虎禅。

“拳法好坏尚在其次，难得的是年纪轻轻对兵法运用得如此深刻，提前两三手就布下埋伏，引我入瓮。”

虎禅很迷惑，虽然曾经也读过《武经七书》，但对于“兵法”运用于打斗的说法，从前确实还未与武术技击联系起来。

“本多师范，我确实不知道如何使用兵法，我脑子也没转得那么快，我方才只是运用了我们武术中的‘引手’的打法。在不知道如何攻击的时候，用一定的经验向对方击出一手，让对方做出动作后，再进行相应的变化。比如，我打击你的裆部，你就一定会略微弯腰，露出头脸或胸口的空门；我的拳如果慢了、预兆大了被你看穿，按照你的功夫特性，你就一定会抓住我进行投摔，为了确保你一定会抓我的手，我打向你的方位，是你最容易抓住我的方位，依据这样的固有模式，进行攻击，那就是引手的打法，这些都是师长们教给我，并让我不断对打练习，熟悉人的本能反应和身体运动特征之后，才能将‘引手’运用自如，我自己并没有在瞬间思考出好几步计策的本事。”

“原来如此!”本多师范恍然大悟，表情却变得更加惊讶。

第三章　无比流轶事

“你的长辈们给你留下的经验？那么你一开始的后退，露出破绽，就是为了让我抓住你，你便可以更方便更准确地劈砸我的手臂？”

“嗯……可以这么说吧。”

“岳君，汝门中师长的经验，实在是非常了不起，而你敢于选择捕捉我抓你时的瞬间停顿，你也十分有勇气。”

“谢谢，倒是今天击中馆主，十分过意不去。”

“哈哈，请你完全放心，我们这一流派与别派不同：我们的祖先都是在败中创招，人只有经历过失败才能发愤图强；如果一心只想着胜利，那么人在武术修行的路途上，就已经失败了。”

本多师范开怀大笑起来，与先前那张顽固、坚毅的脸相比，虎禅感觉实在有些诧异和高兴。

“我们无比流的创派祖师，是在关原之战中活下来的步兵队长。战争之后，游历天下，最后留在一座寺庙里参禅，参是‘无始无终’的话头。之后每代的传人，只要与人交手之后还活着，就会把曾经战胜过他们，或者对他们产生过威胁的招式、打法给好好地记录下来，现在，我们依旧会做这么一个工作，只是现在的实战机会并不如从前多了。日本的武道馆看起来很多，但是许多人却是叶公好龙，学习武道的动机和持久力不太好，所以如今我也没有为我的流派奉献多少记录，不过今天我却有了珍贵的经验。”

“这败中创招，并不是一般人可以做到的，忍受失败，甚至根本不在意失败，一次次跌倒，一次次爬起来，每次爬起来就变得更加凌厉，尤其是将自己的失败经历也留传下去，这不是寻常人可以拥有的气魄胸襟。”虎禅不禁心里犯嘀咕，但是却也带着敬佩的感情。

在中国武术无数个流派的历史上，每一派每一代的拳师，都只有自己战胜的记录，几乎从来没有自己记载、公开自己战败的先例。一生不败？这是白日做梦！

“不过，我仍旧建议你可以再加以学习兵法，我国历史上的剑圣宫本武藏所写的《五轮书》，在日本相当的普及，可在中国似乎看的人并不多，这部书对世界的影响相当大。如果你仔细研读，一定会有所获益的。”

“剑圣……《五轮书》……”

虎禅在心里默默地记忆，虽然曾经听说过宫本武藏其人，也知道是个非常厉害的剑道宗师，但是并没有更多的关注，觉得始终比不上中国历代的拳法先贤，不过既然馆主这么说，这部书应该可以为自己注入一些新的知识。

“这样吧，我这里有一本《五轮书》，就送给你吧，以后若有机会，我还很想向岳君多多请教。”

“这真是最好的礼物，那实在是太谢谢您了。”

这时候，虎禅的手机响了起来。

“虎禅啊，别玩太晚啦，晚餐爷爷跟你吃烧肉！吃完饭我让你勇叔带你四处逛逛，早点儿回来！”

“嘿嘿，好的，我现在就回去。”

虎禅挂了电话，向本多师范行礼。

“多谢您今天的照顾，我得回去了，我回国之前一定再来拜访！”

“自然欢迎，我也有希望继续请教的事情，请不要让我留下遗憾。”

“喂！勇叔，等等我！肚子太饱，走不快！”

“叫你别吃那么多嘛，我去准备车，带你去转转。”

“歌舞伎町？”

“噢，那可不是你这小孩该去的地方！小孩子家怎么色眯眯的！”

“勇叔，别装了，你一定是常去的！”

“这个嘛，有时候办事的时候偶尔会路过……而且我是大人嘛！”

“那我们今天也会路过一下，对吧？要不我告诉婶婶你偶尔会去！”

“哈哈,我可不上当,而且你就算去了,最多也就是过路看看。要是你真跑去玩了什么出格的,给总裁知道,我这小命儿可就玄乎啦!”

“那带我去找一款游戏好吧,日本出了,国内还没有。”

“什么游戏?”

“新上市的《铁拳 TT》,还有《VR 战士》,还有很多。”

“对啊,铁拳可是世界上最好的格斗游戏,动作制作十分真实。里面好像还收录了中国五形八法拳,洪拳,心意六合拳。VR 战士里收录有八极拳,你看中的是这个吧。”阿勇虽然已是中年,但是由于身在日本,对这类游戏的宣传还是见得很多。

“不光是这样,我对国外的搏击术也很喜欢。有些时候简单的搏击,比传统武术的大势,用起来会感觉方便一些,比如与并不厉害的人,或者与普通流氓发生冲突的时候,不需要下太大功夫,快速简便一些,比较省事,而且铁拳游戏里武人的招式都很别出心裁呢。”

虎禅的传统武术训练根正苗红,受武当玄武派道人的严格教导,同时,所学的戴家心意拳又是十分罕有的拳种。这些功夫通常对“拳架”,也就是一门功夫的基本身法,要求极其严格。

对于各种古武术来说,拳架好不好,在很大程度上决定了练习方法是否正确,甚至决定着功夫能练到什么地步。有很多身体需要遵守的细节,当你习惯了这些细节,并且长期练习,身体出现了改变之后,就会十分适应你所练习的这门拳法,打斗起来运转无碍。

但是这些武术的修行过程却是相当苦闷。曾有武术家说,练武是愉悦的。对于愉悦,许多人就理解成了懒懒散散,想练就练,不想练就不练,或者是寻找轻松的舒适的方法练拳。这都不是正解,武道之愉悦,是苦中作乐。

清代张潮《幽梦影》中曾有言:寻乐境乃学仙,避苦趣乃学佛。

练武的趣,肯定是苦趣,是在经过长年累积功力之后,发现原来做不到的,现在可以做到了,原来不敢想的,现在在自己身上出现了。这种进步的实质感给人的愉悦才是真正的愉悦。

这样的武术练习极其严谨,一丝不苟。

而虎禅虽然武术底子不错,但是全身的细胞里都充斥着自由自在的能量,所以就是在武道修行中，也不禁喜欢涉猎许多流派的功夫。

而出门寻访各类武术的过程，是很重要的武术修行。每个武者的经历，独特的武术风格，常年练武得出的实践经验，都是十分珍贵的。

“勇叔，这个给你。”

虎禅从随身的大腰包里掏出一个四寸来长，直径大约一寸半，两头磨圆的粗木棒。

“这是什么东西？”

阿勇瞟了一眼，继续开车，感觉似乎没看清楚，又多看了一眼。

“这个叫虎口棒，我自己做的，一个练功的小玩意儿，没事儿的时候两手的大拇指和食指握住两端，前后反向不停地拧，长期练习可以提高你的撕扯抓扣的力量。虽然说‘尚力非拳’，但是对于你的功夫来说，指力握力越大，当然是好事。为了让这个棒子光滑合手，我还事先用了段时间。”

“嘿嘿，谢谢孙少爷啦，这么大老远带过来，我很喜欢。”

“勇叔，别叫我孙少爷啦。你看着我长大，跟我叔叔一般，还是叫我的名字吧，亲切得多。”

多年跟随虎禅的爷爷，风风雨雨都过来了，甚少有什么事物能让阿勇特别动心的，但是唯独这个最“贴心”的少爷，每次从遥远的故乡带来的一点小礼物，充满着特别的心意，对他来说弥足珍贵。

除了满街日文招牌和不时上来拉客的妈妈桑，单论繁华，国内像这样的城市街道并不少。不过这条街道上漂亮女人的密度太大，虎禅看得垂涎三尺。阿勇看着虎禅这样，笑得十分开怀。

“虎禅，你信不信，这个世界上有名的色情场所与佛有缘？”

“佛？怎么会啊？欢喜禅？”

“哈哈，说的什么瞎话，哪儿学来的！你知道‘出云的阿国’吗？”

“当然知道啊，在漫画里看过，漂亮得很啊，要是有那样的女人，我都想讨来做老婆！”

“最早的歌舞伎舞蹈，是念佛舞，供奉佛祖的，直到出云的阿国，将念佛舞变得十分有风情，慢慢地这歌舞伎的概念才变得越来越香艳。”

“这个缘分拉扯得太远，有点牵强吧！”

“嗯……是有点远，但是根源还是来自念佛舞啊！”

一般男人逛街从开始到结束的时间很短，再加上两人的脚步都十分迅疾，没多久就走了一大圈，阿勇提出在一丁目的传统居酒屋喝两杯，那地方安静。

阿勇每次见到虎禅，都能跟他很好地聊聊拳法，也喜欢将很多新奇的事情给虎禅说。虽然虎禅年纪不大，一个月前才满十八岁，但是自有一股豪杰之气。抛开家族尊卑不说，岳国忠总裁与阿勇，阿勇与虎禅，都是感情深厚的莫逆之交，总裁的儿子岳殷鸿更对阿勇有过大恩，使得阿勇一心一意跟随着这个家族。

爷爷也并不介意阿勇跟虎禅喝酒，这小鬼酒量是天生的。

更重要的是，这两个人的食量都是无底洞，一大圈晃荡下来，又想找东西吃了。

“这家居酒屋我常来，串烧和烤牛舌做得很特别的。”

虎禅掀起布帘，居酒屋里的灯光十分温暖，大部分是木质结构的装饰，显得古旧而又温馨，里面稀落地坐了些客人。

“欢迎光临！”

“勇叔，你常来的原因肯定不是串烧和烤牛舌。”

“那是什么？”

“门口招呼我们的店员，很迷人呢！”

“嘘！别那么大声！除了女人，不能说些别的吗？”

阿勇跟老板十分熟悉，一边打招呼一边带着虎禅走向里面的座位。

老板五十来岁，一团和气的笑容下，藏着对自家菜肴味道的骄傲。

“哎！”

走过一桌食客的时候，其中一人手握酒杯一挥，手臂碰在了虎禅身上，酒杯摔碎在地上，虎禅本能地侧了一下身，用胯撞上对方的小臂，自己没被酒泼着，倒是洒中了身后的阿勇。

“混账小子！你干什么！”

手脚暴躁地舞动，把酒泼在别人身上的家伙反而大声发难。

第四章　居酒屋遭遇战

阿勇走上去，把脸贴近："流氓是吧？骂什么呢？试试再说一遍！"

对方同一桌的其他四人也站了起来。

"虎禅，你先出去，这里我来解决。"

"嘿嘿，勇叔，你忙你的，别管我。"

五人逼近阿勇，试图给阿勇一点压迫感并且阻碍阿勇的视线。阿勇身体很壮，骨架非常大，筋肉也相当厚实，一般人接近了以后，要仰头才能瞪着阿勇的脸。

阿勇忽地转身，弓步前冲，脚踏对手中门，双掌手指撑开，猛地向刚才第一个开口骂人的家伙推去。

这一推，还有名堂，带着双掌上搓的走势。

没有半点拳法根基的对手，双脚离地腾空，直向门口飞去，屁股着地时，发出一声短促的闷响，这种声音表示这一跤摔得相当重。

包围圈一打开缺口，阿勇立刻两步跨出，转身看着剩下的四个人。

那四个人一脸惊恐，大概是见过把人打倒的，还没见过把人推飞的。

事实上在武术中，只要有一定的功力根基，用一点不算复杂的技巧，把没有丝毫武术根基的对手猛地推飞出去并不是件难事。

这时候，其中两个人似乎脑袋开窍了，盯着虎禅。收拾不了那个壮汉，这个少年还是可以收拾的，猛地一拳向虎禅挥过去，另一个抓起桌上的一个酒瓶子，敲碎半边当武器，也跟着冲上去。

"你们真会挑人啊……"阿勇嘴一撇，一脸的苦相。

回看虎禅的脸，忽然变了，不再是孩子气的嬉皮笑脸，而是眉心紧蹙，牙齿紧扣，大步向最接近他的对手跨出，身子一缩。

在对手眼里，冲到自己面前的少年忽然不见了。

中国武术中故老相传，有所谓的“心法”，“心法”不是内功，也不是外力，更不是招式，而是在打斗时所要遵守的一些身体法则或者心理法则。只要遵守了这些法则，打斗时的攻击、防御或者闪避，都能收到更好的效果。

虎禅的脸一变，即是心意六合拳中所说的心法之一：“眉心蹙者，心最狠也”，再加牙齿紧咬，能咬出一股决断的狠劲。蹙眉、咬牙两个动作一结合心里就一急，将身子突然缩到对手身前，造成了对手的心理盲点，似乎面前的人忽然消失了，贴近挤住对手，对手身体重心偏移，手上便无从用力，这时候虎禅就成了箭在弦上不得不发之势，下面接着的，理所当然就是猛烈的攻击。

虎禅身子缩矮的同时，左拳已经轻轻捏成空心捶，手臂弯曲，肘尖向前，如抱头般，顶撞对手的同时，护住自己头脸，忽然身体猛地撑开成弓步，轻轻捏住的左拳，拳锋对准对方的脸面如刀一般斩落，此招是心意六合的“单把”。

对方脑袋一晃，身体一软，向地面躺去。

后面跟着冲上来的家伙，看见自己同伙还没弄明白怎么回事儿就躺下了，赶快刹住车，刚要撤退，虎禅两步斜走早已冲到了他身体侧面，用手掌掌根对着对方下巴，向上用力一推撞，干净利落。

对手只觉得脑袋闷响一声，舌头剧痛，口中冒血，两眼发黑，颈椎骨骼响了一声，便瘫软着躺在地上，脖子拧在一边儿。

人对自下而上的近身攻击，十分容易出现不知所措的情况，在一瞬间里，很难进行防御。就像这几个流氓，拥有一定的打斗经验，懂得进退，懂得挡架，但是仍然不懂得“起落”。

阿勇分别对还站着的那两个跟刚才跌出门口的人招招手：“你们快带着朋友离开吧，要不一会儿他发了脾气，你们可就惨啦！”说着，指指虎禅。

“老板，这……十分抱歉，在你这里动了手，真是过意不去。”

“阿勇啊，别多想，又没打坏什么东西，收拾一下就好啦。不过话说回来，平时你来的时候，也曾遇到过有人闹事，你没有出手，这回你却没多解释就动手了，这孩子对你应该很重要吧？”

“啊！哈哈！这个是我侄子，从中国来的。”

“难怪，好像还练过中国拳法呢，可真不多见。犬子也喜欢这些，将来有机会你们可以好好地聊聊啊！”

“咦？老板的儿子修炼武术？”

“是啊，练的是柔术，在东池袋附近还有道场呢！”

“咦！东池袋的道场？老板……”

忽然门口布帘被猛地掀起，听撩起布帘的声音就知道力道不小。

“爸！有人在这打架？”

“别一惊一乍的！没有！”

“可对面卖糖水的阿伯打电话给我说有人在家里打架！”

“嘿嘿，已经被你勇叔赶走啦！原来你勇叔也会拳法。”

“勇叔也会拳法？咦？岳君！”

“英明君！老板的儿子原来是你？”

“你们俩认识啊？”老板奇怪地问英明。

“你和勇叔也认识啊！”英明惊讶地问虎禅。

“对呀，今天下午，我到英明君的道馆去参观……英明君，这是我叔叔。”

“原来如此！”

“参观？真的只是参观？”

阿勇斜着眼睛瞟着虎禅。

“啊！我们两人有实战比试！”本多英明先坦白出来。

“真是有缘，烤牛舌和串烧好啦，再吃吃看我新研究的炒饭，这个算我额外奉送的。你们边吃边说吧！英明，去给勇叔还有你的朋友拿点儿啤酒来！”

虎禅将刚才发生的事情，给英明仔细叙述一遍。

“这些人是歌舞伎町横行霸道的流氓，偶尔会来喝酒闹事，我们又不能赶走上门的客人。我几次想发火，老爸都把我撵出去，尽说些歪理，什么‘人只要吃到好吃的食物，就能心情爽朗’之类。”

英明愤愤不平地说，完全不似在道场里的那张坚毅、顽固、严厉的脸，恢复了年轻人特有的洒脱开朗。

“勇叔，我老早就问你会不会功夫，你总是说不会！今天可穿帮了啊！所以说，不要小看年轻人的眼光！”

英明开始兴师问罪。

“嘿嘿……”阿勇不好意思地笑笑。

“勇叔，你是什么流派的？虎禅是跟你学的吧？”

“不是，虎禅的功夫比我好很多，我练过中国的摔跤，还有十路弹腿，都是简单的功夫。”

“怪不得你身体结实成这个样子，简单的功夫更注重基本功的深厚！”

“对啊，刚才我亲眼看见阿勇，把人推得飞出去！”老板发话了。

“那可不得了！不用任何技巧？光用力道？”

……

都是武者，很容易找到话题，气氛一直都很热烈。阿勇希望早点带虎禅回去，因为岳国忠总裁大概还想有多点时间看着自己的孙儿吧。

“老板，谢谢您的款待，英明君，我们也该回去啦。”

“嗯，有空常来！”老板还是一如既往地关照一声。

“勇叔，虎禅，有空的时候请务必再来我的道场！”本多英明深深地鞠了一躬。

“我们一定会再去的，先告辞啦！”

回家的路上。

“虎禅，似乎你又交到好朋友了。”

“是啊，爷爷说的，良师、益友，都不可或缺。”

“一年不见，你功夫也厉害了很多，下手也狠了不少。”

“师父教我，下手干脆利索，看起来挺狠，实际上却更容易控制打击力度，而且对自己也更安全。纠缠久了，一不小心，就会发生不好预料的事情，使得打斗的力度更大，造成双方的伤害也可能更大。我实践了几次，确实如此。”

“那倒是，当年你父亲也给我说过类似的话。”

“勇叔，这些天如果哪天有空，我们再一块去一趟英明的道场吧？”

“你要我有空，我当然就会有空，你开了口，总裁难道还会不给我放假吗，哈哈。”

“我想接触些日本的剑术。”

“当然好啊！”

阿勇将虎禅送到了岳国忠总裁的住处，自己驱车回家，他的家不远，离总裁的住处只有三四公里。

“惠津子，我回来啦！”

“怎么这么晚才回？”刚一进门，阿勇就被老婆横眉冷目地质问。

“虎禅今天早上到啦，我晚上带他四处逛逛。”

“原来是这样。”阿勇的妻子惠津子舒展开眉目，又凑近阿勇嘴边嗦嗦鼻子。

“你该不会是带虎禅去喝酒了吧！”

“不用这么严厉嘛，虎禅长大了啊。你是不知道啊，在咱中国，很多练武的孩子老早就知道喝酒啦，哪有这里管得那么严的！而且，他也满十八岁了嘛。”

“什么歪理！他还是孩子，不能喝酒……”

“行啦，总裁和殷鸿大哥也不怕他喝酒，孩子也大了，自己有分寸，你也不用想那么多！好啦，我去练武房锻炼一会儿，你帮我准备洗澡水。”

阿勇老婆虽然严厉，但是很漂亮，而且把家里的生活管理得井井有条。一般阿勇忙完公司的事情，剩下的时间就可以练功、读书。

每天的武术修炼，对于阿勇来说有特别的意义。他到了这个年纪，已经不想再跟谁在拳脚上争雄，只是不断的修炼，可以保持自己的意志和气势。

不论是为公司谈判，还是外出办理各种事务，个人的气势、忍耐力、胆色，往往也成为成败的关键。

阿勇的练武房有五十多平方米，不算大，但是在这寸土寸金的地段，已经算是奢侈了。

练武房的装饰十分简单，地上铺着传统的竹地板，只是墙边摆放了一尊十分古朴的仁王石像，线条粗犷，整体看上去又不失细腻。

将十路弹腿抽出“冲扫”“拉钻”“转环”三路，反复练习了二十来趟，身体微微发热，之后，阿勇两脚并拢，站直了身体，两臂伸开，手指伸直，掌心向下，眼睛眯成一条缝，静了心，整个人就像十字架一样，一动不动地站着，十五分钟不到，阿勇额头和脊背上就沁出了细密的汗珠。

第五章　勇叔的道

这种练法，叫做通臂功，既简单，又实在。

在静止坚持的过程中，肩背力道得到相当大的锻炼。虽然是静止不动，但是因为身体筋腱的拉伸，练完之后两臂会更加灵活，而且手指力量也会得到相当大的提升，日益强健。

只是练习的过程中，一般人坚持不了几分钟，两侧臂膀便酸胀难当，越坚持下去，越是难忍。虽然是简单到极致的练法，但是却没多少人能真正完成这门功夫的修炼。

对于阿勇来说，练武的过程，更接近于禅定，都这个年纪了，练习武术拳脚，并不是想靠武力击败谁，也不想达到多高的武学境界。

但是这比佛门修行中观察尸体逐渐腐烂的白骨观，更加难耐。

两臂是自己的，酸痛难当，其实可以选择不坚持下去，只是对于武者而言，这种痛楚，却是心灵的补药。

时间过去了将近一个小时，阿勇深深吸了一口气，慢慢呼出，两臂落下，缓缓握拳，算是告一段落，身上的汗水开了闸似地沁出。

通臂功的练习坚持了将近一小时，足见阿勇之臂力以及指爪之力非凡。

阿勇的武术，主干内容全是由马步、正拳、简单的踢腿等最简单的武术动作组织起来的，这些练法和招式，放在任何一个武术派系中，都只是基本功。

但是很多武人都知道，一招拳法，只要能成为一门武术的基本功，就说明这个招数无比的精要。

基本功的锻炼总是最枯燥寂寞，人在寂寞的时候总是盼着热闹，于是就开始寻找更快的、更复杂的、更华丽的功夫，然后忘记了自己来时的路。

日本商人的个体素质，包括思维、能力、创新精神，在全世界都不算是出类拔萃的，但是当他们处于一个团体中的时候，就拥有了强烈的责任心、归属感、忠诚。不论多么优秀的人才，只要不适用于自己的团体，便不会受到接纳，都要被剔除。

就像修垒筑城墙一般，不论多坚固多漂亮的石材，只要形状不适合，便绝不能用。

他们每个人都互补不足，团队会将最坚韧的耐心加注给团队中的每个人，慢慢地跟对手磨，慢慢地跟对手泡，敌进，我退，敌退，我慢慢逼，每次与他们在谈判桌上交锋，感觉就像是苍蝇掉进了蜂蜜中，无法张开双翼，活生生地憋死。

通过武术中的基本功锻炼，阿勇懂得了等待和忍耐，意志就如他那蛮牛般的身体一样坚韧，耐得住对方的死缠烂打。

阿勇放松身体，抖松几下，两脚前后相距一脚，半开立、坐胯，两肘外张，双手握拳，如牛角般地顶向前方，每前进一步，两拳放松，缓缓落下，再随着脚步前进慢慢向前顶出，拉伸自己的肩背。

这是虎禅教的练法，得自民国时一位名叫薛颠的形意拳大高手流传下来的"象形术"练法，其中一篇"牛象"，可将筋骨撑拔拉伸。在国术中有所谓"筋长力大"之说，牛性内柔而外刚，久练之后，不仅下盘如生根一般，还可以成就出牛一般的大力。

阿勇觉得效果确实很好，每天不论时间长短，都要练上几趟，贵在持之以恒。

"勇，练完了就快去洗澡吧。"

惠津子已经站在练武房门口等了阿勇很久了。

"勇，现在虎禅成长得如何？"

"嗯，又强壮了很多啊，不过仍旧有些贪玩……嗯，感觉他现在的功夫十分狠毒啊！"

"仍然是孩子，贪玩是正常的，或许他在玩耍中学到的东西比你们想象的更多呢。"

"是这样吗？"

"一定是的，他虽然是十八岁的孩子，可是内心却十分地勇猛上进，我也是学校教师,能明白的。或许,放在中国的学校里,他会令老师们十分头疼,不是个好学生,但是在我看来,他孝顺懂事,正直又有精神,逗人喜欢呢。”

惠津子笑着,对阿勇点了点头。

阿勇也笑了。九年前,总裁吩咐自己代为看望老太爷和虎禅,那个时候,阿勇第一次见到虎禅,他身体还十分孱弱。老爷子十分疼爱虎禅,每日里不许佣人插手,自己亲手给虎禅熬汤喝,每日里站在虎禅学校的路口等着虎禅放学,天冷的时候,一回到家就用热毛巾给虎禅擦拭脊背。大概是虎禅年纪还太小,老太爷还不赞成虎禅修炼拳法,就算老太爷愿意,当时的虎禅怕是也吃不了那份苦,如果强行逼迫,那么将来虎禅很可能会对武术产生排斥和厌恶。

老太爷总是笑,孩子嘛,何必那么辛苦,让他高高兴兴地长大。

老太爷腿脚非常利索轻灵,虽然年纪大了,进退腾挪仍旧极快,但是却长年拄着根“拐杖”,实际上那也是老太爷多年用惯的家伙。一根十三个拳头长的白蜡杆,很不起眼,在老太爷的老家山西,这叫做“十三把棍”,在武术界中则普遍称为鞭杆,这简简单单的白蜡杆子,却是古代山西的镖师们扬威南北商路的兵器,为晋商们保驾护航。

老太爷没事的时候就爱用这根棍子逗虎禅玩,伸出棍子敲打虎禅,虎禅就跳来跳去地闪躲,躲得好,老太爷就拿出虎禅爱吃的点心和零食。

当时,在阿勇看来却并不那么简单,老太爷用棍子,虽然是轻轻地打,不会伤人,但是每次敲中之后,连续打击极快,敲的方位都是搏击中最易受打击的位置,十分难以防御,老太爷是在以另外的路子培养虎禅。

练武之始,最重要的是什么?

有的练柔韧,有的练力量,有的练硬功,这都不是最好的法门。

拳家第一要诀:是闪,是避。

任何拳法,不外乎起落、开合、吞吐、进退、纵横。而在练习身法、步法的过程中,全身都得到十分恰当的锻炼,不断地走转、腾挪,协调性得到极大的提高,那么对身体力量的运用能力自然也不断增强。

且在古代,并不似现代武术,抡拳头要戴拳套,而是冷兵器的交锋极多,兵器锋刃削往身上,五十斤的力道与两百斤的力道没多少差别,非死即伤,能闪开避开才是最好的方法。

所以虎禅从小就被老头子教得十分会“避”，就连走路转弯都一定会走外围，不走小圈；在外吃饭时候，一定面对门外……这些都已经成为不需要思考的习惯了。

回忆起老太爷教虎禅时不动声色的片段，总是觉得老太爷十分高明。

“虎禅快要读大学了，从小在老太爷那里，除了练武读书，就没与外界有多少接触，身边的小伙伴们也都单纯，现在是该去看看真实的社会了。这样的孩子放在大学里，会过得如何呢？”阿勇不禁非常期待。

同时，在虎禅的爷爷岳国忠的住所。

“啊！爷爷又偷懒！八段锦又忘记了两式！要时常练习对身体才好啊！”

“爷爷这年纪大啦，哪里比得上你们年轻人记性好。你老爹回国后，爷爷可是又多操点儿心啦。”

“所以要保持每天锻炼身体才硬朗嘛！爷爷，太爷让我把这个带给您，这是他新开的养生酒方子，让您泡上，每天早晚喝一点。”

“嘿，在家的时候，老爷子还是老跟你喝酒吧？”

“嘻嘻，没有没有。”

“你陪老爷子喝就行啦，自己少喝点。”

“我有分寸的。”

“读大学啦，这张卡拿着，先别告诉老爷子。”

虎禅皱起了眉头。

“我来之前，太爷就说了不许多拿爷爷的钱，说外出读书，别的同学用多少，我也用多少。”

“那你也收着，万一……啊，只是说万一啊，万一老爷子在那边身体有个什么不适，也有个保障嘛。”

“爷爷，太爷有张大婶照顾，没关系的啦，而且你上次给太爷已经留了很多钱了。”

“是吗……”

“是啊，太爷说你已经留了很多了，他根本用不了，还说怕你让我养成乱花钱的习惯。”

“行了，不管怎么说，总之你先拿着，密码还是你的生日，你知道太爷爷年纪那么大，万一生病，一进医院可就不是小数目啊。”

“好吧，先放着，我过几天带回去。”

“行了，你去练练拳吧，要是太爷知道你来了这儿便偷懒，他可会不高兴的。”

院子里布置得清雅，除了细细的罗汉竹，只放置了些“撒豆石”作为装饰。

传说从前在日本有一位武将，用石头装饰后院，但是不论如何摆放都觉得脱不了俗气，干脆便抓了一把豆子撒在院子里，豆子滚到哪，石头便摆在哪，后来也就延续了这种随意、舒展的装饰形式，称作“撒豆石”。

桩功乃是每日里都要努力练习的必修课。

武术中的基本功，并不是说只有入门才学的粗浅功夫，而是指必须贯穿练武者全部武道生涯的例行练习，对于大多数武术来说，桩功便是这种基本功。

虎禅的桩功姿势十分古怪，双脚并拢，半蹲，背后弓起，整个脊背浑圆，臀部缩住，两手掌缘靠拢，掌心面对前方，如向人讨物一般，手背轻轻靠在大腿上。那原本宽肩厚背的威武身躯，现在缩成一团，活像一只蹲在那儿呆呆远望天际的大猿猴，唯独微微上看的眼睛，却是灵动得很。

约莫一顿饭的工夫，虎禅这只“大猿猴”仿佛受到什么东西惊吓一般，全身猛地打了个抖。

第六章　戴家心意拳内功

这种桩功在武林中十分罕见，俗名“蹲猴儿”，也有称为“猴观沧海”“猴观天”。因为此桩功的姿势，外形上除了像猴，同时也像是母腹中的婴儿，所以又有人将其称为“胎息功”。这浑身一抖也有个名堂，叫做“猴打颤”。

这种练法，实际上便是古代“导引术”的一种，好处极多，在技击上，身心完全统一，动手打人，犹如遇冷觉凉，遇热觉炀一样的自然，久练之后，丹田如球滚动，带动身法起落、束展，灵动快速，还有全身各处的攻击力道都自然地提升。尤其是脊椎，此为人体的“大龙”，这个桩功同时也十分锻炼脊椎，并且能大大提高对身体的控制能力，再者身体前方的任脉，身体背后的督脉都能贯通无阻。

身心统一并不容易，武术和其他技能技巧类的本事一样，明白了道理，还得身体能够做到。身体能够做到，在搏击中，还得心里透亮。

有的人说打颤是在通畅原本阻塞的筋络时所出现的反应；有的说是激发了神经的本能反应；还有的说是把曾经的死力转化为灵劲的必经之路。

当颤抖越发细密时，心跳也会加速，这时再调整身心，将这股颤抖平复下来。之后又开始颤抖，再如法平复，这般翻来覆去地降服自己，身心都会锤炼得极其坚固。

不过这只是一部分的功效，另有许多说不清道不明的好处。中国有许多文化不能量产，也不能拿一个简单的概念来概括。那些无法言表的事，只需一辈一辈地传承，一辈一辈地实践，严谨地按照规矩刻苦锻炼，就能成，这就是武术的道理。

这类老拳法虽然厉害，但是普通人从外表上看，实在不好看。内行的却能看出一种特别的韵味，柔顺、简洁，没有丝毫多余动作，除此之外，还带着阴鸷、诡诈。

说起虎禅如何得传这戴家心意六合，又是另一份缘法。

那一年，虎禅十四岁，他放弃了自己在外学得的搏击之术，要跟老太爷学心意拳。但是老人年纪实在太大了，虽然修为、功力犹在，但是身体的动作风格却早就不再鲜活，拳法功架经过了七十余年淬炼，虽然仍旧流畅无比、刚健之至，却跟最早自师门得传的时候有了不少差别，并不适合教导虎禅。于是太爷爷带着虎禅回到山西老家，回到多年未归的师门，给虎禅挑选一位师父，待将来虎禅的功夫有成，拳架定形之后，再把自己毕生的经验教给他，这才是根正苗红。

在同龄的孩子们还听着小白兔与大灰狼故事的时候，虎禅每天听的是老太爷讲的武林旧事、掌故、见闻，对这即将拜入的师门，即陌生又熟悉，虽然从来没来过，但这许多年前名震天下的师门，所有的故事，他都耳熟能详。

在中原有句老话："浙江的秀才，山西的将。"

自古以来山西就是英雄地。

第一次与老爷子来到这里，在太原下了飞机，转车到祁县。离家还有老远的时候，老爷子就拍醒了在座位上睡着的虎禅，提前下了车，站在大道上。

"太爷爷，你要干啥？"

"虎禅，你看看这条路，是当年镖师们走西口，出来回去的必经之路，很多年没回来过啦。"

老爷子望着前面的路，无言了良久，直了直身子，深吸口气，大声地唱喊："合吾！合吾！"

声音凝聚丹田气，拉得很长，传得悠远。

"太爷爷，你喊什么呢？"

"傻小子，当年的镖师一上了梁子，就大声喊着号儿。"

"梁子又是啥？"

"嗨，咱以前旧社会的江湖话，又叫做'春典'，'梁子'就是大道，上了大道就喊号，江湖人是'老合'，'合吾'是喊给天下江湖人听的，这江湖人有好有坏，有武师镖师，同样也有贼人土匪，喊出威风来，才让贼人土匪们不敢抢劫货物啊。"

"哈哈哈，这个好玩！我也学学江湖话，又是门儿外语！"

"你真要学？"老太爷满脸的狡猾。

“要学！这春典说起来感觉挺威风的！”

“那好，你听着，给你说说春典里的精髓。你现在背‘开口洋盘闭口相’这句话，背十遍。”

……（背了二十遍）……

“太爷，这啥意思？”

“嗯，‘洋盘’是傻子，‘相’是老江湖、明白人。整天话多藏不住的，那是傻子，就是所谓的‘洋盘’，嘴上不说心里明白的，那是聪明人！”

“噢！是这么个意思！”

“好，记住这句话儿，我开始给你提问。你说说，关二爷的字是啥？我有话在先，说错了我就奖一耳光！”

“这还用问，云长呗！”

啪！

太爷一掌挥来，虎禅本能地缩身躲，太爷的另一只手早兜到下边儿等着了，不过这声音挺响，劲道脆而不沉，当真打沉打实，就闷声儿了。

“太爷！您没记错吧！就是云长啊！您不是记成文长了吧？那是魏延啊！”

啪啪啪啪啪啪啪啪啪！

全身上下都被太爷一顿好拍。估摸着是拍得手顺过瘾，打得虎禅抱头鼠窜，末了还拿着那当做手杖的鞭杆捅了两下。

“我难道不知道魏延字文长！傻小子！再想想！”

“不知道！”

“好，答对了！”

“……为什么啊！”

“开口洋盘闭口相啊！你要知道，有人问那全天下谁都知道答案的问题，那么其中必定有诈，你何必跳出来装聪明？”

“原来是这么回事儿！好玩！再来！”

“不来了。”

“为啥？”

“以前咱们学春典的时候，那都是师父出个问题给我猜，猜错了就一耳光。那打得可重了，一般要猜老半天才能蒙对，学不了几句脸都肿了，得过几天再学，就这么样儿才记得牢！哈哈！”

“我觉得忽然不想学了……”

祖孙俩边走边聊，虎禅好武，又是小孩心性，时不时地也大声喊着：“合吾！合吾！”遥想着当年镖师远行的威风。

回到自家拳法祖庭，虎禅特别兴奋，他知道，历代的先祖，走的都是这条路。

在山西，都说戴家心意六合几百年都没出过戴家大院，可见其传承之谨慎、保守，且戴家人历代以来，都有一定的产业，生活富足，不靠教拳为生，更显保守。

在中国，许多人都知道“张三丰”创立太极拳的典故，实际上，还有另一种“三峰”的说法。历代以来，在中华大地上，对拳法武道影响最大的三个人，名字里都带了“峰”：武当拳法的创始人张三丰，心意六合的创始人姬龙峰，还有少林拳法的真正整合者白玉峰(又称秋月禅师)。

姬龙峰后来将拳法传与戴龙邦，才成就了山西戴家的心意六合，但是当时的心意六合却没有虎禅现在练的“蹲猴儿”功夫。据传是后来戴家心意六合的传人，在某处得一道士所传，因为效果极好，方才列入了戴家心意六合拳的系统，当然这个是后话。

蹲猴儿将两腿耗得极其困倦，虎禅身体又一惊颤，发出一声短促清亮的“喝”，双手一翻，两手重叠拍在小腹上，同时站直了身体，发出的“喝”，声音不大，但是短促有劲，之后身体再下，又回到蹲猴儿的样子，如是起落三次，发声三次，方才告了一个段落。

这个时候已近午夜，且又春季，练拳的人，在春冬两季应当避开清晨与午夜两头的寒湿之气。虎禅将两耳、两手、后腰两侧摩挲至发烫，以保养身体，活动了一会儿，看楼上爷爷房间的灯已经熄了，便回到屋子里。

半年没有来过，屋子里又多了不少东西，爷爷每次见到虎禅喜欢的事物都会搜集起来放在虎禅的房间里。

虎禅在兵器上主要练习的是鞭杆，可是他自己却喜欢刀。太爷爷的意见是鞭杆带到什么地方都不起眼，都没人会注意你，带把刀出门算个什么事儿。

但爷爷知道虎禅喜欢刀，在日本偶尔遇到看起来不错的刀，就弄来放在虎禅的房里，只可惜都是日本刀。

最难得的，便是书架上的那一些卷轴和中国式的线装书本，是很多流派的图谱和目录，给虎禅做参考之用。为了孙儿，爷爷也成了武道典籍的收藏行家。

中国的拳谱，在日本是“目录”。

包括有著名的柳生新阴流、体舍流、示现流，甚至还有古老的鹿岛新当流等等，有原本的目录，也有后人抄录或者重新诠释的图谱。

书本和卷轴装订制作精致简洁，颇有古风，是典型的日本风格。日本国土面积小，没有广大的事物，所以各项技艺都是往深处、精处、细处发展。

这回书柜又多装了一格。虎禅抽出其中的一卷，标签上书“二天一流”。

这名字似乎在哪听过？

打开卷轴，写在当头的，是“五轮书”三字。

“咦？这么巧？下午本多师范才送我一本《五轮书》，二天一流是宫本武藏创立的吧？”

卷轴里的字，是漂亮的小楷。虽然是印上去的，但确实比读普通的印刷品要舒服许多。

一格柜子里，放了六卷，大致翻了翻，除了一篇《二天居士碑》，其他的还分“地”“水”“火”“风”“空”五卷。

“对了，我依稀记得就连爷爷办公室的书柜里也有一本《五轮书》，恐怕不是巧合，定是这部书传播得太广。”

很快，虎禅估计出了这么一个可能性，爷爷放在书柜里的书可不是摆着好看的，都是他时常阅读，并且十分赞许的书籍。

在国内，有许多武人都在寻觅各种稀有的武术，但是太爷爷曾说，流传得最广的武术，自有它发扬光大的道理，一定是在某些方面特别有效，所以众人都爱取用。

爷爷为我精挑细选，办公室书柜的存放，英明君的推荐——都是同一本书，应非巧合，毫无疑问地值得细读。

第七章　武藏不败?

接着往下看,便是宫本武藏的自序。

“余穷‘二天一流’之道已积数年之功,今始发愿著书。是时,宽永二十年十月初十日,余往九州肥后,登岩户山,望天顶礼,祷于观间之侧,拜于我佛之下……”

刚看个开头,虎禅既惊又佩。虽然虎禅学习成绩很不好,但是太爷爷却让他从小就读古文,并且遇到喜欢的文章都要背下,然后给他讲故事。这种近似于古代私塾的学习方法,使得虎禅的文字功底和文学知识远超常人,再加上还有另一位博古通今的厉害老人曾教授虎禅学问,所以虎禅读起古代的著作来全无障碍,反而非常喜好古文的韵律和精练。

“听太爷爷说过,古代的大学问家在著书立说,或者和尚、道人之类的修行者要做大事之前,多有祭祀祈祷,发下宏愿,所成就之事必然非同小可。只是国内所见武道拳法类的书籍中,不论古今,似乎还从没看到有这么郑重的开篇。”

往下,虎禅更是看得欢喜。

“余幼即倾心兵道。有新当流马喜兵卫者,擅兵法,与之战,大胜,是年,余十三岁。十六岁,但马国有擅大力兵法者,名秋山,与之决,反掌间打杀其人,一时芳名满街。二十一岁至京都,遍会兵法高手,相与战,未曾落败。之后,周游列国,访寻诸兵法大家,经六十余役,无一失手。自十三岁初战至二十九岁,不觉十有六年矣。”

虎禅不禁回忆自己的过往,与武藏的经历相对比,自己十三岁时虽然比别的孩子健壮得多,但是还不能轻易击败强壮的成年人,更不要说是某一流派的武人。自己在十五岁的时候,还曾被七八个流氓围攻,打得不成样子。还是太爷爷刚巧散步出来接自己，把人收拾的。那流氓们被打翻在地上抱着头的情景依旧历历在目。

宫本武藏所在的时代，并不是像如今花架子武术家满街走的时代。那时候武者决生死，是连君主都不能干预的事情。且日本凡是外出修行的武者，都是在道场之中得到了认可，暂时不愿奉公，外出旅行学习，这时候就被称为“浪人”，功夫都很不错。

“或许……这马喜兵卫对阵一个小孩的时候会轻敌吧？”

虎禅还是想象不出，一个十三岁的孩子能做到这个地步。仔细思考原因，却觉得自己想出的轻敌这个理由有些牵强。

“要是古代的比武战斗全都有视频录像就好了。”

虎禅每次读到古代武人的打斗记载时，都这么幻想。虎禅不大相信所有的古代武术家对自己的经历过往都能童叟无欺地如实记录，一定会有些报喜不报忧的成分。

《五轮书》自序中所述，宫本武藏六十余场战斗，无一失手，虎禅倒觉得不奇怪。

“武术史上比武战绩超过这个数字的人，应该不在少数，我虽然有输有赢，也有二十几次取胜经历。”

山西戴家门中的师父曾反复说过，练武的人没有一生不败的道理，不可太在意输赢，如果没有把握，或者没法取胜的时候，或跑或退，保护好自己为先，小小年纪的，不要舍不下那张面子，给自己更多的成长机会。所以虎禅对自己实战的次数、胜败的次数，只能记得个大概，没有确切的数字。

有的时候，输了，能比获胜学会的东西更多。

读完了自序，虎禅望着旁边的日本刀，想象着当年的武藏带着剑，一步一步，走过乡村，走过原野，走过城镇，观赏天地间的景致，四处与人比战的样子。

“刻苦修行，也有很惬意的时候啊！”

揉揉眼睛，时间很晚了。

“明天该陪爷爷喝茶，还应该去勇叔家吃饭，拿着从中国带来的礼物去看望婶婶，睡吧，保持充沛的精力，是武者的本分。”

往床上一躺，双手抚胸三次，瞬息就能睡着，是虎禅的天生绝技。

面向右曲肱而卧，右手掌垫在耳下，蜷缩成一团，这是老太爷从小让他习惯的睡姿，可在睡眠中也保持气血的锻炼，帮助很快进入梦乡。

万里之外的家乡。

“喂，我是岳文勋，小黑吗？”

老太爷一大早就拨通了电话。

“哎呀！师叔，是您啊！近来身子可好啊？”

另一头电话里，一个粗豪的声音大声应答道。

“我曾孙子过完暑假要到你那边去读大学啦！哈哈！”

“呦！不会吧！您还真舍得！您那宝贝小子，你咋让他跑这大老远地来读书？”

“嗨，都怨我，打小就逮着他练武，高考成绩也就那点儿分数，不过总算考上了大学，哪儿能收他就在哪读呗。你近来身子可好啊？”

“好着，我每天都还下跤场撂上十几跤哪！”

“成啊，你也快七十了吧？下得了跤场，撂得了年轻小伙子，真不赖啊！听说在G市，你那跤场挺火啊！”

“嗨，我今年六十八啦，现在也就是我给自个儿找个乐子。咱摔了大半辈子跤，老是老了，撂那些半大小子，哪里还拼得了力气，跤感和技巧可是比力气管用得多。哎，师叔您那宝贝曾孙儿来了，让他来我这儿练练？”

“嘿，不用让，你那地儿要是有名，虎禅那小子迟早会自己找过去！哈哈！”

“是嘛！这小子能好斗成这样儿？看来跟当年孟师伯可像了！师叔，您老不是派虎禅来踹师侄摊子的吧？哈哈！”

“嗨！有你这么说话的嘛，都快七十的人了，还没羞没臊的！我找你啊，就是为这个，以后遇上虎禅啊，多照看照看他，关键是有机会磨磨他的性子，不经打击老天真啊！”

“这还不容易，他啥时候来？我接他去！”

“你接个啥？你是他师叔祖！巴巴地跑去接他，成何体统，让他自个儿找，要让他一开始就知道能去你那儿比划本事，就打击不着他啦，这小子鬼精的。”

“那他啥时候才能找来我这儿啊？”

“这样，等到学生开学后啊，你整上一沓你们跤场的广告传单，派几个徒弟到学校男生宿舍，每个门把儿上插几张，门缝里塞几张就好，一来让虎禅知道有这么个地方，二来你自个儿也做做宣传，刚开始可别说是我给出的主意，装作不知道就成。”

“好家伙，师叔，我算是见着了，您是越老越孩子气了，都开始玩得有点儿调皮了！放心吧，离学校开学还有差不多两个月，到时候师侄去办！”

“哈哈哈，成了，不跟你多说了！”

“成，回见！”

挂上电话，老太爷又端起烟杆儿嘬了一口，哼起了梆子。

除去小时候学习的拳击和空手道，虎禅之后所练的功夫，虽然已经符合“筋长力大”的准则，但是打法上却偏向于阴狠灵动。武当太极的“缠拳”虽然也是大气，但是虎禅在太极上并不全面，始终只是不断地用缠拳来练习身法打法，让其多学点儿蛮横大气的功夫是好事。况且按照虎禅的性子，将来很可能会遇到许多的对手，有一门合适的常规格斗技傍身，不至于伤人太多。

中国跤在现代社会，可以说是既兼具文明、武德，又兼具了实战的功夫。

中国跤术，主要脱胎于我国的蒙古跤，后又加入了许多武术的细腻技巧。从前的蒙古跤在战场上用，粗野蛮横，也十分厉害，蒙古大汉性子直，用的武术虽然来来去去就那么几下，但是用得好的一样有精彩的技艺表现。

而到了后来，跤术融合了武术中的扑跌技法，有了“大绊子三十六，小绊子赛牛毛”的说法。绊子招数练熟了，摔多了，有了上乘的“跤感”，技术上甚至能够做到“一巧破千斤”，但是不论时光流转几世几年，技巧变得多细腻，摔跤还始终是摔跤，铭刻在骨子里的豪迈大气，披上那一身跤衣所表现出来的气概，是无法磨灭的。

再者，摔跤之术可以说是诸多武术中能最快运用到实战的武术，普通人学武、实战，首先想到的就是拳头、打击、踢腿，实际上撕扯、摔跤、纠缠之类，才是最接近本能的格斗技法，在非比赛的实际战斗中最为适用。

“有了这个，虎禅的武术便会更加全面，实战也更加自如了，更重要的是再把跤术的大气豪迈铭刻在虎禅的骨子里，嗯……小黑家里好像泡了不少的虎骨酒……”

老太爷忽然一脸狡猾地乐了起来。

“少爷,起床了,总裁在楼下等你!”

“嗯……别……别敲我……马上起……马上起……再睡一分钟……五分钟……”

在家的时候,每天早上虎禅赖床,太爷爷都拿棍把被子挑开,脚心敲一棒,耳朵点一下地一阵乱敲,很轻,但是闹腾得虎禅受不了,就醒了。

女仆笑了起来,告诉虎禅这是在爷爷家里,老太爷不在。

女仆叫做南子,在爷爷这里做事好几年了,会做很多菜,对营养搭配之类都相当在行,不论是打扫屋子还是照顾爷爷的食宿都十分尽职尽责。

“嗯……不挨敲了……呼噜……”

“哎,不要叫了,让他再睡一会儿吧。”

岳国忠走到房门口叫了一声。

“我叫小菁晚点再打电话来。”

“什么?谁!”

虎禅登时蹦起来,岳国忠哈哈大笑。

小菁是虎禅高中时的女朋友,这种事情,在国内不论是家庭教育、学校教育或者社会舆论里,都是个禁忌。但在这个家族里,大家都是明白人,练武的孩子成熟得早,要禁是无论如何禁不住的,不如坦然接受,好好教导,将来处理男女感情的事,会比别人利索、明白得多。反正虎禅是个男孩儿,不会被人拐到月亮上去,所以虎禅在家里跟长辈说起自己的感情来也百无禁忌,就算是比较保守的老太爷也见怪不怪。

“那时候,我老娘十多岁就给我定亲啦!虽然那时候是旧社会,但是现在的孩子哪有到了十七八岁还完全不会喜欢人、不懂男女之事的?没那么傻!弄得孩子们藏着掖着,连真话都不敢说,这有意思吗?”每次学校老师打电话来告状说虎禅早恋,老太爷这一顿抢白能把老师气得七窍生烟,私下里都暗骂这家人是上梁不正下梁歪。

“爷爷,你很奸诈啊。”虎禅脸上确实很不高兴。

“嘿,反应真慢,这么容易被骗。”

“不是的，我跟小菁半个月前结束了。”

爷爷看着虎禅脸上带着很重的情绪，才知道无意中揭了虎禅正在愈合的创口，说话变得认真起来。

“是嘛，早说过了，那时候还敢跟爷爷打赌，现在是爷爷赢了，先洗洗，边吃早餐边说。”

虎禅一时无话，分开的原因和爷爷当时猜得一样。

第八章　武艺与国仇

人小的时候，总是会一心想着自己的梦，等长大了，就开始拼命追求各种身外之物，用来装点自己的门面，衣服、汽车、房子、吃喝、排场……这些事物，将最初的梦想，从自己的脑海里、生命中硬生生地挤了出去，不留一点余地。

人的感情也是一样，爱的时候，可以爱得阳春白雪，但到了关键的抉择时，都会把生存放在第一位。虎禅明白这个道理，所以在与恋人分别的时候，尽管舍不得，但是完全没有责怪的心思，因为自己将家世隐瞒住，没有告诉她。

"人和人之间要公平。"虎禅这么想。

虎禅一直以来，虽然是跟着老太爷生活，作风朴素，但毕竟有背后的家族支撑，太多事情不需要他操心，所以不论是因为武道的磨砺，还是因为家族的支撑，也不论他平日里有多么不遵守学校的规矩，他的武心，始终纯净，没有任何改变。

可是有的时候虎禅却忘记了，他可以这样活着，别人却不能，也不敢。

老太爷从小就不断地教虎禅惜福，还有"财不露白"，因为这样才能看得清旁人的好歹和真心。而虎禅从练武练上道的那天开始，对自己的外表打扮都不太在意。妈妈每年回家的时候，总是带了很多漂亮的衣服，但这孩子除了去学校上课外，平时总是爱穿着老式的棉布黑色褂子，内衬白色褂子，身架又威武厚实，虽然虎禅的皮肤因为长期练武润泽气血，光滑白皙，但是看起来也比实际年龄要成熟得多。

虎禅听太爷说过太多他亲身经历的故事、亲眼见过的人，知道当年那些个厉害得不可想象的高手，太爷的四个结拜哥哥，自己的四个太祖师伯，也是穿着这么一身褂子，所以虎禅这么穿着，不是为了好看，而是穿着自己的梦想。但在同龄人眼里，穿一天两天是时尚，常穿就显得有点儿乡巴佬。

这个时代真正的武术好手很少，虎禅的好战，还有打斗经历，在当地小有名气。经历过两段感情后，虎禅也模模糊糊地有点儿明白，接近自己的女孩子多半是因为好奇。

女孩子成熟得比男生早，她们大多数年纪小小就精明泼辣，喜欢灯红酒绿，喜欢时尚潮流，更在意自己将来的婚姻前途和生活质量。所以最后，小菁只知道虎禅很顽固、很老成、很单一，每天都是回家陪伴着他老掉牙的太爷爷。不知道也不可能知道虎禅背后的家世，更没可能对武道精神和虎禅那奇怪的梦想有什么关怀、觉悟，于是在高中毕业的时候，选择跟随了一个有品位、新潮，有房有车，还有相当积蓄的建筑设计师，每天都能够出入高级的饭店，可以坐男朋友的小车。而在年轻有为的设计师眼里，刚满十八的水嫩女孩儿，美不胜收。

虎禅也有钱，光是岳国忠和岳殷鸿存在国内给老太爷和虎禅的钱，就无数倍于设计师的全部身家，只是虎禅依旧模糊觉得，用钱把女人拉回来，很不妥，也很没意思，等拉回来的时候，她就不再是她了。而且虎禅一直只把这些钱当做是为太爷爷备下应急的医疗费，自己除了学费和练功之余偶尔喝一两杯酒的零花钱，没有用得着的地方。同学们去 KTV 的时候，他在听太爷爷说故事；同学们去逛街蹦迪的时候，他在反反复复地操练自己最称手的拳势、古老的桩功，以及与人切磋拳法，唯独剩下的就是偶尔与小菁独处的时间，花不上几个钱。

财不露白，亦是祖宗的古训。

并非怕人抢夺，财物能蒙别人的眼，也能蒙自己的眼。

“嗯，确实是这样，女孩儿家嘛，花儿朵儿的，不奇怪。”爷爷脸色平静，轻拍着虎禅放在桌子上的手。

“还难过吗？”爷爷和蔼的眼神盯着虎禅。

“还有那么些，时间长了就好了。”虎禅脸色还是有些失落。

“嗯，爷爷给你开服药，保证你好得快！”岳国忠笑起来。

“这玩意儿还能有药医？”虎禅翻翻白眼。

“我问你，要是爷爷做主，把她弄回来，让你现在结婚，跟她在一块一辈子，然后你就老老实实地过日子，你愿意吗？”爷爷狡猾地看着孙儿。

“这个当然不成啦！”虎禅大呼。

“那如果她现在回到你身边，你能保证以后不会厌倦她，将来不会喜欢别的女孩儿吗？”爷爷笑得脸上的褶子都皱了起来。

“那可能性不是很大，我觉得……自己还是有些……哈哈！”虎禅忽然真的觉得自己好得多了。

“爷爷，这药很灵，真的灵！”

“那就快吃吧。愁眉苦脸的吃，会对不起面前早餐的！”爷爷的面色也豁然轻松起来。

“咦！爷爷，这面咋清汤寡水的，没味儿啊！”

“是嘛！我一开始也不习惯，后来吃久了就好了，你南子阿姨做的日本面就是这样，要不你下点儿胡椒？酱油？”

“不成啊，这日本酱油是甜的……”虎禅把嘴一撇。

“是啊，少爷，总裁年纪大了，清淡些好！”

“那偶尔吃一次好吃的没关系吧？”虎禅皱着眉头，望着南子。

“这……很不好吃吗？难道我放错了佐料？”南子看起来有些惶恐。

“不是放错了佐料，感觉上是没放佐料……”虎禅没说出口，这一家人，都爱吃油辣子，重口味。

“南子阿姨，过来帮忙。我不知道食材佐料放在哪，爷爷你等着，一会就有好吃的。”

岳国忠张大眼睛，吞了口唾液，十分高兴。他常想吃家乡的味道，何况现在还是自己孙儿亲手做的。

这孙儿在家里学得一手好菜，时常做给老太爷吃。虎禅的师父也常对其他几个师兄弟说：“连饭菜都不会做的人，拳也不用学了，练拳的人一定要心灵手巧才好。”十分喜欢虎禅的手艺，说虎禅做的饭菜不见得好看，但就是好吃。

一顿久违了的家常饭，爷爷很满足地拍了拍肚子。

“虎禅，今天你勇叔要给我去办些事情，我给他说了，明天带你去武藏野瞧瞧，那里很美，我今天也必须去公司看看，你自己先出去溜达溜达吧，回头我给你电话，好吗？”爷爷说这话的时候，表情像是在询问，似乎虎禅有哪怕一丁点儿不愿意，就立刻改变去公司的决定。

“行，爷爷，我也想去找我新认识的朋友玩玩，而且晚上婶婶还叫我去家里吃饭。”虎禅说得十分肯定，做了最乐意的表情让爷爷放心。

不远万里跑来日本，最重要的是看望爷爷和勇叔，然后便是做武道修行。虎禅惦记着英明道场里摆着的几把木刀，日本刀术和中国的刀剑之术大不一样，多了解一点肯定是有收获的，将来如果遇到使这类武术的对手，也不至于没任何头绪。

在日本，几乎所有古柔术的修行者一般都会兼修刀术和枪术。

师父曾经告诫过自己，如果因为历史上的恩怨，而对一个民族的武术不屑一顾，是十分愚昧的行为，就单纯为了武术而言，不能因为个人的好恶去把事物的本质颠倒，历久不衰、受人肯定的武术，一定有他独特的优点，有了解的机会，就不要轻易放过。

东池袋道场中。

“岳兄！等你很久了，来看看我的宝贝！”

英明从木盒里，捧出了一把刀。

“这把是‘菊一文字则宗’的仿制品，虽然不是真品，但是就刀本身而言，是难得的好刀，你看看。”英明看着虎禅，眼神充满了期望，生怕虎禅对自己的珍藏持否定态度。

日本刀有级别，分别是“上大业物”“大业物”“良业物”“业物”，如果是上大业物的级别，就可以被列为传说领域的兵器，而大业物则是名传天下的好剑。真品的“菊一文字则宗”，是“大业物”中的上品。

虎禅一手握住刀柄，一手握住刀鞘，两手拇指相顶，拔刀出鞘，刀身上的云纹突然闪进了视野里，细观之下，真是美不胜收。

“这是我现在能拥有的最好的刀了，原本是一位磨刀师家里摆放的御神刀，后来因为特殊的机缘，赠送给了我，岳君你看如何？”

虎禅握住刀，把刀立起来，手掌轻轻握成空心拳，一甩手，在刀柄底部磕了一下。

“岳君，你这是？”英明对虎禅的做法很不解，日本人可不是这么鉴定刀剑的。

“我对刀剑的花纹观赏并不在行，刚才这个法子是我师父教我的，凡刀剑类的兵器，一手握住，一手在刀柄上磕一记，然后感觉刀剑的振动能从自己的手传到身体的什么地方。振动传出的范围越大,刀的质地便越上乘,刚才这把刀的振动自我手上传到我肋下,已经是很少见的好兵器了,是不是我这个做法显得有些粗野?"

"原来还有这么个法子,我也试试!"英明很兴奋,跑到屋里多拿了两把刀来实验。

"果然如此,这两把用机械压制出来的太刀,虽然坚韧度也很不错,但振动只能传到我的肩膀上。这样检查刀剑质地的方式,确实比只是观赏花纹要实在、方便得多,不过对我们来说,这刀剑也是工艺品,除了战斗所用,也是有相当艺术价值的,而且刀刃还得靠试斩来鉴定。"

试斩是鉴定刀剑级别的方法,古时候用的是"土坛试",筑一齐腿高的土坛,选取一具死尸,去掉头颅,竖立于土坛前,大力斩下,一般能一刀劈成两半而刀刃不卷的,则至少是大业物以上的良品。后来因为此类方法不符合律法人伦,则改用"荒试",多是用竹席卷上竹子作为试刀的靶子,偶尔也有用鹿角等作为代替的,不过在日本多数刀匠认为"荒试"会损伤刀刃。

"岳君,你有一点儿武藏的味道。"本多英明很赞赏地看着虎禅。

"我?会有宫本武藏的味道?"虎禅有些迷惑。

"是的,武藏曾留下了一篇《独行道》,是武士应当遵守的法则,我给你的那本《五轮书》上没有记载,其中便有一条:'不可太过于追求极品兵器。'武藏从来对武器或招式都不问出处,以实用为先,你有一点这个味道。"英明笑起来,虎禅却觉得自己被拿来与这古代的"剑圣"相比,有点儿手足无措。

"英明君,为什么你总是提起武藏?"

"武藏是武者的榜样啊,自然要好好学习他,为什么不提?"这反而让英明迷惑了。

"我不是这个意思,我只是觉得,很少会见你提起你们流派的先祖啊?"

本多英明一听虎禅的话,微微低下头,露出些许为难的脸色,半晌不知如何措辞。

"我怕你会忌讳,对不起。"良久,英明才憋出了这么一句话。

"事实总归是事实,无法改变。我的武道传承是从我曾祖父那得来的,他参加过侵华战争。"英明横下心,忽然抬起头来,用直率的眼神,盯着虎禅的双眼。

第九章　缠拳喂手

虎禅眉心忽然一蹙，手指一撑。

指如针，手发抖，雷声阵阵如狮吼，这是戴家心意拳独有的临敌反应。

实际上，虎禅并不是对英明产生敌意。一来，太爷爷的结拜兄弟，自己的太祖师伯，有两位是在抗日战争中被乱枪打死的。虽然老太爷的心海早已如铅汞般沉静，但说起那时候的事情，总是还留着不可磨灭的悲愤，十多年来，让虎禅留下了太深刻的记忆。再者，临敌之时，多有突如其来的危机，心里一急，手指一撑，犹如猛兽突然亮出利爪，这是虎禅自学心意拳起，每日里太爷爷时常突然袭击他，使他学会的自然反应。结果不光是临敌，只要一遇上有些突然的事情，虎禅的身体就会自然发动。所以真正让虎禅出现这反应的，是"侵华战争"四字。

本多英明明确地察觉到了虎禅的小动作，他与虎禅交手之后就模糊地感觉到，蹙眉，咬牙，是虎禅要下狠招或是突然临敌的前兆，但他却没有做出特别的反应，继续说道：

"那时候，我的曾祖父住在'亲不知'附近，与他的师兄弟们刻苦修行，维系武道传承。有一天，来了军队，杀了我曾祖父的师父，将曾祖父强征入伍，带到了中国，其间发生了什么我并不知晓，后来爷爷开始教我柔术的时候给我说过，那时的曾祖父一直保守着武者的尊严，不愿意作为战争的棋子而活着……"

说到这，英明忽然停住，道场的气氛顿时沉闷下来。

"但是在一次中国军队夜袭的白刃战中，曾祖父在混乱中为了自保，斩杀了数名中国军人。"

本多英明始终努力保持面色平静。

“我今天来，只是想对你们的刀术加以学习，望请赐教。”

良久，虎禅的身体放松下来，紧蹙的眉心也舒缓开，说出了这么一句让本多英明意外的话。

“你真要学习我们的武术?”在历史背景和虎禅本身的武术修为下，本多英明对虎禅是两分愧疚八分敬意，只要他开口，英明就一定会将自家的剑术教给虎禅。只是现在还是没办法完全相信，在这样的历史前提下，虎禅还能够放开胸怀学习自家的刀术。

“首先，那是政治，与武道无关，若是在战场上相逢，我一定会毫不犹豫地打杀。但现在我们是在池袋的道场里，谈论着武术。”虎禅以更加坚毅更加顽固的眼神盯着英明。

“再者，仇恨是负面感情，与其仇恨愤怒，为自己制造破绽，不如自强不息。虽然不管到了哪一世、哪一年，那段历史都是中国人的耻辱，但是支持中国发展到现在的，不是仇恨，而是自强。”

虎禅心中并没有完全解脱，他依旧有中国人对从前那场战争所应有的仇恨。只是同时他又明白，仇恨不是正道，自强不息才是最好的态度，他一边说着，一边努力平息心中的负面感情。

虎禅知道人应当如何断掉不该存在的念头，但是有时候遇到了更复杂更顽固的心结，仍旧有些力不从心，毕竟他还年轻。

世界上的事情就是这样，并不是想通了就能够万事大吉。就如佛门所言，开悟之人，并不是从此就没有了苦难，只是拥有了去直面劫难、直指本质的大勇气与大智慧。

但是现在心里的乱麻，一时斩不干净，就只有暂时地封存压制在念想里。

随意放纵自己的意愿，撒泼发狂，或者以自己的力量欺凌比自己弱小的生物，算不得勇气，这是天地间最低级的生物都懂得的事情。

“英明君，你现在在练习‘乱取’吧？昨天和你交手时，感觉你需要用柔术固有的招式才能摔倒对手，没办法灵活多变地去破坏对手的身体重心。”

“乱取”相当于武术中的散手，破除了固有的招数之后，能根据具体情况，破坏对手的身体重心和更直接地打击对手，直达目的。

“没办法，要能真正把握住对方的重心，功力必须胜过对手，另外还有体重、技术、知觉等各项因素，你大部分都胜过我。”英明表现得有点无奈，对虎禅的反应十分诧异，没想到虎禅会抛下历史不论，继续谈论武道。

“练武不该是只针对某人的，我应该可以帮你学会怎样把握对方的重心，还有搏击中取得对手身体动向的方法。不过作为交换，请教我你们的刀法。”

这样的交换，在中国叫做“换艺”，也叫“窜拳”。过去许多的武术家，都是互相之间换艺，用自己所学，从别的拳师那里“窜”来自己所需要的功夫，取长补短，有的自己去“窜”，有的让徒弟去“窜”。

“我们开始吧。”虎禅站起身来，抖动全身，让气血活动起来。

“我用的步法，你不会，就用你柔术的步法吧。”虎禅伸出双手，齐胸高，如抱圆球一般。

“现在把你的双手搭在我的手上，然后用乱取向我进攻，先进行控制身体重心的体验。”虎禅立好了门户。

本多英明搭上了虎禅的双手，忽然反手抓住了虎禅的手腕，转了个小圈，拧转了虎禅的手臂，要用反关节把虎禅拿住擒下。

虎禅整个身体顺着英明擒拿的用力方向疾走，本来反向拧折的关节变成了顺向，擒拿失败，但是虎禅却没有停步，继续疾走。两步之后，抓着虎禅手腕的英明却变成了反关节，虎禅这时已走到了英明的背后，用脚贴住英明脚后跟，右手一拖拽，英明跌了个跟斗。

“练习的时候不要去抓人，抓人之后，你就会不知不觉地与对方顶牛、抗衡，无法去摸出对方的身体重心，同样的道理，你虽抓住了我，但是你也牵制了你自己。”

“我再试试。”英明再次搭上了虎禅的双手。

这次英明学聪明了些，双手不抓，挤靠、推攘，不断地移动步法，试图将脚踏到虎禅身后，然后手脚并用，将虎禅的重心给扳倒。但是虎禅的两手乃至整个身体，牢牢地贴住英明的双臂，英明直冲向前的时候，虎禅便从旁走，还用手顺便牵引，误导英明的用力方向，英明想摆脱虎禅的双手，刚一后退，虎禅又生生地逼上来。来来去去十几回合，英明感觉虎禅的双手，乃至整个身心，就像被一个斫不烂、剪不断、捣不破，绵乎乎、粘黏黏的一个套头把自己给套住，纠缠、憋屈得十分难受，冲也不是，退也不是，左也不行，右也不好。

又经过几个回合，英明的两臂因为不断用力，又不得其法，已经酸胀得十分难受，豁了出去，用当身技，前脚掌一脚对着虎禅的小腿钉了过去。

谁知，少了一个脚支撑，重心已经偏移，被虎禅抓住机会双手一送，抛了起来摔在地上。

好在英明曾在“受身”上下过不少工夫，摔倒之后保护自己的能力很强，刚一落地便打了个滚站起来，没受到什么损伤。

“这是太极拳技击的基础，只是我和师父、自家师兄弟对练的时候要更加激烈一些，有时候纠缠得急了，抠抓、掌击都会用。”虎禅抖抖自己的手臂，舒活一下自己的筋骨。

“太极拳的……基础？基础就开始练这个级别的东西？我们到最后才练习的乱取，你们一开始就练？”英明更加惊讶。

“没错，你见过幼小的猫或者幼小的老虎没有？自能站立开始，小猫小老虎就会不断地厮打，但是双方却不受伤，这便是凶猛的猫科动物小时便练习的，咱们练拳不能练得太秀气斯文了。当然，除了这个东西之外，还有一些桩功以及单独的式子要不断地反复练习，并不复杂。另外我们所说的基础，并不是一开始练、之后不练的意思，而是要贯穿自己全部的武道生涯，是每日必练的科目。”猫与虎的理论是虎禅的师父曾经反复说过的，让人十分容易明了。

“原来是这样，我一直以为太极拳的开端必须练习各种套路，然后再把套路的招式拆解开来用于实战，谁知如此简单。”

“从某些方面来说，太极拳是世界上最简单的拳，除了站桩和操练单独的式子、步法不断增长自己的功力，就是与人纠缠打击不断练习。在中国武术中，往往式子越多的拳，实战的用途、效率越是低下，如一百零八式、七十二式这些，多半是给老人们当做早操一样练习的，越是式子少的，如八极拳的‘六大开’‘八大招’，形意‘五行拳’‘十大形’，乃至我所学的戴家心意拳的‘三拳’‘三棍’‘三刀’，因为精练，所以招数极少，只要刻苦磨炼，效率很高。如果有哪位天才大老爷能弄出个‘一拳’‘一刀’‘一剑’……这是不可能的，嘿嘿。”

英明不禁暗暗赞叹。

“那么我如何能学会你控制对手重心的方法？”武者之间，有了将自己的武道传授出来的承诺，便不必拐弯抹角地客气，有不明白的问明白，不至于一知半解。

虎禅又伸出双手，英明很自觉的把手搭了上去。

“这回，你不要想着进攻，你只需要保持粘住我的手便好。我对你用力，你便粘着后退，我要是后退，你便粘着迎上来。”

“步法怎么办?”英明问。

“自己看着办，只是开始练的时候，脚步要尽量跨大，手脚一定要齐到，非常能考验你的身法、步法功力。”

身法、步法这部分，绝不是朝夕之间便可学有所成的功夫，与其让英明用陌生的步法，还不如让他使用自己原本的柔术步法。

虎禅正了正身子，互相搭着的双手，开始缓慢地向英明推进，英明也顺着虎禅的力道退走。

“手缩到底了……”英明手已经缩到了身上，无路可走。

“退步，顺着我的力道转身。”虎禅提示了一句，果然，没几手的功夫英明便走顺了。

慢慢地，双方对练开始产生了默契。虎禅摸索着英明的重心，不断地牵引、施压，带着他进退走转，并且时常用身体动作提醒英明该如何运动。

本多英明毕竟初学，双手时常粘不上，每次一脱手，虎禅只要眼睛一瞟，鼻子“哼”一声，英明立刻纠正，重新粘上。

时间过去了一个多小时，虎禅早已开始慢慢地加快速度和力道，英明虽然努力适应，但觉得自己越来越跟不上，越来越招架不住，两膀极其疲劳酸痛。

忽然虎禅又是眉心一蹙，使了个实战使用的心法，叫做“心如油烹”，自己急自己，气血一催，犹如心脏被一勺滚油浇上，整个人一炸，身子如浪潮一般向前涌去!

身法中，手脚、肘膝、肩胯、身心齐上，如排山倒海般。

第十章　抗日大刀术

“啊！又来了!”本多英明的心也跟着一惊，退是来不及了，立马将重心一沉，身体一低，成弓步，全身力道向前顶住，准备接受强烈的冲击。

忽然间，英明一阵憋闷，全身无所适从，整个人的身架散了。因为他所预计的冲撞根本没来，虎禅冲上来的只是一阵气势，根本没有下手。

英明的气魄与架子刚一散开，弓步来不及撤回，重心仍然是向前顶撞的趋势，虎禅把英明的双手揽在一起，顺着英明的用力方向，转头就拖。英明猛地被向前拽了出去，整个人趴在地上被拖着走。

“空气投!”

在扑出去的一瞬间，本多英明忽然想起了这么一个招数。

这个“空气投”又叫“呼吸投”，是柔道中的招数，在实战中很少有人能使出来。

柔道现今已经传遍了全世界，并且成为奥运会的比赛项目。但在奥运冠军的激烈争夺中，许多人都已忘记了这一招，这一招虽然精妙，却极难使用，在奥运冠军荣誉的压力下，没人会愿意冒险去使出这种“屠龙之技”，一不小心出现破绽，就与金牌无缘，所以许多精妙、细腻的招式在柔道比赛中已经再也见不到了。

这招“空气投”却是日本柔道之父嘉纳治五郎用了很多年的时光，才创造出的招式，不需要用脚绊人，不必用腰顶、靠，将人的重心摸透，手上只用一点力量即可顺势将人投摔出去。其中三昧，绝不是光靠苦练和不断实战就能领悟的。只有舍去自我，顺从对手，清晰地感觉到对手的脚步、身躯起落与松紧张弛的节奏，把握住脑子里灵光一闪的刹那才可能做到，这在中国武术中，叫做“听劲”。

虎禅不断地摸索对方的重心位置，也是“听劲”的一种形式。

英明曾经对这一招十分向往，也曾试着使用。但是平日里不断跟人试合，只是凑巧撞上对方的身体节奏成功使出过一两次，根本不能用于实战。

虎禅把英明扶起来，虽然没有下多重的手，但英明的肘部在地上擦掉了一块皮，因为双手都被虎禅揽着，所以没法“受身”。

“岳君！你这招有些像柔道中的‘呼吸投’！你怎么练会的？”英明顾不得疼痛，立刻追问。

“你说的‘呼吸投’，我虽然知道，但是我并没有练过，我只是不断地用身体感觉到你用力的走势，然后用气势和进退引诱，让你出现我想要的破绽。你向前顶得厉害，我就刚好拖着你走了，如果我想着一定要用什么招，反而没办法清晰地感受你身体的劲道走势。”

“说得确实在理，只是要做到这一步，我还需要很长时间的修行。”英明深深地叹了口气。

“现在明白太极拳实战的练法了吗？”虎禅问。

“嗯，有了很明确的框架。”英明隐约发现自己似乎悟出了些什么。

“我过几天就回国了，你可以将这个方法教给你的伙伴或者学生，让他们给你作为陪练。当然了，如果有更厉害的高手给你陪练，那就进步得更快，不过刚才的‘听劲’只是第二部分。还有一部分，是应付对方的快速打击的，需要加入一个‘引手’的打法，然后我用打击类的功夫来给你做陪练，不过这恐怕要到我下次来日本时才行了。”

两人席地而坐，英明为虎禅倒上了一杯茶。茶已经有些凉了，用于解渴却刚好合适。缠斗一两个小时，还要讲解，嗓子都快冒烟了。

“岳君，有一点我觉得很奇怪，我曾听说，中国武人有句话，叫‘真传一句话，假传万卷书’，我很明白，如此简明扼要的练法，自然是真本领。可是连我们都知道，流派内的秘传不可轻易与人，虽然你想学习我的剑术，但是在全日本，剑术道场数不胜数，想学的话，我这里并不是唯一选择，你如何会以这珍贵的武术跟我交换？你不怕我练好了之后，迟早会超越你吗？”

同是练武的人，很投缘。

但是在东方武术特有的保守观念下，就连师与徒、流派与流派、宗家与分家之间，都时常因对秘传练法的保守而发生隔阂、争执甚至战斗，更何况才与虎禅相识一天，就算有些巧遇，自己和父亲又事先跟勇叔相识，但是这交情还是很浅薄，英明实在想不出是什么理由能使虎禅会将自己武术的打法练法说出这么多，绝不会是因为父亲曾免费招待了他们一碟炒饭和两瓶啤酒。

而虎禅却清楚地知道，这活步缠拳只是一个基本的大框架，还有许多细微的功夫，另外还有本家拳中的身法、步法、内功，以及那极其刚烈的捶法，非得用很长的时间细细地推敲、琢磨、修正，才能成就。因为时间限制，不允许他将自己的功夫和盘托出，这样只会打乱学者的思维。而自己所学的戴家心意拳，不经长辈允许也绝不敢向外传授。不过只这么一会儿，就直接演绎出太极拳一部分最本质的打法、练法框架，就算在普通的师徒关系中，也是不多见的。

虎禅哈哈大笑了。

“这种保守的态度，始终不够大气，阻碍练武者的进步。”虎禅停顿了一下，很郑重地接着说。

“至于你说的超越，我现在在功夫上可以说暂时领先。如果有一天，你能因为今天我教了你这些而将我打败，那只能说明我没好好练，偷懒了，又或者你付出的，远远超出了我自己的努力，就算赢也是应该的。”

虎禅听过太多的武林掌故，十分清楚一个道理，就是武术之中，没有侥幸，只要方法正确，谁流的血汗多，花费的心血多，谁就能赢。

这句话一说出口，英明顿时生出了更多的景仰。

“岳君，你年纪还很小，却能明白这些，我自愧不如。”英明向虎禅深深地行了一礼。

虎禅原本很不喜欢日本人的这种礼数，但是现在对方确实真诚，便也跟着回了一礼。

“这个道理，并不是我自己悟出来的，是我的太爷爷教我的，我的功夫是我的师父与太爷爷共同成全出来的，我虽然努力地练习、参悟，但是我知道，教的人比学的人付出得更多。”

“他们心胸如此广阔，一定是了不起的人物。”

“是的，他们很了不起。”

两人休息了一会儿，英明回到屋里，拿出了两把木刀，两套护具。虎禅知道，是要先交手，作为实战示范。

在武术中浸淫已久的人，在实战中更容易了解一门武术的基本风格。

虎禅曾经玩过木刀，而这两把木刀的式样虽然和以前见过的没什么差别，分量上却要重上不少。

“这两把木剑是我特别定做的，木头经过压制，分量比真刀还略重一点，这样练习才有实在的效果。”

日本的剑术，说是剑，实际上是方便劈斩的刀法。

虎禅虽然曾练过刀，但是戴家心意拳用的刀，最初只重四两，使用时全不与人硬拼，全凭身法一闪而过，见血封喉，速度极快，现今打造四两快刀的技术已经失传，但是仍然使用尽可能轻便的刀。

虎禅虽然得到精心的指点，但是由于刀在现代社会不可能随便使用，法律也有管制，限制太大。兵者，不祥之器，动辄与人刀刃相向非常不合适，所以在兵器上，老太爷和师父还是让虎禅以鞭杆为主，因此虎禅在刀法上的修为还相当浅薄。

如今，虎禅将这木刀拿在手上，就有点儿傻眼了。

交手比武，比的就是平常练就的习惯，一身武装到牙齿的护甲，限制住身法，已经十分别扭，再加上手中不称手的兵器，就算自己专精戴家刀法，现有实力也是大打折扣了。

“怪不得从前看的剑道比赛，觉得参赛剑手的躯干动作都挺呆滞的，现在这可咋整？”

虎禅眼珠一转，忽然想出了个主意。

师父曾经给虎禅说过，在抗日战争的时候，中国没有像日本那么精良的刀，就以又厚又重的大刀来作为白刃战的主要兵器。八路军多是贫苦人民出身，没办法学什么精妙刀法，但是当时许多窥尽武学之道的大高手，用自己的经验与智慧，为中国的军人们凝聚出了各种既简单明了、一学就会，又猛烈凶暴的招数。

三年前，在山西老家，虎禅跟师父问起这类刀法，师父没多说话，午饭后将虎禅带到了农田里。那时候刚好是春天，师父让虎禅试着帮忙刨刨地，松松土，一把子力气，不能光知道吃喝，不懂得劳动。

虎禅还清楚地记得，师父说自己就知道吃喝，很不服气，开始自己还念叨：“这有什么呀……这有什么呀……”

结果一小块儿地都没打理完，就疼得不行，手掌起泡不说，全身酸痛得厉害，腰都直不起来，脚上还粘了几只踩扁的虫子，恶心到不行。抬眼一望，那十几亩地简直就是苦海无边，最气人的是师父的话：“这活简单得跟个‘一’一样，瞅瞅你这德性，锄头都抡不动，还问刀，彪得很。”

第二日，虎禅又问刀法，师父还叫他下地，虎禅说师父卖关子，师父耍赖，说不下地就别问刀，虎禅嘴里叽里咕噜地抱怨着这坏老头儿。

那时候的虎禅，虽是练武，但是也没干过啥粗活儿。十多天下来，虎禅手上长出了茧子，一口气能刨上半亩地，本来体力就极好，熟悉了活计，还长壮实了不少，想着给师父帮忙，反而忘记了问刀。

一天傍晚，师父跟虎禅端着碗，坐在门口阶梯上吃饭。

“你不是想问抗日那时候，咋使大刀的嘛。”

“对啊！对啊！这么长时间，我都忘了这茬儿了！”

“忘了？那不说了……”

“没忘没忘，这是我锄地锄晕了。”

“劈人如锄地，捅人如铲草！”

虎禅愣在那儿老半天。

“干啥啊？吃啊，多好的手擀面啊，干了一天活儿，现在想当神仙啊？”

虎禅猛地冲到柴房里，抓起锄头就往地里跑。

师父站在门口大喊：“喂！你去做什么！魔怔啦！嘿嘿！小笨蛋！”

这“劈人如锄地，捅人如铲草”的刀法，听着挺土，实际上非常精要。

锄地的时候，一锄头下去，向回拖拽，换上了刀，在人身上就势一拖，那威力非同小可，就算对方用刀架住，也能将人给削了，那把锄头抡起来的力气，向上又能把对方的刀招一下子磕开，方便顺势再劈一刀。那捅人如铲草更是一刀连捅带挑，又猛又毒。

农夫出身占了绝大部分的抗日部队，这种锄地的动作从小到大，天天年年，练过不下千万次，早就练得没半点多余动作。锄头比刀分量沉，换成刀后，稍加练习，改改习惯，对拆几天提高反应就可以上阵，那因长年躬耕练就的力量早就威猛到家了。

“劳动人民的智慧是无穷的，一点儿没错！就用这法子！好歹我也锄过几亩地！当年砍鬼子的刀法，现在……还算是挺适合的，嘿嘿！”虎禅小孩心性发作，心里暗赞自己的小聪明。

第十一章　无比流刀招——峰回九转

这个夏日并不酷热，反而还有阵阵的凉风。

虎禅本来就气血旺盛，再练上这么一会儿，早出了汗，将衣服的短袖卷到肩膀上，狠狠地伸了一个长长的懒腰。

虎禅的作风一直都率性自然，从小到大，虽然大大咧咧，却总是能让旁人心情愉悦。

"嗯，双手握剑，握剑不能太松也不能太紧，要有风吹不断、雪压不折的韧性……无名指和小指握紧剑柄……大拇指和食指轻捏剑柄……中指不紧不松地搭在剑柄上，手与剑柄的接合处不要有空隙，就这样。"

然后是剑术的基本招式。在日本，刀术亦称为剑术。

"挥动的时候不要急，不要考虑杀伤力或者速度之类，稳健、流畅最为重要，犹如音乐，过快过缓都不可以，要稳稳地按照节拍才不会乱。"

英明一边讲解一边挥剑演示剑术中的短套路。

日本的文化，最是短、小、精致，剑术、枪术套路也很短，往往是几招剑，甚至只是一两手，就是整个套路。

许多人认为，日本刀适用于猛烈的劈杀。其实，这并非剑术正道。

一把好刀，一定要有技术很好的高手来使用。除了进退、转折之外，日本的刀术重一个"正"字，落刀要正。刀刃斩下时，如果偏斜，再加上完全无谋地胡乱砍斫，那么不论多好的名刀，也不过是一把又贵又容易卷口、易折断的铁棍子。

所以凡是推崇古武术的，练习的时候更愿意使用真刀，木质兵器没办法练习对刀刃的感觉。

"来吧，咱们试试，护具很坚固，穿上应该没关系，你先尽力抵挡吧。"英明说完，将木刀高举过右肩。

“嘿！”虎禅暗笑，这起手式的预兆太大，高举起来的刀，除了劈斩之外再无他法，是“死剑”，一眼就能看穿。

“注意了！”英明一声大吼，后脚豪迈地蹬地，猛地前冲，木刀劈斩下来，说不上极快，时机和节拍却掐得甚好。

虎禅早有打算，像抡锄头一样，挑开对方的木刀，再顺势拖刀，锄地一般斩下。

可是这时，英明的气势却超出了虎禅的意料，一股原始的本能泛起，心知这一刀挑不开，甚至不能挡。

动手的时候，没有哪怕一丁点多余的时间给战斗的人思考，而虎禅的注意力已经被英明这一斩的威力所吸引，等回过神来，木刀已经当头斩下。为保护自己，虎禅大步后退，英明一刀斩空，跟着便使刺突剑，刺向虎禅胸口，虎禅正要格挡，闻听英明吼出剑术招式。

“峰回九转！”英明手腕一拧，击打在虎禅握刀的手上，木刀脱手。

“好精妙的刀术！”虎禅没想到看似粗糙的日本刀术中，还有这等细腻功夫。

这“峰回九转”的刀术，源自古战场，却莫名地慈悲，对刀术好手来说，可以用这一式轻易斩断对手拇指，使对手不能再握剑，便只得退下战场，之后也无需再服兵役，可以回家种地了。

“岳君，我刚给你说过进退反攻的方法，以你的程度，这样简单的动作你应该很快掌握，为何不用？”

英明的话语中明显带着不高兴。

透过脸上栅栏一般的护甲，虎禅依稀看到英明又恢复了那嘴唇下撇、狠狠咬着牙、刚毅、倔强、猛狠的脸。

真正的武者，没有一辈子不败的，一次失利几乎影响不了虎禅的心情，但是不知道为什么，事先想好的刀法没有用上。英明脸上那跟电视里鬼子军官一样的脸和举刀架势，让虎禅心底有一点儿莫名的愠怒。

“岳君，你手上拿的不是铁棒也不是中国的厚背大刀。”这时的英明，嘴唇咬字十分有力，带有一种警告的意味。

“他难道知道我用的是什么刀法？”虎禅一边暗想，一边因为英明说出了“中国的厚背大刀”而变得有些敏感。

“不论怎么样,比试是比试,除了对手,不该过于在意其他无关之事。”英明仍旧狠狠咬出了有力的警告。

虎禅尽力地回想自己所见过的,师父与老太爷曾经提过的刀法。

武术中,不论拳脚还是兵器,光“学会”是一点用都没有,必须常年练习,练到刻骨铭心才行。自己对于日本刀并没有下过任何苦功,所以在各派目录上看来的招数肯定用不上。

只有使出英明没见过的打法,出奇制胜。

最难过的,还是那一身护甲的羁绊和手上这不称手的木刀。

木刀无刃,是否能当棍使? 虎禅对自己所学的鞭杆棍术颇有心得。

虎禅松开了一只握住木刀柄的手,握在刀身上。

这时,虎禅见英明深深叹了口气。

英明撤掉了准备攻击的架势,解开了护甲头盔的系带,摘下头盔,坐在了地上,半晌不说话。

虎禅看到英明这个态度,十分不解。

“为什么不打了?”虎禅问道。

这时英明已经放松了自己的脸,但是却比刚才显得更加严肃。

“我挥动木刀,并非为了取胜,而你为了取胜,却忘记了自己的初衷,这并非真正的学习之道,我虽然并不在意,但是你的做法不光令自己止步不前,对有心教你的人,也十分失礼。”

英明平静而又肃穆地看着虎禅,虎禅虽然盘腿坐得稳稳当当,但是心里却有些不知所措,也隐隐觉得自己刚才打斗时的表现似乎有些不妥,但是一时间脑子还理不清头绪。

“今天岳君的心情似乎不适合继续练武,请先休息,等你的心情安定下来,再来学习我的武术,如果一块儿去吃饭喝酒则另当别论,我这里随时欢迎你。”

“嗯,时间不早了,那我今天先告辞了,把今天所学会的整理一下,下次再来请教。”虎禅不知如何回答才好,继续犹豫很不合适,平日里纵然很能胡闹,但是现在觉得心头有些气闷,只能从嘴里蹦出这么些没味儿的话来。“天哪! 今儿真是……”

离开英明的道场后，虎禅散步到附近的电玩厅里，本想散散心，玩一把平日里最擅长的铁拳，结果却一下子输了不知道多少局。对面与虎禅对打的是女孩子，赢了就站起来举着胳膊乱舞，咧着涂了闪亮唇膏的大嘴疯笑。

“妈呀，长这德性，没天理了……这格斗游戏就该是男人玩的嘛！”虎禅撇着嘴，眼皮使劲儿跳，他觉得如果对方是个花容月貌的女孩子，那自己还算输得有理，也不知道怎么会有这古怪心思。

“还是回家吧，翻翻书，定定心思，昨天没练够，今天多补补。”手上玩游戏的代币也不要了，扔在了游戏机的案台上。

虎禅了解自己，每当自己烦闷的时候，便很难把一些事情考虑妥当，只要略微玩乐一下，泄掉那股闷气，很快脑子就明白了。

自从开始把太极拳活步对练、对缠的法子教给本多英明，自己就带着一股莫名的好胜心，也许是为了告诉对方，自己的心胸十分开阔、大气。那么教出这套练法，也许并非自己的真心呢？既然不出自真心，这里边所携带的心思，便不是正道，大概是过于好胜吧？

逞强好胜，甚至有的时候死要面子活受罪，都是少年人飞蛾扑火般爱犯的毛病。

之后呢？

回想起英明说的“我挥动木刀，并非为了取胜，而你为了取胜，却忘记了自己的初衷！”

虎禅敲了敲自己的脑袋，眉心又蹙在了一起，这回可不是发狠，是懊恼。

“我明明是要去学习刀术的呀！”虎禅想起自己的初衷，脸上写满了懊丧。

这回真是搬起石头砸自己的脚了，明明说过的，抛开历史因素不论，武人有武人的义务，不拘一格学习与见识各种可能会让自己提高的技艺。

“自己的好恶，把本质给颠倒了，现在想起来，今天的学习，我弄得一塌糊涂，把木刀当厚背大刀，又把木刀当鞭杆，难怪英明会不高兴。虽然我并不是专攻兵器的，但从根本上来说，他的认真，是希望我的刀术学得炉火纯青啊！”

在日本武人的心里，对刀的信仰，很多时候甚至超越了刀的实用性。虎禅这么做，无意间有些不尊重，虽然没有任何一条理由可以直接指责虎禅错了，但是人的信仰就是这样，完全不可能标准化。

且对于日本的刀术来说，用正确的方法使用刀，以使身与刀配合无间，发挥出最适当的攻击才是正道，并不是身体强大，力压对手。

虎禅的心性虽然仍欠成熟，但是用心反思过往的能力，却已经被老太爷磨砺得十分明澈通透。

心里想得明白，那是做好事情的前提。

不过更多时候，并不是想明白了问题就不存在了，现在想出了所以然来之后，烦恼不但没有减少，反而更多了。

虎禅忽然想起，附近有一座寺院，几年前爷爷就领自己去过，虽然寺院不能让好的心情更好，却能让坏的心情消散。这些年来的时候也没去，已经忘记供奉的是哪位佛祖了，也不知道现在那寺院是不是还在。

拳法武术，在许多时候与宗教是不分家的，所以虎禅很小的时候，就常会待在各种各样的寺院里。观看清真寺里的阿訇、道观里的道爷、佛寺里的和尚……穆斯林的拳法可是天下闻名的，那些阿訇不仅力大无穷，更重要的是炒得一手好牛肉干巴……而老太爷带自己去认识的道爷、和尚，除了功夫厉害，还特别会说故事，有口耳相传的，也有经书上的，听他们说故事，是很能忘忧的，嗯，还有他们泡的药酒……

实际上，虎禅的师父也是一位道人，也是少数懂得收拾这臭小子的人。

这么些年，也不知道虎禅从这些两袖清风的修持者身上刮走了多少好处。

“我喜欢寺院啊，爱屋及乌，也爱寺院里的东西。所以真主啊，佛陀啊，三清祖师啊，都一定不会怪罪我，有谁会去怨恨喜欢自己的人呢？”

满脑子歪理纵横，想到这些，虎禅又龇着牙笑了起来。

正处于烦恼之中，说笑就能笑出来的人，也不知道是豁达还是没长心眼。

闲着也是闲着，虎禅向记忆里寺院的方向慢悠悠地晃去。

第十二章　地藏院明心，武藏野见性

到了这个时间，下班出来玩的人渐渐多起来。

要是平时，看到街边有卖小吃的店铺，虎禅一定会忍不住。

但是虎禅的脑子很多时候都有些单一，想到要去哪里，就一定要马上去，想要见某人，只要条件允许就要马上见到，其他的一切都暂时忽略。

“哦，看到牌子终于想起来了，没错，是‘地藏院’。”

左侧书“慈爱不可量”。

右侧书“悲愿如海洋”。

“大门比记忆中的小很多，嗯……应该是我长大了不少吧。”

地藏菩萨是最慈悲的菩萨，在中国流传最广的就是地藏菩萨的大愿——地狱不空，誓不成佛。在日本还有说枉死早夭的孩子，归宿是赛河原，从早到晚在赛河原上垒石头，白天垒好的，晚上就被恶鬼破坏，永远地垒下去，运气好的孩子会在那里遇到地藏菩萨，得到地藏菩萨的超度。

多数寺院里，人们祭拜的都是“檀陀地藏”，也就是在地狱里救度世人的，其余的还有“宝珠地藏”“宝印地藏”“日光地藏”等等，上香许愿的人们往往不问类别，浑浑噩噩地见神便拜。

也许虔诚是不需要分门别类的吧！

就像练武的人，一心爱武，遇到好的拳法，不会因为国籍、流派等问题，偏执地断定一门武术是好还是坏。

虔诚是重点，跪拜的大概还是自己的心灵。

有句老话叫“无事不登三宝殿”，所谓“三宝”便是佛、法、僧，也就是人们每当求不得、想不通、舍不下的时候，就去求佛祖能赐予自己想要的东西。

“真可笑啊，什么都跟佛祖要，佛祖就算富有四海，也得一个铜板儿掰成两半儿花。”

常在寺院晃荡的虎禅，除了盘剥些和尚、道爷们的拳法、知识和书本外，倒是真的想不起自己有跪拜在天尊、佛祖前讨要过什么，想要什么的时候，得靠自家的双手和脑子，木头菩萨泥塑佛祖给不了啥。

也不知道这吊儿郎当的德性是不是反倒符合了佛祖、道祖的念头，虎禅总觉得自己向来运气都还不错。

也许人的心里多些光亮豁达，人间就会是光明藏；心里充满了不可求之欲望，世界就是黑暗藏。

好兴致时来顽铁黄金色，气煞人运去铜钟声也差。

这个时候，寺庙并不安静，人来得很多。

不安静，却非不清净。

大家刻意小心却又实在掩盖不住的脚步声，更显得对菩萨的敬重，寺院里除了安详平和，再无他物。

院子中央摆放的物件，虎禅很熟悉，是一尊两尺来高的地藏菩萨石像，走过去的人们都用竹勺在石头凿成的小水池里舀上一勺池水，慢慢地从地藏菩萨的顶上浇下去。

石头雕刻的菩萨早已长了一大片青苔，比从前更多更厚。

现在的虎禅，经过恋爱的洗礼，心思却是细腻了不少。那时候的虎禅更加没心没肺。当时来的时候，说是一勺水太小气，拿着竹勺在地藏菩萨头上不停地浇，说洗澡就该洗个痛快，寺院里的大和尚笑个不停。

可是回头想想，这洗澡都洗得石头开花，长出青苔来了，哪里还有洗澡的意义嘛。

“地藏菩萨妙难伦，化现金容处处分，三途六道闻妙法，四生十类蒙慈恩，明珠照彻天堂路，金锡振开地狱门……”

站在地藏菩萨石像旁的大和尚低眉垂目，正默诵经文。

“喂！大和尚你好！我记得你呢！”

（可我不记得你啊……）

大和尚瞧了半晌，心里犯嘀咕，像看稀有动物似的看着虎禅。

"算啦,不记得也没关系,大和尚,你说,为啥要不停地用水浇地藏菩萨啊?"

"是供养,南无……"

"不会啊!"虎禅打断了下面的阿弥陀佛。

"一勺水啊,这供养也太抠门儿……"虎禅虽然带点儿玩笑意味,但是也实在觉得这菩萨太清苦了。

大和尚微微一笑:

"菩萨发下大愿,地狱不空誓不成佛,难道是想待在幽冥里头吃供奉吗?即心即佛,人们每日忙完了手上的活儿,来这为地藏菩萨浇上勺水,那洗的不是菩萨,洗的是自己的心啊,让自己的心灵纯洁,不正是给菩萨帮忙了嘛。"

"原来是这样啊!大和尚说得有道理!"

"不敢当,施主也请给菩萨浇浇水作为供养吧。"

虎禅才明白,那年为啥大和尚笑话他,浇个不停,那有多少罪孽要洗呀。

走到后面排好队,看着前面的人们一个一个地浇水供奉,虎禅盯着他们的脸,没有任何的急切,动作既稳健又柔和。还有不少人正提着公文包,看来是刚下班,可以想象他们平日都会来到寺院里,浇上一勺水,洗涤心灵的疲惫,这一天的工作才算是圆满。

地藏菩萨身上的青苔,原本在虎禅的眼里,那是陈旧潮湿的污秽,这时绽放成为人们因善心而开放的因果之花。

沉静下来的心灵,让虎禅觉得等待并不漫长,很快轮到了自己,虎禅轻轻拿起竹勺,舀水浇下。

排在虎禅身后的中年阿伯,上下打量着虎禅,看他像呆子一般,一勺接一勺,不住地浇水。

无明执念,被冰寒清澈的水流缓缓洗净。

旁边的大和尚,低垂的眼皮,恍然地睁开了些,也许记起了眼前这位少年曾经可笑的举动,只是这回大和尚没有笑,低头轻轻地念了声佛号。

入夜,饭后。

虎禅陪伴爷爷喝茶谈话,两人没有丝毫的严谨气象。

爷爷深谙茶中三昧,祖孙两人之间更没有任何矫揉造作,坐姿大大咧咧的,沏茶更加不拘泥于何种章法。虎禅虽在学习茶道上粗枝大叶,但是十分明白点茶时，用茶筅搅拌到什么时候是恰到好处，虽没有了形式的美感，但要是旁人看到这样粗犷的点茶，定会感受到茶品的芳香，连心情都能得到调养。

调膏、注水、茶筅击拂，轻重缓急，错落有致。

北宋苏轼有诗云："道人晓出南屏山，来试点茶三昧手。"

虎禅偶尔手到心到之时，怕是也勉强够得上这"三昧手"的称号。

经过一番歇息，心已沉淀。

虎禅回到房间里，再次捧起了《二天一流》这一卷，细细地阅读。

心念通透，放下好恶，扫除了知见障，才能放开心胸，让古人的技艺与经验在自己的心海里百川归流。

次日清晨，勇叔带着虎禅与妻子，一块儿前往武藏野。

郊外的山坡和原野上，最舒服的便是有享受不尽的阳光和清风。

"嗯啊！很漂亮啊！"

虎禅下了车，伸着长长的懒腰，像猫科动物一样懒洋洋地蠕动着在车里蜷缩了半晌的身体，活动开筋骨血脉。

"有这么漂亮呀？这样的原野老家有不少嘛？"阿勇斜着眼笑嘻嘻的。

"是呀，我原来看过很多电影里都有武藏野啊，所以一直觉得很漂亮。"

"哈哈！你看着漂亮的，是爱情电影里的大姑娘吧！"

原野上齐腰高的萱草丛，随风摇摆，自然地把清风的轮廓勾勒出来。

日本没有以"大"闻名的景色，却有"幽玄"之美的精致。

这里没有浓艳，没有壮阔，没有险峻，在这样的风景下漫步，只有真正悠然自得的人，才能明了其中之美。

"少……哦不，虎禅，哈哈，要知道，这武藏野还有些可能你会感兴趣的故事。"

"难道是宫本武藏？"

"嗯……可以这么说吧，但是这武藏野的名字与宫本武藏的名字倒是没什么关系，宫本武藏曾经绘画过武藏野的风景。"

虎禅想起宫本武藏《五轮书》的自序："……于五十岁时，终于彻悟，自此，余不受外力所拘，遂醉心于其他技艺，每每触类旁通……"

"据说宫本武藏曾受到邀请出仕，但是由于种种原因，最后没有出仕。但是却给邀请他的大名家留下了一幅画，叫《武藏野之秋》。”

“原来他还会绘画啊！”

“是啊，虎禅，你的钢琴还会弹吗？”

“早忘啦，小时候老妈没事儿就成天逼我学，弹错了还被拖鞋伺候，这东西学得很不痛快啊！”

“虎禅，总裁希望你能除了武术之外，涉猎多种技艺，将你在武道中锻炼出来的领悟，也试着用在其他的方面，这样你会成长得更加完善，以后放宽点儿心思，可不能专而不博哦！”

“那学什么呢……”

“哈哈，这个我可不知道啦，你除了武术之外跟什么学问有缘那该是你自己决定的，强扭的瓜不甜，《幽梦影》里不是说‘才必兼乎趣才始化’嘛。”

“勇叔也读过《幽梦影》啊？”

“嘿，别小看我！公司里的事情虽忙，我平日里每天蹲在厕所里看几页，日积月累地也能看很多，读书这个东西就是这样，每次阅读，读少一点没关系，能记在脑子里才是真正的收获啊。”

阿勇和虎禅虽然年龄上有相当的差距，但是聊起来却如连绵不绝的溪流一般，总有说不完的话题。

“你房间里的书籍，看了有收获吗？”

阿勇十分期待地看着虎禅。

“嗯，最大的得益，还是这些典籍给了我寻找武术的线索。”

“嘿嘿，要不给勇叔表演表演？”

阿勇打开汽车的后备箱，拿出了两把木刀与一把品质不错的打刀。

（几十岁的人了，车厢里还有暴走族的标准配备呀……）

虎禅笑起来，旁边，阿勇的妻子也忍俊不禁。

“嗯？虎禅，为何你是单手持刀？对自己的腕力如此自信吗？”勇叔见虎禅“丁字步”站立，单手挥刀，这架势十分少见。

“噢，这是本多英明教我的，从前在战场上，刀要与柔术擒拿相配合，左手要留作牵制和捕捉对手，只有在需要大力劈斩或者挡架的时候，左手才作为辅助，所以平日练习都该用单手持刀。”

太阳渐渐西沉,原野上一望无际的萱草在夕阳的映照下,美得让人有了轻微的迷幻。

凉风习习地拂过,虎禅调整好握刀的手法与身形,流畅地挥动,冷静平缓,有如技艺娴熟的乐手,拍子丝毫不乱,沉着地敲击出鼓点,实践着英明教给自己的刀术招式。

不华丽也不耀眼,放下贪嗔痴,心正了,手也稳了。

第十三章　勇悍的暹罗武士

三天后，虎禅该回国了。

还是老家好，老太爷也该惦记着虎禅了。

机场里除了爷爷和阿勇，本多英明也来了。

“虎禅啊，回家后把衣服换了，你妈妈不是给你买了那么多好衣服吗？她不喜欢你老穿着这种没袖子的衣服，露着老粗的胳膊……”

“我不喜欢那个样子的衣服啦，自从老妈出国之后，我就是翻身农奴把歌唱。”

“嘿，这孩子，说什么呢？”

虎禅小时候，几乎被当做女孩了养，妈妈总是希望虎禅能斯斯文文的，逼着虎禅学钢琴，又请了好些家庭教师，但是无一例外，漂亮的女老师都被虎禅给逗哭了，凶恶的男老师都被虎禅打跑了。妈妈也十分不喜欢虎禅一身的“江湖”习气，虽然碍于老太爷的威严不好多说，只不过妈妈每次回家的时间都不长，大家还是都希望虎禅能顺从母亲的意愿，让母亲放心。

“虎禅，回去多看看我给你的武道笔记，还有《五轮书》，有机会再来，我们再试合一次，到时候你赢的可能就没那么轻松了，另外剑术也要有些长进啊！”

“嘿嘿！看我下次用木刀劈你个跟斗！”虎禅下决心要找回场子。

“行，你做梦吧，哈哈！”

阿勇走过来，轻轻地拍拍虎禅的肩膀。

“努力提高自己，别忘了我在武藏野跟你说的话，希望下次见到少爷，能给勇叔看看新的表现……”

面对大家的关心，虎禅很认真地一一回应。

虎禅最爱穿的衣服除了中国式的褂子，就是宽宽松松、有大口袋的牛仔裤，加上宽大的无袖衣服，这并不是为了好看或者潮流之类，而是宽大的牛仔裤在使用腿法与身体起落的时候，能够活动自如，裤裆不会崩开。练拳的人，只要身体厚实，两腿粗壮，都是十分称职的“裤裆杀手”，若是穿普通的裤子，一展开拳脚，听到“刺啦”一声响，心就先凉了半截儿。

再者，宽大的牛仔裤能起到一些 Hakama 的作用。

Hakama 是柔术、合气道与剑道服装中的“裙裤”。裙裤是日本传统装束，同时还有掩盖膝盖动作的作用，能大幅度地降低出招时两脚移动的预兆，让对手更难看穿自己的身体走势。

现在，虎禅牛仔裤的大口袋里装着爷爷那印成小册子的《五轮书》，因为便于携带。虎禅把英明送的《五轮书》放在了爷爷的书柜里，带走了这本硬壳的《五轮书》小册子。

坐三小时的飞机，还有十几小时的火车，有本书琢磨，还不至于太难熬，说不定还能有不小的收获，而且虎禅明白，有可以思考的东西，自己便不太容易想起分手的女朋友。

“这样的烦恼，用多大的力气都甩不掉啊。”

虎禅仍然记得，与小菁刚结束时，自己因为无奈与气闷而发出的脾气与呼喊。

平日里都可以把脑子里的空间用拳法、书本、动漫和亲人、好友的形象填满，实在不行的时候，就看看天空，爬爬山，数数星星，觉得自己的事情和大自然比起来，渺小得微不足道。

可是晚上终归要睡觉的，一关了灯，天空、星星、高山就都没了，亲人、好友毕竟跟情人不是一回事儿，只剩下自己一个人。这些日子里，每次睡着之前，虎禅都被习惯性的思念折磨好一会儿，然后才将那该死的酸楚锁入梦中。

感觉就像小时候打架受了伤躺在床上，一脸的苦相，伤处疼痛却又无可奈何。

男女之间，真正的伤口，是破坏了互相之间的习惯。这习惯便是男人和女人之间的认可和接纳。

人要改掉一个习惯，将一个已经被自己接纳的人从脑海里赶出去，需要的时间很长。

纵然虎禅十分豁达、明朗，看起来还有些小小的好色，但是在男女之情面前，也不可避免地尝到恋爱所应当付出的代价。

好在虎禅从小便懂得趋吉避凶，至少自己总是自然而然地把自己从困境中拔出来，而不是陷进去。

“举世皆从愁里老，还是不要惦记啦。”虎禅轻轻拍拍自己的脑袋，想把这有害无益的思绪赶走。

同时，泰国南部郊区的一座小山包上。

“鱼牙交错！飞鸟掀巢！魔王捉猴！举须弥山！伊诺刺剑……”

传统泰拳基本招法中，有子母两路基本招法，各十五式，此人锻炼的正是母招十五式。

“大头，差不多了，不要太急于求成啊！”

老禅师走入寺庙旁的树林中，那慈祥、厚实的声音对着小山包上挥汗如雨的身影呼喊道。

泰语刚开始听着挺奇怪，像鸟儿在叫一样，又密又快，叽叽喳喳的，听得时间长了，有种很好听的节拍。

老禅师说过，泰国人的说话，是跟大自然学习的呢。

叫唤了几声，只见一个皮肤黝黑的少年，只穿着一条短裤，赤脚，闪过一棵棵树，跃过一丛丛灌木，十分敏捷地从树林深处奔跑出来，纵跃腾挪之间，自有一股野性精悍，身体伸展收束间，十分有弹性。远处乍一看有些瘦，待到看清了才知那黝黑的身体，筋腱相当扎实匀称，没有什么多余的脂肪。

少年放慢了速度，在老禅师面前跪下，双手合十行礼。

“来，回来吃饭吧，你还在长身体，每天都这么努力地锻炼，可不能学我们一样，过午不食呀。”

老禅师笑着，一手轻轻扶起大头，一手轻拍着大头的肩膀。

泰国除了凉季，天都热得相当厉害，饭后刚歇了一会儿，大头就泡在寺院旁的小河里，懒洋洋地看着寺院屋檐上挂的风铃，耳闻那风铃清脆的声音，便似听见了清风凉爽的到来，很能缓解酷暑的烦闷。

大头沉静许久，猛地睁开了眯成条缝的眼睛，从水里站起来，穿上衣服，走向寺院。

双手合十，拜伏于老禅师面前。

“大头，是要离开寺院了吗？”

“是的，方丈，时间到了，我该回国了，谢谢您这些天来的照顾。”

“你的心灵是光明的，我祝福你。”

大头回到自己住的精舍，背上了旅行包，当他踏出寺院时，老禅师用巴利语唱诵起了经文，抑扬顿挫的禅唱，深沉而喜悦，美好的祝愿加持在远行者的身上。

渐渐地，离开寺院很远了，抬头看看远处，拿出耳塞戴上，听着用爪哇笛、双面鼓、镲、锣四种乐器演奏的泰拳伴奏音乐，那被日光照晒得黝黑的脸上，眼神却闪烁着锐利的光芒，显得战欲十足。

“虎禅，这个时候你大概已经回老家了，我也得回去收拾收拾你，我的进步，你该无法想象吧。”

一个富贵之家的孩子，自出生之日起，衣食无忧，本该一切顺遂。但是自幼跟随老太爷，没有多余的奢华和过多的享受，虎禅的一切快乐都来自亲情、友情，还有那些自古流传的学问。

拳法武术这种学问与其他学问大不相同，静时心不懒，动时心不乱，能融合猛烈与温和的气质于一体。

在一帆风顺的生命中，武道修行是最能为虎禅设置难关劫难的方法。

人们都爱争斗，所以练武的人，一定会遇到各种各样的对手，而且世界上绝对没有一生不败的人，失败比成功能让人学到的东西更多。

磨炼出一颗平常心，需要不断经历胜负交织的人生。

更重要的是，天下所有的拳法都有一个同样显著的功效，即是在艰苦锻炼的烈火中，将一切贪婪、抱怨、愚昧焚烧殆尽，而信任、尊严、爱，则会应运而生。

选择学习拳法的人，开始时的目的各不相同，在经历了磨炼，有了进步之后，这些目的都会出现一定的改变，且一定会有一部分人经不住艰苦锻炼的烈火，离开这个让人受尽煎熬的烈焰熔炉。

自古以来，铸剑时烧掉了杂质，才能剩下好钢。

大概一个好对手，也是为了铸出好剑而不可或缺的火焰吧。

不因胜负而积累下恩怨，这样的对手从某方面来说，比那些只是因为聊得来便粘在一块儿的朋友更加珍贵。

神龙恋旧思故渊，猛虎漫步爱山岗。虎禅的太爷爷岳文勋，在带虎禅来自己师门拜师的时候，便选择了在山西定居。虎禅的父亲岳殷鸿，为老爷子置了一座老式的大院，他知道，老爷子想念的除了这里的老朋友，便是这样的一座大院，可以让他回忆起少年的时光。

人老了，剩下的时间，绝大多数都是用来回忆的。

在山西，经商、武术等等的世家，在家族人丁不断扩大的历程中，大院的建筑也会不断地展开，占地面积相当大，在古代曾有一句话形容老太爷的师门：一座南山半座城，住不下半家戴家人。

深邃的宅院，布局方正稳定，成"囍"字形，结构有如城堡一般，石雕栏杆院、五进式穿堂院、十一踩木制牌楼和包厢式戏台院，号称"四绝"。各色的屋顶样式，精雕细刻的门墩儿、石础，更是让一座古旧的大院显得底蕴高古，富丽崔嵬。

同时这座大院里还有许多自古流传下来的匾额随处可见，透着浑厚的书香，与那富贵之气相互中和，没有了丝毫的俗媚之气，不负山西人儒学之风。

院子里，老太爷靠在花梨木的圈椅中，手边的木桌上摆着他用了半辈子的赤铜旱烟杆和跟随了他好些年的酒葫芦。

"既有凉风又有日头的天气真少见哪，比在屋里睡午觉还舒服。"

老太爷舔了一小口葫芦里的汾酒，吧嗒吧嗒嘴，忽然感觉有些异样，眯缝着眼睛对着院子门口瞅了瞅，嘴角露出一点儿笑意。

"嘿，不光有日头有凉风，还有探头探脑的小猴子！"

第十四章　孱弱的善良佛子

人总是会莫名其妙地出现恐惧。

佛经说，离爱，离贪，离痴，离嗔，就没有忧虑也没有恐惧。

无转生九品莲台之欲，便也无堕落八万地狱之罪。

但是贪嗔爱痴全都断掉，那也不算是人了，佛祖都还有动怒的时候呢。

这种“无忧无怖”，对常人来说，似乎没什么意义了。

许许多多的人都以为，只要学习了拳法，就能像一个侠客一样，昂首挺胸地做人，能够拥有足够力量，在人们犯错的时候，告诉别人错了，阻止他人犯错，然后无所畏惧活着。

这个看似伟大的想法，却也大错特错，因为那并非是对武术本身的专注，没有这种专注，不可能练就过人的本领。

师父曾随口跟虎禅聊天，说人在乎的东西越是宝贵，越使得自己无法专注，反而身无长物者，却能够更加轻松自在——比如说，与人动手，不带胜负心，不怀敌意，你的本领就能发挥得更加淋漓尽致。

那时的虎禅没法理解，于是师父这话成了耳边风。

很多的动物，老虎、毒蛇之类，对人发起攻击时多数不是因为肚子饿，而是因为人类踏足了它们所居住的地盘，它们恐惧，在它们的世界里，没有法律、警察、军队来保护他们，只有獠牙利爪是它们活着的保障。

人呢？

童年的时候，老师说不要打架，发现坏人坏事要告诉老师。

父母会吓唬孩子，打架的话，警察叔叔要来抓你的。

总而言之，一切纠纷都靠着他人的呵护来解决。

以至于，一个小孩子摔了一跤，只要身边有大人在，便哭个不停，没人的时候便拍拍屁股站起来就走。

聪明的孩子潜意识里都知道，他们摔着的不是自己的屁股，而是大人们的心。

人们希望得到眷顾，于是在被各种恶形恶相的鬼魅恶魔包围的时候，会叫救命。

其实明明他们奋起一搏，就算不胜利，也能冲开条路逃离当下的活地狱。

可是他们偏偏就想等着鬼魅恶魔们听到自己的求饶声而生出慈悲之念。

又或者有一个英雄从天而降，救走自己。

可是他自己有没有做些什么呢？

犹如一个玉指芊芊、肤色胜雪、娇柔无限、不谙世故的千金大小姐被扔在黑暗的旷野里，只能蜷缩成一团哭了。

从前，大头每次走过夜晚的街头，都尽量躲避在人们视线的盲点之中。

街头那些将头发染红染绿的，脸上身上打了洞，带着许多金属环，为了掩饰自卑的心灵，动不动就吼“看什么看”的家伙们，吓得大头越走越快，想回头用余光看看有没有人追上来，又怕眼神和小痞子们对上会犯了他们的忌。

口袋里那点不多的零花钱被流氓们抢走过，头、脸、身体也被小痞子们的拳脚臭揍过，然后抹抹脏兮兮的肿脸一步步挨回家，厨房里正在做饭的妈妈问他为什么今天回得那么晚，他说老师留堂，然后低着头走进自己的房间，关上门，打开电脑，看着李连杰的动作片。

虽然那时大头自己很弱，但是还是很想成为强大的人哪。

黄飞鸿、方世玉、霍元甲都是英雄，看着他们打斗的影像，热血沸腾，自己和别人又都不会受伤。

大头的母亲是个虔诚、善良的佛教徒。

大头的房间里也有一尊观自在菩萨的瓷像，他在无数个夜里点燃檀香，恭敬、温柔地插在菩萨面前的香炉中，祈祷着——观自在菩萨，请你保佑我，让我不再害怕，让我强壮起来。

他并没意识到，其实自己的身体本来就挺强壮的。

或者说，还不懂得使用自己的身体吧。

那一年，因为电影与漫画的缘故，泰拳凶狠的名气传遍了中国的大江南北，大头鼓起勇气，走进了一个当地小有名气的泰拳馆，将学费交到了全身都是文身的教练手上，开始了自己的格斗生涯。

但是这些练习却没能解决大头的惧怕。大头不断地练习基本招式，打击着沙包，一拳、两拳、三拳，一天、一月、一年。

直到再次面对小流氓的骚扰，他仍旧没能挥出自己经过刻苦锻炼的拳脚。

“这是忍让的武德吧，一定是这样！”

大头不断地将理由告诉自己，实际上他自己心底很清楚真正的答案，那是没原则没目标的忍让，亦是卑怯！

后来他在网络上认识了住在邻近县里的虎禅。虎禅曾经只守不攻，硬挨过大头的拳脚，感受过大头的功夫程度。可是自幼练习拳法的虎禅身体太扎实，与大头的交手，不光没为大头积累良好的实战经验，反而因为大头对虎禅的攻击效果不大，使得大头越发觉得自己的拳脚没有杀伤力，更加失去了自信。

尽管虎禅十分真诚地告诉过他：“你的拳脚已经很重了，要是被你打中要害，我也会倒下的，所以如果是普通的街头混混，你一定能很轻松获胜！”

虎禅是宁折不屈的性情，大头知道虎禅不会欺骗他，但是却过不了自己的那一关，自己仍然害怕，害怕打伤对手或者自己被打伤，害怕打完之后会出现更多的麻烦，害怕打不过的时候，对手更凶猛的反扑。

实在没办法的时候，虎禅一边皱眉挠头，一边说打赢对手就像交女朋友一样啦，只要有了第一个，就一定会有第二个第三个。下次有人欺负你的时候，你只要集中精神，看准对手的脸打出一拳，或者用肘砸上去，你就一定能赢的，没经过锻炼的人，身体真的是十分虚弱的，一撞就伤，相信我啦！

“可是我连女朋友也没有过……”大头的头更低了。

但是虎禅却是第一个真正承认大头实力的人，这件事情，大头不会忘记。

之后，大头得到一次机会，去了泰国读书。

非常凑巧的是，大头有一个邻居，曾是泰国政府里的工作人员，知道大头也练习泰拳后，便热心地为大头介绍泰国的拳法老师。

大头在举目无亲的地方重新开始，心灵出现了转变。

在异国他乡的人，所拥有的民族荣誉感是十分特殊的，就像离开了国土很长时间的人,会特别想念家乡的风情一样。

一个人狠下心肠来逼自己做到从前做不到的事情,理由都不会是单一的。

但“我是中国人”这个理由,成了大头勇往直前的主要原因。

可以叫得像野狗一样难听地冲向对手,可以很难看地被打翻在地,但是不能再退缩了,武术交锋和其他的运动不一样,输了,可是会倒下的。

再者,在泰国的拳馆中,不会有人嘲笑你的弱小,只要有长处,肯努力,拳手们都会拍着肩膀鼓励你,在你遇到难题时尽心尽力帮助你,这样的良好风气,在国内武术馆里非常罕见。时常有慕名而来,花高价到泰拳馆做“拳法体验”的人,大家都在练拳时,他们在旁边晒太阳喝可乐,教练总是悄悄用下嘴唇远远地对他们一努:“看,多余人。”

在泰国,庙会里的拳赛,比正规的拳赛要危险得多,因为可以用肘法。

肘是近身打斗中最好用的利器。

人的肘部,不用锻炼就十分坚固。打斗的时候,一肘击实了,基本上都能将对手打倒在地。

邻居介绍给大头的拳法老师布莱恩是职业拳手,经过庙会拳赛和国际职业拳赛的双重洗礼,拿过几条金腰带,动起手来十分凶狠,蹬腿非常沉重,打拳靶的时候,可以将靶师一脚蹬出老远。

大头曾经问过布莱恩,为什么他能这么厉害,自己是不是需要变得更凶恶一点,才能打赢对手。

布莱恩哈哈大笑:“哪有这样的事情啊,要练好拳法,有两个因素,一是按时按量用正确的方法锻炼和累积足够的实战经验。”

然后布莱恩将自己的名片递给大头。

“名片背面写着第二个因素。”布莱恩说。

大头翻到名片背面,看到三个英文单词:爱、尊重、信任。

也许是吧,想想平日里休息的时候,布莱恩像邻家大哥一样,对人都十分照顾呢。

“还是小心点,老爷子年纪虽大,感觉可灵了,别让他发现才好。”大头不敢再多往院子里边儿看。(掩耳盗铃的人……)

虎禅跟大头说过回家的日期，大头在网络上查了虎禅那趟飞机的班次，计算过虎禅一路要花的时间，按理说应该到了。

大概来早了，要是虎禅回来了，一定是和老太爷粘在一块儿的。而大头在这里看了好一会儿了都没见到虎禅，一定是还没到家。

大头打定了主意，要突袭一下虎禅，让虎禅吓一跳，让他看看自己这一年的进境非同小可，于是溜到了大院西侧的拐弯角，蹲在墙根儿下等着。他深知戴家拳法遇到突然袭击时，全身惊乍，反应比平时更快更凶猛，大头也是想试试自己能不能应付虎禅那猛烈的反应。

"虽然有点害怕……不，应该是有些紧张，但是很能考验自己的修行进度。"大头心里想着。

哗啦！

一股子莫名其妙的凉水忽然从院墙里泼出来，当头淋下，被吓得半死不说，弄得大头全身湿淋淋的。

又不好弄出动静，大头气愤得龇牙咧嘴，在心里骂了一百遍泼水的家伙。

"谁那么缺德！"（偷袭别人也很缺德吧……）

院墙另一边，老太爷手上抓着个水瓢，捂着嘴，笑得满脸的褶子。

这几天的气候少有的炎热，大头躲的地方刚好西晒，刚才的那一瓢水倒让大头凉爽了不少。

"咦！应该是他！"

正对着大院门口的公路上，一辆出租车靠边停下。

"没错！"

大头站起来，躲得更好了些，还一边慢慢地活动双脚。

虎禅从后箱里搬出大背包背上，一边向着大院门口走过来，一边大声地叫喊。

"太爷爷，我回来啦！"

喊了好几声都没回应。

"难道出去溜达了？不对啊，我说过这个时间回来的，太爷爷没理由不等我的，难道出了什么事情吗？"

虎禅不由得紧张起来。

哒哒哒哒……一阵又密又轻的脚步声极快地接近。

虎禅听到脚步声之后，还没转身便发觉不对劲儿，背包太重，背包带又勒住了肩膀，身法施展太受阻碍。

没来得及脱下背包，对方已经借助奔跑的冲劲，一飞膝狠狠撞过来，眼见便要撞个结实。

第十五章　好对手，好朋友

本能的反应受到了阻碍，那么剩下的除了挡就是躲。

普通人在受到危险的时候，会自然地举手挡驾，而拳法精熟的虎禅却高明一些。

背上偌大的旅行包里装着柔软的衣物，是抵挡拳脚的最佳盾牌。

对手腾空飞膝，半空中无法借力，方向不会出现什么变化，虎禅转背蹲身，两脚前后开立支撑住。

嗵！

一声闷响。

“很重！”

若虎禅两脚是平行站立，而不是现在这样前后支撑好，一定会向前扑出去。

冲刺这么长的距离再腾空冲击，威力果然非同小可。

背包硬受一击，虎禅立刻反扑，略微转头，眼睛余光大致看清对手的站位，身子一矮，后脚从旅行包底下撇出。

这“小狗撒尿”的暗腿，名字难听，却凶猛得厉害，历代的高手，不知道用这一脚蹬断了多少人的胫骨，中国许许多多的流派中都有类似的招数，可见其经典。据传历史上真正的黄飞鸿，其“无影腿”也是类似的招式，加上有长衫的下摆为隐蔽，才是真正的“无影”。

现在有旅行包代替了长衫，虎禅这一脚显得越发的阴狠。

一下冲击不中，却遭到对手的反扑，失去了先手。

大头的本能告诉自己，这一脚十分危险，立刻提膝，让过这一脚，到底慢了半拍，虽然胫骨正面没被蹬到，踝关节却被稍稍地碰撞，隐隐作痛。

虎禅一脚虽是不中，但是已经缓过来，蹬出去的一脚刚落地，猛地把腰一拧，另一脚追风赶月般对准大头的小腹踹出。

大头的泰拳没白练，提起膝盖挡驾。

长年桩功、走步，练就的腿劲也是极大，踹得大头退了好几步，虎禅的运动鞋底还把大头的膝盖蹭破了点儿皮。

这一下虎禅有了彻底回气的时间，猛地发一声吼，扑了上去。

打斗时的这声吼，是虎禅刚才在飞机上读《五轮书》学的，宫本武藏在《五轮书》中有论述："打斗开始时，发出如山崩一般响亮的吼叫，以尽占气势；打斗之中发出一声闷吼，如狂风呼啸，野火燎原；战胜后，发出清亮长啸。"这就是《五轮书》中的"三吼"。

而这连续的追击，却是戴家心意拳的招牌风格，按道理来说，一下击出，就该追赶对手，连环不断，身子起落，上击下打，如同鬼魅缠身。

只是这回虎禅没用啥招式，把手从旅行包的背带中抽了出来。

人家突袭我，不随手抄家伙打，那才笨呢。

抓住旅行包，发起蛮劲猛地向偷袭者砸过去。

旅行包柔软，虽然不会被砸伤，但是这一砸中了，怎么都要打个踉跄，虎禅解除了束缚，猛地连环攻击起来，大头可是会"完蛋大吉"的。

大头自从真正直面自己的心灵，逼着自己去迎接恐惧那一天起，就常与虎禅交手，深受其苦，非常明白这戴家拳法打人的风格。

越是恐惧，越要逼自己睁开眼睛，虎禅这种拳法刚好可锻炼自己的胆量。

心灵虽是一天天变强了，可是武术却公平得很，只要练习方法正确，谁花费的血汗更多，谁就能赢，虎禅确实比自己付出得多。

"不能失去重心！"大头很清楚，猛地转腰，用肘向外砸开了虎禅甩过来的旅行包，顺着转腰摆肘的势子，对虎禅的脸打出一拳。

这一拳却落了空，虎禅大步后退。

这大步后退的招式，与别的拳法进退不同，心意门中独此一家。

拳法中有起落进退的步法，确是练功时的重中之重。有拳法谚语云："教拳不教步，教步打师父。"可见步法之重要，然而退步之法，虽各种武术都有，却不似戴家拳法这般苦练、常用。

戴家拳用的步法叫做虎步，不但近身迅捷，还便于快速后撤，在弓步的情况下，前脚以旱地拔葱之势，抬起并大步后退，待得后脚落地，忽而再行扑上，练得好了，能将对手的距离感完全破坏。

这时候退，可以说是失去了击垮对手的机会。

可是刚才虎禅叫喊了老太爷半天，没人答应，又受人偷袭，已经让自己有些不安了，而且仓促之间，关心则乱，对方也绝不是庸手，自己该重整阵脚。

《五轮书》中称这种情况为“重新开局”，当战况进入胶着，或是自己的阵脚有所散乱，应当跃开，重新开战。

可是大头却不放过虎禅，一拳不中，向前纵跃出去，一个摆肘凌空砸下。

泰拳与国术一样，也有地域性的风格差异，泰国南部的一些流派，比泰国北部的要擅长纵跃。

虎禅有些动真火了，准备尽快解决战斗，眉心一蹙，手指微张。

“这么爱跳，找死！”

略退半步，离开了对方摆肘的攻击范围，张开手指，伸手抓抠住对方的头顶，对着地上猛地按下去。

大头的身体凌空无处借力，这一按下可惨了，要是自己的脸撞上地面，伤成什么样子真不好说，就算用手撑住地面，手腕也一定会受伤。

“嘿！两个小坏蛋！住手！”

老太爷的双手比说话声音还先到。

一手托住大头的下巴，一手揪住虎禅的耳朵。

虎禅吃痛，这手也按不下去了，赶紧挺直腰板顺着老太爷的手站起来。

老太爷这手可谓牵一发而动全身，看着滑稽，实则精妙得很。

“太爷！你没事儿啊？这家伙偷袭我！”

“嘿嘿，小子！你看看他是谁！”

“咦？噗！哈哈哈！”

虎禅忽然喷得唾沫星子飞溅，大笑起来。

“哈哈哈，你个倒霉孩子！晒成个驴球儿啦！你这么回家，你妈还认识你不？”

虎禅仔细看了看鼻子眼睛，才认出是好朋友大头。

“你下手那么狠干啥！要是我破相了，跟你没完！”

大头摘下帽子，一边喘着粗气，一边用帽子抹着脸上的油汗。

“你还好意思！偷袭我，还带着个绿帽子！这么阴险！难怪交不到女朋友！”

“你……这不是绿帽子！这是贝雷帽……哎呀！”

“哎哟！又来！”

老太爷一手拧一只耳朵，把两人拧回了屋子。

“虎禅，去拿杯子，给大头弄点儿喝的，他在屋外埋伏了老半天，多辛苦呀！”

“老爷子，你知道我在外头？那……那水也是你浇的？太坏啦！”

“我说大头啊，你这都晒成黑炭了，不知道的，还以为你下井挖煤了，过年回来的时候都还没这样儿，吃了不少苦吧？身手进步不小啊！”老太爷看到小辈成长，很是高兴。

“这个学期课少，我在泰国南部找到了传统泰拳的老师，有空的时候就在郊区的寺庙里学习。因为泰国天气很热，所以没事儿的时候就爱泡在小河里，泡完水晒太阳特别容易黑。”

“有心哪，你这孩子很上进，学习成绩比虎禅要好，老头子很喜欢你！”

“哪里，功夫上还差虎禅老大一截呢……”

“功夫可以慢慢练嘛，今天有啥事情要问老头子吗？”

老太爷吩咐张婶做饭，张婶是个很能干的女人，胖乎乎的，一脸和气，为岳氏一家做了好些年了，大院的一切都打理得井井有条，做饭的手艺也是一绝。

“是啊！张婶做的红烧狮子头好吃啊！”

虎禅咽了咽口水，知道红烧狮子头难做，要等上好一会儿，那是张婶早年在扬州学到的。外边的红烧狮子头大多是油炸，做狮子头用油炸是下等活计。张婶的红烧狮子头是用蒸笼，将大肉丸的油蒸出来，再取这蒸出来的油，配上酱汁勾芡，浇在大肉丸儿上，特别考验手艺。

“小家伙，就知道吃。哈哈！等着吃饭前，先喝点儿茶，给老头子说说你们跑出去都学到些什么。”

“老前辈做了一辈的武者，他知道练武人一路上会遇到什么。”大头总是这么想。

大头也不客气，认识虎禅三年了，从见到老太爷的那一天起，就从来没觉得与这“活化石”般的老人有任何隔阂，烦恼的、难过的、高兴的、骄傲的事情，都愿意说出来，听听老人家的评价或意见。

老爷子也喜欢大头的厚道、实诚、上进，这年头，心眼儿歪的人不少，虎禅能交上这么个好朋友，真是不容易，而且看到这两个孩子，偶尔还会想起当年自己与几位结拜哥哥闹腾的时候，倒像是这两个孩子帮自己拾起这么多年来遗落了一路的记忆。

虎禅也很喜欢听人讲自己的经历，人不能总是活在自己的城堡里，尤其是武者的真实经历，每一个故事都是血汗的结晶。

久违的人，话特别多。

虎禅与大头不停地抬杠吵架，吵得特别的痛快，因为不管如何吵，互相心里都不责怪，更不记仇。

老爷子乐得看戏，虎禅不在的话，不会这么热闹啊。

人们常说自己喜欢清净，那是因为在面前蹦跶的不是心里惦记的人。

人吃饱了就懒洋洋的。虎禅和大头吃得满头大汗，靠在椅子上擦着额头，都安静了。老太爷嘴角带笑，嘬着赤铜烟杆儿，眼睛挑衅地看看这个，看看那个，那意思明明就是：“吵啊，为啥不吵啦？”

“虎禅，出去了这么些日子，一会去看看你师父吧。”

“嗯，我明白，当然得去了，大头也一块儿吧！”

“好，我也想向阿生前辈请教些问题呢。”

“你请教啥呀，问我不就行了？”

“你的答案不错，但是也不是最好……”

“你打不过我！没资格评论！”

“你……”

第十六章　道爷风骨

“人懂得什么本事,有什么样的名头,与他选择怎样活着,没有任何关系。”

师父对虎禅说过这样的话。

阿生师父是个道人,长年都穿着那几件蓝黑色的粗布道袍,天冷了就套上陈旧却干净的大棉袄,虎禅给阿生师父送来的羽绒衣,都叠得整整齐齐的,放在箱子底。

“阿生啊,出来教拳法你会很有名的哩!”

“阿生师父为什么待在这小地方,会失去很多机会啊!”

“到我们这儿来吧,提成很高!”

每年都会有些人来劝阿生师父出山教拳,在师门中,阿生的功夫是最好的。

开始的时候阿生总是轻声慢语道:“你们都是能出人头地的良才,而我能面对着清风皓月过活,不为繁杂的事务所累,就已经很满足了。”

到了后来,有一些人来问的次数太多,价码也开得越来越高,阿生师父不胜其扰,答案就变得很生硬:“你们习武是为了功高拜将,我只为了学习我们的祖先!”

阿生师父的容貌也非常特别。

说起道人,人们都会想起长发长须、大袖翩翩、仙风道骨之类。

可是曾经有人问起虎禅的师父长什么样子,虎禅仰着头:“嗯……张飞,粗了点儿……关羽的形象又比师父斯文了点儿,应该像是张飞与关羽的混合体吧。”

“你们不知道吧,真正的‘邋遢道人’张三丰,才不是你们想的那般俊俏哩!三丰老道的头发胡子,可比我的更加剑拔弩张啊,哈哈!”阿生师父说起三丰祖师的相貌，总是乐得前俯后仰。

阿生师父平日里十分古怪有趣儿，但是一认真起来，眉宇间就会聚起一股雄浑豪猛的狮虎之气。

普通人发怒吓唬人，张牙舞爪地扭曲着脸，在阿生师父面前，那简直是个笑话。

明白人都知道，阿生师父那看人如看猎物一般的眼神，是经历了许许多多常人无法想象的事情积累而成的。

童年的阿生师父十分调皮捣蛋，比虎禅犹有过之。

虎禅的太师父有个女儿叫小蔻，据说年轻的时候长得十分俊俏，还有一把好嗓子，每日里都在院子里练唱，路过的人就像被那唱腔拉住了袖口儿一般，明明脚下急着去干活儿，上半身还向后拧着，挪不动。

那时的阿生可是个"煮鹤焚琴"的家伙，老是爱带着一帮子小跟班儿大叫大嚷地给捣乱。有一次还编顺口溜，脱下鞋来，在院门口的树上拍一把念一句，把小蔻惹哭了。

这一哭不打紧，戴家心意门中的师兄弟可恼了，冲了几个出来，把这帮坏小子一顿臭揍。

这几个戴家子弟年纪尚轻，功夫还嫩，却也把这群小坏蛋打得哭爹喊娘，唯独阿生天生伶俐，腿脚活泛，左躲右闪，老半天没被打着。

虎禅的太师父看在眼里，起了爱才之心，让人把阿生擒下，带回阿生家里，与他的爹娘说清原委，收阿生作了入室弟子。

阿生一练拳，就上了瘾，进步极快。

不管做任何学问，对于上了瘾的人，什么刻苦努力之类的道理，一概不用废话。

"阿生将来是能为我撑住门脸儿的人哪！"

虎禅的太师父常这么说。

后来，不知道为哪般，阿生师父在二十多岁功夫有一定成就之后，忽然离开了家乡，放弃了执掌武术流派的机会，就连虎禅的师娘也不知道阿生师父去了哪里。等回来的时候，阿生已经扎起了发髻，蓄了长须，身穿道袍，成了一个道人，把虎禅的师娘吓得哇哇大哭。

虎禅也知道师父在外习得的太极拳，在世面上是十分稀罕的本事，与各家都不相同。站桩养功，喂手缠拳，练步活身，只这三部分，并无那繁琐恼人的套路。这便是他出家后，从其他道爷那里搜刮回来的本事。

那一年老太爷岳文勋带着虎禅来选师拜师的时候，始终没有挑得上眼的，便问起："当年阿生那孩子功夫品性都不错，如今何在？"

门人都面面相觑。

特立独行之人，常怀过人之能。

然而如果不是十分深入的了解，这类人是很难接触的，他们总是与人不同，有自己的想法。

阿生自从回到老家后，几场与外界的比武，大家都看在眼里。阿生打起人来，把手伸出挑拨一下对手，对手刚一做出反应就遭到重创，"引手"用得出神入化，手脚麻利又老辣，虎禅的引手便是一边被打一边学会的。还有阿生师父那股子骁勇善战、打击对手如收割庄稼一般的自如、对地位钱财之类的诱惑完全免疫的固执，在普通的武术家中非常稀罕，所以尽管阿生住在离此不远的枣树林后边，门中师兄弟因为有些畏惧，也很少去拜望他。

所以时至今日，虎禅的师爷爷虽然老迈，无奈之下，还不得不继续执掌着戴家拳这一门派。

"那年阿生回来的时候，我实在是认不出了，直到他将我拉到饭店，点了一桌菜，每一样都是我爱吃的，然后再演出当年我教他的拳法，我才缓过神儿来。"

虎禅记得，太师父回忆起这一段的时候，神情很是复杂，似乎有些伤感、有些疼爱、又有些责怪……实在猜不到究竟在想些什么。

在拜入师门的第一天，虎禅的太师父就曾叮嘱："矢志学习真武术之人，必然较常人凶多吉少。"

打斗，还有因打斗而产生的矛盾与麻烦，常人一辈子恐怕也难遇上一次，而对武者来说，理所当然要忍受，这是武者的义务。

窥探别人不愿言说的过去，并不是好事情，但是因为师爷爷的话，虎禅发呆的时候，偶尔歪着脑袋想，阿生师父在离开师门的十几年中，受过多少苦难与艰险？

整整四亩地的枣树林，穿过林子便是阿生师父居住的地方。

一间砖房，前面一大片空地，地上晒着一摊花生，房前一石桌，却摆着文房四宝，铺开的宣纸尤其耀眼，几样小小的事物，使得农家常见的小屋小院，有蓝天大地作为书房茶室的野趣，更有说不出的悠闲风雅。阿生师父回来后，偶尔动动笔写点文字，或者记事之类，都只用毛笔。

“好家伙！一个白净面皮白褂子，一个黑得跟木炭一般还穿黑短裤，我还以为我阳寿尽了，无常来勾我了。哈哈！”阿生师父看到这两个孩子，打老远就笑开了。

大头被笑话得一脸苦相，晒黑了难道也犯法吗？

“你们俩姗姗来迟啊！嗯？大头很有精神啊，锐利了很多。比虎禅进步大。怎么样？要不要让我试试你的功夫？”

“免了！前辈上次在我大腿上磕了一肘，我半个月才好！”

大头深受其苦，连连摆手。

“那是让你记得，使用高扫踢得看人，有时候不可以用，不过你确实变了许多啊！”

“是啊，都能偷袭我啦，哈哈！”虎禅开始告状。

“嗯？大头的胆子很肥了嘛！看来经过锻炼，你的心病好了很多。”

“大概吧，我尽量努力。”

“不要妄自菲薄，如果没信心，就想想从前的你，省视过去与现在的差别，人不论到了什么时候，都不要忘记来时的路，而且你要跋涉的旅程，会比虎禅简单很多。”

“师父，你以前就说过这话，为什么这么说啊？”虎禅唯独对师父这句话有些异议。

“哈，只是作为一个道爷，偶尔出现莫名其妙的预感吧！别问了，将来的事将来再说，以后看结果吧。”

“前辈……”

“嗯？有话直说，为什么吞吞吐吐的？”

“说实在的，我每次与人交手前，还是会有害怕。”

“哈哈，谁会不怕呢，你问问虎禅，他会不会害怕。”

“嗯,我也会有些害怕的,不过一般都会选择迎上去。除非是欺负弱小的人,否则遇上真正的对手,没有人会一点儿也不紧张吧?如果一点也不害怕,反而可能让人放松警惕呢。”

大头时常不知道该怎么办,自己的状态起伏不定。今天偷袭虎禅,是壮了好一会儿胆子,硬起头皮往死里逼自己,才能连续进攻的,因为专心于“壮胆”,也使自己的进攻相当急躁,为了在胆气还没衰退的时候击败对手,不停地使用跳跃的重招,才出现致命的破绽。

但是这次已经算好的了,要是遇上突发的打斗,实在没把握再有这样的状态。

大头在泰国,不断地与各种拳手进行实战练习,他逼自己不怕痛、不怕对手,可是恐惧已经成了一种习惯,总是摆脱不了。

“为什么你们都能迎上去,并且使出合适的打法?有没有什么办法,可以让我在打斗的时候保持冷静,从容不迫?”

大头对阿生师父的眼神也有些敬畏,看阿生师父盯着他,便转眼望向虎禅。

虎禅却很苦恼的样子,用手拍着额头。

“天地良心,你最好别问这个,我不想害了好兄弟……”

“嘿嘿,很简单哪!”阿生师父笑得很阴险。

“简单?”大头隐隐觉得十分不妙。

“对,就是不断地打你,除非你确实打中我,否则我打你就打得越狠,如果你非要逃跑,最后抠抓撕扯全在你身上划拉,总之我要圈住你,你是逃不掉的。”

“这算什么方法……”

“这实在是绝妙的办法,来吧,人不要怕死……很快就会过去的……”

阿生师父话说得越来越慢,嗓音也变得越发低沉,缓缓地从小木凳上站起来。

大头忽然发觉,自己距离阿生师父是如此的接近,因为气氛的变化,刚才是亲密无间的距离,现在则变成了恐惧笼罩的距离。阿生师父身体骨架厚重宽大,给人以沉重的压迫感,如今站在面前的不再是那古怪有趣的阿生师父,而是一个张开大口,打着响鼻,吞吐着血腥之气,准备择肥而食的大怪物。

而且阿生师父这话也说得太吓人了。

“什么叫很快就会过去的！我下次不来啦！”大头十分想吼出这句话，奈何被阿生师父的气势逼住，喉咙似被针线硬生生缝上，好一阵干涩，吐不出一个字。

阿生师父张开那又厚又宽的手掌，抓向了正在狠命蜷缩的大头。

“我的爷啊……”虎禅双手把眼睛一蒙。

第十七章　格斗节奏

天渐渐暗下来的时候，树林子里阴阴森森，挺瘆人的。尤其是枣树林，那枣树的枝丫形状怪异嶙峋，总让人有古怪的联想。

今天傍晚的云彩真是好看哪，只是在那枣树林的深处，传来阵阵嘶哑的惨叫声，似乎那里有个可怕的鬼物在掏挖撕咬着人的心肝。就算是关羽、张飞在世，怕也要找个人来壮胆才敢走这枣林中的小路。

“花生啊花生，你咋这么好吃呢……”虎禅找了个马扎坐着，捡起地上晒的花生，一边咔嚓咔嚓地剥开扔嘴里，一边死没良心地笑着看戏。

“嗯……每一下不是打在视觉的盲点上，就是心理的盲点上，这我可干不来……不过闹到这份上，不会过头吧？”

那边，大头的喘息声里都带着哭腔了，阿生师父还跟个恶魔一样折腾着。

“撒手抱月不相饶啊！”虎禅看着看着，念叨着拳法口诀，领会更上一层。

大头好几次转头跑，阿生师父手一圈，身子一转，就把大头撂倒在地上。有一次抓住了机会，跑得远些，阿生师父垫步赶上，一矮身，双手把他的大腿一捧，两腿差点开了一字。

怎么都跑不了，一起来就被阿生师父的巴掌拍得天昏地暗。每一击都不重，但是头上、脸上、膝盖窝、腰眼儿、肚子……还有小弟弟，被一顿乱削乱抽，时间长了，不光疼得厉害，整个人又慌又烦又恼又惊，防护的时候脚被踩，缩脚的时候被抽一记耳光，被阿生师父的手引着眼睛看左边，右边又被打，就这么整了一个多小时。

要打倒对方不难，这种既欺负人又不伤害人的做法，是在功力、技巧、经验都远胜对手十倍时才能出现的。

大头觉得即愤怒又委屈，收回手臂，抹了一把快要掉出来的眼泪，猛地嘶吼一声，拼了！

一个飞膝冲上去，阿生师父往旁边斜行一缩，没打着，又是一顿劈头盖脸的乱削，只能夹着大腿，抱住头脸，吸口气，把全身绷住，任你打吧！打死算了！

阿生师父拇指、中指、食指捏成锥，手臂抖出，在大头的腰眼上一把啄下去。

“噗！”大头一口气泄光，那夹着大腿、抱着头消极被打的架势也散了，脸上又左右挨了两巴掌。

“心理的惧怕，一点儿也没关系，让身体记住自己该做的事情就行啦，哈哈！”

阿生师父解决问题的方法，未免也太直接了。

“疯啦！”大头又吼，挥着拳头乱舞，这时候的大头，脑子已经完全混乱了。

阿生师父双手一分，格下大头的双手，跟着身子就粘上去，肩膀挤住大头，一脚踏在大头两脚之间，仿佛没有阻碍一般，往前便走。

大头乱枪打鸟的计划又落空了，身体重心向后偏移，不停地踉跄后退。

人的重心被夺、身体不稳时，是怎样都无法出拳的。

老规矩，又是一顿劈头盖脸的乱打。

“我自动倒下算了……”

大头一屁股就向下坐去。

阿生师父一把捉住大头的手腕，向外拧翻。

大头吃痛，再坐下去手腕会断，又站了起来，只觉得委屈极了。

“布莱恩虽然凶猛，也从来不会这么欺负人的，阿生前辈哪里是个好师父。我真的很想念布莱恩……布莱恩……”

大头不禁想念布莱恩的脸，看到自己的努力，他就会笑，黝黑的肤色下，牙齿显得更白，笑容也更灿烂，也很有趣。

“嗯！布莱恩，你还会跳卡波耶拉?”大头有一次休息时，看到布莱恩即兴的表演，曾十分惊奇地问过布莱恩。

“卡波耶拉”是南美的武术，在中国也被称为“巴西战舞”，介于舞蹈与武术之间，是各种武术中最为华丽的一种，后来流行的“街舞”便是由卡波耶拉演变而来，“卡波耶拉”中多有侧空翻、回旋踢、倒立等动作，十分擅长腿法。

“卡波耶拉”本是南美的一个地名，曾经是殖民地，人民为了反抗侵略者，不断练习搏击之术。表面上是以这种“民族舞蹈”作为信仰仪式，暗地里却是练习武艺，期待有朝一日以这种武艺打倒奴隶主。终于起义成功了，为了纪念这场胜利，便以当地的地名，作为这种武术的名字。

“大头，不要弄错，卡波耶拉的精髓不是华丽的腿法攻击，而是节奏，是节奏啊！”

把握搏击的节奏对武者来说十分重要，意志不坚定，经验浅薄的人，非常容易受到对方的影响。

比如用耳机听着摇滚乐，嘴上再唱温和的歌曲，便非常容易走调或节奏混乱。

也有一些擅长沉稳功夫的人，与充满律动感的拳手比武时，被对手的节拍打扰得下盘不稳，失去了自我，也就没有取胜的理由了。

布莱恩身体素质与身体的律动感极好，表演的卡波耶拉深深地印在了大头的脑子里，一瞬间的想念，使这一段指导的记忆清晰地浮出心海。

“节奏……自我……似乎有一点概念了！”

大头拼着挨打的代价，连续两拳捅向阿生师父，被阿生师父用掌缘打下，手臂被打中的地方隐隐作痛。

“防不住我便不防了，对阿生前辈这样的人，我一定会输的，但是输得精彩些就行了。”

大头打定了主意，将身子慢慢地正起来。原本因为怕打而被动蜷缩，气势被夺，使得自己只能顺从对手的节奏，无法发出有效的攻击。

被打到这个地步，大头的心忽然平静了。

这种平静，是没法刻意为之的，不在乎对手是谁，不在意结果，目的明确，就连正处于这个状态中的人，也意识不到自己的心已经安定下来了。

夜晚失眠的人也是如此，越是数羊越是睡不着，心里没事了，自然能够安睡。

“嗯，总算是把身子挺起来了。”

阿生师父斩向大头腰间的一掌被大头提膝挡下，阿生师父这时发现了大头的变化。

大头再退，阿生师父追，可这回大头没再让自己陷入被动，阿生师父刚一追上，大头便向前一步迎上，用肘撞向阿生师父的脸。

阿生师父自然不会那么容易被击中，略微一退，已经摆脱了肘法的攻击距离，顺手一掌拍向大头的脸，大头这回连格挡也没用，摆明了硬挨一掌也要攻击，同时一脚蹬向阿生师父。

“对了，就该这样！”

阿生师父对大头刚出现的改变十分赞赏。

人只有在压力下，才能茁壮成长，大头被阿生师父逼出了真正的实力。

阿生师父快速向下缩身，钻到大头蹬出的腿下方，双手一捧，大头跌出了老远。

“再来。”大头起身，摆出泰拳的架势，继续与阿生师父对打。

过了许久，这猫捉老鼠的游戏终于结束了，这时的大头已经筋疲力尽了。

“大头，你在异国他乡，也有很好的师父吧。”阿生师父微笑着问道。

“对，很好的老师……前辈，下次真的不能这么玩了，太气人了！”

“你先别急着生气，先好好地回想刚才的练习吧。”

“这能叫练习吗？这叫欺负人！”大头一边身上细细密密地打着抖，一边发泄着满腹怨气。

刚刚经历过打斗的人，大脑的兴奋与紧张还没平息下来，身体时常会有细细密密的打抖。

“别急别急，一会儿我叫虎禅做手擀面请客，当给大头赔罪好啦，哈哈！”

“师父，你无赖啊，你打的人怎么让我赔罪。”虎禅还在嚼着花生，慢条斯理地推卸责任。

“大头，武者要解决心理问题，不能那么娇气，恐惧没关系，适应就好啦。”阿生师父嬉皮笑脸的。

“这是什么歪理啊，不过说实在的，今天被这么往死里整了一回，我想以后会好一些吧，确实应该再坚定一些。”

“这就对啦，打起精神来吧，咱们每次与人交手都会有进步哪，而且师父难得给人‘喂手’，你也别抱怨啦，你今天受的这种苦，我从前每隔一两天都有一次啊，而且你再看看自己，没见血也没伤筋骨，不错的啦。”

虎禅给大头揉捏着肩膀，以示鼓励和安抚。

“喂手”是国术自古以来的传承方法，当徒弟练到一定的程度，师父就出手打徒弟，徒弟在被打中学打法，在师父的进攻中尽力拆解，日久天长，将实战打法尽数运用自如。

“师父是有心帮助大头的啊，虽然大头不是我的师兄弟……不如干脆找个机会问问大头是否也想拜入门墙吧。”虎禅正琢磨着，希望大头能成为自己的同门师弟。

“大头去泰国读书一年了，早该习惯了，虎禅，老爷子说你也考上了大学，过两个月就走了。”

“嗯，不到两个月了。”

“这些日子多来我这，走之前给你多磨磨。”

“大头也来吗？”

“嗯，大后天我要回家看望妈妈，妈妈刚从西藏旅行回来，等我回家待上几天，睡几个好觉再来找你，我已经非常想念我的床啦。”

阿生师父直盯盯地看着这两个孩子，沉默了好一会儿。

“师父，怎么？”

“缺了一个人哪。”

“没关系啦，师父，阿培只是离开些时候，总会回来的。”

“瞧你们干的这些个事儿，本来咱家随便谁出面说说，都很好解决的，现在弄得多被动，都走了两年多了呀，其实阿培真是个难得的好孩子。”

大头又低下了头，阿培是为了他才出手打人的。

两年前，阿生师父带着虎禅到武当山做武术修行，大头被人欺负，阿培出手帮他，打得狠了，无意间得罪了当地的黑道。那些日子里，他的连胜战绩，说出去都没人会相信。

阿培天生猛悍，只有一米六五的身高，但是浑身的腱子，力气非常大，身体素质非同寻常，据他说，从小吃的都是玉米红薯之类的粗粮再加水煮牛肉，才这么有力气，也不知道这么个说法有没有根据。

阿培一家人都凶猛。他老爹年轻时能提根木棒追着一群人打，后来因人家纠集了人，抄十几把刀来报复，便逃跑了。他的妈妈又抄两把菜刀去帮阿培的爸爸，之后就有了阿培。

阿培的舅舅成天在桌球室混，有次和人发生矛盾，把桌球杆折了，一手一根打了七八个人，这立刻在当地混混中被引为佳话。

阿培的舅妈打麻将打赢了，人家不给钱，抄着个“一筒”就把对方打得头破血流。

龙生龙，凤生凤，血脉传承的力量真大呀！

第十八章　暹罗武神

虎禅还清楚地记得，阿生师父刚听说阿培一家的情况时，曾捏着太阳穴，十分头痛的样子说："将门虎子啊……"

阿培听到之后，说阿生师父真不愧是个道人，算命的都说自己是正月骑两只老虎出生的，命硬得很，阿生师父连这个都算得到。

阿生师父罕见地低下了头，然后继续捏自己的太阳穴。

阿培那张脸也长得凶悍，按照相书上说，那就是张门神脸，脸的轮廓如刀劈斧斫一般，眉毛又粗又乱，黑瞳小，眼白多，发起狠来，能把胆小的人瞪一跟头。

那时候，虎禅、大头、阿培，三人没事的时候总腻在一起。只要虎禅和阿培任何一人在，总没人敢招惹大头，但是每次出入学校、住宅区、电影院各个地方，虎禅和大头没事儿，阿培总要被保安拉住盘问，然后虎禅和大头笑成一团。

就是有一点，虎禅和大头始终弄不明白，阿培的脸长得这么凶恶，嘴巴也不算能说会道，可是不论到哪，都有女孩子喜欢他，至于性格暂且不说，光论外表的话，阿培的女朋友每一个都是极品。

大头曾想好好研究研究阿培，万一研究出了成果，自己找女朋友的问题也就能解决了。

阿培没学什么好功夫，只懂得虎禅告诉他的几个硬功夫的练法，和几手冒牌截拳道，每日里拼命地练习，也不是虎禅不愿意教阿培些更好的功夫，而是阿培觉得自己有一肚子的怒火和戾气无处发泄，如果不练那些觉得疼痛的硬功，会没有满足感。

这个城市有很多小流氓，每次和混混们打架的时候，他就凭着这点粗浅功夫百战百胜，实在是个异数。虎禅曾对大头说，如果有别人想学阿培的打法，那是一百条命都不够死的。

还记得最后那一次，阿培听说大头被有黑道背景的人欺负后，左手提一根钢管，右手提一把开山刀，腰里还别上了只能打一发的自制火枪，就冲出了家门。

冲出去前打了个电话，傻乎乎地嘱咐大头："一定要变强！"

平日里虎禅和大头时常会笑话阿培没文化，上课不好好听。

可是那一回大头却没有笑。

之后因为事情闹大了，阿培去了沿海城市闯荡，当过保镖、当过拳手，在各种涉及暴力的行业上，阿培是难得的人才。

本来虎禅如果将事情告诉自己的父亲岳殷鸿，这件事该会很容易解决。可那个时候虎禅根本不明白父亲究竟是在干什么，更不明白父亲的势力有多雄厚，或许就算放在今日，虎禅也未必一定会去求父亲。

少年人总是觉得天高海阔，觉得有一肚子的意气风发，可事到临头的时候，常会手足无措。

"师父，最近阿培来了电话，说过得还不错，只是我还没说几句，他就急着挂了。"

"这个不是问题，人有点本事，勤快些就饿不死，我是怕他误入歧途。他不会伤害善良的人，可是与恶鬼搏斗得多了，要小心自己也变成恶鬼啊。"入夜，晚风吹过枣树林，那声音如百鬼夜哭一般，激得人直打哆嗦。

可是今天林子里却被两个少年的笑声跟话语渲染得如同白昼，四处都是阳光的味道，如果真有恶鬼，听见了也要蒙上耳朵挖个洞躲起来。

"大头，认真跟你谈个事儿。"

"你也有认真的时候啊？"

"别闹，确实很郑重，你愿不愿意拜入戴家门中？师父、太爷爷都可以做你的'引荐人'。"

在山西戴家，要入门学艺，须得有与戴家关系密切的'引荐人'推荐，否则就算入了门，所学到的拳法，也与真正的戴家子弟相差甚远。

"虎禅，我知道有你们在，我要入门十分容易，阿生师父也愿意指导我，但是我不打算入门。"

大头几乎不需要任何思考的时间便脱口而出。

虎禅并没有很惊讶,原本他已经感觉到一些事情,只是并没有很明朗。

“你选择了泰拳,对吗?”

虎禅将自己的猜测说了出来。

“是的,这两年来我参悟出一个道理,人和拳法,或者说人和任何事物都是讲缘分的。很多东西很好,可是偏偏就不够喜欢,我看到泰拳的时候,就非常喜欢,再加上就算入了戴家门,我长期不在国内,也练不好啊。回想起来,我从前一开始练的也算是泰拳吧,老天爷忽然就让我去了泰国,又让我遇到了布莱恩,已经对我照顾得没法说啦。而且人的强大,并非取决于你学的是什么拳法,是戴家拳?泰拳?八极拳?太极拳?拳击?只要练法正确,应该是谁付出更多的血汗,谁就能更强吧。”

“是吗?”虎禅一下子脑子还没绕过弯来。

“各种流派都曾经出现过怪物一样的高手啊。”

“泰拳也有吗?”

“当然啦,从前在国内没听说过吧,嘿嘿,这就像在泰国,人们也不知道山西戴家的祖师爷一样啊!呀!差点忘了,我给你带了两份礼物,在我包里,一会儿回去给你看看,你喜欢不喜欢我不管,总之我是喜欢到了极点。快点!咱们跑一段!”

虎禅刚开始跑的时候还落后了些,看来大头这些日子练习跑步肯定很勤快啊。

可是虎禅没那么轻易服输,国术锻炼用的不是跑,而是走,走很长很长的路。

左右甩开胯,两脚大步大步地向前跨走,从远处看,身体几乎没有起落,如同在冰上滑过一般。

阿生师父说过:“现代人的腿功为啥比不上从前的老祖宗?坐车太多啦。”

虎禅一直觉得很有道理,从前的人说去另外一个城市,去另外一个省,背起包袱就走。

就算是骑马,那也相当要功夫,慢慢溜达还好,要是奔跑起来,时间一长,内脏不坚固的人连胆汁都能颠簸出来。

跑步比走要费力很多，虽然大头的脚步频率快，但是却不及虎禅每一步的幅度大，时间一长，虎禅便把大头甩在了后边。

“自己跑步，耐力始终没有在教练面前那么好啊！”

大头叫虎禅停下，撑着膝盖，弯腰喘着粗气。

虎禅的呼吸也粗了，脚上也有些疲倦。

老太爷住的大院离师父家有七公里，不到三刻钟的时间，两人已经赶了六公里有余了。

每天晚上没事儿的时候，老太爷都打开电视，放上虎禅给刻的光碟，听河北梆子。一年前虎禅就教会了老太爷使用影碟机，多亏老太爷的脑子够灵活，年纪这么大学会用这玩意儿，也算是个奇迹。

两人给老太爷汇报了一会儿，大头说起自己挨打，已经没有了半点委屈，反而饶有兴趣。

回到房中，大头取出自己的旅行包，拿出了一尊塑像与两幅用镜框装裱过的画。

“这塑像可真有些衰啊……”

虎禅一看塑像，眉头就皱了起来。

塑像的主角似乎是个战败的武将，半跪在一匹倒下的战马身旁，手中的剑已经断掉了半截儿，唯独塑像主角的脸，却似乎是不打算停下来，既倔强又凶狠，似乎就算败了、死了，还要拉几个垫背的。

“衰？战败？有没有搞错！”大头惊呼起来。

“我哪里知道啊……这模样，你看看三国志的游戏，那五虎将被打死了，Gameover了，不就是这样子嘛。”

“这是断剑将军哪！”

“断剑将军？这名字真不喜庆。”

“没错，如果说中国的战神是岳飞，那么泰国的战神就是这断剑将军啦！”

“这么厉害？能和岳武穆王相比吗？”

“至少对于一个国家的武道精神来说，是这样的地位。这断剑将军，每场战役都会不断地冲杀，直到剑断马死才会停下，所以得了这么个外号。”

“勇猛得很啊！还有种嗜血的味道。”虎禅对古代猛将的故事都非常着迷，不论是中国的还是外国的，东方的还是西方的。

中国的武将故事，除了勇猛之外，往往便是表现武将仁慈、宽容的品德与保家卫国、忠君护主的美名，极少以嗜血好杀而闻名，所以断剑将军的故事对于虎禅来说，有很新奇的兴趣，且武将比起寻常武术家来，拥有额外的气势。

“这位呢？”

其中一副相框上，有个筋肉贲张的人，架着泰拳那风格独特的起手式，从身体的粗壮和身高比例来看，这画中人不光长得高，骨架也十分宽大，尤其是筋肉的粗壮程度，也是泰拳手中不多见的。

“这人叫乃克侬东，是个罕见的大怪物啊！嗯……老太爷不是给咱们讲过李书文的故事吗？乃克侬东在泰拳中的地位，大概便相当于中国的李书文吧，不过说起来，李书文的故事如果是真的，那乃克侬东的实力还是差李书文很远。”

李书文是民国时期的武术家，八极拳门人。他是一个武痴、武狂，终其一生也没成家，除了所收徒弟，以及一个义子，就是手中一杆大枪，可说是除武之外，一无所有。此人的杀伤力大得离谱，稍微震脚，水泥地上便留下足迹，要是放在现在，光是毁坏公物的赔偿，也得把一个大富之家赔到破产。李书文以掌击人，无不死者，据说曾经惩治恶霸，一巴掌将对方的人头拍入胸腔，而眼珠爆出，惨死当场。自功夫有成之后，斗战无数，未逢一败。不光未逢一败，只要出手，极少会用第二招。因为生平死在他拳下的对手无数，自然仇家无数，到了晚年，包括他自己的徒弟，谁也不能近他身周三尺之内。除了拳法之外，大枪的技艺也是强绝天下，后世称他为“枪神”“不打二”“李狠子”“李疯子”。虎禅深有体会，每次有人谈论拳法消遣，极少有人提起李书文，就算提起，也是嘴里嘟哝几下，一笔带过。不是李书文名气不够，而是可怕到这种份上的人，已经让人不自觉地有所避讳，而普通的拳法理论几乎没办法谈论这种怪物。

真正的武者都非常明白，世界上根本就没有所谓的“无敌”，或者“天下第一”，可是对于这么一个怪物，能说些什么呢？

虎禅与大头虽然练的都不是八极拳，但是对李书文却是十分崇拜，并且都从李书文的事迹里学会了一件事——将基本招式不断地重复，如疯子傻子一般，重复几万，乃至几十万、几百万遍。这个好处在虎禅身上尤其体现得明白，同门师兄弟都按照师父的教导,学习打法、练法,唯独虎禅每一势的重复数量远超同门,以至于步法、距离感、力道都超越了同龄武者。

而大头也把李书文当成偶像,虽然以李书文与乃克侬东相互比较,但是也不认为乃克侬东能胜过当年的书文公。

“虎禅,你看过缅甸拳师的比武视频吧?”

“对,你上次给我看过,拳法非常硬朗,很厉害啊。”

“古代守护在一国之主身边的缅甸拳师厉害得很吧?”

“那是当然啊!”

“这乃克侬东曾经在车轮战中打残了九个缅甸大拳师。”

“车轮战?九个?”

第十九章　泰拳之祖

“1767年的时候，缅甸曾向泰国发起攻击，围困了泰国许多城府的民众，并将这些百姓们都监禁起来。在被监禁的百姓们中，有许多的泰拳手，这些泰拳手因为十分危险，被送往缅甸看押。1774年缅甸国王孟拉在一次祭祀活动上，举行了七天七夜的狂欢，还准备了拳赛作为节目，让泰拳手与缅甸拳手比武，以展示缅甸人的勇猛。”

“该是为了打垮这个国家的武道精神吧！曾经中国也遇上过这种挑战。”虎禅随口道。

“当然是啊，之后出场的泰国拳手，也就是乃克侬东，连续打残了对手九人，直到第十个人，不敢上场与他打了。”

“那乃克侬东最后怎样？”

虎禅不由得想起，很多的小说、电影中，这样的人最后多半会被奸人害死。

“后来啊，缅甸王佩服他的拳法，放了乃克侬东，还问乃克侬东想要啥，乃克侬东没有丝毫犹豫，要了两名美女回到了泰国。”

“哈哈哈哈！”虎禅笑得打跌。

“这人可真实在啊！要是放在中国武术史上，一般的结局是‘陛下！我什么都不要，我只要和平’，或者是‘我只要您放了我的同胞’之类，总而言之一定会是两袖清风、无私为公的做派。”虎禅向上翻着眼睛想，到底哪种做派好些？能留下千秋美名当然好，但是美女也想要啊。

才刚想着美女，不知道为啥，脑海里忽然又联想到了小菁，虎禅赶紧一咬牙齿，挥动慧剑斩情丝，继续看着大头，等着他说话。

“乃克侬东打败缅甸拳手的那一天，是三月十六日，他是历史上第一个让泰拳在异域扬威的人，于是这一天被泰国人定为拳师节。”

“真是幸福啊，咱们这武术流派那么多，节日又那么多，怎么武者就没节日啊？”虎禅觉得十分费解。

“你还用得着节日嘛，三天两头逃课。”

“我也就那几次嘛……噢，这幅画是画的缠绳赛吧？”

缠绳赛是泰拳的一种比赛，拳手手上并非带着人们常见的拳套，而是用麻绳缠上手作为保护，杀伤情况比带上拳套的比赛要大很多。

这一幅画上画着擂台，一个拳手的背影挡住了面前的对手，台下却有一群着装看起来十分统一的人在观看拳赛，观战者的表情描绘得十分细腻，看起来很焦急。

“不是缠绳那么简单呢，是用棉条缠的，外面涂了混着石屑的黏液，被打中会很惨的啊。”

“乖乖，这都差不多算是用兵器的比赛了吧。”

“只是加大了拳头威力。”

“这画的是赌拳吧？看起来场外的人很焦急啊。”

“这个不是关键，而是拳手的身份不一般，他是国王。”

“国王打擂？亡国了吗？被逼的吗？”

一个朝代的建立，都是铁火刀剑浴血奋战的结果。古代开国皇帝的武功多半都不错，但是从来没听说过哪朝哪代的皇帝正儿八经地跑上比武擂台去疯的。

“不是啦，笨蛋，这个皇帝叫做‘虎王’。”

“这名字酷得掉渣，很凶猛吧？”

“他是自己的兴趣，时常微服出巡，假扮成普通民众去参加擂台赛，然后在赢得大奖后悄悄地溜掉，留下了很多佳话。虎王在位的时候，可是泰拳发展的鼎盛时期，现今很大一部分的泰拳体系，都是由虎王化繁为简后修订的。”

虎禅那时常挂在嘴角、能气死人的嬉笑消失了，每次听到值得敬佩的武道家的故事，虎禅都会出现这种情况，在他心里，听到这样的故事，是不可以有任何不认真的。

“这是最值得崇敬的武者。”

有的拳师，依靠拳法吃饭，不得不拼命锻炼自己的功夫，理所应当。但是对于一项技艺，为喜欢而喜欢，为选择而选择，是最纯粹的，只有这样的“无心”，才能脱离世俗的“匠”气，升华到更高的境界。

一国之主，缺少何物？为武而武的人，从古到今都不多。

中国自古有云：“情必近乎痴方始真，才必兼乎趣才始化。”

“这些作品让人感到粗犷而不失细腻，不是寻常的手笔啊。”

“对，泰国有个画家专攻有关于泰拳武人的作品，很有名的，这三样东西，我费了好些周折才得到。”

虎禅将礼物妥善收好，除了是好兄弟的情谊，也是对武者的尊敬。又是黑夜，虎禅和大头睡在同一间屋子里，两人聊着自己这些日子的见闻和领悟，聊着聊着便睡着了。

“大头真的改变了很多啊，也许他自己还没真正意识到，那时候蜷缩在街头的熊样儿，现在已经完全灰飞烟灭了，可以想象，那些混混再来逼迫大头的时候，会被揍成什么样子。”

虎禅越想越觉得有意思。

情感上的问题，有了些改善，躺在床上的时候，只有武道的热血、气魄，才能把虎禅在黑夜里对小菁那种抓心挠肝的想念冲散。

有时候，虎禅会怀疑自己对小菁的想念，并不是单纯的感情，还带着男人的好胜心和占有欲，尤其对于一个关注胜负的武者来说，这种心态比情感来得更加强烈。

同时，虎禅也模糊地感觉到，强迫自己去看自己心中的阴暗面，那么阴暗面才有可能被照亮。

可是任何事情，都不是脑子想明白了，就能一通百通的，人非草木，当情感出场的时候，道理与逻辑都会变得不堪一击。两天下来，虎禅与大头除了切磋拳艺和陪伴老太爷，便是蹲在房间里玩着虎禅从日本带回来的格斗游戏。

“这些游戏太厉害，广东洪拳、河南心意六合、卡波耶拉、空手道、泰拳什么的，全弄到游戏上了。”大头看着这些拳法，对这款游戏爱不释手。

“是啊，日本的孩子从小都玩这个的话，那对拳法的兴趣可不一般哪，虽然三分钟热度的人到哪都是，但是如果普遍都对拳法有兴趣，那出现高手的概率可高了。”

大头和虎禅都十分喜欢动漫，也都明白，日本的动漫或者游戏，并非单纯的娱乐，往往对各种行业的故事进行描述，对激励人们努力自强的效果极大。

如果认为动漫之类只是孩子的玩物那可就大错特错了，有说法是因为社会生活的节奏越来越快，使得大家没时间去细细品味文字，以读图的方法，对信息的收获更大。也有说将美术与故事融合，等等。总而言之，抛开形式不论，能深入浅出地将文化知识奉献于人，还有什么可说的呢。

“大头，明儿我跟你一块回家，我想去看望一下阿姨，阿姨的膝盖一直有些不便，我给阿姨带上点儿师父炮制的药酒。”

“好，那条街的炸酱面很久没吃了啊！”

“对啊！”

“对什么对，你以为我不知道，你是想去……”大头斜着眼睛，怀疑着虎禅。

“说什么哪！作死哪！敲你脑袋！”

大头一点也没猜错，第二天午后，虎禅便说出去转转，傍晚了都没回来。

“这家伙，难道跟那丫头和好了？那丫头眼中水波粼粼，不是善人，不该再回头了呀。”大头收到虎禅的短信，说不要等他吃饭了，不禁为虎禅担心。

这时的虎禅，走在十分熟悉的街道上，脑子里却并不知道自己走到了哪里，一肚子的无所适从。

“我以为苦之事，她是否也以为苦呢？”

一件事情，如果想不通透，会牵绊很多年。

下午虎禅想了很久，确实想去看看小菁，却不知道是否合适。

“去了，有什么意义呢？但是按道理说应该是得去看看她现在过得如何……”

相见争如不见，有情何似无情，这就没有任何意义了。

但是人在思考问题的时候，总是把最后的答案往自己想要的那一边靠，然后便被自己的“喜欢”和“不喜欢”颠倒了是非黑白，抛弃了正确的抉择。

所以，虎禅还是去了。

“想见谁的时候，就立刻去见，这也算是一种勇往直前吧！”

这种想法简直就是逃避现实，胡乱找借口。

虎禅算了算，这个住宅区的街道口，自己在两年中该来过上百次。

“咦，前面这个女人……真是的，这么胖嘟嘟的腰，背后还露这么大一块儿！”

大步向前走，余光带过胖女人的脸，顿时大吃一惊。

人还是那么个人，但是这到底是出了什么事儿？

“呵呵，是你呀！”

“你……小菁，这……”

“看啥，不认识我啦！谁都可以不认识我，你不能不认识！”

小菁不知道为什么，两个月不到，胖成这样，而且这是什么说话风格？虽然是开玩笑，但是却与撒泼无异。

这一瞬间，虎禅十分努力地在记忆里追寻从前小菁的样子，想把从前的印象套到当下的眼前人身上。

“你咋变成这样？”

其实不用等小菁开口回答，虎禅就眼睁睁地盯住小菁的脸蛋儿，还有露出来的两条胳膊，看得真切，虽然如以前一样，依旧白皙，但是很浮肿，完全没有少女应有的紧致，这种身板八成是不断地大量喝啤酒喝出来的。

“看够了没！”

小菁似乎有些发火。

“请我吃东西！”

这回轮到小菁眼睁睁地瞪这虎禅了，虎禅几乎认不出眼前这个瞪眼鼓腮、说话表情放肆、无赖的女人。

“行……行……”

肠子都悔青了，虎禅觉得手脚有些冰凉，甩了甩手，活动活动气血，非常想抽自己两下。

今天实在不该来，不光今天，应该永远不来。

再用余光望望，觉得都可以不叫“小菁”，叫“大菁”好了……

第二十章　大头的幸福

人生若只如初见，何事秋风悲画扇？

等闲变却故人心，却道故人心易变。

虎禅几年前读到这些古人的词句，实在觉得不敢苟同："都只是刚见面的时候，互相之间都不能多加了解，那应该会十分虚假吧？"

现今自己心里却不断地对着这首诗点头——有道理！有道理！

人的思想是世界上最自由的东西，就算将一个人的头身手脚都绑住，也一定绑不住人的心思。

现下心里的念头开始四处乱窜，少有的手足无措。

"去哪？你选地方吧。"虎禅嘟哝了一声。

"去原先的那家奶茶店吧。"

小菁选了从前和虎禅常待的地方，也不知道是有意还是无意。

目的地很近，但是虎禅还是拦了一辆出租车，希望尽量缩减与小菁待在一块儿的时间，现在什么都不想，很想一个人找个地方待着。

虎禅在心里骂自己太笨，为什么刚才不说一句："我赶着去办事，改日再请。"

"既然已经答应了，那也不妨问问对方的近况吧。"虎禅只好想着"既来之，则安之"这么一个无聊的理由。

"我现在晚上都在'黄金海岸'上班。"黄金海岸是个很有名、很大的夜总会，小菁说起来的时候显得很大方，倒是虎禅显得局促了。

仔细看着小菁说出这话时的动作，一说完就两手抄在胸口，翘起二郎腿大大咧咧地靠在奶茶店的沙发里,眼睛直勾勾地看着虎禅。

“你男朋友也让?”虎禅觉得让自己的女人去这种地方做事,并且喝成这副模样,很不可思议,而且小菁不会乐器、不会调酒、不会DJ、不会打碟,在夜场里能做什么,虎禅不愿意往下想。

虎禅忽然又觉得自己问得很蠢,希望不会因为这个话头,说出她在黄金海岸做的是什么工作,这个答案一定会让自己有所不安。

同时心里也明白,小菁这副动作是一种破罐子破摔的架势,为了避免对方异样的目光,先摆出一副无所谓的样子。

这就跟在街头,小混混动不动就惹事儿,对人吼“看什么看”是一个道理。

“早不在一起了。”小菁还是一副无所谓的样子。

“嗯。”虎禅只象征性地答了一声,心里却想:“我和你结束才一个多月,你跟他就‘早’不在一起了,这算什么时间概念。”

“你最近在做什么?”

“哦,出去做了趟武术修行,多学了些东西,然后还是原来一样,大多数时间都在练拳。”

“没意思,劝你一句,做人现实点儿吧,这个社会练拳有什么用,有钱就行。”

“你很有钱了吗?”虎禅在有些混乱的思绪中,问出了一句不经大脑的话。

“想请我吃饭请我玩的人多的是!”小菁骄傲地昂起头。

今天对方一系列的做派,虎禅觉得实在没法子谈下去了,自己的脑子有些乱,既然没了感情,又想不明白也实在懒得去想对方在什么时候、什么地方学成这副德性,她不自在,我也难受。

这会儿,虎禅觉得柔软的沙发上似乎长出根针,实在坐不住了。

“服务员,请结账。我还有事,得先走了。”

现在才说走,很不合时宜,可是总比再待下去的好。

抱定了打死不回头的主意,步法一起,一边屏蔽自己的胡思乱想,一边最快地绕过迎面进来的人,走出大门口。

一口气走出老远,虎禅长长地喘了口气。

“世上有许许多多的工作,可以让人用自己的辛勤劳动换得想要的东西,何必要去做这一行呢? 灯红酒绿难道这么能吸引人吗?”

“她是无奈呢？还是乐在其中呢？”

各种各样永远问不出个所以然来的问题，在脑袋里车水马龙地经过。

“我这么想很无聊吧。”虎禅苦笑一下，开始努力调节自己的心情。“噢，虎禅回来啦！吃饭没有？”虎禅一看见大头的妈妈慈祥的笑容，心里感觉暖和了一点。

“还没呢。”在大头家里，虎禅丝毫不用客气。

大头一直在看动作电影，也还没吃晚饭，大头的妈妈斋戒，已经断了荤腥，平日里也不跟大头一块儿吃。

两人这会儿才觉得饿了，切了火腿片，下了一大勺油辣子，倒上酱油，跟豆腐皮混着煮了一锅，就着大米饭吃得非常顺口。

“心情很坏吧。”大头说出这话的时候，嘴角带笑。

“不坏，好得很。”虎禅嘴硬。

“跟我就别装蒜了，你这碗饭都吃了二十分钟了。”

“这……细嚼慢咽有利脾胃……”

“小菁、小菁、小菁、小菁……”

“有病啊你，老念叨干啥。”

“给你多念念，念得你麻木了就无所谓了，你今天是去找小菁吧，我觉得你不该去的。”

“现在不见，将来也总会见到吧。”

沉默了一下，虎禅张大嘴巴，把剩下半碗饭扒进嘴里。

“虎禅，虽然我对女人不甚了解，有时候被她们耍，被她们骗，但是忽然觉得我这样挺好。”

“这……你变态了吗？”

“你才变态！这是我悟出的道理。前几个月，我遇到个女孩子，我很喜欢她，她总是叫我帮她做事，然后苦闷了就找我聊天，后来我向她表白了。”

“又是习惯性的被拒绝吧？”

“不，她没有拒绝，总是偶尔给我一点儿希望，然后我再次表白的时候，她就继续拖着。”

“这样的女人很烦哪，喜欢就是喜欢，不喜欢就是不喜欢，这个样子有意思吗?”虎禅一脸的不屑。

大头拿过虎禅的碗,又盛了满满一碗米饭,放在虎禅面前。

“我原本也很恼怒,有一天我忍着一肚子的不快,帮她搬东西到她的出租屋,本来想给她摊牌,说到此为止。她却煮了碗面放在我面前,我吃得心里很感动,很高兴。”

“你不是吧?一碗面把你给唬住了!”虎禅听到大头这没出息的话,直想骂人。

“我看书上说过,人这辈子是否过得好,跟拥有多少东西无关,而是自己的‘幸福感’能否更多,我忽然觉得我很容易满足,我喜欢的人,只要给我一点点的东西,我就能觉得非常的高兴,换句话说,现在的我,比你容易得到幸福。”

虎禅忽然觉得语塞,说不出一句话。

“所以我觉得顺其自然吧,有时候确实觉得女孩子这样对我,那纯粹是耍我,非常不公平,但是我现在没有女朋友,将来肯定还会遇到,到了那个时候,她在我身边,我幸福的感觉,应该会比别人多很多。”

虎禅看着大头,忽然明白:大头这二愣子虽然不懂女人,对女人没办法,但是他却能看得透自己的心,读得懂快乐的真谛,还有对人的宽容、厚道。

原本被别人欺负、被自己和阿培一直保护着的兄弟,却比想象中的更加坚毅、刚强。

“虎禅,今天你和小菁都不会高兴吧?我没必要问是什么原因,归根结底都是‘求不得’‘舍不得’引起的,这是贪、是嗔、是痴。”

好朋友的成长,在这大半年里,远超自己的想象,现在反过来开解自己,虎禅笑了起来,心里涌起阵阵的欣慰。

大头仰起头,叹了口气。

“有时候,我有些怀念从前刚刚练武的时候,每学到一点点粗浅招式就高兴得不得了。后来功夫学得稍微好一些了,就觉得那些还在整天为一点粗浅招式争论不休的人傻。但是现在,我真的觉得那是一种幸福。你不是读过《道德经》吗?五色令人盲,五音令人聋。虎禅,我还是觉得,你千万不要过于放纵自己的感情,虽然你慢慢地越来越懂得女人,别人挺羡慕你的艳福,但是我却是一直在你身边,十分清楚,你欢喜多,忧愁也多。经历的女人多了,感情会慢慢变得很迟钝的，你会非常想念从前那‘得不到’的时光的。”

“嗯……那我也随缘好了，以后谁给我做碗面，我就拿她当菩萨拜……你这家伙，又没女朋友，去哪学来这些道理？”

“嗯……这个嘛，我也说不明白。”

大头翻翻白眼。

“嗡阿哄班杂咕噜叭嘛悉地哄……”

大头的妈妈在卧室里开始做晚课，她自大头的父亲病逝之后便皈依佛门，算来已经修行多年，佛觉修为十分深厚，“金刚上师咒”念诵得抑扬顿挫，虽然卧室的大门紧闭，浑厚柔和的声音却有如温暖的阳光充塞屋宇，宽容而又温柔的抚慰，清洗着人们的心灵。

“大概，佛祖教会了我妈，我妈又教会了我。”

“佛法无边，还能管得着恋爱……”

虎禅嘴里嘟哝，虽然没有完全将这一日的不快摆脱，但是细细思索着大头的领悟，摸着了开解自己这团乱麻的头绪。

“那要看你怎么想啦，不要多说啦，先洗碗，洗好了去给观自在菩萨上炷香攒点儿功德吧。”

“为啥我洗？”

“因为是我做的饭啊！快去！再让我洗碗菩萨会惩罚你的！”

“没有这么咒人的吧！”

虎禅不情不愿地挽起袖子。

“一会儿咱们练练吧。”

“咦！新鲜了，你居然会提出交手！”虎禅的印象中，大头以前总是逃避实战，而今却变得主动。

“打累了心里就没怨气了吧，话说在前，你不能发狠了打，这样吧，你不要用本家的拳，就用你从前学的自由搏击，而且你要带上10盎司拳套。”

“那不如这样，找根绳子把我绑在你家的沙发上给你揍好了……”

“别好心当成驴肝肺！洗碗！上香！”

虎禅知道，今晚一定会练到月至中天方休，既然是欲望作祟，就让怨气在努力锻炼的熊熊烈火中燃烧殆尽吧。

第二十一章　殷鸿勇舞成文狮

三支高香插上神坛，背后锣鼓喧天，龙腾虎跃。

“请华盛商会董事长岳殷鸿点睛！金狮点睛！天下太平！”

繁华的街道上，一间娱乐公司开业。

开业典礼上，虎禅的父亲岳殷鸿，一身紫色长衫，提笔蘸墨，为狮头点睛。

“慢，小冲，过来！”

岳殷鸿刚要下笔，忽觉不妥。

“阿大，什么事儿？”

小冲是岳殷鸿的心腹“头马”，整一个“横”字了得，脸宽，肩膀宽，两腿两臂还有脖子都极粗，将那身西装撑得仿佛要胀破一般，眼角旁一刀疤，凶相毕露。

“还差了一只狮子哪？”

“阿大，是这样的，弟兄们说今天的场面要大，要有劲儿，他们嫌上次请来的狮队手软脚软，一个两个瘦得不行，而且今天还有东联的人，上门舞‘黑张飞’，所以弟兄们要自己舞狮子，结果争了老半天，谁也没资格舞刘备。”

小冲伸伸舌头，两手一摊，这调皮的动作，配着他那副表情，更吓人了。

舞狮，分为刘备、关羽、张飞三种狮子，刘备为“仁”，关羽为“义”，舞得要稳，张飞要“猛”。

“张飞”狮黑面黑短胡，爪子起腱，头角尖锐，象征丈八蛇矛。

黑张飞猛不可挡，旧社会时，舞黑张飞上门的人，多半是带着挑衅意味。

自清朝以来，舞“刘备”之人，必然德高望重，否则众人不服。

“嘿嘿，这帮小子，不就是想抢那上面的‘花红’嘛！谁抢到了，另一边得抱怨半年，现在倒省事儿了，去，取个狮头来，你跟我上！”

“好嘞，这西装真不是人穿的，憋了我老半天啦！”

小冲脱下西装，露出一身虬结的筋肉，手腕上还一边带着六个洪拳专用的鸳鸯铁环，时刻都没忘记锻炼身手。

“刘备”狮黄面白胡，狮披黄袍，角如拳头，象征“权倾天下”。

“顶你个肺啊！这只‘刘备’狮哪跑出来的？怎么也横冲直撞！”

舞“刘备”狮，本要气宇轩昂、庄重大方，不得作出挑战性动作，这样不合规矩，现在众人看见刘备这么个舞法，可是闹得开锅了。

“夹住他！前面的，撞他下盘！”

岳殷鸿眼见狮头撞向自己的下盘，轻轻跳跃，抬起左脚，猛的一脚对狮子头顶踏下，狮头里的家伙闷哼一声，摔了个恶狗抢屎。

中原武林有句话：“王家的枪，戴家的手，左二把的弹腿天下走。”

历来武术传承学习之时，亲子之间很难像师徒那样认真，老太爷当年安排岳殷鸿去跟随其他拳法高手学习的，即是诸多腿法中享尽盛誉的“教门弹腿”。

“我靠，还是练过的，挤后面托狮被的。”

小冲在后边托着狮被，往下一瞅。

“嘿，撞来一个，看我‘罗汉晒尸’。”

小冲猛地马步一扎，两边抓着狮尾的拳头，一撑腰，同时向左侧顶出，正是洪拳的招牌动作之一“罗汉晒尸”。

一招撞得对方狮头翻了个跟斗，另一边也挤了过来，小冲不禁发起了蛮劲儿，也对着挤。

看见肉戏来了，参加开业典礼的宾客和围观的群众顿时人声鼎沸。

“让你们试试我的马步功夫！”

“别挤了，上，好戏在后头。”岳殷鸿知道小冲猛性发了，老拖在后边折腾。

岳殷鸿纵身上了桌，另一只狮子也跃了上来，对着岳殷鸿的狮头便一脚蹬过来，岳殷鸿早已将身子一缩，伸脚插入了对方两脚中央，是为敌之中门。

“所谓起脚半边空”，岳殷鸿脚轻轻一钩挂对方的支撑脚，这头狮子便从桌上摔了下去。

枪打出头鸟，十万块的“花红”可不能让这不知道哪儿窜出来的“野狮子”给整了去，又跃上来两只狮子。

多亏得小冲马步稳健，还在桌子下边儿被人撞来撞去，东推西搡，两手不好多动，怕影响了上面的阿大，只有等人贴近了，才狠狠地踩上对方一脚。居然还有人耍阴招，伸手打抓小冲的下阴要害，小冲吓了一跳，腰马一收，两腿一夹，成“二字钳羊马”，缩住下阴要害，对方的手只抓在大腿上。

“这些家伙，同门兄弟也这么狠，看我回头怎么整治你们。”

“再上！”岳殷鸿呼喝一声，又上一层，小冲也从地面跃到桌上，花红近在眼前。

“阿大！有人拆台！”

眼看花红要被人抢了去，有人钻到岳殷鸿站的桌子底下想把桌子顶起来，把岳殷鸿掀下来。

幸亏没有真拆，毕竟桌子拆了，那挂得老高的花红谁也拿不到了。

“小冲放手！”

岳殷鸿猛地跃起，狮头向花红扑去，小冲赶忙扎稳马步，双手掌将岳殷鸿踏足的那张桌子狠狠按下，洪拳在武术界是出了名的沉雄稳健，这一按下去，撞了桌子底下的狮头，捣蛋鬼打了个跌。

亏得岳殷鸿经验丰富，这一放开狮尾，自己既能跃起，小冲又能解决桌子下面的家伙，也幸得小冲配合得好，脑子明白。

狮口一夹住花红，岳殷鸿平安稳落在台上。

“阿大！这……怎么是阿大！”

刚才舞狮强攻硬突的汉子们，这下呆了，心里顿时忐忑不安。

“姓岳的狠！”刚才被岳殷鸿一脚踏在地上的“黑张飞”狠狠地咬牙。

岳殷鸿双手一分，扯开花红，取出里面放置的钞票。

“接着！接着！哈哈！”

岳殷鸿一沓一沓地扔向各个狮子，最后一沓干脆解开了，直接向半空中撒去。

欢声雷动，人群高呼不已，整个场面风光无限。

岳殷鸿一句话没说，面带微笑，抛下狮头，走进了娱乐公司的办公室。

“阿大，今天这手，实在……实在帅！”

办公室里，小冲在身边不断地表现着自己的赞叹，奈何没多少文化，找不到合适的词汇，直憋得满脸通红。

“嘿嘿，和为贵，一团和气，大家努力做事才是实功。”

“不光这样啊！你看其他几个社团……”

“我说了多少次了，现在这是商会！”岳殷鸿忽然大声起来，瞪着小冲，打断了他的说话。

“我改口！改口！”

“知道我为什么发火吗？”

“知道，虎禅不喜欢。”

“不光是他，也是为了你们着想，出来混都是要还的。现在统一转成商会，以后都是正经人做正经生意，才是长久之计。”

“对，阿大，今天这一弄，东联商会看着了，也对他们很有威慑力啊！至少今后不会对您轻举妄动。”

“不一定啊，知道我不好收拾，当然不会轻举妄动，若是要来，来的人当然会更狠，手段也更毒，是福是祸，将来的事，将来再说吧。”

“阿大，为什么不让虎禅过来一块儿帮你呢？他既有本事，又是‘天子门生’，做起事来弟兄们也都服气。”

“为什么？虎禅他妈把话说死了，他要不读书，就跟我没完，我能怎么样？要是这话落她耳朵里，我可全推你身上！”

“要不找老太爷说说？”

“甭找了，说起来，虎禅年龄也还太小，现在来这儿对他也不是特别好的选择，而且老太爷能愿意虎禅被我从他那儿拉走嘛？我可不想挨老爷子的烟杆儿，这样吧，现在八月了，虎禅快要去读大学了，这段时间是商会的转型过渡期，我必须待在这儿，到时候你代我回去一趟，送虎禅去学校，你不也老想找他喝两杯嘛。”

“是，等办完手头这些事情我就动身。”

“好了，先处理眼前的麻烦吧！”

“麻烦？今天开张有您在，谁敢来找麻烦？”

岳殷鸿抬头看看办公室里站得直直的手下们，挥挥手。

“小冲留下,你们都出去喝酒吧,招呼好客人。”

一阵沉默。

“阿大,怎么了?”

这样的沉默,岳殷鸿严肃的表情,让小冲觉得有点儿发寒。

“过来。”

“嗯?”

岳殷鸿压低声音。

“小冲,我最近很忙,好像已经有快两个月没活动拳脚啦。”

“是的。”

“小冲,我也四十好几啦,年纪不小啦。”

“确实啊。”

“和我一样年纪的人,还像我今天这么龙精虎猛,是有点儿离谱吧?”

“……”(阿大到底要说什么?)

“那儿,对,左边那个柜子,里面有个瓶子拿过来。”

“哎,瓶子来了。”

“刚才抢花红……”

“阿大,到底怎么啦?”

岳殷鸿轻轻直起腰,又弯了下去,身子晃了晃。

“哎哟!我刚才抻着腰啦!快拿那药酒给我搓搓!”

“好好好!马上马上!我先扶您到沙发上趴着!”

第二十二章　四把捶

“虎禅，好兴致啊！”

老爷子到院子里消消食，却见到虎禅独自一人用自己烧茶的小火炉，温着一壶花雕，眼睛直勾勾地盯着老太爷种在花坛中的那一大丛草木。

“人学会独自一人喝酒的那天开始，就懂得了犯愁，会犯愁好啊，会犯愁才能学会解决问题。”

岳文勋这会儿才发现，虎禅已经长到了懂得发愁的年纪。

虎禅罕见的发呆发到入神，直到老太爷轻轻捏着他的肩膀时，才醒过来。

“太爷爷，草木总是要扎堆在一块儿，才能长得好吧？”

“嗯？大概是吧。”

“我是不是太不爱跟人扎堆了？”

“你有很多好朋友啊，这可是很让人羡慕的呀。”

“大头在国外读书，阿培也走了这么久，好朋友都不在身边，才发现自己并没有多少朋友，回想起来，三年了，一转眼高中就毕业了，可是我连一个班七十个人的名字也叫不全。”

“嗯，是有些粗心大意，不过话说回来，人身边不能总是那么热闹，得有安静下来的时候。一时半刻的孤独，能让人心明眼亮。虎禅，现在的你，不就是正在反省自己的过往吗？”

“话是这么说，可是始终觉得哪里有些不太好，一时半会想不明白。”

“归根结底，还是在想着小菁的事情吧。”

“怎么每个人都知道……”

“哈哈，因为你都写在脸上了呀。”

虎禅不爱隐瞒什么，但是人长到了这个岁数，总是会有不愿意，或是不知道如何说出口的事情。

可是又如何能瞒得过这活了近百岁，历经沧桑的老爷子。

“人一天一年的活，许多人来来往往的就这么走过去了，只有那些想断都断不了的人，自然而然地与你拴在了一起，那才是真正重要的人呀。”老爷子微笑着拍拍虎禅。

酒温好了，虎禅也给老爷子斟上一杯。

“大学啊，我也没去过，想必是个不错的地方吧？人很多，你还会遇上很多好朋友的……嗯，四年的时间，你还会遇上些很不错的姑娘吧，哈哈。”

“随老天爷安排好啦。”虎禅想起大头对自己说过的话，潜意识里觉得是该对自己的情感有些约束才好。

“嗨，你也是磕磕碰碰长大的，那天你不是跟我说嘛，在日本时曾被你新认识的朋友一刀劈了个跟头，失败时能让人学到的东西比胜利时要多，没有从来不败的人，也就没有万事亨通的人，怎么可以如此自爱自怜呢。”

“嘿，下次才不会输给他！”

“哈哈，就算不输给他，将来也一定会输给别人，别不好意思，天下就没有不败之人呀。”

“当年的书文公也没败过呀。”

“谁说的，就算是李书文，或者咱家的戴祖师爷，功夫未成时不也常挨人揍嘛，你的师父，你的老太爷我，还有咱们的祖师爷们，谁年轻时没输过，何况你只是跟人家各胜一场，哪能说是败呢。来，打起精神，给老头子演演拳，看看有多大长进，要是演得好，我教你‘四把捶’。”

“咦！四把捶？行行行，我演我演！”

四把捶乃是戴家拳法中的经典路数之一，在古代有个说法，懂得四把捶的人，才会被同门认作入室弟子，所以又叫“交际四把捶”。从前阿生师父一直没有教虎禅，生怕虎禅学套路把手给打油了，搏击的劲道不全，灵性也会练没了。

现今，老太爷看虎禅不论是拳架还是劲道，都已经定型，搏击又有了相当的经验，就算自己的拳架与虎禅略有不同，只要讲明了打法和走势，是不会出现偏差的。

“真是怀念啊！”老爷子不禁感叹。

虎禅修炼的戴家拳法，从桩功到“裹”“钻”“践”三拳，再到“五行”拳“十大形”“七小形”“五膀七炮”……每一部分中，都有一些精彩之处。

戴家有拳法谚语，乃是一首诗句《鹏情》：“一艺求精百功成，功成云路自然通。扶摇试看鹏飞势，方识男儿高世风。”

最终的成就，经过努力，结果自然成，不足为虑。而艰苦跋涉、不断进步的日子，却是最能打动人心的。

老太爷眼睛眯成了一条缝，隐隐约约，看着这和七八十年前一样的大院儿，眼前这与自己年轻时相近的人儿，那跟随师父学艺的时光，从记忆的万丈深渊里扶摇而上。

“来，跟老头子学着，看，蹲猴开始，身体起落束展三次，这是起手式，侧身起手的同时，手掌自下往上画个圈儿，立掌在胸前，这手可有些名堂。”

“嗯，我还看不出来。”

“嘿，这一下啊，在古代可有讲究，那时候比武，一个请字刚出口，话音不落，对方就已经强攻而来啦，这当胸立掌，既是行礼，也是出手反攻的准备。”

戴家拳法在古代镖行天下，江湖险恶，一举一动都很警惕。

“下面接着，跃出，手掌立着，画个圈……这个圈藏有‘按头式’，将人脑袋扳下来，对方自然会向后用力挣脱，他一使力你便放手，同时使‘美人梳头’，很容易便能得手，好，身法练得不错！再来，‘鹰捉’‘斩手炮’‘蜻蜓点水’‘通天炮’……”

这些单独的式子，虎禅早已熟稔，转折之处，稍微一望老太爷，就已明白，重复走了数遍，已然记熟。

戴家拳法，不同于如今普及于人们视野中的武术，没有那雄赳赳气昂昂的样子，两人走着拳，那动作却如戏耍一般，用阿生师父的话说：“平日里养功练拳，要柔似三岁婴儿玩打滑。”这是自古传承的正统道家拳法风格。

“咱家的拳，锻炼身法，多束少舒，则无时无刻不是警惕……”

讲得渴了，老太爷又斟上杯花雕慢慢饮下。

说完了拳法，又嘱咐虎禅出门在外的生活。面对着将要远行的孩子，今天老太爷说得特别多。

“大头,我这两天就要去学校报到了。”

“我是后天就回泰国。”

“好好努力,明年春节回来再交手啦。”

“下次怎么都要打你一肘重的!”

“你梦里想的吧,哈哈!”

虎禅与大头通电话,略作告别,都是豁达性情,没半点悲秋伤春,反而语气中带着充满希望的干劲儿。

“噢,对了,最近你给阿培去了电话没有?”大头问。

“有啊,但是一直都是关机的,都大半个月了,这小子怎么这样,会不会是出了什么事情?”

“是啊,对他来说,惹祸跑路,都是十分正常的。”

“嗯,再等等吧,我在网络上也给他留了言。”

“好的,一路顺风啊。”

“笨蛋!飞机要逆风起飞才安全。”

“好好好,钻牛角尖,一路逆风。”

“什么话从你嘴里出来都变味儿,我收拾行李去,挂了!”

放下了电话,虎禅心里便挂上了一个担心,阿培可不像自己与大头,不论做什么事情,总还是会想想计策与后果,他脑子是一根筋,发起狠劲来,能把天捅个窟窿,虽恩怨分明,疾恶如仇,却是鲁莽得紧。

“要是他生在古代,说不定能名列《刺客列传》或者《游侠列传》,要是生在战国时的日本,想必也是有名的武士。”虎禅捏捏太阳穴,想起阿培的过往和阿生师父那一句“将门虎子”,就觉得头痛。

日本古代的武士道,不思计谋,若要报仇,则一味冲击到底,至死方休,是为“无二无三,一念狂死”,直到后来融入了儒家思想后,这样的武士道才逐渐改变。

“唉,阿培这人,能活到这么大,可真不容易,要不要跟老爹说说,让他安排人略微找找?”

对好兄弟的牵挂,不禁让虎禅开始权衡起是否要用一用家族的力量。

“罢了,再等等吧,也许并没有我们想象的那么糟糕,说不定手机丢了,这家伙总是丢三落四的。”

虎禅清楚，要是父亲找到了阿培，有恩必报的他，会注定活在父亲岳殷鸿的那个世界里，依旧不算是很好的事情。

时常想起阿培拍着胸口骄傲的样子：“算命的老伯说我是正月里骑两只老虎出生的，一条命比石头还硬，你们放心吧！”

想起从前，虎禅嘴角不禁泛起了笑意。

下次聚在一起，会是什么时候呢？

假期的时光像一卷卫生纸，看着还挺多，用着用着就没了。

“一个接一个走啦，现在我也快要去上学了。”虎禅开始有些耐不住性子了，从前虽然也是这般读书、练武的清淡生活，但是有好朋友在，总是不会太闷。

老爷子年纪大了，阿生毕竟也是师长之尊，不论多么开朗，许多时候是没法与年轻人玩到一块儿的，周围住的邻居又都是大叔大伯，爷爷奶奶，偶尔虎禅也会在路边看他们下象棋、打牌，每次有人落错子要悔棋，虎禅就在旁边添油加醋。

虎禅虽然是嚼得菜根之人，但是也希望能更有乐趣一些。

“后天就要去大学里报到了，收拾收拾行李吧。”

这两天，虎禅开始出现发呆的状态，暑假放到这种程度，算是足够了。

这个大院，离闹市区有一段不短的距离，外面的公路也不算十分宽敞。

虎禅听到了大功率发动机的轰鸣，轰鸣声清脆无滞，没有杂音。在离大院不远的地方停下，熄了火。

“谁会开这样的车来这个地方呢？”虎禅正有些闷，隐约感觉会是来家里做客的人。

正往楼下走，大门上的铜环已经被人叩响，虎禅应一声，即加快脚步，跑到大门口。

“谁啊！”

“我来找岳文勋老爷子！”

“我问你是谁！”

难得来人，虎禅不放过一点寻找乐子的机会。

"收保护费的!"

"等着啊！我给你拿钱去!"

虎禅跑进内堂,老太爷常在那里祭拜几位早已去世的太祖师伯。

"还在吗?"虎禅乐起来,对着门外叫喊。

"在！开门!"

"我拿保护费给你!"虎禅把一张面额一亿的冥币折好,从门缝塞出去。

第二十三章　老拳师的解脱

哗啦啦。

外面传来一阵打开冥币的声音，然后一阵沉默。

“啊！大吉利是！大吉利是！”

虎禅拉开红漆大门，一张脸上满是气煞人的嬉笑。

“有你这么玩的嘛！”小冲放下大包小包的礼物，一把抱起虎禅，用力抛了出去，虎禅稍微调整重心，稳稳地落地，冲上来，缩身，左脚伸进小冲两脚间，勾住对方右脚，再用双手揽住对方左脚，用肩膀靠住对手，这一手专跌身量极重的人。

“慢着，不许使这种怪招，哈哈！”

“大猩猩！你怎么来啦？”一闹腾起来，虎禅顿时烦恼退散。

“你犯‘人来疯’嘛！刚才塞冥币给我，现在又给人乱起外号！亏我山长水远的专程跑到这儿来找你！”

“切，是老爹叫你来的吧！”虎禅斜着眼睛望着小冲。

“嘿嘿，这个嘛，这个不是重点啦，重点是我来了就行啊！老爷子呢？我先去拜见，然后再跟你玩儿。”

“跟我来吧。”

老爷子正在书房里写写画画，看见虎禅带着小冲站在门口，不禁冷笑一声：“这些家伙，每次想带走虎禅的时候，都这么积极呀。”

放下笔，老太爷挥挥手。

“虎禅，外面玩儿去，我跟小冲聊聊。”

“嗯，我去跟张婶说，中午多做一人的饭。”

老太爷与阿冲关着门的谈话持续了一个多小时。

虎禅继续收拾着行李，这个超大旅行包是他最喜欢的，好像能把自己的一个小家都搬进去，力气大真好啊，可以把所有需要的东西都装在背后，贯彻想喝就喝，想吃就吃的原则。

“嗯，抹茶比茶叶要方便，就带抹茶吧，天热，巧克力放在最里边，还有杯子……”

以前虎禅跟大头、阿培外出旅行的时候，大头时常笑话他，好像上山修行一般带着一大堆东西，但是每次到了最后，大头和阿培总是跟虎禅要吃的。

“既然带了就要吃完嘛，不要浪费！”

“这里吃不完我带回去吃不行吗？”

“吃东西，要有人抢才会更好吃嘛。”

笃笃笃。

敲门声响起，虎禅回头看见小冲站在门口。

“哎哟，可算是出来了，老爷子生怕我来把你带走，那眼神盯得我浑身不自在。”

小冲抹了一把汗。

“嘿嘿，为人不做亏心事，夜半不怕鬼敲门。”虎禅幸灾乐祸地笑着说。

“我可没做亏心事啊，老爷子都说我是好孩子！”

“别说啦，咱们都心知肚明，老爹一直想让我过去，你也一样，但是就算太爷爷答应，我也不会去。”

顿了一下，虎禅目光聚焦于小冲的眼睛。

“我说过，我不会反对老爹做的事，但是，就我个人而言，实在是不喜欢。”

“行啦行啦，这回我来的时候，阿大就不让我提带你回去的事情。”

“提了你也带不走……”

“嘿！你可别小看我！我可是一直没荒废拳脚哪！实战经验比你只强不弱啊！”

“还说呢，你都练得有些偏啦，操之过急，最近老是只练铁线拳跟虎鹤双形吧？脚下却缺了根。多蹲马步，多练基本招式，马步功夫深了，‘桥手’才更厉害。别忘了当初你是怎么做，苏爷爷才愿意收你入门的。”

小冲不论功力、打法还是实战经验都不弱于虎禅，但是武道知识却远远比不上这个长年受到许多高手熏陶的小兄弟。

市面上的洪拳有三宝：工字伏虎拳、铁线拳、虎鹤双形拳，而在小冲学的拳法中，甚至还保留有古代传下来的老拳架，最完整地保留了实战效果。洪拳极为沉猛，所谓气吼山河动、举步风云起。硬桥硬马的功夫，一切威力都来自最初的基本功。

小冲比虎禅大五六岁，当年刚刚跟随虎禅的父亲岳殷鸿的时候，勇猛好强，想学习武术，岳殷鸿没有时间和精力亲自教他，便给了他一个地址，让他去找一位姓苏的老人，至于能不能真正学到，就看小冲自己的造化了。

当小冲找到这位苏姓老人时，老人拧来一个十来斤重的狮头让小冲双手举着，扎上马步，没说站多少时间，转身便离开了。

不知道期限的苦楚，是最为难忍的。小冲永远记得，那一天发狠地忍受着无法表述的痛苦。眼睛里都瞪出了血丝，嘴唇咬出了血沫儿，全身抖得像是抽了羊角风一般。当苏姓老人微笑着点头，示意合格之后，他便躺在了地上，过了将近半个钟头才慢慢爬起来。之后过了大概一个星期，双腿都还十分酸痛。

几年的时间里，老人全心全意地教导小冲练习洪拳，有一天，老人忽然鼻血直流。医生诊断，大概是长期食用大量的腌制食物，患了鼻咽癌，已是晚期。小冲自幼父母离异，混迹街头，姥姥不疼、舅舅不爱，在学拳的日子里，跟苏姓老人有了深厚的感情，每天一有空就去照料老人，有脱不开身的时候，就让自己的女朋友帮忙照顾。老人一病便是两年多，最后的日子里，痛苦与日俱增，身体一痛起来，就不断地呻吟，终于有一天趁小冲和女朋友外出购物，悬梁自尽。

哭得天昏地暗的小冲问岳殷鸿，为什么苏爷爷要做出这样的选择，难道是害怕拖累自己？

岳殷鸿到现场看了之后，告诉小冲，或许是苏爷爷年纪太大，多受几年苦也没有任何意义吧，也许是洪拳高手性情本就刚烈，不愿像摊烂泥一样苟延残喘。但不管是什么原因，苏爷爷是铁了心要死的，因为他在屋子里上吊的地方，旁边便是床，脚一伸便够得着。况且烂船也有三分钉，多年的功夫，身体筋腱强韧异常，就算是久病在床，也没普通人那么容易断气，要挣脱绳子绝不为难，可见是走得无怨无悔了。

大概性格恶劣的少年，并非天性如此，只是缺少了关怀吧。

苏爷爷逝世之后，小冲的性格改变了许多，稳重，踏实，原本凶暴的性情温柔了许多，十分懂得为人着想，做事情也越来越有分寸，让人放心。他带着女朋友，搬家到了苏爷爷生前的屋子附近。平日做完了该做的事情后，极少跟社团的弟兄们出去玩乐，而是回家陪陪自己的女朋友，然后便到苏爷爷的老屋里开始练拳。虽说自己也是好武，更多的是想永远留住自己对苏爷爷这位"亲人"的念想。总觉得，每次使动拳法，苏爷爷的身影，会在身边一直看着他。

小冲低头回想，却是明白了自己的偏颇。

"热死啦！离午饭还有好一会儿，咱们出去兜兜风吧。"

"你那破车，声音比手扶拖拉机还响亮……"

"你懂个屁啊！我把车改啦！性能高了很多啊！瞧瞧，多漂亮啊！你瞧我那火焰图案、多有品位啊！"

"土鳖！要是我，就给你左边贴个 HelloKitty，右边贴个史努比，那才好看呢。总爱开那么快干啥玩儿？活得不耐烦了呀。"

虎禅对车的兴趣不大，从小就听太爷爷说，人生两条腿，就是给你脚踏实地走路的，为啥现在的人腿上功夫比不上古人？车坐多啦。

虽是这么说，虎禅还是跟着小冲上了车，小冲刚一打火，一阵刺耳的音乐声便从音箱喇叭里喷射出来。

"换换换！这啥玩意儿！闹死人啦！"

"啥玩意儿？硬核摇滚！多好的音乐啊！"

"见鬼！好什么好！养耳朵就是养肾，天天这么听，你不怕肾亏哪！关了关了。"

"有这么说话的嘛，咋不好啦！你……"

"我叫你吃一碗油辣子，你吃得下吗？"

"吃不下。"

"为啥吃不下啊！多好吃啊！"

"行行行，关了关了。"

车在太阳下晒了半晌，十分闷热，小冲将敞篷打开，从车内的制冷箱里取出一罐果汁递给虎禅。

这里本来已是市郊,不到十分钟即上了高速公路,炎炎夏日的风,既珍贵又舒服,虎禅伸着懒腰,奢侈地享受着一路的凉爽。

虎禅十分喜欢伸懒腰,可以撑拔身体的筋骨,那种慵懒舒适的样子,有的时候甚至让人觉得羡慕。

“小冲,近来有与人交手吗?”

“有一些吧,比从前少了很多,现在阿大的生意已经开始转成正行……”

“打住,只说拳法行吗?”

“虎禅,你终归是要接受这些事情的嘛。”

“我现在没兴趣也不喜欢,将来的事将来再说。对了,我听说有一种人,功夫不咋的,但是天生勇悍,反应很快,就像狮子老虎,平日里虽不常练习拳脚,但是也凶猛异常。”

“这样的人,可不多见哪,那是老天爷的眷顾啦,凶猛的倒是遇见过,虽然不练拳,但是经验非常丰富的有一些。只是依我估计,还没有特别值得关注的,怎么了?忽然问起这种问题。”

“没什么,突发奇想吧,平日里遇见的对手,就算厉害,也都是练过拳的,很少有这种野性的人,偶尔会想遇见一下。”

事实上,这种类型的人也相当厉害,从前在日本,有个姓“花形”的人,据说是黑道上的头目,仗着经验丰富,天生力大,就连当年空手道极真会的创始祖师在他面前,也能感受到沉重的压迫。

阿培当初去的地方,离父亲的商会总部并不远,阿培倘若进入了这个行当,应该会闯出些名气的,虎禅这回只是借机探探小冲的口风。

两年的时间,人不论是自强不息,还是堕落沉沦,都已经可以改变很多很多了,或许,当虎禅和大头重新遇见阿培时,他有了翻天覆地的变化呢。

车在公路上奔跑了好一会儿,渐渐地,脸颊被风吹得隐隐生痛,这该是兴尽的时候了。

“前面调头,咱们回去吧。”虎禅揉搓一下被吹得有些麻木的脸说。

“对,午饭时间快到了,不该让长辈等着晚辈,咱们喝两杯老太爷不介意吧?”

“当然,没问题。”

第二十四章　隔代传人

入夜，虎禅依旧在院子里练功打拳，小冲一路劳顿，已经十分疲倦，早早便去睡了。

拳峰渺渺定二神，也无它相也无人。

每次端起拳架的时候，世间的人面桃花都会远远地离开，也许这个时候，人是真正没有忧虑，也没有恐惧的。

行拳犹如车轮滚滚，江浪不息，无有滞碍。虎禅这些日子来，再受阿生师父的磨砺，身法越发的圆活顺畅，起落之间极少斧凿之痕。

有拳诀云："一波未平一波生，仿似神龙水面行。忽而冲空高处跃，水中翻浪细思寻。"

拳法中，有脊椎为龙、胯骨为虎的说法，虎禅年纪尚轻，虽然功力与修为跟阿生师父相比还是天差地别，但是拳法韵味与劲道走势却已深得个中三昧。

拳法应当一代比一代强才是。教好自己的弟子，是师父的义务，至少在师父临终离去之前超越师父，那又是弟子的义务。

阿生师父总是说："哈哈，什么是传人？就算是掌门老爷子说了也不算，功夫练不到前人的本事，瞎挂一个传人的名头不害臊嘛？"

虎禅虽然对传人之类的名分半点兴趣也无，但是却喜欢每次练出新的本事之后，骄傲地昂着头对阿生师父笑，这时候阿生师父为了压压这臭小子傲气，总是会坏笑着站起来追打虎禅，虎禅便转过头飞奔逃跑，这一向以来都是师徒俩的乐趣。

"咳……"

老太爷轻声咳嗽，生怕在虎禅呼吸吐纳之时惊吓虎禅。

拳法打斗时要凶悍勇狠，练功的时候却要娇贵，吐纳之间如果突然受到惊吓，那很容易对身体造成不良影响，这在武术中叫做"惊功"。

虎禅听到老太爷的咳嗽，便以戴家"束展"的势子，起落吐纳三次，收了拳架。

"太爷爷，还没睡哪？"

"嗯，先别练了，跟我来吧。"

虎禅跟着太爷爷走向内堂。

"咦？今天不是初一也不是十五呀？要给太祖师伯们上香吗？"

"嗯，今天很特别，老头子要送你件最好的礼物。"

老太爷说是送礼物给虎禅，脸上却十分严肃。虎禅一看这架势，就知道这礼物一定非同寻常，虽然憋着乐，但是笑意止不住地从脸上挤了出来。

桌上四个牌位，分别是老太爷的大哥左金宽、二哥孟修成、三哥张庆轩、四哥郭威然。

老太爷拜了四位哥哥，站在牌位之侧，虎禅跪在牌位之前，将点燃的香举过头顶，拜了三拜，走上前，将香火分别插在了四位太祖师伯的灵前香炉中。

"跪下，再磕三个头。"

老太爷神情郑重。

"今日和往常不大一样。"

虎禅虽然摸不着头脑，但是给太祖师伯们多磕一百个头也是理所应当的，也不多问，再磕了三下。

"来，跪下。"

老太爷指着自己面前的地面，虎禅膝行至太爷爷面前。

太爷爷拿起案台上的一本装订整齐的册子，足有一寸来厚。

"这是你太祖师伯以及我一生的人生经验及武学精要，由今日起，你要将这部书长伴身边，好好学习，修身立德，将来能成为你太祖师伯们的隔代传人。"

小小的屋子，气氛却肃穆非常，老太爷的话语和蔼庄严。

虎禅双手接过老太爷手中的册子，双臂却感觉沉重非常。

"我代四位哥哥做下这个决定，完成礼仪，虎禅，要牢记先人的恩情，你的太祖师伯们，会保佑你的。"

老太爷的手掌轻轻抚在虎禅的头上。

虎禅闭上眼呼出一口气，完全放松了身体。

当年虎禅给阿生师父叩头、拜师仪式上，阿生师父也是这么将手掌按于虎禅的头顶。

“灌顶之法”在佛门、道教都有，说起来极其神秘，但是却无可置疑地真实存在，对于武者来说，并不难理解。接受灌顶的人，用自己的身体仔细体会灌顶者一掌中所蕴藏的劲道，和自己身体被这一掌所激生的反应。

这一个看似神秘的仪式，在武道传承中，确实能给后辈以潜在的好处，只是要做到这种“灌顶之法”，出手的人武术修为非得极高不可。

老太爷手上的感觉非常灵敏，知道虎禅已经做好了准备。

“真聪明啊。”老太爷心中赞许。

虎禅只觉得老太爷的手掌极快地一沉一收，轻轻飘飘，没有丝毫的难受。但是却一波激起千层浪，自己的脊椎也极快地一弓，体内深处的某个地方，自然生出了一股返回的力量，将自己身体一弹，整个过程，弹指即过。

虎禅闭着眼睛，细细地回味着这股劲道，若能摸透，自身必定受益匪浅。

“起来吧。”

老太爷轻拍虎禅的臂膀。

“哇咧！”虎禅急不可待地翻开小册子。

“哎，急啥，没出息的，你有一辈子的时间看，咱俩上去说！”

虎禅跟着老爷子回到房间。

“先别高兴太早，世上就没有什么捷径秘诀，什么功夫都还是要自己踏踏实实地练出来。这本册子里所写的，除了打法的诀窍，还有一些你从前不知道的实用练法，都可以略加参照，但是可不要被这么些东西把自己的功夫给弄乱了呀。”

“太爷爷，我理会得，这么好的东西，你咋不早说哪。”虎禅眼神倒确实是认真的，就是那脸上忍不住地笑，老太爷看着也觉得有意思。

“你小子，是第一天看拳谱哪？甭管哪一派的拳谱，你若不是个中好手，看了也没用。”

老太爷塞了锅旱烟，点上。

“想当年，咱们师门里就出了件事情。”

虎禅知道老爷子要给自己讲故事，把珍贵的册子抱在怀里，坐在小木凳上，盯着太爷爷。

“咱们门中的拳法历来不立文字，只可言传身授。只是现在时代也变了，说起来，这玩意儿，喜欢的是千金难买，不爱的是粪土不值，我也不拘泥于这陈旧规矩，我如今给你的，本该是咱们门中的第一本文字拳谱。但是很多年前，我在跟你一样淘气调皮、跟随着师父的时候，我的一位师叔却写过第一本《戴家拳谱》。”

“咦！他很厉害吗？”虎禅听到这事情，十分惊讶。

老太爷吧嗒了两口旱烟，嘿嘿地笑了笑。

“我的那位师叔，平日里是教书先生。那时候的教书先生可不一样，学问功底非常深厚，换现在的什么博士教授都比不上，他背诵文章厉害得很，文思敏捷，悟性很好。就是练功的时候爱图捷径，整日里寻思着，说咱的师父那么厉害，一定有更为厉害、更为深奥的功夫没教咱。”

“那是他自己没练到家呗！”虎禅笑起来。以他现在的武学见识，已经很容易分辨出是非黑白了。

“当时我的师父练功踏实，最得我太师父的疼爱，每日里都坐在炕头与他聊拳，我师父也在这样有意无意的闲聊中受益匪浅。后来，我那师叔便将主意打到了我师父身上，他心里有了疑问，只愿意跟我师父套话儿，觉得只有套出来的话儿才真。每日里都拉着我师父去饮酒喝茶，套取我师父口中漏出来的零碎拳诀和练功体会，然后强行记下，回去之后写成文字，日子有功，不到半年，记了老厚的一本。”

“这……东拼西凑的玩意儿也能练，阿弥陀佛……”虎禅把嘴一撇。

“可不嘛，聪明反被聪明误呀。”老太爷不禁唏嘘道。

“后来，他依据自己的理解，将这些零碎的东西重新整合，但是其中误解的地方非常多，比如劈拳的拳诀，本该是‘捧盘掇碟’之势，却被写成捧盘端碟，一个往回掇，一个向外送，能是一回事儿吗？还有‘拧崩摘豆角’一句，他一个教书先生就没下田干过活计，以为就像拧摘果实一样，将拳头向外拧钻崩出去，还觉得威力挺大，却不知道啊，这意思是豆角被阳光暴晒后，会干燥，然后自然拧起来，这时候一碰，豆角就会炸开，所以说，这便是四体不勤、五谷不分哪。各种各样的错误，不胜枚举。”

“后来这太爷爷的师叔练成啥样儿了呀？”虎禅眉头都皱了起来。

“最要命的，还是咱们‘蹲猴儿’的桩功，那个时候，这蹲猴儿还有一个名字，叫做‘猴观天’，慢慢地，他不愿意去师父跟前练功，只愿意自己待着练。本来，这‘观天’二字，只是眼睛微微上看，他却真的仰头望青天。结果气血久久地阻塞在后颈，不到一年，就落了个成日卧床来缓解痛苦的后果，之后抛弃了十多年的血汗，一生中再也没有练武。我还记得，当时我的太师父也很自责，抓着我师父的手，说‘你这孩子啊！这是间接地害了他哪’。”

老太爷说到这里，深深地叹了口气。

“说来很可怜啊，其实想练好功夫也没错，只是为人应当光明磊落才是。如果好好地在师父面前练习，自己的师父不可能看见他错了也不纠正吧。”

“虎禅，我知道，这样的错误你不会去犯，但是也需引以为戒。这本册子心意虽重，也只是我和我的四位哥哥给你留下的念想，你可以作为完善自己、取长补短的参考。里面还记载了我们的人生经验，你心里啥时候有解不开的结，册子里的一些道理，也许能给你些启示，但是在武功上，最重要、最准确的，还是平日里你阿生师父对你口传身授的那一部分啊。”

老太爷语重心长地说着，轻轻摸着虎禅的头。

虎禅一天天地长大，女朋友都换了三茬，该是个大男人了。但是每次被太爷爷摸着自己的头，虎禅都觉得那是一种祝福，不论是童年，还是现在，都是愉快的。

许多孩子长大了，都会越来越不听长辈的话，长辈们常常会责骂自己的孩子，却不知道，也许这并不全是孩子的问题。因为长辈的提议并不一定正确，谁说年纪大的一定比年纪小的懂事儿呢？

老太爷虽然年纪大了，不了解年轻人的新鲜事儿。但是从小到大，每次虎禅有不会解决的问题，或者理不清的愁绪时，老太爷的提议、开解、预料，总是能够有效，能够应验，百试不爽，虎禅对老爷子自然言听计从。

夜深了，虎禅扶持老太爷休息后，捧着那小册子，回到了自己的房间。

这一夜，虎禅房里的灯，直到凌晨三点才熄灭。

第二十五章　护手钺

今天该是虎禅去学校报到的日子了。

“啊欠！咦？熊猫！”小冲比虎禅起得更早，一看虎禅就乐了。

虎禅一身睡衣，两个大黑眼圈儿。

“用眼过多啦！”

“哈哈哈哈，我是猩猩，你是熊猫，真合适的哪！”

“死一边去啊！两个大男人，合适个屁！”

老太爷已经在院子里慢慢地活动筋骨。

“都别闹啦，虎禅，一会儿收拾好东西，吃了早饭后，去给你阿生师父辞行后便让小冲送你去学校吧，趁早去，白天好办事儿。”

从家里到学校大概只要七个小时的车程，前提是——开车的是小冲。

“小冲，路上慢点儿。”老太爷对小冲笑笑。

“以后给你改名叫小慢。”虎禅即使打着哈欠也不忘找找乐儿。

“打你啊！”

给师父辞行的时候，师父的话出奇的简单：“去吧，反正很快又会回来的。”

南朝文学家江淹所作的《别赋》有云：“傥有华阴上士，服食还仙。术既妙而犹学，道已寂而未传。守丹灶而不顾，炼金鼎而方坚。驾鹤上汉，骖鸾腾天。暂游万里，少别千年……”

道人的潇洒，当然是让人出乎意料的呀。

“好家伙，甩棍、铁拳头、虎爪格斗刀……车里放那么多玩意儿，你有病哪。”

“虎禅，拜托，别翻了行不行！你有多动症吗？”

虎禅在车后座下的小储物箱里倒腾出了一大堆的短兵器，正在考虑搜刮些什么东西。

“咦！护手钺！你还会使这玩意儿？”

“我都说叫你别翻啦！这护手钺就是送给你的，我特地叫人做的，虽然不是手工打制，但是材料很特别，那天我去收数的时候，看见一个阿伯的修车厂里有一大块像是从机床上拆下来的刀，料子很好，我就让人给磨了一对护手钺，结果耗了七八片砂轮才磨出来，好生送你不答应，非要自己翻出来，这什么人啊！”

“嘻嘻！坦白从宽！”又搜到了好东西，虎禅从包里取出绷带裹住护手钺的刀刃，塞进了旅行包里，很早的时候虎禅就想要一对护手钺，可惜市面上能买到的护手钺，质量都非常差劲。

故老相传，护手钺是个非常特别的兵器，据说如能练到大成，在短兵器或者贴身近战的交手中，近乎无敌，而且对于擅长拳法的人来说，这个兵器不需太多的练习，只要把玩一段时间，就可以运用自如。

“服了你！彻底服了！”

小冲大声地嚷嚷，一脚油门踏下：“接受惩罚吧！让你尝尝我的不减速过直角弯！”

“不要啊……”

疯了好一会儿，小冲不再耍弄车技，将车开得很平缓。

“让他养养精神吧。”小冲看了一眼后视镜。

头天晚上没睡够的虎禅，躺在后座上呼呼大睡。

这个城市十分繁华，只是似乎并没有经过很好的规划，高楼大厦与低矮的平房参差不齐，显得有些杂乱无章。

“嗯，到了吗？”

四周堵车堵得厉害，喇叭声唤醒了虎禅。

“擦擦脸清醒一下，快到了。”小冲递给虎禅一包湿面巾。

“等等，找个地方停下吧。”

“你晕车？”

“先停下再说。”

往前行走一段，路边有了停车位，虎禅抱起旅行包下了车。

“我一会坐出租车自己去学校好了。”

“不行不行,为什么啊!”

“你看看啦,那边,还有那边,一街的人都看着我们,发动机太响了。我刚到学校,这么大动静,不太好啊,低调一点,这车看起来也太贵的样子……”

“上车上车,别闹,要是给阿大知道我没送到就扔你在这里会挨骂的,而且本来是要跟你报了名再回去,我也想去学校里晃晃。”

“行了,你去干啥玩儿,看姑娘呀,小心我给阿嫂告你的状。你也明白事理,回去就说送到了。老太爷说过,让我平平常常的就行,财不露白也是师门的教诲,回去后照顾好我老爹,代我报个平安。”

“好吧,那你自己保重了,还有,如果真的遇到困难的时候,一定要打电话给阿大,他接到你的电话会很高兴的,如果不好意思说,打给我也好。”

“行了行了,回去吧,路上小心开车。”

越接近学校,越是堵车。

“今天来的人很多啊。”

一进到学校大门,右侧是教学楼,左侧是个非常标准的体育场,中央一条大道。

“勇叔原本还说这个学校不太好,想给我换呢,环境还是很不错的啊,体育场也很漂亮。”

本来两点半就到了,交费、填表之类,都排了很长的队,闹到了四点多才算告一段落。

只是,一路上都会听到有人抱怨:“这什么学校?真是!哪有这么弄的……”

大致情况并不清楚,人太多了,有事情做得不够周到是很正常的吧。

“自己去找宿舍,钥匙跟同宿舍的人借来配!”窗里的阿姨将开出的证明扔出了交费窗口。

“G424是我的宿舍啊,一个宿舍八人间,是人多了点儿。”

虎禅不禁考虑,以后练拳该怎么办?交手可以公开,人前练拳招摇最为忌讳,而且十分受影响,有害无益。而且这些年来,每当有人知道自己习武的时候,那脸色总是很诧异,也有问个不停的,每次都解释很久,十分麻烦。公开练拳,严重的时候还会变得跟熊猫、猴子之类一样,遭到众人围观。

“学校那么大,该会有没人的地方吧?”

想起自己还在高中的时候,学校里有后山,不论练拳还是跟小菁见面,都在后山。

“嗯?宿舍在那边,哈,确实还有后山。”

虎禅远远看见宿舍背后露出山峰一角。

走到宿舍楼前,虎禅傻了眼,许多和他一样扛着行李的学生,三个一帮五个一伙地坐在宿舍旁的水泥地上,有的不住地骂骂咧咧,有的垂头丧气,还有直接睡着在地上的。

“这位同学,你们也是新来的学生吗?怎么都坐在这儿?”

“大爷的!别提了,什么烂学校,给我们一个宿舍号,叫我们自己来找,结果到了发现里面根本没有空的床位,找了宿舍管理中心,他们又说没办法,现在宿舍紧张,说新建的宿舍楼还有一个星期才能住进去,这个星期我总不能睡大街吧?有的宿舍空了一两张床位,那里面的师兄们又不让我们住进去,还凶得要命,我差点没跟他们打起来!”

“嗯,同学,先别生气,消消火,那请问你是安排在几号宿舍?”

“你看!G424!”

“咦,我们是同一个宿舍的,我叫岳虎禅,你叫什么名字?”

“原来是室友啊,我叫莫见辉。”

“你好啊,以后互相照应,你先别急,我上去先看看。”

虎禅轻轻地拍了拍这位新室友的胳膊以示安慰。

“我劝你别去,去了也没用,人家是地头蛇,我们有什么办法。”

“反正就算不去,也是坐在这儿嘛,我先去看看,说不定有什么办法。”

虎禅上到四楼,找到了G424宿舍,宿舍门虚掩着,里面音响开得震人,感觉上都在联机玩网络游戏。

轻轻地敲了敲门,里面的人声嘶力竭地喊:“谁?进来!”

虎禅推开门,烟味、酒味、变质方便面味、长时间没洗的衣服、袜子味等等,熔炼成一炉,就着一大股子潮热的气息,排山倒海一样涌了出来,虎禅立刻闭住一口气(这些人是神仙还是妖怪……)。

“你谁呀!”右手边上铺,光膀子学长摘下耳塞,瞟了虎禅一眼,眼光又转回了屏幕上。

“噢,我是新来报到的学生,宿管安排……”

“我靠! 今天来了第几个了啊,说了,我们这里不要外人进来! 宿管安排的管我们鸟事儿!”

虎禅还没说完就被一顿抢白。

“这个,这不是还有一张床位吗? 听说学校新楼还有一个星期就可以住了,到那时候我会立即搬走,这段时间绝不给你们添麻烦。”

“你没看那床上放了东西啊,这张床的兄弟去实习了,东西放在这,你想怎么着,把他的东西扔出去啊!”

光膀子学长的游戏似乎因为虎禅的影响而 Gameover 了,转而迁怒于虎禅。

虎禅从打开宿舍门的一瞬间开始,就决定宁愿在学校附近住几天小旅馆,等新宿舍建好,也实在不想住在这儿,自己虽然不是什么娇贵的人,能吃苦,但是这股子味道实在有点儿恶心,很影响健康,闷在这儿,还不如睡大街上的空气清新。

这么些年,老太爷时常教自己相人之法,虎禅还欠历练,虽不精通,但是也懂得观察,刚才看到莫见辉的时候,就大致评估了一下。他的皮肤粗糙泛黄,用来装行李的包袱十分陈旧,身上的衣服,也应该是穿了很多年,已经洗得很薄了,没有宿舍住,只能坐在那儿,显然经济上并不会很宽裕。虎禅之所以还站在这里,那是因为既然来了,不妨顺便为他争取一个可以过夜的地方。

“哎,别跟他啰唆了,我们去吃饭吧,等下把门一锁,出去晃晃,也懒得烦了!”

里面另一位学长坐在床上,关了电脑,开始穿衣服。

“你有钱啊!”光膀学长叫道。

“你也没钱啊! 那吃个屁!”

看来两位仁兄都已经弹尽粮绝了。

有了这么个机会,虎禅立刻接上话:“这样吧,学校安排我来这儿,也算是有缘,不如我请两位学长吃个饭吧,以后也好互相照应,你们看可以吗?”

两位学长面面相觑。

第二十六章　新的因缘

“有饭不吃王八蛋，有酒不喝猪头三！”

光膀学长从上铺跳下来，在堆积成山的脏衣服里翻出一件衬衫，闻了闻，觉得还比较满意，便套在了身上。

虎禅这时候的脾气出乎意料的好，实际上，几乎所有常年进行武道修炼的人，都非常不容易生气，生气会让武者自己伤害自己，何况在经历过拳法的刻苦磨炼之后，还有什么是武者不能忍耐的呢？

“老莫，等着也是等着，一块先去吃个饭吧，我也饿了。”

莫见辉看着虎禅下来，背后还跟了刚才跟他吵架的两个人，便摇了摇手。

虎禅知道，莫见辉还没咽下那口气。

“放心吧，我看到还有床位，咱们一块去，好好说说，总是有办法的。我刚到这里第一个认识你，不叫你一块怎么行。”

虎禅说得亲近，莫见辉也实在不好意思拒绝。

刚才在学校里跑来跑去报到时，虎禅就看见学校里有些大排档，径直走了过去。

“两位学长，我不知道这里什么菜做得好吃，你们点菜吧，再要瓶酒好了。”

虎禅很早跟着师叔伯们与别人谈事情、吃饭，总是要几杯酒下肚，话匣子才能打开。只是今日却是生平第一次为了办事而喝酒，非出于本心，总还是有些不痛快，但是这样做不光能为新认识的“室友”找到个住处，自己也想了解了解学校里的情况，有人告诉自己详细点儿，可以省事得多。

“你们哪儿人啊？”两杯下肚，学长发话了。

“我是山西祁县人，老哥哪人？”虎禅笑笑。

“我湖南来的,他是河南的。”

“老莫,你哪儿的?”虎禅问起。

“我广东人。”

……

聊起自己家乡,话题便慢慢多了,老莫一直话少,但是几杯白酒下肚,也脸红耳热,开朗起来。

“你们两个新来,小岳,你人还不错,给你说说吧,就咱们吃饭这条街,这边是饭馆,那边是学生开的酒吧,背后是旅社,我们叫这条街做‘堕落街’,这边经常打架,你们老实点,别惹事就行。”

“为啥学校里经常打架?”

“抢女人的,喝醉酒的,无聊的,反正什么原因都有。”

“嗯,知道了。”虎禅留上了心,却也不算十分在意。

“两位学长,能不能商量一下,我这哥们儿,能不能暂时住在你们宿舍?老莫,等搬宿舍的时候,咱们一定帮人家把东西都放好,两位学长,你们看行吗?”

这饭也吃了,话匣子又聊开了,不答应也不成了。

“那你呢?”老莫看着虎禅,觉得很奇怪。

“我在这里有亲戚。”

虎禅感觉有些困乏,不愿多加解释,便随口瞎话地糊弄了过去。

纵然如此,老莫心里也明白,这顿饭是虎禅为他请的,感激得不行。

“好吧,他就先住在我们那儿,今天这顿饭谢谢了。”

问题总算暂时解决了。

“虎禅,留个电话,明天我请你吃饭。”老莫拍拍虎禅的肩膀。

“不必了,你先住着,明天我去宿管中心问问新宿舍的事情,看紧一点,免得到时候再没有,可真要睡街头了,你先去收拾吧,回头再联系。”虎禅笑笑。

背上行李,虎禅需要找个地方好好休整一下,背上的包可太重了。

“有时候是不该带太多东西,我现在倒真希望阿培和大头来把我带的零食给抢去分了。”

学校附近,从来不会缺少小旅馆,只是被子褥子都不算干净。

好不容易找到一家看起来很狭窄但还算清洁的,空气中还有一丝丝消毒水的味道。

“老板,有房间吗?”

“有有有! 你要住什么样的?”

“有卫生间,有热水的,被子一定要干净。”

“放心,我这里天天换铺盖,肯定干净! 热水二十四小时供应。”

脑袋秃成地中海,像河童一样的老板带着虎禅上了楼。

“一晚上六十块,很实惠的,这里还有影碟机,影碟放在这里。”

老板把柜子打开,拿出一个影碟包给虎禅看了看。

“行了,就要这间。”

付了钱,老板又发话了。

“小兄弟,是来读书的吧,最近在我这儿的学生不少,出来读书,都不容易啊。”

“是的,今天下午刚到。”虎禅觉得老板挺亲切的样子。

“一人在外啊,很寂寞的,要不要找个姑娘?”

一听这话,老板亲和的形象完全坍塌。

“什么姑娘?”

“好姑娘啊,都是大学生出来做的。”

老板那张肥脸变得面目可憎。

“我不是这个意思,还好姑娘……嗨,不要不要! 我要休息了!”

“要的话叫我……”

“我说了不要,没听见吗?”

虎禅有些恼火,眉心一蹙,牙齿一咬,搏击时候那吼狮吞象之容立现,盯着老板的眼睛,慢慢站起来。

练武的人见到这气势,也要敬畏三分,何况是普通人,老板不自觉地后退。

“你好好休息,好好休息。……”老板知趣地关上门出去了。

自从最后那次见到小菁后,总觉得特别难以接受女生做这一类的事情。

虎禅脱下衣服,躺了一会儿,拿起手机,拨打阿培的电话,依旧是暂时无法接通。

醉酒、大怒、大喜、打雷、房事之后,这些时候都是练功的大忌,不宜动拳。

当年虎禅跟随阿生师父学武的时候，先学有一套“八段锦”的功夫，分有八式：托天提地理三焦，左右开弓似射雕，调理脾胃需单举，怒目撑捶长力气，摇头摆尾去心火，双手抚脚固肾腰，五劳七伤往后瞧，背后七颠百病消。

这套功夫长进得并不霸道，但是长年练习，功力深厚，年头越长，后劲越足，调理身体是很好的。这些年来，虎禅每天没事的时候都会以“八段锦”功夫伸筋拔骨、调理吐纳，长年累月，力气也增大了不少。当然，今天酒虽喝得不算多，却不适宜练习戴家拳法，不过八段锦还是可以练练的。

整套八段锦，每一式运转几遍，精神好了很多，很多时候精神不好是假性的，并不是真困乏，只要稍加运动，血液奔流起来，人的精神头也就上来了。如果因为这种假性困倦窝着不动，那只会恶性循环。

虎禅喝酒之后走肾很快，又喝了几杯水，洗了个澡，这会儿已经完全恢复了。

“这都有些什么光碟呢？”虎禅拿出柜子里的碟包。

“咋全是这些。一张正经东西都没有？我还说有啥能提提神的电影呢。”

光碟面上印的不是大腿就是屁股，虎禅知道这全都是黄色影碟。

不好美色的男人是有毛病的，虎禅也好美色，但虎禅确实不爱看黄色小电影。

曾经有故事说，和尚、道士与嫖客同时参禅，和尚道士没有成就，偏偏嫖客成就了，和尚道士不平，便问佛祖为何如此，佛祖的答案是：“你们二人是忍受，而嫖客能泰然处之。”

没有经历过又何谈放下？强忍怕是会忍出毛病吧。虎禅自幼在家百无禁忌，自己也不是那情窦初开看了女孩子就脸红的主，这样的诱惑早就不成诱惑了。

“这是啥旅馆哪，我该不会是住在淫窝儿里吧……”

放心不下，鼻子又凑着被子、褥子仔细闻了闻，有股刚洗过的味道，翻来翻去看看，没什么奇怪的污渍，才放下心。

“罢了，才九点过五分，出去走走熟悉熟悉环境也好。”

学校接近市中心，离学校两条街的地方，有整片的桑拿城、夜总会和小吃街。

“去玩玩吧？不，后天就是开学典礼，我该先在学校里熟悉环境，来日方长啊，哈哈。”

看来，除了大头那种知足常乐的人之外，神经粗的人也容易快乐。

学校里的人依旧很多，在学校图书馆前的广场上，又看见了许多三个一帮五个一伙坐在地上，身边放着行李的新生，很多家长也在旁边陪着，神情显得疲惫不堪。

“嗯，文学院的大楼，去看看我的教室。”

今天交费的时候，被告知明日在五楼教室集中，今天学校里晚自习的教室只开放到四楼，五楼没有开灯。

“咦，啥声音？有鬼？”

正掏出手机照明找教室，忽然听见有声音哭哭啼啼的。

“哪呢？”

脚下提着点劲道，走得很轻，在心意拳里，有“龙行莫测，虎行无声”之说。凶猛的猫科动物，走路大多都是无声无息的，虎禅在戴家拳的“十大形”中，精练“龙”“虎”“熊”“猴”四形，“虎行无声”做得很不错。

“嗯，这间教室是后天开学典礼时要来的，嗯……要不再找找哭声是哪来的？嘿嘿。”

像小孩子发现了有趣的玩具一样，探险开始喽。

“对！就是这一间教室！嗯，这个门没上锁，半掩着的！”

虎禅把手机收到口袋了，为了不让门发出声音，抓住门的把手，微微用力上提，再慢慢打开。

咣当！

好家伙！门后放了两张凳子，叠在一块儿，大概是里面的人作为示警之用的。

“啊！”一个女孩子惊声尖叫，把虎禅吓得心里面一咯噔。

“行啦行啦！别叫啦！别叫啦！人吓人是会吓死人的！”

“啊！”停顿了一下，继续尖叫。

“我说你有完没完！”（哪有尖叫完了，休息一下继续尖叫的……）

“你……是人是鬼？”那边的女孩叫了一声。

“我不是人也不是鬼！我是来查教室的，大晚上的不回宿舍，躲在这里，必定没什么好事，我要带你到保卫科去！”

“不要不要！求你了，不要带我去保卫科！我是新生，来得晚了，找不到地方住，想在教室待一晚。

“那你哭啥！”黑暗中虎禅忍住笑，把话说得声色俱厉。

“太黑了，害怕……”(世界上有这么矛盾的人吗？)

“哇哈哈哈哈哈哈哈！”虎禅笑得像一个魔王。

第二十七章　豌豆公主的铮铮铁骨

"你……你要干吗！"

"干吗？吃了你好不？"虎禅已经乐得不行了。

"不要！不要过来！"

"废话，谁真会吃你啊！宿舍没有空的床位吗？"

"不知道……"女孩怯生生地回答出一个气死人的问题。

"不知道？你没去找自己的宿舍？"

"找了，没找到……"

"鼻子下边儿是嘴，找不到不会问哪！再不然你咋不去找旅馆住哪？"

"人家告诉我说后面那条街上很不安全……我不敢出去……"

"你来读啥书啊！读了有啥用啊！有啥好读的啊！你爸妈也真放心让你出来啊！"

"我……我……呜……"

又开始抽泣了……

"够了够了！别烦了，收拾收拾，去找旅馆吧！我也是新生，宿舍现在没有空的床位，也是暂时住着旅馆。"

"你……不是来查教室的？那你是来干吗的……"（这会儿又变得精明了……）

"我带你去找旅馆，去不去！不去就继续待在这儿！"

"我……没钱……"

"来读书的没带钱？"虎禅几乎要挥掌抽过去，开始怀疑是不是遇到了博人同情的女骗子？

“我的钱在卡里，但我只找到了农行……我是建行的卡……”

“天哪！都可以取好不好！你是当了十世的笨蛋么！现在是你在做梦还是我在做梦啊！”

“我的……行李……”

“我的爷啊！自己提！”

虎禅看见笨蛋妹提行李似乎很吃力，用手掂了掂，分量着实不轻，都装的些什么呀？

下到四楼便看清了，女孩子皮肤白皙得像洋娃娃，很少见阳光的样子，睫毛长长，一头长长的卷发，或许因为脑子太笨了，有点眼大无神。

“这个样子简直经不起半点风浪，这是什么爸妈教出的女儿啊，还敢放她出来！”

对于这样的“豌豆公主”，虎禅没觉得半点可怜，倒是觉得可气，都上大学的人了，这么多年的光阴都活到火星上去了吗？

“闲着也是闲着，帮她一把吧。”

带着笨蛋妹去取了钱，走过“堕落街”，不远处就是虎禅住的那一家旅馆。

“去，自己拿身份证登记吧。”虎禅指着柜台对笨蛋妹说。

“哼，假正经！装模作样！”

老板看着虎禅带回一个还算长得不错的女孩子，不住地撇嘴冷笑。

“笑什么哪！我同学！也是新生，找不到宿舍！”

“噢，原来是喜欢纯情的……”

“有完没完！我不是叫她自己登记自己住嘛！”

“天知道你想干吗……”老板嘟哝着，虎禅这会儿觉得自己的形象也坍塌了。

女孩在哪儿站着不动，眼神迷茫地望望老板，望望虎禅。

“登记啊！等宵夜吃啊！”

看到这么迟钝的神情，虎禅都快疯掉了。

“怎么能对女孩子那么凶巴巴的呀，来，姑娘，咱们别理他，填这儿，姓名……对，身份证号……嗯，可字写得真漂亮啊，我都后悔从前没好好读书了。你学习一定很好吧，喏，房卡，给你俩住隔壁吧。”面目可憎的老板这会儿又像是个和蔼可亲的善良人了。

“别住隔壁，住远点儿！”虎禅黑着个脸，对这个画皮妖怪没半点儿好声气。

“谢谢您。”笨蛋妹终于开口了。

“嗯，小姑娘真懂事儿，去吧。”

“你……”到了房间门口，虎禅刚要开口抱怨几句，便被笨蛋妹打断了。

“大哥哥，谢谢您。”

“好……好好好，不谢不谢……去，进去睡觉吧。”虎禅硬生生地把话吞回去，真是不好受。

“可算是折腾完了。”又冲了个澡，拿出老太爷交给自己的册子，翻看了一会儿。册子分成了五卷：左金宽的弹腿与汤瓶七式，孟修成的老架巴子拳和劈挂掌，张庆轩的翻子拳，郭威然的摔跤与少林拳，还有太爷爷的戴家拳。

纸张不厚，大概翻多了会坏，虎禅决定明天去复印一本。

“嗯，这里面记载的，大不寻常啊！我一直以来着重练习身法，是不是手上功夫也可以加强练练呢？嗯，指爪撕扯之类的比较适合，这个法子不错，简单，效果也好……”

头天晚上就已经睡眠不足，没过多久，睡意便上来了。

虎禅总是入睡得特别快，且绝不会因为在陌生的地方而感到不习惯。这对武者来说是很大的优点，可以随时进入睡眠，身体才养护得特别好。

清晨第一缕阳光将虎禅唤醒，睡醒后的虎禅仍然闭眼仰卧于床上，慢慢抬起双腿，双手在膝盖上揉搓，之后，慢慢地在床上翻滚伸展，直到身体微微发热，体内筋骨血脉已经活动开了。

这时虎禅转身左侧卧，将枕头挪开，头与身体依旧保持中正，下巴内收，拔直脊椎，双手放于身前。抬起右脚，与床面呈四十五度，脚绷直，头顶、脚伸，将身子两头使劲撑拔。不到十分钟，右胯酸胀难忍，右腿骨中痒痛温热，便轻轻将腿放下，转身右侧卧，抬左脚练习，又七八分钟后，身上便微微渗出汗水。此功久练之后，腿力大涨，骨骼坚固，全身上下力气协调，虎禅曾于武当学得此法，效果极好。道家多有此类炼体之术，这些法门没有名字，只口传身授与有缘之人。

虎禅下床穿衣，洗漱之后，用“四把捶”将身体活开，待四体柔和协调后，依旧由戴家本门的桩功“猴观沧海”开始，如大猿猴儿一般地缩着，待到身体颤抖三次，平静三次后，站起身来，双手捧起，轻拍在丹田上，轻轻发出“喝”的一声。在内功之中，有各种各样的发声方法，如“喝”字则是炼心脏，心在五行之中属火，夏季炼心最为适宜，依据四季变化，春、夏、秋、冬的发声各不相同。

“嗯，练习一下昨晚在册子里读到的功夫吧。”

虎禅翻开册子，再温习了一遍。

马步站，双手成鹰爪，两臂交叉在胸前，左右手如拉弓射箭般的动作，向身体侧面推出，左右轮换练习，十分简单，此法正是四太祖师伯的少林功法之一“金豹露爪”，专练抠抓撕扯之力。

这是不错的练爪法门，练了一百来遍，细细感受身体，没有任何不适，走走拳架，也没发现与自己本来的拳法有何冲突，想来是可以长期练习的。

正乐在其中，响起了敲门声，虎禅急忙跳进裤子里。

“小丫头，这么早醒了啊？”

“嗯，我刚才听到哥哥在这边叫，不知道是什么事情。”

内家拳的发音，被称为雷音，劲道往自己身子的深处走，静听不闹，远听不小，声音穿透力强，纵使隔了一堵墙，仍听得清清楚楚。

“噢……我清早起来，活动活动，提提精神吧，一会早饭后，我要去宿舍管理中心，你跟我一块去，希望能找到宿舍，你等我一会儿吧，去梳洗干净再说。”在家的时候，张婶常做面食，老辈人说，米饭性寒，而面食则温，多吃面食长得壮。

虎禅找了一家饺子店，要了一斤半饺子。

“多吃点面食吧，长得壮些，才经得了风雨。”

“我是女生，不要长壮……”

“女生咋啦？噢，女生就是拿捏不起的糖稀？非得倚着根棍子才能活？”

“不知道……”

虎禅忽然想起，被这丫头折腾得糊涂了，连来历什么的都没问过，这样的大小姐，跑到人生地不熟的异乡去待四年，换谁都会觉得不太对劲儿吧。

“丫头，你叫啥名儿？”

“我叫胤如……”

小女孩儿微微皱着眉头、撅着嘴巴，似乎对虎禅左一个丫头右一个丫头的叫唤很不满意。

“胤如，你家是哪的？你爸妈咋不送你来？你看学校里不都是家长送孩子来的嘛。”

“我爸爸不让我来这儿读书，我考试分数很低，上不了好的音乐学院，只能填报第二志愿。爸爸想送我出国去读经济学，但是我很想弹琴，就跟妈妈说。但是爸爸脾气很坏……我跟妈妈求了很久，后来爸爸出差的时候，妈妈给了钱，我才跑出来了……”

胤如的话说得有些缺乏逻辑性，虎禅夹着个饺子想了好一会儿，才理出了头绪。

“经济学也不错啊。”

“不行……我只会弹琴，从小到大，我什么都做不好，家里什么事情都不让我干，我就只能天天弹琴，也只喜欢弹琴，我实在不能想象将来怎么面对那些我不擅长的东西。”

“这什么爸爸呀，女孩子就该有音乐的修养嘛！你把手给我看看，别藏着，拿出来。”

虎禅钢琴的技艺早已搁下好几年了，要是现在让自己出手，恐怕练上一星期，也只能重新把练习基本功的音阶、琶音、和弦给弹出来。但是小时候见过不少钢琴老师，还记得一个弹钢琴的人，手该长成什么样子，

“纤弱的身体，手指却这么有力，钢琴的底子确实不错，如果放弃了是很可惜的啊，考到几级了？”

这样的一只手，的确是长年的功力汇聚而成，没半点花架子。

“三年前考过九级，后来一直都没有再考。”

“现在都在练些什么曲子呀？”

“《革命练习曲》《幻想即兴曲》还有《钟》……”

“我的天哪……”这会儿虎禅的嘴，可以同时塞进五个饺子。

虎禅记得自己曾经试过弹奏《钟》，整首曲子只能弹得出开头几个小节，因为需要的技巧太高，弹几个小节之后两手就变得硬邦邦的，不知所措。

如果虎禅能勉强算是一个弹钢琴的人，那么，他在这个笨姑娘面前，就像是拿一个练了一两年武术的初学者，去跟古代的戴龙邦老祖、枪神书文公、秋月和

尚这等传说领域的高手做综合比较一般。

“这回我是小看人了，每个人都一定会有做不好的事嘛。”

虎禅一边心里抱歉，一边瞟了几眼胤如的嘴。

不说话不吃东西的时候，牙齿紧扣，嘴唇闭得严丝合缝，却是个倔强坚毅之人。

人的刚强未必显于外，要不为什么说铁“骨”铮铮呢。

虎禅非常喜欢倔强的人，身边最好的朋友，性子也是一个比一个拧，那种对梦想、友情、原则的坚持，能让人昂首挺胸地傲立于天地之间。

梦想的道路，如果离开欲望很远，人还能够无怨无悔地走下去，那么无论最后结果如何，都值得众人敬佩。

“丫……不，胤如，你做得很对，好好地弹琴吧，拿出点儿干劲来，多吃几个。”

虎禅对胤如第一次开口称赞，胤如也很惊奇。

“嗯，我会努力的……可是我实在吃不下了……”

第二十八章　难寻练拳地

在很古老的时候，所谓的"道士"并不是那些拿着把桃木剑跟一沓黄符纸，装神弄鬼的混混，阿生师父将这些家伙称之为"野道士"。

那个时候，真正的道人指的是拥有专业技能的修行者，如医术、毒术、武功、堪舆术、兵法等等。甚至在某些时候，会以文官武将之类的形式，在朝堂中继续研究并发挥自己的专长。

阿生师父曾给虎禅说，武当山的诸多道观中，有一座叫做"元和观"。这名字看起来和谐圆满，但在古代道教盛行的时候，这是道人们的刑场，若是犯了不可饶恕的大错，会在这里受到"火椅之刑"，灰飞烟灭，类似于商朝纣王的"炮烙"。虽然这种刑罚现今已被废除，但是真正的道人们却依旧严谨自觉地活着。

虎禅见过好些道人、和尚，还有隐居的前辈，他们像千年之前的祖先一样活着，除了武术之外，他们还有一些拥有高明的医术、勘测之能，还有的书法绘画堪称一绝。大概自在门中，能让他们全心全意地放开手脚、敞开胸襟去干自己喜欢的事情。

这些人大多过得清简，也有的是儿女出息，能够丰衣足食，但同样也活得十分清淡朴素。

他们倔强地守护着故老相传的技艺，将前人的故事不厌其烦地讲给后人听。

程颢《秋日偶成》有云："道通天地有形外，思入风云变态中；富贵不淫贫贱乐，男儿到此是豪雄。"

胤如跟虎禅、大头一样，为着自己喜欢、值得自己为之努力的事物，都有着同一种性质的倔强——在这点上，与那些一心研究自己技艺的出家人并无二致。

虎禅吃饱了，伸着懒腰，看着天上的云彩。

“人活着，既然要做事，当然得做自己喜欢的事情啦，要不就白活了。人不能像天上的云一样，只按照一个早就被决定的方向流动。”

想到这里，虎禅轻轻地拍拍胤如弱不禁风的肩膀：“好好弹琴吧，不要有任何顾虑。”

自己这只手，常常拍在好兄弟的肩膀上以示鼓励，却是第一次拍在如此纤细的身躯上。

学校中，对于宿舍不足之事，依旧怨声载道。

待到午后，天气炎热，学生们都十分困乏，各自找地方乘凉休息时，虎禅便跟老莫和胤如候在宿管中心门口。

“还有两天便是中秋了。”

虎禅手中提着一盒月饼，礼虽不重，对一个学生来说，送出一点节日的关怀，确是恰到好处。

“世上的事情就是这样，若是别人关照你，当要谨记在心；若是别人不帮你，也不要心怀怨恨，谁都没有义务无缘无故地关照你。”

太爷爷这么说过，抱怨这种事情没有丝毫用处，也不必理直气壮地找人理论。君不见那山中之木，刚硬坚固者，被做成砧板，一世被千刀万斩；质地柔软者，被雕刻成神佛之像，终日受香火供奉，这便是“刚强寸步难行，柔和天下去得”。

终于等来了开门的人，是一位二十七八岁的年轻教师。虎禅离开办公室远一些，透过窗户，看着这位大姐姐坐定，用书扇了好半天凉风，驱散了夏日的烦恼，方才准备进去。

“报告。”

虎禅在门口轻轻呼唤。

“进来，有什么事情？”

“我想问问……”

“是问宿舍的事情吧？”

“对啊，姐姐，能给点儿信息吗？”不管女人年龄多大，减少十岁看待总是没错的。

那个时候，窗外的一抹阳光照在了虎禅脸上，笑得尤其好看。“姐姐”二字一脱口，这位颇有姿色的大姐不禁觉得，这孩子十分亲近，实在不像是外人，但是那股子工作岗位所赋予的矜持，牢固地守住心理防线。

“最近每天都有很多人来咨询，都是为了宿舍的事情来的，说过很多遍了，现在确实没有多余的宿舍了。”

“嗯……”

虎禅眼睛笑成一条缝，坏主意又开始在心里萌芽了。

“姐姐，那一定是有很多人喜欢来看你。”

“看我做什么？”

“你穿了黑丝袜呀，很好看。”

“姐姐”顿时脸色一红，双腿下意识地夹紧了些，用手掩住了裙摆。

“你这学生！说什么呢！”姐姐一脸的嗔怪。

“嗯……搭配这条裙子很好看！”虎禅看着“姐姐”脸颊泛红，笑得更加开心了。

“反反复复地重复跟人说同样的话，确实很累啊，姐姐应该忙里偷闲保养身体，快中秋了，这有盒月饼，送给姐姐啦。”虎禅把藏在背后的月饼拿了出来。

“哎呀，不要这样，我们不收礼的。”中国人一向很含蓄。

“可是，这是我最喜欢的口味啊，姐姐不喜欢吗？那我一会儿去换一盒，姐姐喜欢什么口味的？”虎禅一手搭上老师的肩膀，轻轻晃晃。

虎禅这礼物却是挑得恰到好处，没有华丽的包装，四个装一盒，看起来小而精致，却并不贵重，若是不收，则会有看不上眼故作姿态之嫌，而来自学生的关心，总是作为教育行业者的骄傲。

“行了行了，服了你了，放下吧。”本已是让人心烦意乱的夏日，这绕来绕去略带暧昧的说话，弄得“姐姐”粉脸通红，直低着头。

“那姐姐注意休息，我先回去啦。”虎禅跟自己打赌，“姐姐”一定会叫住自己，若是不叫，大不了明日再来，到时候也会好说得多。

“咦，慢着，你不是要问宿舍嘛。”

“啊，对呀，姐姐，我还有两个朋友，也是刚来的新生，一男一女，他们也都没有地方住，我可以顺便帮他们问问吗？”

“刚到学校就交到女朋友了呀。”“姐姐”脸色一冷。

“不是啊，他们两人才是……”虎禅说到这里就闭嘴了，不想说谎，但也要撇清关系。

“呵呵，小坏蛋，一张嘴不知道多会骗女孩子呢！现在女生宿舍倒是还有几间儿，男生宿舍确实没有了，不过三天后就能开放新的宿舍。我先给你登记一下吧，到时候你尽早来我这儿领钥匙好了，我给你留两间，你拿证件出来，先在这里签上个名，留下电话。”

“这把是宿舍钥匙，宿舍还空着，赶快叫她来用身份证和录取通知书登记，去挑个好床位吧。”“姐姐”从桌子里的一大堆钥匙中拿出了一把。

“嘿嘿，有空请姐姐吃饭。”虎禅双手搭在“姐姐”的肩膀上，轻轻晃了晃。

门外头。

“怎么回事？虎禅跟管事儿的有亲？”老莫看着里边虎禅跟平日里冷冰冰的工作人员那么融洽，不禁觉得稀奇。

“喂！进来登记！”

虎禅笑眯眯地站在办公室门前挥手。

事情终于解决了，“姐姐”看着虎禅刚才离去的门口，好似这个孩子一直站在自己身边，没有离去一般，傻笑了很久。

“简直就是个小妖怪嘛……嗯，更像是菩萨身边的童子。”姐姐两手捂着自己微微发热的脸颊。

男人要想学懂女人的事，曾经让自己动过情的女人便是导师，两人互相看透并且结束的时候，便是毕业的时候。疼痛与快乐交织的学问，男人会受用一辈子，至少在学以致用这一点上，虎禅似乎一直做得相当不错。

第二日，虎禅在学校后面的街道上四处转悠。

昨夜虎禅满心欢喜地跑到山上去练功，走到灌木丛边，听到里边有男女偷欢的呻吟喘息；走到岩壁下，听到大岩石后有绵绵情话……巡了整座山，好不容易找到个黑乎乎的山洞，自恃胆大包天，还算是个清净地方，刚舒展一下身体，山洞深处冒出一声：“谁？”还带着女孩子憋出来的惊呼声，虎禅吓了一跳，顿时无名火起，回了一声：“鬼！”转头便走。

“没办法了，看来还是得有一个自己的空间，租间房子吧。”

学校附近从来就不缺出租房，价格也公道。虎禅找了间七十平方，一室一厅的房子，卫生间也不小。最妙的是，还有一个小小的后院，有高墙围住，每月四百块租金。

虎禅选了一楼，这些年来功夫逐日见长，练得也越发的细致，自古有规矩，高楼上练拳不成，人要接着地气才好。

忙活了半天，终于把床、电视、柜子、灶台之类打理好，把房间打扫得干干净净。

“虽然还是要回宿舍住，但是大男人，得有自己的狗窝才行，哈哈。”虎禅审视着自己的布置，十分满意。

这个地方，不愿意再有其他人踏足，练武这件事，在寻常人眼中，不易被理解，过多的解释，只落得心烦口困舌头干。

精力还十分旺盛，开始练功吧。

虎禅来的时候就想过，四年时间，应该做些什么，武术上一定要有新的突破。回想起古时那些步入了传说领域的高手巨匠，虎禅觉得自己实在有些渺小，想来想去，除了不懈的练习、参悟之外，别无他法。

武术的练习，就像是种树，天天看，日日急，还是长不大。武人们用很长的时间，很多的心血，将武术的锻炼养成习惯，时时调节，忘记了时间的流逝，有朝一日忽然发现，树木已经根深叶茂了，这才是正确的心性。

功夫，可以混着练。

本家的拳法，是必修课程，每日里须得不断地细细研习。虎禅还常练习八卦掌的走圈——两脚前不“亮掌”，后不“揭底”，平平地在地面上蹚着，放开两胯绕圈走，长久练习，不光脚下力道奇大，还十分灵活。走圈的同时，两臂向左右伸展开来，掌心朝上，是为八卦掌之“朝天掌”，如此每日里持续四十分钟不停，对身体功力长进有很大的好处。

戴家的拳法本是江湖之拳，风格灵、快、毒、狠、真，有拳诀云：不是飞仙体自轻，竟然无影令人惊。看他挑拨奇谋势，尽是旁通一片灵。

而虎禅兼修的武当拳和一些道家功夫的重手法，使得自己出手时，又多了一份厚重勇悍，与戴家拳“形如鬼魅”的身法相得益彰。

练完了拳，虎禅将双手浸泡在热水中，顿时气血充盈，背上微微冒汗，整条脊椎上也暖洋洋的，舒服极了。这是练功之后，最简单的保养气血之法，谁能知道，这双劈削如刀的手掌，除了充盈厚实、手指粗壮外，皮肤之细嫩，比起女孩子来有过之而无不及。

手机响了，号码显示是胤如的来电。

“哥哥，是我，你在哪儿？我们一块儿去吃饭吧。”

语气亲昵，虎禅心里却觉得十分不自在。

第二十九章　重拾武心的军人

虎禅有种将要被依靠的预感。

人的情爱总是好的，但是虎禅很不喜欢以依靠作为源头的情爱，虎禅的第一次恋爱就是这种情况。自从被依靠上的那一天起，自己忽然就多了许多莫名其妙的义务，这样的女孩子，会让周围的空气变得越发黏稠，跟她们在一起时，会像苍蝇掉进了蜜糖罐里，翅膀手足统统划不开，被甜腻的蜜糖活活地粘死、闷死。

“她也该学会自己活着，我管多了并不是好事情，这样下去我有可能会莫名其妙地变成她的男人。”虎禅心里琢磨。

“我在外面挺远的地方，你自己吃饭吧，有什么事情吗？没有？那好，挂了。”

尽快结束了通话，不论如何，还是自由自在好，尽管因为胤如对音乐的执著，让虎禅对她的印象有所改观，但是这和亲密关系是两码事儿。

早上去商场买日用品的时候，虎禅看中了一只泡澡的大木桶，这是一个非常过瘾的玩意儿，他二话不说就扛了回来。

这会儿水已经烧好了。

“这才是男人想要的活法啊！哈哈！”开上电视，衣服裤子一扔，虎禅跳进了木桶里。

晚饭后，拿出杯子和抹茶，捧出老太爷传给自己的小册子和《五轮书》，开始细细地阅读，终于有些空闲了。

过了两天，虎禅有了新的宿舍，和莫见辉成了真正的室友。每天晚上，虎禅都回宿舍睡觉，但是白天的时光，除了下午出去溜达一会儿，熟悉环境外，都是在自己的出租房里度过。

新生进校后的军训开始了，

现今的校园军训，虽然只是一个形式，但对许多大学生来说，却是一场劫难。

“又晕了一个……两个……三个……”站军姿有些无聊，虎禅就数着被太阳晒晕的人聊以解闷。

虎禅练功的“蹲猴桩”，就算在武道行家的眼里，也是练拳中少有的苦差事，三才桩也能一次性站上半个小时到四十分钟，站军姿、踢正步的消耗，对自己来说简直就是个笑话，身体略有僵硬时，身体轻微得看不见地蠕动一下，立刻就能缓解。

“真是的，女生穿起了军装，看上去每个人都一样……嗯……从身形上看起来，这些军人中没有师父曾经说过的大高手嘛，教官说一会儿要学军体拳，不知道这军体拳是什么样子呢？凑合了哪几家的功夫？”

军体拳是融合国术中各种流派中简便好用、较为直观、凶狠的招式加以整编而成，适宜于群体教学。

每个国家的军队都会根据本国已有的古武术加以简化，成为自己的“军体拳”。如本多英明的野战柔术、俄罗斯的武术“桑搏”等等，便是从前的军队武术，而在泰国，泰拳本来就是古代的战阵武术。一些历史并不悠久的西方国家也会借鉴东方各国武术，来整合出自己的军体拳。

中国从很古老的时候就开始了“军体拳”的整合历程，明朝大将戚继光所著《纪效新书》中，有《拳经捷要》篇，这套拳法中，有一式“倒骑龙”还是取自戴家拳“十大形”中“熊形”的回身势。

到了民国时期，诸多武艺超群的武术家，也编创了军体拳，如八极门整合出“八极应手拳”和“破锋八刀”，在抗日军队中流传。

这类拳法都有一个共同的特点，就是对人的身体改善和功夫增长并没有什么好处，可是短时间内就能操练纯熟，用于实战，一套军体拳，拆出几手，让一个体魄中等的普通人操练上十天半个月，实际打斗中也能力敌两三人。

解散休息的时候，虎禅斜倚在体育场的栏杆上晒着太阳，眼睛微闭，像个猫儿一般。

真正的武者，不会有事没事的就摆架子瞪眼，不练功时，看起来都有那么点儿懒。

身体的肌肉力量放空,气血则旺盛,眼睛闭上不看,则能养肝养血。在古代,有一部道家的修身之书,为身体的所有器官、穴窍等,都起了跟人一样的名字,而肝脏的名字是“含明”,闭上眼睛,含住光明,便是保养之法。

脸蛋黑黝黝的教官轻轻走到虎禅的身边,打算逗逗这懒猫一般的家伙,便脱下皮鞋,光着脚,轻轻一脚踩在虎禅的肚子上。

“嘿!”虎禅猛地惊了一下。

人身体正面的中线,可是要害聚集之地,武者应当防守得水泼不进,这会儿被外力一激,虎禅紧紧抓住教官的脚,两脚一缠,夹住教官,“咚”的一声便将教官缠倒在地上。

这是虎禅在日本的时候,跟本多英明学到的柔术“寝技”,在地面对对手的关节进行绞缠,或者扭断伤害,或者擒拿降服。

“喂! 你干什么!”周围其他教官以为发生了冲突,都气势汹汹地围了上来。

“行了行了! 没事! 我跟人玩玩! 去,干你们该干的事情去!”虎禅将教官缠倒在地后,立刻解除了绞索,教官也立马站了起来,挥挥手,叫战友们散开。

“抱歉,我刚才吓了一跳……”虎禅笑笑,抓抓脑袋。

“没关系,男人嘛,大家闹着玩……你叫什么名字? 练过?”教官一边发问,一边摸出一支烟递给虎禅,虎禅摆摆手。

“嗯,我叫岳虎禅,在道馆里学过一些。”虎禅确实没有撒谎,至少这寝技是在英明的道场里学的。

“难怪呢,我叫张义,也喜欢打拳,你这是格雷西柔术吧? 动作感觉挺纯正的。”

格雷西是巴西的一个武道家族,创立了一种独特的柔术流派,在国际上传播得非常广泛,盛名直追日本传统的柔术。

“不是格雷西的柔术,是日本的古流柔术。”

“这东西在国内可不多见,不过现在的年轻人都有些崇洋媚外吧,都爱学外国的武术,偏偏不爱国术。”教官点燃香烟,吸了一口。

“国术当然好,我也有练,您是练什么的?”虎禅也问问教官。

“嘿嘿,刚才我也一下子走神了,要是我认真对待,你才没那么容易摔倒我呢。我练过几手八极拳。”

“是嘛!”虎禅一下子来了兴趣。

“我哥哥的师父八极拳非常厉害,可是我小时候不喜欢武术,没好好练,后来想练了,哥哥和他的师父都不在身边了。”

“嗯,真的十分可惜啊,但是如果喜欢武术的话,还是可以继续练下去的呀。八极拳中你练了哪些?”

“我只练了马步跟金刚八式,后来没时间了,就很少练了,只能偶尔活动活动。”教官挠挠头,似乎为自己那半瓶子醋感到有些不好意思。

“嗯,如果努力练习,这些招式已经够了呀。”

“你说得对,我们霍氏八极拳,讲究一手不精,决不可练第二手。”

“原来是霍氏八极拳名门之后呢。”虎禅越听越高兴。

“我自己练得不好,我哥哥才厉害,从小练起功夫来像疯子一样,小时候我被人打,都是哥哥出头……咦?你知道霍氏八极拳?”

“对,我听人讲过霍殿阁的故事,霍殿阁本来就很有名哪,你哥哥一定下了很大的苦功。”

霍殿阁正是虎禅与大头的偶像,枪神李书文的大弟子,以自己的理解开创了八极拳一个新的流派——霍氏八极拳。

“准备排队了,晚上一块坐坐聊聊吧,咱们切磋切磋。”教官拍拍虎禅的脊背,十分豪迈的样子。

忽然想起自己的册子里记载有“老架巴子拳”,那是八极拳的前身,打法与用劲极为暴烈,在诸多拳法中,此为“刚中之王”。晚上,虎禅翻开册子,仔细研读。

过了几日,要排军训汇演的队列了,身体不好的,都要剔除。虎禅觉得站在队列里实在觉得很不自在,而且这样的训练对自己没多大用处。张义走到自己面前的时候,虎禅打了打眼色,咳嗽两声,教官会意,顺手把虎禅拉出了队伍。

“晚上请我喝酒,哈……”张义用蚊子似的声音嘟哝了一声。

这些天下来,虎禅常和教官聊天,晚上会在一起玩玩拳法。虎禅也把自己所学的拳法略微演示,还把自己所知道的一些老架巴子拳的功夫跟教官分享,建立起了友谊,留下了通信方式,说好以后经常写信联系,现在虎禅想溜掉可方便多了。

"你这家伙还挺小心翼翼的嘛,原来也是正门出的功夫啊!"教官这会儿才知道虎禅的底子。

虎禅并不觉得有什么不可以说的秘诀,武术中,没有朝练夕成的神功,不论是什么功夫都要血汗与时间的浇灌。巴子拳跟自己的拳法,不论是功力、用劲、打法都大不相同,虽然能够有些借鉴,但是没办法全盘接受,与其藏着掖着直到发霉,不如让同是喜欢武术的人有些裨益。武者并不像传说中的那样,对自己所知道的武术敝帚自珍,生怕别人偷学,武者若是没了志同道合的伙伴,那会是十分无聊与寂寞的。

军人自有一股刚强的傲气,只佩服有本事的人,何况是一个曾经也努力练习过家传拳法的军人。

张义练武的兴趣和激情,在这几天里又被激发了出来。

"我回去会好好练习的,想想看,我三十岁,还很年轻嘛,还会有长进的,谢谢你呀。"军训即将结束,张义在归队前,来与虎禅告别。

"一定会的,有空再来玩,等你练好了,我们正经比试一场,可别光说不练呀。"虎禅鼓励着新朋友。

军训的时候不得穿便服,身上这套军装都已半个月没洗了。

虎禅新学会的洗衣方法,一只大桶,脏衣服装上,倒上洗衣粉,放上水,放上音乐,边听音乐边用脚踩,一张 CD 放完,衣服也就差不多干净了。

阳光真好啊,衣服也洗得愉快。

宿舍来了个人,进来探头探脑一阵,虎禅听见有点儿动静,便回头看看,那人已"嚓"的一声把广告纸插在了门的把手上,手法又熟练又有力,转身一晃就走开了。

就连虎禅也没看明白,只隐隐觉得这个身影挺灵活、挺壮实。

虎禅还光着脚丫子,正要伸手拿拖鞋,打算看看是什么广告,莫见辉刚好从外边进来了。

"老莫,门上的广告拿给我看看。"这些日子住同一宿舍相熟之后,称呼都改了。

"什么玩意儿?哎?中国式摔跤?城东跤场?国粹?"

"啥?中国跤?给我看看!"

第三十章　金门高手，倾城尤物

依旧是宽大的牛仔裤，方便活动的大 T 恤，刚刚洗好晾干，还散发着阳光的味道。

虎禅心里暗暗记下了广告单上城东跤场的地址，准备出去寻找。

又看见了斗战的契机，年纪轻轻的武者，最不在乎输赢。胜败之间，却有着让人忘却天地岁月的过瘾。

就如打牌一般，只赢不输的牌局，哪来的乐趣呢。

武道的挑战总是能让人乐此不疲，所有的男孩子，在逐渐长成男人的日子里，会慢慢地放弃许多乐趣，不再喜欢玩具，不再喜欢糖果……可是唯独不会放弃的，便是争斗，若有完全不好争斗的男人，那难说不是一种逃避。

可是争斗的源头不一样，虽然武者的争斗应该没有硝烟、没有仇恨，但是有几个人会去遵守这样的梦想一般的规则呢？没有了"道"，喜欢争斗的人，可以不需要拳法，甚至不需要道德，对法则、规矩之类的破坏，成了他们最残暴的武器。

行于利而必多怨。

数千里之外，一个诊所中。

"唔！"

小冲狠狠咬着毛巾，眼睛里瞪出了血丝，脸色惨白。

"胜伯，冲哥怎么样！要不要紧！"将小冲背来的兄弟，显然也受了些轻伤，胳膊上带着斑斑血迹。

为小冲处理伤口的医生叫胜伯，伤科治疗的手段极其高超，却不善于处理人事，脾气古怪，眼里不容沙子。在原本的工作岗位上，与领导频频发生矛盾，虎禅的父亲岳殷鸿在偶然的机会下与其相识，便投资开了一家医馆请胜伯坐堂，弟兄们受了伤来这里就医，再安全不过。

“别问，有我在，死不了，去把卷闸门拉下来。”胜伯知道小冲是岳殷鸿的心腹，要尽量避免可能发生的打扰和危险。

“下手好毒，居然用这种方法……火药枪里塞糯米打出来，这里居然会有人懂得干这种事情，还好只大腿外侧和正面被打中，射程看来不是很近，伤得不深。”胜伯咬咬牙。

用无缝钢管和发令枪可以很容易地做成自制火药枪，里边塞上糯米打出来，有效射程很低。要重创对手，只能在四五米的范围内，而且只能打一发，没什么穿透力，但是被打中的地方，一大片肉就如被煮熟了一般，伤口较穿透性的子弹难处理得多。

制作这么没有效率的东西出来伤人，只有一种心态，就是要让对手受尽折磨，用心十分歹毒。

“肋骨上还有一处骨折……小冲身体这么结实，这一下砸得可不轻哪，虽然不要命，但是不那么容易好。”胜伯心里想着，手上却麻利地处理伤口，丝毫不停。

“忍住，不要叫。”胜伯的表情依旧冰冷。

小冲看着胜伯的脸，僵硬着脖子，微微点了点汗如雨下的头。

胜伯把小冲嘴里的毛巾扯了出来，小冲立即咬紧了牙关。

“来，把这杯东西喝下去，止痛。”胜伯托起小冲的头。

“须得长出新肉才行，否则会留下长久的病根……”

胜伯准备好一切，亲自动手操刀。

一个多小时后，小冲的伤处理妥当，又喝过胜伯的药，已经睡了过去，小冲的女朋友小稚在里面照顾。厅堂中，岳殷鸿铁青着脸向胜伯询问。

凌晨时，岳殷鸿打发手下先把车开了回去，自己漫步街头，每天在面前蹦跶的小冲受伤了，心情实在有些糟。

“那混蛋看起来有点邋邋遢遢的，板寸头，拳脚看不出什么路数，但是力气很大，出手没半个多余动作，干净利落，肯定练过硬功，但是论拳脚我还是能胜上一大截。对我开枪时没半点犹豫，还蒙着脸……这么个野路子的，藏起来玩阴的……呸！要不是那一枪，真打我才不输给他！”

小冲醒过来后，咬牙切齿地将情况描述了一遍，对手却是一张没半点儿印象的生面孔，也不知道东联从哪儿捣鼓来的狠人。

不择手段的凶人，从某方面说，比拳法高手更可怕。

岳殷鸿踱着步，向自家旗下的会所“未央宫”走去。

人要求个痛快，就得付出代价。

也不知从什么时候开始，华盛与东联渐渐成了“同类”。

因为家族的传统，经营着华盛集团的岳殷鸿，不像是黑道大哥，倒像是古代的一方豪强。手下的各路人，更像是孟尝君手下的门客，练武的、做皮肉生意的、卜卦算命的、偷窃的、卖艺的……也就是这些人，组成了真正的“江湖”。

虽说都是江湖行当，可是多有各自的绝活，且这些行当的人，除了集团的制度外，还有江湖人的道德与规矩，不需要任何人监督，多年养成的习惯，会让他们自然而然地遵守。

至少，在这些人所擅长的行当中，他们都是最可靠的。

当初，只是不愿意向那些不公平的待遇妥协，便奋起抗争。斗来斗去，斗成了同类，着实令人哭笑不得。

华盛旗下有几家会所和夜场，这“未央宫”并不是最大的一家，却是最金贵的一家，这里有最好的酒、最好的雪茄、最好的房间、最好的女人，但是来到这儿的人，多半不是为了这些。这里最重要的作用，是字画、古玩以及一些奢侈品的中转流通。不过，当顾客发难的时候，都十分不容易对付，这便只能靠她了。

说起来，这里诸多美艳不可方物的女人，都不如她。在岳殷鸿心里，她是个求之不得的无价之宝。

一群最漂亮的女人聚到一块儿，就根本没法说清谁比谁好看，只能是萝卜白菜各有所爱。一定要分辨出高低的话，只有看另外两个方面——说话、举手投足。

双手白皙、柔软、纤巧的女人不少，懂得握手的女人却不多。每次与她握过手的男人，都会感觉自己的身体被一股莫名的体香浸入，她总是在握手的时候，微微触着对方的皮肤，半点儿不着力，柔若无骨。之后男人们都会尽快找个没人的地方，将手伸向虚空之中，回忆刚才的触觉和味道，或假装抹抹嘴，把自己的手从鼻子底下拂过，嗅嗅手上残留的味道。也有嚣张狂妄的，伸手就捏住，之后看见她那从不愠怒的温柔眉眼，如看见了观自在菩萨的脸庞一般，无论如何也不好意思继续张狂下去，脑子一阵空白后，会在心里老老实实地说出一声“抱歉”，便放开自己唐突的脏手。

据说她手下的姐妹从没受过委屈。

谁又知道呢，除了管理这里的公关，她还是金门中的大高手，卜卦推算从无遗漏。卜卦算命者并非是玄之又玄的瞎蒙，“金门”高手往往阅人无数、洞彻人心，甚至还精通医术中的“望”和“闻”，从对方的身体状况、精神状态，看出对方大致的情绪和身体近况，且十分擅长审时度势，逻辑推演，走一步算百步。

“大哥，小颐想，小冲这件事情，还可以巧妙些。”

岳殷鸿躺在太师椅上，小颐站在岳殷鸿的身后，纤纤玉指正轻轻地为他揉搓着双耳缓解疲劳。

当年，小颐的师父，为其取名一个“颐”字，乃是卜得《易经》第二十七卦，自求口实，象征着若有所需，当取之于正道，又有养护生命、惜福之意。

“你是怕我因恼怒而兴师动众？”岳殷鸿问。

“我虽然是女儿家，却也不会谈这个‘怕’字，你从刚才进门到现在，没半点火气，从容如卧九重云端，心里早已有主意了，还用得着跟小颐卖关子？”

“真是什么事情也瞒不过你，这件事情不用对外隐瞒，待过几天小冲能下床了，我让他住到我那儿，之后你让人将这件事情传播出去，添油加醋，越广越好，至于伤了小冲的人，以后若能找到，在适当的时候处理了就好。”

“嗯，好。”

“呵，连个‘为什么’都不问，还是比我聪明啊。”岳殷鸿笑道。

“现在的形势，各个商会都心系自己生意。咱们生意兴隆，只有东联与咱们有仇有怨，谁都不想理会他的时候便蹦出来惹是生非，生意上的事情办得也不干不净。知道底细的都不太愿意跟他们合作，再说舞刀弄枪又不是他们的专利，不说我们，就连那几个小商会都不怕他，经济上下手，是釜底抽薪……”小颐慢条斯理地说着，语调平静祥和，颇有“羽扇纶巾，谈笑间，樯橹灰飞烟灭”的女诸葛气度。

“不过立威还是必要的，这次出来的虽然是个没名头的老鼠儿，但是不论他们交不交人，都要施加压力，否则被狗子咬着还不说话，也是损了名声，毕竟不是人人都知道真相。”

“对了，虎禅上大学了，是吗？”一说到虎禅，小颐嘴角露出狐仙一样的笑靥。

“嘿嘿，难不成你还打上这小子的主意了？”

“去，我可是他的老师呢，当然关心了。”小颐用力一拧岳股鸿的耳朵。

“哎哟！你那叫啥老师啊，叫一群姑娘轮流勾引他，等他一有上钩的迹象，就让姐妹们转身就走，搅得他七荤八素的，这算个啥。”

“嘻嘻，这么个游侠儿，你能让他背学生守则吗？这孩子不定性，那嘴唇、眉眼儿长得跟他妈妈一样，身子又强壮，这么招人的少年，不学会应付女人那可不成。男人与男人斗，你们父子俩都不怕，就算失手了，也能爬起来，唯独女人的心，是虎禅的阿喀琉斯之踵。你是没看见，上次小樱逗虎禅玩，故意挤了两滴眼泪，就把他给唬得手忙脚乱的。”小颐越想越开心，捂着嘴笑了起来。

可不？千里之外的虎禅这会儿又遇到难题了。

命题依旧是——女人。

第三十一章　初识中国跤

虎禅抄着手，撇着嘴，皱着眉头，望着墙角里那正在低头检讨自己的小丫头。

“好家伙，敢跟踪我！就你这道行也能跟得上我？”

“这不是跟踪！”胤如觉得“跟踪”这个词让自己非常委屈。

“委屈是吧？你委屈吗？你跟着我干啥玩儿？抢钱哪！”

“只是很久没见了……给哥哥打过几次电话，都……”

胤如想见虎禅很久了，但每次电话里虎禅都一直推说没空，于是自己便跑到他的宿舍楼下打埋伏。老远见到了虎禅，又不知所措，怕再被赶走，只有傻乎乎地远远跟着。虎禅没走几步就发觉了，可偏偏不管她，看到路边写字的、卖艺的、乞讨的，跑去看半天；看到路边摆摊卖假古董的，又跟摊主胡搅蛮缠一番；遇到小吃摊，又倒腾几样小吃边走边往嘴里扔；遇到一个耍猴儿的，更是整得那猴子跑去追着主人又挠又咬，搅和得乱七八糟，弄得围观的人哄堂大笑……胤如何曾见过如此随心所欲的人，跟在后边笨拙地东躲西藏，白白净净一个小丫头弄得满头大汗。最后虎禅在一个拐弯口候着，终止了胤如这次“特务行动”。

“唉……”虎禅也不知道说什么好，抹了抹脸。

“这么着，你先回去，该干啥干啥，我今天出去有些事情，晚些回来的时候给你电话。下回有啥事情直说，别搞这一套。”

“哥哥去干什么？”胤如还是控制不住自己的好奇心，问出一句很笨的话。

“别问，我有我的事情，自己先回去吧。”果不其然，虎禅对刨根问底的说话很不喜欢，就如有人想给自己戴上紧箍一般。

“我不太认识路……”胤如摇摇头，还以为这么着虎禅会送自己回去。

“喏，二十块钱拿着，坐出租车。”

“真是过分……”胤如眼睛里湿漉漉的。

把钱往胤如手上一塞，快步走到路边，拦了一辆出租车。

虎禅不是不知好歹的人，这里明明离学校不远，一条老宽的大马路。这样的路都说不会走，若不是活该笨死街头，就是姑娘家特有的小心眼儿，让人很不愉快。

“唉，都是做女人的，怎么就能差了这么多……要是像小颐姐那样就好了，虽然她有些小坏，但是却大气、聪明，比别的女人不知道强多少。”

虎禅十四岁的时候就认识了小颐姐，岳殷鸿总是要虎禅叫小颐做姑姑，虎禅却偏要叫姐姐(从小看到好看的女人，不论年纪大小非要凑成同辈)。虽然她曾经把他整得七窍生烟，但是也让虎禅这脱缰的野马学懂了不少人情世故。虎禅对这个姐姐十分服气，每当遇到女人的问题，都不禁回想起她的各种教诲。

本来以为跤场该很好找，虎禅到了大致的地方，一路上问人，都没问出个所在。

本来虎禅就有些“路痴”，刚才有位大爷，还热情地给虎禅指路：“向东！往南！直打北！”——虎禅迷路迷得更厉害了。

“大爷……您北方人吧？”

“对啊！来这儿十几年啦！咋？”

“没事儿……谢谢……”

大街上都没有，那么一定是在巷子里了。

“喝！咚！”

隐隐约约的，不知道是哪儿传来一声发力的呼喝和一声闷响。

虎禅猛地竖起耳朵，武者对这种打斗的声音总是非常敏感，一定没错了，就在这儿的某个地方。

没想到现在还真有“不怕巷子深的酒”，原来是在巷子尽头的一个大仓库里，离得越近，呼喝的声音越来越清晰，刚才还狭窄阴凉的巷子，到了这段，却充溢着热火朝天的阳刚血气。

“哎呀，稀罕！居然是老式的摔跤场！”虎禅曾经听老太爷说起过跤场的样子。

场子西面，是一大块用耙子刨松的泥沙地，那是跤手过招的地方。现今几乎所有投摔类格斗场都用的是海绵垫或者榻榻米，既干净又美观，极少有人还用这传统的跤场布置。泥沙地旁，放了两排条凳，那是给人看跤的。场子东面，全是木石所制的传统练功家什。

约莫二十来人，在场子东面练着各种各样的基本功，挥汗如雨，一股子的劲头，像是练得上瘾一般。

虎禅听说过，跤手的身板儿分为"重天贯日"四个字号，重字是胖壮身材，天字号是宽肩窄腰，长胳膊长腿，贯字是匀称身材，日字是五短身材。各个跤手根据自己的身材特性，在同样的基本功之外，都还有不同的侧重，有的专练臂力、有的专练腰、还有的擅长腿脚下盘，这些家什里头，虎禅只知道抛石锁、石墩子，其他的练法和器械还从没接触过。

"老哥，你这块儿真大！这练的是啥啊？"虎禅走到场子里，看到个三十来岁的汉子，满身肌肉，鼓胀得锃亮锃亮，眉眼面孔却是文质彬彬，两手握着一根尺来长短的小棒两端，小棒中间有一个孔，穿过一根绳子，底下吊着六块红砖，一把一把地拧着小棒，将砖头卷起来，又放下去，不断反复。

"这个啊！千斤棒！要不要玩玩？"老哥对着虎禅一点头，把手上的家伙递给虎禅，显得十分爽快。

"这也就几块砖头，哪来的千斤啊？"虎禅提着老哥的家什，好奇地左右摆弄。

"嘿嘿，试试、试试就知道啥叫千斤啦，拧吧，就这么拧。"老哥笑得眼睛都眯成条缝。

"好啊，我来试试，哈哈！"老哥这么热情，虎禅也觉得高兴。

"这有什么呀，这有什么呀，这有……什么……"才拧了两回合，虎禅就觉得有些不对头了，这东西越拧越觉得沉，上下八九个回合之后，整条小臂已经十分僵硬，肩膀酸胀难当，手腕想多拧一下，也觉得困难非常，真如把持着千斤重物一般。

"加油！加油！不错！不错！"这时候，其他的跤手已经放下了手上的练习，围过来看着这刚晃悠进来的新人，一边扯着嗓子给虎禅助威。

"咣当"一声，砖头和小棒都掉在了地上，虎禅再也拧不动了，就连伸直手臂都很困难，刚把家什放下，赶忙甩着膀子，尽力把手臂的肌肉放松，一边"哎哟哎哟"地嚷嚷。

"哈哈！好小子！第一次拧千斤棒，六块砖头能拧十六个回合的，以前从来没见过！这东西专练手臂沉劲，就连我也只能拧二十来个回合！好苗子啊！"老哥十分高兴，帮着虎禅揉搓着僵硬酸胀的手臂。

"大师兄！我拿褡裢儿！跟这小子上场玩两跤！"一个跤手对老哥嚷嚷着，摔跤的跤衣也叫褡裢儿，由十层棉布钉成。

"小子，摔过跤不？"老哥拍拍虎禅的肩膀笑着。

"以前没摔过。"虎禅摇摇头。

"人家没摔过跤，你摔不过自家兄弟，好不容易抓到个机会跟外人耍威风咋的？"老哥回头对刚才说话的人嚷嚷。

"哈哈哈！"大家哄堂大笑。

"我咋摔不过？上场！来两跤！"被老哥笑话了的家伙顿时面红耳赤，说话声音就大了起来，也不知是气的还是羞的，向这大师兄宣战了。

"等等。"虎禅拍拍老哥粗大的膀子。

"老哥怎么称呼？"

"我叫穆蕴贤！"

"我叫岳虎禅，穆哥，我试试吧。"

"你没摔过啊，能成？"

"谁天生就会摔啊，我先试试吧。"毕竟是武者，都有武者的自尊，被当做外行看待确实不是个滋味儿，虎禅虽没上过中国跤的跤场，但是自信凭自己的身手，就算规则限定了自己的斗技，也还是能够自保。何况自己下盘本来就十分稳健，步法快捷，也通晓不少扑跌之法，还跟英明玩过几天柔术。

"小岳不错，有魄力！拿跤衣！你们几个，站在跤场四周保护一下。"穆哥看起来还挺欣赏这个不知来路的小家伙。

"哎，你轻着点儿，指导为主，高高举起，轻轻放下，别欺负人。小岳，一会儿摔跤的时候不可以说话，不可以笑，咬紧牙关，要不倒地的时候咬坏舌头可麻烦了，他叫王玺，你们俩都注意安全。"穆蕴贤还真是个不欺生的厚道人，叮嘱着即将交手的双方。在中国古代的跤场上，有“穿上褡裢，摔死白摔”的说法，到现代社会可不能通用了。

“行了行了，啰唆！”向虎禅挑战的跤手一脸的不耐烦。

虎禅脱了衣服，披上褡裢，这东西硬邦邦的，穿上后看起来又横又粗，觉得十分不习惯。

“嘿，这小子挺壮的啊，这身体肯定是练过些别的。”穆蕴贤心里有数。

“好！双方上来，不许使反关节，不许用手直接打人，可以抓握跤衣、腰带，也可以抱人、推攘，但是不能抓裤子，一方倒地便立即停止，不可再进攻。”穆蕴贤大声说着规则。

对手逆时针绕场走着，一个转身，即向虎禅逼近。

虎禅右边的跤衣袖子被一把抓住，这个地方在摔跤中叫做“小袖”，对方抓住“小袖”后，拉扯一下，一转身，用屁股别住虎禅的大腿根，另一手搂上虎禅左腰，就要使出“抓袖过肩”的摔法，想把虎禅硬生生地扔出去摔个脆的。

既然将要转身，却背对着自己，这个预兆就拳法而言也太大。虎禅也没多想，乘对方招法的走势还没完成，一脚对准对方的膝盖窝踩了下去，王玺膝盖一软单膝跪在地上，等反应过来的时候，立刻站了起来。

“停！”穆蕴贤立刻叫止，摔跤中，除两脚支撑外，第三点着地就算输。

场边的欢呼声刚要响起，却顿时止住，本来这欢呼声该是给自家师兄弟的，绊子使了出来，却这么简单地被一个“外行”给破了，这种破法摔跤里就不这么用啊。

“喂！不……”场边一个跤手刚要发话。

“人家第一次摔跤！何况这又不是反关节！”穆蕴贤发话后，旁人立刻闭了口。

“好！一跤！小岳胜！”穆蕴贤喊出了口。

“再来！”王玺有些恼火了，虽然对方不按规则出牌，但毕竟是“新手”，这回脸丢得不小。

对方与自己体格差不多，虎禅有心探探对方功夫的深浅。与王玺来去拉扯了几把后，互相间都没抓到可以将对方摔倒的破绽，王玺一脚勾向虎禅的左腿，虎禅脚本能地一抬，让了过去。

“好快的反应，不是寻常的‘新手’。”穆蕴贤不禁开始有些戒备。

为了不再出现失误，王玺稳住自己的心思，开始慢慢磨，心底那点儿急于扳回面子的念头正在作怪，使得自己并没有意识到对手的异常，只是相信，慢慢磨到最后，“新手”一定会输。

可是，论起武术基本功的扎实深厚，同龄人中有几个能与虎禅并驾齐驱呢？

第三十二章　黑爷威武

“不能用手直接打击，不能用反关节技术……”

刚才已经发觉场边的气氛有些异样，虎禅生怕自己忘记这些守则，犯了众怒便不好了，来学习从前没有见识过的技艺才是原本的目的。

可是毕竟是自己陌生的比武模式，虎禅尽力地运用身法走转、闪避，凭借自己的反应格开王玺抢抓自己跤衣的手，偶尔用上戴家“三拳”里专走中盘的“裹拳”护身，无意之中将自己本来的功夫露出得越来越多。

王玺终于找到个机会站在了虎禅侧面，并且抓住了虎禅的“小袖”和胸口的“大领”，右脚探入虎禅的身后，向左方猛一转头，“大别子”的招式完成了，眼看虎禅便要被甩了出去。

“摔不动？”

场上的王玺心里暗惊，对方沉腰坐胯，正和自己较着劲，下盘牢固生根，就算动作完成，根本绊不动，这是没花没假的功力差距。场下的穆蕴贤虽然已有心理准备，但是虎禅腰腿的功夫超乎了他的预料。

“基本功竟然如此扎实！”穆蕴贤的手不由自主地伸向了身边放着的跤衣带子。

一下摔不着，王玺的身体重心被虎禅感受得明明白白。

“嘿，这简单的摔法我还是会的。”

虎禅就着对手的动作，用手臂格住了王玺的脖子，一转身，脚下一绊，“嘭”的一声闷响将王玺摔在了地上。

王玺爬起来，再次面对着虎禅。

“停！”穆蕴贤已经抓起了跤衣，准备上场了。

大师兄发话，王玺本该停手，但是求胜之心却不停，穆蕴贤这声“停”，却成了催促王玺动手的战鼓。

刚才那一下相互较劲，虎禅已经探知对手的底子。

“不犯规就好，干净利落地摔上一跤吧。”虎禅一瞬间打定了主意，放开了手脚。

王玺压低重心直冲过来，伸手抢把，当手快要抓到跤衣时，虎禅很快地退了半步。

原先看准的距离出现了偏差，王玺不得不稳了一下重心，停顿并且稍微站起来了一些，虎禅立刻再进一步，脚步分前后站稳，左右双手分别抄进王玺的腋下，拳头捏紧拧转发力，身子撑拔，转腰，脸向自己身后猛地一望，整个动作如蛮牛掀角一般，虎禅的双臂便是那掀人的牛角，将王玺掀得凌空翻了个身，跌在泥沙地上。

“停下！”王玺刚一落地，穆蕴贤便快步走进场地，分开了虎禅和刚站起来的王玺。

刚才虎禅使的这一手，是曾经教过勇叔的“象形术”。回身的动作，本来是一个撑筋长力的练功方法，拳来脚往的比武打斗中绝不能作为打法使出来，但是虎禅深知这个动作能将腰腿之力发挥得极好，在这完全没有直接打击的比武规则下，生出了妙用。

“五局三胜！这把跤小岳赢了。王玺，小岳虽然没摔过跤，却是其他功夫的好手，基本功相当扎实，别把这回的输赢放在心上。”

穆蕴贤嘴上说得亲切，手上却把自己的跤衣抖了抖，披在了身上，利索地扎上了腰带。

离跤场不远的地方，有一间很大的幼儿园，生机勃勃，孩子们的嬉笑叫嚷声能传得很远。幼儿园后边有几排住宅楼，那里住着一个黝黑的精壮老头儿，那一身的腱子，还有那直竖的短发，只要带上个面具，任人猜一世也猜不出老人的岁数。

“我毕竟还是老了，剩下的时间，用来回忆就刚刚好。”老人常这么想。

儿子总是嫌老人思想守旧，儿媳妇就更别提了，最近连回来吃饭的次数都少了。

老人常想起从前一身大红跤衣，跳着跤步，在跤场上如蝴蝶一般翩翩飞舞，将对手硬生生地从头顶上扔出去，绊子一使就脆生生地把人撂在地上，师父带着自己，从城东到城北，从天津到北平，精壮汉子在自己手上就跟玩儿个半大孩子……

身上透着豪杰之气的人，闲着的时候，最好的就是能有人跟自己喝喝酒，卖弄卖弄胸襟，可是每次都是这样，老人一开口："当年！我在那跤场上……"

儿子总是立马背过去："妈！晚上吃啥！"

孙子总是捂着耳朵："停停停！这啥年代了，我是斯文人！要有素质！我最讨厌那……弄得一身臭汗……"

"素质你个球！"老人无名火腾地起来了，拧着孙子就扔了出去，吃得那么好，睡得那么香，白长了那么高的个头，白长了那长胳膊长腿。

不过老人还是心疼孙子的，把他扔到床上去了。

也不知道是为何，现在的孩子生活多好啊，长得也越来越高，但那身子骨、皮肉就是比不上当年吃粗糠长大的人结实，床这么柔软，还捂着屁股叫疼。

"爷爷！练这玩意儿能干啥！"

"你懂什么！这是中国的国粹！"

"别走题！我现在问的是这个东西能干啥！"

"你懂什么！这摔跤的技艺……"

"爷爷您说，这到底能干啥！"

"……"

具体地说，在旧社会，练家子不是开馆授徒，就是干保镖，再不然就是从军立功，放在现在吧，还真不好说……

摔跤多好玩啊，这可是让人上瘾的玩意儿……这个理由好像没什么说服力……

守护国粹，锻炼身体，保身护人……话说回来，一个人一辈子老老实实的，怕是也遇不上什么事儿。

老人正琢磨着怎么说呢，孙子早就溜了，他知道，楼下有个睫毛长长的、眼睛大大的、头发捣鼓得跟狮子一样的闺女在等着孙子。

罢了，这些事情，自家儿孙不愿听，场子里还有不少年轻人愿意听，可是除了蕴贤外，哪个没点儿花花肠子……说起来，文勋师叔有孙子殷鸿、曾孙虎禅，可真是幸福啊。

每天早上起来的时候，老人就掀起桌上的红布，里面盖着他毕生的愿望。

一个紫檀木的牌匾，老人的师父传给他，听说是当年咸丰皇帝御赐给祖师爷的东西。

上面刻着四个龙盘凤翥的大字——永不沾尘！

摔跤总是有输有赢的，虽然这辈子输得少，赢得多，但是毕竟还是有倒地的时候，自己没资格挂上这个牌匾。老人多希望自己的子孙……徒弟也行，能有资格把这块牌匾再挂起来，那该多好啊。

要是在合眼的时候，都还没遇见合适的人，就让儿子把这块匾额送到拍卖行去吧，他嘴上虽然不说，老人知道儿子惦记这玩意儿很久了，一桌的紫檀木，在别人眼里，那就是一桌的钱。

"嗨，这么老的人了，我还去惦记什么梦想！"想到这里，老人拍拍自己脑袋。

"老头子啊，来吃午饭啦！吃完了好去教训那群半大小子！"

老伴儿招呼了，还是她明白老人好的哪一口。老人又看了一眼被自己双手摩挲得幽亮的牌匾。

喘、喘、喘、喘……

这跤摔得，可把虎禅给活活憋死了，虽有一身功夫却不能多使，汗水将厚实的跤衣浸得黏乎乎，冰冰凉，难受得很。

不直接打击还好办，不能使反关节可就比较麻烦了。

穆蕴贤呢，不光力气大，还特别灵活，手别、得合儿、背口袋、挑钩子……跤法不断变化，整得虎禅七荤八素，自己却是越摔越精神。

持续战斗时间太长，腋下被跤衣粗糙的面料磨破了。每次一抓穆老哥的跤衣，穆老哥膀子一抖一撑，虎禅就要被挣开，每次脱手，手指都在跤衣上狠狠地搓过，这会儿虎禅的中指指甲已经裂开了，双手已经脱力，不断颤抖，这"挣把"的功夫，可是穆蕴贤的绝活之一。

虎禅反应虽然快，但是摔跤中本来就有"欺"字要诀，几个绊子连环使出来，防不胜防，技术的巧妙，不在虎禅的“引手”之下。

可是穆蕴贤却丝毫没有放松，他看到虎禅的牙齿还紧紧地咬着。已经摔了五十来跤，虎禅只凭着自己原本所学的扑跌术赢了七八跤，被摔得眼神都有些迷瞪了，但是牙只要还紧紧地咬着，说明斗心还在，这时候的人如果一得势，那是完全不会留手的。

“这小子腿脚功夫了得，身子也扎实，我虽然留了手，但要是换作别人，早就摔吐了。玩到现在，他除了气喘如牛，力量还没有明显减弱。多亏是摔跤，要是没规则地打起来，恐怕我就有点儿悬了。”摔到这份上，虎禅始终没有借着“不知者无罪”的理由故意犯规，让穆蕴贤很有好感，但是也在互相角力中，渐渐探出了些虎禅的底子。自己的腰、臂力道虽然胜过这孩子，但他下盘功夫，身法的灵活，步法走闪，乃至随机应变的能力，却略胜自己，只是不会跤技，不适应这种格斗体制。

至于虎禅那到现在只露出冰山一角的本家功夫，穆蕴贤不能不小心提防——要是这小子脑袋蒙了，本能地使出一手，挨上了可不是说笑的。

在打斗中，越双方是迷糊的时候，就越是危险的时候，这种危险台下的人可体会不到，原本的欢呼声都没了，喝茶的喝茶，扇凉的扇凉，都觉得没啥看头了。

“玩不过就别整啦！要是放在从前，你这么死缠烂打，在江湖上早就没混饭吃的地儿啦！咱们还要练功！下来啦！”王玺提着茶壶，边嘬边说着风凉话。

“王玺！住口……”穆蕴贤立刻出言制止。

“别动不动就对我下命令！”王玺也有些发火。

“不服上来。”虎禅一边喘气，一边慢慢转过头看着王玺，伸出手指勾勾。

“你……”王玺作势就要走向虎禅。

穆蕴贤抬起头喘了口气，伸手拍了拍虎禅的肩膀，打断了这场冲突，点点头笑道：“呵呵，怎么样，过瘾不？”

虎禅愣了一会儿，穆蕴贤的动作让自己的火气消得一干二净，倒像是个前辈在悉心指导自己，或者说更像是玩了一场痛快淋漓的游戏，这种交手的情况，只有在几个最亲近的武者身上体会过。

“哎！都练功去吧，要不一会儿师父来了，训死你们！”穆蕴贤挥挥手，让师兄弟们各就各位。

“来，咱歇会儿。”穆蕴贤脱下跤衣，腰带穿在袖子里，双手一拧一挥，硬邦邦的跤衣在空中打了几个转儿，里子朝上，落在地面。

“看着啦，哈，摔跤摔得好的，跤衣也撂得好，撂在地上时，里子得朝上，这是规矩。”穆蕴贤自顾自地讲解，等着虎禅喘气喘定。

“我体重大过你一些，挺难摔吧？”

“体重关系不大，我从前没这么摔过，要是我还能赢，穆哥不是白练了嘛。”虎禅心知穆蕴贤是照顾自己的心情，才先提出体重问题，自己却没必要遮遮掩掩，摔不过就是摔不过。

而且这回心情没有半点不快，虎禅明白，如果好好地对这跤术加以学习，不用多久，自己的实力又会出现长足的进步。

“你原本练的是啥呀？”穆蕴贤好奇，不禁发问。

第三十三章　受身

“好啊，带头偷懒。”穆蕴贤跟虎禅吓了一跳，回头看，眼前一个海胆般的脑袋。

“小岳，这个是我师父，老辈人都叫他‘黑爷’，师父，这小兄弟第一次来玩跤，底子不错……”

“你现在应该在干吗？”黑爷板起脸孔，眼睛鼓得圆睁睁的。

“我去练功……”穆蕴贤知趣了，低头开溜。

场子东面七八个儿郎，一看黑爷进来，顿时精神百倍的样子，呼喝声又起来了。

黑爷上下打量着虎禅良久。

“爷爷好，初次见面，我叫……”

“蕴贤，过来！”黑爷打断了虎禅的说话。

穆蕴贤一溜小跑回到了黑爷面前。

“他是不是来学跤的？”黑爷指着虎禅。

虎禅看着穆蕴贤，点了点头。

“噢！是来学跤的！”穆蕴贤看起来对黑爷很是敬畏。

“拿跤衣，教他抓把，再教受身。”

“好嘞！”

虎禅跟着穆蕴贤，轻轻捅了捅他的手臂。

“老哥，黑爷似乎是‘好话不说第二遍’的样子……”

“嘘，别……”

“咳！”黑爷似乎老远就听见了虎禅的话，响亮地干咳一声。

“师父的耳朵和野狐狸一样灵……”

“咳!”

两人低头跑到场边,赶忙取了跤衣。

“小岳,你先摔我一下。”

虎禅使了一个扑跌法,只手挂住穆蕴贤的腋下,步法一转,穆蕴贤跌在泥沙地上。

“看好了,落地的时候要闭住气,咬紧牙关,抱头、夹肘、屈腿、低头、含胸、收腹,不要用手撑地。”

做了两次示范后,轮到虎禅来练习“受身”,也就是被摔。

“注意啦!”穆蕴贤一个背摔,把虎禅从头顶上甩了出去。

“不错!再来!”看到虎禅学得快,穆蕴贤似乎也十分高兴。

一跤、两跤……一刻钟、半小时……

“慢……慢着……”虎禅打了个停止的手势,被各种不同的绊子摔了上百跤,头晕脑涨,五脏六腑都快翻过来了。

“这个,歇会儿吧……”穆蕴贤看起来是在对虎禅说,眼睛却看着坐在场边的黑爷。

“若得挽强弧射定三山,不枉学明师穿杨百步……但愿英灵未泯,暗中护持……”黑爷居然眯着眼睛,轻哼起了戏文。

“我说……小岳,你可真是结实……我摔轻点就行了……”穆蕴贤知道,这种时候去搅扰师父,得罚练两百个“铁牛犁地”。

“说好了,轻点啊。”虎禅的脸拧得跟苦瓜一样。

“咳!”黑爷哼着哼着,又一声响亮的干咳。

“看来……小岳,对不起啦!”

今天的天气热得连蝉都不想叫了,更别说那些一直刻苦练习的跤手了。

“好像以前来咱们跤场的,没谁这么惨吧?”

“是啊,你看,快要站不稳啦。”

“嗯,你们看大师兄这使的是什么‘绊子’?”

“不知道……以前没见过啊……”

“混蛋哪!这个死小鬼,居然干这种消极的事情!”穆蕴贤在心里骂了虎禅无数遍。

虎禅从刚才开始，就已经被摔得快散架了，干脆就把自己的身体完全放松，像条湿了水的破布袋一样。这使得穆蕴贤的力气消耗越来越大，而虎禅所受的损伤则减少了很多，还时不时地用脚勾住或盘住对方，这个无赖的护身方法，是本多英明教给虎禅的。

被摔的人且不说，穆蕴贤都快被虎禅耗到极限了，没法子继续使出标准的“绊子”，动作开始越来越不到位了，看起来怪怪的。

“师……师父……小……小岳他应该……掌握受身了。”

“嗯……你掌握了?”

“嗯，有些心得了。”虎禅抹了把脖子上的汗，吧嗒一声甩在地上。

黑爷一只眼睛睁开条缝，站了起来，活动一下脖子和肩膀，向虎禅走去。

“这是什么感觉?”虎禅忽然觉得浑身不自在。

虎禅的眼光，看高手能看准九成。黑爷的功底，那身子骨的架子，是毫无疑问的大高手，散发着毋庸置疑的压迫感，但这些都不是重点。

对，黑爷半眯着的眼睛，只有一点细细的精光盯着自己，那种不易察觉的锐利，像什么呢？没错，像戴家的四两快刀，没有长兵器的霸道华丽，十分容易被人忽略，却能轻易地划开人的身体，既狡诈又锋锐。

“注意了……”黑爷轻轻说了一声，出手抓向虎禅的“小袖”，那手腕粗得异常吓人，充满了力量的压迫感。虎禅本能反应，立刻伸手格挡，黑爷的手却很快地缩回，将虎禅格挡的手引开，另一只手像是早就预备好的一样，已抓握住了虎禅胸口的“大领”。

“好快!”

抓在大领上的手，如铜浇铁铸一般，完全挣不动。虎禅虽然体力消耗极多，但那来自高手的威胁，却激发了自己的潜力，面对这样的攻击，已经微微有些模糊的脑子，完全没法子再顾虑什么规则之类，一脚就对准黑爷的胫骨钉了过去。

可是，在踢腿出去的一瞬间发生了不得了的事情，只见黑爷的脸一扭，虎禅眼前的天地就忽然翻转，身体失重。出于人的本能，虎禅胡乱地伸出手挥动，想抓住“救命稻草”。

手摸到了地面，准备撑住作为缓冲，可是，原来设想的、担心被摔倒在地的猛烈撞击并没有发生，缓了一瞬，虎禅看见黑爷的手还抓着自己的“大领”，没让自己摔个散架。

“蕴贤，这小子还想拿手去撑地哪。”

“这……”穆蕴贤抓了抓头。

“哼……这帮小子。”黑爷冷笑一声，转头离开了跤场，留下跤手们大眼瞪小眼。

“小岳，这……今天一块喝一杯，解解乏！我请客！”穆蕴贤抹了两把自己那板寸头，细密的汗水被粗硬的头发弹得四处飞溅。

“呕……我胃不舒服，今天回去喝粥，下次下次……”虎禅被摔得脑袋发胀，有些反胃，这时候要是大鱼大肉地再干上几杯，说不定会吐。

“那……明天再来啊！对了……这有根大棒，你要拿去做拐杖吗？”穆蕴贤把大棒捧出来时，虎禅几欲破口大骂。

看着虎禅那带着些疲劳、慢慢离去的背影，穆蕴贤不停地嘀咕：

“老爷子这不是败自己的生意吗？这么玩人，以后谁还敢来啊！”

在自己的出租房里，虎禅哗啦哗啦地往嘴里倒着自己煮的牛肉羹，刚才还觉得反胃，稍微缓了一下就饿得厉害，胃口好得不行。

大半锅牛肉羹吃完，虎禅靠在椅背上回忆着今天的学习。

“实际上只是不习惯吧，稍加适应还是可以赢的嘛。”

比较难受的是身体的酸痛，虎禅心里正在进行斗争，明天是否还要去。

晚上见到胤如，小姑娘穿上了干净体面的衣衫，头发也花了心思打理，虎禅看着觉得十分舒服。

“嗯！不错！打扮好了挺精神的！哈哈！咦？你的手是咋回事儿？”

胤如端起一杯茶的时候，虎禅分明看见她的手在细细密密地打颤。

“这……可能弹琴的时间太长……”

“拿来我看看。”

虎禅抓过胤如的手，摩挲了一会儿。

“小臂皮肤下有郁结成团的感觉，持续的时间太长，该是肌肉痉挛了吧，这也会影响对手指的控制啊。”

虎禅从前练功过度的时候，身上也出现过这种肌肉痉挛，是阿生师父为虎禅揉开的。虎禅照猫画虎，搓烫双手，给胤如揉搓了一阵。

“这么个小姑娘，咋会有这么大的狠劲儿呢？”

不论是自己多么喜欢的技艺，练到苦处，几乎都会想到要休息、要偷懒。只有狠下心逼迫自己，才能继续坚持。虎禅觉得这种狠劲藏在这么一个娇滴滴的身体里，显得十分不搭调。

刚上大学的学生们，挣脱了许多束缚，翻身农奴一般的大口吃、大碗喝，拼命地玩，犹如把一棵青翠的小树插在了阳光雨露充足的肥沃野地里，没规没矩地胡乱疯长。

胤如宿舍里的女孩子们，总是不知日夜地玩着电脑游戏，或者躺在床上不停地用手机寻找上大学后的第一个情人。你方唱罢我登场，大清早直到凌晨都没个消停，使得胤如这些天都睡得不太好，面色有些晦暗。

虎禅的按摩，本着为人消减疼痛、认真专业的精神，却使得胤如因为没有休息好而略显黯淡的脸庞泛起了血色。

大概，是因为十指连心吧。

“虎禅！你也在这儿！”

这是宿舍里的另一个室友，叫作凯，他看了看虎禅，表情焦急，望了一眼胤如，却露出一丝讶异的神色。

“咱们快回去！小伍打电话来，说莫见辉被人打伤了！”

等虎禅与小凯跑回宿舍时，莫见辉正背靠着墙，烂泥一般蜷缩在床角。小伍用毛巾捂着莫见辉的脸，半边脸已经肿了，眼神混混沌沌，血滴顺着脸颊流下来。

“怎么回事儿？”虎禅问。

“我刚在楼下玩，听人说莫见辉被人打了，我就跑去‘堕落街’的酒吧，看见他倒在地上，打人的已经走了，我问老莫发生了什么事情，他不说，只能先扶回来。”

虎禅支开小伍，轻轻把毛巾揭开。

“哎，不是不想说话，是脑子晕乎得说不出啦，钝器……不，更像是拳头砸的，而且拳速很快，多半练过，不光是撞伤，还撕开了皮肉，必须缝针。”

虎禅心里明白，嘴上却没说，见过不少拳头砸出的伤口，自己也受过这样的伤，不会错的。

第三十四章　岂曰无衣

虎禅换了一条干净的冷毛巾按住老莫的伤口，搀着他坐上出租车往医院去。

撕裂的伤口，参差不齐，缝针比较困难，再加上这位上夜班的大夫手艺稀松，整了好一会儿才结束。

老莫嘴边肿肿的，不清不楚地反复嘟哝着一句话："我要整死他们……"

"行啦！老莫，别瞎琢磨了，还好没伤着眼睛，否则将来连媳妇都娶不着啦！咱去吃个夜宵，去去晦气。"

很多时候，打架是一件无风不起浪的事情，很难说谁对谁错。虎禅对报仇之类的事情完全没有一点兴趣，只是有些在意打伤莫见辉的那一拳头，便哄孩子一样糊弄着老莫。

这样的威力，自己打出来并不为难，但是想到离自己不远的地方，还有其他的武者，虎禅不禁有些兴奋。

人不管到哪，都希望遇见同类。

刚刚战败受伤，老莫说话的声音因为激动，不自觉地有些颤抖。据他描述，是和几个老乡在附近的小酒吧里喝酒，邻桌的姑娘很漂亮，他借故去搭讪，触怒了邻桌的男生们，五六个人围攻他。虽然挨了几脚，但是他发起狠来，抓了张凳子胡乱挥舞，别人都还近不了身，后来就是对方来了一个留着板寸头的肥壮大高个儿，趁着凳子挥舞的空隙，冲上来格住板凳，照脸一拳，就将自己打翻在地，之后又补了两耳光。

"嗨，原来是因为'和尚摸得我也摸得'的事情啊！我还有些事情没解决！先走！"虎禅忽然想起，刚才因为离开得匆忙，没打招呼便将胤如丢下，实在有一些失礼，得去跟她说说明白。

“嘿嘿，是要去找刚才那个漂亮小妞吧？”凯半眯着眼睛盯着虎禅，笑容中充满了重色轻友的讥讽。

“妞什么妞！刚开学时认识的同学！”

“行，那就跟你没啥关系吧？刚好我还没女朋友，我去追她行吗？”

“这个……说关系，怎么都是朋友……只是还没有什么实质性的关系……”虎禅为难地抓抓头。

“你丫还想有什么实质性的关系！”凯边笑边骂。虎禅一向知道，如果练拳的强度太大，持续时间太长，身体出现了酸痛，第二日也一定要继续练习，如果就此休息的话，身体的不适会持续很长的时间。

实际上，今早上一觉醒来的时候，虎禅特别想偷一会儿懒，但是想起胤如练琴的那股子狠劲，就在床上翻来滚去，睡也睡不安稳了。

结束了自己本家拳法的练习后，虎禅开始收拾东西，准备再去跤场，总而言之，只要到了那里，不下场也不行了。

人一懒下来，就会连续懒好些时候，一发不可收拾。因此，不得不对自己狠一点。

更重要的是，穆蕴贤对自己似乎充满了好意，感觉上有一种真诚的愿望，曾经在清真寺的阿訇身上也体会到过这种感觉。

阿訇说这叫“朵阿依”，是发自心底的祈愿，虎禅对于他人的期望，实在无法视而不见，尤其是这样初次见面，非亲非故的人。

周末，一大清早就走出宿舍在校园里行动的人，多半是给自己的学业加餐，十分努力。

平日里，从音乐学院的琴房里传出几十架钢琴同时练习的声音，混杂在一起，没有任何节拍和韵味可言。

可是如今三楼的一间琴房里传出的琴声，不论是节奏还是弹奏功力，都明显地压过了那些没有任何光芒的噪音，音乐是外显的技艺，本就应该出众。

广场上有大声背诵英语的学生，让虎禅十分佩服。

虎禅能用最地道的口音，说出中国好些地方的方言，又因为在日本待的时间比较长，也通晓日语，但是不知道为何，英语实在学不好，学校的英语教师总是气呼呼地说：“教这学生把我自己都教疯了！”

“押忍!”

诸多的声音中,还混杂着大群人练习空手道的呼喝。

“原来是空手道社,真精神啊,我今天也要努力……嗯?空手道?”

忽然想起了莫见辉脸上的伤。

虎禅在日本时,曾经见识过传统空手道的高手,一个五十来岁的汉子,给自己讲解过空手道的各种知识,虎禅离开的时候,曾经要求这位前辈教自己一招空手道的“奥义”作为纪念。

还记得当时看到前辈演示这一招时,实在有些失望——哎哟,这不就是最简单的正拳嘛!

后来,虎禅才彻底体会到基本招式的威力和重要性,不论是国外的搏击之术,抑或国术。

那时候虎禅看见的“正拳”,应该叫做正拳突,从武术的技术层面说,“正拳突”便不再是普通的用拳来击打对手,而是类似于斗牛和野猪,用全身重力做出的大威力冲撞。

从前,在中国南方的少数民族猎人中有句俗语:“打老虎要胆,打野猪要板。”这“板”的意思,便是棺材板。

野猪中一枪,只要不死,那全速冲击的势头,像一辆小型坦克,撞中大树,立倒;撞人,难有生还者。可见,与野猪对阵是个极其危险的买卖。

虽然只是个简单的基本招式,但是在武术中却有一个公理——凡是被列入基本招式行列的,就一定是最重要、最有效的招式,也是需要付出最多努力的招式。

在现代,全世界有数以万计的人,每日里都会上千甚至上万遍练习这个简单的正拳突。而这一拳在空手道中,更是一种至高的信仰,许多空手道练习者,都为了将这一拳练至完美而不断地努力。多数情况下,这种方法对于任何武术、任何招式都是可以通用的。

这种攻击力,与普通所说的“力气大”不一样,是长期练习单一招式所得到的“功力”。武术谚语中常说“拳不打力,力不打功”,意思是精巧的拳法招式不如更大的力量,而力量却不如通过单一招式的磨炼而得到的“功力”。

离跤场开放还有些时间吧,先看看空手道社的训练。

空手道这门拳法,虎禅一直觉得非常特殊。

至今，几乎所有流传下来的古武术，都有杀戮倾向，现代擂台搏击，又有体育比赛的倾向，而合气道之类的“不伤人而制服人”的武术，那得是技术或功力胜过对方很多的时候才能完成的功夫。

空手道不是杀人术，也不是擂台比赛，更像是专为“打架”而存在的拳，多数打架的人，没有杀心，只为了痛痛快快地揍对手一顿。

不过突然想到在日本见过的一位先生，手脚又刚硬又沉重，五指练得一样长，张开手掌如钢叉一般。一顿拳脚，可以打扁一个大汽油桶，一个不小心便会打死人的……

“嗯，懒散的人真是哪儿都有啊。”

虎禅看见有几个家伙打拳，随便伸伸胳膊，眼睛望着场外的姑娘，也不知道是在糊弄自己还是糊弄别人。

不论是哪儿的道馆，都有这样的人，就连戴家门中也有。练拳的年头里，就练出一张嘴，用来跟外人炫耀。

“带头的教练，板寸头、肥壮、大高个……哈，一定是他了！他练得可有些味道啊！”

虎禅觉得莫见辉被揍得不冤，世界上走到哪都会有争夺雌性的雄性战争，何况对手还是底子深厚的好手。

学校的社团活动，可不能以强制的方式逼学生苦练。不到一个小时，绝大多数人开始坐在地上揉胳膊揉腿，就剩下那肥壮大高个儿和另外三个“黑带”的学员在继续操练。大头在泰国拳馆里看见的少数“多余人”，在这可是扎堆的，真是狮子带领的绵羊啊。

一直看到训练结束，肥壮大高个儿跟刚才一直陪着他练习的人发话：“你们几个，跟我去空手道社办公室。”

“咦，学生组织还能有单独的办公室？”

虎禅眼睛转转，好奇心发作，打算跟着去看看。

“会长，你说咱们自己筹备一台晚会，可会费现在只剩下一千四百元，这不够……”

“嗯，你去找校办盖勤工俭学的公章，现在新生刚来，需要购买的各种生活用品很多,至于进货渠道……”

“会长,现在教练欠缺,新生招进来,恐怕人手……”

“让‘紫带’和‘茶带’的也全部做新生教练,练习的时候,让他们跟黑带一起,另组一个强化班,教练不够的问题急不来,我再想办法……”

“会长……”

办公室门没关,虎禅并无偷听偷窥之类的嗜好,只是因为从小被老太爷偷袭得太多,五识相当灵敏,而且按照老太爷的说法,身体内五行——心、肝、脾、肺、肾练得好,外五行——眼、耳、口、鼻、舌也会改善强化,所以里边开小会的内容听得清清楚楚。

“原来揍老莫的家伙就是会长啊,会长这职务真是麻烦啊。”虎禅才听了十分钟,已经觉得有些头昏脑涨。

过了一会儿,散会了,空手道社的干部相继离开,那肥壮的会长还留在办公室里。

虎禅走到门口,见肥壮会长有些疲倦地靠在办公桌前的椅子上,望着墙上那幅笔法笨拙、字迹方正的书法,那是《秦风·无衣》:

岂曰无衣?与子同袍。王于兴师,修我戈矛,与子同仇。

岂曰无衣?与子同泽。王于兴师,修我矛戟,与子偕作。

岂曰无衣?与子同裳。王于兴师,修我甲兵,与子偕行。

办公室里,沙发、办公桌都显得十分破旧,那笔法笨拙却装裱得十分精致的书法,让虎禅觉得有些诡异。周围的各种摆设,甚至站在屋里的两个人,都成为了这幅字画的陪衬。

“请问你叫什么名字?”虎禅笑眯眯地走进办公室,有意无意地反手将办公室的门带上。

“我叫卫锋,你有什么事吗?”卫锋一脸疑惑,立刻站到办公室中央,两脚前后开立一步,右拳收在腰间,左手作为“前锋手”欲起非起,看起来非常警惕。

也难怪,谁见过有人这么冒失呢。

“来一局组手吧。”虎禅将自己的背包扔在沙发上,直截了当地说。

第三十五章　妙招“堕地炮”

卫锋眼睛眯成条缝，渐渐露出笑意。

“说不定，是瞌睡遇到了枕头！”卫锋这样想。

虎禅说的组手，是指空手道对打方式。按照空手道比赛的规则，拳不可击头，只击打胸腹，但是脚可以踢头。

而且按照空手道的风格，对于攻击之类，虽然十分着重防御，但是绝不闪避，只以手脚硬格硬挡。

这样的规则看似保护了双方的拳手，但是拳头的攻击力却得到了最大的发挥，一不小心就会重伤。

虎禅虽然并不擅长这种打法，但是内心十分喜欢。

“真是非常‘男人’的味道。”每次一说起空手道，虎禅就是这样的态度。

许多人说，空手道是由中国南方的“鹤拳”与“罗汉十八手”之类的武术转变而来，虎禅对此不以为然。是与不是都没什么关系，世界上任何一个地方，只要有战争，就一定会衍生出属于这个地方的武术，至于之后的借鉴或模仿，那则已经是旁枝末节了。

更重要的是，空手道有一种雄性动物所独有的执拗。从极真流空手道那简单得不能再简单的武德教育就能看出来：“所有的贪婪、欲望，都会在艰苦锻炼的烈火中燃烧殆尽。”这是极真流空手道创始人大山培达说的。

这样如苦行僧一般的心性锻炼理论，虎禅却很容易全盘接受下来，并且身体力行。

除了有勇猛精进的佛门风骨，虎禅也觉得这样刻苦的磨炼，可以让不安定的心安定，可以让粗茶淡饭变得好吃，可以让普通的白酒变得如陈酿名酒一般，人会更容易获得“幸福感”,有百利而无一害。

两人都没多话,已经交上了手。

距离很近,卫锋试探性地打出一拳,接着便一脚横踢扫向虎禅的大腿。

虎禅没有闪避,右手猛地捅向卫锋的胸口。

一拳打得卫锋跌退了好几步才稳住了身形。

有拳谚云:“起脚半边空”,卫锋踢出的脚不需要格挡,只要能反应过来,当胸一拳打得他失去重心,他踢出的腿自然非收不可。

卫锋也是经验丰富的人,这样的错误可不会再犯第二次,他重新靠近虎禅,进入攻击范围。

“看来试探性的攻击,对这个人来说没有什么意义,强攻吧。”卫锋想。

卫锋深吸一口气,一个弓步跨出,后脚蹬,转腰,一个正拳突砸出去,又连着三拳,拳拳都打得非常沉重。

虎禅这回没有硬攻,全是格挡。

可是,格挡第一下的时候,卫锋的脸猛地抽搐了一下,后面格挡的三下,卫锋几乎痛得叫出声来。

虎禅的格挡,已经说不明白是防御还是进攻了,与其说是格挡,不如说是在磕砸伤损卫锋的手臂。

还记得有一次阿生师父教虎禅打法,让虎禅攻击,阿生师父则拿一铁筷子坐在椅子上。虎禅一出手就被打手,出脚就被敲脚,铁筷子敲在手脚皮肉较薄的地方,那是刻骨的疼痛。于是虎禅牢牢地记住了戴家拳法中这一打法原则——打虎先击爪。当然,要做到这一点,骨骼要练得既重且硬。

卫锋收手,活动了一下手腕,猛地自下而上地用右脚前脚掌狠狠钉向虎禅的腹部。

一瞬间,虎禅判断:“是‘三日月踢’吗……不……”

这一脚的势道又沉又重,非常锐利,绝不是空手道常用的踢法,惊得虎禅汗毛都竖了起来,本是站成弓步,前脚猛地提膝,此在戴家为“旱地拔葱”,大步后退避开,退后的脚刚一着地,立刻再次前冲,虎禅放松了右拳,轻捏成空心捶,自脸庞而下画了个弧线,如一个小铅锤般向着卫锋咽喉胸口处砸来。

这一下忽而退去,又整个人猱身而上,在卫锋眼里,猛恶之处尤胜自己刚才踢出的那一脚。

“这是什么功夫?!”卫锋从没见过这种攻击方式,本能地用手臂格挡虎禅的拳。

谁知这自上而下的一拳根本不是打击卫锋的胸口或咽喉,虎禅身子随拳头的走势,一个弧线直接下落,居然狠狠地砸上了卫锋的脚背!

这正是戴家“七炮”中的妙招——落地炮,打的仍旧是人的心理盲点,忽进忽退,凶猛的进攻,让对方站在原地严阵以待,从上晃过,目的却是对方的下三路。

谁又能想得到,看似当胸打来的一拳,最终却砸落在卫锋的脚背上!

“哎呀!”卫锋跌坐在地上,用手捂住被击中的脚背,锥心的痛让他脸都蹙成了一团,闭着眼咬着牙,死死地忍着。

这一跌坐虎禅倒是愣了,为了防止对方缩在自己身后,从上往下打击自己,他本能地再往上连架带挑,再接一手“通天炮”的捶把,方才退后半步,呈起手式。

卫锋练拳的时候,都是赤脚,今天回到办公室的时候,也没穿上鞋,正是这样,自己的脚背才成了虎禅攻击的目标。

“这是……什么鸟拳……”卫锋从牙齿缝里挤出这么一句狠狠的话。

虎禅站在原地挠头,撇着嘴,也是一脸的为难,自己这一进一退的闪击,好像是很明显地犯规了吧……

因为是打击类技术的比拼,没时间思考,急起来就忘了规则,自己练了几十上百万次的拳就一定会使出来,实在是无心之过。

这也说明,卫锋的打法虽然并不精妙,但是对战术动作的观察却十分准确,要是虎禅反应慢上一丁点儿,被那一脚钉在腹部,恐怕也够呛。

“真是抱歉得很,来吧,我给你活活血。”虎禅双手互搓了一阵,捧起卫锋的脚。

“这家伙肯定挺懒,脚一定经常洗不干净!”虎禅皱了皱眉头。

卫锋倒是大方得很,似乎是因为虎禅犯了规,理所当然地享受着,还一边有些故意“哎哟哎哟”地叫唤。

“不能再揉了,回去要冷敷,肿了,有内出血,热敷或者揉重了会更糟糕。”虎禅刚要拿包离开，卫锋忽然蹦起来，一瘸一拐地走到电脑前，打开一个文档。

“等等！”卫锋叫住虎禅，单脚跳着去给虎禅倒了一杯热水。

“姓名？”

“岳虎禅……”

“零几年入校？”

“新生……”

“擅长的武术？”

“……我没打算入会……”看着卫锋已经在电脑上开始记录了，虎禅必须解释一下。

“别急，我跟你说，加入了我们空手道社，当了干部，可以加学分……学生在学校里参加活动，可以更快地融入大学生活……唉，给你说实话吧，多数学生参加社团活动，都是想找女朋友……因为我们空手道社男生很多，女生爱来这里找男朋友，所以女生也跟着多了……你这么好的功夫，不做一番事业可惜了……”

（接下来的十五分钟里，卫锋拐弯抹角地向虎禅陈述了加入空手道社的许多好处……）

“等等，冷静点，下次再说行吗？我现在真的要外出办事儿了。”虎禅做了个暂停的手势，止住卫锋的说话。

“那你拿出你的学生证我登记一下！”卫锋张开大手，伸到虎禅面前。

“我没打算入会……”

“不，是来访登记！”

“好吧……”

登记完了，卫锋穿上双拖鞋，满脸堆笑，一手攀在虎禅的肩膀上：“走！一起出去！”完全不容置疑的语气，似乎已经认识虎禅很多年了。

“真是有意思，跟生意人一样。”虎禅明白，卫锋是在“猎头”，搜罗可用之才，只是自己天生一段自在之气，只得辜负卫锋的好心。

今天跤场的人却不多，除了穆蕴贤外，只有四人在呼哧呼哧地使着练功家什。

“虎禅！你来啦！先坐！你等师父来了再练吧！”穆蕴贤和昨天一样热情。

“等黑爷来了才练？为啥？”

“我也不知道，师父吩咐的，好像是他要自己安排你的训练！”

“穆哥，今儿人咋这么少？”

“因为今天是星期天嘛，大家都想出去玩玩，而且一般按照师父的习惯，似乎星期天的练习都是比较没趣的。”

虎禅觉得甚是古怪，一时又摸不清头绪在哪儿，似乎自己是否来练习的决定，都被摸了个通透。

黑爷来了，今天的练习不在跤场中，全体被带到了附近的一座山边。

“蕴贤，带大家走‘矮步’吧！”黑爷下令了。

穆蕴贤给虎禅略加讲解，“矮步”大致就是用蹲着的姿势，甩开胳膊大步地向前走。

“虎禅，来吧，绕着山走。”

“走几圈？”山不大，不过绕一圈儿也得四五百米，还没开始走，虎禅就觉得额头上有汗珠渗出来。

“自己看着办，师父从来不说几圈，这是惯例。”

一圈，四人；两圈，三人；三圈，两人；四圈，两人；五圈，两人……

“虎禅……你的脚力……真……不赖……你还受得了，以前都练的啥呀……”

“累了……黑爷啥时候叫停啊……我想喝水……练啥以后跟你说，现在说不动了。”

“师父……不叫停你就不停，咋那么……实心眼儿哪！”

“你……还说我，你不是也一样，呼……呼……”

又一圈儿走完了。

“咦，虎禅，师父呢？”

“我哪里知道……你看那石……石头上……”

黑爷用石头在自己刚才坐的地方划了几个歪歪扭扭的字：我回跤场了！

“这……还走吗？”虎禅看了一眼穆蕴贤。

“走个屁！又被师父耍了！”

“又……为什么是‘又’……来……我扶你……”

“你这姿势哪里是扶我，明明是你搭着我……”

两人的脚都如灌了铅一般的沉重，一尺一尺地磨蹭回了跤场。

“哈哈哈哈哈哈！”虎禅与穆蕴贤刚进跤场，黑爷一看这两个人累得披头散发的德性，张开血盆大口笑得声震屋宇。

“哈哈哈哈哈哈！”其他几个练跤的小子，笑这两个死心眼儿，活该受累。

“蕴贤，一会儿让虎禅练练‘犀牛望月’。”黑爷今天看起来心情不错。

“啥？师父？你说啥？‘犀牛望月’？这么快？今儿不摔了？”

穆蕴贤张着他那又厚又宽的嘴，七分欢喜之外，硬是有三分不信。

其他四人，皱着眉心，你望望我，我望望你，微微张着嘴。

第三十六章　十三太保

中国跤术中有一套易筋练力之法，名唤“十三太保功”，总共十三式，“犀牛望月”正是其中一式。

穆蕴贤讲解完之后，虎禅立即付诸实践。

真是古怪的动作啊。

两脚交叉、并拢站立，身子向下弯，一手握拳在腰际，一手扣住脚踝或小腿，低下头回望腰间之拳，拳头为月，名副其实。

这个式子能拉伸背后与脚上筋腱、松活骨骼，确是上好的易筋之法。

练上了才知道难处，虎禅的肩背上筋骨功夫早就有成，可是这“犀牛望月”的动作，十分容易破坏人的平衡感，不好把握身体重心，跌倒了好多次，又再三地爬起来，整得自己头昏眼花。

穆蕴贤呢，正捧着个茶壶，蹲在边儿上，时不时呷一口，饶有兴趣地看虎禅跌跤，好像虎禅不是自家教的一样，偶尔会用余光瞟场边练着器械的师弟们。

“今天气氛不大对啊，平日练功都是眼到手到，今天他们的眼神却老看着咱们这边儿啊。”穆蕴贤被偷偷投射过来的目光弄得有些不自在，他清楚，“十三太保”的练法，虎禅学得太快了，引起了他人的不满，平日里有学生进来，哪能这么快就得以学习“十三太保”。

“谁让你们不用功，都已经学了那么长时间，也没见谁练出本事的。”穆蕴贤从不迁就那些胸中怀着嫉妒、还不愿意努力的人。

没过多久，虎禅把握住了窍门，慢慢站得稳了，再将动作细节进行调整，“犀牛望月”可算是学会了。

“小家伙，感觉怎样？”黑爷老远叫唤了一声。

“好不容易站稳了，身子还有些僵硬，还不能做得很自然。”虎禅答道。

“哎哟，好啊，好啊，能说得出来就没白练哪。”黑爷从椅子上慢慢坐起来，伸着懒腰，活动着自己的肩背腰腿。

虎禅看到黑爷这个动作，很懂事地跑到场边儿去拿了一件跤衣。

“今天我教你‘拧子’！”黑爷披跤衣的动作利落而踧踖。

“拧子”这个绊儿，是双手抓住对方，横向一旋，犹如拧一个大麻花儿一般，脚下顺势一勾，要是得手的话，那是摔得又脆又快。

约莫十五分钟后……

“我的爷啊，就一个绊子，相同的招式，摔了我几十跤！这还有没有天理啦！”虎禅依旧对自己的功夫充满自信，可是事实无情，一个简单的“拧子”，就能撂得虎禅一佛出世，二佛升天。

武谚有云：“功大不讲理”，这会儿可表现得淋漓尽致。说起来，虎禅要是仍旧像从前一样，动起手来进退无端，黑爷也不这么容易撂倒虎禅，可是虎禅被摔了几跤后，就抱着一股子“老子不信邪”的劲头，逆流而上，偏不相信自己在这海胆脑袋的坏爷爷面前能脆弱得跟芝士饼干一样。

“切，花哨！秀气！”黑爷一脸的调侃。

训练结束了，大家都走了，场子里只剩下了穆蕴贤和虎禅，虎禅坐在场子中央，百无聊赖地在泥沙地上画圈圈。

“原来，我还差了这么远哪……”虎禅很想用功，却有一种摸不着头绪的味道。

虎禅还记得，在老家的时候，人们说：“这孩子说不定能练出祖先们的本事！”，爷爷在日本的好朋友，还曾经夸奖自己，简直跟“素戋呜尊”一样的勇猛，现在想起来，活活臊死了。

“虎禅，别难受了。你上次输给我时不是给我说过‘要是我能赢，穆哥不是白练了嘛’，这会儿怎么又输不起啦？”穆蕴贤赔着笑脸安慰虎禅。

“这可不一样，你跟我交手，有计谋，有变化，下手重，是正经的交手比试。可是黑爷那简直就是在欺负人，大人打孩子一般，我从来没想过会被人用同一招撂倒几十次啊！而且一次也没把我摔疼！简直像大人在逗三岁小孩儿，这算个什么事儿啊……”虎禅说着，脸都快埋进自己怀里了，跟从前的大头一样。

“唉……说得没错，就是大人逗小孩儿。”穆蕴贤叹了口气，站起来。

虎禅抬起头，很不解地望着穆蕴贤，不明白他说这话是什么意思。

“虎禅哪，这拧子，可不是一个单一的招式，劲道的变化是很精巧的。你看，我上手抓住你之后，旋拧，还有脚下勾绊，时机、力道、方向、轻重，还有手脚发力的先后，每使一次都可以不一样，要是放在古时候，这么一个绊儿使得绝了，你就可以在摔跤这行当里混出响当当的名声，不过，从根本上说……来，跟我过来，给你看个稀罕东西。”

虎禅听见“稀罕东西”，情绪高了些。

跤场里头，有一间杂物房，一直关着，都说男人邋遢，不会收拾，果不其然，一打开门，一大股子的霉味儿。

穆蕴贤英勇地掀开满是灰尘、蜘蛛网、老鼠屎的帆布，稀里哗啦地倒腾着。

“就是这个！虎禅，帮我拽出来！”一根手腕粗的铁链被翻了出来，铁链的另外一头还埋在“垃圾”堆里，不知道是什么东西。

“来！一起用力！”穆蕴贤喊出了口号，两人一起拖拽，“砰”的一声，地面震动，一个锈迹斑斑的大铁球被拉了出来。

“还有一个！再来！”穆蕴贤抹了一把头上的汗。

“这是何方妖怪……”虎禅满脸窘相。

“哈哈，虎禅，你看，外面不是有个空的铁架子吗？原本就是挂这两个铁球的，可是因为一直没人能练得动，就收到杂物房里了，来，咱俩把它挂上！”

活计干完了，两人在铁球下不住地抹汗，这玩意儿重得有些不可理喻。

“老哥，这玩意儿多重？有百来斤吧？”

“三百斤！”

“这是干啥玩儿的，这么沉？”

“你看，使拧子的时候，脚下不是要绊你吗？这个就是练习脚下功夫的！这个动作叫做盘脚，练好了摔人跟玩似的，我试给你看看……不许笑！”

“啪！”一脚踢上，铁球纹丝不动。

“哈哈哈哈哈哈！”

“说了不许笑的嘛！就这么左边一下，右边一下，嗯，动作要领大概是这样！”

穆蕴贤用右脚的内脚背踢向挂在左边的铁球，想要把铁球撂起来，但只是挂着球的铁链颤了一下，而穆蕴贤用力过猛，拉疼了腿上的筋腱。

“不可理喻的练法，练出不可理喻的功夫嘛！哈哈！喏，这是场子的钥匙，离开的时候记得锁门啊，明天晚上的练习不要迟到！”穆蕴贤拍拍虎禅的肩膀，跛着脚离开了跤场。

空旷的场子一下子寂寥了，虎禅心里却莫名其妙地泛起了一种踏实的归宿感。

“这铁球有些年头了……说不定是黑爷从前练功用的家什呢！”虎禅抠弄铁锈，像是细细地观看着武人走过的路。

虎禅把跤场的大门掩上，回到原地，一脚一脚地试着踢动铁球，但铁球连晃都不晃，更不要说撂起来了。

先掌握正确的动作，这是练习任何拳法都要遵守的常识。

自从来到了大学，心里不自觉地有些浮躁，这会儿又找回了平日里在师父和老太爷跟前习武的味儿。

少年人的心性虽不稳定，但是成长的速度，有时候却快得让人不敢相信。

“糟糕，灯的开关在哪？”虎禅一直不停地练，天色渐渐暗下来时，才想起这档子事儿。

也罢，想起自己在老家的时候，还被师父骗到坟地里去练拳呢。

只是再踢出一脚时，却觉得十分的疼痛，脱下鞋摸摸，两脚的内侧擦出了血泡。筋骨虽然坚实，体力也仍旧绰绰有余，但毕竟是长一身皮肉，非是金刚之躯体，真是让人很无奈。

武者拼斗时，看似能将生死置之度外，却应该比平常人更懂得保养身体，刚才是练得出神，没有注意到。

静静地坐在大铁球前，刚才抿着的嘴唇，撇成八字的眉毛，慢慢地舒展开。

“循序渐进吧，这种事情我当然知道啦，哈哈，每天练习就是啦。”

《五轮书》中说过：“以千日熟练之，以万日完善之。”

“先回去处理伤口，天很热，要是感染了，可要耽误好些日子。”

第二天是星期一，跤场里没人，只有黑爷白天会来场子里晃荡。

“咦？”黑爷看见这两个尘封已久的大铁球又被挂了起来，三步并作两步地蹿到铁架子前，弯下腰，细细地查看。

铁球的下半部分，许多铁锈被除去了，露出了原本黑亮的色泽。

老人缓缓站起身子，深深叹口气，露出深深的苦笑。

一个星期下来，虎禅练功的时间比从前长了许多，十三太保功又加了三式。虽然黑爷有吩咐，要选择自己最合拍的式子练习，不必全部通练，可是以虎禅所习惯的方式来说，每多加一式，就是增加了上千次的练习量，学校上课时，难免犯困，虎禅那在任何地方只要想睡就能睡着的本事，如今发挥得淋漓尽致。

这天上课时，导师与学生聊起了宗教。

“咱们班的同学，对佛家和道家有所了解吗？咦？那是谁？上课睡觉还打呼噜！”

同桌推醒了虎禅，把刚才导师提出的问题给虎禅复述了一遍。

“这个嘛……我想，道家就好像一个挥洒自如的文化人，一边喝着茶啊酒啊什么的，一边侃大山、讲古今；佛家就像一个教人种田的老农，扛起锄头就说‘跟我下地’……”

“哈哈哈哈！”课堂上爆发出一阵哄堂大笑。

导师也被虎禅逗得嘿嘿地乐，一会又歪着脑袋，吧嗒着嘴巴，品味着这一句傻话。

“你怎么想出来的？”导师笑眯眯地看着虎禅。

“我……随便说说，瞎说的吧……”虎禅抓抓睡得乱糟糟的头发。

“瞎说？”导师皱起了眉头。

“对呀，佛和道本身就是一说就错的事情，叫咱给佛和道下定义，这不是为难嘛？”虎禅的表情配合着说话，也显得很为难。

“这么说，是我故意给你们出难题咯？”导师笑笑。

“嗯……这倒说不上，既然是聊天，那就瞎聊呗，起了话题总得说下去不是？所以我只能说说和尚和道人给我的印象吧。”虎禅又挠着乱糟糟的头发笑笑。

“哈哈，真话！真话！”导师听得十分开心。

虎禅几乎没有参加过大学里同学间的活动，本是无心，却给人一种不易亲近的印象，直到现在这插科打诨的说话，哄堂一笑，才被大家所认识。

“终于找着你了。晚上八点，咱们班开迎新晚会，就在这个教室，一定来啊！”清秀干练的女班长吩咐道。

“那……我可能会晚些到。”虎禅又开始为难了，晚上还得去跤场呢。

第三十七章　容光逼人的虎禅七

自从前些天晚上在跤场摆弄铁球开始，虎禅便练得入港。虽然那两个大铁球很是离谱，但他却没有力不从心的感觉，倒像是自家没摸准方法。原来那扎实的拳法根基，在这样的练习中，似乎有着破土而出、开花结果的趋势，似乎是自己早有家财万贯，却不会花——这种"摸劲"的情况，对于武者来说，就如男人跟女人玩暧昧一般，是引人入胜的。

"晚会内容是我设计的，很特别，不来保证你后悔！尽早吧！"女班长身子微微往前倾向虎禅，这会儿的味道，神似小颐姐姐手下的姐妹们，只不过"功力"欠棒，显得十分的青涩。

"怎么个特别?"虎禅半眯的眼睛不自觉地微微睁了一下，毕竟保持着孩子般的好奇心。

女班长一句话没说，转过身，蝴蝶似地飞走了。

"特别？后悔?"虎禅觉得有些怪异，如果小颐姐姐在，说不定会将这等说话判定为"低烈度勾引"。

回到出租屋里看了一眼课表，下午没课，去跤场吧，晚上穆哥到了，与他交代过便赶回学校。

不光天气炎热，跤场像是长年浸染了汉子们的阳刚血气，更是让虎禅汗如雨下。

气足耐寒，血足耐暑。虽然汗水像开了闸一样地流淌，虎禅并没觉得难受，相反却有一种全身蒸腾的通透，非常舒服。生活健康的练武人，汗是很干净的，不会有什么异味。

"手脚齐到方为真，身体不可僵硬，不可使用拙力死力，这些原则是通用于任何武术的。”虎禅打定了心思，为了做好这几点，还给这拴着铁球的铁架子做了改动。

跤场里都有坚韧的“皮条”，二指宽，韧性十足——这是练跤必不可缺的家什，虎禅在场子里找到了一大捆，重叠起来，系在挂铁球的链子上，脚下用盘腿勾扫铁球，手上拉扯拧转“皮条”，模仿黑爷使过的绊子。

细细回忆那天黑爷使出“拧子”的动作，不断地模仿黑爷的韵味，这是虎禅早已习惯的学习方式。在练习任何拳法的时候，想着教导自己的人，他的气度、身形、眼神、表情，仿佛在自己身边，如影随形——心念吾师，可以让自己进步得很快。

力道顺畅，每一回出招，身子应该谐调而顺遂，不能蛮干，胡乱发力，每一招的质量都得好，否则就是凑数，自己骗自己。

武之为物，远取诸相，近取诸身，是夺鬼神之造化。不断地磨炼，犹如吞噬着人间的力量而茁壮成长，山中方一日，世上已千年，这么钻了进去，全不知天地岁月。

学校里，卫锋正在组织空手道社的干部们开会。

“现在咱们缺人手，我想招揽这个人，他本事好，这样的人很少见，绝对有用！我练了好几年的戳脚硬功也踢不了他，而且我敢肯定，跟我打的时候他没出全力！也不知道是练什么出身的！”卫锋敲着桌子上那份骗虎禅写的来访登记。

“那就找来聊聊呗，吃个饭，再到我的酒吧里坐坐，完了再洗个桑拿。”说话的是空手道社的副会长、卫锋的好兄弟兼军师——李晨。他戴一副金丝眼镜，西装头，长得白白净净。他在学校里经营了一个最大的酒吧，赚得盆满钵足，极擅长拉拢各种关系，任何麻烦事情到了他手上，随便就能想出许多妙招和损招，有一肚子的手段。

“可能不行，他跟我说话实在太礼貌，就是因为这样，有一种说不明白的高傲，可能对学生活动没什么兴趣。”卫锋苦恼地抿着嘴。

“对学生活动没兴趣，对女人、对钱总有兴趣吧？换个角度想想，来咱们这儿的会员，有谁是正儿八经努力练武的，不就是想在学校里人前人后风光，闹事儿了有个后台嘛。”李晨点了根烟，挥挥手，仿似挥着诸葛亮的白羽扇子。

“今年外联部新招的那个新生，叫潘瑜的，长得不错，也比较干练，现在岳虎禅他们班当班长。我已经让她试试多拉拢岳虎禅参加学生活动，看看能不能慢慢地弄成我们的人。”卫锋皱着眉头，似乎对自己的这些手段有点儿没信心，李晨毕竟不是正经的武者，他不知道，常年修炼的武人，心智始终较常人不太一样。

“五蕴之中，女色最烈，又不是阎罗包老，多打糖衣炮弹，总是能把他腐蚀的……你跟潘瑜说岳虎禅那么厉害，她好像很有感觉的样子，要不咱试试撮合他们俩，成了‘干部家属’，不怕岳虎禅不帮咱们做事。”看来李晨已经百试不爽了。

卫峰曾经说过，李晨是“山中一野狐，修炼成老精”。

“说不出为什么，我还是觉得可能会没用。”卫锋还是感觉不妥。

“管他那么多，先试试，不行的话再把糖衣炮弹升级。你要知道，遇上有兴趣的事物，如果你得不到，就要不断地惦记着，惦记得久了，总有机会变成你的。哎，你们几个，把咱们搞活动的那套大音响送到潘瑜那里去，挑选些好的音乐，做成光碟，找几个人帮潘瑜把他们班的晚会搞得轰动一点。”李晨转头吩咐来开会的干部们。

“你要干吗？”卫锋疑惑地看着李晨。

“人都爱看热闹，弄得轰轰烈烈，肯定很多人跑去围观吧？”

“对，然后？”

“然后潘瑜在公在私肯定要去跟岳虎禅接近吧？”

“对……”

“这年头谁都不傻，潘瑜不是要搞舞会吗？让两个人搞得含情脉脉点儿，时候到了，教室灯一关，音乐一改，就火辣了，周围人那么多，没关系都能扯出些关系！扯出了关系，过些时候他们俩成了一对儿了，再往咱们这儿拉，这儿得了人才，潘瑜也得到个厉害的男朋友，两全其美，功德无量！和谐！”

“我不知道怎么说你……”

傍晚的太阳看着比正午的还大，跤场里没人，虎禅以八段锦的功夫撑拔着微感疲惫的身体，以戴家蹲猴的束展功缓缓调整身体和呼吸，之后缓缓收势。

“精神！”盘腿坐在条凳上休息了一刻钟，神清气爽，不禁伸着懒腰叫唤了一声。

“哈！这么精神！今天车轮战！让你摔三百跤！”穆蕴贤从老远就听见了虎禅的叫唤声，乐呵呵地跑过来。

见穆蕴贤来得这么早，可知他也没有丝毫放松自己。

“咦，你来多久了？”穆蕴贤看见虎禅的裤子全都被汗水浸透了，汗珠不断地从裤腿上滴下来。

“穆哥啊，晚上学校有活动，必须得去，所以我下午先来这儿练上了！”

“没问题，近来你也练得辛苦了，我跟师父说一声，去吧！”

“穆哥，有件事情我得问问你，我现在扎根在这儿学跤，该给黑爷多少学费？”

“噢，咱们都没有固定的学费，都是逢年过节，像春节、中秋、端午……对了，还有师父生日的时候，按自己心意给，师兄弟间互相都不知道给了多少，这个是惯例。”

“嗯……这样啊。”虎禅心里有些不知所措。

“嘿，这小子，还没教他，就懂得把皮条儿也使上，挺能钻的，说不定会是师父寻找的那一个人呢。”看着虎禅厚实的背影，铁架子下汗水湿漉的地面，穆蕴贤心里有说不出的高兴。

“试试老妈和颐姐姐买的衣服吧，我也打扮打扮，嘿嘿。”刻苦练习之余，也应该换个心情，虽然对这样的聚会并不特别喜欢，但是既然要玩，就没有拘束的必要，玩个尽兴才好。

小颐曾笑骂虎禅，若不是生就一副邋遢、自得的性子，该是个“骑马倚斜桥，满楼红袖招”的少年。

“我每天都很干净啊！”虎禅说完这话，总是嗦着鼻子在自己身上从头嗅到脚，逗得小颐咯咯地笑。

这样简单的玩笑开了好几年，虎禅一直这么说，小颐姐也一直这么笑，虎禅很喜欢看到身边任何一个人笑。

入夜，潘瑜见到虎禅的时候，几乎要叫出声来：“做我的男人吧！”

在女人心里，“我的男朋友”跟“我的男人”，可是大不相同的。

原本虎禅那如野草般浓密、随意的头发，看起来虽然干净，却有些拖沓，大T恤、大牛仔裤和运动鞋的形象，早已先入为主地进入了同学们的记忆。

精饰仪容之后的虎禅，容光逼人。

衣着虽然名贵，而虎禅浑圆粗壮的手腕，厚实的手掌，威武的身板，还有眉宇间若隐若现的那股狮虎之气，中和掉艳色，突出贵气，恰到好处。

一身的品牌衣服，虎禅并不认识，只是根据感觉来进行挑选，可是在熟悉时尚潮流的女孩子眼里，不光是外表漂亮与贵气，品牌隐约象征着经济实力，更是有额外的吸引力。

虎禅一向都觉得，男人身体如果一定要有味道的话，应该是没有杂质的纯粹汗味，汗味并不是臭味，也不是香味，就是一种单纯的象征性气味，只有心地干净、生机勃勃的人才会有。但是今天虎禅还稍微用了些“Paris Hilton Heir”香水，这是颐姐姐送的，虎禅不明白男人身上整得香喷喷的是为了什么，今日纯粹是兴趣所致，出于好玩才使使。

“真不愧是大学哪。”虎禅看到重新布置过的桌上，每个座位都摆了啤酒，搓搓手，看着一群莺莺燕燕的女孩儿在面前晃荡，再来上两杯，那是难得的乐趣，尤其是刚入大学的女孩子，好看得很简单，像洁白柔软的小动物。

只是有人却不让虎禅按照自己的想法好好玩乐。

潘瑜的邀请，让人相当为难。

“我完全不会跳舞啊！”虎禅边说边咬开一个啤酒瓶盖子，翘起脚搭在身边的椅子上，大大咧咧地准备来上一大口。

潘瑜看到虎禅这个动作，顿时十分气恼，简直破坏了他这一身的光鲜，伸手便在虎禅的胳膊上掐了一把。

“我教你！”女人脾气上来的时候，力气可真不小，一下就能把个大男人从座位上拽起来。

“你的手要放这儿……对，没错，就这么走……学得很快啊！”潘瑜把虎禅的手放在自己腰上。

“这不就和学缠拳差不多嘛……”虎禅心里却想着另外一回事，那年师父将武当的太极缠拳传与虎禅，就是让虎禅用双手粘住自己的双手，然后带着虎禅走转攻守，让虎禅慢慢跟上自己的节奏，再慢慢地开始互相攻守，这样教出来的打法，进步非常之快。

“在想什么呢？”潘瑜觉得虎禅有些心不在焉，女人的第六感，真是比拳法好手的身体反应还要灵敏。

音乐节奏越来越快，这跳舞的舞步，相比拳法中的步法，可简单得太多了。

“嗯，看起来脚尖还要微微踮起，就如同合气道四方步吧，哈哈！幸亏从前玩过！”慢慢地，初学乍练的虎禅却成了主导，旋风似地带着舞伴满场飞舞，潘瑜渐渐有些吃力，喘息得越来越急促，几次都差点儿想扑在虎禅身上。这种时候，虎禅仗着身法灵便使坏，也不知道算不算犯了“不可以武欺人”的祖训。

最后，在一个转身时，潘瑜已累得不行，一下跌在虎禅怀里，虎禅哈哈一笑，顺手搂着潘瑜转了几个圈，犹如与人比武，妙招终于得手了一般高兴。

“咦！谁把灯关了？”

第三十八章　真正的好弟子

一个星期过去了，空手道社办公室里的怨气，一日多过一日，从唉声叹气渐渐变成了咒骂。

“切，有什么了不起的！他以为他是谁呢！”潘瑜坐在沙发上，恨恨地说道。

“那个岳虎禅还是一直没跟你联系吗？要不你给他发个短信？”李晨嘴角带笑，指间夹着根烟，老谋深算把玩着自己新买的一套茶具。

“凭什么我去找他！”潘瑜眉毛一挑。

“先说清楚，我没别的意思啊，人要有进取心，自己喜欢的东西并不一定都是属于你的，想要的话，总要下点儿工夫嘛。”

“那他干吗不下工夫？”潘瑜愤愤不平。

“你怎么知道他喜欢你？”李晨笑了。

“我……不管不管！”潘瑜顿时语塞，一肚子的憋屈，狠狠拍了沙发一巴掌。

“不管是吗？小潘，别忘记你一开始是去干什么的，你现在这样子又算什么？”李晨的笑脸忽然没了，玩茶具的手也停了下来，眼睛直勾勾地盯着潘瑜。

潘瑜立刻觉得气氛不对，整个人愣住了。

“哈哈，罢了罢了，卫老大高度评价的人，肯定有他的道理，当是积累工作经验吧！最近卫锋忙着筹备社团晚会的事情，累得很，这事还是交给我来做好了，这回辛苦你啦！今晚到我场子喝酒去！免单！”李晨忽而又喜笑颜开，轻轻拍拍潘瑜的肩膀，像一个长辈在鼓励孩子。

宫本武藏曾经留下二十一条《独行道》，是武者应当遵循的守则，其中有一条：人生不应以享乐为目的。

玩乐之类，对虎禅来说，就如和尚化缘。以前的和尚，不挑不拣，每日化缘只化七家，有什么吃什么，无喜亦无忧，不会考虑明天吃什么，更不会惦记昨天吃过的菜馔。

自从那天舞会之后，虎禅便和个没事人儿一样，又继续着武术修行，整个一吃完了不抹嘴儿。

“我怎么可能输给这个初学乍练的家伙！”王玺把手上的跤衣狠狠地摔了出去，转身就走出了场子，任谁看了都知道，这小子今天气性可大。

“嗨……真是个孩子，怨天尤人的，就是不在自己身上找找问题……”穆蕴贤叹了口气，当转过头，看到虎禅就又乐了。这小子今天光是一个“拧子”，变化着使，连赢了小兄弟们三十几跤，除了他原本的拳法功底，还得益于近一个月来的日夜苦练。

原本虎禅的气血筋腱就练得十分强壮，打法技巧也十分精纯，近些日子来，除了练功，不断地与人摔跤，功夫、技巧都看着见长。

古武术极易杀伤对手，放开所有拘束，奋力一拼的实战机会并不容易遇到。虎禅之所以能安全地积累实战经验，多半因为阿生师父和老太爷的高深修为，容得虎禅全力出手还能将局面控制得好好的。这也是运气好，没几人能有这样的条件，实战机会难得，对练习古武术的武者是一大障碍，可是摔跤这种武术，却能不断地放开手脚进行实战，互相之间也可以控制住力道，让对手安全落地，这对实战经验的积累相当有好处。

虎禅想起，在宫本武藏之前，日本还有另外一位名叫上泉信纲的剑圣，是他让自己的门生用皮革包裹的棒子代替真刀练剑，也就是现代剑道的雏形，虽然还是常常打塌了鼻子，打豁了耳朵、打瞎了眼睛，但是相比起使用真剑，可以让人拥有更多好好活下去的机会，更多可以通过努力而变强的机会。

曾经有人问上泉信纲：“如何战胜对手？”

上泉信纲回答：“合理的练习便是一切。”

回忆起这段剑圣的故事，方才感受到在跤场的日子里，自己所得到的好处，并不只是把武术练得更好那么简单。

“师父，你瞧虎禅，他使出的拧子，任何一个要点都没落下。”穆蕴贤在场边陪黑爷坐着看虎禅和弟兄们对练。

“丑功夫，俊绊子，再给他加强基本功。”黑爷点点头，却没有任何一句夸奖。

穆蕴贤知道，黑爷这副劲头，那是不造就出个“怪物”决不罢休。

“十三太保学了几式了？”黑爷开口问道。

“学了四式了，‘犀牛望月’‘钝镰割草’‘魁星点斗’‘李逵磨斧’。”

“今天把剩下的全部教完，但是今后让他重点练‘十三太保’中的‘犀牛望月’‘钝镰割草’‘舍身探海’三式。”

“全部教完哪？”穆蕴贤撇着嘴。

“虎禅，过来！你今天晚上没事儿吧？”穆蕴贤把虎禅从场上拉了下来。

“没事儿……不用内疚，你放心，狠命地攻斗我吧……”虎禅看到穆蕴贤那小心翼翼的脸色就知道，下面肯定要让自己累个痛快，最近早习惯了。

“师父让你今天把‘十三太保’全部学完……”穆蕴贤的样子简直像在默哀。

“我的爷啊，练不完啊……能慢点儿不？”虎禅的眉毛苦成了“八”字。

“你先把式子都记下来，师父说了，让你只重点练习三式，除了‘犀牛望月’‘钝镰割草’，还有‘舍身探海’，我现在教你。”

“好吧……”

“唉，你这样的人儿啊，还真少见，你没看这些小子，一听说师父要教新东西了，一个两个跟过年似的，谁像你，苦里吧唧的，哈哈。”穆蕴贤拍拍虎禅的背，以示鼓励。

虎禅对学新的功夫有些为难，黑爷和穆蕴贤却很是宽慰，做师父的一说新招式，那是众人欢喜一人愁，愁的那一个，才是能够真正好好练功，将来有所成就的人。

为何如此？一天也就是那十二个时辰，人要吃喝拉撒睡，要做事，还剩下多少时间？诸多功夫，样样舞弄几遍，没一手能精的，玩到最后，就是个贪多务得的花哨把势，只有下了苦工夫的人，才会知道东西多了练不过来。

为学日增，为道日损，大概就是如此吧。

虎禅用的那两个大铁球，铁锈已经被磨了个干净，亮锃锃的，这就是下足苦功的铁证。

这么些日子下来，虎禅已经能用脚将铁球搭出一尺远近了，无怪乎脚下一勾就能搭倒这些长年练跤的精壮汉子。

天色晚了,黑爷要回家了,忽然肚子里涌起一股顽皮气。

“虎禅哪!”

“哎! 爷爷! 放心吧! 我一定好好练!”

“不是这个问题……”

“那是?”

“我听说你学习成绩不太好。”黑爷伸着食指,对着虎禅额头戳。

“啊!”虎禅惊得咧开了嘴。

(眼线! 一定有眼线!)

虎禅忽地转头望着刚才还在偷懒的弟兄们,大家立刻转头练跤去了。

“看他们干吗! 跤要摔,也要好好学习!”

“是……”

入夜。

“上身前倾,一脚向后勾起抬高,脚底向上,双手五指并拢,向背后勾,头抬起,啊……支撑脚要伸直!”穆蕴贤正给虎禅纠正动作,不光练着的虎禅汗流满面,穆哥也不轻松。

从前,常有人找到戴家中的师叔伯要学习武术,总是说:“收下我吧! 我能吃苦!”

每次遇到这类情况,长辈们看起来总是没有丝毫兴趣的样子。

“认真教的话,教的人比学的人要累很多啊! 要是不认真,还不如不教,免得耽误大家的时间。”

这是宁为玉碎不为瓦全的气魄。

不过穆哥算是有福之人,虎禅一点就明,一练就熟,不知省了多少口舌。

“行了,歇会儿,我再教你一个绊子吧,使来使去还是‘拧子’,看起来有些寒酸哪!”看虎禅练的时间长了,穆哥也觉得闷,想找些事情做。

“你是闷了吧?”

“死小鬼,你又知道! 哈哈!”

“穆哥,最近练跤的人,好像少了几个啊。”

“嗨,满树皆开花,结果几个成哪。你就瞧瞧咱俩挂起的铁球,明摆在那儿,就是没人愿意去多试试,他们从不认为那是自己该做的事情。”

“为何会是这样呢?”虎禅对这种事情无法理解。

“摔跤算是诸多国术中,从开始学到能应用于实战,出师最快的一种。多数人都是希望借这东西很快地建立起一点力量上的自信,炫耀于人前,并没有什么好的念想,有的又嫌弃武术太苦或者太土,那种人像开了裂缝的石头一般,经不起雕琢。”

“是不是优秀的武术,跟土和洋没关系吧,只是,人渐渐少了,黑爷的收入……”虎禅挠挠头,武术家也是要吃饭的。

“撑着吧,逢年过节咱们多尽心就是了……”穆蕴贤只能念叨着这不是主意的主意。

“虎禅!”

“嗯? 怎么忽然严肃起来?”

“尽管你已有了自己的武术流派,摔跤还是要好好学啊!”前些日子虎禅在与穆蕴贤聊天的时候,虎禅告诉过穆蕴贤自己拳法的来历,并且做了一些演练,这却使得穆蕴贤多了些不放心,难得送上门的好徒弟,要是忽然放弃了摔跤,黑爷说不定会很失望。当然穆蕴贤这些日子察言观色,也知道,自己只是在做一个十分无奈的劝告,拥有了其他流派武术传承之人,不大可能成为一个纯粹的跤手。而且近来虎禅摔跤时,技术上越来越放得开,只是原本所习练的武术太根深蒂固,且至今仍勤练不辍,跤法中自然而然地加入一些其他武术中的身法与扑跌之技,穆蕴贤都看在眼里。

穆蕴贤跟随师父多年,也略知师父家中的情况——黑爷的儿子,自幼体弱多病,好不容易找到一个媳妇儿,结婚前说同甘共苦,结婚后却抱怨得厉害。孙儿是个文不成武不就的小混混,今年高考,分数还差一大截,几万块自费实在是拿不出了。而且黑爷的儿子老惦记着父亲跤场这块地,更惦记着黑爷的那块“永不沾尘”的紫檀牌匾,只是黑爷寸土不让,死守着自己这两样宝贝,家里闹了好几次。

大概,因为跤场里能够孕育未来的希望,牌匾上又铭刻着从前的记忆,一个人的过去和未来,对自己而言是多么重要啊。

第三十九章　蒙古跤手

李晨坐在自家开的酒吧里喝着闷酒。

“卫老大！你终于来了！”

“怎么着？又有什么苦水要跟我倒？”卫峰软在沙发上，长喘口气，看来近些日子实在是忙坏了。

“我说，从来没见过这么不给咱脸面的人，那个岳虎禅真把自己当爷了，叫他吃饭他去，叫他去玩吧，酒不喝一口，女人一指不碰，好容易劝了杯酒，出去上个厕所，他溜去吧台把账结了，我那个脸丢得啊！说起话来油盐不进，要不是你有让他一起来做事的意向，我早就收拾他了！大爷的，成精了嗨！”李晨说话越来越大声，酒杯在桌子上敲得嘣嘣响。

“嘿嘿，人家怕是根本不想贪你这点儿小便宜，凭什么非要给你面子啊？”卫峰直笑。

“死去吧，我还真不信邪了……那交朋友怕是也没这么交的吧？”李晨放下了酒杯，又用巴掌拍起了桌子。

“你这是交朋友？你的恩典是为了得到回报，那叫交易，人家怕是早看出来了。还真以为一顿饭，几杯酒，加几个闹哄哄的小丫头，人家就能把自己卖给你？”

“哎，我可是为了你……”李晨又开始拍起了桌子。

“别说为了我！我还不知道你，你是不信邪，爱跟人较劲！说你还不服气？咱俩谁跟谁啊，哈哈！你的法子不合适，还是让我来吧。”卫峰太了解李晨，他就是爱没事找事，而且非要占了上风才高兴。

卫峰知道，李晨拉关系的本事没得说，只是他并没有经过武术中长期的刻苦练习,永远不会明白,武者对大多数事情,并不那么容易动心,那是特有的傲骨。

前些天,黑爷让穆蕴贤找了车,将那两个除虎禅外,无人问津的大铁球和铁架子搬出了跤场,放置在虎禅住的出租屋的院子里。

“练功家什,要给愿意用的人用,舍不得下苦功的人,谁也别占着茅坑不拉屎!”穆蕴贤一句话说出来,虎禅连客气的余地都没有,虽然仍觉得将这东西拿回家不太好。

“嗨,既来之则安之吧!”虎禅拍拍这几乎成了老朋友的大铁球。

不断地重复一个式子,到达一定数量之后,身体会产生记忆。所练功夫的层次越高,这种身体记忆越是强烈,以至古人有“鬼推背”之说,仿佛有股莫名的力量推着人不断练下去,而实战中也会无意识地、一惊一乍间将对手了结,待出手之后才回过神来。

读书练武,本该是世上最纯粹的两件事情。古人说“性命双修”,性为心性,命则是身体的强健程度。这些日子,虎禅不知不觉地沉湎其中,那行、走、坐、卧皆不离拳的景况,已开始了胎动,今天不知不觉地,已经练了三小时,实在是有些魔怔了。

幸而经过这些日子的练习,摸透了身子的用劲法门,熟能生巧,时间虽长,体能却并没有过度消耗,这种功力增长的实质感,会让人上瘾。

那拴牛绳一般的手机又响了起来,是跤场里的弟兄们用穆哥的电话打来的,这回消息可不一般,有外人来跤场挑战,穆蕴贤甚至被狠狠砸出了场外。

虎禅五内如焚的样子,冲进卫生间,接一盆温水从头浇下,迅速抹干,跳进一条裤子里便夺门而出。

“咦,岳虎禅?这么匆忙去哪?”卫峰正在学校里走动,看见虎禅一路疯跑,赶上前拉住。

“啊,是卫峰啊,出去办事儿!”虎禅手腕一抖,转身要跑。

“嘿嘿嘿嘿,是去打架吧?”卫峰笑得十分狡猾。

虎禅顿时被吓矮两寸,这都能看出来?

“打架的人,就是你这种架势!没错吧?哈哈!早看出来啦!我也去!我也去！一块！”卫峰摆出纠缠如冤鬼的架势。

“这个……可能不方便……”虎禅刚要拒绝，卫峰已经伸手拦了一辆刚从学校里开出来的出租车。

“刚买的，一人分两个吃了，打架要力气的，虽不能吃饱，也不要空着肚子出门哪。”卫峰把一袋热乎乎的包子扔到虎禅面前。

方才练功持续时间太长，确实需要补补，这会儿虎禅才感觉身子有些空乏，毫不客气地抓上塞到嘴里。

“师傅！把空调关了！”卫峰对出租车司机招呼了一声。

“这家伙，是个惹事的老手，这种细节都注意到……”虎禅斜了一眼卫峰，知道身体若是冷下来，动起手来状态不好，再看卫峰那一脸不下于自己的兴致，便知道那时候莫见辉被揍，是理所当然的。

今天黑爷还没到，就算到了又如何呢？不管老爷子有多厉害，毕竟年纪太大，让他跟眼前这个人比跤，是怎么都说不过去的。

“你叫什么？”虎禅发问，一边披上跤衣，走上跤场。虎禅身材已算魁梧，相比之下却仍旧小了一号，再加上对方一身强壮到几乎荒唐的肌肉，自己在走上跤场的时候真是硬着头皮上的。

“喀纳斯，内蒙古人。”

“小岳，快下来，你摔不过他的，摔跤胜负是家常便饭，不要在意……”穆蕴贤坐在地上，两脚平放在地上，小腿一块发紫的瘀血，是被盘腿扫中的，对方的脚力实在是大得离谱。

“穆哥，胜负是家常便饭，不要在意。”虎禅没有回头看穆蕴贤，死死地盯住对方，绕场一圈都没走完，一个转身就到了场中央了。

“别！他摔的是实跤啊……”穆蕴贤的警告声，被十几个汉子的助威声给淹没，可是，虎禅却隐约听见了。

“实跤？什么是实跤？”虎禅心里闪过一丝疑问，可是已经没法再想下去，牙根一咬，心里一激，自己的手，已经抓向对方的跤衣。

跤法中有云：一巧破千斤。

可是，在武术中还有另外一句话：功大不讲理。

“这人的力气太大，动作太悍。”虎禅猛地抖膀子，要撑开对方抓住自己的手，可是喀纳斯的握力强得要命，根本挣不开。

喀纳斯一把抓住虎禅后颈的“大领”，猛地向下拽，虎禅脖子吃痛，随着低头弯腰下去，露出背后破绽，喀纳斯一把抓住虎禅背后腰带，转身别脸，猛地将虎禅甩了出去，整个身子在半空中转了个圈。

“无法受身！”自保的本能告诉了虎禅一个很糟糕的信息，他只能死死地抱住脑袋，用力拧腰翻滚，猛地一震，肘关节在地上大力擦过，如火烧一般的疼痛，在地上打了个滚，又爬了起来。

“伤了，肘关节破了，停！这位兄弟！你跟虎禅一起来的！快让他下来！”穆蕴贤指着卫峰，叫卫峰帮忙，卫峰刚要张嘴发话，虎禅立马站起来，咬紧牙齿，嘴角撇着，眉心狠蹙，眼睛直勾勾地看着卫峰，一手指着卫峰的眉心。

“老哥，这样怕是不太好……”卫峰皱着眉头，看着穆蕴贤。

实际上，当穆蕴贤看到了虎禅刚才那种表情时，亦打消了叫虎禅停下来的念头，只能看着虎禅再次走向对手的背影。

“这面相，简直就是罗刹恶鬼……”很久以后，穆蕴贤常会想虎禅那时的表情，但是非常模糊，虎禅的面容快乐满溢，就算遇到了难题，那一脸的苦闷都会十分滑稽，看着这样的脸，怎么都想象不出当时那罗刹恶鬼般的面相。

再交上手的时候，虎禅终于定下心来，放空了身体的力量，泥鳅一般地钻来钻去，要是能瞅准个机会，不论好坏撂上对手一跤，也不算丢脸了。

只是带着这样的想法交手，气势可就先弱上几分了。

“这家伙不光气力大，身子还灵活得很，技术也好啊！”穆蕴贤虽然担心虎禅，但是也不得不佩服对方的跤技。

不知不觉间，虎禅所精熟的武当缠拳，也不自觉地用于化解对方的攻势。喀纳斯开始觉得对方的身手有些怪异，并非十分纯正的跤技，上下打量了一下，突然兴奋起来，强行分开虎禅的双手，抓住虎禅胸口“大领”。

“得合落！”门口刚刚赶来的黑爷一眼看出了对方使的绊子。

全场的人被这炸雷一样的声音吸引得转过头去看着黑爷，但是喀纳斯的绊子却是开弓没有回头箭。

“啊！”剧痛引发的嘶吼，从虎禅的牙关中迸发出来，黑爷几步蹿到场上，扶起地上的虎禅，轻轻托起虎禅的左手，拿开虎禅捂住伤处的手，微一摩挲，虎禅又是一声疼痛的呻吟。

“哪儿来的小厮，敢使得合落。”黑爷一边揽着虎禅坐起来，一边怒目圆睁瞪着喀纳斯。

摔跤这门技艺，本可以是互相间友好交流武技的，但在古时，却是蒙古人与大清朝用于打天下的武技。交流不伤人，不代表不能伤人。不让对手受身，往死里摔的摔法，便是穆蕴贤方才喊出的“实跤”，而在摔跤中，又以“得合落”与“三倒腰”两个绊子最毒，那是只有摔出仇来才会使的“死”招。

“你如果还想摔的话，在这儿等着。”黑爷撂下一句话，搀扶着虎禅向外走去，他却没注意，虎禅并没有因为疼痛而闭上眼睛，反而怒目圆睁，面泛凶煞之气。

“黑爷，先别走，我想明白了。”

“孩子？你……”

虎禅回过头，怒容已消，但全身的汗水仍旧止不住地流。

“喀纳斯，你是来交流武术，还是来踢馆的？”

“我没想过这个问题，遇到对手就打，你输了。”喀纳斯神色依旧平静。

“我也这么觉得，任何武术都应该可以用的……”

“嗯？”喀纳斯一愣神，虎禅箭步蹿了出去，黑爷想阻止，居然一把抓了个空。

虎禅左臂垂在一边，已经不能使了。

喀纳斯伸出双手，压低重心，正要招架，虎禅忽地缩身，避过抓来的手，闯入对手怀中，右肩头自下而上撞中喀纳斯胸腹，胸中一闷，裆下又被虎禅藏在下方的右手击中，本能低头猫腰，以保护身体正面要害，却正中虎禅下怀。虎禅手臂一提，肘部自下而上，狠狠撞中喀纳斯下颚，喀纳斯脑子一震，猛地涌出了满嘴血——整个动作只在瞬息间完成，短小诡秘，乃是一个“钻天肘”的打法套子。亏得喀纳斯多年的经验，又勇悍成性，意识恍惚之下，凭本能抓住虎禅左臂的“小袖”，要牵制对方的重心，以免虎禅再次进攻。

拳谚云：“巧拿不如笨打。”何况遇上虎禅这专精于打击的行家。

虎禅放松身体，随着喀纳斯拉扯自己的力道，大步前跨，同时缩身，肩头随着身子的走势，起身如挑担，自下而上挑撞在喀纳斯腰腹上。

“嘭！”大家还没意识过来怎么回事，喀纳斯身子一仰，瘫软在地。

第四十章　飞仙正、刺猿奇

戴家拳，从来都是贴身近战的典范，门中不论是长辈或弟子，皆言："要想打得远，就得脸对脸，要想打得美，就得嘴对嘴。"不论是用闪避、开门、牵制、冲撞等方法，只要靠近、贴上了对手身，就能使出自家苦练精纯的打法套子，几乎便可定了胜负。类似于"钻天肘"这种打法套子还有许多，经祖先千锤百炼，早已算准了人的本能反应，只要当时条件合适，完整使出来，对方必然瞬间陷入被动挨打的状态。

"嗨！"黑爷恨恨地长叹，走上前，照着虎禅头上一巴掌，打了个狗啃泥。

"我是伤员！"虎禅爬起来嚷嚷。

"伤个屁伤！让你造孽！"对准虎禅屁股又是一脚。

"你们几个，把这仨混球都给我整到医院去！"黑爷越说越来火，连穆蕴贤也一块儿当了混球。

虎禅强忍着痛楚，脸憋得通红，这会儿正哎呀哎呀地叫唤。

"再继续逞能吧，尺骨下端伤了，怕是骨折喽。"黑爷板着那凶神恶煞的黑脸。

"啊！那还能练武不？"虎禅吓得不停地嚷嚷。

"当独臂大侠也成啊！"黑爷跟在一群败将扶着的伤兵后面，满脸的晦气。

月至中天的时候，一位老人陪着小颐走出华盛娱乐公司的大门。

"乾爷，您生活一向规律，这么晚了，该回去休息。"让长辈送自己回家，小颐十分过意不去。

"一个月来你把东联的生意抢走了三成，连我这个闭门读书的老头子都有耳闻，还是小心为上。"

乾爷是华盛的元老，同时也是岳殷鸿自幼从学的老师，德高望重。

自从小冲受伤后，华盛又连着出了两起干部遇袭事件。乾爷担心这从小看着长大的姑娘，一来是长辈对晚辈特别的宠爱，再者华盛也离不开这个女诸葛。

事也凑巧，在去车库取车时，一个人从墙角的阴影里蹿了出来，手握军用匕首，直直冲向小颐。

“看看，要听老人的话……”乾爷抽出了手杖中的两尺三寸短剑，身子一低，剑锋已刺进了对方的大腿。乾爷老辣，顺手拧转，剑锋在肉里轻巧地一转，剜下一块肉。

蒙着脸的刀手吃痛，从牙缝里挤出了一点细细的呻吟声，便伸出手要将乾爷的短剑从大腿里拔出来，还没抓上，乾爷已经自己把剑抽回，刀手又一阵刺痛，第二剑已经刺入了左手臂。

“见鬼！”刀手吓得不行，两脚猛蹬，发狠将自己的手臂抽离剑锋，发疯似的逃命。

乾爷嘴角冷笑，飞步追出，前足引路，后足跟随，如跨深沟，形如飞鸟，此是古代剑术之中进退横斜常用步伐。

没两步即要追上，刀手猛地使个“回马枪”，回头将匕首甩出，手劲不小。

据传，道门中，古有“飞仙”“刺猿”二路剑术，“飞仙”乃是纵横来去的正剑风骨，“刺猿”则是纵高伏低的奇剑路数。练习时，手中剑法击刺，脚上则踏“三十六宫”“飞罡”等图式，又以剑指凌空画符箓，所谓十指连心，锻炼筋络最好不过，此等种种将身法步法练得极灵极巧，手腕又柔活有力，变化无方，以剑击人，无有不中。

乾爷手中短剑刺击之势丝毫不停，身子一伏，避过掷来的匕首，连削带打，剑尖挑向对方小腿后的大筋，准备将这家伙废了，再细细盘问。

刀手猛然一纵。

“嗯？”乾爷眉头一皱，轻轻收了手，眼看着对方落地之后，魂飞魄散地逃命。

“这家伙经验丰富，还懂得给自己留退路，事先布置好了呀……”乾爷弯腰捡起一颗铁地钉。

这种钉子有四个尖儿，一把撒出去，每颗都是尖刺朝上，这少说也撒了几十颗，刚才被地钉一阻，已是追不上了。

“丫头啊，还好今天没让你任性。”乾爷想着还有些后怕，刚才从短剑上传来的感觉告诉自己，对方的体形虽不大，但筋肉非常结实有力。

“嗯，我稍微有一点准备了。”小颐吐吐舌头，都说人和人相处久了会相互同化，她这副德性像足了虎禅。

“唉，你们这些年轻人，简直就像是靠运气活着的，这么近，手枪未必用得上啊！”乾爷摇摇头，将剑收回手杖之中，这利器刚一入鞘，乾爷又回复到那干瘦无神的模样。

“乾爷，有机会把你的剑术也教给虎禅吧？”小颐抓着乾爷的胳膊不住地晃。

“嘿，剑术是刺客使的，虎禅这孩子该更加有气量……”

“行啦，乾爷，我就算不练武也知道，剑乃兵中君王，怎么会没气量？少糊弄我了，还是说真话吧。”

“剑术不依仗于力量，身法、精准最为重要，要把这种事情做好，就得先灭了心头火气。虎禅这孩子什么都好，只是性子稍嫌鲁莽，做事过于刚直、粗糙了些，暂时与剑不合，强扭的瓜不甜啊，过得两年再练无妨。倒是你这丫头处处帮护着他，想嫁给他当媳妇吗？这么能干，做大老婆，掌管后宫……”

“死老爷子！为老不修！”小颐气得牙痒。

“哈哈哈哈哈！”

城市的角落里头，总有些不被人注意的地方，被周遭的喧闹繁华掩盖，方才伏击小颐和乾爷的刀手，就住在这个没人使用的车库里，放下车库门后，外界的一切都与自己无关。

伤口上流出的血已经凝固，消毒更加麻烦。

将双氧水往伤口上浇下，发出如野兽般痛苦万分的嘶吼。

嘶吼之后，喘息中又透出了呜咽，待包扎好伤处，已经快要虚脱。

从烟盒里咬出一根烟，沾满血污的手，抹一把头发，本来就又粗又硬的发丝，更是毛发尽竖，吸两口烟，刀手哼起了歌。

车库很大，挂着练拳用的沙包，千层纸，还做了木桩，灶台、电视、床，都一应俱全，墙角里堆着数不清的啤酒瓶子，虽是简陋些，过日子却是没问题。

喘定了气息，刀手扶着墙，慢慢地挪到床边，从床底拿出铁盒打开，里面是他存下的钱。

一遍遍地数，手上的血全抹在了钱上。

“咚！”

懊恼的拳头狠狠砸在了床沿上。

“唉，才五万多块……我这木头脑子不好使，但是解决任何问题，总还是要花钱吧？”住在这么个貌似与世隔绝的车库里，可能唯一的好处，就是让人可以无所顾忌地自言自语和撒野。

“以前还不知道，飞机票居然这么贵，等有钱了，我可以想见谁就见谁！我会回去的！哎哟……世上怎么会有那么多的高手……老不死的捅得那么狠！难怪这女人‘暗花’几百万……啊！痛！是不是得找个好老师继续学点儿功夫了……”

这刀手正是阿培，虎禅与大头最好的朋友，不知道为何，帮着东联做事，伤害的目标，居然大都是虎禅十分亲近的人。

他拿起桌上的酒，咬开瓶盖，灌了几口。

“等赚足了钱，我就可以过回从前的生活啦！一年多了，虎禅的武术肯定越来越厉害，大头不知道还会不会被人欺负……嗯，等回去了，要扛着很大一个箱子的礼物回去，再去找个女朋友，然后晚上大家一起去街边吃烧烤喝啤酒……哈哈哈哈！”

自言自语老半天，笑累了，疼累了，阿培瘫在床上，囫囵睡了过去。

与喀纳斯一战，虎禅手臂骨折后，没法动拳，功力练习却并未懈怠。客厅中，虎禅两腿开立，比肩略宽，微蹲，手臂下垂，置于腿前，看似普通的“高马步”，倘若细看，便能发现虎禅两脚只以脚趾指肚和脚跟着地，前脚掌与脚心悬空，而两肩却是使劲下垂。这也是道门中的炼体术，久练之后，背后筋肉力道大增，更重要的是脚心长腱，类似猫科动物脚掌心的肉垫，练到这地步，身体反应力胜过常人数倍。

这桩功看似平常，却很是辛苦，不到一顿工功夫，虎禅裤子已被汗水浸透，又过了许久，收了势，愁眉苦脸地在客厅里走来走去。

“哎，虎禅，别转悠了，眼晕，我给你讲个故事吧！从前，有个孩子，在车祸中丧失了左臂，他的父亲为了让他重拾自信，让他拜入一个柔道名师门下。柔道名师几年里只让孩子练一招，但是孩子却总是能赢人，那些身体健全的柔道手都摔不赢他。后来孩子问师父是怎么回事儿，师父说了两个原因：第一，这招本来就是十分厉害的招数，再者，在柔道范畴内，要破这招只有抓你的左臂……”

“噗哈哈哈哈！”卫峰憋不住，笑喷出来。

“穆哥！咒我那么狠，你要死啊！我只是骨头裂开一点！过两个月就好啦！”虎禅撇着嘴骂骂咧咧的。虽然只要不碰到伤处就不会痛，但天热，手臂上敷着药，绑着夹板，又热又痒，时间长了确实难熬，心情大坏。

“不是说伤筋动骨一百天嘛……”穆蕴贤说话忽然有些心不在焉。

“穆哥，是不是有什么事情？”虎禅在穆蕴贤身上觉察出了焦虑的情绪。

“这和其他的武术不一样，老跤手有些特别的执著，实际上他们最希望跟他们学摔跤的人，只精研摔跤一种武术。今天虎禅你虽然赢了，可并不是赢在跤法上，而是用其他的武术打倒了来挑战的人，也就是间接地承认这场子里的功夫不行，要其他流派的武术来撑住场面，恐怕这回师父会非常不高兴。”穆蕴贤虽已经尽量说得婉转，但是听起来还是很严厉。

原来，摔跤的技艺，不光是放翻对手的武术，同时也是一门代代相传的手艺，纯正的道统，独守自家一门绝活儿，是老辈手艺人独有的品质。他们不希望后辈们，将自家传承的手艺改动，否则不伦不类，便如旁门左道一般。

穆蕴贤说出这话下了好些决心，若是有小心眼儿的人听了，一定是会恼火的，可是若有人深入了解武者的心思，便会知道，这样的固执，却是铮铮铁骨。

“我明白，确实是我犯忌了，但我能做的，只是尽力地练习，学好跤技。而且今天若是让黑爷出手，虽是一定赢，但是毕竟是前辈打晚辈，同样没什么光彩。”虎禅懒得想太多自己能力之外的事情，活在当下便好，虽然看起来没心没肺。

“走吧，吃夜宵！”两个伤员处理好，时候已经不早，顾不得晚饭，卫峰饿得腰也弯了。

夜晚的医院，总不会是让人心情舒畅的地方。

知师莫若徒，但老人几十年的心路历程，真是穆蕴贤能完全猜中的吗？

黑爷是否真的气恼，没人知道，只是在他回到家后，他举起了那块“永不沾尘”的紫檀牌匾，放在墙上比划，比划了两下，又放下来，换个地儿再挂上，又摘下来，摇摇头，一脸的愁苦。

第四十一章　胜负之心不可得

“卫峰，近来学校里头到处贴满了你们的海报，是有活动吗？”虎禅那倒霉的左手挂在胸前，右手端着碗，大口喝骨头汤，医生说让虎禅住院观察，虎禅不肯。

“对，最近就在忙这个，还没弄好，你们都来看看吧。”卫峰从口袋里摸出一沓晚会门票，随手撕下小半沓分给虎禅和穆蕴贤。

“是空手道表演吗？”

“不，空手道表演只是部分节目，文艺节目很多，现在还缺几个……”卫峰忽然很烦躁地用力挠头，看来对这事情很是无奈。

“我给你推荐个人吧，弹钢琴的，相当不错。”虎禅方才不知道为什么，忽然想起了胤如。

“好！什么时候带来！”卫峰双手一下子按住桌面，盯着虎禅，好像发现了宝藏的穷光蛋。

“明天下课后吧。”虎禅手臂虽然挂着不动，却隐隐作痛，可看见卫峰这副嘴脸，不禁又乐了起来。

“你来干吗？”穆蕴贤忽然没好气地叫道。

虎禅回头，六七步外，正是今天踩上跤场的喀纳斯，也不知道什么时候跟来的，再往细处看，眼神萎靡，精神不振，大概是受了打击之后，有些脑震荡的征兆还未消退。

“要不要一块儿吃点儿东西？”虎禅现在实是没有半点斗心，一个脑子恍惚，一个挂着断手，本无深仇大恨，倘若在这大街上继续斗下去，可真是胡闹了。

卫峰看喀纳斯不说话，便招呼店老板，点了同样的套餐，喀纳斯也不客气，端起碗慢慢嘬了一口汤，眉头微皱，想来是被虎禅“钻天肘”击伤之后，颚骨剧痛，也不知道医生给喀纳斯复位了没有。

“伤势如何？”

听到虎禅的询问，喀纳斯摆摆手，摇摇头，又竖起大拇指。

“你……说不了话？”

喀纳斯点点头，指指自己的腮帮子。

看见穆蕴贤还斜着眼瞅着喀纳斯，虎禅拍了他一把：“嘿嘿，和我差不多啊！”

“摔我的时候，明明我被摺倒了，你不放手，不让我受身，虽是收拾了我，你自己的动作也弄得不顺畅，倒像是憋一肚子的邪火来跤场撒气的……”说完这话，虎禅发现喀纳斯正呆呆地盯着自己。

喀纳斯看怪物似地盯了虎禅好一会儿，低下头，掏出手机，递给虎禅，示意留下电话。

音乐学院的琴房，外系男生与狗不得入内。

传达室里的胖阿姨，穿得花花绿绿，像是守护宝藏的眼镜蛇，死死地盯着窗外，不让任何想找漂亮姑娘的坏小子涉足。

虎禅自然也不会放过这么个好地方，上次来时径直往里闯，被没头没脑地奚落过一顿，不过这可难不倒他，这么个胖蛇，形同虚设。

心意拳中，有“十大形”拳，分别模仿十种动物的捕食搏击之能进行修炼，中有“燕形”，“燕形”之中又有“燕子抄水”一式，这一式练得好了，能缩身掠地，快速从八仙桌底下穿过而衣不沾尘。

只是用燕子抄水的打法，穿裆挤靠、扑跌对手，是个险招，虎禅从没在实战中用过，就是练习的时候，也没下什么苦功，但是助跑两步，从橱窗底下穿过去，却是难不倒他。

话说，明明打个电话就可以让胤如下来，却非要使这偷梁换柱的本事，都骨折了，居然还有看姑娘的心情。

他东逛逛，西瞧瞧，还往琴房的橱窗里瞅瞅。

“哥哥！你怎么进来的？”胤如刚练完琴，在走廊的另一头看见了虎禅，立刻跑了过来。

“练完了吧，走，跟你说个事儿……”

“不要！你的手怎么回事！”胤如一脸的焦急，一把抓住这倒霉的胳膊，虎禅这才想起，今天应该穿件长袖的褂子，毕竟只是骨裂，膏药敷着就好，没必要再用纱布挂脖子上了。

“这个嘛……被……被只大老虎咬了一口！”

“老虎？”

“对！啊呜！”虎禅一耸肩，张嘴一吼，吓得胤如眼睛一闭，脖子一缩，抽抽鼻子，眼看着眼泪就要往下掉。

“哈哈哈！莫哭莫哭！走吧，找个地儿聊聊！”虎禅赶快大笑一声，一把揽着胤如的肩膀就往外走，等会万一哭大了，遭到围观可不好。

“你是哪个系的！拿学生证出来！”胖蛇看见虎禅和胤如走出来，记得这曾经试图闯关的小子。

虎禅一手穿过胤如腋下，抱起就跑，胖蛇再长两条腿也追不上。

“咦！那是……呸！不要脸！”潘瑜远远看见虎禅抱个姑娘奔跑，一股无名火腾地就上来了，早忘记了虎禅还当众抱着自己转过好几圈儿。

“演出？”胤如面露难色。

“对啊，很好的机会，音乐本来就是外显的手艺，不多历练怎么成？”虎禅是武者，当然知道实战经验的重要性。

“我除了考级的时候，没有当众弹过……不，先说你的手！”

“一点小小的意外，嗯……当然了，等伤好了之后，臂骨会比从前更硬的。”虎禅并不是安慰她，骨头只要不是被打成粉碎性骨折，或者是伤在关节之处，只要保养得好，原本的伤处愈合之后，会比从前更加坚实。有很多的外家硬功夫也是基于这种理论所创造的，先伤再养，不过并非是上乘的功夫。

“但是……”

“哎呀！别那么计较啦！演出这东西就像打架啦、恋爱啦什么的，有了第一次就会有第二第三次嘛！就这么定了，跟我来，好的音乐要跟人分享才行！”虎禅明摆着赶鸭子上架，没等胤如回答，就把她拉到了空手道社的办公室。

晚会如期举行，赞助费和门票让空手道社赚了个盆满钵足，可卫峰总还是叫穷。

而胤如却在晚会后哭了起来，不知道是谁，在钢琴的几个击弦锤上粘上了双面胶，使得她演奏时一些琴键弹下去了起不来，胤如慌了神，连错了几个音。

本来嘛，看热闹的人多，举行晚会的礼堂中闹腾得厉害，能真正听出错音的人没几个，但是站在幕布后面的虎禅却听得真切，跟卫峰提了这件事。

卫锋在办公室里召集大家，黑着脸一句话不说，眼睁睁地盯着墙上那幅《秦风·无衣》。最后还是李晨打了个圆场，而参与这场晚会的所有工作人员，为了表现此事与自己无关，都不停地望着别人，试图为卫老大找出犯事儿的嫌疑人。

卫峰说，工作要分头做，胤如的情绪问题落在了虎禅身上。刚一开始，虎禅和颜悦色，好不容易说通了，胤如又委屈得哭了，虎禅觉得实在不可理喻。

“我说，你非这样不可吗？”虎禅满脸的烦躁，扔了一块毛巾到胤如怀里。

“第一次就出丑了……”胤如抹了一把脸。

“这样下去的话，将来一定还会再次出丑吧？我曾听说过学音乐的人中，流传了很多老掉牙的故事，比如有的小提琴家用断了弦的小提琴演奏音乐，也有用很多年没有维护过，变了音的钢琴演奏的故事，我相信这些是真的，这是实力的表现啊……这些故事你不会没听过吧？瞧瞧我这只手吧。”虎禅把那倒霉的手臂杵到胤如面前。

“我也还欠了些实力，如果实力足够的话，应该不论任何情况都是能够解决的。我手臂断掉的时候很痛，可是心里却没有一点难过，因为我明白原因，是我的本领不够哪。你也一样，好好修炼吧，不要再去抱怨外在的原因啦。”

胤如似懂非懂，细细地打量着虎禅，今天虎禅只穿了件很宽松的背心，两臂以及肩背上，也有露出一点愈合了很久的伤疤。

一个多月后，虎禅手上的伤渐已平复，只是伤处还有郁结肿块突起，隐隐作痛。

练功却丝毫没有搁下，反而因为一个月来，只专练腰腿功夫，下盘又有长进。

为了防止牵动伤势，每次虎禅练功前都服下一粒“七厘散”。这种助功药，是几年前阿生师父云游时，在南方搜寻到的方子，虎禅来上学前，师父给了两瓶，一瓶送与大头。“七厘散”可以在大量练功和实战中护住脏腑筋骨，活血行气，这本是清朝时南拳大宗师苗显与至善禅师共同研发而成，苗显的外孙非常有名，即方世玉。

可是一直自己练习会很闷哪，虎禅今天吞了一粒七厘散，便直奔跤场。

“岳师父，你那手‘钻天肘’也教教我吧？”虎禅兴冲冲地跑来，却见黑爷喝着闷茶，满脸不高兴地说着。

跤场里的大伙鸦雀无声，这话说出口，已经是明着抽虎禅的嘴巴子了。

“黑爷，我知道我哪儿不对了！跤场里只应该使跤技！”虎禅立正，眼睛瞟着天花板，穆蕴贤在旁边点头哈腰地赔着笑脸。

“别啊，你哪儿不对了……”黑爷斜眼望着虎禅，还想刺虎禅几句。

“可是从根本上说，那天我出手的时候没错！”虎禅正脸看着黑爷，黑爷没想到这小子逆劲儿这么大，打断了自己的讽刺，略感诧异，抬起头来盯着虎禅。

国术的传承中，甭管徒弟多厉害，都会对师父有莫名的敬畏。虎禅也不例外，虽然黑爷并不是虎禅的师父，但是教授了他实实在在的本事，无名却有实，这时虎禅也是硬着头皮说出真话。

“说下去。”人人都有好奇心，黑爷也不例外。

“那天从医院出来的时候，我遇到喀纳斯，他似乎觉得相当的满意！”

“呸！这是什么道理！你还跟那蛮横小子一伙了是吧？学好三年学坏三天！去！蹲‘三平桩’！蹲死你！”黑爷发起火来。

穆蕴贤总算是松了口气，发火，比阴阳怪气地挤对人要好。

“三平桩”，是两腿并拢，半蹲，两臂前伸，手掌向下，五指捏成锥，向下回勾。而所谓的“三平”，则是臂、腿、脚掌，三者平行，主练身体沉降的速度。

虎禅缓缓地摆好桩架，手臂上的伤远没想象中那么疼痛，按照这样拉开筋腱，却反而有助于臂骨的恢复。论起来，这三平桩比起戴家心意拳中蹲猴的功夫可轻松得多了。

“师父……虎禅还带着伤呢，这都一个小时了……”穆蕴贤看不下去了，出言求情。

黑爷撇着嘴，拧着脸，一股无名火从下往上烧，抓了根跤衣的腰带就抽虎禅的屁股。

“你拧！你横！你顶！你逆！”那跤衣腰带是棉布折叠缝成的，黑爷臂力虽大，抽在身上也不甚疼痛，可是任谁都看出黑爷的火气不是假的。

第四十二章　跤王的惨败

“喂！虎禅！知道你在家！你要睡到什么时候！”一大清早，卫峰与穆蕴贤在虎禅的出租房外喊个不停。

“睡到我爽！”虎禅把毯子蒙着头大吼。

昨日不知罚蹲了多久的桩，再加其他拳法练习本来已经困倦，回来时看书，一不小心又看得入迷，便睡到日晒三竿后。

“嗯，这门真光滑，你完了。”卫峰摸了摸门，吐口唾沫抹抹手，五指张开，快两个礼拜没剪的指甲狠命刮下，刺耳欲聋的尖锐摩擦响起，穆蕴贤赶忙龇牙咧嘴地捂住耳朵。

“房东！我要退房！搬家！”虎禅掀开毯子大叫。

“咦？你们怎么混一块儿了？”虎禅刚一开门，见到卫峰和穆蕴贤背后，跟着喀纳斯。

“呃……你的手机停机了，一直打不通，我只有去找他们俩带我来。”

“我说呢，这两天这么安静……你来做什么？”

“我来向您求教……”(喀纳斯一脸的虔诚。)

“行，没带礼物吗？我肚子正饿呢！”(十分讨厌的表情啊。)

“你能不能不这么俗气！”穆蕴贤照着虎禅屁股就是一脚。

“嗯？想学我的武术？”虎禅很不理解，如果喀纳斯继续好好地修炼，在摔跤上一定是能够独当一面的。何况喀纳斯浑身的劲道与筋腱的走势，已经完全是适合摔跤的身体，要重新改练其他的武术，实在是难上加难。

而虎禅自己之所以练习摔跤而无碍，那是因为黑爷和穆蕴贤给虎禅安排的练习项目,与虎禅原本的武术并不冲突,其他的很多器械训练项目,都会破坏虎禅原本的劲道运用,如第一次见到穆蕴贤时玩的“千斤棒”,之后再也没练过。相比之下,虎禅的摔跤练习,更着重于技巧与用劲方式的修炼,而且每次练习跤技之后,都还要大量练习本门的功夫,将全身劲道理顺、调和,拧成一股绳儿。

武谚云:“学拳容易改拳难。”正是指此。

“你要知道,如果是学我的拳,就需要用很长的时间化解掉你本来的搏击习惯和用劲习惯,重新柔活身体,你原本的实力要暂时下降许多……再有,我不能收徒啊!”

“为啥?”卫峰好奇。

“我师门的规矩,徒弟必须比自己小十五岁以上啊!说实在的,你已经这么厉害,再好好加强,在练投摔类武术的武者中,绝对能独当一面。”虎禅耸耸肩,表示无能为力,也确实认为只要喀纳斯再下番工夫,一定会大有作为。

“是这样吗?我为了学习新的功夫,已经寻找了很久了,遇到的人,不论是用任何武术,大都不是我的对手,还有就是赢我者却不愿意教我。”喀纳斯看起来十分失望。

“可不能这么说,说句真话,还有很多你无法想象的高手呢,我时常见到!”虎禅希望能鼓励一下喀纳斯。

“很多?是吗?”可是喀纳斯看起来依旧失望。

“不过,能跟咱们说说你想学其他武术的理由吗?”穆蕴贤也好奇了,他之所以一直都在摔跤,是因为他清楚,摔跤是个可以让人上瘾的搏击术,而喀纳斯的功夫又更在自己之上,不会无缘无故地放弃摔跤。

喀纳斯,按照他家乡话来说,是个受长生天大神保佑的孩子,天生力大。十三四岁时,体型已较成年人魁梧,小时候住在蒙古包里,游牧民族的生存法则,更为他造就了强健的体魄。

每次迁移,他卷起沉重的毛毡,发一声吼就上肩,再加上特有的饮食习惯,基础力量之大,不是寻常人可以比拟的。

蒙古摔跤之技,虽然不如中原武术的扑跌之技来得精妙细腻,来来去去就这么几下。可是自幼与人玩耍摔打,对将人摔倒这种事情,已如家常便饭一样习以为常，几百上千年的积累，使得蒙古族人的跤技天下无双。

喀纳斯的父亲有些懒惰，整日与人饮酒，都是妈妈在忙里忙外。每年的“那达慕大会”，喀纳斯凭借强绝一方的力量和几乎与生俱来的摔跤天赋，胜多败少，总能带回许多的礼物。平日里与人赌跤，还能时不时赢上头羊，家里的生活都还过得去。

一日，几个常与父亲饮酒的叔叔伯伯，说是有了赚钱项目，约上喀纳斯的父亲一块外出做生意，将家中的牛羊卖了大半作为本钱。

这些牛羊有不少都是喀纳斯赢回来的，妈妈平日里看到这些牛羊就为儿子觉得骄傲，被父亲就这么卖了，开始的时候十分恼火。谁知父亲运气还真不错，两年后回来，赚得个盆满钵足，也把家从草原搬到了城镇。

父亲始终没忘记，自己能起家，喀纳斯有很大的功劳，逢人便称赞自己的儿子摔跤如何如何厉害，时常约人赌跤，自己在边儿上，饶有兴致地喝着小酒。看着儿子不断地获得勇士的光荣，久而久之，敢与喀纳斯赌跤的人越来越少，跟他摔，明摆着输钱输物的事儿。

可是，天外有天，摔跤当然不是武术中的唯一，自古以来，从没有人能确切统计出世上究竟有多少门武术。

终于有一天，来了一个带着翻译，光头，却满脸络腮胡的黑人，对当地人来说，这可是稀罕物事。

这位黑人扔出一沓钞票，提出要和喀纳斯放开手脚打一场，拳头、腿脚、摔法、乃至倒地之后都还能继续击打，直到有一方认输为止。

看起来，这黑人的身体质感简直就像汽车轮胎似的，与喀纳斯一样魁梧。不光如此，除了投摔类武术，还懂得拳击、腿法，最要命的是，就算摔倒了还能在地面上将人纠缠住，折断对手关节，或是勒到断气。

喀纳斯的一位伯伯说，这沓钞票，能换十沓咱们用的钞票。

喀纳斯赢得太多了，父亲对他的信心太强，毫不犹豫地接受了这场挑战。

开战三十秒不到，喀纳斯连连中拳，一脸的血，父亲还抱着侥幸，心里稍一犹豫，黑人已绕到了喀纳斯的背后，两腿盘住喀纳斯的腰，两臂锁紧了喀纳斯的脖子，绞得喀纳斯昏厥过去。

这样的对手，喀纳斯从来没有遇见过。父亲也因此输了不少钱，儿子伤了，妈妈心疼得要命，跟父亲吵得个鸡犬不宁，从此父亲再也没约人赌跤。

本来，也不靠武术过活，不摔便不摔吧。可是才一个月不到，喀纳斯觉得这次失败的心结实在是解不开，堵得自己胸闷气紧——实在输得太难看了。

住在城镇的这一两年里，喀纳斯已经学会了用电脑上网浏览各种信息，不断地搜索关于各种各样的武术资料、武术教学，才逐渐地明白自己技艺的缺漏之处，窥得外界的广阔天地。中国跤的一些绊子，也是他在网上视频学到的。

之后，喀纳斯进一步了解到中国各地著名的武术流派之后，便离家游历，希望能找到新的拳法，解开心中的迷惘。

可是走了很多地方，发现实际动手比武，对方常被自己打得人仰马翻，功夫远不如网上资料所说的那么厉害，弄得自己越来越着急，一肚子的火气。最后是看到了黑爷的跤场，找上门来出气，无意间惹火了虎禅，逼出了虎禅的本门功夫。

虎禅在已经伤了一臂的情况下，还能打伤喀纳斯，身法速度、出手威力，让喀纳斯拜服，才决定上门求教。

“大概是遇上了 MMA 或是 UFC 的拳手吧，好像技术还很全面呢。”虎禅对现代搏击也多有涉猎，听了喀纳斯的描述之后，便已知道，拳脚之外，还通晓柔术，必是这两种类型的自由搏击拳手。

“你看看，应该可以帮帮他吧？”卫峰先发话。

“怎么帮呀……”虎禅斜了卫峰一眼。

“你会戴家拳哪！其他武术的练法你也懂得多，教一教会怎么样嘛！”

“废话，你不是还会空手道跟戳脚吗，教人很累的呀！”虎禅不愿糊弄人，教人练武，糊弄人就是害人，可是如果正经地教，那又太累，望望面前三个人，都盯着自己。

喀纳斯表示愿意付出高额学费，按道理说，寻常拳师教拳，虽然累点儿，但是如果能赚到不菲的学费，那也会愿意教授功夫。可是虎禅完全不缺钱，平日里除了吃喝以外，花得又不多，学费对他来说，根本就不用考虑。

“不过，我想如果你教他拳法，大概对自己的武术整合，也有相当的好处吧？而且我虽然能跟你练习摔跤，但是你自己的拳法，要是多个实战练习对象，不是更好吗?”穆蕴贤转了个弯劝说虎禅,虽然是希望虎禅能帮帮喀纳斯,但是站在虎禅的角度,造就一个陪练,确实对自己的进步也有很大好处。

虎禅正歪着脑袋考虑,喀纳斯打开旅行包,从里边拿出了一样东西。

“哇！这是‘江嘎’！第一次在实际中见到呢!”虎禅从沙发上蹦起来,一把抢过,把玩了好一会儿,那是一个大铜环,上面满满地系着五颜六色的破布条,怎么着都有好几百条。卫峰和穆蕴贤撇着嘴,像看着个武疯子。

“江嘎”,记载的是一个跤手所有的光荣,蒙古族跤手,时常会将“江嘎”挂在脖子上。每赢一人,就在上面系一片布条儿,输了,就摘下一片,要是看见谁的江嘎挂得像个大拖把,此人必是跤场上的常胜将军,这东西虎禅听师父提起过,却没真正见过。

“我家富裕后,父亲时常给人送礼,我爷爷不喜欢这样,就常跟我说,如果将来遇见一个用钱无法买到的朋友,就把心交给他。”喀纳斯的表情,看起来前所未有的放松。

“嘿嘿,别肉麻了,你们这是将我逼上梁山啊……房东在隔壁,楼上好像还有空出的房子,卫峰,你带他去谈价钱吧。”虎禅把“江嘎”放在了身边,苦笑中,不住地揉脸。

第四十三章　八卦释人身

“哈哈，他答应了！好啊！”卫峰拍着喀纳斯的肩膀，以示鼓励。

“是啊！真谢谢你们！”喀纳斯十分高兴。

“对了，一会儿我去跟校团委注册一个‘摔跤社’，你来当外聘教练，过两天安排个开张仪式，我们去请领导来剪彩，动静弄大点儿，至于学费收入……”

“大爷的！我说你怎会如此高尚！原来又是在猎头！我不教啦！”虎禅从沙发旁摸出一根鞭杆猛地蹦起来就要打。

“中午请你吃饭！请你吃饭！喂！你只穿了内裤！别跑出来！”卫峰推着喀纳斯嚷嚷，一阵风般跑出门去。

“行了，坐下吧，由他们闹。”穆蕴贤拍了虎禅一把。

“确实有些为难，我也还在努力学习中，说起来，还没有教人拳法的资格呢。”虎禅皱着眉头。

“伤好得差不多了吧？这是师父让我给你带来的虎骨酒，泡了好些年了，很难得的，强筋健骨，舒筋活络，不要让伤处留下后患。”穆蕴贤刚从包里拿出来，虎禅看见好东西，又是一把抓过去，拧开盖子就一大口，简直就是“土匪下山”。

“喂！你这败家的东西，哪能这么灌！我有事给你说，放下！”穆蕴贤苦笑着对虎禅脑袋拍了一把。

“要是再有为难的事，就改天再说，今天已经很麻烦了。”虎禅嘴上说得难受，抱着虎骨酒嘿嘿地笑。

“我学跤的时候年纪大了些，要达到师父的程度不太可能了。本来觉得你学得既快，底子也好，找到一个能继承师父技艺的人，我也为他高兴，但是现在我也明白，你有另外的武术道统……”说到这里，穆蕴贤叹了口气。

都说武术界的门户之见是糟粕，实际上门户之见的存在是有道理的。

武艺精湛的人，在特殊条件下，或许可以被奉为英雄，但是更多时候，只是一个“手艺人”，继承祖先代代相传的技艺。

为了让后人将技艺学得精纯，不至于一代不如一代，师父们往往不愿意后人在学艺的过程中白白浪费时间，将本事练得博而不精，所以偶尔会出现排斥别家，或者禁止徒弟们过多涉猎其他的流派。

虽说这种做法有很大的弊端，可是更多练武还没上道的人，还没有真正懂得武道精义，贪念极盛，从中国那句老话“艺多不压身”，就可以看出一种莫名的贪念。

虎禅之所以能够广泛涉猎，是因为戴家拳法在自己身上，早已刻骨铭心，根深蒂固，不会因旁枝末节而影响了主干。

中国跤又是个特别的东西，中国其他各种武术的练习者，都可以称为拳手，唯独摔跤，如果是一个既练拳又练跤的人，哪怕是精通所有的摔法，都没法做一个纯正的“跤手”。

“穆哥，你觉得，黑爷能活到多少岁?”一阵沉默之后，虎禅冒出这么一句显得有些不敬的话，确实有些让人摸不着头脑。

“虎禅，你这是什么意思?”穆蕴贤有些责怪虎禅的味道。

“需要面对的总会到来。佛祖找到了彼岸，死了，老子悟透了天道，也死了。既然要解决黑爷的问题，就没必要隐讳，在黑爷的有生之年，为他寻找一个资质不错的徒弟，咱们都尽一份力吧。”

“你这话一说，我忽然觉得你像是大我几十岁呢，找个资质好的，说着容易啊。”穆蕴贤撇撇嘴。

“嗯……我觉得，只要黑爷能再活十五年，我可能有点儿把握……”虎禅面皮带笑，不知道想些什么。

“越说味道越不对，面笑不动唇，提防有意人！又在打什么坏注意哪！对了，昨儿早上还有件事，师父的儿媳妇跑到跤场来，刚进门就没大没小地叫师父出去，我远远地看，那女人居然指着师父的鼻尖骂骂咧咧的，师父一句话没说，我可从来不知道师父的脾气有这么好呀！这女人怎么这样对待长辈呢……”穆蕴贤一副愤愤不平的样子。

“不管怎么说,家家有本难念的经,你能插手吗?”虎禅挠挠乱糟糟的头发,这类事情是最麻烦的事情,也不知为什么,忽然想起阿生师父曾在外修行,一走十年,师娘却是在家无怨无悔地照顾着阿生师父的父母以及太师父,觉得师娘真是个十分伟大的女性,相比之下,如此称职的媳妇,可不多见呐。

已近中秋,渐凉。

虎禅在自家的院子里绕圈踏步,整合着脑海里各种功法。

天下武术千差万别,但是人与人的身体结构相若,却是有理路可循的。

古人制八卦,远取诸相,近取诸身。

人,纳八卦于一身,以乾、坤、巽、兑、艮、震、坎、离,分属身体八处。

乾者,天也,人之首脑,刚健纯粹,清澈灵明;

坤者,地也,人之腿脚,厚重宁静以载物,且运转无碍;

巽者,风也,人之肩背,宜松活柔顺;

兑者,泽也,人之裆胯,须得紧凑齐整;

艮者,山也,人之胸膛,虽有出,而不高,宜宽放而沉落;

震者,雷也,人之两肋,呼吸不断,鼓荡不绝,若沉雷滚滚;

坎者,水也,人之肾水,肾脏为藏精之处,肾水足,耳聪体润,骨骼坚固,肤如乳儿;

离者,火也,人之心火,心火降下,肾水上升,即为坎离相交。

前面六卦,都容易理解,唯独坎离二卦,需要切实的练习方法,细致练习后才能体会,难以言语说清,而戴家的桩功,正是水升火降、坎离相交的典范。

这八卦之相,大致可作为武者锻炼身体的总纲。

这时,喀纳斯正在旁边,无聊地踢着虎禅从跤场运回来的大铁球。

“过来,你先摆好我这个姿势,我给你纠正。”虎禅想让喀纳斯试试蹲猴儿的桩功。

“尾闾缩回,脊背弓起,两肩松沉,两手相靠,小腹上翻,眼睛微微上瞟……嗯,头心、丹田、脚心要在一个垂直面上……”

“笃!”喀纳斯刚刚按照虎禅的要求站好架子,却把握不了重心,直挺挺地向后倒。

“不出所料啊，果然倒了……”虎禅见过戴家门中的弟子，肌肉看起来越是棱角分明，越是站不住，都是身体僵直地向后倒去。

“再让我想想……那还是先除去那三灾厉害吧！”

在古典名著《西游记》中，菩提祖师曾警告悟空，须得提防三灾厉害，即天雷、阴火、赑风，体现在人体八卦中，便是努气、凸胸、拙力。如今的喀纳斯，可是“三灾俱全”。

虎禅选择了无极桩，让喀纳斯的呼吸从胸口转移到腹部，腹背平顺，再用通臂拳的甩臂功夫，让喀纳斯的肩膀柔顺沉坠。

无极桩的动作十分简单，两脚开立与肩同宽，两膝微曲，头心领正，撑拔脊椎填平背后命门，两臂自然下垂，腹部呼吸细匀深长。慢慢地放松身体内外每一寸紧张的筋肉，用以解决努气、凸胸。

这也只是养生的玩意儿，但是若要身体适合练习武术，却是必经之路。

甩臂就麻烦些了，两臂抡圆了，如转车轮一般，只不过这两车轮却是逆向转动，一只手臂朝前抡，一只手臂朝后抡，身子如转拨浪鼓一般，腰就如拨浪鼓那用手握住的轴。

喀纳斯协调性极好，动作学得很快，但是身子僵硬得厉害。

虎禅也不多说，洗澡去了，留下喀纳斯挥着手臂赶蚊子。

解决肩背拙力最好的办法，就是消耗，将死力消耗得精光，自然就能放松身子。这是笨办法，是狠办法，也是最直接的办法。

曾经在学习打法时，无法放松身体，阿生师父就抛了一麻袋的大枣给他，让虎禅搂着走了五里地，自己捏着根收音机天线跟在后边赶。虎禅累得全身乏力，再来练拳，问题虽解决了，可是从此看见大枣就犯恶心。

“喂……虎禅，起来一下……”喀纳斯艰难地提起肩膀，摇晃着睡着了的虎禅。

虎禅让喀纳斯不停地练习，每甩一小时臂，就站半小时桩，不断重复，却没说重复多少次。喀纳斯持续练习了四小时之后，肩背和腰已经疲惫不堪，只觉得地心引力大了许多，整身子都往地上坠，不断地挥动手臂，又使得气血往手上涌，肿得像对熊掌。

虎禅抹抹脸，爬起来，到卫生间的洗脸台接了满满一盆热水。

“把手泡下去。”

“有些烫!”

“你给我泡下去!”虎禅抓住喀纳斯的手就往水里摁。

明明只是双手泡在热水里,喀纳斯觉得脊椎顿时热流滚滚,热汗猛地从毛孔里冲了出来,不住地下滴,全身松软无力,却十分舒服。

“虎禅,这样的练习让人全身无力,有什么意义啊?”喀纳斯苦着脸问。

“你身上哪块最结实?”虎禅瞟了一眼喀纳斯。

“嗯……膀子!”

“我敲一下行吗?”

“没问题!”喀纳斯狠狠鼓起肩头的肌肉,信心十足地对着虎禅。

虎禅抖了抖右臂,松弛一下筋骨,发出“嗵嗵”的闷响,喀纳斯忽然后悔,感到深深的恐惧。

虎禅的手掌,松松柔柔,不快不慢地随手甩出,磕在喀纳斯膀子上。

“……”

“喂! 怎么坐下了! 起来,给你揉揉!”

“噢!”过了好半天,喀纳斯才发泄出疼痛的吼声。

“明白?”虎禅盯着喀纳斯。

“明白!”喀纳斯狠狠地点头,移动了一下屁股,离虎禅远点儿!

卫峰办事雷厉风行,没几日便拿到了摔跤社的注册批文,还要来了场地,买齐了跤衣以及训练器材。

“啊! 今天终于可以推出新教练了! 哈哈! 来了!”卫峰老远看见喀纳斯走过来,只是越是走得近,越觉得奇怪。

“哈哈! 猩猩! 你走路像个猩猩!”卫峰捧腹大笑,正在好奇喀纳斯这几日受到些什么非人的折磨。

喀纳斯勉强堆出一脸的苦笑——体型魁梧宽大,两条大粗胳膊垂在两旁柔软地晃荡,十足的大猩猩。

第四十四章　“永不沾尘”作绝响？

这天下午，是社会科学的公共课程，虎禅对政治一类的事情像笨牛般迟钝，于是摊开稿纸，开始写信。

不论通信手段变得多么发达，人们收到朋友、亲人、情人的手书信件，都会更高兴吧。

“嗯……太爷爷、阿生师父、爸妈、小颐姐、大头，嗯，还有小冲和张义老哥……”

虎禅虽然字写得难看，却写得极快。记得从前小颐姐带着虎禅去射击场学习用枪，教练先让虎禅考试，第一项是拿片玻璃，在玻璃面上砌子弹壳；第二项便是用最快的速度写数字，从一写到一百，再反复，速度与正确率都远超众人，让教练十分吃惊，立刻取子弹让虎禅试射。

虎禅知道，父亲之所以暂时抛下日本的产业，是为尽快了结从前的祸根。当年如果不是凭借拳头和铁腕策略保护自己，根本没法立足，更不必说保护身边的人。而今守护家业，不需要这些，却要给当初一直为自家卖命的弟兄们一个结果，一个交代。虎禅虽然不愿涉足，至少在这方面始终理解自己的父亲。

“小船怕风浪，大船难转弯，父亲那边可不是一朝一夕的事啊。”虎禅给父亲写的信特别长。

伸头望望窗外，足球场上，卫锋正带着学生练习组手，而喀纳斯让众人围成一圈，大家互相之间捉对比试跤艺，两个营阵统共四百来人，呼喝之声闹得人们热血沸腾，围观的人越来越多。

“卫锋的生意蒸蒸日上啊！有机会把黑爷叫来看看。”毕竟自己也是促成摔跤社成立的一分子，虎禅看到这场面，心里十分高兴。

自古以来，凡是涉及秋季的诗词，大多哀愁悲苦。

女怕伤春，男怕悲秋，秋季成了男人情志病的高发期。

人的面相，本就是个“苦”字。人总是不断地遇到重重劫难，可是当苦难过去之后，那历经苦难的日子就成了值得骄傲的峥嵘岁月。反而每当回忆起快乐的事情，人倒是变得惆怅。

黑爷面无表情地坐在公园里头，他那乱发散须，许久没有修剪，被秋风吹得耷拉在一边，手上正拿着医院给自己儿子开出的诊断书。那一日自己儿媳妇上跤场吵架，一把将这东西拍在黑爷的怀里。

“该怎么办呢？”不光是心疼儿子，治疗费用也是问题，所有的存款算进去，也是不够。

黑爷总是不愿意往卖掉跤场和紫檀牌匾这方面想，可是最后大概总是要卖掉吧。不管怎么说，师父托付给自己的东西，还是希望好好地守护，然后代代相传。

忽然想喝酒。黑爷猛地把诊断书折了起来，揣进怀里。

“啊！去黑爷家吗？好！”穆蕴贤得到黑爷的吩咐，叫虎禅一块儿到家里吃饭喝酒。

吃饭便是吃饭，既然还强调了喝酒，那必是一个不醉不休之局。

黑爷的老伴刚招呼两个孩子坐下，饺子都还没煮好，黑爷便满上了酒。

小颐教过虎禅一些相人之术。黑爷的面相、神气，黑如铁色，两眉处，棱骨如剑脊一般，如此面相，若在沙场，必是兵权万里。

可如今，黑爷两眉如八字垂下，嘴角却笑，十足的无奈苦相。

当他把一本旧相册扔在虎禅怀里时，黑爷天庭舒展，真正开怀了。

“这是……”

“翻开看看，吓死你小子！”

“黑白照片，年头很长了，这人眼熟……咋这么邋遢呢……不是吧！这是太爷爷！还有……难道这是我那几位太祖师伯！”虎禅忽然忆起家中，太爷爷在堂中拜祭的那几位兄弟。

“嘿嘿，不错，你的太爷爷是我的师叔，而你的太祖师伯郭威然是我的师父!”黑爷越笑越得瑟。

“你们哄我!你们哄我!”虎禅愣了好一会儿,忽然拍桌子撒起泼来。

“哈哈哈!”穆蕴贤也跟着黑爷笑成一团。

“穆哥,不够兄弟!你也耍我!你们俩的城府可够深哪!”

“我城府深?哈哈,这可是我那老顽童师叔出的主意!我就奇怪,虽然是火候还欠不少,但你的跤技似乎都带上了我师父的味道。别的跤手,都是铁了心要把对手摔出去跌个脆的,而师父的跤技,却是喜欢欺身挤靠住,又忽然落空,让出自己的位置让对手摔下,步法可快了。那个年头啊,打仗时摔出去不算赢,他是将鬼子摔在地上,然后抽短刀抹脖子、扎心口,虽然已不是跤技正道,但那是师父自家的习惯,战场上杀敌就图个方便实用……嘿嘿,师叔虽然没学摔跤,怕是看也看熟了。”

“嘿嘿,太爷爷倒是将太祖师伯的心得记录下来……”

“好家伙,你小子可是隔世传人哪……”

“抹抹抹!扎扎扎!尽教孩子些什么哪,给我抹桌子去!开饭啦!”黑爷的老伴儿笑骂着打断了话头。

虎禅知道,对这些经历过峥嵘岁月的老辈人来说,这样的关系意味着什么,直觉得黑爷像是自己的亲人一般,话匣子也打了开来,聊得热火朝天。

可是,放在桌上的酒却一直没动过。

“蕴贤,你把我房里那个纸箱子扛上,虎禅,酒和花生提上,咱去跤场里喝!”

“师父,这啥?重得很哪,去跤场犯不着带桌子吧!”穆蕴贤对箱子里装的东西十分好奇。

黑爷把跤场的条凳拼起来,珍之重之地打开了纸箱,里面还有一层大红绸子包裹。

“永不沾尘”牌匾在跤场的灯光下,映出古朴红光,穆蕴贤与虎禅稍一思索便大致明白牌匾的意思。

虎禅更是兴奋得厉害,这样的一件物事,其中肯定蕴含了不可承受之重。

在山西老家,曾经有无数的牌匾散落在各处,有的甚至扔在猪圈里搭了食槽,没人知道珍惜。后来被人发现后,只用了极低的价格,收了个干净,等到当地人们意识到这些东西的价值时,已经所剩无几。

“虎禅，咱们把这挂起来！”

这紫檀的木匾很沉重，又是珍贵之物，虎禅和穆蕴贤小心翼翼地安放，整得满头大汗才将这块匾额高高挂起。

“这是咸丰皇帝御赐的牌匾，咱们的一位祖先，跤艺天下无双，没人能够摺倒他，所以永不沾尘。师父留给我，让我传之后世，给徒子徒孙们有个念想，让他们记得前人的成就，好好地努力……”

“师父，咱们来几跤！”穆蕴贤已经按捺不住，跑去拿跤衣，看这势头，师父是想在晚年好好地大干一场呢！

“小子！翅膀长硬了，敢跟师父叫板儿了！看我一会儿收拾你！你们俩轮流上！哈哈！”

这晚，头顶上似有先贤拱照，各自发挥得十分尽情。

“虎禅！不能这样啊！你都倒地了还不放手呀！”黑爷看到虎禅要赖，大声嚷嚷。

“穆哥！上！师父太厉害！联手放倒！”

“嘿！你们俩……”黑爷也发了少年狂，猛地横向跃开，避过穆蕴贤，一个“背口袋”扛起虎禅，转几圈，对着穆蕴贤扔了过去，直跌得虎禅是一佛出世、二佛涅槃，穆蕴贤也被砸得半天没缓过劲儿。

虎禅好不容易爬起来，只觉晕头转向，借着一股子猛劲，对着前方空处快速打出了十来拳，才解除了头晕。

“干！”三人开了酒，斟满酒碗。

喝到半酣，黑爷甩开嗓子唱起来，甚是高亢激越。看着黑爷铁塔般的身子，连词儿一块听，更显悲壮粗犷。

“哈哈，黑爷唱啥呢？比别的歌听起来都痛快！”

“梆子，陕西梆子！这玩意儿，有武人的味道！来，我教你！嗯……来段《长剑歌》吧！”

黑爷清清嗓子：“一句话似利剑戳我肝胆……怎能忘！泰山共舞龙泉……十五载，我英气消磨白发添……盼不来，金戈铁马复中原……”“……一首破阵子，豪情九天外；一柄龙泉剑，深山云雾埋……”“哎！你小子把嗓门放开，别憋在嗓子眼儿里头！这东西要爽快豪迈！对！下巴放松点儿！就这么唱！哈哈！

这才痛快!”

不知喝了多久,三人已经叠罗汉般醉成一堆。凌晨时忽然下起了暴雨。

“嗨……姜是老的辣啊,这两小子,喝酒哪里是我的对手啊……”噼里啪啦的雨点唤醒了黑爷,似乎时间到了。梦醒处,是来时的路,自己可是已经大彻大悟了。

黑爷轻轻托起虎禅的头,将膝盖抽出来,活动几下身体,爬上木梯,将那“永不沾尘”的牌匾取下,油布厚厚地裹好,连皱褶都细细抹平。

身体犹如弹指间老却,缓缓托起牌匾,扛在肩上,举手投足都牵动着自家魂魄,今后的路,与自己当年的理想是越走越远了。不多时,黑爷的身影淹没在滂沱大雨里。

这牌匾是打着灯笼都难找的稀罕物,没多久就有了受买人。

这一日,黑爷作为委托人,要与拍卖人结算拍卖费用与价款,同时,也是将拍卖物交与受买人的日子。

黑爷都没对牌匾多看一眼,大大方方地一手交钱一手交货,手脚极其麻利,就连受买人与拍卖人都感叹黑爷的精气神儿,颇有三国黄忠之风,当真是位老英雄。

“儿啊！收拾收拾,去医院,咱们治病去!”

“爸……咱哪儿来的钱啊?”

“有！爸有钱了!”黑爷挂上电话,满面春风,眼里饱含着希望。

黑爷大步流星地向家里走去,嘴里一边念叨:“收拾收拾！给儿子治病,给儿子治病……”

老伴不在家,黑爷屁股一挨床边,顿时觉得空落,待了一袋烟工夫,看看案台上只剩下了师父郭威然的牌位,鼻子一酸,跪在案台前,铁叉般的大手,捂着脸号啕大哭,直到哭弯了腰,伏在地上。

往昔人已没,今日水犹寒。

不论送物送人,都是送走了曾经的记忆。

人嘛,改变不了过去,指望未来更不靠谱。佛门禅家言:“吃饭便是吃饭,睡觉便是睡觉!”只是活在当下、珍惜眼前便好。

可人非草木,过去,往往总是过不去。

第四十五章　回乡求助

这些日子里，卫峰也常常跟着虎禅一块去跤场练习，都说“拳法加跤，神鬼难逃”，让卫峰的实战能力提高了不少。

再者，对于热衷与人交手和以直报怨的人来说，有投摔、扑跌的技术，在打斗中更容易控制场面。

《水浒传》中曾描写鲁智深“三拳打死镇关西”，是毫不夸张的。虎禅也曾经不留情地出手，崩拳直接磕上去，便将对方的脸砸裂开一道大口，伤口外翻，犹如钝刀刮削一般，善后工作虽然不难处理，但警察无论如何也不相信这是赤手空拳造成的伤口。

摔跤会上瘾，卫峰自接触这门武术开始，就一直很热衷，还常与喀纳斯摔到半夜，只是今天却没精打采地坐在场边。

“心里有什么事儿吧?”虎禅敲了一把卫峰的脑袋，才把他从苦恼的世界里拽出来。

“每年这个时候，都有毕业班的学生要离开学校，开始找实习单位，现在走了十几个，往下会更多。”卫峰很没趣地拍着凳子。

“人要先生存，才能有生活，总要离开的嘛，有什么好想的，这学期不是进来了差不多两百会员嘛。”虎禅觉得卫峰有些过度操心了。

“不……我倒不是担心没人来，只是他们练了两三年，从这里开始，八成都要放弃武术了呀，那从前的努力是不是都白费了?”

“我师父跟我说过，武术这东西，喜欢的千金难买，不喜欢的粪土不值，人和人的价值观是不一样的嘛，况且愿意一条路走到黑的傻瓜本来就不多啊，哈哈，天要下雨，娘要嫁人，由他去吧。”

“可是总觉得就这么丢掉自己刻苦努力的成果，会很可惜，刚来的时候，每个人都说是强身健体，嘿……都不老实，谁心底不好胜哪！”

“活在当下好啦，难道非让人家不吃不喝？”虎禅想问题的方式总是简单直接。

沉默片刻。

“不过就我个人而言，武术是不会间断的，每天都要好好练习。哪怕这一天是遇上了好友，或者和女人分手，又或者什么事情出了变故，都不能作为停止练习的理由，而且……拳能解忧啊。”虎禅迎着照进跤场的阳光，又伸起了懒腰。

“都说傻瓜命长……不过说到女人，咱空手道社的那位姑娘老磨着我帮忙找你。”

“哪位？”

“潘瑜！”

“噢……忘了……”

“你这家伙是用屁股记事的吗！”卫峰知道虎禅一定不是假装，只觉得这家伙既混账又好笑。

卫峰刚要说下去，门口便步入了几个穿着体面的人，四处指指点点之后，直勾勾地看着挥汗如雨的半大小子们。

“请问你们是？”还琢磨着来了学生，穆蕴贤顾不得擦汗就迎了上去。

“噢，我们是买这块地的，过些天这要拆了，先来看看，管事的在吗？”

“啥？你们没弄错吧？”穆蕴贤待了好一会儿。虎禅、卫峰和其他人都停下了说话，围了上来。

“这些是合同的复印件。”对方见围着这么群壮汉，也不禁心中打鼓，将各种材料递过。

“给我看看。”卫峰学的正是法律专业。

傍晚，三人坐在江边，半晌无言。

“我想去找黑爷问问。”虎禅先开了口。

“不，虎禅，我跟了师父好些年，那确是他的笔迹，师父怕是有难处，要真是这样，你会让黑爷难过的。”想起上次黑爷的儿媳妇到跤场大骂，穆蕴贤心里也隐约想到了些什么。

“穆哥，要不咱悄悄找奶奶问问吧？虽然我来这儿学的日子短，可毕竟黑爷是我的老师，要是能帮忙的，咱不能装作看不见。”卫峰望望他们，只觉得不论什么难关，你帮我，我帮你，总能过去，正如诗中所说“岂曰无衣”。

“虎禅哪，乐不思蜀了么？”电话里岳文勋老太爷笑着。

“哪儿啊！我现在过得跟律宗的和尚、全真的道士一样啊！还有啊！可被你们合伙儿骗惨啦！”虎禅趁机发泄一下小小的懊恼。

穆蕴贤与卫峰在旁边听到虎禅这话，不住地“呸呸呸”。

“哈哈！是你黑爷的事情嘛？这可都是为你好啊，长进不小吧？”

“嗯……那是一定啦，只是黑爷可不好了……”虎禅如此这般给老太爷说了这事儿。

那日穆蕴贤到黑爷家楼下埋伏了半天，终于等到黑爷的老伴儿回家做饭，好说歹说才套出了事情经过，回来告诉虎禅。

“虎禅，你不明白啊，欠了总是要还，咱们老人，都不愿意欠人情分，怕日子不够，还不上，就把这债留给了子孙，那是黄泉下都不瞑目的呀。”

“那可咋办？”

“快元旦了，回家一趟吧，我跟小黑的情分，可比你小子更深哪！”

“好嘞！”虎禅知道，这事儿有得商量。

放下电话，虎禅拍拍身边两位好友的肩膀，点点头，以示放心。

“卫峰，帮我打个假条，过两天就是元旦了，我收拾东西，明儿回去一趟。”

回到出租房的时候，已入夜了。

“虎禅。”一个女孩子的声音，冷冷地叫出一声。

“咦！是你？你是叫……叫……”虎禅知道这是那日自己抱过的女孩子，却想不起名字。

“潘瑜！”姑娘的声音越发地沉下去，显然憋着一股子火气。

“你咋知道我在这儿？”

“别管我怎么知道的！”

"好，不管了，拜拜！"

潘瑜看见虎禅走得那么干脆，赶紧跟上。

"喀纳斯！要是在家就给我死下来！"虎禅猜一定是喀纳斯告的密。果然楼上喀纳斯伸出个脑子，一看虎禅手指指着自己，心知不妙，缩了头回去。

"是我骗他带我来的，不关他的事，你就这么怕我吗？"

"嘿嘿，我只是想图个清静，个人习惯吧，有事儿吗？"

"怎么这么久不联系？"潘瑜的声音稍微放得和缓些。

"因为没啥事儿嘛！"虎禅望着天，瞎三话四。

"没啥事就不联系了？"

"你找我抬杠的嘛，有话就说吧，不必拐弯抹角啦！"虎禅虽然脸上嘻哈，却最不耐烦夹缠不清地说话。

潘瑜忽然也不知道能说什么，只盯着虎禅。

"没话说我可要进去了。"虎禅又转身走，潘瑜又跟上。

"我回去要办的第一件事是收拾衣服，内裤也一块儿收拾；第二件事是洗澡；第三件事是睡觉，你都要陪着吗？我这儿可就一张床，你不介意？我睡觉可不规矩。"虎禅咧着嘴，露出自己略带邪气的虎牙。

"岳虎禅！你混蛋！"潘瑜恼怒。

"谢谢。"虎禅眨巴着眼睛。

"比我想象的更混蛋，多漂亮的姑娘啊……"躲在窗户底下偷听的喀纳斯直嘟哝。

"行，不介意，开门吧！"潘瑜发了狠。

"嘿嘿……但是我介意！"虎禅揉揉脸，又乐起来。

"你……"潘瑜刚要开骂，虎禅双手搭上她的肩膀，把她转了个身。

"好啦好啦！人要活得开心，你跟我赌气不就是跟自己赌气嘛。我真有事儿，改日跟你说话，趁天色还早，回去吧，注意安全。"虎禅托起潘瑜的手，轻轻拍拍。

这会儿潘瑜有气也生不出来了，硬生生地憋回了肚子里。

喀纳斯这会儿自觉地下楼，站在门口，缩着，准备讨骂。

"说吧，出卖兄弟，是你自我了断，还是我亲自动手。"虎禅撇撇嘴。

“老大！我给你洗一礼拜衣服！还有做一礼拜饭！”

“算了吧，洗衣服还成，你做那菜跟原子弹炸过一样。进来，看看你拳练得咋样。”

“进步可真不小啊！走八卦的时候，前不亮掌，后不揭底，两胯活得开，步子还跨得大，遵守得真不错嘛！膀子也顺当了不少，只是走八卦的时候，还可以再把架子放低一点儿，胯再松活点儿。”看喀纳斯练了一会儿，虎禅毫不掩饰地赞赏——练习八卦掌时，两脚是贴在地上走，前脚掌抬起叫“亮掌”，后脚跟抬起叫“揭底”，都是八卦掌的大忌。这些规矩遵守起来不容易，甚至有的人练了几十年，还是会犯错误。

“当然！一天五小时哪！”喀纳斯拍拍胸口。

“嗯，打法先不急着学，还是把功夫先扎实在吧。”

“行，你说我做！”喀纳斯知道，虎禅又要教新的功夫。

“来！今天学个穿掌，两脚前后站，两臂放松，肩膀坠下，交替着向前伸出，尽量伸远……对！身子要正，头要领好，不要前俯后仰的。腰背要松沉，转动灵活，好像长臂猿猴要从远处摘下果子一般。练这个东西要注意，不要有任何硬力死力，方法用得对，就算练出一身大汗，也不会喘一声粗气。”通臂拳是一门古老的拳法，传说是鬼谷子在山中观猿猴所创，其风格是冷、弹、快、脆。这整套的通臂拳练法，是一位与阿生师父十分要好的前辈传于虎禅的。八卦掌的打法是甩臂如抡鞭、砍斫如刀斧，虎禅将通臂拳与八卦掌的功夫混合起来教给喀纳斯，确是相得益彰，将来学习打法会非常的方便，且因为长期练习，气血润养筋骨，两臂沉重如铁鞭，看起来却没有肌肉棱角，细腻润滑，骨骼硬得如刀背一般。

“练功多多益善，每天走完八卦后，要散散步，再拿这半瓶虎骨酒擦擦膝盖和脚踝，我回家几日，你在这儿好好练吧。”虎禅回屋，收拾行李。

第四十六章　无名炼体术

岳文勋老太爷正自得其乐。在大院门口，挖个半尺来深的土洞，里面堆着圆圆的鹅卵石。他正拿着自己那从不离手的十三把棍，把洞中的鹅卵石“滴答滴答”地向外挑，这看似孩童般的游戏可着实不易，是锻炼棍上劲力的方便法门，点、抖、戳、崩、戮等等，劲力都自然蕴含其中，与人动手，点打既灵且毒，初练者就算一整天也未必能挑出一颗。

远远看见虎禅下车走来，老太爷缓步迎上去，笑眯眯地一棍当胸戳向虎禅，虎禅身子微侧，双手齐出，左手一把抄住棍，赶上半步，右手手腕击向老太爷面门，谁知老太爷突然弃棍，猱身贴近虎禅双手在虎禅腋下一托，抛得虎禅蹦起老高。

“小子！出手霸道啊，只是记住，长拳疏漏，短打坚固，要靠身法赢人，哈哈！”老太爷觉察出，虎禅有了些不闪不避、迎难而上的气魄，虽然这一出手有违本家拳法的宗旨，可是这心灵的进步却让人更加高兴。

“嘻嘻，一回来就打吗？我在学校可是日打夜打呀！”

“就不好好读书是吗？进去，看看谁来了！”虎禅拾起十三把棍，搀着老太爷进屋。

正堂之上，小颐正捧着本书，缓缓踱着步，默默诵读，与虎禅一年多未见，抬起头来时，风姿绰约，美眸依旧。

虎禅大步跑上去，一把抱起小颐转了好几个圈儿，要是这会儿周遭有一群男人，虎禅必定是千夫所指——唐突佳人！唐突佳人！

“姐！你怎么来了！”虎禅高兴得很。

“要不是小颐的人脉，你哪里找得到小黑那块牌匾的买主啊。”

"咱们把那牌匾买下还给黑爷吗?"

"虎禅,你这小笨蛋,先把我放下来!"虎禅走神,连肩上扛着小颐姐都忘了。

小颐刚站好,又如平日,狐仙一般的柔情绰态,媚于言语,揉捏着虎禅的脸。

"小蛮子,老太爷自有打算,这牌匾将来咱用得着,又能让你那黑师父不拖不欠,心安理得。"

"太爷爷都能跟黑爷合伙骗我,这关系怎么能谈得上欠呢?"虎禅觉得这始终是夺走了黑爷重要的东西。

"你还不明白,一个人付出一些,得到一些,这才正常,否则,就是在给他造梦,梦醒后,是不会觉得高兴的。"小颐揉搓着虎禅那疑惑的脸,看起来手感不错。

虎禅挠挠头,只觉得就自己最笨,老太爷跟这狐仙姐姐都是诡计多端。

"那跤场呢?"虎禅皱眉。

"我查过,地段不算太好,我出了最高的价钱,买下来留着,你要怎么谢我呀?"

虎禅一把扳过小颐的脸亲了一口。

"嘿! 没大没小的! 过来!"阿生师父身边带着一个老道人,一进大院就看到这一幕。

虎禅给师父与老道人行礼,规矩丝毫不乱。

"你小子,真是没规矩,修道人,要望之俨然,即之也温,听其言也厉。你这德性……"阿生师父嘴上严厉,看见虎禅身体更加结实,神采奕奕,眉宇间也映现着愉快。

"好啦,阿生,我看这孩子有意思,不都说,这修道之人也需是世间第一等情种方可嘛。"身边的老道人豁达地笑着。

"张师伯,您也来了呀。"虎禅双手依旧是行龟背礼,打了一躬。

"呵呵,这时候武当快要大雪封山了,我出来游历,看望老爷子跟你师父,既然你也回家,顺道传你几手本事,喜欢吗?"

道不言寿,佛不问路,谁也不知张爷到底多大岁数,但是一看便知是阿生师父的忘年之交,慈眉善目,说话又缓又稳,虎禅每次与这年纪可以做自己爷爷的师伯在一起,便一改常态,安安静静。

"家里很久没这么热闹啦,张爷,咱陪老爷子喝两杯。"道人之间为示尊重,通常都在姓后称“爷”。

道门中，有正一、全真两派，全真戒律严谨，而正一则是自在无碍。张三丰曾留下二十四首《无根树》，其中有云：“无根树，花正清，花酒神仙古到今。”虽说其中“花”“酒”为道门隐语，另有所指，但却将那正一道的逍遥之风表露无遗。

“这小子，力道可真够吓人的呀！虽然力气大涨，脚步却不见生涩，难得！”午后以缠拳考验虎禅的功夫，张爷望着阿生师父赞不绝口。一老一少接手、离合、对撞、纠缠，如龟蛇相盘，险峻之处却也赏心悦目。

“力道是大了不少，脚下还是吃的老本，蛮牛、骆驼是打不赢豹子野狼啊！”阿生师父也笑眯眯地看着张爷，老太爷与小颐对望了一眼，似笑非笑，知道阿生师父的意思。

“哈哈，你这家伙，我膝下无子无徒，这压箱底的炼体之法总是要传的，这孩子要是用我的法子，将一身气力再加锤炼，将来一定有大成就。将先贤的本事自作主张地带入棺材，那可是天大的罪过。虎禅，自家拳法虽好，可别怠慢了我的本事呀。”张爷轻轻抚摸着虎禅的头。

“虎禅，给张爷叩头吧。”

阿生师父心里透亮，这一聚之后，张爷不知将要去哪儿了。道人们问路白云头，往往一去不复返，都在云游的路上随缘坐化，所以自古以来，道人的坟冢甚是罕见。

“我这套炼体法，没有名字，统共十八式，各式效果不同，练筋骨、通百骸、盛气血、增灵动、长精气神……极尽精要，功效犹在古代易筋经之上，你从前所练的八段锦虽然也对身体有好处，但可从此放下，以这套炼体之术代替，功法……嘿嘿，还是要分三六九等的。”

虎禅遵照张爷之法，两脚开立，四平马步扎好，深深吸气，双手缓缓上举，撑拔上中两焦，呼气时，两臂下落，掌心朝下，向身体两侧伸开，脚尖缓缓踮起后，下盘不动，上身向左、向右缓缓转动。

“向一侧转时，头也跟着看过去，上下盘均不变，只靠腰转，尽力拧到不能再拧时，再转向另一侧，初时站不稳，定下心性，功到自然成。”张爷在旁一边指导。

此是“拧式”，专练身子闪避拧转之力，久练纵跃愈发灵活。

再来便是“猿踞式”，两脚并拢，蹲下，两肘竖直在膝盖上，两手捏锥回勾，头正直领起而脊背微弓，两脚尖也缓缓踮起，目中空虚。

此式炼神，久后，时刻如大寐初醒，神完气足，睡魔难侵。

又有“飞步式”，两脚并拢，足尖着地，左脚前迈时脚趾向上回勾，同时左掌当胸立起如拜佛状，右掌向外缓缓推出，待一步走完，落足依旧是脚尖轻触地，再起右脚如前回勾，左掌向外缓缓推出。其仪态，如庭中踱步，且慢且闲。

此式久炼，大步迈出，前脚带，后脚跟，熟悉之后，快步疾走，如遁如飞，脚跟沉劲亦是扎实。

当下又有炼力、通骸之法，养气睡功之类，直至夕阳西下，方才传足十式，尚余八式。

虎禅初学乍练，难免生硬，好容易将身体拧顺，已是大汗淋漓，但是精神却更加健旺，面色如上脂粉，两眼清亮。这功夫果然非同凡俗，高兴得虎禅情不自禁，阿生师父和老太爷亦是赞叹。

“长期练习后，浮脂渐消，筋腱大涨，以后每日练习，不必全部练完，根据不同的功效，选择所需要的集中练习，但是所有的式子都要常常温习，千万别忘记了呀！好啦，明天再学吧，时候还长。”张爷握起麻布道袍的宽袖，为虎禅擦拭腮帮子的汗。

“行啦！咱们仨老头有自家的玩乐，你们两个年轻人定然嫌闷，别在这儿假迷三道地赔笑脸啦。虎禅，洗洗干净，带上你小颐姐姐出去玩吧！早些回来就好！”老太爷挥挥手，乐呵呵地赶人了。

小颐挽着虎禅的手臂，在街上逛着，周遭的人不知道，还觉得是情侣呢。

“姐，老爹要不要回家过年？嗯……好香啊！”虎禅嗅嗅小颐的发香问道。

“不回了。”小颐瞟了虎禅一眼，却见虎禅脸上没有任何不快意。

“那我去陪他吧。”

“是谁教你的？忽然懂事儿了？”小颐心里高兴。

“咱俩说话何必动心机呢，你明知我是因为不懂，我才想要试着走进自己从未踏足的地方。”虎禅轻蹙眉心，无意之中，立显坚决。

自古以来都有郁郁不得志、怒指乾坤错的人才，可那当真算是人才吗？

打从知道黑爷遇上困难，卖匾卖地时起，虎禅便开始思考，黑爷多好的本事呀，却难解自身的劫难，一身技艺，又往哪儿用去？如何用？

纵是有价无市的骏马、宝刀，在那农田里，尚不如骡子、钝锄，要是连这道理也勘不破，陨落也是必然的。

偏偏许多武者又是执拗，宁折不屈，气节刚直，说来是条好汉，反不如那圆滑世故、狡诈奸猾之人活得好。

鹦鹉入笼能调舌，龙游浅滩哪得飞。

不过，人间正道是沧桑，虎禅想见识更多从前所不知道的事情，想要知道，自己能否在任何时候，贯彻武道的正信。——虎禅更喜欢那份宁折不屈的执拗。

人在成长、学习、修炼的过程中，会遇到“知见障”，也就是在一个问题想不通、悟不过时，自己的知识结构根本不足以构成得到答案的路径，这需要长期积累，只有撞上了那一开启宝库的机关，才能豁然开朗。参悟的过程，或许是片刻，或许是一生。

小时候，老太爷便常教导虎禅，自古以来，极富极贵的家族，往往容易生出败坏腐朽的根基，咱家人代代要学好自己的本事，并非为了死守这过眼荣华，而是要在任何时候，不论身份贵贱，不论贫富，不论时世变迁，都要好好地活。

从前虎禅一直不明白，如今才觉得自己缺了什么。

“真的很帅气呢，能压得住姐姐了，要我是个小姑娘，明儿就嫁给你。只是，那个时候，你父亲多半不会让你去。”

“呵呵，姐，你不觉得自己说错了话嘛。”

“哎呀，这下可麻烦了，看来你是越来越好奇了！”小颐假装懊恼，食指轻点嘴唇，乐个不停。

“哈哈！原来你是故意给老爹找麻烦哪！说！今年过年期间他要做啥！”虎禅扶着小颐的肩膀不停地摇晃。

“你还是见招拆招吧，我可说不明白，你放假后尽早来便是。”

“嗯！天气真好啊！咱们找地儿喝两杯吧！”虎禅伸伸懒腰，又换回一副纨绔相。

“虎禅！瞧，那边几个姑娘漂亮呢，老看你，都怪我，挡光了你的桃花运！”看到虎禅开怀，小颐也乐起来。

第四十七章　票贩

三日后，清晨，虎禅慢悠悠地步出房门，老太爷与阿生师父正坐在院子里吃早餐，虎禅顿时心有所感。

"师父，师伯呢？"

"走了。"

虎禅顾不得一身睡衣，就向门外跑去。

"回来，别瞧了，早不知走哪儿去了。"老太爷呼唤虎禅回来。

"这说走就走，我还没道别呢！"虎禅心里觉得有些空落落的难受。

"傻小子，你真以为张爷只是为疼爱你才传下压箱底的本事？以为得了套功夫，是张爷留给你的恩德？错啦！小子！"阿生师父面无表情的一声喝，虎禅双手冰凉。

"时候到了，他要抛下身外余物，再无挂念，这包袱，是轮到你来背了，别以为是好事儿。"老太爷似笑非笑地说道。

"来吃早餐吧，这对张爷来说却是好事儿，人总有散场的时候，你要懂得自在随缘哪。"小颐走过来，双手托起虎禅的脸，盯着这没睡醒似的孩子。

虎禅似有所悟，半懂不懂，胸中揣着一团乱麻，径直去洗漱。

过完元旦，阿生师父便要搬到大院里住下，一则跟老太爷做个伴儿，再者也落得清静。——老太爷这儿，是外人不敢随便来打搅的地界。

虎禅替阿生师父搬回来一箱子书，阿生师父让虎禅自己挑些带走，虎禅百无聊赖地翻了许久，心头忽似生出灵根，拣上好几本，揣怀里便回了屋。

"阿生啊，虎禅都拿了些什么呀？"老太爷问道。

"嘿嘿，我清点过了，拿了几本佛经、道经，拳谱一部也没带走，这孩子……"

阿生师父笑着摇头。

“应该的,他心性坚毅,将来也不缺磨砺,嘿……情深义重,就让他学学因缘吧,不能总是凭感情做事。”老太爷吧嗒着旱烟,慢条斯理地吐出句话。

飞机起飞时,虎禅眼望着面前的一片虚空,虚空中,有老太爷坐在门口等待的闲情,有张爷回首的身影,有小颐托起自己脸蛋时的爱护……嘴角泛起一丝自嘲的笑容,嘿,怎么能老指望别人来心疼呢。

每年的春运都是个让人头疼的事情,却又成了卫峰为社团捞取资金的契机。

虎禅走进学校时,正见着空手道社的摊子摆在路旁,原来是卫峰不知道找了什么关系,得到了学校批准勤工俭学的盖章,收学生证,代买火车票,每张火车票收取三十元的代买费。

“你收了多少本学生证了?”虎禅走过去捅了捅忙得半死的卫峰。

“大哥!你终于回来了!正找你帮忙呢!我这收了六百三十多本了!”卫峰连头都没空回,正大呼小叫地督促手下人工作。

“我能干啥?”

“晚上咱们就去车站排队买票,身上总计带了差不多二十万块,车站乱哪,帮忙当保镖去!”

“我的爷啊,人家现在买一张票都难!你这六百多……七百张票从哪儿弄!”

“能弄能弄!你先回去休息,晚上我叫你!”卫峰声音嘶哑,看起来已十分疲惫。

天刚黑,卫峰和李晨召集了二十来人,上了公交车出发。

虎禅第一次做保镖的行当,本想带上小冲送给自己的护手钺,想想万一遇到麻烦,使这玩意儿伤人,善后更麻烦。

一到火车站,卫峰安排工作,三人一组,一个拿钱买票,一个递学生证,还有一个将后头的人拦住,进行保护,其余的人,拿好学校批准的勤工俭学证明,站在窗口外应付其他事件,与车站售票处管理人员交涉,虎禅与卫峰在附近观望。

“你这算是什么路子?”虎禅苦着脸问道。

“什么路子？能赚钱就是好路子！一会儿凌晨时要出票！到时候我们注意点儿，主要可能跟黄牛党发生冲突。”

“嗯啊……”虎禅伸伸懒腰抖抖手脚。

果不其然，一个穿皮大衣的汉子，狠命地往售票窗口挤，与卫峰手下的会员发生了冲突，闹起来，发展到互相推搡，那汉子蛮横，一脚便对着会员踹了过去。

“嘿呀！瞧！下段格挡就能反击啊！平时不好好练习，白被踹啦！”卫峰和虎禅走过去，还没等保安人员走过来，虎禅右手一把抓住汉子的衣领，向自己右后方拖，同时脚下盘腿一扫，汉子“咚”地摔了个筋斗，可脆了。

这正是虎禅用那大铁球练了好长时间的绊子，这日久积累出来的功力，常人不论多壮，也抗拒不了。

那汉子毫不知趣，爬起来要跟虎禅拼斗，已被从人堆中挤过来的保安拉住。

“你们买票注意素质啊！别闹事儿！”保安指着虎禅和卫峰教训两句。

“他们为啥不逮咱们？咱们不也是贩票的嘛？”虎禅搔搔头，十分不解。

“这些黄牛都是老面孔啦，咱们是学生啊！”卫峰耸着肩膀笑。

“学生怎么啦？”虎禅更加不解。

“瞧你，功夫到家却没脑子，咱和他们干的是一样的事儿，但不管怎么说，是为人谋福利，咱们来，是二十来人，要是咱不来，学校得再多来几百上千人买票，你想想这儿会变成啥样？再者，不管多厉害的黄牛，都是社会的边缘人，咱们学生却拥有社会给予你的主流身份，从感情上来说，两者就算是同时犯规，人们也更愿意相信学生。”卫峰从棉衣的大口袋里掏出罐咖啡抛给虎禅，笑得似捡到金银珠宝一般。

“你这个土匪……”虎禅撇撇嘴。

凌晨四点左右，车站的人少了些，这时候票已售完，清晨六点才有出票，周遭许多没买着票的人就地躺下便睡，准备到时候继续奋斗。

大家走在街上，准备吃些东西充充电，走过一条街，离开车站，附近早已冷清。

“就是他们！”一阵急促的脚步，引得虎禅与卫峰立刻跑出来挡住众人，正是刚才被虎禅摔在地上的黄牛，召集了一群人来报复的。

“嘿！棒子！”虎禅看见当头的拿着一根齐胸高的棍子，立时技痒，猛地冲出去，那人扬起棍子便要打虎禅。

“傻瓜！”虎禅大步跨到他身前，左右一晃，撞入对方怀中，掌根托打，撞在那人的下巴上，对方立时扔了棍，捂着嘴，哇地吐出了一口血沫，棍子到了虎禅手上。

大凡常人动手，不论是使兵器还是抡拳头，大都会后引蓄势才挥出去，这是最大的破绽，所以正经学过些拳法、搏击的人，与常人动手都不会吃亏。

戴家拳法中，凡带“三”字者，均是重要的功夫，那三拳、三棍、三大把，都是少有的精要技法。

三棍者，崩棍、炮棍、反背棍，全是短打，变化极为快捷。对方看着棍子照脸打来，下身却挨上一棍，看着短，能躲，虎禅手腕一翻，另一头长的又打了上来。又有拿着刀要砍过来的，手腕上又被虎禅抽一棍，棍头捅在脸上，就是一大道血口，抽在小腿上，站起来都困难。旁又有卫峰跟三四个有胆色的，也冲了上去打落水狗，直打得对方十几人哭爹喊娘。

虎禅平日在家，没事时几乎棍不离手，随手都在玩，这“三棍”使得极熟，动起手来，那短打的磕、捅、戳、崩，威力比抡起来打要大得多。

气势上来后，虎禅不再使短打，张开架子，抡开棍一阵猛敲。

“停！不打啦！不打啦！”卫峰揪住那带头汉子的衣领，正要一个正拳下段突打过去。

这汉子叫得真是时候，卫峰的正拳下段突能打碎十公分厚的水泥板。

“卫峰，用不着那么狠吧？”虎禅拿棍子拦着这些人不许走。

“老大！你说我狠？你看看这些人都是谁打的？用得着这么狠吗？”

“嘿嘿……我喜欢。”虎禅露出锋利的虎牙笑着。

“变态！”卫峰跳着脚骂。

“我们真的错了，大哥们！大哥们对不起！认错人了！”对方当头的汉子已经唬得魂不附体，今儿可是遇上群什么人哪？

李晨排众而出，拍拍那汉子的肩膀。

“老哥，今天是个误会，其实我们是学校里的学生，这快过年了，好多同学的父母都在家里盼望着见见自家的孩子，真是很可怜的，我们实在没办法，只能这么买，要是买不到，咱们的同学肯定伤心得眼泪都掉下来……”(接下来的十五分钟，李晨向那当头的汉子陈述了学生的苦处……）

虎禅真怀疑自己的眼睛，那汉子居然被李晨说得鼻子一酸，嘴一撇，抹了把脸。

“走吧，晚上排队买票够累的，各位老哥哥跟咱们一块儿吃个夜宵吧，算我的，当做我们赔个不是了。”李晨低眉垂眼，一脸的期望与慈悲。

到了个二十四小时营业的大排档，点了两桌饭菜，李晨顺道在超市里买了一堆纱布、创可贴、药水，给黄牛们捂伤口，陪他们另坐一桌。

时间差不多了，大家打起精神准备继续工作，走回火车站时，李晨挨上来，塞给卫峰一叠票。

“刚跟他们买的，三十二张。”李晨笑笑，卫峰也耸着肩膀直乐。

“山贼……”虎禅直皱眉。

两日后，完成清算，卫峰叫虎禅到办公室聚会，递过来一千块，虎禅推开。

“干吗不要？”

“我想知道你总是拼命地找钱干啥？”虎禅想问这个问题很久了。

“喏！看墙上的字！”卫峰望向那幅《秦风·无衣》。

“那是上届会长留下的，要互相帮助，要让这个武道社团一直传承下去，咱们攒下会费，都留给下一届的人，让他们也能继续操持，不至于要做无米之炊，一块儿做事的弟兄，谁也不能挨苦受穷。”李晨接口回答。

“只为了这个社团？”虎禅问。

“当然不止，咱们这学校，你也看到了，虽然看起来还行，但从很多方面说，都是个烂学校。学生在这儿四年，只有三件事——喝酒、泡妞、玩网游，但是自从前两届创办武术社团开始，在咱们这儿做过事情的人，毕业之后，就算学识不如别人，做起事情来，和秃鹫一样的凶猛利索，懂得与人合作，独自一个人时，也能好好活，在外边不管做哪行，都吃香喝辣。到了我们这一辈，因为我是黑带三段，空手道又能群体教学，方便宣传，就由原来的散打社团改为空手道社，现在又有喀纳斯来帮忙，总之目的都是一样的。”卫峰说到这里，十分骄傲，端起李晨泡的茶，利索地往嘴里一倒。

“对了，你上次带来弹钢琴的小姑娘，咱们也招进来了，让她学着做事。”李晨说。

“嘿，行，让她也学聪明点儿吧……不，这管我啥事儿啊？”虎禅看到卫峰与李晨笑得十分猥琐。

“下月就开始考试了，你复习了没有？”卫峰随口问道。

“我……”虎禅登时结巴了。

“嘿，没事儿，有咱们在！”李晨得意起来。

“行，钱不要，你们帮我过关就行。”

第四十八章　七爷

“真快啊！一下就过这么长时间了。”虎禅想着再过一个多月，就要去见老爹，只是如今，却隐隐地觉得自己似乎有许多不懂的事情，心里有些压力。所谓人情练达即文章，慢慢想起勇叔曾经对自己说过的话，希望自己能学习多方面的知识。

拳能解忧，虎禅迈开步子，练了起来。

考试前的几天，卫峰把两个小盒子塞给虎禅。

“里面有一套线圈，接收器，还有一个无线隐形耳塞，考试前你把这些跟手机连接，用胶布粘身上，手机调成振动和任意键接听，考试到一半的时候，我们会有人打电话给你，你接通了就能听到，微型话筒粘在鞋子里，如果没听清，就用脚轻轻点地。”

“还有这东西……”虎禅皱眉。

虎禅从小学习就不咋样，但是每逢考试，都没作弊，也并非是虎禅死脑筋，只是觉得没有意义，最后还是把这东西收进包里。

下午上课时，胤如来找虎禅，将厚厚的复印件递给他。

“这是我的公共课笔记，我听卫峰大哥说了，你成绩可不好，大概也没做笔记吧？”

虎禅接过来，心里反而觉得这才是个踏实东西，虽然不知道自己会不会去翻开背诵。

按照学校的规定，毕业时要是有六科不及格，则拿不到学位证，虎禅知道老太爷和父亲不在意这东西，可是泥人也有三分土性儿，成绩这么差，总是没面子。

“谢……”虎禅皱着眉头，刚要说出口。

“好久没见，晚上……一块……散散步吧？”胤如口齿又不伶俐了。

“说过了，有啥事电话找我就好，没必要这么为难。”

到了下课的时候，潘瑜找到了虎禅。

“拿着吧，公共课笔记是我的，专业课笔记我也给你借来了。”

“嗨……卫峰说我成绩不好是吧？”虎禅脸拧成一团。

“不，是李晨说的。”潘瑜笑笑，得意地盯着虎禅。

“大爷的……谢了。”

“谢？怎么谢？”潘瑜走上前半步，虎禅对攻击范围的距离感极强，退了半步。

“你说怎么谢？”

“让你怎么谢你就怎么谢？”潘瑜脸上乐出花儿来。

“说吧，只要是我能给的。”虎禅明白，不玩到家，潘瑜就是不甘心。

“没什么，你教我练拳好不好？”

“我本家的拳不适合女人练，而且我知道，你不是想练拳，把底下的话直说就行，不用拐弯抹角，反正迟早都要说的。”虎禅说的并非完全推诿，女子无丹田，炼气在膻中，戴家自古以来丹田功夫精妙，可是却未见女人的练法，武当拳女子也可学习，但是女性的练法虎禅知道得并不详细。

虽然常有些女性练太极拳，也讲气沉丹田，可是若非名门正派的练习方法，不论好坏都见效极慢，哪怕有副作用也难以显现。若是按照虎禅的练法，把女性当做男性来锻炼，不出一个月，连女儿家的月事都要紊乱。

虎禅更明白，潘瑜绝不是想学拳，教拳的时候，身体接触很多，日子稍长，谁也难保两个不发生点儿啥，这就是潘瑜的打算。

“我好心拿笔记给你……”

“你不说明白我不要。”潘瑜还没来得及生气，虎禅把笔记递到她面前。

“行，我做你女朋友好不好！”

“我不要女朋友。”潘瑜没想到虎禅拒绝得如此之快，而且面不改色，简单得像在拒绝一个街头发广告传单的。

潘瑜鼻子一酸，虎禅便一把按住她的肩头：“别搞流眼泪这套，不是你的问题，是我自己不习惯，我不喜欢有过多的挂念，你还是找别人吧。”

“你怎么这样？”潘瑜压住心头的不甘，咬牙问道。

“简单，现在我和你没特殊的关系，有我没我，还没多大关系。如果我答应了，等你和我有了什么，到那时我还像现在这性情，你会更加难受。别急着发脾气，想想我的话。”虎禅说出的话，像是在讨论学术问题，知道女人不讲理，什么事情摊开来说最好。

实际上，除了不想自找烦恼以外，虎禅在潘瑜身上“嗅”出一种自己不喜欢的味道，究竟是怎么回事儿，自己也说不明白。

“能有什么？你想什么呢！”潘瑜的脸抹上了红晕，不论多大胆，毕竟是女儿家。

“你刚才想的是什么，我想的就是什么！哈哈！你回去想想别的，想好跟我说……这笔记你还想不想借给我？”

“我想的……滚滚滚！烦死啦！”潘瑜见虎禅如此惫懒，顿时无名火起，推着虎禅就赶人。

“哈哈哈！”虎禅很不合时宜地乐了起来，气得潘瑜照着身边的大树踢了一脚。

“嘿嘿，太简单啦！”半个月后，考试成绩出来，虎禅乐呵呵地把成绩单塞进口袋。

“有这么高兴吗……看看你的成绩啊！哥哥！六十一、六十、六十二……”胤如拍着胸口，这擦线而过的分数，真是相当危险。

“假期你回家吗？”虎禅问道。

“不，李晨大哥给我介绍了一份工作，到酒店大厅去弹琴……而且我家对春节一向不是很在意。”胤如很高兴，这些日子参加了许多活动，早适应了当众演奏，现今更希望通过这样的工作锻炼自己的表现能力。

虎禅与众朋友道别，又细细地看了喀纳斯的练习，确定无误后，决定尽快去到父亲身边。

凌晨时分，虎禅已经下了飞机，万籁俱寂的时候，机场却毫不冷清，停车场上更是川流不息。

“嘿！警惕性真差……”一只大手猛地拍在虎禅右肩膀上。

虎禅吓一跳，也不回头，猛地后退，左手一把抓住对方的右臂，同时矮身，右手按住对方的右腿膝盖外侧，背步、别脸，对方脆生生地一个筋斗摔出去，正是中国跤的绊子——手别。

“虎禅……要死啊！”小冲一边爬起来，一边揉痛处。

“哎哟！你这倒霉蛋子！”虎禅赶忙把小冲扶起来，多亏虎禅方才留了手，不是摔实跤。在停车场的水泥地上，不管小冲身体多结实，只要没做过专项的“受身”训练，都可能要摔伤。

“老爹呢？”虎禅给小冲拍拍身上的灰。

“跟七爷在咱酒店里等你呢。”尽管摔了一下，小冲还是挺高兴，一手搭着虎禅肩膀。

“七爷也在……”虎禅的脸拧成一团。

“对！这回阿大去谈生意，七爷也一块儿去！”小冲看起来很得意，知道虎禅遇上了克星。

“大爷的……去了再说！”虎禅咬咬牙，硬着头皮。

七爷与那保护小颐、用剑刺伤阿培的乾爷一样，都是商会的元老，没练过任何武术，但是虎禅却唯独怕他。

七爷这名儿，并非排行第七，而是曾遭逢七次大难不死，故而得名。他父母早亡，自十六岁开始，便往来于中国与俄罗斯的边境，捡人家丢下的垃圾货物两头倒卖，后来慢慢地开始背一些小电器倒卖，有钱后便与虎禅的爷爷岳国忠一起雇火车车皮运货，直至富甲一方，在边境上开设赌场。

七爷那张脸早就被风雪冰霜摧残得千沟万壑，犹如被刀背胡砍乱劈过。尝遍人情冷暖，历尽人间苦楚，沉默寡言，亦少有喜怒哀乐，只和虎禅的父亲或者爷爷在一块儿的时候，七爷才偶尔说笑一回。

虎禅记不得第一次生日，也记不得第一次上学，甚至第一个女朋友的事情也不太清晰了，但是唯独第一次见到七爷，却永远不会忘记——那时候虎禅正在练拳，被老太爷摔惨了，坐地上流眼泪，当时恰逢七爷去见文勋老太爷。七爷双手把住虎禅的头，盯着他，面无表情地说：“哭啊，再哭啊。”一张可怕的脸，就这么把虎禅给吓住了。

但是这么些年来，每逢父亲有难处，七爷总是出手利索地解决，他极重情义。

曾见七爷与父亲喝酒，七爷说起自己少年做“倒爷”时，有位生死之交，一块过边境，河面冰裂，掉进了冰窟里，那棉衣一湿水便非常沉重，拼命也拉不上来，就这么看着这生死兄弟在自己手中冻没了，几十年后的今天，七爷都还一直挂怀，喝酒时说得眼泪都快掉下来。

虎禅虽然长大了不少，但是对七爷仍是五分敬，五分怕，怎么都不敢在他面前嬉皮胡闹。

“七爷都大老远来了，这回可跟什么人谈呢？”虎禅皱着眉头琢磨，发现心里对许多事都没底，觉得自己远没有别人夸奖的那么强。

老远就看到父亲和七爷在酒店门口等着，虎禅抹把脸，抖擞抖擞精神。

“嘿！我这不肖儿子终于舍得来看看老爹啦！”岳殷鸿看起来十分高兴。

“有这么说话的老爹吗？”虎禅笑着擦擦落在鼻子上的雪花，便向七爷行礼。

七爷没说话，拍拍虎禅的肩头。

虎禅早注意到七爷身边站着一位没见过的大汉，比自己矮半个头，骨架既粗且大，脸皮白净细嫩，两眼眯成条缝，跟刚睡醒一般。

“这是我的兄弟，从前跟你提起过，你叫他赵伯。”七爷见虎禅不断看着那大汉，出言介绍。

虎禅早闻得七爷身边有一赵姓高手，也听说过赵伯的一些事情，却一直没见过，这会儿面对面，只觉得跟赵伯一贴近，便有股说不出的压迫感。赵伯双手又厚又大，跟虎禅一握手，虎禅感觉自己的力道和只小鸡一般，倘若赵伯是敌人，怕是有足够的力量生生捏碎自己的手骨。虎禅也稍微用劲摇晃，对方下盘亦是远胜自己，再细看对方的举手投足与身形，在此人面前，只感到自己有些单薄。

“哼……”赵伯岂能不知虎禅的心思，加力捏了一下虎禅的手。

第四十九章 风雪猎场

“常听人说起你。”赵伯面无表情，眼望别处，很是不屑的样子。

虎禅对这神情也微感恼火，手上加力，可是仍旧有太大的距离，失去了先机，手被捏得酥软，无从发力。

“赵伯有值得你学习的地方。”岳殷鸿拍了一把虎禅肩膀，赵伯即刻松了手，七爷看了一眼赵伯，赵伯压下眼神，微微欠身。

“去休息吧，明天中午之前要到猎场。”七爷对虎禅说。

“猎场？现在不是狩猎季节呀？”虎禅微微皱眉。

“这孩子傻里吧唧的……”七爷咕哝了一声。

晚上，酒店房中。

“小子，吃亏了吧？你赵伯的功夫可不一般哪，看得出他的家数不？”岳殷鸿哈哈笑着，

“一招一式都没现形，哪里看得出啊，只是他的力道太大……嗯，身材很像书上写的李广将军。赵伯的手臂不光长，且粗得吓人。”虎禅如实说。

史书中记载汉代“飞将军”李广，身材不高，粗壮，两臂如猿。

“跟人动手比武，要扬长避短，不要为了争一口气以软碰硬……嘿嘿，打架比的可不光是谁功力高，而是比谁更厉害啊。”岳殷鸿拍拍儿子的肩膀。

“妈妈最近有回来吗？”虎禅问道。

“没有，她还在国外讲学呢。”

“小颐姐呢？她近来好吗？”

“她近来很忙，打理生意。别的不说，明天让小冲带你好好玩玩，等我和七爷谈完事情再回来陪你玩。”

“我这回来不是为了玩的……告诉我，我能做些什么?”

“什么也不用。”岳殷鸿摇头。

“当我是负担吗？七爷是准我一块儿去的吧?”虎禅心里很不甘。

“不行。”岳殷鸿脸上在笑，可是咬字用劲，语气强硬。

“是吗……好，不跟你去了。”

岳殷鸿这才放下心来，知道儿子仍旧心有不甘，于是转了话题，问老太爷和虎禅的生活，虎禅出乎意料地开朗，还跟父亲到餐厅吃了顿夜宵。

次日中午，岳殷鸿刚走到酒店大厅便看见虎禅站在七爷身后，小冲又跟在虎禅身后，不自觉地皱起眉头。

“行了，你俩玩去吧，七爷，咱出发吧。”岳殷鸿见小冲没动，倒是虎禅跟着七爷径直走上车。

“虎禅！懂事点儿。”岳殷鸿板着脸。

“我懂事哪，所以才不跟你去！我跟七爷去!”虎禅做个鬼脸。

“殷鸿，虎崽子不能当羊羔子养，让他跟我去，有小赵在没事的。”七爷随口道，跟虎禅钻进了车里。虎禅不禁又打量赵伯，再次在心里做起了实力估计。

“有机会该跟他来一场。”在这种级别的高手面前，没有侥幸，虎禅自己知道，自家的打法还没精湛到能弥补这么大的功力差距，何况对方一定是身经百战、经验丰富的高手，但是就算败，也要败得好看些，这是个积累经验的绝好机会。

一路上，虎禅对赵伯的举手投足很是在意。

刚起床的人，精神不该像是现在这样，说闭目养神吧，又不像，眼镜眯成条缝，软软地缩在座椅上，与午后的猫儿相似。

虎禅曾听张爷说过，有人精通养生之道，此养生非是世俗中所传的那一点粗浅的强身健体之术，而是养到龙精虎猛，气血充盈，筋骨刚坚，去除身体中的毒素浮脂后，日夜免除大寐，只平日小睡即可，睡功又根据功效不同，而分门别类——养气，养血，炼体，止欲等等。

“这样的人厉害吗?”

“哈哈！那是当然的，就算是打法不精，两眼一瞪，狠劲上来盲拳瞎脚地胡拼乱斗，那也是非同小可啊！”虎禅还记得张爷的说法，而自己虽然也有睡前的功课，却只是用于开通血脉，保持、加强练功效果，没学过长时间使用的睡功。

猎场里森林繁茂，溪流纵横，就连呼吸的空气，也让虎禅觉得妙不可言。

落雪缤纷的时节里，照小冲说的，山中远不似虎禅想象般肃杀，雪兔、野鸡什么的，还有很多，甚至还有狍子、獐子这些大动物，有经验的人不难找到。

“咱要在这儿待上几天，山里有木屋可以留宿。”小冲不停地告诉虎禅各种猎场的知识。

早有几辆吉普车在山前等着岳殷鸿一行人。岳殷鸿与七爷下车，跟对方寒暄几句，便一块儿走向一间房子挑选狩猎工具。

七爷没多说什么，支开赵伯，自己一人牵上猎犬，墙上取了猎枪就钻进森林里。

“咦，还有弓？”虎禅对各种枪械视而不见，唯独对一张风格看似古朴的弓情有独钟，这弓上六材：木、角、筋、胶、丝、漆，俱是名贵，精美绝伦。

“哈哈，这是令公子吗？弓倒是好弓，‘天元号’老王按古法做的，可惜只是个摆设。”方才来迎接的一位大伯笑笑，这大伯的相貌可不讨喜，一只眼大，一只眼小，根本就是个“阴阳眼”，老像是斜着脸面看人。

“为什么？既然是好弓，老没人用，它会不高兴吧。”

“谁拉得开啊？嘿嘿！”这大伯笑起来的样子可不似友善，满脸轻蔑，想伸手摸摸虎禅的头，虎禅轻巧侧移避开，岳殷鸿看到这一幕，却微露笑颜。

在中国诸多古人遗留下的武术典籍中，多有拳脚功夫、刀枪剑棍，唯独射道之法，却是少有，常见的只有几页《贯虱心传》。而如今国内专攻射艺的师父，跟这古代流传的射艺典籍一样，凤毛麟角。虎禅对这些古代典籍烂熟于心，又曾在日本“武射系”的弓道馆学习过射艺，相比其他同在弓道馆中的学员们，虎禅身体的力道让人望尘莫及，曾将一张普通的弓硬生生拉断。

日本的弓道是中国古代射艺的延续，只是在礼仪方面重视至极。虎禅却觉得束手束脚，更喜欢中国古代武将那种提起刀枪弓箭便百无禁忌的豪迈风范，完全不理会那握着断弓，额头上青筋暴起的弓道老师。

虎禅拿起挂在弓旁的扳指，戴入拇指，将弓从墙上恭谨摘下，如今自己的力道和心灵修为，可是更胜从前了。

左手持弓，两脚不丁不八站开，身子不挺不曲，右手缕箭近簇，交与左手，搭矢于弓之外侧。

“嗯？蒙古式射法？”赵伯那如午后猫儿般的眼睛微睁。

背劲而胸垂，后肘高，前臂挺，身架一成，自生威仪。虎禅从容不迫，内外合一。

“一射即一生”乃是弓道至境。

自然而然地射出，穿堂而过，“笃”地钉入屋外一颗碗口粗树上，树冠摇晃不止。

“不错！”赵伯先行鼓掌，这孩子的膂力和修为，比自己起先估计的要强，潜力更是深不可测。

众人称赞，唯独虎禅站在原地，面无表情，高深莫测。（后来，虎禅告诉小冲，其实，我想射的是另外一棵树，你把这个秘密烂在肚子里，要不揍你……）

至于开弓所用之肩背力道，虎禅比之在弓道馆学习时，有非凡的长进。这得益于除了自家功夫、摔跤的练习外，还有这半个月里，用张爷所传授“无名炼体法”对身体的锤炼。

在学校练习时，虎禅时常做出古怪动作，右腿蹲下，左脚在前平放，左脚掌翘起，而脚趾向着自己脸的方向回勾，双手从左腿下方穿过，搭扣，呼气按向地面，吸气微微提起，左右互换练习。看起来似乎更像压腿，正是炼体法中用来锻炼肩背力道的式子。

真传武术的功力练法长进不慢，世间流传国术非十年二十年不见功夫的说法，皆是练武不得其法者之妄念。只不过，若是怀着朝练夕成的想法，期盼快速成就，或者因为懒惰无法常年磨炼，不论多好的功夫都会被糟蹋掉。这种事情对任何一门手艺活儿来说，都是公平的，不断地磨炼自己身心，就像厨师要不断做出更美味的佳肴一样，是作为一个手艺人的天职。

“哈哈！早知道啦！果然射不中啊！”途中遇到几次上好的射杀机会，全被虎禅糟蹋了，弓箭射得力道十足，就是没准头，还为了好玩，连弓箭都不用，抽出猎刀跑去赶獐子，想近身搏斗，完全追不上，什么都没打着，还没心没肺地傻乐。

“虎禅，你还是用枪吧！别射不中还觉得那么光荣！要是指望你早就饿死啦!”小冲背上的皮袋里装着一只刚猎到的山羊,指手画脚。

“庸俗了不是,我是享受乐趣嘛……嘿嘿,说起来,你这只山羊也够吃了……”

“别想! 不给你吃!”

太阳快下山的时候,虎禅才打到一只雪兔,实在急了,开枪收拾的,还是在小冲的劝告下,带了一把使用6mm子弹的小口径手枪。

回到屋子时,大家都已经回来了,让虎禅意外的是,除了七爷猎物丰富之外,其他人没半点斩获,反而还心安理得地吸烟喝酒吃东西。

大概来这猎场,只是为了远离人群,目的并不是享受狩猎的乐趣。

小冲刚把武器放下,便出去拾掇猎物,准备动手烧烤。

刚才那位给虎禅介绍弓箭的“阴阳眼”伯伯,背后站着保镖,手上还提着枪,岳殷鸿左边坐着赵伯,右边七爷与阴阳眼面对面坐着。

“想退出吗? 听说,你在东北买了土地,准备改行种地了?”那阴阳眼这会儿嘴角冷笑着,更让人觉得面目可憎。

“采菊东篱下,当个老农民不错,过清淡日子,不用看衙门脸色,也不用钩心斗角,只和土地打交道……”岳殷鸿笑笑。

“你说话越来越不老实了,民以食为天,柴米油盐是天大生意,何况你还有出口途径,你想从我们这儿退出可以,我们这边也入股,帮你一起把生意做大,有福同享嘛。”阴阳眼的表情忽然严肃起来,盯着岳殷鸿。

“我没指望生意做得天大地大,我能吃口热饭,弟兄们不挨饿就满足了。”

“不答应?”

“不答应!”

“为什么?”阴阳眼的脸,越发阴沉。

“你们那种心思,种不出好吃的大米啊,哈哈!”岳殷鸿大笑。

“哗啦”一声,阴阳眼的一个保镖举起了枪,指向岳殷鸿,另一个保镖拔出军刺扑向虎禅!

第五十章　煞星的调教

浑身一激灵，虎禅向侧面疾步跨出时已然缩身，这并非有预兆的招法，而是事情来得太突然，一时无法拆解，迫不得已的动作。

猿猴缩身法最灵，三闪六纵敌失魂。

这猴形身法，虎禅原本不喜欢，是阿生师父逼着虎禅练就的，还说："因为你不喜欢，以后我不在时你一定练得少，不如现在就让你切切实实地记住，将来说不定能救你一命！"虎禅在这一式上所受的苦可想而知了，只是自从跤场与喀纳斯一战之后，发现猴形身法甚是好使，于是再下了苦功。

军刺是放血利器，刺杀类的武器不比其他刀具，多数劈砍类的刀具除了颈项、头脸，很难一击致命，而刺突类的武器，则很容易取人性命。

虎禅落地时，身体已成蜷缩状，脚一蹬，瞬息之间已经反迎了上去，对方保镖也已经再次扑向虎禅，呈对攻之势。

藏在身侧的手忽然掠了出来，寒光一闪，虎禅双手持出一对护手钺，身子再一缩下，钻入对方攻击范围之内，双手齐出，右手的护手钺从自己左脸侧伸出，格向对方拿军刺的手腕，左手将护手钺的一个尖角，直刺对方腹部。

衣服与手套都十分厚实，尽管护手钺锋利，却入肉不深，若就此停下攻击，根本不足以自保，但是当护手钺的尖角扎入对方腹部时，胜负已经成了定局。

虎禅尽管没经历过这般危急的情况，可是实战经验却丰富，阻了对方一下，脚步往前一碾，身体随着这短小的寸步，撞散对手刚要再次发起的攻势。紧接着手腕一翻，对着脸上、臂膀来回切削几刀，对方抬手遮脸，虎禅身子一缩，在对方小腿上也狠狠割了两刀，杀红了眼的虎禅，手劲十足。

寸步，乃是争强斗狠时所必用的步法。

“哧啦!”类似拧湿毛巾的声音夹杂着骨骼扭断的“咔嚓”声响起。

一块血污狠狠甩在虎禅脸上,一声短促而又惊心动魄的惨叫惊醒了虎禅,这样的声音,从来没听过。

“哼,蠢材,这么近也敢拿枪指人……”只听赵伯的冷笑,便知战斗已经结束。

虎禅转过头,见赵伯一手扣着阴阳眼的咽喉,一手抓着一条血淋淋的断臂。

赵伯扔掉从对方身上撕下的手臂,刚好落到虎禅的面前,小冲这时也跑进来,抓了根麻绳,接过赵伯的手,熟练地将阴阳眼击晕,绑下。

“虎禅,你真的很厉害。”赵伯走过来,拍拍虎禅的肩膀。

身子不听话了,两腿抖得厉害,挪不动脚步。虎禅瞳孔扩大,盯着那边缺了一只胳膊,露出体内骨肉内脏,血流一地的倒霉蛋,那筋肉撕裂的伤口,一直延展到肋下,眼见不活了。

虎禅颤抖着低下头,看着地面上的断臂,头皮发麻,脑子空白。

赵伯抬起虎禅的脸,轻抽了虎禅一耳光才让这小子醒了过来,虎禅的目光与赵伯的目光一对上,立时吓得退了两步。

“我们得知道他们有什么花样。”岳殷鸿像没事人似的看看七爷。

“没问题,小冲,去弄一桶雪水来,再弄几麻袋生石灰,我有用。”七爷招呼一声,对赵伯挥挥手,示意带虎禅离开,不知道又要使什么可怕的法子。

虎禅坐在猎场外的雪地里,气血一向旺盛的他,手脚冰冷。

过了一会儿,来了另外一辆车,下来两个人,在远处与赵伯说了几句话便进了猎场,似乎是来收拾残局,果然没多久,岳殷鸿与七爷走了出来。

回程的路上,虎禅跟小冲坐一辆车,眼神一直盯着窗外不说话。

“我的兄弟啊,你怎么啦? 别担心嘛,没事儿的。”小冲拍了虎禅好几次肩膀,一边说着话,想让虎禅轻松些,可总是没啥动静,不知道虎禅心里想些什么。

“开快点……”虎禅终于发了话。

“咋啦?”

“我说开快!”虎禅猛地一掌按在小冲的膝盖上,油门一轰,强大的推背感,将虎禅和小冲紧紧地按在座椅上。

被这么一闹,小冲腹部一紧,差点尿都要撒出来。

"吼!"虎禅打开车窗,迎着猛烈如刀的风雪,放声大喊。

"阿弥陀佛……"小冲面皮紧绷,脸色煞白。

另一辆车上。

"殷鸿,怨我不怨?"

"七爷,这回你真不该让他来。"岳殷鸿脸绷得紧紧的,虎禅这会儿的心思,很让自己这个做父亲的担忧。

"不能一代不如一代吧? 该知道的,都要知道,小赵,你说呢?"

"不,虎禅很厉害。"自从猎场出来,一说起虎禅,赵伯便微微点头。

"小赵从不说谎,相信你儿子吧。"七爷拍拍岳殷鸿肩头。

佛门中,有苦、集、灭、道——四谛,为佛祖亲证,真实不虚。人感受痛苦,找出痛苦的因,斩杀痛苦的因,证得灭除痛苦的法,即苦当离、集当断、灭当证、道当修。

原来,自己与从前的大头并无差别,只是强弱程度不同,当自己遇见烈度更大的争斗时,也会害怕。

七爷让所有人都不要去打扰,让虎禅一个人待着,直到自己走出房间为止。

虎禅冲了澡,光着身子坐在床上,在冰箱里拿了啤酒,猛灌了一气,只想甩掉自己心中的恐惧。

可是不去想的话倒还好,试着去想想,心脏又怦怦跳,直跳得手脚发抖,脸色发白。想起自己走出木屋时,两脚细细密密地打颤,和多年前第一次动手打架时并无二致,虎禅对着自己这不争气的腿狠狠捶了两拳。

"父亲是时常经历这种事情吗? 七爷呢? 小冲也比我镇定得多,利索得多……这些都不重要,对了……我想我明白一些了。"

赵伯虽是五十好几的人,但只要没有特殊的事情,练功是一日也不会偷懒,酒店房中虽然空间不大,但却有不需要走动的功夫,这会儿他正练着爪功。

说起来,这门爪功并非赵伯师承的原传功法,来路不明,简单、又有些邪门儿。要找气血旺盛的人,睡了五年以上的棉被,取其中的棉花,用布裹紧,做成扎实的棉花包,左右手各一,两臂平伸,呼气时握紧,吸气时松开,每天练一千八百次呼吸，每七天换一次棉花，日积月累，功夫深湛，生死搏斗中近身撕扯、擒拿，两爪极其厉害。

“嘿嘿，来了，胆子很肥嘛！”赵伯听得出脚步声，开门果然是虎禅。

“健身房这会儿应该没人，今天一起练拳吧。”虎禅铁青着脸，硬着头皮邀请赵伯一起练习。

“你知不知道，练拳就像女人洗澡，不给其他流派武者看的哩！”

“这种事情我当然知道，但是我猜，邀请你的话，你一定会答应的就是了。”

“哈哈！真不讲道理！”赵伯一边披上衣服走出房间，一边笑骂。

虎禅觉得，这会儿的赵伯，没自己想象的可怕，也不知道是赵伯容让，还是自己一时间长进了。

或者说，方才憋在房间中，想到那可怕的赵伯，那样的心魔，是自己心中恐惧的倒映。

修佛修道的人，常说“斩妖除魔”，魔是人心中负面感情之所聚，包括恐惧、贪婪、嫉妒、憎恨……这些负面感情，也是烦恼的因，当机立断，勇猛地斩杀，人才能成长。

武道何严厉！

可是虎禅的脑袋却和这时候的酒店健身房一样空荡荡，面对赵伯，不知道做些什么好。

“想交手吗……”看着虎禅直勾勾地盯着自己，赵伯眼睛一瞪，大步向虎禅走去。

要灵巧！功力差太远！

虎禅手快，一个激灵，照脸一把挠去，这种打法非常迅捷，实际威力却不大，是在力量不及对手时，给对手捣乱、游斗寻找战机的打法。

赵伯更快一筹，手臂磕开虎禅的佯攻，两只铁叉般的大手，双双搭在虎禅的肩膀上。

脑海里猛地泛起赵伯白天撕下对方手臂的一幕，登时头皮炸起，牙一咬，脸上凶狠之相毕现，瞬间缩身，两臂一挑，双双抱头，欲从内向外撞开赵伯的双手。

“糟！”虎禅只觉得赵伯力道直透骨髓。

猛虎施威头早抱，齐心合意仔细看。

这式十大形中的“虎抱头”，按照常理说，哪怕赵伯功力胜自己一倍，从招式上看，也该能撞开他的手，可偏偏赵伯爪功纯厚霸道，直接捏得虎禅疼得没法使劲，也算是“功大不讲理”。

上面不行，虎禅下面一脚暗腿钉向赵伯胫骨，被赵伯一发力推开，猛地退了好几步，虎禅本能地收了脚，以保持自己身体重心，暗脚破解。

经验丰富的赵伯哪肯就此停手，虎禅刚停下来，赵伯便已追到了虎禅面前，照虎禅脸面一拳，虎禅赶忙提左肘，抱头格开，刚要寸步撞向赵伯的中门，赵伯却是在这儿等着虎禅，一把抓住虎禅抬起的左腕，手一翻，便把虎禅胳膊往反关节扭了半圈。

虎禅心中慌忙，立时转成缠拳，听劲走转，想要找出赵伯的力量空隙而脱困。

“啊！”赵伯拇指和食指，使劲捏住虎禅手腕关节两侧，透骨剧痛告诉虎禅，没法挣脱了。

虎禅牙齿狠命一咬，索性不挣扎，忍住剧痛，便要再赌一次险招，使尽平生气力，一脚蹬向赵伯肋下。

“好！”赵伯一声喝彩出口，抓住虎禅的手一甩，虎禅被摔个跟头。

虎禅身子一拧，赶紧顺势滚开几步，赶紧爬起来，发现赵伯却在原地慢慢坐下，登时愣了神。

赵伯挥挥手，示意虎禅也坐下，只是这会儿虎禅心跳很快，哪里坐得下去。

“这？怎么了？”虎禅不明就里。

“行啦！够啦！这会儿不怕了吧？”赵伯苦笑，这小子是勇字挂帅，死缠烂打，自己当然不能使出真实本事废了他。可再容让下去，这犊子跟拼命似的，身法步法又甚是擅长，险招层出不穷，说不上自己也挨上一下，那可划不来了。

智者千虑必有一失，不管功夫高出对方多少，对攻起来，总是有漏手的时候。

“不怕……个屁！”虎禅憋得满脸通红，好不容易才调匀呼吸。

“噗——哈哈哈！”赵伯笑喷出来。

第五十一章　华盛与东联

“回去吧。”赵伯站起来刚要走，却又被虎禅一把拉住。

“赵伯，你哪来那么大力，把人生撕了？”

“呵呵，这么多年的功力积累，也有一些技巧，不算难事，想学啊？”赵伯笑笑。

“想！”

“我不告诉你！哈哈！”

“没那么小气吧！”虎禅大叫。

“别傻了，拳是分三六九等的，实际上你学的拳比我的拳好，想学我的，大概只是好奇吧，你师父的功夫，我领教过，照我看，你的功夫还远没练到家呢。”

“你见过我师父吗？”虎禅又来了兴趣。

“不光见过，还打过，打不过他。你现在的打法和你师父不一样，直接打击居多，而你师父与对手粘身一瞬间就能摸出对方走势，借助对手自身的本能，拔掉对手的根基，把人打得手足无措，见鬼一般。我想，不是你师父没教你，而是以你现时技、力、心的综合实力，还做不到他那种打法。”赵伯说起这个时，语气带着责怪。

“是的，师父那样变化劲道将人随意玩弄的情况，在实战中我曾经用出来过，不过对方跟自己差很远就是了，大概还有些运气成分吧，让我再做一次，我没半点把握。”虎禅直认自己的不足，惭愧得脸色泛红。

“时间还长，我像你那么大的时候，没你厉害。不过也是该收收心思的时候，别再向外寻找了，专精于自家的拳吧。”

“嗯，我记住了。”

“现在想起来，觉得你挺麻烦的，谁让你心里有了结，就要被你缠上，直到你心结解了为止，这么难缠，你小子到底像谁啊？”

“以前我是觉得只有解决掉心里所有的恐惧才会变得更厉害，现在觉得这想法太简单，人做任何事情，都会种下因果，只要出手打了架，最后不管好的坏的，总是会种下一个我不知道的因缘吧？”虎禅忽然说起了胡话，站起身来缓缓走了出去，赵伯目送着虎禅走出健身房，不知道说什么好。

“嘿，这小鬼像是忽然老了二十岁一样……不过，胡话才是真话，小子，知道结局的是神仙佛祖，咱们不知道，只能求个货真价实。”赵伯笑笑，躺在木地板上，看着窗外的夜空，觉得有些胡闹，自己倒像是年轻了。

次日，大家终于闲了下来，可是当虎禅看到小冲身上的枪伤，几乎咬碎满口白牙。

“这东西比杀人的家伙还毒。”虎禅见识过被火药枪当面打中的人，一张脸就算伤口愈合了，也要变得溶溶烂烂的样子。

“总算是熬过去啦，就是窝火，到现在还找不到仇家是谁。”小冲叹口气，摸出包香烟。

“你怎么抽上这玩意儿了？”虎禅推了小冲一把。

“你不知道，自从那次以后，我每次动手都有些小小的胆颤，疑神疑鬼，担心有人做鬼，总要抽烟定定神。”

虎禅这才知道，这一枪，让小冲的武心有了裂痕，这个心结怕是会纠缠很多年。

仔细询问了当时情况，毫无头绪，虎禅心里却不自觉地掠过了阿培的影子，但是却没往深处想，只是潜意识里觉得伤小冲的人和阿培有点儿相像。

“你的武术不纯粹了，都为些什么和人动手呢。”虎禅挥挥手，扫开小冲吐出的烟雾。

“你说什么呢？”小冲被虎禅的胡话闹糊涂了。

“我想，你应该可以找苏爷爷问问吧？”虎禅心神不宁地说。

“大吉利是！讲什么啊！你吃了什么不好的东西吧？”小冲心里麻麻，一身鸡皮疙瘩。

虎禅居然拿着小冲的师父、去世已久的苏爷爷来说事儿。

“当我玩笑话也行，你怕什么，自己不都成天待在苏爷爷老屋里练拳嘛。”

“这是两回事！什么玩笑……你中邪才是！大学里都学了些什么啊？怎么学得这么怪了！不行，我给阿大说，让你休学！休学！”

“不闹了，说起来，多谢你这副护手钺了，给你。”虎禅来之前就估摸着可能会发生些什么，好在这几个月时常舞弄着，早已熟练，只是飞机上不许带这东西，来之前两天就快递给了小冲。

“什么意思？”小冲皱皱眉，送出的东西被退回，心里不禁犯嘀咕。

“我没说清，这副护手钺非常好用，救了我这一回，但还是放在你这儿吧，我就不带在身上了，分心太多，回去后还是要好好地练自家的拳法和刀、棍。”

“嗯，要用的时候就说，我给你寄去。”小冲知道虎禅的意思后，不再啰唆。

“你也要好好练拳，开车去，出门转转……还有，等找到了伤你的人，如果能抓住，安排打一场，通知我一声，我要来看。”

“再说吧。”小冲深吸口烟，望着天花板。

“不要再说，现在说。”虎禅咬定青山不松口。

“……行。”小冲的答案来得太慢，慢得像迟钝者在思考。

岳殷鸿心里很矛盾，这两日，只觉虎禅这孩子越发的深沉内敛，从前说话总是嘻哈地得过且过，可是如今让虎禅听见什么事，只是眉心微微一皱，然后望着对方，似要用眼神逼出对方的真话。

不管七爷是什么意见，可作为父亲而言，就怕儿子心里憋屈、不痛快。本想让虎禅好好玩玩，可虎禅却成天闷在自己的房间里来回翻着那几本书，再不然就是在酒店健身房里练功，不让人打搅。

虎禅却是明白自己，心里积累了许多要解决的东西。要是有不明白的还就罢了，大可扔在一边，偏偏这些事情都是知道其中的道理，却难以身体力行，或是心中有郁结之处。

就如同古人和今人的读书态度，今人读书，十本、一百本地往下读，解其意思，炫耀文采知见，以此为荣；而古人则往往一部书常伴身边，一字一句切身做到，修身立德，那才是把书读到了骨子里。

果不其然，虎禅很快就跟父亲告别。

“老爹，离过年还有十多天，现在时候正好，我想回武当山待几日。”

“你闹什么幺蛾子？你阿生师父现在不是跟老太爷住着吗？而且这时候大雪封山，你那些师叔伯都不在山上呀？”岳殷鸿很在意虎禅这古怪行径。

“所以这时候最合适。”虎禅说话越平静，越是铁了心。

“你这孩子，咋越来越怪了。”岳殷鸿眉头深锁。

“管他那么多，让他喝西北风去！”七爷猛地挥手，大喝一声。

虎禅知趣，撒腿便溜。

“你……你这老东西，真是！”岳殷鸿撇着嘴，指着七爷骂，气不打一处来。

“儿孙自有儿孙福！你管那么多呢！”七爷慢条斯理地吸口雪茄，笑笑。

“对了，这回东联拒绝了我们的邀请，不打算好好谈了吧……”岳殷鸿很快收拾了自己的心情，注意力转移到工作上。

赵伯在旁，望着虎禅离开办公室，轻叹口气，微微点头。

跟赵伯打了一场，没解决任何问题，毕竟对方容让得太多。且不光是这回所产生的恐惧，虎禅需要一个足够寂寥的地方问清自己的本心和许多事情的因缘，情欲、学识、见闻以及武术，都需要参悟、修行、去芜存精。

让自己孤独，才能抛开所有外力的影响，坚持自己的活法。

大势不可抗拒，顺势者昌。岳殷鸿的“华盛”，生意越来越大。

可是逆势者却不亡，反而显得坚毅凛冽，即便是挣扎，也挣扎得顶天立地。

岳殷鸿口中的“东联”商会，是传统“黑道”的典型，虽然挂着“公司”的牌号，但大多数生意还是娱乐场所、赌场、看场、保镖，工作人员依旧是“洪门”传统的“三十六职半”，而不是华盛那样的商业运作。没有“董事长”，只有“龙头”，入门的人，不是公司的面试，依旧是先拜门，做“蓝灯笼”，再成为“四九”，立功立品则扎职“四二六”红棍（金牌打手）或“四一五”白纸扇（军师）……

离华盛公司总部二十多公里外，是东联势力最大的地方。

这几条街，餐饮商铺、夜市、酒吧、洗浴中心，没有别的“字头”，东联清一色。

东联龙头，没几个人知道他的真名，都叫他山爷，五十六七的年纪，却从没忘记锻炼身体，身上肌肉隆起，鼻头阔大，面肉横生，虽有凶暴之相，举手投足间，却让人觉得踏实稳当。

山爷的办公室中，陈设多是红木所造，虽是富贵，却显得些许沉郁，办公桌对面供奉着大势至菩萨佛像。山爷正在上香。

敲门声响起，山爷恭敬地把香插在香炉上。

“进来！”声如洪钟，屋里的空气也颤了一下。山爷大步走到办公桌前坐下。

“山爷，这是本月收的钱，大哥让我送过来。”手下的“四九”小弟，将一个封好的纸袋放在了山爷面前，却没离开。

“山爷，华盛最近抢了咱们好些生意，这月的收入低了差不多三成，上次跟华盛开打，十几个弟兄进医院，又花掉了几万块……”

“记得带你弟兄们去玩。”山爷没答这“四九”的话，从纸袋中取出一沓钱，扔在桌上。

“谢谢山爷了！另外……山爷，有个事情，您到时候别说是我说的……”

“少装蒜，讲！”

“大小姐好像刚回来了……”

山爷一愣神，抬头看看这小头目，“轰”地站起来，大步流星地向外走。

“……在哪？”山爷又一愣神，回头问“四九”。

“我大哥去机场接的，她直接回家了……”

“你，给我开车去！”

山爷手下使尽浑身解数，见车超车，一路奔驰，很快到了一座海景别墅。

“千红！是我啊！开门哪！”山爷不知什么时候换上了一张笑脸，对着门口的对讲机叫唤，想着要见到两年未归的女儿，心里不禁又欣喜又有些紧张。

可是，对讲机的喇叭里却传出一个女人冷淡的声音：

“有事儿？”

第五十二章　绝色逼人，妖女千红

“你……没事儿！我看我女儿还得有事儿啊！”大冬天的，风凉水冷，山爷只觉这三个字像是就着风头飕飕地往心窝里钻。

“来了。”屋里招呼一声即开了门。

尽管多年父女，山爷又是老牌的江湖强人，可每回站在闺女面前，总觉妖气逼人。

千红生得面色秀异，龙光凤颈，地阁方圆，眼形细长，眉角腾空，体态亦是凹凸有致，蜂腰翘臀。人言此相，若在朝堂必母仪天下，若在山野，则为绿林女杰。

可是生下这孩子时，山爷诸事不顺，就怕女儿养不大。老辈人颇信神佛，让千红做了佛门弟子，以此祈福，没过多久山爷的运气还真就顺当起来，每每遇到难关，正的邪的，黑的白的，能用的手段全用上，生意红火，那是一发不可收拾。

这佛祖眷顾的姑娘，却让山爷越来越难受，说话冷淡，心机深沉，永远不知道她在想些啥，偏偏从千红嘴里说出话来，又没一句错的，按千红的说法，这叫什么“如实观照”。山爷想把女儿教得温柔暖心些，却又总被千红反问得哑口无言，可偏偏越是这般，山爷对女儿的疼爱更是与日俱增。千红今年二十五岁了，山爷本该盘算盘算将来女儿的归宿，可就这么个小妖女，唤回家见个面都不容易，这等大事哪里会让自已为她盘算。

瞧瞧千红还是两年前那打扮，头发散散盘起，三根紫檀发簪插上，身着一件大红色花褂子，脚上一双绣花大红布鞋，拇指佩一玉扳指。山爷见多识广，也没见谁打扮成这模样的。

千红轻轻窝在沙发里，顺手从身边茶几上拿起一个玉石瓶子，倒出点焦黄末子在无名指上，放到鼻下轻轻一吸。

“喂！这……这是啥！”山爷心头一紧。

“鼻烟。”

“鼻……鼻烟?”这东西山爷听过，也没见谁吸过。

“啊嚏！”千红打了个喷嚏。

“……”山爷的眉头是越缩越紧，一把抢过鼻烟壶，这小小的玉壶确是精美，壶的内壁上刻画着……这……这是春宫图啊！姑娘家家怎么用这玩意儿！

细细看看，内画里还刻了一小行数字:214891……这又是啥玩意儿?

“康熙年间的东西，前两个月收的。”千红随口答道，山爷面色复杂得紧。

“丫头啊，最近过得好吗?”

“好。”

“没……没啥别的跟我说?”

“挺好。”

“丫头，回来跟老爹一块住吧?”

“不用嘛，你住你的，我住我的，想让我回来会儿，我就回来会儿好了。”

“你看哪，爹那宅子，宅大人稀，我一个人住，压不住嘛。”

“那要不……爹再续弦？我不介意。再不就卖了换间小的？这不就结了?”

“你这丫头，怎么说话的哪?”山爷把嘴一撇。

“咋？我刚说的不都是解决的法子嘛？你说你要这么做不都解决了吗?”

“你这丫头，不讲道理！”

“老爹，你说我那句话不讲道理了?”

“哎……这……嗨，你一人在那边儿，做事儿多累啊！”

“不累，一个夜场，托人照管了，我那古董店里有张军帮忙，清静得很。你啊你啊，瞎找理由，就不爱说实话，不就是寂寞嘛，还有弟弟陪你不是?”

“别说了，你那弟弟成天搞那破摇滚，从不见人影儿，上月跟我要了三百万，跑去开个演唱会，我去看看，全场就我一个观众。他跟他那几个哥们儿在上边摇头晃脑地倒还挺入戏，唱的一个字都听不懂，你说这不胡闹嘛！”

“哈哈哈！”千红猛地大笑起来。

“嗨……”山爷看到这笑，粗糙的大手狠狠抹两把脸。

“过两天我就回去了，我那儿有笔生意，这两天让我干啥？说吧。”千红的话,没半个拐弯抹角的字眼儿。

“没……没啥,就让你回来陪陪老爹嘛。”

“你啊你啊……”千红伸出食指戳戳山爷的脑门。

山爷这会儿真像是变成了个孩子,正被千红老师教育呢,哪里还敢提让千红回来帮自己一块做事的话。

“对了,我收到消息,华盛对你所在的那个城市的生意也开始下手了,还有……”

“这个就别跟我说了,你要干什么,我之所以不反对,也是因为我不喜欢……”还没等山爷说完,就被千红眼睛直直盯住,嘴都张不开了。

家家有本难念的经,华盛、东联都是响当当的牌子,可两位大佬的子女都稀奇古怪的性子,当真倔起来,天王老子也拉不回。

武当山虽是旅游胜地,可转车却是麻烦,下了飞机到汉口转车,这一时半会儿又没有直达的,虎禅只得先到了十堰,再转车武当。

还没到站,虎禅已在卫生间里换了一身衣服,穿上粗布道袍,外面罩上一件防寒的黑色大棉衣,足踏千层底道鞋,最朴素干净的颜色,这是一种恭敬,隔绝世间妄念。

这身道袍是阿生师父的旧衣服,缝缝补补好些年,道袍百衲,穿身上却越发的柔软舒适。

“舒服!”迎着车站前呼啸而清新的冷风,宽厚无碍的衣着,仿佛天地为之一宽。

都说“靠山吃山”,有些地方的气氛,确是非同寻常。在这儿,小小的店面,不约而同地有了响亮的名字——“太极油行”“三丰茶庄”“玄武饭店”……似乎在空气中都能闻见道门的气息。

从车站向着武当山门走,过两条街,渐渐有了人气,那边是菜市场,有一家千层饼摊子,在当地十分有名,小道士们说:“不吃千层饼,上不了金顶。”虎禅买了许多,几乎把摊子上的饼包圆儿了。

再往前走,又稀了人烟,一段大路两边零星地还开着几家店铺,大概都回家准备过年了,街道比从前来的时候宽敞,漂亮,可是更冷清了。

从前，虎禅并不喜欢这地方，山上山下，乃至镇子上，都没一个好看的姑娘。武当穷，稍微有点儿姿色的，都挤破了头往外头嫁。又没什么可以玩乐的地方，这里除了练武实在没多少可干的事，唯独这条大街，给了虎禅一点乐趣。

过了这街，就是山门，这儿的店铺，多卖一些旅游纪念品、古董、冷兵器。说是冷兵器，实际上也可以归类为纪念品，那刀剑摆看还将就，真用起来不如一根铁棍子结实。

反而古董中偶尔会有老兵器，这些老兵器不论从质地、设计上，都是最适合实战的东西。虎禅就曾在那些随意堆在地上的古董堆中倒腾出了从前西北军所使用的抗日大刀、清朝时花纹刃的匕首，还有一把不知来路的厚实短剑，都是杀人放血的利器。

但凡熟客，或者是熟人介绍来的，却还真能买到武当山上巧手匠人所打造的好刀好剑。这些玩意儿价值不菲，藏得小心，有些店铺墙上挂一大幅画，把画掀开就有一道通向地下室的暗门，值钱的好东西都收在里边儿。

从前在山上待的那些日子，虎禅闷了，就只有到这条街上倒腾古玩、刀剑。

可如今，虎禅对这没了半点兴趣，风雪为伴，不焦不躁地溜达着，步向青峦深处。

“前面的！站住！”虎禅山门前一声大喝。

“咦？啊！师兄！你怎么来了呀！”只见一道童，头上系逍遥巾，背着满满一筐子蔬菜、年糕正要上山，回头一见虎禅，拾到珍珠宝贝一般，迎上来。

“来来来！放下，咱玩两手！”虎禅手一招呼，那道童把嘴一撇，撂下框子，菜都撒出两棵来，一个引手甩出，巴掌照虎禅面门带着破风声扫过来。

虎禅轻握空心捶，向前抢半步，近身，提起右手，手腕猛击在道童腋下，立时拔了对方的根，散了架子，往后便仰，虎禅击打之后丝毫没停顿，那已经抬起的右手空心捶，再顺势击出，当胸点打，将道童捶了个四脚朝天。

避梢节、守中节、击根节，正是戴家拳中常用的捶把——单把。

“你欺负我打得少！抢个先手！你这是阴我！还以为你要搭手！”那道童嘴上笑骂，一顿乱拳打过来，与虎禅闹成一团。

“行行行，我要待上十天八天的，跟你打个够行吗！”虎禅也乐了，遇上多时不见的好友，确实心神清爽。

“哎哟,可算是见到人气儿啦！无忧你要不来,我可憋闷死了!”

虎禅是戴家弟子之外,又继阿生师父的道统,也是武当弟子,有道名“无忧子”。这道童字号“无心子”,是虎禅师伯通幽道人的徒儿,与虎禅平辈。

每年冬天,武当大雪封山,山上的道人们都搬到山下的房子或者武当镇上去住,只有无心的师父通幽道人会一直待在山上。他说过,世间有了四季,万物才能生生不息,庄稼都靠大雪护着,人却要躲着雪,这是什么道理呢?

“不当家不知柴米贵……都是我走那么远的山路买菜的啊……”无心犯懒地嘟哝着。

“你师父我也待了那么多年,以前没你买菜时,我难道是嗑风的嘛!”通幽师伯就是这么训无心的。

无心原本是武当山旁农家的孩子,父母想赚些钱,让家里过上好日子,便把他托付给了奶奶照顾,奶奶去世时候孩子只有十岁,父母又不愿回来,只每月寄来些生活费,孩子便上山拜师,入了道门,从此跟在师父身边。

古人有诗云:“天上白玉京,五楼十二城。仙人抚我顶,结发受长生。”

看起来很美,可是当真过上这样的日子,常人根本受不了。

虎禅这一趟,便是要找通幽师伯。

通幽师伯会说故事,可是却不好听,一般人听了都会很难受,他会将自己曾外出云游时的见闻说出来,但是却没半点儿对事情的评价,没有半点儿喜怒哀乐,甚至让人摸不着头脑——他说这个是什么意思?是为什么?

“来！边走边吃！玄武阁不算远！慢慢走吧!”虎禅拿出饼,递给无心。

“还说呢,多亏遇见我啊,师父不住玄武阁了。”无心眉头皱起来。

“那现在……”

“住到逍遥谷去了!”

“无量天尊……”虎禅苦笑,望向那不见边际的山路。

第五十三章　问道真武，青山深处

本来约莫三小时步行路程，因为遍地霜雪，比平日里难走许多，大风吹过岩崖草木，遂成山呼海啸、雪虐风饕之势。

通往玉虚岩的九涧渡，宽处足有四五丈，窄处只一尺半，十分险要，放眼望向茫茫天地，使人胸怀豁达。

“冷，脚很冻，我都穿了两双袜子呢！”虎禅索索鼻子，把头上的帽子拉下些，遮住耳朵。

“哪个笨蛋这种天气还穿布鞋啊，要像我一样穿棉鞋。”无心一蹦一跳，得瑟得很，一见面就被跌一跤，这下可好，老天为我报了仇。

可事实上，虎禅冷得很舒服，要来听通幽师伯的话，就该敞开心扉，如果不能看穿事物的本质，那就要有死猪不怕开水烫的精神。

爬山是一种十分损伤膝盖的活计，所以常年在山上来去的道人们，有一套专用于爬山的步法保护身体，虎禅与无心，每上一阶，都用弓步向侧上方踏出，身体重心也转移到前脚，起脚吸气，落足呼气，如炼拳一般。

通幽师伯住在玉虚岩后的一间小屋子里，玉虚岩是一座岩观，内塑雷部众神泥像，尽管内部并无烟火，总算是有瓦遮头，觉得暖和了些。

虎禅从前来过，因为《封神演义》里的故事，一直很喜欢这些泥像。雷部众神之首——九天应元雷声普化天尊，即是商朝的太师闻仲死后受封的神职，大概，在所有“助纣为虐”之人中，唯有这闻仲太师的刚正不阿最让人敬佩。

“师父！看谁来了！”无心一进门便大声嚷嚷。

“嗯？你也来了啊，行，做饭去吧，多做些。”通幽师伯一如从前般清瘦，看着虎禅，没半点儿有客自远方来的意思，到像是看见个日日来串门儿的邻居。

“好嘞!”虎禅站在火炉前,一边抖动全身,活动气血,回答得既简单又精神。

“哗! 这么丰盛! 还买了酒哪!”虎禅原本以为这回上山要持斋把素,但看无心从筐子里拿出的食材,却让自己十分意外,这一趟买下来,怎么都够吃半个多月了。

“师父说我在长身体,要多吃,还说钱放盒子里被老鼠啃,不如早些吃掉了干净。”

武当山下,乃至外地都时常有生意人上山请道爷看风水,买地建房的人没经过这道程序,心里总是不踏实,而往往塞给道爷的报酬也是不菲,可是住在这山上,也实在没什么可以使钱的地方。

“师伯,山下的路又修了吗?”虎禅随口扯起了话题。

“嗯,修了,说起来也算是我让修的。”

“哎? 这建设的意见您也插上了手?”

“有几个不认识的人找我帮算命求签;有的让我给他们指赚钱的路;也有让我给他们指条躲灾避难的路,这东西我真的不会。”

“噗……咳……”虎禅刚抿口酒,一下呛上了。师伯一辈子不与人动心机,买东西也没讲过价钱,居然找他问生意呢。

“我说我不会,他们拉着我不放,说让我发发慈悲。”

“然后?”

“我只能说让他们多多行善嘛,他们很高兴,问我行善的路子。”

“行善都不会吗? 您咋说?”

“我说修桥补路啊……希望工程啊……孝顺父母啊……扶老人过马路什么的,然后没过两天他们就把山下原本的路都挖了,重新铺上。”通幽师伯掐着手指数来数去,大概当时脑子一时转不过弯儿,只数出了这么几条善路。

“这……每个人你都这么说吗?”

“没办法呀,要是能点石成金倒还方便了。”

虎禅语塞,无心在旁哈哈大笑。

“然后路修完了,修到前边元和观那儿,发现有块地段不错,就是有个古庙挡着,要拆了建酒店,我说别拆吧,这回他们塞了个红包给我,让人把我打发走了。”通幽师伯从床上走下来,挂好手中的拂尘,坐到桌前。

“这不是扔了钥匙来砸锁嘛……那庙里供的是哪尊神仙呢？”

“土地。”

“这土地当得……师伯，怎么想着搬到这儿来的？在玄武阁不是住得好好的嘛？”

“只在此山中，哪儿不都是好好的呢？”师伯随意应了声，示意虎禅动手吃饭，可这时无心却把捧起的碗给放下了。

“才不是那样呢，那边说要组织什么武术文化交流，把咱赶出来了！”无心一脸的不高兴。

“谁赶你了？师父赶的？”通幽师伯看着无心。

“吃饭吧，安静，助消化！”虎禅即刻会意，拿筷子敲了无心一把。

“我看，你也没打算老实待着。”通幽师伯斜了虎禅一眼。

饭后，虎禅说了张爷已经外出云游的事，本是闭眼养神的通幽师伯，眼睛睁开一条缝，遥望屋外风雪，随即又缓缓闭上。

稍事休息后，虎禅揉揉脸起身，向外走去。

岩庙里，无心前后脚开立，一边站着三才桩，一边捧着本英语教材朗读，今年无心也要高考了。

“复习得如何了？”虎禅拍拍无心。

“没问题，武汉的老师给我画了下重点，都能记下，先前还做了些模拟试题，成绩不错呢。”

“没老师在身边指点也能做到这一步，真难为你了。”想起自己那吊儿郎当的中学时光，虎禅有些脸上发烧。

“嗨，就是数学分数不够理想，死记硬背的难不倒我……不过，其实我不大想读大学。”

“瞎说，不读书怎么行？”虎禅斥责。

“我要走了，师父就一人待在这儿了……师兄，在外头练武的人都做些什么工作呢？”

“这……”虎禅一时间被问住了，尽管自己曾经想过，却始终没有答案。

保镖？看场？这都不是长久之计，至少面前这位在武当长大的师弟绝不适宜。

做武术教练，若是在国外，或许还有一片天地，但是自己却没见过几个国术教练能真正做到衣食无忧的，要是嘴再笨点儿，人再厚道点儿，怕是连个温饱都混不上。

自古以来穷文富武，练家子要想一生无忧无虑地专精于拳法，须得有很厚的家底。

“从军不错。”虎禅只能想到这条出路。

“从军？还有吗？”无心满眼期望地看着虎禅。

“活在当下，先把高考给考好！先解决眼前的事儿，考上了总没错！还有，你们被赶出来是咋回事儿？”

“其实……也不算是赶，只是那儿要搞个什么武术交流大会，说是要请来一些其他流派的名家，本来要请师父出席，师父哪里会参加，每日里都有人来劝师父，又一边布置会场，连咱屋里的桌椅板凳都借光了，求师父暂借这玄武阁的住处，他们闹腾得越来越紧，没个消停，师父脾气好，就说咱们挪挪窝吧。”

“这季节搞交流会？谁办的？”

“山下几家武馆的馆主联合办的，都说是武当弟子。”

“方便带我去看看吗？”

玄武阁旁的空地上张灯结彩，有些俗气，显然是因为交流会的成本被压制得极低。舞台上方拉起横幅“展示道教文化，传承中华国粹”，下书某某派传人的名讳，台下整齐地摆着几行条凳，当头的一个年轻人穿黑色道袍，其余几人穿白色道袍。

倒也有几个外国客人，在瑟瑟寒风中向场内身着黑道袍的年轻人讨教。道人有表演千斤坠的，是让几个人排成一纵队，一块儿推搡自己，自己牢靠地站住，纹丝不动，寸步不移。

这种表演，虽说要有一些功力，但是更多的是藏而不露的技巧，江湖中称为“门子”。只要下盘有一定的基础，拳架齐整，上身练得松沉就能做到。表演的时候，只需弓步站好，后脚撑直，用手托住自己面前人的双臂，双手一使劲，如将物托起一般，身体沉坠，对方的力道便传到自己脚下，身体再微微转动，引偏这一纵队的合力，眨眼的工夫，老外便成了“滚地葫芦”。倘若劲道再练得周全些，还能做单脚站立也能让人推不动的表演。

之后又有讲手、放人的功夫表演,虽说需太极拳基础,却都藏着些简单的小技巧。

几个老外满脸的惊喜与不解,掏出几张钞票,交予当头的年轻人,模仿着道家的龟背礼,打了一躬,转身离开,继续自己的旅程。

场中又回复了冷清。

“走,咱们过去看看。”虎禅拍拍无心,无心琢磨着,虎禅的性子,定会出手与人比武。

方才表演的年轻道人,嘱咐了几句,让另外几人在前场等候游客,自己走进后场避风休息,正拿着手机打电话,看见无心进来,笑着点点头,示意稍等,自己走远几步。

“娃,人家那边说要彩礼,好说歹说都要两万块啊!”虎禅耳朵极灵,手机声音又大,那头的说话被他听得一清二楚。

“妈,能不能跟她说说,明年下半年行吗?我们这太冷了,淡季没什么人来啊。”那穿黑道袍的年轻人低着头,摸出根烟点着,深吸一口。

“人家说不行,拖得太久了,说今年过年如果不行的话,就答应别家了。”

“妈,你等等,回头说吧,我这有些事儿。”放下电话,那愁眉苦脸展开,笑着招呼无心坐下。

“坐坐坐,无心,有事儿吗?”

“大伟,我一师兄想来看看你们这活动!”

“你师兄?是哪一个?”

“噢,是我师叔通玄道人的大徒弟,无忧。”通玄道人即是阿生师父的字号,山上的道人有专修医道、专修风水勘测等等,而阿生师父论武功则是首屈一指的,威望很高。

“啊!是他啊!我早听说了,是叫岳虎禅吧,他超厉害的……人呢?”

“咦?刚还在这儿的……”

两人正待出去寻,虎禅走了进来。

“你好啊,久仰久仰。”那年轻人刚要行礼,虎禅轻托住对方的手臂。

“不要客气啦,都是年轻人,哎,对了,能不能让我看看你们的功夫?”虎禅笑眯眯的,无心也不知道这古怪师兄要做些什么。

“啊！这……”

“你们到前场,打套拳我看看就是了。”虎禅拍拍大伟肩膀。

虎禅拍拍身上的雪花,坐在了场前的观众席上。

一套太极十三式,山上山下的人,就算没练过,看也看熟了,一起表演的五人,因为天气寒冷,身体略有僵硬,但是一举一动之间,却有一定的功底,并非一朝一夕所成。

演罢,虎禅对大伙笑着点点头,径直走入后场。

“你喜欢武术吗？咱们都是年轻人,说实话吧。”冷了一会儿场,虎禅开口发问。

第五十四章　苍茫紫宵近，梦醒白云间

“喜欢！师兄你看，我到山下的武校学武三年了，一年才回一次家，他们几个学得短些，但是也练得很勤！”大伟看起来十分坚毅。

虎禅从口袋里掏出一个厚实的红包，塞在了大伟手上，红纸是虎禅刚出去扯下的对联。

“这……无忧，我不能收，早听说你的名声了，见到你很高兴，但是……”大伟刚要把钱塞回给虎禅，不想虎禅一咬牙，脸色一沉，甚是吓人，大伟身子一紧，把手缩了回来，拿着红包立在当地，有点儿手足无措。

“这是看表演的费用，拳打得好，我当然得按规矩来。不过喜欢什么，不一定要靠这吃饭，做点其他的事情会容易很多，国术要是没有大的平台，是个很不好做的行当……但是以后不论干什么，还是可以把武术继续练下去的，无心，咱们回去吧。”

沿着来时的山道再回去，路上的雪，下得比方才来时更大。

“师兄，我以为你会去踩了他们的场子呢。”

“这场子不该开，也不能踩。”虎禅的声音，和天气一样冰冷。

“这什么意思？”无心不解。

“别说这个了，无心，我想了一下，你学医不错，考个医学院吧。”虎禅想起父亲手下的胜伯，那样的医生也算是逍遥自得的行当吧。

“学医也好啊，济世救人有福德……不过为什么？”

“且不说济世救人，练武的人，在社会上生存不易。我想，如果功夫好，又能当个好医生，在这世上活着，应该不需要再指望别人施舍了吧，学好一门手艺比什么都强。再者，这些年你跟通幽师伯也学了些医术，有不错的基础……总之，相信我吗?”

“信!”

“那好,学医吧,要是考上了,一定告诉我好消息。”

“什么叫‘要是考上’啊? 我一定能考上的!”看来,无心对自己的学习成绩十分自信。

从前在这山上,走到哪,练到哪,只有紫霄宫人多,不是练功的好地方。戴家古训“饿死不卖艺”,更不愿意当众炫耀自家拳脚路数。

武当紫霄宫,是上山游玩的必经之路,人气旺盛,虎禅从前常在此戏耍。

那时候,刚开始扎内家拳法的根基,阿生师父每天都让他换地方练步练腿,说平地练功不好,泥土地或是其他不平的地面,才是练功最好的地方。这样出来的功夫不光扎实,到了临机应变时,脚下的变化比别人老辣些。

虎禅在紫霄宫前悠然踱步,黑爷的窘迫、赵伯的辣手、喀纳斯的努力、本多英明的剑术、还有失踪的阿培、远在泰国的大头、操劳的父亲……这些日子的诸多人事在心中过往,既透彻又安静,虽是风声呼啸,可是五行天籁,绝不会让人觉得喧闹。

刚学戴家拳的时候,是阿生师父在屋子里传授。虎禅刚练熟虎步进退的时候,只觉得两腿灵便,两步便从屋子这头跨到屋子那头,轻巧地发声吐纳,声震屋宇,年少无知,以为声音大就好,胸中傲气油然而生。阿生师父将虎禅带到这里练习,面对着堂皇大殿、巍峨群山,忽觉步子跨得很小,声音也如猴戏鼠闹一般,心中不免生出焦躁。

“小子,在屋里硬是没用哒! 环境一大,你就怵啦? 哈哈哈! 拳选人,天炼人,你大不过天的,身心炼得流畅,顺天应人,自然能大气。”阿生师父的教诲,当初是不懂的,如今才摸着点儿门道。

“平日看着像个英雄,遇上了无可奈何的人、无可奈何的事,只能徒叹奈何,我怕这怕那的,真是让人生气!”虎禅对自己很不满意,抖抖身子,开始打拳。

这套“五膀”的式子,练起来灵活轻松,动起手来却势猛拳烈,如风如炮,虎禅很久没练了,并非偷懒,是怕贪多嚼不烂,如今演练,也是挑自己最顺手的“云摩膀”精练。

照足拳中的规矩，不以自己的心情而改变拳法的走势，时间一长，心情就能被拳法理顺。

“身如槐虫”般的身法，看似柔和，身子却跟揉面团一般，越来越韧，吐纳走拳间，脏腑也得到锻炼。当身体的运动模式定型之后，再学习打法，身体比脑子还快，就如弹奏乐器的人，一首曲子弹熟后，不必看谱，脑子里也不必记那谱上的音符，手指上的记忆会自然流淌。

五百年来一局棋，仙家岁月也无多，这一入了迷，便不知过了多久。

“虎禅！停啦停啦！陪我玩玩！”那边无心叫起来，把疯魔的虎禅从定中唤回，缓缓地的束身收势，身子再连展三次，双手往丹田上捧，轻发三声“吼”，气息厚积薄发，声音清澈明亮，回荡不绝。

“你怎么来了？”

“师父说这边没人照看，让我休息时来上上香，别因为风雪，就连祖先也冷落了。你答应我的，不能只顾自己，要陪我好好练！”无心一捶敲向虎禅。

这伙伴之间的练习，由轻到重，松开身子，互相捶打、牵制、扑跌，虽不下狠手，可是被拳掌磕上或者跌出去，也是疼痛得紧，这种疼痛不仅让人记忆深刻，还愉快非常。无心缺少实战经验，打完之后再互相切磋琢磨，所学得的临敌应变之道，从某些方面来说更胜过师父传授的新功夫。

打得入港，双方觉得疲倦时，已近日暮。

“无心，你的功夫很纯哪，武当拳的造诣比我还好，不愧是一直在山上清修。不过你的打法太直白啦，不撞南墙不回头，老被我打。”虎禅脸上也瘀了一块，方才对练时，被无心撞散了拳架，磕了一肘，无心更是跌得一身灰土，嘴角也被打破了些，却是越发的兴奋，手舞足蹈。

“我老中你的圈套，为啥你总能得手啊？”

“其实很简单，你记住了，你一出手的时候，眼睛望的、手上打的是对方上盘，这时你的目标却是用步法、暗腿攻击对方脚下；往左闪的时候，你的脚下就要准备好向右疾走；你手一出了，就要准备缩手，但身子却直直闯进；正面直闯时，一定要准备快速缩身或者拔腿后退，退的时候又要准备后脚一沾地立刻冲上；将对方拉向自己时，一定要准备发手推出……总而言之，你要习惯每一手都是实的，不发虚招，但是指上打下，指左打右，每个动向都要为下一个动向做好准备，要让身体习惯拳法里所有的变化。”

“心里明白了，身体还有些做不到，再练习些日子才成啊。”无心想了一会儿，比划一会儿，呈恍然大悟状。

“不过，你的力道当真跟我不相上下，有好多次，我的扑跌要得手了，你是以力量硬生生抵住我……虽然说是一力降十会，但是也要注意，不要离了武当拳的精要，这样打法会让你止步不前的。”无心提出对虎禅的建议。

“嗯，你说得对，我会注意的……嘿嘿，不过都要被打了，我可管不了这么多啊！”

“这不欺负人嘛！”

晚间，通幽道人正默念《太上感应篇》，虎禅轻步走到跟前，盘腿坐在蒲团上。

“遇到了想不明白的事情吧？”通幽道人问。

“是啊，只是一下子又不知道从何说起。”虎禅挠头。

“你是在害怕什么呢？嗯……你脸上写着的，尽是些人情世故，取舍不易。”

“师伯，您怎么知道？”

“世间的劫难，不外乎两种：恐怖与诱惑。你想要什么财物，自不会来找我这痴顽老头子支招，要是被人打怕了，你该回去问阿生才是，剩下能在你心里闹腾的，不就是些人来人往的杂事儿嘛。”通幽师伯合上《太上感应篇》，盯着虎禅。

“哈哈，是啊，您这一说，我忽然觉得好像自己烦恼了好些日子的事情，其实算不上什么。”虎禅笑着，脸色红润，有些不好意思，可是过了一会儿，通幽师伯发话了。

“其实……你如果喜欢的话，多待几日，跟无心玩玩，如果为了其他的，你已经没必要闷在山上了。”

“为啥？米不够了？”

“欠打，你也就这么点儿岁数，与其让我教你如何做，不如你自己在尘世间多磨磨呢，再难的事情总会过去的，不是吗？”

“只是有些无可奈何的事情憋在心里，实在不好受，想来这儿静静地思考，要是想明白因缘，该能解决吧？”

“你来这儿不像是解决问题的,我看你更像是逃灾躲难的。只有下了山才能干你该干的事情嘛,你以为自己是释迦牟尼,找个没人的地方,大树下一坐就成佛了呢……你还小,还有喜怒哀乐等着你,不要活得太通透,我也更不能给你说透,继续走着就好,别怕。”

“别怕”二字,这时从通幽师伯嘴里说出,有从所未有的慈祥和蔼。

“师伯,这回……你跟从前不太一样。”虎禅歪着头,斜着眼,满面的怀疑。

“被你看出来了嘛……等无心去读书学习,我也该走了。”

“您也要去云游了吗？难道是约了张爷一块出去混？”

“找抽嘛,道爷打人可是很厉害哒!”通幽扬扬手中拂尘,嘴上带笑,可一会儿又沉默了。

“哈哈哈,顽固的师伯也笑啦!”

“本来吧,我打算过两年再走,可是我要是不走,就拖着无心了,咱们道人总得把因缘了结,谁也不要牵绊谁才好。”

“我能帮上什么忙吗?”

“读书的费用我给无心存下了,只是这孩子从小就在山上呆着,不通人情世故,将来若有什么不便,你们兄弟互相照料吧。”

“无心还不知道吧？他会舍不得呢。”

“方散不定又团圆,见不见,不都一个念头间的事情嘛。”通幽师伯随手将拂尘轻轻挥洒,谈笑之间,裹身红尘灰飞烟灭。

余下几日,虎禅与无心互相切磋技艺,无心得通幽道人真传,功力深厚,只不过是意会的多,实用的少,这下子虎禅陪他从早打到晚,潜力被大幅激发,武术有了长足的进步。

时光飞逝,虎禅要走了。

太阳刚露头,虎禅便已起身,将行李放在玉虚岩崖边,到屋后接了一盆井水。

这山中井水可不比寻常的自来水,那是透骨的冰寒冷冽,很久没领教了。

双手掬一把,泼洒在脸上,顿时灵台清明。

“啊！爽快！好久没这么看日出啦！咦？师伯也起床了呀。”

山下,响起了武乐,回荡于群山间,想必又开始了宣传活动。

“师伯，你说整这些玩意儿，是千年的传承，还是个懵懂的美梦呢？”虎禅不禁想起了黑爷，还有前几日那指望靠武术表演能娶回媳妇的大伟。

“什么都管，你还真是菩萨心肠啊，这些关你的事儿吗？不离本心，好好活！”说到“好好活”时，通幽道人拿着拂尘敲了一把虎禅的脑袋，自顾自回了屋，留下虎禅一人坐在崖边待着。

“真美啊！”虎禅拿着根木炭在地上写写画画，许久，终于完结，抬起头远眺群山。

“无忧，走吧，我送你！”无心走过来要提虎禅的行李。

“没必要，你玩了几天，多点时间复习功课吧。喏，你拿着这手机，我来的时候买的，以后有事儿方便联系，里边儿存了我的电话，有空的时候，来看看阿生师父和老太爷啊！”虎禅一脚挑起沉重的旅行包，背上，挥挥手，一步跳下三四级石阶，风一般扬长而去。

“一路顺风！嘿嘿！”无心招呼了一声，刚要进屋，却见地上用黑炭划出歪歪扭扭、涂涂改改的字迹。

火精当空暖身，星斗纳吾入怀。自武自癫自开怀，且喜无挂无碍。

灭却前尘旧梦，莫念将来何在。不须计较与安排，随缘当下自在。

“这不就是说自己的脑袋只长了一根筋嘛。”无心念叨。

第五十五章　洪门扎职

原本清冷的地下室里，变得热火朝天。

“乌鼠！乌鼠！妈的乌鼠！”阿培手上捧着沉重的实心球，蹲下放低，站立举起，汗如雨下，心里还一边忙不迭地咒骂。

“别走神！专心！节奏！节奏！注意动作标准！你糊弄谁呢！不许低头塌腰！把后腰填平了！”旁边一个教练正拿着秒表。

这两年，阿培为东联打生打死，立了不少功，钱也赚得不少了，本来论功行赏，该扎职上位，领“四二六”红棍，也就是金牌打手的位置。虽然年轻一辈的人服气，佩服阿培的身手义气，可毕竟是外来的人，东联中的一些头脸人物视阿培为“乌鼠”，有实力，没人望。

阿培明白，自己被人判定是流窜的亡命徒，人们害怕他。

害怕他，也就是看不起、鄙视他。

磨刀不误砍柴工，阿培花掉自己的积蓄，请来了很好的搏击教练，要再次提高自己。

“我什么都不行，只是不怕死，能挨苦，找你再要一对厉害的拳头！”这是阿培寻得这位好教练时说的话，钱不钱的已经没关系了，阿培更在意自己的尊严，要用拳头打出一片天。

教练名叫扎克，是个华裔，本来是职业拳手，只是打架比比赛还多，最后出了一些事故，被禁赛，来到中国教拳为生。

“一百次啦！快！攀绳！加油……好！去跳绳……空击五分钟！”阿培的地下室摆放、悬挂了一圈训练用的家什，各种训练项目轮流交替。

“好！休息！阿培，有进步啊！”扎克教练掐下秒表。

阿培手指在额头上刮过，热汗如屋檐上流下的雨水，地面上湿了一块。从前的阿培，虽然力大勇悍，身上的筋肉看起来却是干瘪，如今十分饱满、有光泽。

“扎克，谢谢你。”阿培用大浴巾擦着身子。

“谢什么，一会还要折磨你哪。”扎克皮肤黝黑，牙齿却是雪白，张口一笑，阳光灿烂。

“不……我是指其他的，就是想给你说谢谢。”

扎克虽然收了阿培的学费，但是这些日子里他所做的，已经远远超过了一个教练所该做的事情。每日里规范阿培的饮食、作息，逼他戒了烟酒，就连牛奶和蛋白粉都亲手冲好，递到阿培面前。

“遇到你，是我期望已久的，从前我就想，如果拳击用于打架，像古希腊的拳斗一样，为打架而存在，如何能打得更加自由自在，该有一些什么样的改良。就是因为这样，我才被禁赛，遇上你这么个古怪客户，我可以尽情发挥了……哈哈，我也很疯狂吧？”扎克在训练阿培的同时，只觉得非常享受。

“说起来，你那古武术的练习，还真是狠哪……”扎克看着地下室另一边悬挂的铜钱阵，那是虎禅曾经教给阿培练习闪避的法子，将铜钱边缘磨出利刃，再用棉线按照各种高低、疏密不同的式样悬挂排列，人光着膀子在阵中练习闪避、空击，一不小心就被割破皮肤，出起汗来，十分疼痛。

“当然不可能完全闪过，但是在没有那么多陪练时，这种闪避的练习方法对群斗来说更加合适吧。”扎克若有所思，这些日子里，也从阿培那里听说许多从前不知道的事。

第一次见到阿培，跟阿培交手的时候，拳头击向阿培，阿培屈右肘，肘尖朝前，小臂在左脸格住扎克的攻击，大臂护住右脸，肘只要稍微一动，可以如盔甲般防御，也可以直闯对手中门，一有空隙，手臂一甩出，跟着就是连环的击打，这种打法风格来自国术的打法风格，让他十分着迷。

阿培说，自己用的一些打法，是一位好朋友从前教的，自己没认真学，只是回忆起其中的残招断式，练熟之后，勉强使出来用，很不完善。这话却让扎克更加神往。

可是阿培的拳脚并不系统，自从扎克给阿培定下了新的训练流程后，阿培的身手有了非凡的长进。

对于阿培这种神经比虎禅更粗的人，在练习系统上，专精于拳头打击和步法身法，是最好的选择，阿培对扎克的安排，也很喜欢。

近来扎克也分外用心，让阿培把自己从前记得的各种打法和国术的训练方式演练出来，挑选合适的，加入阿培的训练系统。

“这些练习方式，看起来很老土，效果却是极好。”扎克很期待，有一天能见见教给阿培这些练法的人。

这时，地下室的卷闸门被人拍响，扎克刚要起身开门，阿培按了一下扎克肩膀，自己走过去。

“谁啊？”阿培叫唤了一声，也拍了两下门，来人没有回应，只是卷闸门下塞进来一个信封，阿培打开来。

“扎克，今晚有事，训练暂停吧。”

“嗯，自己万事小心。”扎克皱皱眉，这会儿他倒希望，阿培只是个单纯的拳手。

中国人办任何事儿，都要吃饭。今天的饭，排场不算大，二十桌，本来阿培就没有迟到的习惯，还提前了十分钟到，可是却发现今天宴请的人已经全部到场，自己刚走进大厅，所有人的眼睛都盯在自己身上。

阿培脑筋转得不快，但是光凭类似于野兽的感觉都能知道，这会场也太沉闷了些，老一辈的与年轻一辈的全都分开坐，虽然有窃窃私语，却始终无人大声发话。肚子饿了，可是阿培就算再没规矩，也实在不好先动筷子。

“阿培！过来坐！”一个曾经跟阿培并肩作战的弟兄招呼阿培。

阿培背后的一桌，正是老辈的人，下足了耳力，只听清了一个从牙缝中挤出来的不屑：“操！”阿培觉得对方说这话的时候，嘴一定是对着自己的后脑勺，眼睛一定斜向自己，一脸的轻蔑。

要在平日里，阿培的拳头一定会招呼到他的脸上，今天虽然没出手，可阿培也有了行动。

回头望了一眼，背后桌有几个空位，阿培站起来，转身，抽凳子，坐下。

打拳就是这样啊，当然要抢先手啦，别人不攻，难道我还跟他耗着吗？也不知怎么的，阿培这会儿的思维，很有兵法的味道。

这桌坐的人，年纪大都三十岁以上，果不其然，阿培一坐下，全都面色一沉。

“你什么身份，凭什么坐过来？”这桌的主位上，坐着一个身材肥壮、西装光头的中年男人，阿培知道，人们都称他为罗汉，小辈人叫他汉哥，势力之大仅在山爷之下。

阿培却不怕，舍得一身剐，敢把皇帝拉下马。

“我看这儿位置多，来坐一把交椅，其他的没人教过我。”

“回去！”

“山爷到！”罗汉的逐客令刚一出口，大厅外头的招呼声打破了僵局。

二十桌人全站起来，唯独方才对阿培下逐客令的那位，坐着原地不动。

“倒酒！”山爷大声招呼。

“今天，阿培扎职！四二六！行黑旗职责！干！”谁也没想到，山爷还没坐下，站着倒上一杯酒，就是如此直接，阿培忽然面红心跳，牙齿一咬，说不出话，也端起酒杯。

“慢着，谁同意的？”西装中年人懒洋洋地开口，却是中气十足。

山爷却不管，一杯饮尽，再倒一杯，走到中年人身边，俯身耳语，拿着酒杯的手，摆向场中年轻人多的方向，这时候，谁也不敢出口大气。

“罗汉，年轻人很有意思，一块儿打过一场架，喝上两杯酒，说几句话，就敢一起上路，咱们都不是那个年纪的人了，以后的新人，还劳烦您多看顾了。”

罗汉抬起头四面望望，眉心蹙成一团，过了良久方才端起酒杯，跟山爷碰了一下。

“好！”场中不知是哪个年轻人叫了一声，大家欢呼起来，阿培只觉得脸颊发烫，热血上涌。

敬了大家，又敬了山爷，阿培低下头，只觉得敢上刀山，敢下火海。

“阿培，你这两年出力不少，他们都乐意跟你，另外有一间赌场、一间夜场，也给你照看，后天到我办公室来，我让人带你去。好好做事吧，这辆车先开着，做大人了，想要更好的车，以后自家赚。”山爷嘱咐一声，一把车钥匙，轻轻放在桌上。

阿培一下子懵了。

“山爷，不说了，以后只要是我能做的，您尽管吩咐吧！”

“嗯，饭后，在会议室做扎职仪式，‘心腹’‘圣贤’主持，这几位是公司的老人，以后多向他们请教，等仪式完了，跟弟兄们出去找乐子庆祝吧，我还有要紧公务处理，先回去了。”

“山爷，我送您。”

“坐下，陪大家好好喝上几杯吧。”

山爷刚一离席，罗汉也带着自己的人走了出去。

简易的仪式设在会议厅中，香案旗彩已是齐备，坐堂、陪堂、盟证、圣贤均已就位。阿培赤膊上身，跪于香案之前，香案供五祖、祀关帝，上方悬挂“忠义堂”匾额，香案上更摆有尺、秤、镜三物——尺，度量兄弟行为；秤，权衡义气公道；镜，照彻忠奸善恶。

“天开黄道良辰好，英雄结义在今朝。黑旗职责非关小，江湖律例把权操。对外有奸全斩草，对内检查穿黑袍。君子处事有正道，欺软怕硬不英豪。有过亦宜分大小，情虽可恕法难逃。轻则红棍要领教，重则安刀自己剽！规矩都明白吗？”圣贤大爷念罢洪门礼仪“黑旗令”，随即大声喝问。

“全仗成兄与拜兄指教！”阿培来之前接到的信中，各种回答方法均已安排。

“门中七十二例！二十一则！十禁十刑！若违条款应当怎样？”

“死于刀枪之下！”阿培大声回话。

管事盟证抓一只雄鸡，行至香案前，一刀斩首，喝道：“有如此鸡！”

阿培起身，倒退、躬身出门，意为“不敢背对神明圣贤”。

仪式暂告一段落。如今的仪式，已远不如古代那样烦琐。

门口一出，四下里的弟兄们都迎上来，祝贺恭喜，拥着阿培出了门。

只有阿培知道，方才那种阵势，和打架是两码事，却逼得自己四脖子汗流。

“今天喝个痛快吧！顺道看看有没有漂亮姑娘！”有人提议。

阿培本想回去，可是晚上的训练取消了，年关将至，人也寂寞得厉害，最近实在想找个女朋友了，哪怕不发生任何事情，只在眼前蹦跶都赏心悦目。

东联的场子里，似乎已经有人安排好了，车刚在门口停下，礼仪小姐就迎了上来，阿培不愿意去包厢里，说大厅才有气氛。

“嗯？”阿培看到吧台前有个婀娜的身影，衣服穿得严实，也没盖住那一身的风情，虽然没看见脸，阿培只觉得这个背影哪怕混在几千人里，都能惊艳出众。

“兄弟们，多谢大家赏光，玩好！喝好！”阿培招呼几声，提上两瓶酒，走向那个让人心痒的猎物。

第五十六章　那一酒瓶的风情

“你好！能跟你喝一杯吗？”阿培递过一瓶酒，姑娘一转过脸来，阿培心里被那绝色容光猛地一惊，只觉得这姑娘眉眼清凉，双唇情深似海。

“想说什么，拣重点。”对方瞟了阿培一眼，又抬头看着吧台上方的电视，正在播放足球赛。

“这……你出台不？”阿培听到这话，会错了意，没头没脑地冒出这么一句。

“小妹，拿瓶芝华士。”姑娘招呼一声，阿培以为对方要和自己共饮，登时眉开眼笑。

只见那姑娘反手一把握住瓶颈，阿培心里一绷。

“呯”的一声跟碎玻璃四处飞溅的声音混在一起，音乐停了，人也愣了。

刚才一急，举手便挡，啤酒瓶哪里比得上芝华士瓶子结实，爆得粉碎，冰冷的液体和碎玻璃溅了阿培一头一脸，姑娘瞅了眼芝华士瓶子，发现没破没裂，拧开喝了一口。

身上冰凉了，一股无名业火却腾地充斥着阿培的身体。

“找死！”一声大吼，拳头不由自主地就要挥出去。

阿培本不打女人，只是近来神经绷得很紧，再说了，这样的作为哪里像是女人任性，麻利得像是杀人。

“老大！不要！”几个阿培手下的小兄弟大吃一惊，四五个人立刻上去抱住阿培，好容易才将他拉下。

“别打！别打！打不得！”几个人大喊。

拉扯了好一会，阿培血色通红的眼睛才慢慢清明，冷哼了一声，回到自己座位。

“你刚才拉我是吧？”阿培眼睛一横，吓得自己手下登时矮了一寸，脸色煞白。

“那女人不能打呀，那是山爷的女儿，东联大小姐千红！”手下赶紧解释，惹怒了这骁勇善战的大哥也不是闹着玩的。

“啥？我靠……刚才我问她出台不……”阿培的脸苦了。

“嘿！阿大，你不知道啊，这大小姐谁也没法泡！”

“什么意思？她这么金贵？”阿培还把持着年轻人特有的不服气。

“不是，听说她信佛，是佛门弟子啦！”阿培手下一说出这句话，笑了起来。

“天！尼姑啊！”

“不……不过你可以当她是尼姑啦……”阿培的手下本想说皈依弟子不一定是尼姑，可是话到嘴边，觉得多一事不如少一事，生生把话咽了回去。

“呸！尼姑还跑到这种地方来！回庙里等和尚吧！”阿培嘴里骂骂咧咧的。

有一种朋友，一年到头不用联系，心中也不必过多惦记，可是感情却永不磨损。

这样的朋友不会多，拥有一个就是毕生的幸运。

卫峰也一样，并没有多少这样的朋友，逢年过节了，还是得电话问候，更重要的是，他想知道先前毕业出去的空手道社的会员，现在都在干什么和能干什么。

“嗨……哪儿还有空练哪！养老婆孩子啦！”电话里，路人一号言道。

“老弟，人要现实，长大啦，别老是打打杀杀的。”路人二号言。

“你还在练哪？有毅力！我就不行啦，哈哈。”路人三号言。

“我觉得吧，我从练武的过程中学到了很多，对我现在的能力培养有很大好处，曾经拥有就好了。”路人四号言。

“真的很怀念以前哪，只是现在很累，实在提不起精神练了。”路人五号言。

卫峰每当问起各奔东西的大家，是否还在练拳的时候，各有各的回答，其实不外乎就是一个结果——不练了。

一箩筐的屁话，越听越难受，当时都说多喜欢多喜欢，到了最后就只剩下个记忆，然后就不再努力，每日里奔奔波波，上班下班，吃喝拉撒睡地过一辈子。卫峰觉得当人已经活成这样的时候，下半辈子已经没了半点悬念，对自己来说，这是件很可怕的事情。

尤其是那个说卫峰不成熟的家伙。

“你知道什么叫成熟？你那叫早衰吧?”卫峰忍不住堵了那家伙一句。

武术真是好,不管练到什么程度,只要一抬头,永远有和你齐头并进和领先于你的高手,永远都会有惊喜,将自己拳头击出,或者被别人拳头打在身上,那种活着的真实感,是更加高级的愉悦。

只是,回头想想,确实没钱干什么都不行,虽说自己专业成绩很好,可是现在人才这么多,也不缺自己一个,心里还是没谱。

从前也为这事情苦恼过,李晨劝自己说:“车到山前必有路,咱们这跟山贼一样的性子,还怕没饭吃嘛。”

仍旧心里不踏实,卫峰只能跟父亲请教。父亲是种地出身,一步一个脚印做事,几十年下来,才有了自己的建筑公司。父亲没读过几本书,可是从小教自己的,都是真实妙用的手段。

“小子,你知道我最佩服谁,就是以前咱工地上的老牛!”

“他?”

“知道为啥？他啥都不行,就是特别能捉青蛙!”

“捉青蛙？这算啥?”

“现在他倒把我这老板给炒了,不在咱这儿干了。他以前抓了青蛙回来,就炒熟下酒,这一不小心呢,炒出了个自己的配方,好吃得要命,去开了个饭店,现在人家开的车比你老爹的还好!”

“……什么意思?”卫峰眼睛眯成条缝,闪现精光。

“别人做不到的,你能做到,那就是手艺活儿,有手艺活儿的人到哪都饿不死。瞧瞧,前几天,找个律师,拟个合同就收了老子三万,这就是手艺活儿!”说到这儿时,卫峰老爹,用手指狠狠在书桌上敲了几下。

“嗯,明白了。”

“等等。”卫峰刚要退出去,被父亲叫住。

“还有一件事,你喜欢什么就做什么好了,我没指望过你三十岁前能有一两百万存款。”

卫峰坐在马路牙子上,翻来覆去地瞧着自己一双拳头。

“别人做不到的,我做得到的,手艺活……”大学的课程,成绩比自己好的大有人在,这学校又不是啥好学校,那些好学校毕业的,到哪都比自己值钱,自己唯独剩下的就只有这对拳头了。

可是还是不行啊,回想这些日子遇见的人,岳虎禅这根正苗红的武痴就不提了,那喀纳斯、穆蕴贤,还有在跤场中见到的人,以及从这些练武的好朋友嘴里听说的那些高手,怕是任何一个都能随便把自己揍趴下。就算单论空手道,国内比自己段位高的还有好些,更别提那种打过百人组手的怪物了。

“虽然自己也努力练,但是距离还是很远,到底有多远呢?”卫峰在电脑上,看着自己存下来的资料,里面有从前日本极真会高手,进行百人组手试练的录像。

“我肯定还挨不过这么多人的连番挑战……怎么办……”卫峰在学校时,也曾经进行过这样的练习,组织起空手道社会员,十人、三十人的组手练习,但是那些人跟这视频里的人实力相差太远了。

记得最后一次和会员进行组手练习时,自己比平常动手轻松了很多,那是因为跟虎禅、喀纳斯这些胜过自己的好手时常比试、对打的结果,虽然这两人练的并不是空手道,但是领教过实力更强的人,再面对原先的那些对手,自然是天壤之别。

“我好像有点儿明白了,明天,是年三十……”卫峰站起身来,打开柜子,拿出旅行包。

虽是年关,虎禅的山西老家相比城市里清静得多。

虎禅和阿生师父,一人一个小马扎,坐在院子里,拆着地上那一大卷儿炮仗,也不知道要搬去炸些什么。老太爷拄着十三把棍,抽着旱烟,站在后头嘿嘿直笑,这烟叶,也是阿生师父自己开块地,亲手种的。

阿生师父说,这辈子还惦记着个乐事儿,就是虎禅以后跟老婆生一大堆孩子,然后等孩子们都会走路了,他就拿根长绳子系在腰上,后面拴上一排小家伙,列队出去溜达。

可是虎禅如今八字没一撇,阿生师父只能带着虎禅上蹿下跳。

阿生师父小时候,也不是个省油的灯,曾经跑到工厂里,找来弹簧钢片卷成一团,拿细绳和小木棍固定好,再铲一堆粪便盖着。有人路过,一拉线,啪地炸散,扑得人家满头满脸,就为这事儿,可挨了虎禅的太师父一顿好抽。

“太爷,咱们今年冷清了些,你看,今年老爹不回来,老妈也不回来,爷爷也脱不开身。”虎禅抱怨两句。

“嗨,各有事情嘛,等以后你长大了,要是年年能回来陪老头子和你师父过年,那才怪呢。”老太爷拿着棍子戳了戳虎禅。

“虎禅哪,炮仗是快引,一点就炸,跑是跑不及的,缩身要快,一触即发,和人动手也是一回事儿啊!”阿生师父背对虎禅,低头摆弄,还不忘指点。

“这道理早就懂啦……我去!这么大的炮仗!而且哪里是快引!明明是你掐了一截!”

“哈哈!我这堆归你!你那堆……跑喽!”阿生师父撂下自己的炮仗,抱起虎禅拆的那堆就跑。

虎禅刚要追,手机响起。

“虎禅!恭喜发财!快快长大!”卫峰在电话那头扯着嗓子叫唤。

“长你个头!新年快乐啦!”

“过年你忙吗?我想最近去你哪儿一趟。”

“咱们这儿既冷清又悠闲,没啥忙的,多个人来倒还热闹,只不过你不陪你爸妈吗?”

“练拳遇到坎儿了,心里憋得难受,实在想有个人商量。”

“行!”

“那我过完初三就过去,方便吗?”

“一直都方便,来吧。”

虎禅挂了电话,转头跟老太爷说,学校里认识的好朋友,要来和自己切磋拳脚。

“过年都不忘努力,也是很有精神的孩子啊,心里一定有什么难题吧,要不也不会挑这个时候。”老太爷听着虎禅有新朋友,也很高兴。

抢了东西没人追,一点儿也不好玩,阿生师父从大院门口探头探脑。

“师父,有朋友要来跟我切磋拳脚!”

“嘿!这人的胡闹可不亚于你,现在不比当年了,逢年过节人都懒,这时候还能勤奋的家伙,不多见了呀。”

“行啦!拿粪便地雷炸过人的,没资格说别人胡闹!”

第五十七章　苦行求精进，凛冽若孤松

“很久以前就向往这种事情，终于有机会领教了。”卫峰也听过，从前许多武道家，长途跋涉，进行武道修行。天寒地冻，旧袄旧衣，仗剑弹铗，牙关紧咬，步履坚定的身影，在梦中早已膜拜过许多次。如今，自己也和前人一样，里头穿着单衣，外面套着自己用了好些年的旧空手道服。

“看来，要实现自己的梦想并不困难，放下负担，咬牙上路就可以了。”下了火车，卫峰张开粗厚的大巴掌拍两把脸，十分响亮，显得气场十足。

过年的时候，连载客的三轮车都少，过了好几辆都坐着人。

太冷了，忽然间饿得厉害。长居南方的卫峰，从没领教过什么叫“零下十五度”，而且也很不习惯在空手道裤里面再穿上些什么，这样会很没气魄，可是寒冷的力量很快便摧毁了他对气魄的坚持。大风寒雪似尖刀，穿透了单衣，腹内饥寒，气短脸抽。想起从前的空手道练习者，有在冰川中练拳的，有在雪山中隐居修行的，许多事情，听起来不怎么样，自己亲历亲为的时候才发现难比登天。

又过了一会儿。

“不行，我要找碗热汤喝！再找个厕所加一条裤子！”附近有一个卖刀削面的食店，店主脑袋上顶着面团，手中拿着两把寒光闪闪的小刀，面片雪花一样飘落进热汤里，光是远远看到锅头的热气，就觉得自己像是又活了过来。

“老……老板，一碗面……快……快点……”卫峰被冻得嘴有点不利索。

“面来了！”

卫峰哆嗦一下，冻得僵硬的手抓起筷子。

“咚！”

“哎哟！”

卫峰的凳子忽然被人抽走了。一屁股坐在地上，回头望望，虎禅摆起拳架，笑眯眯地望着自己。

“咦！你怎么不跳起来追着我揍？”虎禅看见卫峰一脸苦相坐在地上不动。

“我忽然觉得身体里好像有什么东西崩溃了……”卫峰捂着脑袋，苦痛得紧。

“老板！借一下你的房间！先把这个换上吧，再过一会儿小弟弟都冻坏掉！”虎禅招呼一声，扔给卫峰一个包，里面是一条很厚实的防寒皮裤。

“你怎么跑来了……”卫峰不停口地喝着热汤，暖意流遍全身。

“老板的儿子可是我朋友，拳脚也不差呢！有穿空手道服的客人，他当然会电话告诉我啦！你这破架势是学的日本人吧，咱们平常练功都嫌气血不足，宁愿热也不愿冷，养着护着，你脑子怎么想的？就你现在这僵直的身体，我反掌间就能灭了你！”虎禅伸出食指，直戳卫峰的脑袋。

“好好好！改改改！”卫峰像犯了错误一样，唯唯诺诺。

“空手道？”阿生师父动动眉毛，撇撇嘴，声音像外边的天气一样严寒。

老辈人，尤其是练拳的老辈人，对所有来自日本的东西都没什么好感。

“卫峰，我心理上支持你，看你本事了。”虎禅靠近卫峰，小声嘟哝一句。

“你带我来的，前辈也不给面子吗？”卫峰也嘟哝一句。

“我说了，我相信你，看你自己本事啦！”

“你这不就是让我‘好自为之’嘛……”

实际上，阿生师父五十多岁，也不能称“老”，但是虎禅的太师父却是正儿八经参加过抗日战争，其过往经历，自然对阿生师父有着不小的影响。老太爷在一旁没有说话，他尊重虎禅，虽然不喜欢，也没写在脸上，毕竟抛开了武术，卫峰只是一个大老远跑来找虎禅玩的朋友。

“嗯……晚餐很花时间准备，我去看看材料！”虎禅又找机会开溜，临走前拍了卫峰一把。

“前辈，我来之前，已经猜到这个可能性了，你应该不喜欢练空手道的人，不过，我从前开始练武的时候，就想寻找真正的国术，但是那个时候国术没有出现在我面前。”

“嗯！”阿生师父点点头，示意卫峰继续说下去。

“后来遇到了新的武术,我没有学习,我也知道,有很多的武术,论系统论体系,都比空手道要精深得多,但是我还是继续练,我只是喜欢硬碰硬打,很痛快,从喜好上来说,就是这么简单。”

说到这里的时候,卫峰脸色微微泛红,他知道,以自己现在的功底以硬碰硬,怕是只能过得三十来人的组手吧。

“这不简单。”岳老爷子笑笑。

“那我这邋遢老道,还能给你些什么呢?”阿生师父嘴角微翘。

“我想打过百人组手。”

“那是什么东西?”老爷子好奇,没听过这玩意儿。

“嗨,就是和人家硬碰硬,轮流打一百人,能挨得过去就成,鬼子脑筋死板,喜欢蛮干。”阿生师父解释道。阿生师父对于武术的认识,并没有卫峰想象般的封闭。

“不,阿生前辈,我想你有些误会。”

“嗯?”

“在格斗界有个日本柔术的故事,很有名。日本柔术曾经被一个叫前田光世的人传到巴西,造就了一个‘格雷西’家族。这个家族勤修苦练,下了很大的心血,在八十年代风光无限。可是后来日本又出了一个柔术高手,叫做樱庭和志,号称‘格雷西’猎人,又将柔术的光荣,弄回了日本……其实,我觉得武术本不该有国界,不管是哪一国的,谁练得好都不是坏事……只是中国人总是认为,空手道的源头在中国,那么我想中国人也能夺得空手道的光荣吧?中国人将空手道练好,或者说将国外任何一种武术练好了,证明的只有一件事,就是中国人很行。”

“你小子口水真多,拿大义来堵我老道是吗?不说实话!你练好了,代表不了别人行,只代表你行。”阿生师父撇撇嘴。

“前辈怎么知道……因为是道士,所以会算命吗?”

“算什么命,我可是个熟读马克思主义的红色道长。”

“嘿嘿,阿生,晚辈看来也知道些很精彩的故事啊。”老爷子这一说,似是对卫峰的认可。

“前辈,我刚才说的都是真心话,这些日子与虎禅交流,我确实受益匪浅,您自然更加厉害。我来叨扰，除了想看望好朋友，还有就是想知道自己的差距，如果有幸的话，希望能得到您的指点。”

“回头晚上你跟虎禅打打，让我看看再说。”

“嗯……大概有点儿冒昧，我虽然打不过虎禅，但是我还是想领教一下前辈的拳脚。”

“你这是好奇居多吧？”

“我想知道，自己前面的路还有多长，知道了这个，我能更清楚自己有几斤几两，希望前辈能成全我。”

没等卫峰说完，阿生师父已经大步走到了他的面前。

“注意了。”阿生师父轻轻抬起右手，五指轻轻并拢，脸上顿现狰狞，对着卫峰喉咙一把掏了过去。

卫峰本来的打算，是拼了命也要对攻的，可是阿生师父的手，太飘忽也太快，那厚实的手掌，却充满了锋锐的力量感，如一把尖刀扎向自己咽喉，本能决定了自己不得不防守。

这对着喉咙掏去的手，却并非直线，轻轻划出一个弧，掏向卫峰的怀里，卫峰格挡一落空，顿时失色，本能地躬身，低头，眼睛下看，退后。

“咚！”

低下头，后脑被阿生师父狠狠拍了一掌，整个人几乎趴在地上。

好在阿生师父是带着下按的劲道，倘若拍得干脆，那就危险了。

“唔……再来一次。”卫峰晃晃脑袋，站起身退两步，拍拍脸，又缓缓逼近阿生师父。

“师父！晚饭一会儿就好啦……”

“咚！”

虎禅刚从厨房跑出来，晚了一刹那，没看到阿生师父是怎么出手的，只见到卫峰被高高抛起摔在地上。

“……啊啊……”卫峰背后着地，虽然两手护住了脑袋，但也跌得喘不过气。

虎禅走过去，在卫峰背上推拿顺气，让他尽快缓过来。

“嘿嘿……嘿嘿……”卫峰坐起来的时候，脸上笑得像个孩子——你变态嘛，虎禅心里想。

"虎禅,张爷那套练体法最后三式能帮他,你先教他,打法回头我另外指点。"

"师伯的那一套?可以吗?"

"要是不准教人,他传给你做甚?看人合适就行,上菜吧。"阿生师父坐回桌前,拍拍桌子。

"好嘞!"虎禅跑到厨房,没多久端出两个一尺见方的铁托盘。

"这是啥饼?馅儿咋不包起来?"岳文勋睁着眼睛,看着虎禅端出来的玩意儿。

"烤箱烤的烙饼!"虎禅嚷嚷。

"骗鬼的烙饼,你以为师父不知道嘛,这叫皮沙,你这洋里洋气的笨蛋。"阿生师父嚷道。

"香倒挺香,味儿有点怪……"老太爷嚼了两口,撇着嘴。

"跟着我的动作,先是左脚在前,两脚成弓步站。右脚在后,脚尖点地,两脚距离尽量大些,身子要正直。现在两脚不动,开始向右转腰,转腰的同时,左拳向前撑,右拳向后撑,头也向右回望……好,现在反过来,腰向左转,右拳向前撑,左拳向后撑,头同时转向左后看……记住了,收回换式的时候吸气,撑出去的时候呼气,长期锻炼,身子拧力大涨,想必你的拳头会重很多,连续打正拳突,也会更加顺当方便吧。"阿生师父开了口,虎禅便吃了定心丸,教得煞有介事。

不知不觉间,教得入港,任何一个细节上的偏差,虎禅都细细纠正。看着自己教导的人进步,那种成就感对教的人来说,本就是很好的回报。

虽是大冷天,这一式也把卫峰练得通身热腾腾的。阿生师父说卫峰拳架的毛病不少,要不停地反复练,直把身上的郁结阻碍通通化去。若是以后能在三分钟内便大汗淋漓,且不喘粗气,体力不减,反而精神饱满,那体内经络才算通畅。

卫峰曾为了加大力道,做了许多力量练习,但是因为这些力量练习,使得自己身子也出现了运转不便,甚至出拳的威力不增反减,这是想当然的练拳方法所出现的弊端。

"前辈,我觉得身子灵活了不少。"

“没用。”阿生师父淡淡地说道。

“没用?”卫峰懵了。

“要想硬挨硬扛,这一点点的感觉,在实战中起不了作用,这几式练法,作为辅助练习,虽然短时间就能见效,但是也要积累好些日子,实力才有明显增长。”虎禅接过话头,对卫峰做出解释。

“那我一定努力!”

“还是没用,虎禅,削他!”阿生师父大手一挥。

第五十八章　第一把刀

“嘿嘿，小心了。”虎禅知道，阿生师父要看清卫峰全部的缺陷，才方便指导，话音没落，立时扑了出去。

这会儿虎禅使的却非戴家拳，而是武当“龟形”身法，两臂圆张，如水中飘摇，晃动间，已闪入卫峰身侧。

卫峰一时间琢磨不出虎禅来势，本来严阵以待的拳脚，这会儿已错过了适当的攻击角度。犹豫间，自己的动向被虎禅看得真切，胸前抱圆的双掌向卫峰面门抖出，乃是一手“开合鞭”，卫峰受到惊吓，脑袋一偏，伸手格挡，谁知虎禅已经收手，缩身下落，钻入卫峰怀内，卫峰忙要俯身推住虎禅，又被虎禅起身直撞，卫峰险些跌一跟头，踉跄一步，稳住身形。

“嘿，本来完全能接下反攻的……低头猫腰，不严谨哪，人一近身就怵了，身子不够协调，出手慢了半拍。”阿生师父已找出了卫峰要害所在。

空手道本不善于闪避，但是防守却该是极其严密，用劲的距离可以打得极短，距离越近越容易命中。这些空手道的法则，卫峰不是不知道，确是因为实战中难以做到，不知不觉间日渐忘却，积累下了些坏毛病。

“别打了，小家伙，现在的你，拳头再硬，身板儿再扎实，也过不了百人组手，你练空手道多久了？”

“六年了。”卫峰咬着牙，使劲点头，努力地接纳着阿生师父的恶评。谁也不会喜欢被人否定，但是卫峰知道，接下来，自己的缺陷将会得到弥补，要是运气好的话，说不定还能看到另外一片天地。

“我现在该做什么？”

“你的空手道老师，有没有细心教过你们空手道的基础动作？”

“当然有。”

“嗯，今天你要做的事儿，就是自己待着，好好地回想初学空手道时，你的老师给你说的一切话，教你的一切基础。”

“就这？”

“对，如果能回忆起来，明天就可以重新开始了，虎禅，你跟我出去一趟。”

乡村小路上，师徒俩虽是顶风冒雪，行走却没半点呆滞，身形从容而舒展，倒像游玩于春暖花开之日。

“师父，卫峰能练好吗？”

“能，明天，如果他能重新从基础开始，就不难。”

“看来也是走了不少弯路啊。”

“虎禅，只要不断进步，弯路就不再是弯路，人生一路，对错都是好风景。”

“我们现在去哪？”

“去铁头家，我让他给你打了把刀。”

“哈哈！我能练刀啦！师父，我这一年进步不小吧！”虎禅爱刀，但是由于总觉得自己手上的东西尚未练精，没跟师父提出来。

“不是你进步了，而是你这一年，身手中混了其他的功夫，需要练练刀，规整一下你的身法。”阿生师父脸色有些严肃。

每一门武术中，兵器的用法并不是单独存在的，而是与这一门武术中的拳法相依相存，身法不正，则兵器亦偏，所以身法不纯的人，手中一持上兵器，怎么使都别扭，日后也难有成就。

阿生师父最近看出虎禅杂学渐多，但是运用得熟练，不是坏事，可为了避免日后见识越来越广，走偏了从前的架子，那就成了邯郸学步，这时需要用一把刀，给虎禅作为拳法之规绳。

戴家拳法云：宁可失传，不可乱传。

自己的理解再好，也是个人的理解，每一代的传人，应该把最初始的功夫，原原本本地教给后人，让后人拥有完备、正确的系统，不论如何创新，就算是走错了路，都有本源可以追溯，不至于误人子弟。

阿生师父说的铁头，是现今少见的传统铁匠，铁头的爹和爷爷，与戴家的缘分甚深。

戴家使的刀，是极轻薄的快刀，据传最轻的只有四两余，不与人硬碰，使刀的人瞅出个空挡，身法一闪就削了过去，见血封喉，这种刀的工艺传到铁头爹那儿，已是最后一辈。

如今，手艺已经失传，铁头也造不出那样的刀，不论下多大心血打造，也要重逾一斤。

虎禅刚记事时，还见过铁头他爹，印象太深。那老匠人，浑身肌肉，皮肉油光黑亮，眼珠发红，一年四季都赤脚，说是操了一辈子铁锤，火气太旺，身子太烫，不用穿鞋，临去世前两天，还能自己扛起百来斤的麻袋。阿生师父曾说，当年和铁头他爹掰腕子，使出吃奶的劲儿都掰不过。

铁头的铺子，全是老式铁匠铺的家什。

“阿生老哥！您来啦！瞧瞧……虽然比不上我爹，但是还成吧?”铁头小心翼翼地捧出自己的作品，刀收在一个简易的木鞘里，看来的确是非常用心的活儿。

阿生师父缓缓拔刀出鞘，铁头的脸也随之紧张起来。

轻轻挥了两下，满面笑容。

“不错，不错。”

听了阿生师父的赞誉，铁头一口气松了下来。

“哈哈，好些年没打这东西了，都给人做菜刀镰刀、锅子锅铲，没想到还成哪!”

“辛苦你啦！我们先回去啦!”

“谢铁头叔!”虎禅也唱个喏，随阿生师父离去。

离开铁匠铺两里地，见路旁离地四尺来高处，一枯树枝横着伸出来，阿生师父步子一点，窜出去，也不知刀什么时候出的鞘，一手“反撩刀”，连刀光也没见着，人方闪过，枯枝无声无息地断开，哒啦落在地上。

“哗！这么快!”虎禅看得头皮发麻，只想这刀要是对自己招呼，怕见了阎王都不知道怎么回事儿，再上前看那被切开的树枝，断口光滑，没丝毫的毛糙。

再看阿生师父，却皱皱眉头，盯着刀刃看了一会儿，收刀入鞘，交予虎禅手上。

“先将就用吧，以后有缘再弄把好的。”

“这刀……”虎禅拔刀出鞘，细细观看刀刃，都快看成斗鸡眼时才发现靠近刀尖两寸处，微有丁点儿卷口。

“唉，要是换我来试斩，这刀怕是要伤得不轻啊……回去赶紧磨磨吧。”虽然这刀的品质差强人意，毕竟是将要陪伴自己好些日子的伙伴，总是有些心疼的。

这一晚，虎禅和卫峰的练习，看起来同样无趣。

劈、撩、扎、点、抹、挑，是刀法的基本招式。挑刀之法，手臂一振，劲道送到刀背上近刀尖三寸处，向上挑起。阿生师父说：“就先练这一式。”

这是很不痛快的一式，练得虎口很痛，心很憋闷，现在的虎禅，因为持续时间太长，已经有些老僧入定了——按道理说，这样不好，可是实在很闷。

卫峰在离虎禅不远处，正直了身子，上格挡、下格挡、中段内格挡、中段外格挡……来去都是防御。

“威力这种事情，怎么练都有！打人谁不会啊！防御！防御！身正！防守才稳固！不能散架！”这话，是从前卫峰的教练，在他第一次实战中，鼓足了中气吼出来的话。

“好嘛，阿生你看，两个疯子！”老太爷说。

“随他们吧，说不定他俩是较劲儿，谁要先叫休息，另一个也就休息了。”阿生师父说。

“这就是年轻人。”老太爷转头回房休息去了。

也许是练得过头了吧，当晚卫峰的呼噜声音响得极是离奇，本是如雷的呼声，顿时没了声息，如死一般，过了会儿，又如口哨一样，“嘘”地长长吹了出来。

虎禅实在有些受不住，爬起来，对着卫峰脸啪啪地扇了两巴掌，迅速跑回自家床上捂着被子，这法子还真见效，果然止了呼噜。

第二天早饭后，卫峰不断地抱怨虎禅的呼噜。

“你不知道啊，我爬起来，扇了你两巴掌，你才不呼噜了！”卫峰骂骂咧咧的。

“啊……哈……哈哈！”虎禅出奇的宽容，卫峰都觉得诧异。

阿生师父正在房里读书，听到院子里发出了粗犷的吐息之声，这必定是卫峰干的，因为虎禅不发“雷声”时，呼吸细密无声，已近“龟息”。

阿生师父踱出房间，站在虎禅身边观看，卫峰正紧握双拳，站成“三战”式。传说这“三战”的体式来自中国南方的鹤拳，在鹤拳中，又有“三颤”的说法与“三三隐，三三现，三三看不见”这一句顺口溜，来形容锻炼呼吸法时的状态。

“遁逸呼吸法吗？实战的呼吸法，吸气迅速，呼气深长，下了不少工夫啊。”

“师父连这也知道啊。”

“你以为三脚猫似的乱跑，见识就能比师父广吗？练功去吧。”

卫峰认真起来，毅力与心态非同凡响，呼吸法练习，持续了三个小时。

“虎禅，乘着这档口儿，你再教小卫一手。”阿生师父发话，远处卫峰耳朵一动，心里乐开了。

这一手炼体法，能撑拔腰、肋、胯、胫四处筋腱，时常操练可长身体本力，又能把握好身体中正，锻炼对重心的控制。

两脚并拢而站，脚尖用力踮起，从头到脚皆要正直，双手交叉，紧抱胸怀片刻，之后亮出左掌，身子与右手不动，手臂尽量远伸，掌向前推，向后推，向右前方推，向左前方推，推时呼气，收回时吸气，之后换右掌亦然，最后双手同出，向前向后向左右，以及两侧前方。

“这动作很怪啊！”卫峰练得身体东倒西歪，手上的动作倒是简单了，奈何是脚尖点地，总是站不稳。

“你要是站稳了，下午我就陪你练习，给你过过年。”阿生师父很是开怀。虎禅知道，继大头之后，一边踉跄一边傻乐的卫峰又要被整治了。

虎禅拿起刀，开始练习“撩刀”与“反撩刀”，边练边念叨：“完喽，完喽……”

空手道也讲究“丹田”，卫峰慢慢地掌握到窍门，心神不偏不倚，呼吸沉在丹田中来去，头顶挺拔起来，放松身体，稳稳当当。

忽然，虎禅似乎想到了什么，停下手上的刀，呆呆地望着师父。跟随阿生师父这么些年，对阿生师父的状态十分了解，眼见师父精神越发饱满，哪怕是晚辈也好，只要勾起他一点兴致，他便会爆发起来。虎禅想，师父也许要静极思动了，或许有一天，还会出山干番事业或是大闹一场吧？至少这样的精神状态，是一定不会终老于此的……毕竟还是知天命之年，如果师父像张爷一样，也出去云游了，应该还有许多“相见”机会吧？

曾经在武当山时，张爷让虎禅给道祖上香，叫虎禅许个愿，虎禅实在想不出什么需要祈求的事情，只是忽然心有所感，脑子空白，莫名其妙地念出了唐代白居易的诗句：

一愿世清平，
二愿体强健，
三愿临老头，
数与君相见。

也许是诗句的温暖人情盈满着冰冷的大殿，当时的张爷，很是欣慰。而对虎禅来说，不管多么豁达，当身边的人一别千里，也只能无奈地接受，会非常想念。

“小卫，好像可以了，我陪你玩玩吧。”阿生师父抖搂一下身体，打断虎禅的胡思乱想。

第五十九章　双拳密如雨，快似一挂鞭

虎禅教给卫峰的炼体法，见效很快，卫峰觉得自己身体较从前更加灵活了些，自信满满的。

“请前辈指教。”

“嗯，咱们就按空手道的规则实战，我记得空手道做实战练习，拳是不能打头的吧。”

“咦？那前辈不是很吃亏？”

“兄弟……你还没有为师父担心的必要吧。”虎禅擦一把满头的汗，这“撩刀”的动作虽然不难，但手腕一转，却带动着整个身体，持续时间长了，也是浑身泛火。

“行，来吧！”卫峰运一口气，起手式摆好。

阿生师父兴致勃勃，玩乐一般，也少见地摆出了架势。

“这难道是……翻子拳？惨了。”一个起手式，虎禅看出了端倪，撇撇嘴，所谓“双拳密如雨，快似一挂鞭”，翻子拳虽不说胜过戴家拳，只是拳头砸起人来，又快又重，凶猛异常，虎禅也不知道师父还会这个。

“以师父的功底，模仿这些拳，都不难吧？”想想三太祖师伯张庆轩便是翻子拳的高手，便不奇怪了，说不定阿生师父还专门学过呢。

这种硬砸硬打的拳，从阿生师父手上使出来，是什么样的呢？虎禅兴奋得心都要从嗓子眼儿里蹦出来。

“对了，回去把太爷拳谱上的翻子拳练法，也教给喀纳斯吧！”

这些日子里，看着身边的朋友都在努力，虎禅心底隐隐泛出了一个还不是很成熟的想法——要是把自己身边各式武人聚在一块，以此为业，这个圈子可就有意思了。

阿生师父攻得急，一大步跨上，卫峰起一脚踢向阿生师父的头，阿生师父一个“左右闪打”，不光避开卫峰的腿，还贴近了卫峰身体侧面的死角。

“嗵嗵嗵！”三拳连环蹦出，比虎禅想象的更厉害，除了翻子拳本身的沉猛脆快，还多了一份虚实无端的灵动。第一拳卫峰勉强格住，力道实在吓人，撞得骨软筋麻，只觉得害怕，萌生退意，之后一拳轰击在腹部，顿时脏腑中翻江倒海。第三拳阿生师父却打出顶撑的力道，将卫峰击得双脚离地半尺，“啪”地摔在地上。

“师父留有很大余地啊……”虎禅盘腿坐在地上，一言不发。

多亏了卫峰在空手道的“息吹”上有比较深厚的功力，腹部肌肉练得十分扎实，否则怕是头天晚上吃的都要吐出来。

躺地上歇了一会儿，卫峰爬起来。

“前辈，再来。”

“我不是在考你的毅力。”阿生师父双手一背。

“那是？”卫峰愣住。

“学以致用。”阿生师父盯着卫峰的脸，对卫峰那满脸的疑惑非常不满。

卫峰转头看看虎禅，虎禅把头转向一旁。

“自己想，老道有的是时间。”阿生师父踱着步。

过了好一会儿，都还没个结果，虎禅装作没事儿人一样，走到阿生师父背后，冲着卫峰站直，踮踮脚。

看到虎禅的动作，卫峰脑子里灵光一闪。

“前辈，再试试！”卫峰咬紧牙关，昂起头来，弓步站开，身子正直。

原来，教卫峰那一式炼体术，让他锤炼身体是次要的，更重要的是让他学会稳固自己的身体重心，灵活使用腰部动作，不论身体如何转动，如何防御，一定守住身形和拳架。卫峰想起阿生师父说的：“站稳了，我就陪你练习”，顿时领悟学习这一手炼体术的真正目的。

只要架子不散，就算防御不了，也有一口气撑住体内筋膜肌肉，伤害会小得多，看来，这师徒俩是在逼迫自己，将空手道的基础法则，以最苛刻的态度去遵守。

“武术最重要的招式是啥？当然是基础招式啦，因为足够精练，才有资格成为基础招式啦！”卫峰想起在学校，跟虎禅聊天时，虎禅就曾说出这么一句话，当时只觉得是大白话，没什么意义，现今想想，说得容易，实战中做起来真难。

“总之这老头也不会打死我，拼了！”卫峰定下心，拼命也要守好这拳法的原则，放松身体，调整一下呼吸，转转腰。

“前辈，我准备好了！”

“好！”阿生师父身子一闪，冲了上去，身法之快，仍旧超出了卫峰的估计，可卫峰下定了稳住身子防御的决心，否则定要被一顿好揍。

“挡！挡！挡！……”卫峰一口气撑住，腰猛地拧转，两臂上下内外格挡，在记忆中，自己的防守从来没有如此迅捷，身心的力量，也从没这么爆发过。

可是这样的状态却持续不长，消耗太大，阿生师父也随着卫峰的状态，将自己的攻击力道减弱。

“格挡得越来越严谨，是时候了。”阿生师父心中暗暗高兴。拳头力道减弱，但是两拳连环打出的密度更大，变化的角度、节奏更加刁钻，身子也逐渐靠近卫峰，缩短了攻击距离，逼迫卫峰缩小自己的身体动作。所谓练功开展，动手紧凑，在各种武术中都是行得通的。冬天，太阳下山早，练习终于结束了。

“附近有个大澡堂，咱们去泡澡吧，最舒服了！太爷爷、师父，晚饭你们先吃吧，不等我们了。”虎禅抹一把热汗，轻轻搀着被疼痛内外煎熬的卫峰，他知道，人打到这份上暂时没法进食。

阿生师父进屋取出一个玻璃罐子交给虎禅，说洗完澡后给卫峰抹上药，明儿继续。

“好家伙，都打成梅花鹿了。”虎禅看着卫峰身体僵直，腿脚细细密密地发抖，慢慢踏入浴池，身上那被阿生师父击出的瘀伤，已经浮现出来，想想自己几年前，也时常如此。

“嘶……啊……”

水很热，卫峰闭上眼睛，从牙齿缝中抽着气，不管怎么样，自己像是又活了一次，感觉真好。

“爽快，今天我进步很大，很实在的进步，也知道了今后的方向……要是状态十足，组手我能多打七八人。”卫峰咬着牙，嘴角却咧开直笑。

“行啊，你也疯魔了。”

“不疯魔不成活！我总算是见到这样厉害的人了。”

“确实是这样，给你喂手的人功夫越高，你进步越快，你们都要快点儿练好啊，我在学校还要待三年半呢。”

“三年半之后呢？”问到这一句话时，卫峰眼中疲惫尽消，紧紧盯着虎禅。

“我从不想太久以后的事，甚至明天的事情我也不想，下一分钟我也不想，活在当下。”虎禅温和的笑，化开卫峰锐利的目光，卫峰却皱着眉头思考。

“将来的事情，谁说都不算，人只能尽力作为，再等待命运揭晓。”虎禅补上一句。

“怎么觉得什么事情到了你这就变简单了？”

“复杂没用嘛，人的面相就是一个‘苦’字，能痛快，干吗不痛快点儿……我说！你能不能不说这个？这种话说多了，我会老得很快啊！老刘师傅！给他擦背！这家伙皮痒！使劲搓！”虎禅忽然叫唤起来。

“好嘞！”外面休息室里一个擦背的师傅应道，大步走进来，牛高马大，一身结实肉膘。

“我身上还很痛！你想整死我吗！”

虎禅冲了水，到休息室储物柜里拿出一个酒精炉和一小坛黄酒，让浴室老板娘给切了两片姜扔酒里，隔水热上。

“你这死酒鬼，这地方都存了酒……哎呀！”南方少有这样的澡堂，卫峰没这么搓过，身子不受力，那搓背的刘师傅笑得灿烂，可用了劲儿地搓得卫峰既痛且快，呻吟个不停。

“黄酒暖身，一会儿喝点，活活血脉……刘师傅，把这脏家伙搓成个小白猪，待会儿一块喝两杯！”虎禅嚷嚷。

“好嘞！”刘师傅定与虎禅一样好酒，搓得更麻利了。

光阴飞渡，这一日，虎禅又教授卫峰一手炼体之术——两足并拢，蹲下，左脚踮起，右脚踩实，左手手掌按地，右手向上托举，身子正直，吸气时暗暗用力上下两头拉伸，呼气时动作不变，身子缓缓放松，左右互换练习，这式专练腰腿之气力。

“孩子，记住啊，不是人在玩拳，而是拳在炼人，你要依循好拳法本身的风格与规律，放开身心，将自己完全交给武术的守则，让拳法来锻炼、塑造你。今后若有疑难，就在你所学的拳法中找到解决方法，不必再向外求，功夫要练得纯才好。”这些日子来，阿生师父倒是挺喜欢卫峰的真性情，思考问题亦是周全，虎禅性子大大咧咧的，与卫峰相处，有益无害。

阿生师父与虎禅二人，重新用拳法的基础织成了茧，将卫峰的拳脚规整端正，只等有一天卫峰依靠自己的努力，真正破茧成蝶。

大半个月来，从起手到收势，总共十三刀，虎禅的刀法也练得精熟，手腕的力道和灵活度也大有长进，其中第三式“纽扣三刀”，身子连环三次起落，三次撩刀，三次斩落，对身法要求十分严苛。虎禅心中庆幸，多亏师父一向对自己要求严格，否则根基差一点也使不好。这整套刀法短小紧凑，锋芒深藏，唯独最后游龙戏水一式，展开身形，大步跨开，一步一刀，连环三步则自下而上倒劈三刀，未待刀势使老，眨眼间便收了刀，真可谓“来如雷霆收震怒，罢如江海凝清光”，十分豪迈痛快。

“虎禅，身法有些进步，但不要以为大开大阖才是勇，越是短小的刀法，近身对敌，更得有胆色啊。”阿生师父转头再指点虎禅。

“俺一身都是胆！”虎禅把着刀，刀身重重拍拍胸口。

“骆驼撒欢儿——大没样儿，两个人都收拾收拾，后天就回去上学啦！”

“虎禅，进来一下。”这时，老太爷来到厅前，招了招手，一定是在虎禅去上学前，还有事情嘱咐。

虎禅跟在老太爷背后上了楼，走着走着，就觉得有些不对劲儿——自己曾跟着老太爷无数次，只是这会儿，老太爷走路慢了好些。

忽然想起，这次回来，也没见老太爷早起练拳了呀。

不知不觉间，虎禅走到老太爷身旁，轻轻搀上。

第六十章　胤如受辱虎禅怒

这个假期，胤如本是很开心的，如今坐在一辆加长林肯里，衣着不整，缩得像只炸过的鹌鹑，双手捂着脸，直哭得嗓音沙哑。

车里的窗帘全都拉上，音响里正放着苏联歌曲《海港之夜》，尴尬的气氛几乎满溢出来，对面是个老男人，头发梳得一丝不苟，裤带已经解开，板着脸，老脸落寞。

之前，李晨介绍胤如到这个酒店的咖啡厅里做钢琴师，胤如只当磨炼自己的表演技艺，白天都将自己关在琴房中努力弹奏新的曲目，晚上便到这儿来上班。眼见各种各样的人，失意的，快乐的，失落的，舒坦的，心头闪现一点灵光，想到根据不同的客人弹奏不同的曲目，日了有功，越来越懂得揣摩听众的心思，读谱能力和音乐表现能力竿头直上，得到的小费打赏也是不少。

可直到半个月前，胤如妈妈来了电话，胤如爸爸一个年度的生意快要忙完了，过些日子，要找个时候把胤如揪回去，送到欧洲去学经济。

“疯了半年！也够了！我生她养她，还做不了她的主了？”胤如爸爸在家里发火。

胤如心里极是难受，手随心走，将一肚子的委屈倾注在钢琴上，可是这么一弹，却恼了一个客人，走上前来，一把抓了谱，扔到地下。

“你弹的是什么东西……”那客人本就有几分醉意，正要开黄腔，眼睛一斜，看到胤如的脸。

心里委屈的胤如，又被这么吓一跳，手足无措，鼻头酸酸，泪水直在眼眶里打转。

这么一副脸孔，要是看在虎禅眼里，定是老大不高兴，说什么：“我有那么讨厌嘛，看到我就苦成这样？给爷笑一个！不笑？那爷给你笑一个？”

可是看在这中年男人眼中，却是别样的风情，加上胤如那皮肉细腻，稚气未脱，霎时间就迷上了那洋娃娃一般、楚楚可怜的神情。

看见了脸，就能透彻整个人的身子，只有在这样的姑娘身上，才能得到青春气息。

老男人请胤如就餐，她说：“不了不了，我回学校吃好了。”

请胤如看电影：“不用不用，我还要回去做功课。”

请胤如逛街：“不……不，我……我要回去收拾屋子。”

……

这样的拒绝，简直像是在跟人客气，胤如只是认为，拒绝得太彻底了会不礼貌吧。

经验丰富的人当然知道利用这一点，每次穷追不舍之下，都能得手，进餐、电影、逛街购物，得偿所愿。

这老男人有钱，胤如对任何东西多看一眼，便招呼打包送到车上，胤如心里觉得这样非常不妥，这男人给自己买的衣服，始终未动。

近些日子，连续的冻雨，衣服根本没处晾晒，原本的干净衣服都穿完了，胤如赶着出门，稍稍犹豫，还是穿上了老男人买的衣服。

“真没办法，暂时穿一天吧。”胤如小心翼翼地穿上，连商标也没撕。

恰好，这天老男人又有空到酒吧消遣，看见打扮漂亮的胤如穿着自己买的衣服，这就像是接受了自己的心意，欣喜之情溢于言表。

连劝带哄的，终于上了老男人的车，地下车库没人，立时搂住胤如上下其手。

胤如哪里遇上过这样的阵仗，也没想过事情会如此发展，吓坏了，使劲地要推开。

老男人哪里肯依，他清楚，女人哪怕多么不愿意，只要有了第一次，下面她无论如何都老实了。

“女孩子？练武防身？如果不用兵器又不肯下大苦功，那简直就是个白日梦！”胤如记得在空手道社的办公室中，潘瑜曾跟虎禅提过，要学防身术，被虎禅一句话顶了回来。

“不过嘛，练武不行，防身倒还是可以。记住啊，你的目的不是打败对手，而是保护自己，逃跑、保命或者灭却对方的邪心才是目的。”

“比如？”

“嗯……开始的时候，不要明显抗拒，让对方放松警惕，或者干脆搂抱过来吧！”

“怎么搂抱？”潘瑜笑嘻嘻的，上前半步，微微张开双臂。

“卫峰！”

“干吗？”

“过来！抱！”

“噗！”胤如当时笑喷出来，潘瑜狠狠地掐虎禅背上的肉。

“看，两臂搂抱对方的胸肋，双手从对方腋下穿过，从对方的背后绕回来，大拇指狠掐对方的眼睛！”

“好厉害的招式啊！”潘瑜说。

“总之，上打眼睛下打阴，左右两肋并中心……不过还是没用啦，这样的招式太多太多，可是没经过无数次的练习，还有养成打斗的习惯，实战根本用不上！”虎禅摇头。

“那怎么办？”胤如插话，潘瑜狠狠剜了胤如一眼。

“装呕吐吧，呕！”

“那多恶心啊！”潘瑜用手拍拍胸口，像被噎着一般。

“对！就要不停地呕！最好真的呕出一大滩，这样你就有八成脱身的机会啦！”

“这是什么道理？”

“你想想啊，比如说，你正把我按在床上，兴致勃勃地扒我的衣服，我看着你的脸，突然……呕！哈哈哈！”虎禅大笑。

“啊！要死！”潘瑜直被逗得满面通红，拿着办公室里存的搏击脚靶狠狠地砸虎禅。

“呕！”衣服发出撕裂声的时候，胤如顾及形象的那一点防线也彻底崩溃，心中一急，鼻子里又嗅到老男人那难闻的气息，不禁张大嘴巴连连呕了起来，晚饭吃得急，虽然没呕出来，却也长长地打了个嗝。

老男人还真的愣住了，这一闹，心头欲火都消了不少。一见奏效，胤如又再发呕，老男人正觉哭笑不得，胤如忽然一把推过去，混乱中指甲划过对方眼睛。

老男人吃痛，手捂眼睛，慢慢坐回沙发，沉默。

“对……对不起……我不该弄你眼睛……求你让我回去……好不好……我把东西都还给你……”

“你为什么一开始不拒绝，你一开始要是拒绝，今天也不会这样！我这些天一直期待……我已经老了啊！你让我现在很难受！懂吗？不能给！就不该收！”只有在这样的女孩子身上，才能感受得到青春的鲜活。可是现在，却觉得自己更为苍老，老男人满面的苦楚，伴随着未完全平下的喘息，说话声音越来越大，直似吼出来一般。

“对不起……别……我把东西还给你……”

胤如还在抽泣，心里是一半内疚，一半害怕，不住地道歉。

“不说了……”老男人长叹口气，伸手止住胤如继续说话，沉默了一会儿，整理好衣服，抚平领带，拨通电话。

“我在车上，下来开车。”老男人叫了司机。

“我送你回去吧。”

“不用了……这里离学校很近……”

“多近都好，让我送送吧。”貌由心生，当欲望渐消，面色上的狂热也随之而去。

“嗯……”胤如终于答应了。

车刚到学校，胤如手机响了。

“接吧。”老男人见胤如蜷缩着身子打颤，将包捡起来，放在胤如身边。

“喂！我们回到学校啦！出来晃晃吧！”来电话的正是虎禅。

“你……你在哪儿？”胤如胸口还是不由自主地抽动。

“咦？你这是什么声音？哭了吗？我和卫峰、李晨还有喀纳斯在校门口出来的夜宵摊上，你在哪儿？”虎禅听出胤如声音不对，不由得心里一紧。

胤如立时转身撩开窗帘看看外面。

“停车，停车！”胤如大叫，司机愣了神，一踩刹车，胤如便开了门窜了出去，奔向虎禅。

老男人只觉好奇，半个身子探出车外，瞅瞅是什么人让这姑娘像抓到了救命稻草一般。

虎禅刚与卫峰和喀纳斯做了一会儿实战练习，胡乱披了件羽绒衣，头发湿了些汗，乱糟糟呈怒发冲冠状，看到胤如钻出车，表情十分惊异，再一看她眼睛肿肿，衣服略有损坏，惊异的神情换上了怒意。

老男人觉得不对，今天已然不快，不愿再惹是非，关上车门，招呼司机开车。

突然，“呼！”的一声，车窗玻璃爆碎。

虽然虎禅并不知确切发生了什么事，但是看胤如这副模样，自然心里透亮，也不问下去，先拿下了人再说。抓起桌上的调料碟，手臂抡开，如鞭子般，“忽”的一声破空，甩了出去，车窗砸碎，司机本能地缩头、踩下刹车。虎禅动作全不停留，展开身形，猛虎扑食一般撒腿奔跑，已然赶上，伸手进驾驶室打开车门，一把掐住司机喉咙拽了出来。

胤如本要拉住虎禅，却哪有那份力量，呆立在当场，心中忐忑。

这时候，喀纳斯等三人，也跑了过来，卫峰与李晨拦在车前，喀纳斯一把擒住司机。

“你想干什么……”老男人下了车，刚要说话，虎禅双手一前一后自怀中窜出，正是戴家拳中凶名远播的大势——“鹰捉把”，手如闪电，五指直插对手脸面，对方本能地往后仰，便一把拿住老男人的脸，劲道向下回勾，将头向后拗，老男人受不住劲，整个身子向后弯曲，虎禅一下按，噗地将老男人两膝按跪在地上。

“你干了什么。”虎禅面无表情，但那话从紧扣的白牙中一字一顿地迸出来。此等凶狠之貌，这阅历丰富的老男人只觉前所未见。

“她拒绝了我，我没有强迫她……”头被向后拗，说话声音憋在嗓子里，但老男人毕竟冷静。

话说得明白，虎禅脑子里一转，估摸胤如没遭什么实质性的伤害，手上劲道慢慢松开。

“哥哥，放了他吧，是我不好，我真的没什么。”胤如这会儿才跑上来，拉住虎禅的衣服。

老男人站起身来，整了整身上的衣服。

“你是她什么人?”老男人冷静得很快,脸上毫无惧色,质问虎禅。

“是朋友,好朋友。”虎禅正色回答。

“那么,今天是我和她在男女关系上的纠葛,你凭什么管?”

虎禅转头望望胤如,双手搓搓脸。

“好家伙,从乡下逼到学校里来了……”虎禅自言自语,冒出一句莫名其妙的话。

“没事儿了……已经没事儿了。”胤如只觉得脸上臊得慌,想尽快结束,又怕虎禅再动手,惹出事端。

“可是我也很喜欢她!”虎禅忽然笑了起来。

老男人皱眉,上下打量虎禅。

“她还没答应吧?”

“我开口,她想必会立即答应的,现在,她衣服破了,是你做的好事吧?”虎禅敛起了笑容,牙根一紧。

“你也砸了我的车窗玻璃,还打了人,这事怎么算?”

“事归事,人归人。”

“你不是学校的学生?”老男人问道。

“别岔了话题,我当然是学生。”虎禅回答。

“你不像。”

“那像什么?”

“这样利落的身手非常少见,果断,又快又狠……你没那么简单,更像是有名声的土匪!”老男人沉声低吼。

“哈哈哈!谢谢!土匪遇见流氓,解决问题的方法可以很简单。”虎禅一笑,高声唱个喏,随即逼近一步,大眼圆睁,低头俯视对方。

“有意思……世上还有这样的学生。”再转头看胤如的时候,本是拉扯虎禅的,这会儿却紧紧搂住了虎禅的手臂,额头贴着虎禅臂膀。

第六十一章　虎禅之母

在回学校之前，老太爷曾将虎禅叫进屋里问话。

“虎禅，我听街坊说，他们的孩子上大学都恋爱了，可是咋不见你带个姑娘回来给老头子看看呢？”

“哎呀……太爷……这……”

“这半年，有遇上了漂亮姑娘吗？”

“漂亮姑娘到处都有啊，当然会遇上呀。”

“别给我打哈哈，小心我敲你，怎么年纪越大越不老实了？”

“倒是有挺可爱的啦……嗯，还是很努力的小姑娘！”

“喜欢不喜欢？”

“哎呀，现在没这闲工夫，您瞧瞧，这又多了刀法要练……”

“喜欢不喜欢？”

“不是这么说……”

“噢！不喜欢！”

“哎呀！也不是……太爷你怎么老钻空子！”

“哈哈！孩子啊，对自己诚实一点儿！老头子并不要求你这么早结婚，但是也希望在有生之年，看到你跟哪个姑娘快快乐乐地在一起呀！我现在在跟你好好说话！再问你一次，喜欢不喜欢？”老太爷用手上的烟杆戳在虎禅心口上。

“喜……喜欢……”

“哈哈，这就对了！去！收拾东西吧！”

虎禅这年纪正是血气方刚，老太爷那话真又似火上浇油。回头想想，自己这半年，对女人敬而远之的样子，着实有些矫情，好容易跟老太爷憋出句真话，眼前这老男人，又来给自己赶鸭子上架。

中国人，太含蓄，耻于说爱。

西方人，男人女人、亲子朋友，在表达自己感情时，都会毫不吝啬地说出一句“我爱你”，可是让中国人吐出这三个字，实是万分艰难。

虎禅从前遇到的姑娘，哪有张口说喜欢的，能送礼物，能用身体温存，就是嘴里不吐核儿。

这是好是坏呢？

“对呀，诚实一点，人就少了很多后悔的事情……唔……但是……这哪里能随便说得出口！”来校时的路上，虎禅刚想通一点，又忍不住老是揉脸，可是这会儿，喝了两杯，又动了拳脚，有气有势，话赶话却说了出来。

说出来之后，胸中豁然宽敞，虎禅没有料到人坦诚面对自己的时候，会是如此的舒畅。

“嘿，莫名其妙地帮了你们一把……小姑娘，得偿所愿了，别记恨我就行。”老男人终是低下头，自嘲地笑笑。

听了这话，胤如点了点头，幅度不大，却很坚定。

“喝酒不喝？”虎禅向老男人扬起大拇指，指指身后的夜宵摊。

“有缘再说吧。”

喀纳斯放开司机，老男人也钻进了车里。

“丫头，你觉得怎么样？”虎禅问胤如，胤如却一脸迷惑地看着虎禅。

“其实，这人不坏。”

当虎禅说出这话的时候，胤如点点头。

“你们慢吃。”虎禅没回头，带着胤如离去，后面的喀纳斯看看卫峰，看看李晨。

“咱们……？”

“回头咱们也找一个？”

“对，只有打架的青春真的很凄凉。”

虎禅带着胤如回到自己的出租屋，拿出一套平日里贴身穿的紧身训练服递给她，这衣服对于胤如来说，已经可以当做大 T 恤穿了。

尽管是阴雨天，虎禅也把衣服放在暖气片上烘得很干爽，能闻出阳光的味道。

“这时候，宿舍该关门了，你去洗澡吧，我给你放了热水，今晚上住我这儿，别拘束了，想看电视想吃东西就说吧。”

“你呢？”

“你洗完了叫我。”虎禅转身进了房间，用电热毯先把被子烘热些。

洗干净了身子，就像换了心情，胤如换上虎禅宽大的衣服走进房间，虎禅看了哈哈大笑，笑得姑娘心里也暖和。

“真是可爱啊，……像个大企鹅一样！”虎禅沐浴之后，换上一身宽松的纯棉运动衫，靠在床头，看着缩在被子里的胤如，伸出手指轻轻刮刮她的脸，心里很是疼爱。

虎禅绝非禁欲主义者，从前动情的时候，依然会跟姑娘发生关系，却不急色，只不过是要开心，时候到了，自然而然地发生，现在，胤如面色依旧苍白，蛾眉深蹙，只适合好好安抚她。

再者，虎禅觉得，轻微的抑制，会得到更大的享受，轻轻抚摸姑娘头发，像是在抚摸着自己的心口。

胤如在被子里拱了两下，靠近虎禅，虎禅轻轻揽着软软的姑娘，闻着发香睡下。

“这家伙，怎么还这么厉害！”喀纳斯与卫峰轮流与虎禅相斗。喀纳斯在摔法方面为了摆脱跤衣的局限，开始练习裸摔，将自己的摔法运用于解放了规则的格斗中。蒲扇般的大手，抓住虎禅手腕，拉扯近身，下面便用盘脚使绊儿，谁知被虎禅以“舍己从人”之法缩身撞入怀中。虎禅双臂顶住喀纳斯的胸口，忽地展开身子，拉开弓步，把喀纳斯击得双脚离地，双臂再顺势劈下，将这大汉狠狠砸在地上。

待定下神来，仔细看看，虎禅精神奕奕，全无纵欲乏力之相。

“这家伙是怪物吗？”卫峰与喀纳斯心里都在想，并不知道虎禅一夜安睡无事。

“知道你们在想啥，大清早地拉我出来打，想趁我昨夜耗了元阳，有仇报仇吗？小爷不让你们如愿，昨儿心定身正，‘卧’怀不乱！看打！”

可是在与卫峰练习时，虎禅却漏了手，一时忙乱，被卫峰在胸腹上连击两拳，一脚差点踢中脑袋，亏得使出了半招“单把”，抱头硬挨，饶是如此，脑袋也撞得恍惚了几个呼吸的功夫。

卫峰正要高兴，却见虎禅退出圈子，揉揉脑袋和胸口，撑拔两下身体，一屁股坐下，垂头丧气，似是心中有事。

“怎么？昨晚人家不从你？一定是啦！”卫峰又是个嬉皮笑脸。

“你这个土鳖！真该好好补补男女感情的课！说正事儿，有个难题，你和李晨帮我出出主意。”

原来，昨夜虎禅入睡得快，胤如心里却烦恼，过些时日，怕是父亲便要把自己带走，往后出了国，独在异乡为异客，再见不着眼前人，也没法每日尽情弹奏，那往后的时光如何挨下去。

想得深了，眼角又滚下几滴眼泪，鼻子有些不通气，睡不着，百无聊赖，壮了胆子，手指在虎禅脸上刮刮，又把虎禅胸口当做琴键，轻轻敲打。

自从于猎场遇到生意谈不妥后发生的那一幕，给虎禅心中埋下种子。虎禅心怀恭谨，时时自勉，又因窥得世间凶险，如今警觉非比常人，早已醒了，只是装睡，翻了个身，吓得胤如赶快收了手。

虎禅爬起身子来，却见胤如装睡，便用嘴贴着姑娘的耳朵，轻轻吐息，弄得她心如鹿撞，奇痒难耐，忍受不住，用力搓耳朵，将脸闷在枕头里，臊得无地自容。

“睡不着吗。”虎禅轻拍胤如，好容易哄得她转过脸来，她将父亲将要带走自己的事情说与虎禅知道。

这事情刚说出口，卫峰便摇头。

“你要娶她？”卫峰问。

“我才不想结婚呢，会很不自在。”

“那你还是不打算为她做这个主。我知道你怎么想的，你觉得人该干自己想干的事情，该按自己喜欢的活法活着，但是你更该站在她的立场考虑。且不说一时想不出好的办法，就算有了办法，将她留下，在她的心里你就已经是为她打算了将来，你就必须对她负一辈子的责任。”

“有那么严重？”虎禅撇着嘴。

“亏你还好意思说自己精通男女情爱！”

那边，胤如下了课，就直接奔练习场来了。

“呵呵，师娘。”喀纳斯没心没肺地喊了一句，胤如登时满脸通红，六神无主，手足无措，转身躲了出去。

虎禅猛地扑出，将喀纳斯绊倒，骑在他身上，拳头雨点似地落，卫峰也冲上来，抬脚便踩。

“混蛋！你个倒霉的家伙！你这话会害人的啊！”卫峰与虎禅不住地低声喝骂。

手机响起。

“喂，老爹！舍得给儿子来电话了？”

“小子，别那么得意，告诉你个好消息，治你的人要到啦！”

“难道……老妈回来了？她现在哪儿？”

“哈哈，没错！三天后，到你们学校讲学！”

训练馆对面就是学校的礼堂，虎禅猛地一抬头，礼堂门前已挂起横幅——热烈欢迎著名音乐家长孙青妍博士来我校讲学！

正是虎禅母亲，复姓长孙，名青妍，国际知名的钢琴家。

“啊！”

“还有啊，上次你来看望我时发生的事儿，千万别跟你妈提，就说一切都挺好！挂啦！拜拜！哈哈哈……”

“喂！老爹！老爹！该死……母亲没事儿哪里会到这儿来讲学！定是来借机收拾我的……”一时间，虎禅脸部眉目都成“八”字摆开。

虎禅对音乐并无特殊天分，也不喜爱，小时跟母亲学琴时，偷工减料，背不下谱，指法错乱，碰键走神……还有考试分数长期低迷，没少挨拖鞋抽打，尽管皮肉结实，仍是疼痛。母亲更是女人中少有的坚毅自强，就算是父亲，对妻子也有三分敬畏，虎禅在母亲面前，更是比平日里规矩得多。

“嗯……好像忽然想起什么……要是老妈肯教胤如……嗯，试试吧，也不知道老妈是不是能看得上这姑娘，要是能被老妈收做弟子，事情应该就能解决吧？要是不行，我又提出了要求，会为难老妈吧？不知道胤如的老爸什么时候来呢？能撞上吗？”虎禅眼珠滴溜溜乱转。

第六十二章　琴如其人

迎接的车队已到学校，长孙青妍博士刚踏足地面，人群便已骚动。

黑发盘起，一丝不苟，面上五岳丰隆。望其神，严谨端丽，却灿若海棠，双唇紧闭，抬眼间，目光直照远方。此等容颜，此等精气神，论谁也想象不出，这是一位孩子都已成年的夫人。

虎禅知道，母亲既不愿待在家中，依附着父亲出入厅堂，亦不擅长争权斗利，只盘踞在音乐殿堂，不断努力，犹如那个世界中的一方霸王。

尤其是在钢琴上，女人要想攀登到如此地步，本就比男人要困难得多。

老太爷说过，武者万莫觉得自己有多了不起，说得白话，就是一个手艺人。虎禅琢磨过，老娘当然也是手艺人，这么说起来，可比自家厉害太多了，至今为止，遇过能把自己放翻的人，怕是手指脚趾加起来，都不够数，但它哪里及得上老娘在音乐世界中的地位。

虎禅昨晚便莫名其妙地带着胤如去商场试衣服，早间又去做头发，整个人打扮了一番，既端庄好看，又成熟了许多。人靠衣装，佛靠金装，这会儿怎么看，胤如都是个少有的美人。

看虎禅，也换下了一直穿着的运动服，穿得齐整斯文，脖子上搭着雪白的围领，头发也理得柔顺自然，不复往日的乱发当风，便是为了见到老妈时，能少被数落几句。

“哥哥也很喜欢钢琴吧？学校能请到长孙老师来讲课，真是非常难得啊。”

“不喜欢，每次听到都想开溜。”虎禅干咽口唾沫。

“难道……你听过很多次？”

“不许再问，从现在开始，你好好地听，听明白所有细节，听出你自己的领会。结束后,我去哪儿,你就跟着去哪,不得有违!今天为你,我还得厚起脸皮才好。”

“为什么……”胤如刚要问,看见虎禅瞪了一眼,便把话吞了回去。

虎禅对钢琴只是半吊子,从前母亲都说,早上才学了这么一丁点,到了中午,便让这家伙就着午饭吃了。所以至今为止,虎禅虽能识谱,能弹奏,但水平很是低下,音乐知识也匮乏,听着母亲的讲座,更是半懂不懂。

只是,人类创出语言,便是为了表达自己心中所想、所愿,而音乐却也相同。虎禅忆起小时候,老太爷说“武事还须文事精”,曾教自己读书,熟读司空图《二十四诗品》,说是能涵盖世上的诸多境界。母亲的课,虎禅听不下去,但音乐中的流动、委婉、劲健、雄浑、浓纤……却如画面一般在心中映照,真真切切。

“老妈好像又进步了很多……”虎禅笑笑,身旁胤如听得更是入港,攥着笔,时不时记录着。

这堂讲座,持续了近两小时,待到后半段时,虎禅早已开始闭目养神了。

“今天的讲座,就到这里吧,谢谢。”母亲这话一出口,虎禅睁开眼,拉起胤如走了出去。

“哥哥!等等,我还要找长孙博士签名!”

“见鬼的签名,一会儿叫你单独见她!”

“骗人!怎么可能?”

“我现在先带你到她下榻的酒店……她是我老妈。”

虎禅说得寻常,却在姑娘脑袋里响了个炸雷。

“要是我老妈能看得上你,收你做徒弟,你父亲会答应吗?”虎禅方一发问,见胤如与泥塑菩萨相似,呆立当场。

酒店里,虎禅悠悠地嘬着茶。

“哎,我说,你半晌没喝水啦,喝一口吧!”

“不喝……”

“哈哈哈!”人一紧张,尿意来得特别快,虎禅见胤如不一会儿的工夫,跑了几趟厕所,禁不住笑得杯里的茶水都溅出来。

“要不,你先练练?”虎禅对着酒店的钢琴,努努嘴。

手机响起。

“虎禅,在哪儿?”

“哈哈,妈,你直接回酒店吧,我在大厅茶座等你。”

“嗯。”

“一会儿,使出你平生本事,可别关键的时候掉链子!”虎禅心里也有些惴惴,对胤如嘱咐着。

“我尽力……”

“没有尽力的说法,就这一次机会,要是不行,老老实实地跟你老爹回去,读经济管理好了。”

“我没想到……”

“别想了,盘算好一会儿要演奏的曲目,现在,乖乖去钢琴那边坐着,定定神。”

“嘿嘿……妈,好久不见,您辛苦啦,但是越来越年轻啦!”虎禅笑得甚是乖巧,给母亲斟上茶,谁知老妈不露半点神色,目光死死盯着自己,手上拿出一张纸,轻轻放在桌面上。

“这是……啊……啊呀……不过这不都及格了嘛!”原来母亲拿出的,正是虎禅的考试成绩单。

“就拿这个欢迎我?”母亲冷笑一声。

“妈,你知道,儿子对您最大方,这破玩意儿可是您拿出来的,我可拿不出手……不过,给您准备了另外一份礼物!”虎禅手快,抓过那成绩单稀里哗啦地一揉,揣在口袋里。

“自己也知道是破玩意儿拿不出手吧,你又要耍什么花样?”

“礼物,过来!”

“长孙老师!您好!我叫胤如!是虎禅的同学!请您指教!”壮了半天胆子,总算说话没结巴,却也有些生硬。

见胤如一个鞠躬,身子还弯着,半天没起来,长孙青妍登时笑开了。

“呵呵,起身起身!”

“妈,听听她的弹奏吧?我觉得挺不错!”虎禅见母亲一笑,打蛇随棍上。

“你觉得不错的该不是音乐，是这张俏脸吧？行，弹弹。”长孙青妍挥挥手。

胤如选的曲子，是《伊斯拉美》，又名《东方幻想曲》，是世上公认难度最大的曲子之一，其中的炫技性，是近代钢琴史上不可掩盖的辉煌。

曾见胤如练习这首曲子时，简直像在拼命，每次练完便大汗淋漓，像是被人抽空了精气神，全身都软了下来，比虎禅与人搏斗半天更累。

“一次机会，就一次……”虎禅的警示，深深地铭刻在胤如心里，这会儿的压力更大。

酒店大堂中的人，听到如此琴音，都停下了手中的活计，有些人更上前围观。

再细看母亲，却没半点外露的神色。

忽然母亲挥挥手道：“可以了，先停下来。”

虎禅与胤如同时心里一颤。

停了一会儿，胤如长舒了一口气，却似是卸下一个重担，大大方方地走到面前。

“长孙老师，虽说曲子没弹完，可是我尽了最大的努力，希望得到您的真实评价。”

“学琴多少年了？”长孙青妍问道。

“七岁开始，十一年了。”

“真不错，好好练吧，能弹得更好的。虎禅，跟我上楼。”

见母亲站起身来，拿了包，正是要走的意思，虎禅登时觉得坏了事。

这些年来，中国琴童的水平是越来越高，有时十三四岁的小童，都能弹出钢琴十级曲目，钢琴曲的难度系数，对于当代学琴的人来说，已不成问题了，何况是十一年的时间。

“老妈，等等！还有些问题！”

“哼，非要我逼你才肯说真话是吗？”母亲似笑非笑地看着虎禅。

“妈，胤如学琴，只有刚开始的四年，有老师指点，之后都是自学的，不知道能不能让你收个徒儿呢？”

“什么？自学的？为什么不找老师？”长孙青妍不禁重新打量着胤如。

“因为她的父亲想让她经商。”虎禅耸耸肩。

“把你的琴谱,拿给我看看。”

“快去快去,别愣着!”虎禅知道有了转机,亦是欢喜。

“你说的是真的,还是瞎编的?”母亲翻着琴谱,似在挑选曲目,一本是胤如的必修课,另一本则是她根据兴趣所选的曲目。

“老妈,你不在的这两年,我学会了很多事,其中最重要的一件,是做事要合道理,我虽然希望这姑娘好,但是我也不至于笨到无缘无故给你添麻烦,这是个很努力的人……我是真觉得给老妈物色了一个不错的弟子。”虎禅正色道。

“这一首吧。”

女人要想在钢琴上向顶峰攀登,最大难关是心到,手不到。

母亲的观念,实际上更像武人的观念,武人动手,是与人斗,武人炼体养生,延年益寿,却是与天斗与命争。母亲的理念居然也跟这些古代圣贤相同,她从不相信刻苦努力,打破不了先天弱势。

手艺活做不了半点假,眼前的姑娘,下足了苦功,已经确信无疑,现下要考的,是她有没有那颗丰盈而细腻的心。

两日后,胤如父亲来到学校拿人。

到了音乐学院里要求办手续,被告知需要带女儿本人来到,这会儿胤如电话也没人接,跟人问女儿下落,转来转去,最后找到了礼堂里。

“这儿有什么人?”礼堂门口,名贵座驾排成行,生意人对这样的景象自是敏感。

轻轻推开礼堂大门,虽说除了流畅的琴声,没有任何喧闹,却有一股热烈的人气扑面而来,场中座无虚席,眼前的舞台上,自己的女儿正在演奏,女儿背后站着一美丽妇人。

“这……”胤如父亲从没在如此场合下见过女儿演奏,直是看呆了,站在礼堂入口,迟迟不知所措。

原来,当母亲认可胤如之后,便答应了学校,再开一堂关于音乐教学的讲座,而胤如则自然而然地成了接受教学的演示者,得到青妍博士的点评。

“啊……前面还有个座位。”正跑去找座的时候,一曲终结,胤如的琴声停了下来。

“……在国内，小小的琴童，一坐在钢琴边，便弹得非常绚烂，但是在国外，十多岁的孩子，哪怕只是单手弹，最简单的曲目，当众演奏也是自信满满。这是抛开了一切外在影响，对音乐最单纯的喜爱，对心中情感最真实的表达……”这场讲座的主题，正是音乐表现力的提高，胤如父亲抬头，看到上方横幅。

“长孙青妍嘛……是她……”长孙博士的大名，就算是这与音乐完全不搭边的商贾，也是听过的。

可是女儿这时已经看见父亲了。见胤如嘴唇微张，眼神惶恐地看向自己，父亲忽然紧张起来，赶忙远远向着胤如摆摆手摇摇头，示意她继续，不要理会。

“您是这女孩儿的……”坐在胤如父亲身旁的老教师，察觉到了这位观众的异样。

“啊，对，我是她的父亲。”

“小姑娘真不错，点名让她做示范，怕是被长孙博士看上了，好福气啊。”

“呵呵……哦……”胤如父亲干笑两声。

第六十三章　人生的抉择

佛经里说，当人们念诵大悲咒时，一切神、仙、魔、鬼、人、兽，皆以为天籁妙音，真是佛法无边。

要按这么说，世上若有什么能跟佛经的力量相匹敌的物事，大概也就剩下音乐了。母亲曾跟虎禅说，听到了美妙的音乐，就算是恶棍也不会无动于衷。

（如此看来，小时候的虎禅大概是新品种，或者更凶暴的恶棍。）

胤如的父亲从没这么安静地欣赏过女儿的音乐，满腹的成就感，脸上微笑绽放，心想："弹到这个地步，作为女孩子的艺术修养已经够了，想必女儿也没什么可遗憾的吧？"

散场，长孙青妍正要离开，胤如着急得扯住了她的衣袖。

"老师，我爸爸……也来了，正在台下，他会带我走。"

"孩子，我说过，我可以做你的导师，但是并没答应要去说服你的父亲。"

"那我怎么办呢？"胤如望着自己的脚尖，心里乱成一团麻。

"我今天先给你上第一课吧，第一课非常简单。"

"嗯？"

"艺术家的美，不是向人献媚，而是'我自求我道'的孤高，是绝尘的独立，倘若不懂得这一点，无论你的技巧多么华美，都只是平凡的匠人。"

"可是……"

"你是个鲜活的生命，要是有人擅自决定你的活法，剥夺了你人生的色彩，那才是真正的罪孽呢，你父亲不能，我也不能。孩子，想成为真正的艺术家吗？"

"当然呢！"

"好吧，我从前和你一样，也是这么过来的。"说完，长孙青妍转身离开，再也没回头。

胤如站在原地，手足无措，双目无神。

“嘿嘿，还好意思说呢，当年也不知是谁拿拖鞋抽着我练琴的。”虎禅跟鬼魂一样现身，阴恻恻地冷笑。

“哥哥！”

“这回吧……老娘说得很对，我能帮你的，已经做完了，下面非得你自己来不可……再说，就算想出手帮你，我也没什么主意，难不成我施展功夫，将你老爹乱拳打出校门嘛？”说完虎禅也快步离开，赶上母亲，早得了父亲的授意，希望能让母亲回家待上几天。

“哥哥！我跟爸怎么说？”胤如叫道。

“心里怎么想的，就怎么说，诚实一点！”虎禅头也不回，挥挥手。

“闺女！……哦……饿了吗？”胤如的父亲好容易才挤过人群，来到女儿面前，讨好似的笑着。

在家的时候说得决绝，可是当见到了胤如的时候，舌头就大了，转不过弯来。

“爸爸……”不论父亲是为什么而来，太久没见，总是想念的，胤如搂着爸爸，脸埋进了父亲的胸口。

“嗨……这破学校，让闺女受苦啦……咱们回家好不好？”父亲叹了口气。

“爸爸，我没受苦，只是想你。”

“不说了不说了，咱俩先好好吃一顿。”

饭桌上。

“闺女，回头咱们去学校办个手续，回家就办签证，去国外读书吧，去德国，我问了很多人，那儿的经济学是最好的。你老爸的家业，将来还得你来继承嘛！唉……你爸爸就是小时候读书少，也不知道吃了多少亏，好容易摸爬滚打有了今天……”

“爸爸，我想弹琴。”

“没关系啊，等你去读书了，再给你买架琴，咱们天天弹。爸爸今天听了——没想到你现在弹得这么好听了呀……”

“不,爸爸,我不是这个意思,我是想今后一直只弹琴……我想做一个艺术家!”

“幼稚,艺术家是那么好做的嘛!”爸爸嘴里嗔怪,脸上非常努力地憋出一个笑容。

“爸爸,我真的能行的,你看青妍老师,多好啊,她答应教我了!”

“不行,跟我回去。”父亲压低了声音,面无表情,知父莫若女,父亲是真的生气了。

“为什么?”胤如眼眶里,泪水正打转。

“因为我是你爸! 你得听我的!”

“你不能这么不讲道理!”胤如壮起胆子,第一次反对爸爸的决定,声音特别大。

“这是为你好! 你知道什么样的女人整天抛头露面的? 戏子!”

“我……我做生意还不是抛头露面嘛!”

“你懂什么……明天办了手续,就跟我回家!”

“爸爸,你知道我为了弹好琴,付出了多少吗?”

胤如声音变得很小,方才那两句抵抗,已经把自己仅有的胆气都泄光了。

“所以……爸爸不会害你的。”闺女从前不这样,父亲觉得自己的心肠有些硬,胸闷气紧,实不想再争吵。

此刻的胤如实在太不甘心,但又觉得自己很没用,担心从前的日子,甚至将来恐怕只剩下了回忆,钢琴梦也将没有了延续。

父女都没有再举箸。

“艺术家,该有艺术家的样子,青妍老师的气度举止,还有虎禅、喀纳斯、卫峰……这些武人的行走坐卧,我不是早就已经刻在心里吗?”直到桌上的菜全都凉透的时候,胤如拿出手帕,轻轻印干溢满泪水的眼眶,如同回忆中坐在钢琴前,挺直自己的腰身,坐正,场中数千人都以各种念头看着她时,只有她,一个艺人的独立。

“爸爸,有件事情,女儿要向您请教,希望您教我。”胤如终于有了直视着父亲双眼的勇气。

“嗯?”父亲忽然觉得女儿似乎比自己高了些,挺了挺腰杆,深吸口气,总算是打破僵持。

“你为什么而活？”说出这话时，胤如的嘴唇抿得很是倔强。

“这……你什么意思？”

“就是字面上的意思，你为什么而活？”胤如咬字用力，再问一遍，自懂得说话起，第一次这般咄咄逼人。

“为了赚钱，让你活得好啊。”父亲敲着桌子，把话说得语重心长。

“抛开我，就问你，你自己。”胤如觉得，自己有了力量。

父亲登时愣住，从来没想过，有人会问自己这个问题，而今问出这话的，还是那记忆中傻不愣登的闺女。

“答不出吗？那就不能让我听你的。”

“你是我闺女！你就得听！”

“爸爸，喜欢听我说真话，还是谎话？”胤如轻柔地按住父亲那不知所措，伸向口袋里掏香烟的手。

“嗯……真话，说吧。”

“我想，这世上除了我，没人会像我一样，许多事情都会听你的安排。”胤如这会儿既坚决，又温柔，父亲被这一连串的问话，抛到了呆滞的深渊里。

“你想说什么？”父亲皱皱眉。

“但是我却能让许多人听我的。”胤如生平第一次笑得如此狡猾，要是被虎禅看见，说不定会进一步迷上，他总觉得女人狡猾的时候有狐妖一般的媚态。

“听你的？为什么会这样？”胤如爸爸脑子开始有些转不过弯儿了。

胤如没再说话，拿起手提包，径直走出餐厅，父亲连忙结了账，跟着跑出去。

虎禅与母亲许久未见，本该好好聊聊，可是如今气氛却非常沉闷。

嘴里苦涩，抱着头痛苦地摇晃。

“妈妈，你真的没哄我？”

“你一向聪明，该心里有数，我能拿这种事骗你吗？怎么问出这么傻的问题。”长孙青妍表情十分安静，安静得无可奈何。

“可是我为什么看不出？我也会望人气色！小颐姐要是有这么重的病，眼睛！肤色……骗不了人啊！”

“都说女生外向，你这小子也外向嘛?”长孙青妍微微皱眉，心里难受，也不愿去想，虎禅看起来与小颐很亲密，要是虎禅也喜欢上她，那可真是冤孽。

“那还如何能让她工作这么辛苦？我要给老爹电话!”

“虎禅，你逼妈妈说的实话，又想陷妈妈于不义吗？你要是打了这个电话，恐怕我再也不会回去见你父亲了……这是小颐的愿望，人有选择自己活法的权利，你没权利决定。何况，人要得到任何东西，都要付出代价。你小颐姐现在留在你父亲身边，帮助他打理生意，不论多辛苦，这也是她为了自己的选择而乐意付出的代价，非常公平。”

“这不是胡闹嘛!”虎禅眼泪都快淌出来。

“胡闹的是你。”长孙青妍将茶杯狠狠地在桌上一顿。

“为什么不好好治疗?”虎禅深吸口气，稳住心性。

“她有舍爷开的药方，一直吊着，可是舍爷说过，她没多少年头了。你小颐姐自己也表示，若有一天，控制不住了，病症爆发，她便尘归尘土归土，趁着最好看的时候离去。”

舍爷是爷爷岳国忠的生死之交，与七爷、乾爷一般，亦是华盛元老，医道高人。

“为什么不劝她?”

“虎禅，你是关心则乱吗?”

“什么意思?”

“人不能选择如何活，但是有权利选择如何去死，这才是正理。何况，我已经做出了极大的让步，除了音乐和我的理想，小颐也是我离开你父亲身边的原因之一，也许，有一天她离开了，我便回来了。”

“妈，这怨气，有这么深吗?”

“虎禅，我没有怨，但是我、你父亲还有小颐，三人在一起相处，你觉得合适吗？世上没有这样的道理。”

“妈，我心里不舒服，你好好休息吧，我出去走走。”

虎禅摆摆手，双掌冰凉，心里空落，离开了房间。

走出酒店的时候，一时间不知道该到哪儿去，摸出手机，想要拨打小颐姐的电话，可是心中一团乱麻，却也不知道该是不该，又塞回口袋。

细想这一切的来龙去脉，真是两头难。

“我也喜欢姐姐吗？”虎禅对男女之事开窍得早，知道姐姐是父亲身边的人，从未想过会与她发生什么，可是回想起来，自己却总是喜欢和她像糖粘豆似的腻在一起。

第六十四章　好梦难圆，岁月无多

长孙青妍并非寻常女子，专业上天赋特异，还有自己的梦想。如胶似漆的日子总要过去，生下虎禅后，又将大半心思放在自己的音乐事业上，与岳殷鸿聚少离多。男人有权有势，便觉得自己的女人不必再劳苦工作，曾数次提出，让长孙青妍莫再四处演出讲学，夫妻二人很长一段时间为这事争吵不休。长孙青妍执意要证实自己的人生价值，重新开始了梦想之旅。

当时辅佐岳殷鸿的，是小颐的师父金爷。小颐拜金爷为师，并识得岳殷鸿时，年龄尚幼。金门中人阅历极广，小颐小小年纪便深谙人情世故，久而久之，竟对豪气十足的岳殷鸿生出些爱慕之心，却又一直将心情收藏着，跟随金爷刻苦学习。

小颐比虎禅大了八岁，比岳殷鸿小了十八岁。

男人比女人大这么些年纪，在老辈人的眼中，根本算不了什么。小颐八面玲珑，得到华盛三代高层的认可，而小颐自己对岳殷鸿亦是倾心。华盛上下都乐见岳殷鸿能再结情缘，只是岳殷鸿心中一直抛不开长孙青妍，终是没能接受。

一日，金爷发觉小颐鼻子流血，带给舍爷把脉，才知道小颐身子有病。这病得先经西医化疗，然后再用中药调理。小颐知道化疗后人会丑，无论如何也不接受，反抗极是刚烈，金爷心中十分难过，便向岳殷鸿如实诉说。

虽说小颐并无拆散岳殷鸿一家的坏心眼，但男人在老婆那儿碰了钉子，他的心自然会偏向楚楚可怜的那一位，这是百试不爽的事情。

岳殷鸿不是傻子，自然深知从前小颐对自己的感情，更是倍加关怀。

长孙青妍归来后，将这一切看在眼里，心中亦是难受。可是在这样的情况下，确实不适合再发生吵闹。一次心平气和的商谈之后，岳殷鸿决定不再管束妻子，任由她追逐自己的事业，而虎禅则交予爷爷和老家的太爷爷教导，将来可以文武双全。

这一切的来龙去脉，虎禅从前隐约知道些，直到这回请母亲回家与父亲团聚，说话句句紧逼，好心办坏事，发了脾气，才洞彻所有过往。

喀纳斯还在虎禅出租房的后院里练拳，正是虎禅所教的翻子拳的基本功“一步三捶”。这东北一脉的翻子拳，对功力要求极是严苛，而翻子拳那“沉、脆、快、猛”的劲道精要，皆自“一步三捶”的苦练中得来，乃是翻子拳之根源。练功时又有变化，可打一步一捶，一步两捶，一步三捶。喀纳斯先天体力极好，能经得住那大量练功，这“一步三捶”每日操至近两万拳，进步速度自是非凡。

前些日子喀纳斯又以八卦走圈苦练下盘，又练习甩臂松肩。如今打拳，大步跨出，手脚齐到，已初具神韵。

虎禅的意思，是希望喀纳斯将根基扎得极深，将来功力看得过去了，再以翻子拳“车轮功”练就过硬的底盘功夫与内功，身子便可如金刚罗汉一般勇悍。待得喀纳斯气血饱满，感觉骨骼发痒时，再锤炼硬功，将来拳法定会大有成就。

“老大！回来了呀！你看看！我忽然发现，这两膀子能抖出一声响啦！瞧瞧！我肩背比从前又厚实多啦……”喀纳斯兴高采烈地迎上来。

“唉，没心没肺的活得多开心啊。”虎禅摇摇头。

“喀纳斯，今天我心里有事，难受，明天再说拳吧……”

“行！”失意人前，莫谈得意事，可是因为进步明显，喀纳斯收不回那脸上满溢的喜气，只得揉揉脸，收回笑容。

“你努力！我也尽力！”虎禅看喀纳斯还算善解人意，拍拍他以示鼓励。

“老大，我想跟你说句话。”

“别恶心，说！”

“谢谢你。”

“你已经恶心了，出去。”

“哈哈！走啦！”

喀纳斯离开，虎禅拿出阿生师父送予自己的尺半快刀，借助挥刀，整理自己混乱的思绪。

心乱如麻练功，那是大忌，挥刀发泄却不在此例。

“心意十三刀”多束少展，唯独最后收式前的“游龙戏水”一式，连续倒劈三刀，使得很是畅快，虎禅反复操习，直至手腕酸软。

“人不能选择如何活着，却该有权利选择如何死去，我想姐姐留下，好好活，这是我的想法，算是自私，还是关心？……我怎么变得这么纠结了？有病嘛！啊呀！”虎禅狠命地晃头，这种不痛快的思考，真不像是自己的脑袋里生出来的。

人言豁达，那是因为灾难没降临在自己或对自己而言很重要的人身上。

“有空就去逗姐姐开心吧！”虎禅打定主意，什么都不管，一有空就跑去粘着小颐。

停了一会儿，汗水浸得脊背冰凉，很不好受，便洗澡去，正挠得满头的肥皂泡沫，急促的敲门声又响了起来。

“这个喀纳斯！每次敲门都敲得跟奔丧一样！”虎禅下身围上条浴巾跑去开门，便要张口骂人。

“哥哥！”一声兴高采烈的甜腻叫喊。

门里门外两人同时愕然。

咯噔！心里一跳。

“镇定！”虎禅一咬牙，绷住面皮。

“进来，坐，我洗澡。”装作不紧不慢的样子，缓缓踅到卫生间。

“好险！怎么是她！”虎禅用力抹抹胸口，心跳才慢下来，赶忙冲冲干净。

“完了，衣服没拿进来……”虎禅心里又是“咯噔”一下，咬咬牙，再绷上面皮，围上浴巾，走了出去，直奔卧室，咚地把门关上。

“咦？你怎么回事儿？喝酒了？”虎禅穿好衣服出来，看见胤如紧闭双唇，嘴角翘起，显然有些什么乐不可支的事，又满面潮红，真不知道是什么意思。

“行，我苦恼了，你们都高兴了……”虎禅撇撇嘴。

“哥哥，我父亲答应我，让我好好学琴了！”

“嗯，好，好。”

“哥哥，不高兴吗？”

“我是因为其他事情不高兴，你这倒是好消息，喝什么？”

“我……随便……”

虎禅随意拿了罐饮料递给胤如，自己却拿了啤酒牛饮，虽不打算借酒浇愁，冲冲喉咙，会舒坦些。

“你爸爸如何答应的？”

“嗯，我想起了你和长孙老师的提示，才有了办法。”

“提示？什么提示？”

“好的音乐，不是炫技，而是好听，好听就是，能钻进人的心底，各种各样的人，让人心熨帖，人们听了你的音乐，会舒服，会诚实，这就是属于我们的力量。”

“我有过这样的提示吗？”虎禅挠挠头，实在想不起来。

“心里烦闷吗？”胤如今天似乎十分放得开，主动握住虎禅的双手。

“有些无法解决的事情，我也不知道怎么办。”虎禅少见的愁容中，还带着几分无可奈何的烦躁，胤如把他拉到沙发上坐下，沉默良久。胤如轻轻哼起了音乐，是久石让大师的 *Okuribito memory*。虎禅心中越发地感到忧伤，音乐进入高潮的时候，心中一阵轻松，毛孔张开，鼻子一酸，直要滴下泪来，心脏像是被按摩过，很是舒服。

胤如的声音像是没有任何瑕疵的丝绸，柔顺轻盈。

“呼……说说，怎么让你父亲妥协的？”虎禅长出口气，抖抖膀子，发出“嗵嗵”的声响，轻松了些。

“我跟他打了个赌，要让陌生人听我的话，倘若我做到，他就让我好好学琴。”

“听你什么话呢？”

“父亲说，行，你有本事就让他们给你钱。”

“哈哈哈哈！果真是商家本色！你成功了？”

“刚才才唱给你听呢，你说我能成功吗？倘若在咖啡厅里，你听见我的音乐，会给小费吧？”胤如忽然半跪在沙发上，揽住虎禅的胳膊。

“你……你……”虎禅哭笑不得。

世上从来没有“顿悟”这回事，只有长期刻苦努力，有了深厚积累，才有可能在某一日福至心灵。

适才在一间雅致的咖啡厅里，胤如坐在钢琴前，由父亲挑人，胤如则观察对方的一举一动，设身处地体会对方此时的情绪，并弹奏出与对方心境相符的曲目，让对方被自己弹奏的音乐所吸引、笼罩。最终，十人中有八人上前打赏了小费，另外两人，一个少妇流着眼泪看着窗外怔怔出神，一个小伙子足足喝了一打啤酒，酩酊大醉。

“喂！这不行！换个题目！嗯……把人气走，怎么样？”

“爸爸，我不想。”

“是不能吧？”胤如爸爸双手抱胸，为终于把女儿难住而骄傲。

“哼！你别后悔！”胤如揉揉有些疲劳的手，指尖流淌出一首老歌《在那遥远的地方》。

“你……停停停……你弹这个干吗！”曲子刚一开始，胤如爸爸满脸的尴尬。

“妈妈说过，你追她那会儿外公不同意，你就整天跑到外公家的楼下唱这个，试图感动妈妈跟你出来幽会。”

“呼！这败家老娘们儿！”胤如爸爸是个极要面子的人，这会儿脸上已经绷不住了，站起身就要走，又想起赌约，实在进退两难。胤如笑笑，提手敲下一个低音和弦，右手在钢琴上忽地扫过，响起一长串愤怒的音阶，谁要是站在这会儿胤如爸爸的情境上，多不懂音乐的人都听得出其中的意思——滚蛋！

“呼！我不在家，就成了这样！两个败家娘们，三天不打，上房揭瓦……”胤如爸爸满脸通红，骂骂咧咧地夺门而去。

第六十五章　铁刀断，因缘牵

长孙青妍要走了，虎禅很诧异，也很不高兴，因为母亲还要顺便把胤如带走。

“不高兴嘛？想和她在一起？”

“妈！这你别管！不是说让她考你的研究生吗？怎么这么……”

“那就是想在一起嘛，我不做没价值的事情，带走她，你该知道说明什么，做好以后收心的准备吧。”

“什么！你……难道意思是准……媳……媳妇？”虎禅被吓得不轻，似那被雷惊的孩子。

“这是你说的，开弓没有回头箭。”长孙青妍笑，钻进车里。

“等等！胤如！这是圈套！喂！你下来！不是吧……”

虎禅见到胤如也对自己笑着挥手，全不合她本来那动不动便哭鼻子的性格。又想起今天早饭后，母亲与这丫头的父亲见了面后，又单独与她谈了很长时间，不知道说了些什么。

“设局了呀！洗脑了呀！”虎禅长叹，拨通电话。

“喂！爸！老妈走了，你方便说话吗？”

“你妈妈答应回来吗？”

“不答应！”

“你小子办事不力啊！”

“我逼她回去，逼得紧了，都急了，她发我的火，就走了。”

“你有没有一哭二闹三上吊？”

“爸，相信不？你现在身手肯定不如我，我想捶你！”

“别啰唆了,现在事情多得不行,你妈那边就交给你了,噢,有空回来看看小颐,逗她乐乐吧。”

“她们是你女人还是我女人!”虎禅一股子无名火起。

“瞎说什么呢?有点儿没上没下了啊!”

“不说了!烦!”虎禅愤愤地把手机关上,这会儿直觉得心里空落落的。

“虎禅,干吗呢?不痛快?”卫峰见虎禅坐在马路牙子上,垂头丧气的。

“走,实战练习去吧……”虎禅只想打几场,解个闷气。

“大哥,你别实战了,你两天没上课啦,潘瑜说了,老师点了你名字,你把这个拿去跟老师解释吧。”卫峰将一张医院开的病假条塞在虎禅手里。

“你……要死,要死,肺炎。”虎禅咬牙切齿,凶相毕露。

“行了行了,我找人随便开的,实用就好,去吧,下午没课,我们再开始练习啊!”

“事了之后,小颐……你该消停了,我不能再向你妥协了,否则我就当真混蛋了。”岳殷鸿挂了电话,心情即时调整。他等这一天很久了。

东联投资公司总部,办公室里,山爷嘴里紧叼着一支雪茄,躺在柔软的沙发里,闭目养神。

“阿大,那边都准备好了!可以开始了!”阿培走进来,俨然成了山爷的随身“头马”。

阿培虽然没文化,管不了大事,可他脑子简单,只有简单的有仇报仇,有恩报恩,而那永远旺盛的精力与暴戾,为山爷看好了当地所有的娱乐场所。

这样的人,虽成不了大器,却一定可以做身边的亲信,受足关照。

“好!大家开始干活!今天我要干华盛一票!”山爷猛地睁开眼,牙齿一紧,咬烂了嘴里的雪茄。

华盛公司的一个房间里,小颐脸色略显苍白,娇柔地窝在大班椅中。如今是春寒时节,小颐厚厚地裹着纯白的皮草,既华贵又惹人怜爱。

面前工作人员都是金融业的精英,各就各位,要与东联打一场经济战争。可令人惊讶的是,小颐左手边坐着一个口歪眼斜的少年。

这少年叫小牛,是天才,父母是股民,疯狂的股民。从小没把孩子带好,就知道让他看 K 线,孩子无所事事,曾自己动手,用两年的时间,将前十五年中的股票走势进行了统计,小颐发现这个孩子后,便将他安置到了公司。

少年除了炒股,什么都不会,日复一日地坐在电脑前,要是不把饭端到他面前,恐怕活活饿死了也不会动。小颐曾打算让他学开车,弄辆桑塔纳给他练习,一个下午便磕成了废铁。

东联办公室——

山爷:“华盛开价多少!”

操盘手:“两毛六!”

山爷:“压低三毛!”

华盛办公室——

小牛:“他……他们压低我们……”

小颐:“小牛,这事你说了算。”

操盘手:“小牛,他们又压低两毛。”

小牛:“打……电话给银行……李……李经理,让他开我户头……做……做事。”

东联办公室——

操盘手:“山爷,他们有反应,开始托价。”

山爷:“……多调动三千万。”

华盛办公室——

操盘手:“他们又来了。”

小牛:“再……再托就行……这都问……烦!”

东联办公室——

山爷:“妈的,我不信你那么多钱!压!”

华盛办公室——

小牛："颐姐……他们还……还压……"

小颐："开我的户头。"

东联办公室——

山爷接通电话："张经理！借我两千万！"

华盛办公室——

小牛："托……到两……两块八……看……看他死不死。"

东联办公室——

"咚！"山爷一拳砸在桌子上。

山爷："他妈的！他妈的！"

操盘手："山爷，银行那边……CUT了，另外……我的户头……"

山爷："滚！"

一切变得很清静，清静却不代表结束。

"五年前，我已经输了一次……今天……就算我死，也不会让华盛好过。"

拿起电话。

"阿信，这么多年朋友，帮我杀个人……两百万吗？我把资料和钱放在哪儿？……好。"

"安息吧……南无地藏菩萨……"虎禅盘腿坐在地上，撇着嘴念叨，一看就知道，满肚子的不如意。

"真的寿终正寝了呀？"穆蕴贤皱皱眉。

"怪谁啊，都是你技术不好。"卫峰搓搓手。

"我不知道……"喀纳斯仰头翻白眼，自从胤如走了之后，虎禅偶尔想念，会比较容易发火。

前些日子练刀的时候，虎禅突发奇想，用本多英明曾教过的法子，在院子里搭起架子，用棉线挂上高低不一的小木条，既能练习出刀的准确性，还能练习闪避的身法，可是这刀的刃口却不尽如人意，常常会有细小的缺口，这些缺口可不能视而不见。

也怪虎禅，虽然身法厉害，可是在刀术上却是个新手，劈斩试刀，时常会落刀不正，导致刀刃会有损坏。

在日本，习剑者常言，武人用心擦拭与打磨自己的兵刃，就如同是在打磨自己的灵魂。虽然中国人对待刀剑，并没有日本人那般狂热，但是自己的兵器能一直保持锋利，就像穿着新洗、新晾的干净衣服出门一样，使用起来却是快意。

虎禅对刀的保养倒是很勤快。也许是粗劣的根骨，享不了那么好的福，又或是虎禅的确磨不好，这轻巧的快刀经不住虎禅这般折腾，断了。

“罢了！”虎禅在院子里胡乱挖了个坑，将刀埋了。

“我说，再买一把吧。”穆蕴贤提议。

“哪有那么容易，要弄到一把称手的玩意儿，何其困难。”虎禅无奈地嘟哝。

“对了！我记得北门的花鸟市场有很多卖古董的店铺，我去逛过，看见有些挺好的老刀老剑！”

“是么！走！咱一块儿去看看！”虎禅登时来了兴趣。

没有相当的历史背景，或者是近代打造的老刀老剑，作为古董来说，根本不值钱，但是作为兵器，却可能是有价无市的珍品。

“我说，现代科技越来越发达，你小子又不缺钱，订把好刀难吗？”穆蕴贤言语道。

“这和科技无关，刀剑的打造，那是早就已经成熟的技术，现在的冷兵器，论强度、韧度或材料什么的，确实胜过古代，但这是就武器本身而论，使用的人，却不一定顺手。我听师父说，古代练剑的人，有很多都是自己打造的，随着自己的武术不断进步，再一点点地锤炼、修改自己的兵刃，这是人的手艺，不是科技能解决的。”

“对！手艺！”卫峰近来对“手艺”二字十分喜爱，他认为拥有过硬的手艺，在很多时候都是值得自豪的事情。

这四人各有各的性子，虎禅与喀纳斯是神经粗大，而穆蕴贤则是成熟稳重，卫峰除了做事稳当之外，还老谋深算。当四人凑在一块儿的时候，干什么都是横冲直撞。

“走喽!”几个壮汉不用人说,利索地钻进穆蕴贤的车里。

“瞧瞧! 你们一个比一个重! 本来还能跑三百多公里的,你们三人坐上来,就剩二百五了!”穆蕴贤狠狠敲了两下车里的仪表盘。

“开车吧! 二百五!”虎禅大声嚷嚷。

花鸟市场中。

“你们几个! 什么眼光! 这是好刀啊……”老板唾沫星子乱飞,要不是和气生财,再看眼前四人全是壮汉,早拿手里的刀子说话了。

“你这刀,刀茎就是根粗铁丝,劲道大的,劈两下刀身就歪了……”

“怎么可能! 你看! 你看!”老板拿着刀狠狠挥了两下。

“老板……你不是劲道大的,咱才是劲道大的,要不给我试试?”虎禅半眯着眼,一点儿收获都没有,逛得有些犯困。

“不买算了!”老板愤愤地把刀扔回了展示柜上。

四人打量着老板的表演,都懒得说话。

转悠了一下午,实在是很失望。

“年轻人,要想买这些玩意儿,喏,往那边走,走到后边,再拐弯,一间房子,四面红墙,那一家的东西很多,我也见着有些刀剑卖,觉得挺不错,就是开价特别贵。”

身边一个老大爷,看虎禅跟店主磨嘴皮子半天了,便开口指点。

走到巷口,转弯,直到离开那店铺成行的集市有数百步,才见到那红砖墙古董店,只是孤零零的一间,屋顶瓦片呈纯青琉璃色。

第六十六章　高三鹞子的关山老刀

走近细看，四扇明清风格的楠木隔扇，上有镂空雕刻，是四尊佛像，森严庄重，气象万千，细细辨认，看出是佛门明王像。从左到右，为降三世明王、军荼利明王、大威德明王、金刚夜叉明王，却独少了那最重要的中央不动明王，使得虎禅怀疑自己是否认错。

普通的佛像多是柔和慈善之面相，五大明王却是愤怒威猛之相。佛门中，明王不但是护法护教，同时也主动出手降伏魔障，皆有大力量、大神通。

"四扇门，多雕刻渔樵读耕，或是四季，又抑或梅兰菊竹……这凶恶佛像摆在门口，真是少见，里面的主人一定非同一般。"虎禅扬扬眉毛。

"都这个点儿了，门还掩着，到底做不做生意？"穆蕴贤，轻轻推开虚掩的门扇走了进去。

地面是石头地砖，粗糙厚重，沉稳冷静，却与那四面红墙形成强烈的视觉反差。大门对面正墙前，置一屏风，屏风后也不知是什么，墙上均以长条原木做成简单而流畅的陈列架。屏风两侧的墙上摆的是诸佛菩萨的塑像——泥塑、金属、玉石……各色材质不等，两侧墙上摆的则是各色古玩。

望向屏风，上面的竹子傲骨凛冽，却不是笔墨所为，而是将真正的竹枝编入屏风布里，真是匠心独运。

"请问……"虎禅细听动静，知道屏风后有人，便欲出声询问。

"你们是？"背后忽然传来一个阴恻恻的声音，四人心中一跳，转过头，登时汗毛倒竖。

这人刚进来时，虎禅正极尽耳力，居然没有丝毫察觉，更重要的是，这人右脸似被火烧水烫，皮肉死死绷住。右眼只剩豆大，也不知还管不管用，嘴与鼻子扭曲得不成样子。

虎禅猛然察觉这种惊讶很是失礼，于是牙齿咬紧，将表情硬是憋了回去。

“你好！我们听说这儿好东西多，过来瞧瞧。”虎禅说道。

“稍等。”这烂面人提着手上的东西，转入屏风后。

“大小姐，您的早餐买来了。”

“放着，招呼客人吧。”屏风后传出一个音色极美，语气却是清冷孤寂的女声。

“大小姐？”虎禅自己没少被人叫“少爷”，一向不喜欢这充满纨绔气息的称呼，对“大小姐”感觉也有些不适。

“你们，想看些什么？”烂面人站在屏风旁，直视虎禅，丝毫没有因为自己的脸而遮遮掩掩，倒让虎禅觉得自己适才有些局促。

再细看此人，身形高大不下于自己，两膀沉坠，身形极厚。虽一边脸如夜叉恶鬼，另一边的眼睛，却是清澈透亮，估不出年岁，想必脸上没有受伤之前，该是个相貌堂堂的人物。

“我们想看看古旧兵器，有吗？”

“这边请。”这人伸手示意，走向大门旁的一个大木柜。

“放在柜子里，兵器类的东西，看来少有人问津啊。”虎禅心想。

“请问，如何称呼？”虎禅问。

“张军，你呢？”

听到这名字，虎禅微微一愣，偷偷地再次打量张军，并报出自己的名号：

“我叫岳虎禅。”“这剑……质地不错，却也是装饰性的东西……咦，有苗刀？这苗刀是为实战而做，可惜却从里边起锈，没法再用了……”虎禅一边从柜子里拿出自己感兴趣的东西，一边评价。

“你……不是买来收藏，是买来使用的？”

“对，老兵器的设计，应该不会像现代打造的兵刃一样华而不实，好使得多。”

“您用的是？”

“刀，一尺半左右的快刀，哈哈，我知道这种东西不好找，只是想撞撞缘分。”虎禅挠挠头，很是无奈。

“我想想……巧了，你看看这个是不是合适！”张军打开另一个木柜，乒乒乓乓地倒腾，不多时，拿出一个满是灰尘的盒子，然后取出块抹布，细细擦拭过，递给虎禅。

虎禅接过木盒，还未打开，光是那陈旧的木盒，已经让自己感受到胸腔里的跳动。

“来，打开看看。”

虎禅抬起头，看到张军微笑，比哭还难看，却从他的左眼中看到了期望。

“这……看起来……不会是陕西的关山老刀吧！”虎禅打开盒子，三指宽，尺半长的刀，静静地躺在绒布里，表面上的微锈，盖不住那刀光柔和的流动。这刀形，虎禅很早以前便在图文资料上见过。

有人说，陕西自古出三种人，美女，刀客，土匪。而从前那关中刀客所用的刀，颇有名声，被称为“关山刀子”，传说最好的“关山刀子”，在用刀高手的手中，能一刀劈断城门闸。

这关山刀子的刀柄也不知是被拆掉还是早已朽坏，刀茎用布条裹着。

“张大哥，我能把布条拆开看看吗？”虎禅知道，有一些兵刃的刀茎上，会刻出来历，或许是打造匠人的姓名，又或是使用者的名字。

“你是行家啊，请便。”张军看起来很高兴，虎禅迫不及待地解开包裹刀茎的布条，确实有字，虽然有些模糊，但是这么长的岁月，也盖不住那锋芒毕露的字迹。

“高……三……鹞子！啊！天哪！鹞子爷！”虎禅几乎不敢相信自己的眼睛，大呼起来，一遍又一遍地观看。

“吓死我了！一惊一乍的，这是什么？”卫峰问。

清朝时，陕西有三位威名赫赫的刀客，并称“三三”，分别是恶虎苏三、黑虎邢三，还有便是这鹞子高三。莫说以前，便是如今的陕西，仍是无人不知，无人不晓。还有一句又野又倔的顺口溜，独道高三——操熊操虎操狮子，操出一个高鹞子。

还有传说，鹞子爷当年学艺，既刻苦，悟性又好，几年后，拳脚刀法便已精熟，唯独师父的暗腿尚未学到。一日，师父出门，高三练完功后，在院子里溜达，见师娘正在厨下做饭，心中灵光一闪，便悄悄走过去，从背后搂住师娘，做调戏状。师娘也不慌忙，更不回头，腰身一蜷一躬，脚向后蹬出，直将高三踹出两丈远，半晌，高三才爬起身来，没说话，跪地上磕了三个响头，回屋收拾行李，离开了。

不久，师父回到家，师娘将此事的来龙去脉述说，师父听后，沉默良久，吐出一句话："几年了，他等的就是这一脚。"

这事儿没半点儿人性光辉，可正是这样的鹞子爷，更显出日后的杀伐决断，本性本真。

这故事说完，张军听得很是愉快，卫峰却在背后掐了虎禅几把，虎禅知道，卫峰定是想说："大哥！把这刀的来历都说给人家听，人家要抬价啦！"

"老哥！多少钱？我要了！"

"呵呵，这可不是我说了算，我得问问。"张军又转入屏风后。

虎禅捧起刀，细细把玩，恭敬地观赏刀身，似要从上边儿看到当年鹞子爷的英姿雄魂，魂儿早已飞向那古老的关中平原。

"笃！"直到一个硬邦邦的东西敲上虎禅的脑袋，他才猛地醒过来。

"大小姐……这！这是客人哪！"

虎禅抬头一看，心神动荡，仿佛魂魄被人猛地勾出体外一寸。适才屏风后说话的女子，正掂着个红酒瓶站在他面前。

"噗，人家都叫你好几声啦！"喀纳斯没心没肺地笑。

虎禅细看这女子，面色秀丽，眉角腾空，眼睛细长而清秀，耳垂丰满，嘴唇情深似海，头发用一根紫檀发簪随意盘起。自己遇上的美人着实不少，可这样的艳色，已是异象，万里无一。

虎禅正看得魂飞魄散，忽然低头，看着手中的刀，魂儿回来了。半晌，又看看眼前的姑娘，"嘿嘿"一笑，肆无忌惮。

"嘿嘿，刀，比美人更纯粹，更勾人，这么好看的女人，我也不紧张，而今，你却紧紧抓住了我的心，不能再将你放下啦。"虎禅脑子很是奇怪，居然拿刀与美人比较起来。

"忽！"酒瓶子又抡了过来，虎禅一缩身，登时躲过。

"哎呀！大小姐，你会把客人都赶跑的！啊！兄弟，您别见怪，大小姐偶尔会这样跟人打招呼！这是豪爽的表现！正常！"张军轻轻夺过这姑娘手中的瓶子。

（这么打招呼？）

“小兄弟，大小姐说，这东西价没定，让你使使刀，让咱们欣赏一遍，要是你真配得上这刀，就算奉送也没什么，要是配不上，这价格可就不好说了。”

（哪有把生意做得这么任性的……）

虎禅走到门口的空地上，以蹲猴儿，束展三次起式。飞扬跳脱的神气，立时古井不波，走起刀来，进退、束展，如猫儿一样，既狠且灵，运刀既顺且正，奇正相生。

“大小姐，这不是寻常的花刀，刀势看着简单柔和，却是真正杀戮的功夫，运刀不急不缓，却是快在身法上，步履轻灵而稳当，是少见的高手。”张军上前一步，靠近女子轻轻说道。

瞬息间，十三刀使毕。这刀运使起来，犹如与一位心有灵犀的多年老友共事，行动配合无间。虎禅看看刀，又看看姑娘，嘿嘿直笑。

“小子，你看来看去，是要刀还是要人？”姑娘脸上露出一丝笑靥，只觉得眼前的虎禅十分有趣。

“啊！要刀！要刀！”虎禅居然一丝火气也没有，连忙答应。

“笨蛋，要人多好，有了人不就有了刀嘛！”姑娘边说边咯咯直乐。

“啊！”不光虎禅呆了，身后三人亦是呆滞，张军则是转头望树上的鸟窝。

“我换！行不？”虎禅叫到。

“恕不退换。”姑娘眉毛一扬，盛气凌人。

“我再多要一件！”虎禅又叫。

“姑奶奶今儿不做生意了，滚吧。”姑娘的面庞再次变得如寒夜冰峰般凛冽，转身回屋。

“你叫什么名字？”虎禅大声问道。

“千红！”女子进屋，顺手把隔扇门关上，虎禅刚要跟上，却又停下脚步，立在当地，不知所措。

“千红！千红……”

“嗯……虎禅被拒绝了。”喀纳斯叨咕。

“脸已经成了猪肝色了。”卫峰嘟哝

“真是失败，就不该被生下来。”穆蕴贤叹道。

虎禅猛地回头，眼神带煞，三人作鸟兽散。

第六十七章　杀手阿信

“小兄弟，想什么哪？”张军拍拍虎禅肩膀。

“啊……对了，还没开价呢！”虎禅今天把一辈子要发的懵都发光了。

“呵呵，你会磨刀吗？”张军问道。

“这……我磨刀的技术很烂啊，这刀我回去一定找个高手匠人给我打磨。”

“你信得过的话，我给你磨如何？三天后来取……这样吧，我给你看样东西。”张军见虎禅犹豫，便转身进屋，不一会，拿出一支大枪枪头。

“瞧，这是我自己的，看看打磨得如何？”

虎禅珍而重之地接过枪头，上刻花纹古朴，棱角早已磨得圆滑，想必不是新造的物事。闭上眼，手指慢慢抚过枪刃两侧的平面，平衡非常，足见打磨功夫非凡。

“老哥，你是练八极拳的？”

“你真厉害，能看出来吗？”

“我记得八极拳经中有云：‘吾门拳法若问形，本是深山老熊精。’你身形一看便知，功夫很深。但我猜，你是霍家八极？”

“你怎么知道？”张军皱起眉头，沉声问道。眼光再厉害，自己没使一招半式便知道具体派系，这不大可能。

“你有个弟弟叫张义，对吗？”

“你是怎么认识我弟弟的？”

“我是刚上大学的学生，军训时候，张义是我们的教官，我跟他切磋过拳脚，他也给我提起过他那功夫非凡的哥哥，没想到在这儿遇见你。”

话说到这儿，未见张军有丝毫愉悦，倒像是心事重重。

“这……老哥，是我说话不周到吗？”

“不，小兄弟……你是个守诺的人吗？”

“窃以为是。”

“那好，你的刀放我这儿，我给你磨好，不论如何，别给我弟弟提起，遇见过我这哥哥。”

“为什么？他很想念你。”

沉默了好一会，张军指指自己的脸。

“我更在乎他。”张军道。

“那么，我能多提个条件吗？”

“先说说看。”

“能向你请教拳脚吗？”

“哈哈哈。”张军大笑，刚刚还是个鞍前马后叫唤着“大小姐”的管家，一提到拳脚，笑声中的锋芒傲气，表露无遗。

“孩子啊！你头角峥嵘，再过几年，我怕不是你对手了，可现在的你，跟我还有些差距。”

“老伯！你想多啦！我刚才说的是‘请教’！”虎禅斜着眼睛。适才还是“小兄弟”，这会儿就降为了“孩子”，心里很是不爽。

“好，可是今天没空，一会儿我还有事要办。”

“不管什么事，可别怠慢了我的刀！过几天我便来取！另外……”

“嗯？直说吧。”

“我可以‘常来’吗？”虎禅咧着嘴，露出那邪气的虎牙，将“常来”二字说得很重。

“你这家伙，小小年纪的，莫不是醉翁之意不在酒吧！”张军回头望望店里，望望虎禅。

“老哥，你不倚老卖老行吗？我是有意，很正常嘛。”虎禅瞪大眼睛。

“去吧去吧。”张军挥挥手，送客。

“都是孩子，希望你们不要后悔吧。”望着四人背影，张军叹道。

虎禅一行人离开后，千红将张军叫到跟前。

“张军，你还没老朽，怎么如此多事。”千红冷冷地骂道。

“大小姐,你的任何决定,我都该好好地支持。”张军微微欠身。

“你给他磨刀,是留他吗?”

“大小姐,你明知武人难缠,又逗又骂的,可比我留得露骨啊,我要是不帮忙,岂不是不知趣了?”

“我看你更像是假公济私。”

“哈哈,人结人缘吧,武者不能丢下了功夫,那会失去安全感。每日里练习,若是没个时常能交流心得的人,会觉得很孤独。虽然这小子还嫩,但是看起来,却是纯粹的好斗之人。”

“臭味相投的蛮子……不过人结人缘,说得真好。”

“大小姐看上他了?”

“说不上,只是这人看起来不拘谨,很舒服,蛮好玩的。”

“那就是喜欢啦!是啊,大小姐,你也孤独了很长……”

“忽!”一个茶杯飞了出来,多亏张军身手不凡,一把接住。

“滚去弄午饭!”

最近喀纳斯的腰围粗了不少,底盘功夫也越来越扎实了。

古代中国的各路神像,岳飞、关羽乃至佛门的诸佛、金刚、罗汉相,都是那腰大十围的模样,这不是没道理的,都说“虎背熊腰”,功夫全面的练家子,绝不会是细腰。腰上气壮,则周身力大。

翻子拳就像是“中国式拳击”,修炼起来简明扼要,共五部分:一步三捶、车轮功、铁臂、八翻子、打桩。

大量练习一步三捶,两膀柔活顺当,臂沉拳重;车轮功,久练之后下盘沉稳,身上则如铁罗汉一般的结实,与人搏击不必运气,磕碰间,力量自然勃发;铁臂功则是外功拍打;而八翻子,可以理解为八套组合拳,练到精熟,打法自然通透;打桩则是选用不倒翁桩,桩上再绑横木,做成人形桩,打击练习用。

喀纳斯马步站立,十趾抓地,上体正直,两臂前伸,掌心向下,两手慢慢握紧;左臂不动,右臂用力外旋成仰拳,随后肘部弯曲,大臂不动,小臂以肘为轴向上慢慢划弧收拳,收至肩前之后肘外翻,用力使拳拧转,使拳心向下,当大臂与肩平时,小臂往前用力撑出,直至胳膊全部伸直为准;右拳再次用力,缓缓外翻成仰拳，然后大臂带动小臂慢慢收回，使右拳顶至后腰间。保持右臂不动，左臂重复右臂动作，唯左右方向相反。当两拳都顶在腰后时，将两拳自身体左右移到身前，两脚蹬地，瞬间站起，同时两拳用力下击，随后左右腿随意踢蹬，抖松身体，唯两臂仍保持力量不松。

开始练习车轮功后，撑筋腾膜，进境非凡。和卫峰对练时，常是卫峰招架不住，先败下阵来。

那边，虎禅进退行拳，已经持续一个多小时了。

"喂！老大！'三点'啦！不是说下午败气，不适合苦练嘛！"喀纳斯大叫，"三"字说得特别重。

"……"

"虎禅，今天就咱们'三'人哪！"穆蕴贤也把"三"字说得很重。

"……"

虎禅束展收势，站在那儿翻白眼，装没听见。

"去不去呢……"虎禅琢磨。

"喂，人家说了让你三天就去取刀啊，哈哈！"穆蕴贤正乐。

"非也……人家说的是三天后，也就是第四天。"虎禅掐着手指盘算。

"老大见异思迁了……"喀纳斯刚张嘴，便被虎禅一脚蹬出老远。

"行啦，去吧，我生待明日，万事成蹉跎！你敢说自己不喜欢那个'指天椒'？"

"去当然得去啦，我还要拿刀呢，但是我……"虎禅说到这儿，忽然没了话。

"因为他那个'滚'字，你觉得你再找她搭话，会有点儿死皮赖脸？别担心，我猜那姑娘对你感觉不错。"

"为啥？"

"你想想，她撩拨你啊，你要是遇见个你看着讨厌的姑娘，你会没事儿去撩拨她吗？"穆蕴贤两手一摊。

"……对啊！是这个理！我冲个澡！"

"喂！说去就去啊？"

千红的古董店里，张军细细观看着磨好的刀。

“眼光真不赖啊，挑出了这么好的东西，不知是人选刀，还是刀选人呢……大小姐，这刀开价多少？”

“现在开不了。”

“为啥？”

“等他来拿的时候再说。”

门被推开了，张军抬起头来，刚要招呼，发现却不是来拿刀的虎禅。

“……阿信！你怎么来这儿了？”

“呵呵，想念朋友了，就来了，你玩刀了？不错的家什。”

阿信一身平价夹克，梳着个土老帽的中分头，实如那市井中每日里过往无数，永远不会有人注意到的平常人。

“我可当不了你的朋友，到底来做啥？”张军看起来很是警惕，站起来，慢慢地走到离阿信三尺远近处。

“放松些嘛，兄弟，你功底这么深厚，我可打不过你啊！”阿信抿抿嘴，笑得像个卖菜的大叔。

“你当然打不过我，但你却能杀我。”张军斜眼看阿信，不屑与警惕，甚至还有一丝恐惧，眼中情绪复杂。

“信叔，干什么来了？”千红从屏风后走出来。

“我是到山爷那儿去，一路游玩，顺道路过这儿看看你们哪，几年不见，出落得更标致啦。”阿信笑眯眯地看着千红。

“好，我很好，吃得饱，睡得香，张军也很好，看完了，请便。”千红慢条斯理地挥挥手，下了逐客令。

“张老哥！”门口，虎禅忽然探出脑袋。

“我来取刀喽，顺道找你聊聊！”

第六十八章　幕天席地的妖娆

虎禅见千红与张军都在，便走进去。

“你去外边儿……”千红刚要叫虎禅去外边儿等着，虎禅已经走进来，而那阿信已经无声无息地走到了虎禅身边。

“原来那刀是这位小兄弟的。”阿信亲热地走去，如同忽遇故知一样，伸手拍虎禅的肩膀。

“你！”张军刚要出手，却见虎禅身子跟流水一般，顺着阿信拍来的方向，轻轻一缩，阿信却没想到对方有此身手，重心却向自己拍出的手跟了出去，脚趾狠狠一抓地，才止住自己一个踉跄。

“啊哈，这位老哥，吓了我一跳。”虎禅方才只是本能地避开不知来路的接触，动作之快，平日里便刻意也做不到如此灵动。

“来，刀磨好了，拿去吧。”张军把锦盒塞给虎禅，示意虎禅快快离去。

“等……等等，我还没付钱呢！”虎禅实在诧异。

“小兄弟，这刀是你的？你是练武术的？”阿信斜眼望着虎禅。

“老哥，你也是练武术的吗？”

“对，练过一点儿，咱比划比划？”

“走走走！门口！”虎禅一被挑起兴趣，八匹马也拉不回。

“小兄弟，回去，别和他玩！这家伙坏着呢！”张军神情很是担忧。

“那你跟我玩？哈哈哈！”虎禅大笑着，出了门。

千红拉了一下刚要追出去的张军，微笑着摇摇头，示意继续看下去。

虎禅才走出门口两步，阿信也不看虎禅，左手反掌“咻”的一声甩向虎禅眼睛。

"偷袭!"张军心中一紧。

谁知虎禅没格没挡,迅速缩身斜行一步,反是抢到了阿信的背后,左手从背后抄进阿信的腋下,手掌托住阿信下巴,右手按住阿信的背脊,气力一发,将阿信整个人掀起,便要朝地上砸下去,实在是迅雷不及掩耳。

"好!"张军心中大叫。

这对虎禅来说本是必胜之势,却不想阿信身手敏捷到如此地步,顺着虎禅那上托之势,一个后空翻,迅捷之处尤胜虎禅方才那一手擒锁。

虎禅打第一次跟人交手,就没见过有人在实战中能如此化解擒锁,极是惊讶,刹那间无法考虑如何应付对手的后续攻势,虎步向后退两步连跨,稳住身形。

这是虎禅从《五轮书》中得到的经验:无法预料,或者僵持不下之时,便当不骄不躁,退开之后重新开局。

"不贪功,不急躁,好。"张军暗夸。

虎禅这会儿瞪大眼睛,看到了稀罕事情,正兴奋得紧,阿信却一个不经意的动作,手指弹一下,脸色一寒,直扑虎禅。张军见到那弹手指的小动作和阿信中指上带的一个戒指,刹那间脸色煞白,身子一抖,却发觉千红又拉着自己,眼睛一瞟,千红竟然笑得甚是灿烂。

"呀!"听见一声轻呼,张军猛地回头看向交战的两人,阿信正捂着手腕站在一边,咬着牙齿,脸上笑得极是狰狞。

再看虎禅,也咧嘴笑着,手上持着还裹在白布里的刀,简直像个恶魔。

原来虎禅早把刀带在身上了。

"真是精巧的兵器!哪儿买的?"虎禅大叫一声,跑上前去,刀尖指住阿信脖子,抓过阿信手腕,掰出中指,那戒指上,有一根细细的小针。

适才虎禅见阿信指间微光一闪,便退一步,背后持出刀来,先以刀的基本刀势"点刀",砸上阿信手腕,多亏着刀上裹了棉布,否则定是从手腕处切开。

"哈哈,我自己做的。"阿信像个没事儿人一样,说话依旧自然。

"喂!老哥,改天给我也做一个!有意思!"虎禅又见稀罕玩意儿,自是没心没肺地乐。

"这小鬼,怎么眼力这么强,我小看他了。"他不知,虎禅每日都在"铜钱阵"

里练习身法，眼神自是非凡。阿信碰了钉子，不愿再多生事端，跟张军打了个招呼。

“能遇知音，是我的福分啊，我还有事儿要办，先走了。”阿信大步离开。

“小子，功夫不错，进来吧。”张军看虎禅，虽是笑容满面，却是大汗淋漓，左臂垂着，已然脱臼。

“嘿，这家伙，阴险得紧哪……这是哪家拳法的路数啊？”虎禅龇牙咧嘴，显然痛不可当。阿信在向后空翻时，顺势卸脱了他的关节。

“痴人……”千红轻声言语。

“啊呀！”张军正给虎禅接回肘关节，虎禅痛得直嚷嚷。

“多亏你勤加练功，功法又是完整无缺，筋腱、韧带很坚实，接回去就没问题了，但还是修养两天吧。”

“怎么我遇见的武人都懂得伤科医术？姜还是老的辣啊。”

“算你今天运气好，否则就没机会啦。”

“那家伙是什么人？”虎禅问道。

“你小子，还不知道对方什么人，就瞎出手，迟早吃亏。这次交手，就忘掉吧，那家伙不是什么好东西。”张军说。

“那等过两天我手臂不疼了，我再来找你，对了，这钱……”

“你给大小姐吧。”

“千红，这是刀的……”

“张军，我先走了。你，跟我来。”千红也没多看一眼，向虎禅勾勾手指。

“我？去哪？”虎禅望向张军，张军转头看着墙上的佛像。

千红的座驾，看起来像是能开得很快的样子。虎禅见到这样的汽车，就会过敏，原先是小冲的，现在这千红的车，感觉上有过之而无不及。

这车是斯巴鲁翼豹改成的，据说日本的飞车党多喜欢驾着它在公路上狂飙。真不知道姑娘家怎么会开这种车。

虽然速度快，一路上都还好，只是忽然进入了一个盘山公路，上下坡的时候，虎禅直觉小腹里尿液晃动，憋得慌。

心跳也很快，身边绝色容光的姑娘，对于憋尿的虎禅来说，真是雪上加霜。

半山腰上有一岔路口，方开进去，便是一座大铁门，向里边望去，一座方正规矩的红楼，占地七八百平方米，简直像一座碉堡，多亏周边的绿茵地，扫除了这股子肃杀之气。

管家模样的大爷已经很老了，可是腰杆却是笔直，走路很是精神。推开铁门，车驶进去，便见两个女佣在“红楼”门口迎住。

下车，千红径直走进去

“带他去卫生间，然后带上来。”(这姑娘怎么知道我尿急？)

“这算不算绑架？”虎禅问。

“算。”千红抿嘴一笑，很是大方。

虎禅心想莫不是跟《西游记》里说的，女妖精要捉了唐三藏回地洞里配对？

“呼……说吧，将我掳来，是天堂还是地狱？”虎禅坐在沙发里，伸个懒腰。

“没有天堂，没有地狱，有温泉。”

“温泉？”

“对，你伤了手臂，泡温泉恢复得快，晚饭后，我带你到后面的温泉去。”千红把玩着手上的玉扳指。

“好嘛……还要吃饱洗净方才下手。”虎禅心道。

又摸出鼻烟壶，小指挑了一点儿焦黄粉末，凑到鼻孔边儿上。

“喂！这……这是什么？”虎禅脑子里蹦出“吸毒”二字。

“鼻烟……噗哈哈哈！”千红方一解释，忽而笑喷了出来，这家伙看起来，跟自己父亲一个样。鼻子里正痒，一把抓过桌上的餐巾纸“阿嚏”。

虎禅也乐了，忽然觉得这冷得像冰山似的女妖精有了人气儿。

“给我看看。”虎禅接过鼻烟壶，指尖滑过千红的手心，温软如暖玉，心中一阵熨帖。

“爷啊，内画春宫图啊！”虎禅撇撇嘴，抬头看看千红，也不知是不是看错了，千红眼角轻轻勾了虎禅一下，直勾得虎禅屁股差点儿离开沙发。

“该死，我今天犯了多少次懵了。”虎禅暗暗懊恼。

“下面……还有数字？这是啥？生产批号？”虎禅正疑惑间，管家大伯走过来。

“大小姐，可以用晚饭了。”

房子后边，曲径通幽处……

虎禅浸泡在温泉水里，很是享受，四万八千毛孔蒸腾，四面雾气缭绕。

“武藏啊，原谅我吧……”虎禅自嘲地笑笑。

剑圣宫本武藏，据说年轻时候曾不止一次在洗澡时遇敌，成名之后，还被佐佐木小次郎的情妇拿一把火枪堵在温泉里，弄得既狼狈又危险。剑术大成后，便再也没洗过澡，还有一套歪理：“洗澡会让人失去警惕，忘记对手的存在！”

也是任性的人啊，任性的人，执行起歪理来，总是坚定不移的。

“嗯？”正想着洗澡和敌人的关系，忽然听见有了动静，尽管对方的脚步很轻盈。

透过迷雾，虎禅的心正被一只无形的手慢慢捏紧，眼睛泛红，呼吸急促。

“是……千红？”

原本盘起的头发，已披散下来，身上只用一块浴巾裹住，右手轻轻按在胸前，拇指上的翡翠扳指，照得人如嫩柳，可爱可怜，左手托着个浅木盆。

千红慢慢浸入浴池中，水没过胸口时，解开了身上的浴巾，轻轻挥手，犹如拂开一片云彩。

虎禅气血上脸，身子发紧。

千红将浅木盆浮在水面，轻轻推送，漂到虎禅面前。

“薄荷酒？”虎禅很吃力地辨认上面的英文。拧开瓶盖，冰酒入喉，原本被温泉闷得朦胧的脑袋，霎时通透清凉，外热内凉，前所未有的体会。

虎禅轻吹口气，散开眼前的云雾，透过水面，隐约见那玲珑身段。

通透清凉只是一时。酒自古以来便是色媒人、吊诗勾，薄荷酒一样能喝得醉，亦不例外。

虎禅脚趾扣住池底的石头，一步步靠近，坚定不移地走向千红。

这是怎样的一个地方呀？幕天席地，水雾朦胧，生命中若有这样的一场温柔，便是多少年后都不会褪色。

千红羞红了脸，一边慢慢站直一边转过身，一切都是那么自然而然。

刹那间，虎禅目瞪口呆，这是怎样一幕景象？

见我身者发菩提心，闻我名者断恶修善，闻我法者得大智慧，知我心者即身成佛！

大愤怒相,发垂披肩,愁眉怒目,獠牙暴露,手中持剑提锁,足踏梵天,八大龙王缠身为饰,安身于烈焰之中。

"不动明王……"虎禅一口气自小腹内,穿五脏六腑,过十二重楼,直从口中嘘出,发紧的身体,立刻松弛,半身发凉。

第六十九章　累劫之缘化何人，翻为苦相吝死生

不动明王，以恶形恶相，喝退苍生，莫越雷池半步。

苍生越不过，虎禅强健有力的双腿，也没能向前迈去。

虎禅需要暖暖身，松弛下来，又泡进水里，千红也背对着虎禅，缓缓地沉下，似乎是明王喝阻了小坏蛋的邪念，满意地回去了。

不由得想起《红楼梦》中的风月宝鉴，一面富贵温柔、风月繁华，一面血火滔天、白骨嶙峋……

“在想什么？”千红打破了冷场。

“不动明王……你的文身真是活灵活现。”

“哈哈，你一定会对不动尊耿耿于怀很长时间。”千红笑道。

“你……”虎禅撇着嘴，心中像猫爪子挠似的。

“心中邪恶的人，才会害怕不动尊呢！”千红调侃着虎禅。

“啊！”虎禅双手用力捂着脸面揉搓，大呼。

“大小姐！有事儿吗！”管家大爷远远地叫一声。

“哈哈哈，没事儿！刚见到一头羞愧至死的大狗熊！”千红笑得花枝乱颤。

虎禅一猛子扎进水里。

“听说在日本，男女共浴是很平常的事情，所以没多大关系吧。”千红道。

“什么呀，那是人们瞎想的，那男女共浴的澡堂，去的都是大婶！大妈！婆婆！年轻姑娘从来不去！我这年纪的男人，更不会去了！”

“咦？你怎么知道？”

“我……我从前不知道时去过，简直亏死了！哈哈！”虎禅开怀道。

终于自然而然地聊了起来。

“大小姐，泡到这时候已经够了。”管家大爷叫唤一声，两个女佣走来，横拉起一条很大的毛巾，遮住千红起身上岸。待到毛巾拿开时，千红已经穿上了睡袍。

虎禅随手扯过浴巾往腰上一缠。

“你的睡衣，熊先生。”管家大爷走过来，微笑着将睡衣递给虎禅。

“哈哈哈！”虎禅一愣，随即大笑。

“进来吧，时间还早，聊聊。”千红带着虎禅进入了自己的房间，席地而坐。

房间从地毯到墙壁，都是冷色调，只有一张红色的大床，不过地毯毛茸茸的，甚是柔和。

床对面的墙壁上，两块三尺来长的木牌，并列挂着，上书两句诗——累劫之缘化何人，翻为苦相吝死生。

“这两句是出自《大藏经·诸宗部》吧？佛祖的弟子阿难说的话。”字迹凝重沉稳，执笔者必然功力极深。虎禅凝视良久，回忆起自己曾朗诵的佛经。

“你也学过？”千红美眸轻睁。

“啊，不，只是读到过，觉得好听就记了下来。但因为是原文，没有翻译，具体什么意思，我也不太明白，你知道吧？”

“因缘一世又一世地累积，却不知道最终着落在谁人身上，为寻此人，我可众里寻他千百度，勇猛前行，再不轻言生死，再也无所畏惧。”千红说着，自己似也入了迷，转头看虎禅时，虎禅却看着自己，眉心微蹙。

“怎么？”

“呼……就算是情感，亦带着深入骨髓的庄严，你这样的人，我从未见过。”虎禅的眉心微蹙，喘一口气。

“你如何知道是情感？不是别的？”

“嘻嘻，我又没说是哪种情感。”

“晚了，睡吧。”

“噢！哎哟！”虎禅老实不客气，转身就向床走去，千红朝虎禅屁股蹬了一脚。

“做你的春秋大梦！带这头熊去他自己的笼子！”千红嚷道。

管家大爷进来，把手一摆，带着虎禅到了另外的客房。

“您的电话已经响过很多次了。”管家大爷递过虎禅原本的衣物。

“嗯？十三个未接？李晨的？（短信……‘接到信息，立刻回电……卫峰与人动手重伤！’）千红！麻烦你！”

虎禅坐在千红那男性化的战车上，发动机轰鸣得像飞机起飞一般。

“呼……其实，你不用亲自来送。”

“我是唯恐天下不乱的女人，想看打架罢了。”

“呵，看你也是佛祖的门生吧，怎么如此不安分？不过，等我回去时，这场架早已结束，收锣罢鼓了。”虎禅看着血色的千红，忽觉这样的女人跟拳脚兵刃是一回事，都是血腥的。

“那你回去干吗？”

“处理后面的事……我的朋友，我想在今年暑假让他满愿，不能因伤耽误。”

“让人满愿？你当自己是菩萨？”

“不，如果是真正的朋友，那会比菩萨更可靠。”虎禅闭眼，开始养神，偶尔睁开条缝斜视。

千红专心开车的模样，太好看。她似乎感觉到虎禅的目光，一脚油门踏下，推背感传来，虎禅尿意又开始了。

电话里李晨告诉虎禅，卫峰被人踢中腹部，呕吐中带了很多血，已经送往医院了。

虎禅赶到的时候，病房外面已经守了很多人，

“说句话？”虎禅凑到卫峰床前。

卫峰没有出声，痛得整张脸缩成一团，睁开眼看看，随即闭上。

“他是在刚吃饱没多久，胃充盈的情况下受到重击，好在他身体这么结实，没有造成胃全壁破裂，否则是有生命危险的，手术前还需要进一步检查。”

“医生，请尽快治疗。”虎禅不知会这么严重。

“你们也先出去，让病人安静些。”

“你们都先回去吧。”虎禅驱散了守在病房门口的会员们，这会儿人多没有用处。

“李晨，手术花费不会少，需要多少先给我说，我垫着……你给我把来龙去脉先说说吧。”

“唉……我不该让卫峰跑来帮我打这架……”李晨抱着头，很是懊恼。

“少来，你也别逃避了，他从第一天练拳开始，就该有这个觉悟，不是打伤别人就是被别人打伤，这是打人的代价，你别瞎揽事儿！矫情！”虎禅骂道。

“晚上八点多时，我在自己酒吧里招呼客人，忽然有人从外边把卷闸门拉下来，然后两声巨响，卷闸门左右两边的铁条被人从外面打断，开不了，我打电话叫卫峰过来帮忙，没多久，我在里面听到外头打起来了，没几下就打完了，骂骂咧咧的……对！听起来，还像是广东话！我又出不去，后来我从酒吧的厕所天窗爬出来，卫峰已经缩地上，过了几分钟咱们的人才赶到，把卫峰送来医院。”

虎禅见李晨头上也摔破了，伤口上还粘着泥沙，想必是爬窗的时候弄的。

“你是回去睡觉，还是在这儿陪我？”虎禅转头问千红。

“你不用管我。”千红说。

“李晨，去包扎一下伤口，弄清楚是谁闹的。账，一定要连本带利地算！”虎禅面色如黑铁般森冷。

虎禅手机响起。

“兄弟！你消失很久啦！怎么都不回宿舍？今天心情爽，出来喝酒！”居然是莫见辉打来的电话。

“老莫，今天没有喝酒的心情，改天我请客。”虎禅淡淡回应。

“我知道你是练武的人！今天我表哥来了，他也是练武的！你们可以切磋一下！我说起你，他也挺有兴趣。”

“他练什么的？”

“哈哈，他和我同村，从小玩到大的，练的莫家拳！”

虎禅心里正难受，刚要拒绝，听到莫家拳，心里一动。

“你们在哪？我一会儿过去。”

“酒吧街上，出了学校侧门，转角那儿给我电话！”莫见辉那一头环境喧闹，大声嘶吼着说电话。

虎禅撂下电话，静默。

广东五大名拳，洪、刘、蔡、李、莫，其中莫家拳，又被称为“六度阴阳掌”，说是拳掌功夫，却最擅长腿法，都是外功系拳法中的佼佼者。

倘若伤卫峰的人真的是莫见辉的表哥，那一切都是顺理成章了。

如今就算是虎禅，要短时间将卫峰打成重伤，也要聚精会神，下足实力。

世上哪儿来那么多厉害的练武人，卫峰当然不会预料到一个闹事者竟然身怀武艺。倘若出手时不知对方是武人，而对方又有扎实的功底，猛然暴起，确实能遭到瞬间重创。

更重要的是，李晨听到的唾骂，是广东话。

“我表哥，莫家豪！在我们那边，人称蛇口打崽！”

“你好！”莫家豪便要握手。

“我理会得，这是很高的评价啊。”虎禅瞟一眼，见他虎口皮肉撑起，是要在握手中显示自己的气力。

“嗯。”虎禅软软地伸出厚实柔软的手掌，不用丝毫力气，任由莫家豪抓捏。

“这位美女是……”莫家豪盯着千红。千红这样的女人，到哪儿都要被人多看几眼。

“你好！”莫家豪又对千红伸出手，千红低眉垂目，似没看见一般。

“你说她是谁？哈哈！来，干。”虎禅大笑，拉上千红的手，拿起桌上的酒。

“听说你的功夫很犀利咧，有空切磋一下啊。”莫家豪开门见山，看看虎禅，又看看千红。

“喝酒，喝酒。”虎禅对莫家豪眨巴眨巴眼，笑笑。

“哎呀，玩玩而已吗？我不打伤你的！”

“老莫，今天心情怎么那么爽啊？”虎禅问老莫，完全没理会他的表哥。

“妈的……那死空手道社的会长，不是打我嘛，今天我表哥来了，也把他收拾了一顿！”

“这……”虎禅刚要开口，被老莫打断。

“虎禅，我知道你跟他也玩得来，但这是我跟他的事，你不要插手！”

“那……今天这酒……”虎禅气血上脸，在杯子里扔块冰，倒上酒，轻靠在自己脸上。

“想你了呗！找你玩玩，这么久都不回宿舍！来，我敬美女一杯！”

千红跟虎禅对视，眨巴眨巴眼，没理会莫见辉，却拿起酒杯跟虎禅换了个位置，坐在莫家豪身边。

第七十章　色上一把刀，拳下不留人

“来！我喜欢好斗的男人！”千红边饮酒，边媚眼一勾，这连虎禅都为之着迷的艳丽，撩拨得莫家豪魂不附体。

“嘿嘿……嘿嘿……”虎禅咧着嘴干笑，身子缩着，一米八的个头，这会儿看起来就像那三寸丁武大郎般。

“我大你几岁，叫你声老弟啊！老弟！你要好好练！一会儿我们找个地方，让我看看你的功夫！”莫家豪用力拍着虎禅肩膀，似乎想把这懦弱的小子像打桩似地拍到地里。

“不用了吧……”虎禅拧着半边脸，十分为难的样子。

莫家豪的眼睛不住地斜向千红。

“哎呀，我想看我想看！”千红轻轻扭动腰身，七情上脸，声音嗲得快滴出水来。

“啊……”虎禅很为难地看看这儿，看看那儿。

“走走走！去玩玩！”莫见辉怂恿道。

“咦！要不你们打个赌吧？谁赢了……”千红说到这儿，就住了嘴，眼中烟波流转。

“行啊！赌吧！说啊，赢了怎么样？”莫家豪将脸凑近千红，调戏般地问。

“你想怎样嘛？”千红抿着嘴笑。

“我想怎样你就怎样？”莫家豪满脸的惊喜。

虎禅看起来十分为难地对千红打眼色，做表情。

“嗯……千红，过来吧……”虎禅看起来像是央求。

“不要，谁赢了我跟谁喝。”

“别闹了……我们走吧?”虎禅扭扭捏捏地乞求。

“不！我不回去!”千红把脸扭到一边,一股子瞧不起虎禅的样子。

“来吧来吧,人家想看,就让她看看!”莫家豪直接拉起虎禅,虎禅也是一副赶鸭子上架的样子,被推了出去。

已经快到晚上十二点了,校园内静悄悄。

“来！进攻吧,我不打你!”莫家豪满不在乎地说。

只听“嚓”一声轻响,虎禅如闪灵般暴起。

“唔……”莫家豪尚且来不及反应,便觉一股大力挤上自己身体,拔掉自己脚上根基,闷哼一声,一口呼吸已经走岔了。

虎禅演完示弱的戏,这口鸟气已经憋了好一会儿了,出手便是“五膀”中的“卧虎膀”,以力制胜,双手一圈,两膀一缩,弓步硬撞,撞得莫家豪直向后跌。

虎禅得势不饶人,两大步跨出赶上。莫家豪立时重整阵形,刚一站好,虎禅便已蹿到面前,贴身打出“马形”,手脚齐上,膝盖撞上对方大腿,拳头一转,便又砸了莫家豪一个“满脸花”。

脸上一抹,满手血,还撑得住,大腿上中那一膝盖却是痛得入心入肺,一瘸一拐的,好容易才站住。

虎禅停住,没再攻下去。莫家豪恨恨地咬牙,调息忍痛,一时间说不出话。

“被人玩扮猪吃老虎,不甘心吧,难受吗？是不是想说‘妈的,偷袭’？行,我给你休息够,再打。”

“你呢个扑街!”莫家豪猛地冲上,虎禅也不多用招式,当头一捶敲下。

谁知盛怒之下,莫家豪却不鲁莽,身子一矮,右脚“铁扫堂”反身扫向虎禅下盘。

“笃”的一声闷响,虎禅下盘中招,可是却纹丝不动,这样的打击显然没什么效果。

莫家豪心头一惊:“这家伙的脚怎么这般扎实!”

脚一缩回,立时变招,换脚“过门连环腿”直蹬虎禅下身,迅猛之处,远胜方才的身手,定是作为绝招,刻意练过,想必也是这一脚踢伤卫峰。

谁知虎禅出手却是灵活,身子一冲,膝盖一抬,撞在莫家豪脚底,直撞得莫家豪擦着地面两个翻滚，摔个“狗啃泥”。

这一个膝撞，却是藏在虎步之中的妙招，武术中所谓“一打嫩，二打老，三打抽手，四打跳”。在应对对方蹬腿时，反迎上去，刚好打在对方力道欲发未发之时，打的便是“嫩”，用不了多大力道，便能将对方连根拔起，横飞出去。

又因戴家行拳是步步不离虎步，千万次的练习，为这一妙招攒下了深厚的功力。

虎禅当初学这手打法时，亦是被阿生师父用膝盖撞得整个人飞出去，刻骨铭心。

莫家豪不负“打崽”之名，越打越狠。虎禅眼看他站起身来的气势不一般，左掌一个引手，向莫家豪脸上抽去。

“咦？”忽见莫家豪五指成锥，勾住虎禅的引手，虎禅心里一紧，转胯，臀部侧面立时硬挨了踢裆一脚，躲过一劫，赶忙右手一裹，护住自己左脸——不出所料，莫家豪另一只手亦是五指捏锥，啄向虎禅眼睛，被虎禅格住卸开，脸侧还是被莫家豪的指甲刮破了皮。

“好啊！饱鹤还魂！还通晓洪拳！”虎禅曾与小冲玩拳，对洪拳路数十分熟悉。

武术见识，在实战中有时能救命。

“我桥手比你硬！”见人下毒手，上啄眼睛下踢裆，虎禅无名业火腾地上来，蛮性发作，左臂猛地扫出，沉重猛烈。莫家豪双手格挡，自己的手臂却被反砸在自己脸上，整个人向下跌去。

虎禅本练的是内功系拳法，如何桥手也硬？

武术中说硬功，无非是锤炼筋骨皮肉的功夫，筋腱拉长，骨骼扎实。要扎实骨骼，有两条路：一是损伤，人的骨骼轻微损伤之后，都会愈合得更加坚固，要靠不断打击硬物练就一双如钢似铁的手臂；另一条路，则精深繁复得多，要骨骼硬，便是旺盛气血，以血液滋养骨骼，骨髓密度增大，虽然这样的效果慢，但却是良性循环，而且是全身通练，所以真正的内功系拳法的好手，身体筋骨亦是坚固之极，硬碰硬也十分凶悍。

虎禅曾经历过内外两重练法。气血旺盛后，撑筋拔骨，骨骼便会生长。练到一定程度后，又会像青春期长身体时一般骨骼发痒，这时候开始进行些冲撞打击的练习，效果极好。

老虎在夏夜时常嘶吼，狗熊则爱蹭树，都是筋骨发痒所致。

蛮劲上头，本已火大的虎禅，这会儿两眼通红。

“我要你跟我的朋友再打一场，可是现在他伤得挺重，这不公平，你们两人要扯平了才好。”虎禅冷冷说道。

“虎禅！你赢了，算了算了！”

“咱俩是朋友，现在是我跟他的事，你不要插手。”虎禅指着莫见辉，莫见辉已被虎禅吓住，没敢往前半步。

“还账吧……”虎禅猫腰，逼近，莫家豪早已爬起来，听到虎禅这话，心都寒了。

“他要干什么?”见虎禅猫腰前扑的姿势，莫家豪一头雾水，心里却七上八下，都说低头猫腰艺不高，哪门拳里有这等起手式？自己只得以洪拳“三度珠桥”运气展臂，严阵以待。

虎禅后脚猛地一蹬，直冲出去，脚步一转，贴身抱住莫家豪的腰，脚下使绊，压在对方身上，两人一同摔倒。虎禅收回腿，紧紧夹住莫家豪的腰，骑在他身上，腰上气力爆发，拳如轰雷击地，连环砸下。

莫家豪也抡拳反攻，可是力从地起，躺着打出的拳，根本没劲，已被砸得满脸是血，只能慌乱消极地抡拳。

这正中虎禅下怀，搂住莫家豪的手臂，转腰，伸出右腿一缠，降服技完成，柔术——十字固。

十字固一成，莫家豪即被锁死在地，再也无法挣脱。

虎禅却没有停下，仰着的身体，抱紧对方的手臂，再一转腰，又翻身骑在莫家豪手臂上，一拧一拉，“咔嚓”一声，扭断了对方的手臂，莫家豪发出惨烈的呻吟。

“再来……”虎禅就地一滚，站起身来，出爪如电，紧紧扣住莫家豪右脚，背对着对方的脸，将莫家豪一条腿夹在自己两腿之间，转身，倒下，反关节锁死对方的腿，再次将对方降服在地。

可是还没完，锁死之后，虎禅发力，双爪一拧，莫家豪再次嘶吼，右脚踝关节也被拧断了，膝盖亦被扭伤，再也无力反抗。

虎禅一个后滚翻，站起身。

"还能叫得出声,精神!但我的好朋友差点就死了,他现在躺在那儿,叫不出声。他在治疗期间,你也好好养伤吧。"虎禅站在一旁冷冷道。

"老莫,我们是朋友,但今天也得讲道理,这事本是因你而起,你让他插手跟卫峰寻仇,却让我别插手,你觉得公平吗?"虎禅问。

"你下手太毒了……"莫见辉从没见过生生将人骨头扭断的情景,眼前这事,自己恐怕得记很多年。虎禅的冷酷,让他不寒而栗,本该去看看自己的表哥,却手足发冷,一步也迈不出去。

"告诉你,我下手再狠,也比不上你狠,我只是拆了你的关节,肯定能治好的,但是卫峰胃已经坏了,说不定会留下一辈子的后遗症,对练武人来说,是致命的事情。我现在心里难过得要死,你们两个都该庆幸我还留得住手……南拳刚猛,沉稳,我印象里的南拳好手中,不该有像你这样的人。"虎禅蹲在莫家豪身边一字一顿地絮叨,说完后扬长而去。

"我困,不想开车了。"千红道。

"我的窝就在学校附近,不嫌弃的话,可以在我那儿过一晚。"虎禅双手用力搓着脸,把写在脸上的阴谋给抹掉,将话说得波澜不惊。

"行。"千红答应得非常干脆。

"嗯……"虎禅停下脚步,凝视着千红。

"怎么了?"

"你是个很少见的女人,跟我配戏演得丝丝入扣,而且,胆子很肥嘛……"虎禅嘟哝着。寻常女人不管多么喜欢勇武的男人,当真看见实战杀伤时,都会有不同程度的害怕,同时会对出手的男人产生厌恶。

"谢谢。"千红扬扬眉毛,困得眼睛都快闭上了。也难怪呢,泡完温泉之后,人就软软的。

"嗯,只有一张床……"虎禅笑容满面地指指自己房间。

"很干净。"千红嗅嗅虎禅的房间,不光没有单身男人居所的臭气,反倒有股很好闻的气味。

"那你便在沙发上将就一晚吧。"千红一侧身便进了虎禅房间,关上了门。

虎禅呆呆地站在门外,满腹萧索。

第七十一章　名医续武运

虎禅一夜未眠，心中不安，只得闭目养神。好容易熬到了早上六点，闲不住，起来做了早餐，写了张便条放在房间门口，便来到医院。

“医生，有没有别的办法？”

“我们已经安排了专家确诊，要进行胃修补……”

“我在问你有没有别的办法？不开刀的法子？他才二十一岁。”

“没有，你去任何一家医院也一样的结果，而且这种伤都是可以治愈的，你担心什么？”医生耸耸肩。

虎禅咬着牙，尽力让自己说话平静。听师父说过，常人动了手术，恢复好了，也就罢了，可是武人若是开膛破肚，元气大损，恐怕功力上一辈子也难有进境了，更何况是空手道这种硬桥硬马的功夫。

“虎禅，怎么样？”李晨见虎禅脸色不好。

“唔……”虎禅咬牙，闭眼，憋得满脸通红。

“喂喂！老大！听说卫峰重伤了！”这时候喀纳斯也跑进了医院，一路大声嚷嚷，穿着件紧身背心，身形粗壮，保安也没敢上前拦他，直由得他冲到虎禅面前喘着粗气。

“别闹！我就不信了，这帮子庸医！”虎禅深吸口气，定定神，拿出手机。

远在杭州郊外，一所宽敞朴素的宅子。

“老头子，醒了呀。”大婶看起来五十多岁，却是气质庄重，整个人从上到下一丝不苟，年轻时，定是不输于虎禅母亲或者小颐的美人儿，这会儿正在厨房里盛粥，又端出一小碟酱姜丝，摆在桌上。

“啊……好久没睡这么痛快了……嗯……扔下这许多病人，也不知道是不是造孽。”老头子穿着睡衣，伸展着筋骨。

“能医不自医，要是你病倒了，那才是真正的造孽哪，快来吃吧，吃完了钓你的鱼去。”

这老头子不过六十多岁，却是满头银丝，较真实年龄更为苍老。洗漱完毕带上眼镜后，倒还整洁儒雅，他正是华盛的元老之一，舍爷。便是他，凭着那壶里乾坤，暂时保住小颐的性命，医学界内，曾有人戏称舍爷是“病魔也要排队求医的医生”。

真正的医者，尤其是中医，身体往往不会十分健康，据说是长年受到病人病气的渲染所致。

“又来电话了，老头子，我早说不让开机……喂！你是……啊，是你小子呀！啥？救命？你可别吓婶婶。来，你跟老头子说。”

“呀，虎禅哪？谁？吓得我呀，还以为是你被打坏了呢！你兄弟？你爹啥时又生的？嗨，知道了，我立刻动身。”

“老婆子，让人备车，还有机票，再通知那医院，病人先送手术室，由我去接手。”舍爷拿起桌上的粥，吹凉，吃上一筷子姜丝，三口两口下肚，回房更衣。

“真是，好容易躲出来歇歇，片刻也不得闲。”舍爷的夫人心疼得直抱怨。

医者父母心，舍爷平素也是生活简朴，本就花不了几个钱，对于无钱看病者也时常义诊、赠药。可是舍爷出身名医世家，且一代宗师的声名远播，所以来瞧病的络绎不绝。舍爷坐堂，夫人接待，时常从清早一直忙到次日凌晨，睡眠时间不够；长期操劳，受病气沾染，终是生了一场大病。险死还生后，只得开出高价诊费作为门槛，纵是这样，依然门庭若市。

“卫峰，能做的都做了，你倘若过不了这坎，便是你的没用了，百人组手，再也休提。”虎禅让李晨将卫峰的空手道服取来，挂在病床对面。

“有啥受不了的时候，就看看吧，想想从前有成就的武道家，是怎么活着的。”虎禅将道服的系带叠好，握在了卫峰的掌心，他知道，对于空手道修行者，这根黑带中，有他太多的记忆。

两小时后，一袭白大褂的舍爷快步走进医院大门，边走边吩咐身边的人各就各位。

“舍爷！婶婶！”虎禅立刻站起身迎接。

“先出去。”婶婶放下舍爷的药箱，吩咐虎禅。

“有些耽误了……送手术室。”舍爷检查、把脉，又看了卫峰的 X 光片后，脸色肃穆。

“舍爷……”虎禅一听手术室，心都凉了半截。

“这些年没少给练武人治伤，我保他生龙活虎，放心吧。”

舍爷这话一出口，卫峰已经可以说是保住了。

“行了，我们待着吧，事情告一段落了。”

“行吗？”李晨问道。

“如果连舍爷都不行，那就是卫峰命中注定不能走武者之路了。”

“虎禅，我发现……你不是一般人？”李晨盯着虎禅。

“我当然不是一般人，我是破戒的神仙，下来收拾你这帮凡人的！这回这事情，你也不无责任，去，给我订桌酒席，低于三千块别跟我说话。”虎禅对准李晨屁股就是一脚。

“不是吧！用得着这么狠吗！”李晨大呼。

“别以为我不知道，每逢毕业前夕和节假日，你那酒吧一晚上净收入就上万块，再抠门我踢死你。”

夜晚，虎禅宴请舍爷。

“小子，这饭请得不合道理啊。”舍爷斜了虎禅一眼。

“为啥？”

“诊费你一分没少我的，虽说咱们一块吃饭聊天很正常，叫你婶婶弄上四色菜，烫壶酒便好，但是你在这样的地方开席，想什么哪？”

“我发自内心的，而且除了我的意愿，也是代卫峰感谢你，不这样做不行。另外还想跟您问问小颐姐的事情，我前些日子才知道她的身体已经不能再糟了。”

“你都知道了嘛……本来，要是两年前她接受化疗，我再下手，还有希望治好，现在我只能保她几日是几日，没法治愈了。化疗这一关，是无论如何逃不掉的，她自己不愿意，就算扁鹊、华佗再世也没用。”

“嘘……那就遂了她的愿望吧。”虎禅身子软下来，肚子里剩下的希望，通通嘘进了空气里，烟消火灭，眼望着顶上瑰丽的水晶灯，百花缭乱。

本来还想，如果尚能治愈，不管用什么阴谋手段，都不让她如此任性地离开，可如今看来，能做的事已经很少了。

“我觉得，你们一家人，都很任性。”舍爷说。

“是的，很任性，我也不例外。”虎禅听了舍爷这么说，忽然有些高兴，小颐也是自己的亲人，可是心里又有暗涌的不痛快，摸不着头绪。

“一家人，小颐姐的身份是什么呢？”虎禅在心底想给小颐安上一个位置，可是往哪儿摆都不合适。

“喂……”婶婶走出包厢，又是那接不完的求救电话。

“啊……老头子，出来一下。”

“嗯？什么事？”舍爷随即也走了出去。

“从前接电话时不这样，有什么事情需要跟我避嫌的呢？”虎禅不禁一肚子的狐疑。

约莫一袋烟的功夫，舍爷回来了，却没再坐下，取过外衣披上。

“舍爷？您这是？菜都还没上齐呢。”

“虎禅，有重病人，很急，我必须马上赶去，真是抱歉，谢谢你的款待，有时间多来瞧瞧我和你婶婶。”没等虎禅回话，舍爷夺门而出，行色匆匆。

“诸多古怪。”虎禅觉得没那么简单，舍爷来去一阵风，忽然有些无所适从。

华盛商会附近的医院里，岳殷鸿躺在病床上，精神萎靡，舍爷在一旁给岳殷鸿把脉。

“中毒了，好在处理得及时。”

“不过……老爷子，我们事后让人封锁了饭店厨房，没找出可疑的东西。”小冲在旁边伺候着，面上全是焦急。

“你把殷鸿昨晚吃饭的菜单找来给我看看。”舍爷眉头深锁，眼睛里满是血丝，两天内穿过了大半个中国，已经很是疲倦了。

“恐怕是食物搭配的问题，你们吃饭时认真谈事情，不会注意到这种事。”舍爷道。

“搭配？”七爷一脸的狐疑。

“对，高明的人下毒，可以不用任何有毒药剂，只用完全无毒的食物，便可搭配出致命的菜肴。走，抓药去！”

“舍爷，你开了方子，让我去吧？”小冲道。

“不行，你不通医理，这事情有些不寻常，还是小心点，我来亲手抓药、煎药。”

“兄弟，让小赵陪你去。”七爷挥挥手，有这位高手跟着舍爷，应该万无一失。

“舍爷，有劳。”岳殷鸿道。

“下毒这种事情，居然真有人干……”小冲咬着牙关，一身力气没处使。

“小冲，你先回去，小颐身边缺人，各方面都注意些，乾爷毕竟年纪大了。”岳殷鸿想到，前些日子，小颐一场金融战，使得东联的财产出现了不可弥补的损失。

“好。”小冲执行起命令来，没半点懒散，总是雷厉风行。

这时候，虎禅也在照顾病人。

“别摆那张脸，你那是对自己很不耐烦的焦躁情绪。别担心，踢伤你那家伙，现在跟你站在同一起跑线上了，不用怕他超过你……看，鱼片粥，多少喝一点点……喂！看我干吗！别让我像哄姑娘一样地去哄一个大男人好吧！”

“同一起跑线，什么意思？”卫峰觉得，虎禅是不是做了些可怕的事。

“他现在也在养伤了，我拆了他一手一脚。”

“不是吧！你难道把人弄残废了？”

“你没文化呀！我只是拆了他关节，得养上两个月吧，要是不养好就强行开始练，以后说不定会出现习惯性脱臼呢。”

“噢……我说，喀纳斯说你那天跑去追那妖精了？”

“什么妖精啊！人家有名字！叫千红啊！”

“嗯，你迷上她了，一定迷上了……怎么样，到手了没？”

“啪！”虎禅将鹞子高三爷的刀拍在病床上。

“刀已经到手了，人也快了！”虎禅咬咬牙。

“你就继续装吧，明明没把握……不过我现在很担心哪，我这样躺上一个月，筋腱缩回，身体会差很多，等伤好了，怕是武功也快废了。”

“小事情，就算不能打拳，还是有可以修炼的方法。”虎禅从包里摸出一本《拳经拳法备要》，交给卫峰。

“这本书发行很广，很平常的一本书，但是里面有各种打法的疑问与解答，你把它牢记，对你以后很有好处。另外，我再给你讲讲内功的理路，如果进度理想的话，等你伤愈后，力道会比从前更大。”

第七十二章　彩衣捧砚催题卷，红袖添香伴学书

虎禅又从包里拿出另外一本 A4 纸装订成的复印件。

“他连这些都盘算了吗？”卫峰心想，虎禅一定为自己下了不少心思，否则谁会无聊到背着武术书到处跑。

“张三丰《玄要篇》？”卫峰眼睛眯成一条线，这种东西自己曾经也看到过，里面的话语玄之又玄，自己完全看不懂。

“其实，都不玄乎啦，一来是因为古代的行文方式跟现在不一样，现代人本不习惯读古文。更重要的是，道家的词汇和寻常文章的词汇并不一样，几乎是另外一种语言，我给你稍加翻译你就明白了。我先给你读一段：药材足，紧加功，雷声隐隐震虚空。电光灼处求真种，风信来时觅本宗……”虎禅摇头晃脑，越发地顺口。

“停下停下，这都什么东西呢？”卫峰这会儿看着虎禅，就像是看着一个故弄玄虚的野道士。

“喏，我给你解释，道家的字中，‘药’字，是分上下两部分，上面是左‘自’，右‘家’，下面是个‘水’字，也就是说，所谓的炼丹，是用的自己身体里的东西，这所用的药材，便是气血，血要足，而气则是推动身体一切器官运行的力量。我平日里练的五行拳，强壮了脏腑功能，疏通了筋络，那么造血功能强，心脏功能好，体内通畅，我的气血足，也就是‘药材’足。”

听虎禅说到这里，卫峰张大了嘴，只觉窥到了些许从前未想象过的世界。

“你应该见过一些练硬功的，比如铁砂掌、铁布衫之类，练到一定程度，身体会很瘦。这不是好状态，是把‘药材’给消耗光了，而功夫却没完全练成，所以不管什么功夫，身体始终要壮实饱满才好，不会太胖，也不会太瘦。”

“明白，下一句，雷声隐隐震虚空，这……”卫峰迫不及待地想知道这些跨越千年的文字，到底蕴藏了什么含义。

“首先，我们排除一切用现代科学所探查出的知识。每个人对自己身体里的认知，几乎都是混沌虚空一片，若要明朗这片虚空，便需要雷，二十四节气中，惊蛰便是指雷声萌动，万物复苏。人体八卦之中，肋为震卦，即是雷，也就是说，要想照亮虚空混沌，萌发生机，便要从呼吸上下工夫……”

转眼间天已抹黑了，一个教一个学，连灯都忘了开。

“这便是内功的理路啦！”虎禅将《玄要篇》讲解到一半，便住了口。

“下面呢？”

“下面我自己也没练出来，自己没练出来便对人瞎说，那是很不负责的事情。我也希望有朝一日我能练出来啊。”虎禅摇摇头，很无奈的样子。

“给我说说具体练习方法吧。”卫峰要求。

“先从睡功开始吧……”

“没想到武术能玩得那么深……这次的事情，谢谢你了。”

“谢我什么？”

“你还亲自动手去帮我报仇……”

“喂，别诬陷我，我不是跟你客气，我跟他动手，并不是打算帮你报仇。”虎禅一脸的不忿，报仇两字说得很重。

“你是为打架而打架？”

“别说那么难听，从道理上说，只是纯粹的为武而武吧。我知道，输得不明不白的，让你很不服气，在这方面，我是为你争取一个再次公平交手的机会。另一件事，则是他败坏了南拳武人在我心里的形象，练那种硬桥硬马的功夫，不该活得卑鄙。我只是用讨债的形式，让他投机取巧的作风得到惩罚而已。如果他将这次的事情视为仇恨，那是他吃亏，如果他能明了自己的错误，那么得到的一定比失去的多。”虎禅将一大套的“歪理”，说得理直气壮。

卫峰低头思索良久，拿起虎禅放在床上的刀把玩。

“像刀啊……”卫峰慢慢拔刀出鞘，观赏着。

“什么像刀？”

“你，或是像你刚才说的道理。”

“为什么?”虎禅觉得这样的评价自己很是喜欢。

“刀很纯粹,被人打造出来,便是为了劈斩而存在,它没有善也没有恶,没有任何的宗教或者政治倾向,只有锋利坚韧的程度,才决定了他存在的价值。你像刀,这样对于一门技术活儿来说,是最好的。就像我读的是法律专业,如果有一天,我成为律师,那么我哪怕明知被告是十恶不赦,也须得按照‘法’来履行我的义务;又像医生,哪怕是人渣,是不共戴天的仇人病了,他还是得治病救人。这手艺人的德行,真是像一把利刃一般。”卫峰举一反三,悟性极高。

“呦!两个大男人黑灯聊天,浪漫哪!”

“喂!讨打吗?”一听喀纳斯那不识时务的叫唤,就让人火大。

“啪!”灯开了。

“咦?你们两人混一块儿啦!哈哈!说说!啥时候勾搭上的!”虎禅一看,潘瑜居然勾着喀纳斯的臂弯儿。

“嘿嘿,一开始她老跟我打听你,打听多了俺就聊上了。哎呀,人和人就是怕交往啊!结果人家发现我比你忠厚老实,诚恳可靠,活泼奔放,然后就喜欢上我了!”喀纳斯挠着头,说得像真的一样。

“噗!噢……”卫峰忍不住要大笑,奈何腹部一阵剧痛,又给憋了回去,难受极了。

“对了,虎禅,今天早上我跟潘瑜去找你,敲开门,上次遇见的那个妖精姑娘在你家……”说到这儿,这对小情侣眼里闪着十分狡猾的光芒。

“她有说什么嘛?”虎禅急不可待地问道。

“她说以后每个周末都会来找你,让你周五时早点休息,免得第二天经不起折腾。”潘瑜说完,啐了好几口——这哪里是姑娘家该说的话?

“哇哈哈哈!善哉!善哉!”虎禅像是脑筋搭错了线,蹦得三尺高,手舞足蹈。

“另外,还有件事情,穆哥说,黑爷儿子的手术成功了,说是等黑爷闲了,咱们就一块儿去他跟前摔几跤,大家乐乐。”

“哎……我不知道什么时候才能动手啊。”卫峰听着,不禁技痒,又动不了,心里堵得甚是焦急。

“卫峰,你有别的任务。”虎禅正色道。

“我？啥任务？”

“你明年就要毕业，时间不多了，尽快休养，一定要好得彻底，养好伤后拼上一段时日，之后我带你去日本，过百人组手。”

话音刚落，卫峰已是满脸潮红，碍于不能大声说话，只能紧紧捏起拳头，指向自己的朋友们。

周五晚上，九点多虎禅便支走了喀纳斯，在床上用力闭着眼数羊。

“一只羊……两只羊……千红……三只羊……四只羊……千红……呼，怎么睡得这么累！”虎禅气躁，翻过身来，面朝左侧，左手中指塞住右侧鼻孔，右手中指按住身后尾闾，此法得赵伯所传，在诸睡功之中，专止情欲。

“无根树，花正多，遍地开时隔爱河。难攀折，怎奈何，步步行来龙虎窝……”无奈之下，又默诵张三丰《无根树》，以求降伏心火。稀奇古怪的招数，真是层出不穷。

“可恶啊……越来越精神了，对，再喝杯酒！”虎禅气鼓鼓地坐起身来。

出乎意料，次日却是张军来接的虎禅。

“老哥，今儿有空，咱们打一架吧？”虎禅虔诚地看着张军。

“打架你还不是对儿，我指点你还差不多！”张军笑骂着。

“什么都好！如果我喜欢上你的拳，你得教我。如果你喜欢了我的拳，我也可以教你！”虎禅先开出了条件。

“你是武疯子吗？今天我要给大小姐送货，而且你今天的行程，大小姐已经有安排了。”

“怎么听起来怪怪的，像老妈一样。”虎禅长嘘口气，只觉得索然无味。

“我也不懂。”张军嘟哝着，也不知是不懂何物。

一双十指玉纤纤，不是风流物不拈。

齐膝高的矮桌上，放置了香炉，千红取了一小块烧红的炭火，放入香炉，取来细香灰，将炭火掩埋，又在香灰上插出小孔，让火气透发，取一片银叶隔火，置于火上，再拈来那梧桐子般大的香饼放于银叶上，指尖轻触香炉，试火气紧慢。

焚香一事，工序甚是烦琐，有那闲情的人，早已凤毛麟角。诸多伺候人的事情中，唯独这焚香一事，不可仆人、侍从下手，必得主人家亲自为之。

而红袖添香这等闲情逸致，读书人渴望了千百年，也将这等情形润色了千百年。

可当虎禅遇上此等架势，又见桌上铺陈的宣纸、笔墨，登时面色铁青，浑身发紧——我那手字是少有的难看！

阿生师父曾说，全家上下，四世同堂，唯独虎禅那手字是异数。

“老哥……我们玩拳吧！”

“说了，我今儿没空。”张军把虎禅向前推了推，退出去时，还顺手带上了门。

“嘿嘿……怎……怎么想起玩这个……”虎禅挠挠头。

“你在旁边伺候着好了。”千红吩咐道。

要是平日里，谁这般使唤虎禅，虎禅定要闹别扭，今儿却服服帖帖，觍着脸伺候在旁。

“真好看啊……”虎禅曾经陪老太爷写字，一派清淡古风，始终觉得沉闷，而今见这绝色容颜的姑娘落笔，却是痒在骨子里的喜爱。

“好看吗？”

“嗯……我是外行，不过看起来觉得这字矫若游龙，比字帖上那工工整整的字要有意思得多。”

“你试试？”

“我不试了！我的字跟狗刨的一样！”虎禅低头，撇着嘴，脚尖蹭地板。

“好意思承认，不好意思写呀？”

“试试就试试！”虎禅捋两把袖子，便要拿笔，千红轻轻拉住虎禅，将他的袖子放下，抚平。

“写什么呢？”虎禅问道。

“心里想到什么就写什么。”

“噢……千红。”虎禅落笔，立马写下了这些天心里时时惦记的名字。

“笃笃！”千红敲敲桌子。

“你对我不满吗？”

“没呀，怎么会？”

“那为啥把我名字写得鬼画符一样！”

虎禅方才想写个漂亮的行书，谁知却是心手不一，心中又是着忙，写得乱七八糟。

第七十三章　月下持龙，骄阳似我

“我发誓不是故意的……”虎禅眉毛坠成八字，难受得紧。

“那好，弥补一下你的过失，写你自己的名字。”千红又吩咐道。

虎禅又捋一把袖子，刚要下手。

“慢着，别连笔，一笔一画地写，别像打架一样。”千红又把虎禅的袖子放下来，抚平。

“嗯……你瞧，这写得成不？”虎禅把手一摆，指向自己那失败的作品。

“瞧你拳脚厉害，字却写得那么小，写大点，要写得像这香炉那么大。”

“好……我……这……写错了，我涂了……再来！哈哈哈！”好容易写罢，虎禅望着自己好容易挠出来的字，哈哈大笑。

“这写得还不赖。”

“哈哈，行了，别安慰我，自家有几斤几两，我难道还不明白嘛。”虎禅把笔放下，双手抄在胸口，一副“难看又怎样”的无赖架势。

“你看看我。”千红拧过虎禅的耳朵。

“我像是那么慈悲的人吗？”千红问道。

“不像！”

“我说写得不赖，是有根据的，拿好。”千红提起笔来，放到虎禅手中。

“你看，你提笔，指实、掌虚、腕平这些方法你都懂，写的时候，立书悬肘，手却不抖。再看字，虽然写得不好看，但是该回笔的地方，你都回了。当一个动作结束的时候，你还知道驻笔，你不是不会写字，是没系统学习。”

“噢……以前爷爷让我临帖，临那东西实在气闷，我写不了几个字就溜了。”

“书法可不是这么学的，不用临帖。”

"啊？不用？那怎么练？"

"临帖是以前蒙学时为了统一教学而出现的。我当初学写字时，有两位师父教过我，两人都有绝技。"

"啥绝技？"虎禅听出了兴趣。

"一个临帖好，毫不夸张地说，崖壁上石刻的缺口，他只要愿意，几乎都能临出来。"

"啊！"虎禅虽不谙书法，却能想象这其中的难度。

"另一个，基本功扎实后，就开始龙飞凤舞，字写得龙蛇飞动。"

"你的字，似乎像他多些。"虎禅插嘴。

"那当然，两人都靠卖字为生，临帖的那位过得很是清苦，他的字画，每平方尺才五百多块；而乱涂乱画的那位，每平方尺两万美金。"

"哈哈哈！妙啊！"虎禅拍着大腿，很是高兴。

"想学吗？如果不想学……也没关系。"

"当然学！"虎禅找不到任何拒绝的理由。

"那从这刻起，我就是你的师父。"

"啊？这可不行！"

"为什么？我这么好看的师父，可是很难遇见的。"

"就是因为这样……哎呀！别瞎搅和！不行不行！咱们拜师，那可是要递帖、磕头、宴席……"

"可我没这些规矩啊。"

"那你要怎样？"

"老实听话就行。"千红伸出食指，轻轻刮刮虎禅的下巴。

"噢……那现在我该做什么？"

"从现在开始，你记录任何事情，写任何字，全都改用毛笔。"

"嗯……这个嘛……好。"虎禅寻味着下巴上残留的触觉，正出神，刚提起笔，又放下，显得无所适从。

"千红……"

"嗯？"千红见虎禅两眼炽热，双手向自己腰间搂去，退了一步，双手抄在胸前，脸色肃穆。

“为什么?”虎禅不解。

“好好学。”千红轻轻点头,抿抿嘴,非常认真的样子。

虎禅知道,这是发自内心的鼓励,可始终不明白,为何对方不接受自己,久违的惆怅又在心头上萌发。

“累劫之缘化何人……我想,她还并不能确定,我是否是那了结因果之人……嗯,说起来,就连我自己也觉得还没有资格成为她一直追寻的人。”虎禅想。

男人就是这般,爱上一个女人时,常会有些自卑情绪,觉得自己不如她,或是配不上她之类。

虎禅一笔一画,跟着千红写,刚开始时,心乱如麻,随着运笔行驻,呼吸也逐渐深长细匀,脸上的表情亦是平缓很多。

日本,东京。

“哗啦”,一桶凉水当头冲下,冷冽而豪迈。

“勇叔,最近你好像特别有空?”东池袋道场的后院,刚做完对打练习的英明与勇叔,正在冲凉水。

“生意顺当了,货物就长了腿儿,自己能跑,我就能稍微地……咕嘟……啊!这才是人的活法啊!”勇叔将脸浸在盛满凉水的木盆里。

“多亏了你的道场,我才有了既可打发时间,又裨益身心的活动场所啊。”

“倒是我要多谢勇叔,偶尔做中国菜给我吃,你教的那几道中国菜,在老爸的馆子里真是非常受欢迎。”

“唉……我老婆很能干,可是有时候我也时常想念中国菜,要是我在家里亲自下厨,她会很难过,说我剥夺了她的人生价值,所以只能偶尔跑到你这儿开开小灶。”

“别谦虚了,你教我太多太多中国武术的经验,我才是占了天大的便宜呢。”

“咱们俩别客气了,我最近看你这儿的学生多了不少,生意挺兴旺的嘛,从你现在的身体来看,应该下了很大工夫。”

本多英明赤裸着上身,在小院子里席地而坐,肩膀比从前宽了些,脊背上肌肉隆起,十分强壮。

“你弃剑练棍之后,长进很快,变化多了,我都要招架不住了。”

“虎禅曾经跟我聊起武术本源的话题。我后来回想，毕竟剑术并非本流派所长，只是我个人喜欢罢了。我们的流祖，对自己的棍术则骄傲得多，而且练到现在才明白，正是因为棍这种兵器简单，方有无穷的变化。”

英明所习的是无比流，其祖师在关原之战时作为步兵队长，本来使的是长枪，结果战斗中被人用刀斩断，剩下五尺棍杖，便继续以此战斗。所以无比流的棍术，严格说来，是“断枪”术，前四路为正统枪术，后四路，为枪被削断后所使的棍术。

“勇叔，如果你喜欢的话，任何时候都可以来道场练习，我要离开些日子……当然，如果你偶尔顺手擦擦地板，那就更好了，哈。”本多英明将一把钥匙放在阿勇手上。

“要去做什么？”

“进来的时候你没发现吗，我道场的牌子已经摘了。”

“生意做得好好的，为什么？”

“我还有些事情没完成。还在我爷爷那一辈的时候，无比流的弟子们，学到了流派的‘中目录’后，便需以浪人的身份，外出游历三年，博取别家之长。明了自己的不足之后，回来经过考核，才能获得‘皆传’，我要将这一传统给继续下去……现下终于攒足了旅费，希望回来以后能重新挂上‘无比流道场’的牌子。”

“你父亲知道吗？”

“知道，但他不是很赞同，他希望我活得安稳些。”

“其实在这道场里练，也没什么不好啊。”

“这里少了我想要的那种‘味道’，不用再劝我了，这是属于我的路……勇叔，你说，我现在比起虎禅来怎么样？”

“最近，我听一个朋友说起过虎禅近况，好像有些特别的经历，让他出现了恐惧。不过似乎他所受影响是良性的，又努力修炼，现在的你，恐怕和他的差距又远了一些……我绝非护短之人。”

“嗯……就该这样。”听到这样的消息，本多英明那理所当然的反应，出乎阿勇的意料。

“准备去些什么地方呢？”

“或许先到笼门神社吧，传说梦想神道流杖术的师祖梦想权之助曾在那里许愿二十一天。还有鹿岛神宫，家原卜传在那里参悟‘一之太刀’，还想去讲道馆学习……待时机合适，我会去中国。从去年起，我便已开始学习中文……啊！这真是比练武更艰苦的经历。”

“你以后专精于杖术与投摔技了吗？”

“是的，而且，我想一生都活在武道里。”

“那请好好努力吧，我得先回去了，你离开的日子，我会照料道场的。”

“我再坐一会儿，不送了。”

阿勇回头的时候，英明正仰头望月，虽然是初夏，阿勇仿佛看见了霜落在英明的身上。

修行的路，纯粹得孤单，这是很美的。虽然阿勇也练武，但心里明白，自己怕是不太可能有机会再去领略了，不知道是遗憾还是幸运。

泰国，清迈。

中国古代有《陋室铭》的篇章，几间东倒西歪屋，一个千锤百炼人。

草庐这种东西，在中国已经很难见到了，即使有，也是有钱人为找情调抑或为拍电影而搭建出的物事，缺少了陈旧而饱满的质感。

可是在清迈的郊外，却有这么一间草庐。早已拒绝了国术、选择了泰拳的大头，从来没敢想过，有一天会在泰国的草庐里，跟随一个德国拳师学习中国拳法的情境。这真是和而不同的缘法。

“泰国，欧洲人，中国咏春……这是三国杀吗？”第一次来到这儿的时候，完全不搭界的东西，弄得大头的脑子跟糨糊一样。

因为防潮的缘故，草庐地面是架空的，离地两尺。这样的地方，不论是喝酒或修养，都能让身心得到很好的休息。

可是偏偏正堂上挂着咏春拳宗师叶问的照片，使悠然的草庐变得肃穆起来。

这欧洲拳师花白的头发剃成板寸，脸上线条刚毅，苍鹰一样的眼神，与人交手时，居然可以透出些像阿生师父“料理菜一般料理对手”的干净麻利，行走坐卧都是德国人的严谨，全不似大多数中国武人的散淡家风。

“克力斯，我在中国广东见过咏春拳，这几手……似乎不是这样的，应该是这样。”大头一边将自己的疑问提出，一边比划着。

“我们先来试试吧。”克力斯站开咏春的“二字钳阳马”，向大头发出挑战。

对拆了十多招后，克力斯找到了大头的空隙，笃笃笃笃笃笃，日字冲捶如连珠般砸下，大头被打得散了架。

“啪”的一声响，本来拳头会砸到脸上，克力斯却变拳为掌，只在大头脸上轻轻拍了一下。

“我知道有些不一样，这几手是我经过实战后，加以修改的，跟现代的正宗拳法或许有些不一样，但是可能跟一百年前的正宗更加相近，实战起来，一定会更加有效。”

克力斯曾经是橄榄球运动员，后来迷上了咏春拳，一练就是二十年，曾给好莱坞的明星做过保镖，身手久经考验。

“日子过得平安，许多练武人很少实战，在长期练习中，他们会以自己对身体的感觉，在不知不觉中改变了这些招数原先的用劲、出手方位。这样在自己练习的时候，身体会很顺畅，但那只是假象，实战中却完全不是这么回事。我们不可以作茧自缚，要用实践来证明。”每当遇到一些人，以拳法不正宗的理由质问克力斯时，他都这么回答。

“大头，我也有过其他的中国学生，他们能够举一反三，领悟能力全世界都少有，可是唯独缺了脚踏实地、少说多做的精神。但你不光领悟力高，还肯钻研，训练完泰拳，还要到我这里练习，真是很刻苦。”这是克力斯对大头的评价。

大头一反常态，只说了声“谢谢”，没有谦虚地说“您太过奖了！”他知道德国人没有恭维人的习惯，更重要的是这些日子的努力，让自己对这样的夸奖终于能受之无愧。

大头后来跟几个拳友聊起来，说武人容易孤独，有能随身陪伴的东西才好。练空手道和柔道的有道服跟黑带陪伴，练兵器的有刀剑枪棒，练国术中拳脚功夫的和练泰拳的有什么呢？

“哈哈！你有泰拳短裤啊！”

“听起来咋这么别扭？”

后来，大头双手捧着用写满经文的布条编织成的泰拳臂箍时，还常想起一路走来的往事，发现心中的酸苦，早在那一刻融化成炽热的情愫。

中国,阿培居住的仓库中。

“我的朋友啊,还是合适点吧,你这样不行。”扎克正在给阿培的伤处上药。

“呵,增长实战经验嘛。”阿培干笑一声,一脸的麻木。

阿培如今越来越像一个打架机器,袭扰华盛旗下夜场的生意,赶客人,不断地跟人打斗,“以战养战”,是越发的骁勇。可是不论怎样,还是要受伤的,每次回到住处上药,肾上腺素退了下去,才感觉到痛。不过阿培学到了一个诀窍,就是把全身放松,在心里当自己跟死了一样,这就比较容易忍过去。

“单从武术上来说,你这样也并不是好事,不论你经验多丰富,不管经历怎么样的危险,对方毕竟不是厉害的拳法好手,我怕你的功夫不能跟你的信心齐头并进,这对练拳的人来说很危险,还是适可而止吧。”扎克一边语重心长地劝说,一边把纱布给扎上。

“我知道,但是欠人家的情。山爷对我有知遇之恩,我说过,刀山火海,绝不后退。”

“嗯,你自己好好把握,也顺道为我着想一下,我不想我费尽心血训练出来的人,有一天忽然就没了。”

“不会,算命的说我命硬……”

“闭嘴,好自为之,我先回去了,好好休息,还有……”

(你蛋白粉总是漏吃,要记住!——阿培猜的。)

“你蛋白粉总是漏吃!要记住!”扎克吼道。

静了好一会,阿培耐不住,回想起适才的打斗场面,还是有些后怕。

“我转身看到那家伙从我背后出刀……全是运气,差点完了。”

阿培趴在地上,从床底下摸出包香烟,藏了好些时候了,要是扎克知道,会把阿培骂死。其实阿培已经戒掉了瘾,只是心情紧张的时候,会想弄根烟缓和一下。

“妈的……”抽了两口,阿培把烟狠狠地掐灭,走到沙包前,“嘭”的一拳砸上去,伤口痛了起来。

霎时间,阿培脸上凶相毕露,从丹田里吼出一声,左右开弓,一顿快拳拼命砸了出去。

发泄过后,阿培正呼哧呼哧地喘气,却又忽然大笑起来:“哈哈哈哈!”

他觉得,自己征服了伤口,越痛越快,越痛越勇。

第七十四章 相思断

千红的古董店外空地上,“嘭”的一声闷响。

虎禅刚要向张军冲去,张军两脚一并,退了半步,出手风驰电掣,两臂犹如左右扬鞭,一巴掌抽上虎禅勉强来得及抱头格挡的双臂,打得虎禅脑子里嗡嗡作响。

“哼！你小子别仗着身法快就轻敌！我距离感、经验、功力都胜过你,你只有挨打的份!”

张军巴掌抽过后,两臂已成抱胸之势,却丝毫不停,闯步硬打,丹田一晃,两臂张开如流星锤一般向虎禅横扫。

这一手八极拳“抱打”,攻势极是猛烈,虎禅哪里还敢硬接,拼命将身体下缩,一脚蹬中张军的踝关节。

“哼！你哪里蹬得动我?”张军战欲高涨,懒得闪躲,就打算硬扛这一记暗腿。

虎禅比张军小了十多岁,八极拳下盘功夫又最是沉重扎实,这一击怕是失策了。

“咦?”这一脚远没张军所预料的暴烈狠毒,原来虎禅将张军的脚踝当做了起跑器,一脚蹬上,在地上一个滚翻,退出老远。

“你?”张军正疑惑。

“输了气势,重新开……”虎禅小声道,轻轻调整一下呼吸。

“局”字出口,再次暴起跃出,张军知道虎禅的拳法变化多端,打架这种事情,绝不是谁功力强谁就能赢的,自己倘若一个不小心被击中要紧的地方,随时有可能被这个小弟弟翻盘。

“不能给他变化的机会!”

张军疾步跨出,反迎上疾速靠近的虎禅,自己从小不知道撞死了多少棵树,方能练就的八极拳“贴靠山”,猛地撞上去。

“嘭”,虎禅被撞得眼冒金星,往地上滚了个跟头,张军也被虎禅的大力撞得脑袋空白了一刹那,但终归根基雄厚,硬生生稳住。

“呜……噢……头好晕……”虎禅捂着脑袋缩在地上。

“哎呀!你怎么回事儿!感觉怎么样?”张军连忙上前检查虎禅的伤势。

“嘿嘿……还行……还有点晕……”虎禅咬着牙关,却咧着嘴笑。

“说了不要硬碰!你不是要学着跟比自己功力深的人打吗?打法要精巧才行!”

“戴家拳‘九膀’中的卧虎膀以力制胜,我想试试我和你功力到底差多少……”

“你胆子大,但也太莽撞了,没你这样打法的。”时间长了,张军打得也有些累,席地而坐。

“不过,你的功力确实又长进了很多,我现在跟你打,比第一次的难度大了不少……打法倒是比我还精,你真是个好斗大王。”

“嘿嘿,忘形了。老哥你看,每到周末我都来这儿找教训,以前早上练字就罢了,千红说我老是一根筋的不行,又让我学下棋……几个月了,天天输,太气闷,所以跟你玩拳的时候我跟囚犯放风一样,就张狂了些。”

“是啊,不过我看你的字也写得有点儿像样了……哎,悄悄告诉你,你写的字,大小姐自己都悄悄收起来了。”

“是吗?”虎禅皱眉。

“是啊,你千万别说我告诉你啦!”

“不,我觉得她像是在收集我的把柄……会不会很多年后,拿出去满街唱,说我当年的字像鬼画符?”

“大小姐才没那么无聊咧。”

虎禅脱下湿透的衣服,爬起来,揉揉脖子,取来一件干净衣服换上。

“我先回去了。”

“你不等大小姐回来了?”

“我今天要和兄弟们去看望一个前辈，而且……哎呀，老哥，你说说，我跟千红……嗨，哪里像男女朋友嘛，上次她还准备了戒尺，我写字一偷懒，就被打手心，这……我辛辛苦苦那么些年，还被我的……还被千红教训！你说这什么事儿啊！”

“好啦，别牢骚了，你看你几个月，进步多大啊！字已经拿得上台面了，围棋也玩得不错了，而且大小姐还给你说了那么多佛经里的故事，我不也看你听得很有兴趣嘛！”

“我说老哥，您老了，不了解！我可是还没满二十岁的男人哪……我……”

“得得得！再说下去，你又下流了！要让我说，你也是休想！”

晚饭时候，虎禅与卫峰、喀纳斯、穆蕴贤提着酒来到黑爷家中，庆祝黑爷的儿子出院。

卫峰的伤已经痊愈，又恢复了练习。刚出院时，虎禅便把偷袭伤人的莫家豪提来见卫峰，说要不道歉，要不就成王败寇，再打一次。卫峰见到莫家豪时，出乎意料的平静，聊了很久。

“我说，你怎么回事儿？”虎禅很是不解，虽然自己出手打倒了莫家豪，算是出了气，可也不至于聊得那么投机嘛。

“人哥，你看你又来了，我爸教我，统一战线的工作非常重要，这世上除了不做事的人，什么人都要用起来！你看，咱们又多了一个临时教练。”

“人家凭什么给你干啊！”

“哎呀，我跟他说，咱们岳老大的功夫你领教啦，如果愿意指点一下，你肯定进步大啊！”

“我靠！又是我！这回我坚决不教，绝对不教！”

“没事没事，我哄他的，先稳稳他，给他些收入，不一定让你出马行了吧？”

“服了，我彻底服了，你是‘黄金垃圾’都往家里搬。”

“你当然得服，我这就是大老板与个体户的区别！”卫峰非常得意。

黑爷家，饭桌上。

“干！”黑爷仰头便是满满一碗酒。

“哇……黑爷，干劲十足啊。”虎禅这一碗下去可比黑爷费劲些，另外三人更是没这本事。

“师父，您以后，还教吗？”穆蕴贤问。

“不教了，我想好了，人到什么时候，便该做什么时候的事儿。”

“老爷子，要不你来给咱们武道社做技术顾问吧？”卫峰这些日子虽然躺在病床上，但指挥会员做事还是有条不紊。本来的空手道社，已经扩张成了拥有好几种武术课程的武道社。

“去！”虎禅踢了卫峰一脚。

“黑爷，您……真不教了？”虎禅笑得十分狡猾。

“真不教了。”黑爷笑容忽然间灭了，一脸的疲惫。

“行，这事儿都别提了，喝酒！”

“虎禅，我听蕴贤和喀纳斯说，你恋爱了？”黑爷翻翻眼皮，比虎禅更狡黠。

“哎呀……这算什么呢……我跟那姑娘的关系就是个说不清道不明的，我都不知道算啥！”虎禅又开始抓耳挠腮了。

“你啊，还真不害臊！蕴贤跟我描述了一下，我觉得那姑娘挺稀奇的……是正经人吗？”

“嘿嘿，我跟她在一块儿，就当给人间除害了。”

“瞧啊！刚才还说这孩子不害臊呢！”

千红的古董店里。

“大小姐，您叫我？”

“虎禅学得怎么样了？”

“我这些年的经验，能教的都教了。说实话，我也是凭自己功底比他深厚十年，要不我跟他比武，够呛。最近我下手越来越重，掺杂的阴手重招也越来越多，虎禅不愧是个武艺超群的孩子，早就适应跟功力比自己深的人打斗了……说起来，这三个月，我倒是从他身上学到不少。其实，若当真要说指点他，怕是只有我师父郑山河那样的人才有资格。”

“你的脸也活泛了，笑了。”千红正在棋盘上摆一局棋。

“嘿嘿，嘿嘿，是吗……大小姐，我问个不该问的话，这孩子人是好，我见您是当真下足了心血在点拨他呀，您这不是在跟自己父亲作对嘛。”

“张军，你为什么不跟着我父亲，跟着我来这儿过清净日子？是因为恩怨多了，烦恼多了，总是被各种事卷进去，已经活得身不由己了，于是你就离开。你都知道想脱身了，难道我还想让我父亲造孽吗？反正这小子心眼不错，长得也挺帅气，捉回来做自家男人还过得去。”

“这两码事儿吧？我不明白。”

“这就对了，要是谁都明白，那这事儿就糊了，我的男人也就跑了。”

“上次阿信路过这儿去找山爷，我就觉得不大对。后来打听，华盛这些日子有几个头头被做掉了，就连虎禅的父亲岳殷鸿也被落了毒，还好救了回来。下面的小兄弟在路上撞见都打得不可开交，已经这样了……唉，当年真的不该出手救阿信。”张军摸摸脸上的伤，满是懊恼。

“这就是教训。有时候明明是救人，却偏偏做了坏事；有时候做的坏事，却有了好结果。最难的是把事情做得合适。既然打上了结，就差不多可以解了，再给他些时间吧……围棋真好啊，男和女，生和死，都在里头了。”

“啪！”

“相思断……”这步棋，千红捏在手里好些时候，早已温热，这会儿干脆地下在了棋盘上。

酒足饭饱的四个壮汉，在街上厮打闹腾。

“黑爷不教人了，很可惜啊！”卫峰说。

“我倒不觉得，你那是站在你的角度，若是站在我师父的角度，现在他心里头也许再也没有担子了。师父说，我虽然还不够火候，但是能教我的都教了，我以后能把学到的跤技发扬光大就好。”

“卫峰，准备一下吧，暑假的时候，去日本，过百人组手，如何？”虎禅走在前头，忽然一脚后踹，蹬向卫峰，被卫峰下段格挡架住。

“不行吧！”

“为什么不行？看你的格挡，身架这么正，力道这么沉，行啦，去吧！”

“太急了吧？”

“不急，是你不自信。别忘了，如果这个假期你做不到，下个寒假就该去实习了，到时候你选择会更难。”虎禅说起这些话，一点儿感情色彩都不带，更让人感到步步紧逼。

卫峰停下脚步,鼻子狠狠地吸气。

“嘿!”一拳打出,卫峰咬紧牙关,紧紧闭上眼睛。

“去!”

“你说的?”虎禅戏谑地确认。

“我说的!”卫峰面色铁青,显然是硬着头皮答应下这事儿。

“别怕呀!脸色多难看哪!今儿都别玩了,回去早休息,明天开始,咱拼上一回。”

第七十五章　拢芳心虎禅下厨

“嗯，热身一小时，跑步一小时，基本技两小时，组手一小时……组手……噢，差点忘了，还得给你留时间吃饭和午休，早上再给你加上‘站铁道钉’的内容，锻炼腿上功夫，下午容易犯困，就操‘一步三捶’五公里吧，这个不用脑子(想用也没力气了)，再来一小时组手，然后稍事休息，五点开始练习呼吸法，内功练习，再加上我的炼体法……直到六点……六点半吃饭，饭后一小时的视频资料学习，之后自己安排。”

“站铁道钉”这功夫，是取火车铁轨的两颗大铁钉，以两个肩膀的宽度钉在地上，再将脚上的大拇趾与食趾立于其上。卫峰早年学戳脚功夫时便已知道，只是难度太大，实在受不住。

而今学习腿法的人多，却大都忘记了脚趾的练习。简单来说，练拳法，人人知道指力越强越好，却不知腿法也是这般。

“大哥，你玩我?”卫峰认为虎禅一定是捉弄自己，这个安排一定不是真的。

“没，要玩你我犯得着这么认真吗?”

“你的训练安排，接近十小时了。”

“对，我听说过，国术高手，有不分白天黑夜练的；UFC 的拳手，也有一天十小时练习的。”

“我要上课啊!”

“我让李晨给你找了关系，请假了。”

“我的身体恢复不过来啊!”

“这个交给我，吃的食谱我给你安排了，隔天去做个推拿，我考察过了，门口浴城有不错的推拿师傅。”

“你这真的是玩我，这根本就是站着说话不腰疼的安排！”

“不会，陪练是他们，你在练的时候，我也在你的视线之内练，你不休息，我也不休息。”

（嘻嘻嘻嘻）

身边一连串嬉笑声将卫峰包围，除去喀纳斯等人，还有武道社十名黑带，以及新进的临时教练莫家豪。

“周末，周末有休息吧？你不也要去妖女那儿嘛？”卫峰笑得像是在讨好。

“我暂时不去了，她说她会时常来看我。”

“你狠！”卫峰咬牙切齿道。

“谢谢。”

为了帮卫峰完成目标，虎禅订下十分苛刻的训练计划。而对于自己而言，虎禅急于击败自己心中的无力感，这让他心底一直隐隐地不安。

“师父，赵伯，乾爷，张军……都是我怎样都打不过的人，成为跟他们一样厉害的怪物，还不知道要多久，倘若将他们当做目标，我都还看不见目标方向。而且上次猎场一役，我至今都还后怕，终究是实力不足，我需要练出跟他们当年一样，甚至超过他们当年的基本功。”虎禅在心里早就有了打算，顺道陪上朋友一起痛快。

卫峰嘴上图个痛快，事实上他心里早就接受了这样的训练，不光没觉得艰苦，反而异常兴奋，从第二天早上露面起，整个人的气魄，犹如真剑死斗一般。

“卫峰，放松点，别那么吓人。”

“对啊，这是练习，又不是拼命，不用这样吧。”武道社中作为陪练的黑带，有受不住卫峰的打击与气势的人，不断地提意见。

“你们知道，我们为什么是穿的道服？道服是什么意思？放在古代，道服是为战斗准备的裹尸布！大山培达说的！可以把自己葬在天下任何地方！”卫峰认真起来，对自己非常狠。（如果不时常这样喊的话，灵魂会被虎禅的训练计划给磨得粉碎。）

虎禅的练习倒是简单了，蹲猴，三才桩，虎步，反复锻炼拳式，再与人对打。

可练习的项目少，更是枯燥得厉害。

“简直跟苦行僧一样，虎禅，三才桩你到底能耗多久？”喀纳斯很想问，但却怕影响虎禅练功，自家站着翻子拳的桩功“腋来式”，已经左右换了六次脚。却见虎禅只是时不时地后脚剧烈抖动，没多久，抖动又自然平复，跟刚开始时一般，再往细看，手背直到手腕，皮下皆有乌红色泽，指掌粗厚，是气血灌注之象。

汗水淋漓，一早上下来，光虎禅与卫峰两人就喝了大半桶水，中午休息时，两人不停地吃着西瓜。

“你们俩是水怪吗？”李晨看着两人都吃得不抬头，神色越发讶异。

“人的尿酸，汗水排不出，必须摄入更多水，走肾排尿才行。否则十几二十年后，说不定会关节结石，到时候脚踢不得，拳砸不了，得动刀挖出来。”虎禅没抬头，话音方落，又稀里哗啦地啃西瓜。

每日训练完后，卫峰出奇的精神。原以为会被掏空了身子，谁知手脚却是越发地灵活轻便，呼吸通透清爽，不似从前，身体肌肉有力，却总是觉得不能完全发挥。如今肩背一转，膀子一抛，拳头破风而出，有如利刃快刀一般。又因习练虎禅自张爷那儿得来的炼体之法有些时日，拔长了筋腱，与人组手对练时，每每格挡，与对手骨肉碰骨肉，都磕得对手异常疼痛，以至于得另外购买护具对陪练者进行保护。

虎禅的苦却是哑巴吃黄连，进步得快了，行拳走式时，身体感觉不断出现改变，时而顺当，时而别扭。

戴家拳在不断的进步中有“重”“轻”“灵”三个情况的演变。初练之时，功力渐深，脚步沉厚，稳健力猛。之后适应了新上身的功力，身子力道逐渐整合，身法迅捷，练起拳来举重若轻。再往后功夫渐向内走，心灵手巧，念头一动，脚下步法便弹起，进退之间势若灵猿。之后功力再次累积，三种情况又会再次出现，更重，更轻，更灵，一次次循环，功夫渐深。进步本该是可喜的，可是每次出现改变，身体就要调整好些时候才能适应。

真正的武人，在功夫上有突破时，并非总是像小说中描写的，比洞房花烛夜更欢喜。一路的苦楚，只有自己知道，虽然终于有了进步，庆祝的方式，往往只是深深地松口气，再次投入苦练中，这在心中是一个理所当然的事情——苦练这么久，再不进步就没天理了。

“状态比想象中的好。”一天的练习完毕，大家散了，卫峰坐在体育馆外的阶梯上吹着晚风，心中喜乐。

"李晨前些日子给我弄来了些乡下的米酒，喝着很顺口，去我那儿喝两盅吧。"虎禅一边说，一边用药酒揉着实战中磕碰出来的青肿。

"你刚练完又要做饭，麻烦，咱出去吃吧。"

"不做都不成啊，你以为我想吗？"

一个月前，虎禅为了让自己的打法更进一步，习惯与比自己强的人打斗，将张军请到家中，细细切磋、请教。

虎禅能做川菜与浙菜，其中又有几道菜甚是拿手。从前凭这手艺，不论僧道，抑或各路武术家，都能哄得对方将自己的本事与经验和盘托出。面对张军这种经验丰富、根基深厚的高手，自然也要尽显本事。

谁知张军吃得高兴了，回去跟大小姐说，将虎禅的厨艺吹得是天花乱坠，千红当晚便来到虎禅住处，大马金刀地坐等开饭。心上人来了，虎禅当然喜出望外，更是用心料理，有意显显本事。

可后来就不对了，千红一顿吃上了瘾，将虎禅家当成了食堂，日日跑来蹭饭。

这厨中之事，偶尔为之是乐趣，天天做却很是磨人。煮得半个月，虎禅实在是犯了懒，本想做两顿难吃的，让千红兴趣索然，可是看千红吃得那么高兴又实在舍不得，每日里只得精心细做。

"哈哈哈！"听了虎禅描述，卫峰乐得冒泡儿。

两人提着刚买回的食材，准备大吃一顿。

"咦？"虎禅刚掏钥匙开门，发现门只是虚掩着，锁却没坏，即从包里持出快刀，"彭"的一脚蹬开门，将包甩向墙后，身子缩低窜进，同时撩刀护身。

"啊！千红！你……"

"吓得我呀！"只见千红坐在沙发上，一手直拍胸口，一手拿着本书，满脸被惊吓的委屈。

"你……"虎禅语塞。

"外面这么热，车里空调吹久了会冷，我就进来了。"千红这时的样子，出奇的妩媚。

"不不不，我是问你怎么进来的？"

"叫开锁大王呗。"

“你没证件,人家凭啥给你开?”

“邻居阿姨给我作证呗,我天天来你这儿,房东阿姨早认识我了,我说这是我男朋友家。”

一听“男朋友”虎禅就软了,“嘿嘿”笑得直挠头。

“噗……”卫峰忍住笑。

“笑啥!”虎禅瞪卫峰一眼。

“你——完了。”卫峰丢下两个字,提起东西进了厨房。

正餐用过,虎禅与卫峰就着一碟大煮干丝喝酒,几杯下肚,卫峰说练累了,想休息,便起身离开,留下虎禅与千红深情对视。

“我……算你男朋友?”虎禅嬉皮笑脸地凑上去。

“我不要男朋友,我只要自己的男人。”

“那……我?”虎禅脸色有点疑惑,这么些日子了,虎禅虽然已经习惯跟千红那亦师亦友、还有些暧昧不清的关系,却是一直压着自己心中的情欲,倘若下一句就被拒绝,自己定会十分失望。

“现在还不知道,我希望你会是,但你若不是,那咱们也就到此为止了。”

“如何知道是与不是?问佛祖吗?”

“今晚有空吗?到我家里去。”

“去做什么?又到温泉里‘熬鹰’哪?你可得小心了,我这回要发起性子来,不动明王也未必镇得住我啦!”

“给你说一些事儿,还有,见些人。”

“你老爸?你老妈?还是前男朋友?”各种念头在虎禅脑子里闪过,一股蛮劲上来,再没多问,拉上千红便出了门。

第七十六章　煞星酷刑

巨大的灵堂，上置三人遗像，华盛各级领导、管事，皆于堂中静默。一夜之间，华盛册爷、爵爷、拓爷三位元老死亡。

验尸结果，一人被极细毒针刺入体内致死；一人车祸致死；还有一位，家中起火，困于房中被烧死。

数月之内，各种危险接踵而来，其余几位元老，或不在华盛本部，或身怀绝艺、生活作风严谨，使得杀人者难以下手。小颐一直在住处休养，里外都有人严格检查，小冲也带上心腹之人，二十四小时轮流看护，倒也无事。

七爷亦受到攻击，昨日在华盛经营的楼盘视察，居然有人用弓弩在暗处以钢箭射杀七爷，幸得赵伯这一大高手揽住七爷，疾趋闪过。

“去！给我把下手的人拿住！追到天涯海角也要拿下！”七爷给赵伯下令。

赵伯知道，七爷胆大心细，哪里怕什么调虎离山，周围又有人保护，于是并无后顾之忧，开始追踪对手。

而今灵堂中，七爷虽是依旧不露声色，却极是担心，赵伯已去了一天，仍没有消息。

从外面走进一人，是七爷心腹，低头跟七爷耳语。

“殷鸿，小赵已经到了西山中的旧工厂里，应该已经把杀手拿住了，电话里不好说，咱过去一趟。”七爷为避免引发骚乱，轻声与岳殷鸿报告。

岳殷鸿走到灵前拜了三拜，跟乾爷嘱咐一声，随即与七爷离开。

不多时，两人来到这郊区的旧工厂里，赵伯靠在一张椅子上，依旧半眯着眼养神，身边已招来了几个七爷手下的人伺候着。杀手被扒光，捆翻在地，闭着眼，一声不吭，不知死活。

“董事长，七爷。”赵伯见二人到来，起身迎接。

“如何？没受伤吧？”岳殷鸿与七爷看见赵伯除了头脸身子满是泥尘，身上没穿没烂，心中一块悬着的大石才放了下来。

“还好，我追了这厮一天一夜，谁知他意志强悍，体力雄厚，诡计多端，远在我估计之上，是个顶级的货色，最近一连串的事情应该都是他干的。”

赵伯不光武功超卓，追踪之术，亦是一绝。

“现在这是？”岳殷鸿指指地上的杀手。

“我打昏了他，掐断了他几条筋，绑到这儿来。现在给他吃饱喝足，让他睡够，等精神了再逼供，免得模模糊糊的，不知死活。”赵伯说得平淡，其手段之狠，叫人不寒而栗。

赵伯将二位大佬请了出去。

“把他浇醒，绑到架子上，用火烤。”赵伯吩咐手下的人生起了火，搭上了架子。

不到一袋烟的功夫，那仿似来自铜柱地狱的惨烈嘶吼，如冤魂恶鬼般，缭绕在旷野之上。赵伯的手下们，有的实在受不了这等场面，只觉头皮发麻，闭上眼睛，心直是要从胸口蹦出来。

“熄火，放下来。”盘问许久，仍旧不得要领，没工夫磨蹭了，赵伯一把提起杀手，将头按在钻孔机上。

“呼……”工厂外，七爷抽着雪茄。

“这回的事，要是有了头绪，那就不是生意，是江湖事了。”岳殷鸿道。

“妈的，我差点又要改名叫‘八爷’了，不让他九代人都翻不了身，我心里过不去。”

冷了一下。

“殷鸿，你看看，是不是给小颐个名分？她这辈子太不容易。”

“七爷，你这不是老糊涂了嘛？这不是道理，这是感情嘛。这看人只看下半截，小颐守了这么久，为的什么呀？到了这时候，可能吗？”

“啧！感情感情，越年轻屁事越多……我看……哎！你说，小颐好像跟虎禅混得挺好的？”

“嗨！老爷子！你这都扯到哪去了？”

“不是啊！上次乾爷也说……”

七爷还来不及把话说完，大门“咣”地开了，赵伯走出来。

“审出来了，杀手叫阿信，前面几件事都是他干的，说是东联山爷下的令，我让下面的人按他刚才说的一些线索去核实，很快有结果。”

电话响起来，岳殷鸿接了电话，眉头皱起来。

“什么事?”七爷问道。

“东联那边对西市下手，一小时前打死了人，闹得厉害，警方已经在调查，上面的压力很大，通知说让我们在四十八小时内决出西市的归属，否则两家都不用做生意了。”

西市是个庞大的自由市场，批发各种古董、工艺品、玩具、五金、服装等，其利润是华盛的主要收入之一。

“行了，让小冲和我手下的人开始做事，跟财务说一声，做事的一人五万安家费，另外最近是敏感期，小赵，你去小颐那里守着。”七爷脸色一板，说起话来正言厉色。

苏爷爷老宅中。

“哥哥，晚上我炖了汤，记得回来吃饭。”

小冲的女朋友，习惯叫他做“哥哥”，要是放在从前，小冲心肠直，不知道其中意思，会说：“我都不爱吃外面的饭，不用干唆啦!”

而今却走过去，如话家常般道：“买瓶酒吧，吃饭时想喝两杯。”背着女朋友，藏起自己最顺手的一双短刀，整整衣服，走出家门。

小冲带着三十多人，坐上卡车，直奔市场。

这些年，耳濡目染，这粗心汉子竟也深谙兵法，那得益于虎禅与他所说的故事。

“古时候打仗，两军对垒，若冲在最前的是高手，那么整个军队的损失会减少很多，战斗效率也高得多。真是很向往啊，传说以前岳家军中，有昙宗、昙神、昙猛三个大和尚，举大盾牌冲阵，将对方人马撞翻，后面的‘鬼背军’便冲上去抹脖子，那三个大和尚该是什么样的怪物呢!”

小冲带的这三十多人，都是平日里经过锻炼的，体壮力猛，下盘稳重，冲击力强，动起手来亦是心狠手辣，龙头锯角。这会儿，每人左手持防暴盾，这是岳殷鸿为防有大冲突，从特殊渠道购买的，右手持一把用稻草包柄防滑，水管切割成的“管叉”。

古代实战用刀剑，多以稻草包柄，锦缎布条绳子都是下下之选——那是因稻草粘血后，不光不会滑手，反而越发的粘黏。

小冲一干人下车后，没有喊杀，无声无息地走向市场。

“从后面的小门绕进去。”小冲吩咐下去。走正中央的大道容易被人包围，果然走到市场后边的时候，便发现了东联安排在市场中的人。

“向外杀出去，咱们杀个七进七出。”

“吼！”一干人等应道。

“他们来啦！在后面！”东联的人这才明白过来，小冲带的人已经冲上。

低身，盾牌向上，撞，刺！

片刻间，东联已倒下二十来人，小冲等人一路向外冲突，无可阻挡。

眼见冲散对方阵势，小冲忆起从前受的伤，不禁怒火中烧，扔下防暴盾与管叉，持出双刀，如野火狂风一般地冲回阵中，连续砍翻数人。

不多时，小冲双刀已经卷口，对方亦彻底溃败，除了倒地走不了的，大多已逃出市场。小冲与手下众人乘胜追击，带头向市场大门口冲去。

“轰！”

方走出大门口，小冲只觉身旁破风声逼人，木能地提刀格挡。眼前火花闪现，双刀被一根横向猛挥而来的铸铁水管打断。击断双刀后，铁管余势不息，拍在小冲胸口上，多亏身板扎实，虽是痛彻心扉，却未重伤。

小冲蛮劲爆发，顺手抓住铁管便夺，谁知手上一轻，对方早已松手，弃了铁管，闪身而进，这让打斗经验丰富的小冲心头大骇。刹那间，对方已然近身，一把军用匕首照小冲脸面削下，溅出满眼暗红，腹部随即剧痛，想是被对方一脚踹出，滚翻在地。

刹那间的事，待得小冲的人赶上来，偷袭者已发疯般奔逃。

“是他！是他！”小冲紧紧捂住脸，咬牙憋出声音，认出这偷袭者正是曾用火药枪袭击自己的人，恨得心脏像要爆炸一般。

“快！送老大去医院！”众人慌了神，架起小冲便跑，被小冲一把死死抓住。

“留……多留些人……看住这地方……”小冲强忍剧痛与愤怒，狠狠地保持清醒。

第七十七章　辣手含恨为吾师

温泉旁有一敞亮的佛堂，中央供奉大日如来，木地板类似于船甲板一类的木料，长年累月也不会受到温泉水雾缭绕的侵蚀。

这佛堂在虎禅眼里，除去中央的金身佛祖外，倒更像是上好的武术道场。

“佛说是时，娑婆世界，三千国土，地皆震裂。地皆震裂，而于其中，有无量千万亿菩萨摩诃萨，同时涌出。是诸菩萨，身皆金色，三十二相，无量光明。先尽在娑婆世界之下，此界虚空中住，是诸菩萨……”

千红唱诵《法华经》，不似寻常女子的中气不足，音色清澈稳健，生生将一处豪宅，浸染成幽兰空谷。

千红合掌，那一瞬间，虎禅眼中似幻出菩萨之相。

“姐姐！”一声叫唤，震得空气直颤。

“很漂亮的声音，这是？”虎禅一脸疑惑。

“识货，我弟弟，唱摇滚的。”千红笑道。

虎禅向人来处看去，千红弟弟有点儿矮，剃个光头，方长出一点儿头发渣子，光着膀子，衣服搭在肩上，八块腹肌，腰上很是结实。

“呦！姐！哈哈！”千红弟弟看见虎禅，讶异非常。

“哥们！怎么称呼！”千红弟弟扬声说话，声音如大锤般敲打人心。

“岳虎禅，你哪？”虎禅看着此人，饶有兴味。

“叫我小蚊子！”

“小蚊子？我看你叫低音炮才对！”虎禅被这名字给逗乐了。

“去你的！哈哈哈！”小蚊子说起话来当真百无禁忌。

“姐！没钱花了！”

“怎么不问老爹要?”千红问。

“老爹最近看起来心情很坏,再要怕是又挨一顿骂,没事儿我干吗讨骂啊!”

“那你不怕找我要也是讨骂呀?”千红笑靥如花,看得虎禅愣了神。

“你疼我嘛! 姐不是有了岳虎禅就不要我了吧!”小蚊子抓着千红的肩膀用力晃。

“行了行了,这回你一人来的吗?”

“哎呀,不知道老爹怎么回事,非要叫两人跟着我,我拉屎他们都要守着,只有你这温泉他们不敢进来。”

“走,咱们先回去喝茶。”

千红起身离开,虎禅和小蚊子跟着。

“哥们,你爱不爱我姐姐啊?”小蚊子扯扯虎禅袖子。

“哎……这……这……”

“噢! 不爱!”小蚊子大声说出来,虎禅眼见前边儿千红脚步一停,登时慌了。

“哎呀,你这家伙,别嚷嚷成吗!”虎禅抓着小蚊子的手臂,恳求似地直晃。

“那到底爱是不爱!”

“你大爷的……爱!”

“嗨……爱都爱了,还要加个你大爷! 不痛快!”小蚊子大声叹气。

“我爱千红!”虎禅一口丹田气运足,舌绽春雷地大吼了一声。

“噗!”千红忍不住了。

“唉……爱个女人还这么费劲……算了,勉强过关吧!”小蚊子摇摇头,直把虎禅气得七窍生烟。

女子无男人之悍勇,却天生降得住男人,美人如是,满腹经纶的美人更甚。

书房里,虎禅迟迟未坐到茶桌前,徘徊在千红书柜前参观,千红招呼他到身边坐下。

“小蚊子,你看他像啥?”千红问。

“乍一看像个土匪,猛性十足,这会儿倒有些痴性,挺好的一个人……对了,老哥,你名字太拗口了,不如随了我,叫小虎子好了。”

“怎样都行。对了,千红你不是说有些事要跟我说吗? 方才看你念经,没好问你。”虎禅几乎忘了千红适才卖的关子。

“岳虎禅，你父亲叫岳殷鸿，你是华盛集团一脉单传的少爷吧。”千红淡淡道。

“咦！早瞄上我了？处心积虑做我老婆吗？”

“嘻嘻，你这个臭不要脸的！”小蚊子笑笑，虽是骂人，却没有半点敌意。

“我的父亲，是东联的掌门人，山爷，你该听过。”

“听过……你是想跟我说，门当户对？不对，我记得老爹他们跟东联是对头。”

“对啊，是对头，你怎么还是一副事不关己的样子？”小蚊子问道。

“你姐姐若有害我的心思，便不会说出来，更不会让我坐在她身边。”

“谁说我不会害你？小蚊子，这回谁跟你来的？”千红一边说着，一边轻轻挽过虎禅的手臂，做出娇嗔的样子。

“老熊跟炮叔。”

“嗯……来吧，我们先到客厅去。”

早年山爷刚起家时，老熊和老炮便跟着山爷，如今各自都有些创收，只是近来局面不甚安稳，便给二少爷负起了保镖的职责。

千红让虎禅坐在自己身边，将虎禅的右手放在自己左手上，两人掌心相对。

“这……”两位叔伯辈看到这一幕，诧异非常。

“这是我的人，近来父亲那边的情况如何，给我细细说说。”

二人权衡片刻，虽然这大小姐从不管东联事务，却是出了名的杀伐决断，要是谁将她惹急了，准没好日子过。又想想山爷对闺女百依百顺，大小姐眼光甚毒，与这年轻人如此亲昵，说不定便是将来的姑爷，便将近期发生的事，和盘托出。

说起山爷近来的生意状况，证券上的亏损、开始向华盛复仇、争夺西市这些事情，不光没有隐瞒，还被千红打破砂锅问到底揪出来许多细致真话。

“册爷……爵爷……拓爷……”虎禅掌心冒汗，血色上脸。

尤其是册爷，古今之道甚是熟稔，专倒卖古董、字画，对古代文学亦是精通，是虎禅认字读书的启蒙老师。虎禅小时常在册爷的书房地毯上滚来滚去，册爷指着墙上诸多字画教他，其间多有讲述鬼怪神话。在那之后，虎禅不论听何人讲课，总觉欠了活生生的灵气，是以对册爷的死，尤为悲怒。

千红像是虎禅肚里的虫子，时而轻揉虎禅手掌，压着虎禅无处发泄的戾气，只是那老熊和老炮亦是阅人无数，渐渐看出这年轻人面色有异，便住了口，看看千红，看看虎禅。

“是个鱼死网破之局。”千红道，再转头看时，虎禅面色铁青，眼睛直勾勾地盯着老熊与老炮，苍鹰观兔似的。

“不一样，那是我的亲人。”虎禅冷冷道。

“你到底是什么人?”老熊火气甚大，登时翻了脸。

“我的意思是，多拿下一个是一个，还账!”

“嘭”的一声响，虎禅一脚蹬在沙发上，本来坐着的身子，借力射出，窜向老熊。

老炮反应稍快，刚开始防备，没想虎禅窜向老熊身侧，双手齐出，右手奔向老熊的脸，逼老熊格挡，左手抓住老熊手臂上的衣服，手腕一拧，扯到自己身前，背对自己，面对面挡住了老炮。

“这力气!”老熊受制的瞬间，感受到虎禅的力量，不禁头皮发麻。

虎禅如今底盘功夫大大长进，气力又厚，“引手”配合摔跤中的“抓把”，擒拿捉人如探囊取物，又应了武术中“功大不讲理”之说。老熊纵然搏击技术不错，是当之无愧的打架老手，却无真正练武人那深厚的基本功，如今在虎禅手中也不过是半大孩子一般。

“呃!”手从老熊头顶伸出，使个“美人梳头”变式，刹那间在老熊眼帘中直降而下，手指倒抠入下巴到喉管间的软肉，直向后翻去，这种杀法简直闻所未闻，老炮刚要帮忙拿住虎禅的手爪，谁知老熊心里一怕，本能地顺着虎禅的力道向后仰去。

这手杀法名字秀气，可若是指力强悍的高手，怕是能把人的头脸皮肉都给揭下来。

老炮一看那手指已经入肉三分，若是硬拔，定然害了老熊，见老熊后仰，已现出虎禅的头，腰上一甩，“嗵”地砸出拳头。

虎禅轻轻让过，一膝撞在老熊脊背儿上，把老熊又撞直了身子，面贴面的，额头撞得老炮满口牙血，两人跌了个叠罗汉。

"吼!"虎禅心如火烧,也不再管什么打法招式,就图个痛快解气,腾空而起,两脚一分,骑在老熊老炮两人身上,压得两人呼吸困难。

"偿命!"拳头如暴雨雷霆,一串头碰头、头砸地的闷响,如闷在木桶里炸开的鞭炮般,砸得血滴四溅。老熊拼了命地要挣扎起来,虎禅捏个凤眼捶,挨着老熊背后夹脊脊椎骨边缘捅住,按得老熊死死压住身下的老炮,欲用两手撑起来,又痛得入心入肺。

"喝啊!"虎禅又发起性子,再一顿暴拳砸下,眼见胯下的老熊老炮渐渐地少了声息。

忽有手枪上膛的声音,让虎禅惊觉。

"找死。"一丈以外,管家大爷那冷森森的话语,黑黝黝的枪口正指向自己,虎禅随即停手,面色冷淡,如受困的野兽般,盯着对方,若对方有一点动静,即向旁跃出,或许还能保命。

"再打就收不了手了,有些事情可以解决的。"

"人都死了,解决个屁,你跑到我身边,不怕给我干掉?"虎禅的话语变得冷森森的,不知道为何,千红却翘着二郎腿,坐在老炮的身上,背靠着虎禅。

"你再砸几拳,这两人便一定是死了,如今虽然东联不及华盛财大势大,但是你只要再砸几拳,我能保证你的家人都没有好日子过。"千红声音亲和,全然不似威胁,可虎禅却深深地警惕。

"我掳走你也一样。"

"你要抓便抓,你没有能够杀我的狠心思,抓了我你不光要管饭,还会把我照顾得好好的。我可是你的老师,能不知道你吗?"

"你……"适才一顿打,又有千红这一顿的夹缠不清,心中的戾气泄了大半,只剩下难过,也不知道自己能做些什么,竟是气结不能言。

"枪,收了。"千红招呼一声,管家立刻照办。

"跟我进来。"千红牵虎禅的手,虎禅却如触电般一缩,赌气背对着千红。

"你不是蠢材就他妈的给我进来。"千红从后一把搂住虎禅的脖子,强咬了耳朵一口,狠狠骂道。

"啊!你……到底要怎样!"虎禅发了狠,手往后一抄,将千红狠狠搂到身前,扬起拳头,又下不了手。

“别乱来!”管家大爷再次举起手枪,虎禅冷哼一声。

“嘘……别闹,我跟小颐姐很熟的。”千红轻声道,声音很小,虎禅看着嘴型才能勉强听明白。

“啊?”虎禅一下愣了。

“等等!”小蚊子大叫,大家都看向他。

“姐,先把钱给我!”

第七十八章　愁入风尘愁更烦

夜晚，虎禅走出了千红别墅，一路大步奔走，这里离学校三十多公里，只想要累个痛快。

身不由己地被卷进别人的算计中，变成棋子中的一颗，是最为难受的事情，脑子里一团乱麻，全然不知道自己到底想的是什么。

小颐姐从来没做过什么莫名其妙的决定，偏偏在这最应该自由自在的感情上，自己被盘算进去。

半小时前，千红房中。

"你和小颐姐是怎么回事儿?"

"从前，我原本想就这么活到三十五岁，然后找个风景漂亮的尼姑庵出家。一年前，小颐姐找到了我，跟我说起了你，她希望若是有一天，我和你能结下个缘分便好了，或许这样，两家人的怨恨会缓和许多。当初我对这种笨办法不以为然，更不知道她为什么能有把握让我看上你，你真的如此出色?"

"我不出色。"

"你说的没错，你不出色，你只是纯粹。"

"纯粹?"

"对，什么都被颐姐姐算中了，我纯粹，你也很纯粹，倘若你是个非常出色的人，我多半不会与你结下缘分。"

"别神神叨叨的，我不明白。"

"当初颐姐姐找我，只是为解决这段恩怨，多种下一个可能性，她也没指望你这蛮牛能一下子弄明白。"

“不，我是很喜欢你，如果不见，也会很想念……但这是我，我那三位爷爷的事，不能作罢。”

“作罢不作罢，等你脑子转过来再说吧，先送你回去吧，眼不见心不烦。”千红笑笑。

“不必，让人开了门，我自己走。”

“随你。”

“对了，你是知道我来这儿上学，你才来这个城市的吗？”

“不，那时候我对你还没兴趣，是颐姐姐把你安排来的。”

“也就是说我本不该来这儿的？”

“对，你的成绩很差，离本科的分数线还差很远，据说你一家人都很聪明，真不知道你像谁。”

“唔……”虎禅满面通红，鼓起腮帮子，转身便疾走了。

待虎禅走进市中心的时候，已是凌晨，功夫不管多好，已是疲惫不堪。

心里如乱麻一般，耳朵还有些嗡嗡作响。忽然不想回去，回到家里，一个人待着，会觉得十分难受。走过一家金碧辉煌的休闲会所，停住了脚步，这个时间，也只有这种地方门还开着。门透过大门，柜台前左右一列字——钻石服务，至尊享受。

“呵呵……就这儿吧。”虎禅想把自己随便扔在哪儿，什么都不愿去想。

坐在桑拿房里，拿起舀水的木勺。身边放了个很漂亮的陶瓷水缸，敲一下，“咚”的一声，在闷热的环境下，如深山古寺的钟声一样清亮悠远。

“喂，小弟，找个保健师。”虎禅跟侍者吩咐道。

“好嘞！马上就来，带客人到至尊一号包厢！”

“唔？这包厢……”

不多一会儿，按摩师来了，身着短裙与吊带装，个子小小，长得却是丰满。

“先生晚上好！”

“好。”

按摩师替虎禅褪下浴衣，用精油抹遍全身。

“怎么称呼你？”虎禅跟姑娘问道。

“钻石二号。”

“噗！哈哈哈！原来‘钻石服务，至尊享受’是这么回事儿！”乐得虎禅睡意全消，便打开话匣子聊起来。

“你常锻炼吗？身体好结实啊！”姑娘坐在虎禅的臀部，推揉虎禅的脊背。

“算是吧，我力气很大喔！”

“我不相信。”

“呼！”虎禅腰上气力一鼓，将姑娘挺了起来。

“哈哈！让我下来！”姑娘使劲拍着虎禅的脊背。

“真亏！打你打得我手疼，你要补偿我！”姑娘娇嗔。

“说吧，要补偿什么。”

“嘻嘻！”

“笑得这么坏，想什么呀你！”

“你想什么呀！我指的是你给我些小费好不好！”姑娘的诡计得手，乐不可支。

虎禅忽然觉得，姑娘的手有些糙，手揉捏在自己身上时，不像是按摩，更像是在编箩筐，全然不像小颐姐姐手下的姑娘们对待自己的态度，顿时兴味索然。

“为啥出来做这行呢？”

“我家是农村的，穷呗。”

“你长得挺不错的，怎么不找个有钱点儿的男朋友呢？”

“我有老公的。”

“那他还让你出来做这行？”

“他什么都不会，整天打麻将赌钱，只能我出来挣钱呗。”

“这……那你还跟着他干啥？”

“哎呀，没办法嘛，日子不就这么过呗，又没别人要我。”姑娘的语气十分麻木，似乎并不觉得这有多悲哀。

“你有女朋友不？”

“我……现在没有。”真是哪壶不开提哪壶，虎禅想。

“骗人，你长得这么帅。”

“说没有就没有嘛。”

“那我做你女朋友吧？哎，你叫什么名字啊？留个电话吧？”

“姑娘，帮忙跟经理说一声，换个人，放心吧，你的钱和小费我一会儿照付。”

“嗯。”姑娘淡淡地下了床，把浴袍盖在虎禅身上，收拾东西，一句话没说，转头走了。

没多久，经理带了三个姑娘进来。

“嘻嘻，老板，不好意思啊，刚才那丫头有点没心没肺的，看看您喜欢哪个？”经理赔着笑脸。

“嗯，这个吧。”虎禅指了指中间那个长得最甜、看起来年纪最小的姑娘。

这姑娘的手轻巧细腻，平日里正统推拿师的劲道都很难透得进虎禅的筋肉，但是小姑娘的手轻轻拂过，却是痒得入骨，像个一身白毛的小狐狸在自己身上挠挠蹭蹭，很是舒服。

“你身体好猛啊，平时经常锻炼吧？爱打球吗？”

“呃……嗯……你叫啥？”（怎么又是这话……）

“钻石四号。”（……）

虎禅吃了鳖一般，闭上了嘴，没过多久，姑娘把手伸入虎禅胯下，轻轻抚弄。

“要做吗？”

“跟我聊聊天吧。”虎禅翻过身子，仰面躺着。

“嗯，行啊，你是做什么的？”姑娘问。

“我……是武术教练。”虎禅随口应道。

“哇！难怪身体那么猛！”姑娘一边叫唤，一边摸弄着虎禅。

“你为啥做这行啊？”

“你为啥做武术教练？”姑娘反问。

“我……挣钱呗。”

“我也是挣钱啊。”

“唔……”虎禅没想到是这样的答案。

“不过，养活自己的法子有很多，为啥一定做这行呢？”

“不为什么……帅哥，做不做嘛。”姑娘像小鸟依人般，半靠在虎禅胸口。

“你先告诉我怎么想起做这行的。”虎禅揽住姑娘的腰肢。

“初中的时候不懂事，随便跟个男朋友跑去酒吧，后来被人下了药，怀上了，那男的只知道打游戏，什么都不会，我就只能出来做，一做就两三年了。”

（怎么又是差不多的故事……）

“帅哥，你长这么好看，我们玩点别的吧。”

“有什么玩的呢？”

“冰火、毒龙、红绳、蚂蚁上树。”

“呃，你想怎样便怎样吧，我没什么想法，你靠你的劳动换取财物，这样你纯洁我也纯洁了。”

“你真是个怪人！”

“不乐意的话，你就出去吧，我休息一会儿。”

方才睡了一个多小时，手机响起来，虎禅起身拿衣服，翻电话。这个时间来的电话，绝非好事。

“师父……”虎禅一见阿生师父的电话，心里猛地一抽，拇指僵硬，几乎按不下接听。

“喂，师父，什么事？”

“立刻回家，老爷子怕是日子不多了。”

“不！太爷出了什么事情？”

“没出任何事，只是这精气神忽然下跌得很是厉害，我应该不会看错，最近他体力很差，却老是爱出门口走，按照咱们老人的说法，像是出去找‘路’了。”

“这……这怎么……等着！我马上回来！”

虎禅跌跌撞撞地冲到柜台扔下钱，也没回学校，直奔机场。

归心似箭——这是以前从未有过的。

待得虎禅到家时，大院前宽敞的空地，成了停车场，大门紧闭，门口挤满了人。

“爸！爷爷！舍爷！乾爷！七爷！太爷爷呢？师父呢？”

这天南海北的亲人齐至，本该是高兴的事情，虎禅胸口却咯噔一下，几乎掉下眼泪来。

第七十九章　壮怀长剑歌作泪，玉骨将成泉下土

“可算是回来了。”大门开了条缝，阿生师父探出头来。

“你太爷爷说跟咱们没什么说的，老被一帮人围着盯着很烦，就想跟你说话。”岳殷鸿对虎禅说。

虎禅没多说话，进了大院。

老太爷仍旧靠在竹藤的安乐椅中，轻轻晃悠着。

“嘿嘿，回来啦？”

“嗯，太爷爷，我回来了。”虎禅搬过一张小板凳，坐在老太爷身边，刚好让老爷子能够用手轻抚自己的头。

“阿生，你先出去吧，我们俩单独聊聊。”老太爷吩咐道，阿生师父退了出去。

“虎禅，我听说，你有喜欢的人了？”老太爷转过脸温和地看着虎禅。

“嗯……本来还好，可却是喜欢了三个，真是的……”虎禅把话说得很轻松，露出颗虎牙，很不好意思的样子。

“那就好好爱她们吧。”

“太爷爷，你是给我出难题呀，都娶回来，谁做大谁做小啊？”

“爱别人，那是为人带去他们所需要的东西，在他们困难的时候……帮助他们，让他们在你身边的时候……能感觉到平安喜乐，不光是那几个姑娘，你爱的每个……每个人都一样。”老太爷不再像从前那样中气十足，一段话中，换了三次气。

“……我想，我真的明白了，原来这些都是这么简单的事情。”虎禅伏在安乐椅的扶手上，忽然明白过来，却更是伤心。

“对了，过些日子……这儿又会热闹起来，国忠和小乾，都会住回这……这

院子里，你也别忘记了，多给几位太祖师爷上香。”

“太爷爷，歇会儿吧。”

“……前些日子，小黑跟我电话聊天，说……说你不光跤摔得好，梆子也唱得好，给老头子……来一段儿吧。”老太爷一手轻抚着虎禅后脑勺。

“我只会唱《长剑歌》。”

“好，那就《长剑歌》！”老太爷咬牙，眼中神光外露，活似当年那燕赵慷慨悲歌之士。

虎禅清了清嗓子。

“狼烟起铁蹄践踏中原境，抗金寇豪杰并起争英雄。莫道是朝廷暗弱疑无路，岂不闻国危方能见臣忠。好男儿是非善恶当明辨，展雄才……平戎万里露峥嵘……”

唱着唱着，虎禅鼻息开始抽搐，用尽生平力气撑着腰身，嘶吼出那浩气长歌，没能唱完，终是放声恸哭。

闻听虎禅哭号，阿生师父推门而入，舍爷赶忙上前检查。

“老爷子仙游了。”舍爷轻声道。

此处是岳文勋的墓地，龙真、穴的、砂环、水抱，绝好的风水，是阿生师父早年用罗盘，为老爷子踏好的阴宅。

适才，岳殷鸿要将老太爷那多年不曾离手的烟杆儿留在家中做个念想，虎禅不依，一定要放进寿材里陪葬。

“尔时元始天尊，在玄景之上。清微天中，九色玉堂……天中快乐一时，地下动经万劫。群生受苦，高声呼唤……枯朽还生，蠢动还情……普度众生，亿亿劫中，度人无量……”阿生师父于坟前，捻诀默诵《太乙救苦护身妙经》。

“虎禅哪，这种事儿，人人都有份，别再多想啦，而且你忘了嘛，今儿可是老爷子的百岁生日，真是圆满的一生啊。”爷爷岳国忠走上前，搭着孙子的肩膀，才发觉如今孙儿像座铁塔，结实得让人吃惊。

“我知道，尘归尘，土归土，我只是还不习惯少了老太爷……也许，很快会习惯的。”虎禅亦轻拍爷爷的肩膀，相互安慰。

“我们要先回去。”岳殷鸿道。

“晚饭也不吃吗？”岳国忠问道。

“老爹，事情很急吗？给我说说吧。”虎禅心想父亲未必会说，但还是问了。

“没你的事，待上几天，就早回学校吧。”岳殷鸿挥了挥手。

“你怎么知道没有我的事儿？你又怎么知道我问的是哪件事儿？”虎禅步步紧逼。

七爷听见虎禅如此发问，眉毛一动，随即笑笑，唤乾爷、舍爷与赵伯一块走开。

“你想问哪件事？”

“你瞒着我的事。”

“虎禅，莫要这么尖锐，好好说话。”爷爷走来，对虎禅屁股拍了一巴掌。

“小颐姐姐，还有多少时间？”

“你妈妈跟你说了？”

“我在问还有多少时间。”虎禅面无表情时，咬字更是斩钉截铁。

“没多少时间了，舍爷说的。”岳殷鸿第一次不想正视虎禅双眼。

“幸亏我知道了这件事，还来得及，否则我自己也不知道，会生多少年的气，到那个时候，说不定我会像妈妈一样不想见你。”

向父亲问知小颐地址之后，虎禅跪在太爷爷的墓碑前，磕了三个头，便回了大院。

“逝者已矣，我要先去见爱的人，终有一天，也会轮到我回来长伴太爷爷的。”虎禅打定主意，立即动身。

虎禅在网络上给卫峰留下了训练安排和一些学校事宜的嘱咐，背上行囊，与诸位长辈道别，阿生师父与岳国忠、乾爷目送虎禅远去。

“都是来去匆匆的样子。”岳国忠道。

“老哥，忽然闲下来，不习惯吧？这已经不是咱们该操心的事情啦。”乾爷拿手杖在地上顿了顿。

“是啊，两位老爷子，摆上象棋，咱们好好喝上几杯吧？”阿生师父捋着自己下巴上的大胡子。

当虎禅步入小颐姐的住宅时，在客厅里第一眼看到的就是小冲。

“我的兄弟,你……”虎禅并非太上忘情的圣者,相反,心中满溢的情感比谁都多。正是景悲心哀的时候,再看见小冲脸上一道刀疤,自左眼角起,划过嘴唇,胸中甚是难受。

“嗯,咱俩回头再聊,先上去见最该见的,别愣着,快去。”小冲见虎禅犹疑,推着他上了楼梯。

虎禅三步并做两步,走到小颐门口的时候,却怯了。

“是虎禅……虎禅!”小颐听见熟悉的脚步,叫出了声。

“嘻嘻,姐姐!”虎禅立时推开了门,嬉皮笑脸地探入脑袋,随即走进房间,关上了门。

纵是病入膏肓,坐在床上,依旧打扮得整洁清丽,头发梳得柔顺整齐,让虎禅觉得小颐只是得了稍微严重的感冒或发了高烧,一星期就能好起来。

小颐罕见地着了稍重的妆,虽然精神不好,看上去却是如美人微醉后的模样,妖娆非常。虎禅已经从舍爷口中得知,小颐已病入膏肓,不论怎么用药,已经控制不住了,皮肤上也已经有些微斑点浮现。舍爷医术不论多高,终究不是大罗神仙。

“姐瘦了些许。”虎禅坐到床前,拿起小颐的手,贴在自已脸上。

“如果不想笑,就不要笑了,假笑得多了,你会变得卑怯的。”小颐微微挪动身体,靠近虎禅,虎禅立即起身,坐到了床边,挨着姐姐。

“我听说,你遇上千红了,你好像挺喜欢那个姑娘的。”小颐问道。

“什么都被姐姐算中了,你知道我的脾性,我喜欢,便是单纯的喜欢,并不代表我一定会履行人们心里那些形式——或者说我从来不把喜欢藏在心里,只要喜欢我就会说,所以看起来,我比别人喜欢的东西要多得多吧……”

“你在解释,是害怕吗?害怕我知道这些?”

“嗯……的确有一点,因为我也喜欢你,所以害怕你知道,男人应该都是这样的吧。”

“不要害怕,你不论喜欢谁,姐姐一样喜欢你。真想有一天能看见你结婚,傻里吧唧地站在那儿收红包的样子。”

“那新娘是谁呢?”虎禅挨着小颐,面对面的,脸贴得很近,互相间能感受到对方的鼻息。

“你心里该有数了吧?”小颐微微低头,眼睛向上看着虎禅,这样小女儿神情,虎禅是第一次在小颐脸上见到。

“姐姐也害怕了,你同时也希望我说出的新娘,是你吧,虽然你不敢说,但是我知道。”

“时间不多了,过去、现在、未来,我们没有结下太多的因缘,那是对的。”

“姐姐也开始神神叨叨了,咱们现在应该说实在话,不是吗?”虎禅与小颐挨着,并肩坐在床上。

“好……”

“姐姐,接下来的日子,跟我一块儿生活吧。”

“你一直讨厌谈婚论嫁,是怕妨碍你武道修行吧。天长日久地对着一个人,你必心生厌倦,难免会伤害对方,所以干脆就摆出一副傻玩傻混的模样,对吗?”

“……应该是这样吧。”

“但如果你身边的女人是现在的我,便不会有这样的问题,你是这样想的吗?可是你的牵绊将会更多,你跟殷鸿之间,也会十分尴尬……而且,也请你为我着想,倘若我的心一软,我从前的十几年,便是白活了。”小颐搂着膝盖,将脸深深地埋下。

虎禅心里酸苦,接连不断的事,跟眼前的人,让他前所未有地心疼。这么多年了,小颐就一直站在那里,看得见,摸得着,可偏偏就是隔着那层该死的窗户纸。

轻舒猿臂,轻轻将小颐抱到自己腿上坐下。

从前抱起姐姐便毫不吃力,如今更是抱起一只小猫似的,小颐没再抗拒,紧紧贴着虎禅的脸,搂住虎禅脖子。

虎禅搂着小颐,松紧合宜,让她十分舒服,还能像个小动物似的拱来拱去。

“小蛮子,你是趁机占姐姐便宜。”小颐抽泣道。

“不,现在,我抱着的是我的亲人,我不知道是哪个位置上的亲人,可你就是我的亲人……你不会成为我的牵绊,反而会时刻督促我,解开我所有的难题。”

“你哄骗姑娘的本事进步了许多……”小颐泪中带笑,狠狠地用爪子似的指甲抠入了虎禅的皮肉。

“姐姐,我真的没骗你,嘴上可以说谎,但是身体却不会说谎,不信你摸摸看。”说完这话时，虎禅的泪水夺眶而出。

小颐猛地转头，用力咬着虎禅的耳朵。

两人都痛得泪如雨下。

楼下。

舍爷提着药箱，来到小颐的住所，被小冲郑重其事地拦住，怎么说都不肯放行。

“你这夯货！连我也拦！作死哪！”舍爷骂道，狠狠拍着小冲的大脑袋。

“嘘！你这笨老头！虎禅在上面！”要不是辈分尊卑，小冲几乎伸手捂住舍爷的嘴。

“这……你们……”舍爷愣了一下，长叹一声，转身离开。

第八十章　树海苦修溯祖风，林中销魂付终身

初自乾坤辟鸿蒙，矗立巍巍此神峰。
富士雄踞骏河国，崇岳仰止蔽苍穹。
白云凝伫失通道，日月为之色朦胧。
四时大雪纷纷舞，不辨春夏与秋冬。
伟哉富士垂万世，代代传说无尽穷。

日本歌者山部赤人，其笔韵清雅，唐风浓厚，被称为歌者中的“李白”，这首和歌，正是山部吟咏富士山之作。

这壮丽的富士山下，却坐落着一片举世闻名的凶地，青木原树海，这里树种单一，地底又蕴含磁铁矿藏，常人若贸然走进，必是“鬼打墙”一般，易入难出。

每年十月，警方都会在此进行搜尸行动，时至今日，树海中搜出的尸体，年年递增。甚至有许多人说，在林中曾见魑魅魍魉。日积月累的传说，生生将这一块森林说成了生人回避之所。

中国自古就有许多鬼狐故事，其中多有描述，心念光明、坚固、慎独者，鬼邪不敢趋身。这青木原树海，又如何能吓住努力修行的武人呢？

树海深处，有一道场，里面的武道修行者，在道场后开辟了一些田地，自给自足，长年累月地在山中过着清淡孤高的生活。

道场前的土地上，本多英明“双阴把”握棍，正与一人对峙。此人使的两把木刀左短右长，竟是二刀流，两脚前后开立，双刀平举，刀尖直指本多英明，正是宫本武藏所创“二天一流”中最重要的预备式“中段构”。

持双刀者，扬手劈斩，英明弓步上前使棍架住，双手一翻，将短刀压下，对方

侧身,避过英明的棍杖,长刀刺面,英明退后一步,棍杖飙出,“喝”地吐气扬声,棍头反扎向对方脸面。

当棍头距对手面门仅剩三寸,两人动作即刻定格,不多时,两人退回适才各自站立的方位,相互行礼,英明随即回到场外,与其他三位弟子并肩而坐。

“英明,越来越强了,再这样下去,过不了几年,说不定你会拿到免许皆传的呀!”

“还说呢,英明,你太乱来了,我们在山里住了这么久,都是日出而作,日落而息,自从你来,每天拉我们一块练得这么晚,第二天想多睡些,看到你在练习,都不好意思再挺尸了。”

“不,书非借不能读也,你们可以常年在此练习,而我却总是要离开的,所以每次想偷懒时,都会有负罪感,哈哈。”英明虽是汗流浃背,看起来却很高兴。

“嘘!先生来了!”一位弟子提醒大家,几个人立刻正襟危坐。

适才与英明练习“乱合”的黑田师范,走到大家面前,不紧不慢地跪坐在稻草扎成的蒲团上,面无表情,看得几位弟子心里慌慌的。

忽然黑田先生咧嘴一笑,露出一排大龅牙。

“八幡大神啊!”大家心里咯噔一下,被笑容吓得魂都从嘴里跑出来,谁见黑田先生这么笑过?要是可以选择,宁愿黑田提着棍,挨个将大家打一顿屁股。

看见大家额头上汗如雨下,黑田觉得很是没趣,抹一把脸,笑容吞了回去。

“英明君,你要走了吗?我看你这两天都在收拾些东西。”黑田先生问。

“嗯,是啊,还想完成我们祖师走过的路。”

“什么时候呢?”

“明天吧。”

“那今天咱们的练习到此为止,今晚上大吃一顿,再喝些酒,京次郎,你骑我那破车去外头买些酒回来。”黑田吩咐自己的次子。

黑田先生在平素休息的时候,除了睡觉,便是阅读、喝茶、听鸟叫,平时话语不多,今天却来了兴致。

“唔?你是要去中国?”黑田听到英明的行程,脖子伸得长长的,嘴撑得刚好能塞进个柠檬。

“是呀,虽然我现在的功夫与黑田老师差距甚远,可是就我而言已是瓶颈。

虽然在这里修行学到了很多，但是我想，总是跟自己熟悉的武术切磋比试，会让自己迟钝的，中国那些未知的武术种类太多了，我想去请那边的武术家多多指教。”

“可是……你知道，中国的武术家，想必不会轻易将他们的秘学教给你。”

“我清楚，我有一个拳法很厉害的中国朋友，在提起从前那场战争时，透过他那悲愤的情绪，仿佛让我看到了当年中国老百姓的脸。”

“那他……”

“后来他教了我武术。”

“哎？”

“对，他说他是个简单的武人，对于武术，只用纯粹的心。”

黑田师范听完英明的话，默然了很久。

“了不起的人……我读过一些朋友从中国带回来的武道记录，许多事情都让我非常奇怪。对于我们的武道来说，那场战争是天大的灾难，可同时，中国的武道却因这战争而光芒万丈，真是令人费解，这回你去，也替我找人问问这个答案吧。”

当虎禅再次来到千红家的大门口时，大铁门是敞开的，一眼望去，别墅前院里多了张木桌，千红就坐在桌旁。仿似从很早开始，她就一直坐在那里。

“想了这么些日子才明白吗？真是慢热的男人。”千红拿着茶杯往桌上狠狠一顿。

“现在热得很快，咱们相亲相爱吧！”虎禅大笑一声，飞禽般扑过去想要搂住千红。

“一边凉快去！”千红抓起桌上的一杯茶泼了过去，虎禅缩身避过，一展身便如离弦之箭般冲了上去，也不知使了个什么手法，坐在椅子上的人换成了虎禅，千红被放到了虎禅腿上。

远处老管家呼哧呼哧地跑过来，见千红与虎禅二人乐不可支，刹住了脚步，掉头走开。

两人牵手，散步到佛堂中。

“下面的事情，我知道如何去做了。”虎禅道。

“还不是颐姐姐的主意，你乐什么？”千红推虎禅一把，却见虎禅呆了一阵，本来满脸的笑容，霎时都飞走了。

“我对你有感情了，我的感情越来越多了。”千红搂着虎禅的手臂，贴住自己身体。

虎禅凝视千红良久，被搂住的手臂不敢动弹，方才明白过来：从今往后，当这个女人靠在我左侧时，左边的身体就是她的了；当靠在自己右侧时，右边也不是自个儿的了；扑在自己正面时，整个人就迷失了；当远离时，一根倒钩的细丝就扎进心肉里，牵一发而动全身。往后很长的日子里，自己想女人的时候，她，就是女人。

“我今天想拜拜佛。”虎禅忽然心安了，觉得旁边这尊“金灯泡”有点儿像一个大媒人。

“别拜了，如果你非要讨个安心，那么我便舍身成佛好了。”

“什么？”虎禅一下脑子没转过弯来。

“在我家里，你不自在。”千红拉着虎禅一路奔跑，上了自己的战车，强烈的推背感逼迫，虎禅的尿意又上来了。

一路狂奔，高速路的一个弯儿口，转进，直开进一片林子里，四下无人，两人钻到后座，千红一把搂过虎禅的头，埋在自己胸前，虎禅上下其手，被千红的丰胸闷得喘不过气。

“你为啥早不这么痛快？”

“废话，人家第一次，哪能这么容易给你得手。”千红对着虎禅的脸一巴掌推了过去。

“就为这个？”虎禅眼睛瞪得像铜铃。

“对！就为这个，你还想如何？你以为跟不动明王有关系吗？哈哈！知识害人哪！”千红笑得像一个奸计得逞的女王。

身心上的云雨之欢，又是空气潮热，激起欲浪滔天，车中声高，林中禽鸟惊飞。

事毕，千红取出随身的鼻烟壶，和一张卡，塞在虎禅手上。

“这是我这两年赚的钱，足够你下面要办的事情了。”

“卡，我明白，你给我鼻烟壶干啥？定情信物？”虎禅搂着光滑柔软的千红，当做食物般地吮吸着。

“我记不住数字，上面是银行卡的密码。”千红身子沁着疼痛，蜷缩在虎禅怀里。

“靠！我一直以为是生产批号！”

学校里，正闹得不可开交。

潘瑜跟卫峰死命地拽着喀纳斯，不让他动手。喀纳斯天赋异禀，又经过这些日子苦练，早已经脱胎换骨，卫峰也很吃力，倘若常人中他一拳，非躺进医院不可。

昨天，喀纳斯起床晚了，为了尽快赶到训练场，便翻墙，直线穿越，刚好撞上在另一边墙角撒尿的保安队长，被抓了个正着。

“你干什么！”保安队长指着翻到一半的喀纳斯。

“不要用一个手指指我！”喀纳斯瓮声瓮气地警告。

“那我用两个手指指你！”保安队长摇头晃脑地伸出食中二指，于是被喀纳斯饱揍一顿。

保安队长气愤难平，据他本人描述，他喝了半夜的闷酒，流了半夜的眼泪，一生老实勤恳，却落得这么个下场，告到了团委书记面前，要注销掉摔跤社。

卫峰想，注销一个，那就再并回空手道社里，本来也没啥。但喀纳斯越琢磨越来火，反正已经注销了，我又不服这儿管，瞎三话四说了我这多坏话，再揍一顿也好，便朝保安部奔去，被卫峰拦了下来。

正夹缠不清，喀纳斯只觉得背后领被人扯住，衣襟一紧勒死了脖子，只得退，对方也退，失了对身体重心的控制，转不了身，只得一个屁股墩摔在地上。

“老大！你回来啦！这些日子你去哪啦！”卫峰与喀纳斯见到虎禅，仿似见到金银宝贝一般。

“你，想找架打吗？”虎禅看着喀纳斯。

“唔……想啊！你回家看看，最近翻子拳打桩，三个不倒翁木桩都打烂啦！我要找好手试功夫！老大！跟我来一场吧！”

“嗯，那你跟我走，我带你去，往后的日子会有很多架打。”虎禅说完，又望向卫峰。

“卫峰,想开道馆吗？咱们哥几个,开个名震一方的道馆。”

“想,太想了,就是没条件……”

“现在有了,有钱,缺人,来不来。”

“太好了,反正现在已经没事儿了,我也准备实习了！等我三天,我把各种事情打理好就走!”

“尽快收拾行李,把该交代的事情交代,时候一到就走!”虎禅也变得雷厉风行。

第八十一章　拳法套子

灯下，铺开纸张，研墨提笔，如今虎禅的书法，已是今非昔比，虽然谈不上有什么价值，却已是整齐好看。

“嗯……不成，这么好看的字，他们多半不会相信是我写的。”虎禅便在每封信后边又加了一段小字——我的字写得好看了，这是俺家媳妇教的。

将信封好，整齐地放在桌上，准备明天让喀纳斯替自己寄出去。

“进步真大。”虎禅走到院子里，喀纳斯正在操着翻子拳的“八闪翻”，拳架工整，找不出一丝不合理的地方。

这里面有七成都是喀纳斯苦练“一步三捶”与“车轮功”的成果。武术如果不苦练，基本功不扎实，哪怕用尺子来量，拳架都不会正确。只有经过一段时日的磨炼之后，身体的筋肉骨骼改变，与自己运用的功夫丝丝入扣，拳架才会工整漂亮，而后力道凶猛、身法流畅。

“我们打打。”虎禅脱下外衣叠好。

“成！”

“慢着，一会儿莫要留手，真打。”

“来吧！”喀纳斯二话没说，跃步冲出，照面虚晃一拳，矮身便要连环击出。

方要施展这些日子苦练的骄人成果，忽觉打出的手臂受阻，无法缩回，一定神才发现虎禅抓住自己一块衣服，拧成一把。

太极拳中有赖扎衣一式，其运用之法，后人多有猜测，结果总是不尽如人意。事实上这并非单一的一式，而是整套“以衣锁人”之法，用自己的衣服，用对方的衣服，一把抓住，便可牵制对手。抓衣，捆绑，扭打的方位、劲道，早有真传，对付擅用快拳者尤为见效，这是虎禅从前在武当学得的技法。

“喝！”喀纳斯发起蛮力，要将虎禅的牵制硬生生挣开，再一顿拳头砸下。谁知方一发力，虎禅已经放了手，喀纳斯腰力一拧，才把自己稳住，这一停顿，虎禅已粘了上来，与自己脸对着脸，如怨鬼随身一般。

“不好！”喀纳斯吓了一跳，这脸贴脸的，根本看不见对手中盘、下盘如何动静，且虎禅短打之精湛，喀纳斯早已清楚，心中如火烧一般，全身惊起，立时要退。

“咚”的闷响，喀纳斯摔了个屁股墩，原来虎禅早将脚伸到喀纳斯脚后，让他后退便被绊倒。

“再来！”平日里练习，偶尔也会有一些因为运气或者环境等客观原因出现的跌倒、磕碰、失利，你有，我也有，这再平常不过。

“用上你所有的本事，别捡了芝麻，丢了西瓜。”虎禅再次嘱咐道。

喀纳斯这回缓缓逼近，见虎禅下盘空出，一脚钉向虎禅胫骨，虎禅刚一缩腿，喀纳斯跟进，摔捶劈砸虎禅后颈，谁知虎禅再退半步。

“老大，你今天气势不行啊。”喀纳斯抢上，大跨步插入虎禅偏门，一捶甩出，接着便是暴雨似的连打，虎禅接了两捶，便又退去，喀纳斯越打越得意，乘胜追击。

“咚”的一声，喀纳斯跌个四脚朝天。

原来追击得积极，越冲越顺，人要移动，便要抬脚，后脚蹬，前脚撑，前脚落地的一瞬间，便是身体重心所在，虎禅掐准这一点，盘脚一挂，喀纳斯便再无法立足。

“来了。”待喀纳斯站起身来，虎禅招呼一声，已经大步跨入攻击范围之内，手臂鞭子般抽过去。喀纳斯知道这是缠拳的引手打法，逼人接手，自己不擅此道，被压制住了。低身一闪，便躲了开来，正要反击。

“啊！”前脚又中了虎禅钩挂，两腿劈个一字，捂着裆闭着眼流泪。

“你娘……不打了，不打了，这是什么邪门功夫……”喀纳斯骂骂咧咧的，抬头见虎禅坐在院子的台阶上，若有所思。

“说，这是什么打法！太邪乎！”喀纳斯站起来，还捂着裆，虎禅示意喀纳斯坐下，随即又沉默。

“师父对我的问题总是知无不言，只是，每次我只要一提到出手威力，或者力气之类的事情，师父就‘哼’地冷笑，‘形如鬼魅’四个字，师父已经说了很多年了，我还是没做到。”虎禅面无表情，仰着头自言自语地出神。

“喀纳斯，你在寻找武术的过程中，有没有遇到过一种人，他总是不停地‘讲手’，叫你打他一拳，然后他就使个招式把你拿下或者打出去。”

“嘿，这种人多得很，演示一下招法还行，一打起来，提着拳头瞎抡，抡快一点儿就能抡死他，嘴把式，哄哄外行还成。”

“你有没有发现，这些人中的一部分，还是有一定功力的。”

“没错，可是他们实战经验不足，心态又不好，那些招式这么复杂，哪里用得上？”喀纳斯耸耸肩膀，一副不屑的样子。

“是可以用的，不过另有需要练习的诀窍，是个秘密……哈哈，说起来，也不止我一人知道，只是在懂得这个秘密并且身体力行的人里，最差的，也比我差不了多少。”

“老大，你怎么才肯说？要钱还是要命？除了老婆不能拿来给你，其他都成。”喀纳斯抓着虎禅摇啊摇。

“扯淡！”虎禅凤眼捶对喀纳斯腋下捅了一把，这傻大个儿才老实。

“这些功夫，自古流传，自然有可以使用的方法，看过《笑傲江湖》么？记得独孤九剑吗？独孤九剑的精要，便是‘料敌机先’。”

“记得……大哥，那是小说，假的！”

“是假的，料敌机先，不可能，但是却能让对手打出你想要的招，或者抢占先机，这样一场比武，就变得像‘讲手’一般，这里面包括各种诱导的方法，祖先早已留了下来。”

“真有这样的秘传啊……”

“以后别提秘传二字，我不喜欢，嗯……这该类似于行军打仗或是下象棋吧，引诱、欺骗、设下陷阱，诱君入套，早有兵法诈术和棋谱口诀传世，没什么稀奇的。”

“老大，说重点吧……”

“在你寻武的路上，你有否发现，练摔跤或者柔道之类，在招数运用的方面，比打击类武术要容易上手？”

“你这一说，还真是这样。”

“那是因为当你抓住对手的时候，可以凭借手上的感觉，很容易就能取得对手的身体动向。反应不够快时，又可以牵制对手重心，为自己争取更多应变时间。所以很多时候，可以很容易顺着对手的走势，使出正确的摔法招式，像我在武当学的缠拳也是这样的道理。而打击类的武术，更多的人却是纯粹凭自身反应去招架，或者用抢攻的方法占下先机，又或者用更大的力道压制对手，所以如果不是打斗经验十分丰富的人，在实战中别说使用招式，简直打得乱七八糟。”

喀纳斯沉思良久，方才恍然大悟。

“明白了，也就是说，打斗时，如果能取得对手的动向，那么打起来就像讲手一样简单。”

“当然，也没那么简单，要想取得对手的动向，你的武术知识与实战经验要十分丰富。当然，也可能遇上比你功力更深，身法更快的高手，能强行击散你的拳架，或者反而对你进行诱导等让你出乎意料的情况，这时候就需要你对打法的熟练，以及更深的功力和更快的身法，来，咱们再试试。”

虎禅这回没摆任何架势，两人方一对阵，便一步跨到喀纳斯面前，因为距离太近，喀纳斯无法琢磨虎禅的打法，在本能的驱使下便向后退。

虎禅脚步丝毫不停，跟步跨进，前进的速度自然快过退步的速度，膀子贴身一挑，借助他后退的力道，顺势便将喀纳斯抛出去老远。

“记得第一件事，别玩敌进我退、敌退我进的拉锯战，这不是速战的方法，你一退再退，对方必然跟进，那对方落脚的时候，重心必在前脚；或者你突然一动，身形暴起，对方必然先避其锋，或退或闪，你就一定要逼着对方的身体正面，快速追上去。当然，这进退之间，要控制好距离，否则就是弄巧成拙。”

虎禅带上拳套，开始与喀纳斯进行“条件实战”，让喀纳斯熟悉这进退间的法则。

“别贪功，手臂别打直了，身体各个关节都要留有可以伸展的余地，距离不够就进步……别退那么大，心定一点儿，等我差不多接触你再退！你难道害怕吗？不要直进直退，近身时要同时闪避对方的迎击！”虎禅一边闪避、进逼，一边指导。

直到凌晨，不光进退，还有起落，对攻，纠缠等等，几种情况下，诱导对手的方法，都传授给了喀纳斯，虽然还有些粗糙，不管怎么说，将来喀纳斯在武术打法上的路，是不会走偏了。

“老大，我发现这些策略中，有许多都是在刹那间弄出破绽，引对手入套，但是倘若对方根本不懂看你的破绽和空当，那怎么办？”喀纳斯歪着脑袋迷茫。

“笨，没头苍蝇一样乱打的，是什么人？是初学者，初学者是凭什么出手？恐惧，因为他恐惧，便不会遵守武术中能让人取胜的原则，像没头苍蝇一样地打王八拳。这时候使引手，一个引手甩出去，他身体便要紧张，手脚便要慌乱。你指上打下，指东打西，或者用功力硬压，用抢把牵制，你高兴了便硬撞也没关系。”虎禅敲了喀纳斯一个栗暴。

“老大，你说下面有很多架打，是准备去做什么？”喀纳斯忽然想起这件事。

“我们去开个武术道场，很大、很风光、很牛逼、很波澜壮阔的道场。”

“哇！”

屋外，熟悉的汽车发动机声由远而近。

“走啦走啦！”虎禅赶忙推喀纳斯出门。

“老大！你还没讲完！”

“明天再讲！”虎禅一脚把喀纳斯蹬出门口。

第八十二章　虎伏澄灵鼓角张

华盛与东联，本是划定楚河汉界，中间相隔很长一段的清净街区。

清净街区如今却不清净，时而成为发起争端的主战场。

在这清净街区上，有一间澄灵禅寺，据说方丈所学，乃是佛门临济宗，义玄和尚的道统。

义玄和尚，是唐代高僧，极其反对崇拜偶像，他呵佛骂祖，机锋之峻烈，有若电闪雷轰，震撼人心。

说起来，佛门的信仰，乃是智信，绝非迷信。

可是，和尚也得吃饭嘛，没人拜佛，哪儿来的供养？人们想要的是佛祖的关怀，可不想挨和尚的唾骂。方丈文彦禅师曾经歪着脑袋想了很久。罢了，破除执念，让人拜吧，顺道再跟香烛生产厂家签个约当经销商，嗯……再叫几个徒儿去学做素斋，现在一桌素席要做得好，比海鲜还贵，学回来就开个饭店，再组织团队承接一切红白喜事、进火、开张……过几年，也不知道能不能在美国纳斯达克上市……

"师父！师父！外面又打起来了！就在咱大门口……"一个小沙弥撞进后院，没心没肺地大呼。

"菩萨闭眼，等他们自家完事了再说，阿弥陀佛。"

"师父啊，最近日打夜打，都没人来上香了。"小沙弥抱怨道。

"缸里还有米吗？"

"吃饭……没问题啊！"

"那就关门，谢客！我们要是有个三长两短，人们心里有了疑惑找谁问去！阿弥陀佛！"

“行，师父，我去墙头看看打完没有。”小沙弥转身就跑。

“回来！”文彦禅师喝道。

“嗯？”

“忘了什么？”

“噢！阿弥陀佛！”

“要有职业道德，去吧！善哉！”

过了好长时间，嗵嗵嗵的叩门声响起。

“师父！有人打门！”

“闷响如雷，来者不善，开不得。”文彦禅师眼睛都懒得睁开。

“可他一直敲啊。”

“咱们是听的，他是敲的，耗下去我们肯定赢，别管他。”文彦禅师坐在榻上不动如山。

“师父，他不敲了。”

“你看，师父总是对的。”

文彦禅师正要闭目入定，忽闻屋后有人纵声大吼，震得梁上都落了灰。

“春叫猫儿猫叫春！听它越叫越精神！老僧亦有猫儿意！不敢人前叫一声！我呸！”这歪诗方念了第一句，禅师像是得了佛祖法旨般，猛地跳下榻去，反穿着鞋，撞开小沙弥，一路拖沓着冲出寺院大门，转到寺院后边，见三个身高体壮的大汉，中有一人穿白布褂子，背着手，仰头嚷那歪诗，老和尚舍着命扑上去，一把捂住那汉子的嘴。

“你这小混球！又来捣蛋！将来一定下阿鼻地狱！拔舌地狱！无间地狱！各种地狱！”禅师一通臭骂。

“呼呼！噗！”禅师刚一放手，那汉子憋不住笑，唾沫星子喷了和尚满头满脸。

这胡闹的汉子正是虎禅。

从前虎禅十多岁时，常跑到这寺院玩耍。有一次从街摊上弄来一本色情杂志《龙虎豹》，乘禅师不在，悄悄从禅房门缝下塞了进去。待得禅师回来，看得如痴如醉，随即破门而入，抓了个现行，从此总拿这个把柄要挟着大和尚，两人虽是吵吵闹闹，久而久之却成了莫逆之交。

"哈哈,走走走!有没有施主们供奉的好茶?快取出来!"禅房中,虎禅大马金刀地坐到塌上。

"你这土匪,回来干吗?善了个哉的!"

"借你的寺院。"

"臭小鬼,胡闹也有个限度。"

"我是来解争端的,这里是最好的地盘,我要开个武术道场,租用你的地方。瞧你这儿这么破旧,佛祖还是个木雕,连金身都没有,我帮你重新装修佛堂,整得漂亮点儿,后面再建上几间房,除了把你门口的'澄灵寺'门牌换掉,对你们没半点儿影响。你们要是还想待在这儿,早课晚课照常,百利而无一害。卫峰,把钱跟合同拿出来。"

虎禅打开密码箱,满箱钞票推到大和尚面前。事实上,和尚们除了每日吃喝,根本花不了什么钱,只是虎禅胡闹惯了,当方丈看见这箱钱与合同的时候,才知虎禅这回是认真的。

"佛门不可成为你们的争斗场所,否则大和尚我就是拼了命,也……"

"租金五十万,先租一年,我已经在城郊为你们选好了住处,风景很不错……大和尚,你该认识千红吧?"虎禅打断禅师话语,收了笑容,下榻,双手抓住大和尚的肩膀。

"善哉,我确实认识他,千红这姑娘极俱慧根,妙辩无碍,心若无尘……"

"行啦,别说没用的,我已跟她私订终身了,大和尚,明白我的意思吗?"虎禅眉头紧蹙,目不转睛,几乎是在恳求。

文彦禅师对当地势力分布心知肚明,略一思索,已经清楚了个大概,将钱推回虎禅面前,双手合十,低眉垂目,终于像个高僧了。

"我的朋友,老衲祝你心想事成,阿弥陀佛。"

卫峰做事,果然令人放心。当天之内,装修工人已经各就各位,连雕刻师父都已经请到——当然,能办得那么快,也因为虎禅那一句"钱不是问题"。

"大殿里都换上橡木地板,中央摆设不动明王,左右列上八部众神;外头大门给我加高,要红漆大门,门要够厚、够重;外面围墙用红墙绿瓦,里边……"虎禅边吩咐,边将设计好的图样交给雕刻师,工作人员跟在虎禅身后使劲儿记录。

“喂喂喂,阿哥,你不觉得这样好俗,好土啊!”卫峰听得脖子汗流,打断了虎禅的话。

“你知道个屁,我就是要大俗,要气焰冲天,要万紫千红……一个月内,把这些给我做完,我要快工,也要细活儿!”虎禅咬咬牙。

“老板啊,这工程有些大,一个月真的不可能……”领头的装修师傅道。

“一个月内要做得好,我多付一万块,干不干?不放心?再签个合同?”虎禅斜了众人一眼。

“行!我们干!”

“卫峰、喀纳斯,这一个月,我们白天努力练功、实战,晚上去踩踩盘子,看看本地所有的武术馆和他们的规模。”

“老大,你要干吗?”

“干吗?开馆啊,路边广告、公交车,传单什么的,全都弄上咱们的广告。预热期,先把名气炒大再说,过几天我们发出帖子,一个月后,上门做武术交流。”虎禅像是说着日常茶饭事般。

“交流?踢馆?就我们三个?”喀纳斯脸都拧成了一块儿。

“交流就是交流,踢什么馆!应该还有几个我们的人要来。”

“人丁单薄啊……”卫峰直摇头。

“贵精不贵多,实战厉害的拳师,一个武馆里能有一两个已经难能可贵了。”虎禅倒是满不在乎。

“广告做好,可能要些日子。”卫峰盘算一会儿,心里担忧。

“不必,我明儿找个书法家,给我们写一幅字,字下再加上小字简介,直接喷绘就成。”

没几天,事情已经办理妥当。三人昼伏夜出,白天潜心修炼,天黑便暗中打探。他们送到各个武馆的帖子很快便激起了轩然大波。

帖子的大致内容:

久闻此地武风盛隆,而今置身于此,只觉龙归大海、虎奔高山。吾道场诸拳师,于武术之路上,披荆斩棘多年,深感其博大精深,我辈后学亦如坐井之蛙,难窥其奥,特于下月十五,轮流拜访各位前辈,恳请赐教。

落款——真武道场众拳师。

“真武道场？众拳师？喂，你们谁听说过这个武馆?”黑虎拳馆中，馆主皱起了眉头，向正在练拳的弟子们发问，众人纷纷摇头。

“师父!”一个迟到的弟子，还没进门便大呼。

“慌慌张张，成何体统！什么事情?”馆主训斥道。

“楼下，咱们楼下，打起了广告牌，说是什么真武道场!”

“什么？哪有把广告打到同行跟前的!”

“不，师父，外面现在到处都是这个道场的广告，传单……”这弟子手忙脚乱地从包里翻出了一大堆报纸与传单。

“从昨晚上开始，商场，夜总会，路边，夜市摊，咖啡厅，还有报纸上，还有很多很多地方，都有了这真武道场的广告，还有，我听说那边双龙武馆，收到了真武道场的挑战帖。”

“这是什么人开的？是什么人敢这么玩，他难道有把握以一馆之力，对抗这个城市所有的练武人?”馆主边纳闷，边将早间收到的帖子，递给这个弟子。

城中，还有三十余间武术馆，也发生了同样的事情。

在市中心附近，有一处住宅区，安静清幽，鸟语花香。

“金爷，乾爷，谢谢，我在这儿做的事情，还请你们担待，到时候也莫让我父亲插手。”虎禅骑坐在沙发扶手上，搂着两个老爷子的肩膀，嘴里呼着爷，却仍旧是没大没小的德性。

乾爷性情潇洒，在山西老家没待多久，便觉闷得慌，听闻虎禅要闹得天翻地覆，便辞了岳国忠与阿生师父，跑来找金爷一块儿抽水烟、喝烈酒，坐山观虎斗。

“我可不信你这嘴上无毛的小混蛋，我明白这是小颐的安排。”金爷叼个大烟斗，吹胡子瞪眼的。

金爷正是小颐的师父，自从得知小颐的病情起，心里一直难受。亏得通晓天命，性情豁达，不然，且不说这么多年的心血传承一朝断送，就是这从小养大，犹如父女般的情感，也是过不去。

虎禅面色一沉，笑容霎时灰飞烟灭，不自觉地将头深深低下。

金爷才知道，虎禅的难受，并不亚于自己，狠狠拍了几把虎禅的背脊。

“小家伙，来，跟老头子玩玩。”乾爷看虎禅心里不痛快，边说边站起来，走到中堂，两脚呈不丁不八步站开，前脚只足尖点地，右手持手杖，轻轻指向虎禅中盘。

剑术修为，越老越辣，这是不逊于赵伯的可怕对手。虎禅不敢泄了气势，再没多言，持出那鹞子爷的关山老刀，缓缓出鞘，忽然飙出“拨草寻蛇”式，刀背格向乾爷手杖。

“好刀啊。”乾爷眼睛一亮，手腕转动，杖头点向虎禅脸面。

第八十三章　豪杰相聚

有钱能使鬼推磨，日赶夜催，武馆装修已完成了大半，只剩下外墙，离预计开业时间还剩七天。

可卫峰和喀纳斯总觉得纳闷儿，最近这些日子，虎禅每天练完后，都坐在澄灵寺的院子里，巴巴地望着大门，又仿佛在细细地听着什么。

终于，有一天傍晚，“呼”的一声闷响，厚重的红漆大门被人猛地推开。

“无量天尊！小爷我终于找到你啦！”门口一个身着道袍、绾发髻的年轻道人大呼。

“无心！让我好等啊！你终于来了！”原来虎禅早前让喀纳斯发出的信件，其中一封，便是给无心的邀请函。

“啊，我前天才放的暑假！”无心抹了一把脸，一副风尘仆仆的样子。

虎禅一把抓住无心两手，两人较上了劲。

“好扎实的功力！”虎禅感受到无心非凡的进步，更是喜出望外。

“喀纳斯！买酒！咱们喝一顿！”虎禅牵着无心大笑。喀纳斯本就好酒，二话不说便一溜烟跑了出去。

“喝酒前，试试我的拳脚！”话音没落，无心丢下行李，笑容犹在脸面，“呼”的反掌抽向虎禅脸面，丝毫没有留力。

“果断！”虎禅心中暗惊，这等说打就打的老辣，哪里还是从前的傻道童无心？来不及多思考，大步缩身退开，后脚方一着地，刚欲展身再上，无心已赶到虎禅面前逼住，当头一捶砸下来，惊得虎禅心如油烹，斜行一步，欲抢无心背门。哪知无心背步再上，背靠虎禅反挤得虎禅退去，转身一肘，横击虎禅脑袋，虎禅本能地向下一缩，双手抓向无心脚踝，欲跌他一把。本是十拿九稳的一手，无心脚跟却猛地向后踢起，如烈马扬蹄，势道吓人。

虎禅头皮一麻，后脚蹬地展身，撞向无心背后，将无心撞得几个踉跄，终是化解了这场危机，纵是如此，脸上还被无心后脚跟擦到。

"这么厉害！"虎禅见无心看着要跌倒，腰身一柔一拧，使个鹞子翻身卸力，又稳稳站住，立个门户，仍旧对着虎禅。

"艺高人胆大！这马后腿的险招，用得妙极，我能不伤，实在是侥幸，侥幸，若重来一趟，我未必能化解……"虎禅不禁后怕，见无心收了架势，心头一松，头脸身上登时汗如雨下，这瞬息间的几个来回，心力体力都消耗极大。

无心也一样，微微喘气，紫色粗布道袍霎时被汗浸透贴在身上。

"你大爷的，真要打死我呀。"虎禅嚷道。

"哈哈！痛快！舒服！"或许是无心第一次离开武当这么远，犯起了人来疯。

那边，卫峰也停止了练习，看着二人交手，当真是目瞪口呆，心里盘算，这等打斗变化，自己这硬桥硬马的空手道，无论如何也干不来。

"老大，这是……"

"我师伯的徒弟，无心子。无心，这是我的好兄弟，卫峰，以后咱们哥几个，就是这道场的拳师了。"虎禅介绍完，满脸喜庆像捡到珍珠宝贝似的。

"卫峰，咱们也玩几手！"无心招呼一声，又站起来。

"真不愧是童子身啊，精神头这么足！"虎禅诧异地望着无心，也不知无心这些日子下了多少工夫，跟多少人交了手，这潜力激发出来，深不见底。

无心虽是与卫峰初次见面，但是两人对虎禅十分信任，所以出手只使三四成力道，打法上尽展所学。卫峰拳头是越来越凶猛，防守亦是有条不紊，虽说偶尔漏上一两手，身上的筋肉完全经得起无心的击打。

而卫峰拳法短促力大，腿法却也毫不含糊，有如手臂般灵活。无心又是第一次接触空手道，被卫锋钻了个空子，脚尖戳向无心胸口，也让这家伙一时没缓过气。

卫峰虽是勇悍，打法终归不如无心的精妙，在开弓步时，被无心抢到侧面，使个扑跌法，抛了出去，摔个四脚朝天。

"好功夫！"无心向卫峰竖起大拇指。

"不！不！你才是真的厉害！"卫峰知道自己的斤两，能有效地踢中无心一脚,已是掺杂了不少运气。

“说实在的,我是比你功夫要好,可是倘若以一敌多,跟人打架,你这简单刚猛的功夫,一定发挥得更加淋漓尽致、游刃有余。”无心虽是爱武,却因长年在山中修行,没有世间拳师那对胜负的执著。

“酒肉来啦!不是吧!你们把我支开了才比拳,不行,我也要!”喀纳斯把酒肉往桌上一顿,满脸不服气。

“行啦行啦!明天再打!以后日子长着呢,就怕你腻味儿!”

“干!”众人举杯。

“无心,考上了?”

“考上了,中医学院,我学得很快,教授常夸我。”

“恭喜你啦!以后你若是结婚生子,就是武医世家啦!”

“啊!女人很麻烦!很麻烦!不要不要!”无心拼命摇头。

“哈哈!真道士!真道士!不像虎禅,色胚一个,就是个山寨道士!”卫峰和喀纳斯听了无心的话,拍着桌子大笑。

“咚咚咚”,大门上铜环扣响。

“莫不是大头也来了?这么巧?”虎禅心中一闪,四人转头望向大门,外面比院里暗,只模糊见一人,背上背一四五尺长物事,四人登时想到会是兵器,猛地站了起来。

“岳……虎禅?”人影开了口,口音很重,普通话不似十分标准,却很是耳熟。

“是我,您是?”虎禅皱眉。

“有疙瘩!撒西波利!”人影忽地站得笔直,大声喊出一句日文。

“啊!是英明君!”

“岳君!你的电话!我一直没打通!从东京,找到山西,找你学校,找到这里!”

“嘿嘿……最近长话打得多,忘了充手机费了……”虎禅抓头,十分不好意思。

“八格牙鲁!”

除了虎禅与无心属于同门,其他三人各自所学都不一样,既新奇又高兴,乘着这时候,虎禅便将这些日子的计划娓娓道来。

“我总是先谢人，才求人，先谢过我的兄弟们。”虎禅举起了酒碗，独自干了。

“我的来历，无心和英明略知一二，而卫峰和喀纳斯，你们从来也没问过我，现在我自己告诉你们。这个城市，有两家最大的商会，一家叫华盛，一家叫东联，说是商会，都是从前由黑道转型而来，华盛当家，是我的父亲，东联当家……嘿嘿，则是千红的父亲。”虎禅笑起来，像是顽皮的孩子，恶作剧得逞。

“老大，你在拍电视剧哪？有这么巧？”卫峰嘴巴一撇。

“这事情，一半是巧合，一半是算计，我跟千红，是早就被人盘算在内，希望通过我们化解两家恩怨，于是才让我们认识的。这个城市里，有三十多家武术馆，其中大部分是华盛和东联经营的，专让手下扩展武力，还有少数是其他来路的武师。我想通过武术的教育，让他们化解一些恩怨，虽然我有别的目的，但是我们在这里所做的一切，纯粹就是武人该做的事，不偏袒于任何一方……”虎禅还没说完，卫峰便打断了虎禅的话。

“行了，我知道！咱们并肩作战，去挖别人的墙脚，用实力把人家的弟子啊、小弟什么的都挖过来，然后我们就开始进行洗脑教育，大家一块练拳，打来打去，最后一团和气，下面的人不愿打了，上面的也没办法，是不是这个意思？那好！政委我来当！”

“我不懂安抚人，这回比武，我是主将，难免得罪人。而你能把大家混成一团，这样凝聚力才会高。”

“那就这么定了……不过，他们一定会来找你？”卫峰又皱眉。

“会，因为他们中有一部分人知道我是谁。”

“如果不成功呢？”卫峰总是把各种可能性都盘算好。

“那就当做我们的修炼，也通过这件事，圆了咱们几人的心愿吧。”虎禅眼珠一转，见喀纳斯、无心、本多英明同样跃跃欲试，简直就是盘算好了来找架打的。

“好斗也会传染？大家都得了热血病嘛！”虎禅亦是兴奋异常。

“下面咱们怎么计划？”

“三天后的清晨，我们开始与各个武术馆交流，一天之内，走遍三十三个武馆，每一场打完，不能浪费半点体力在无谓的纠纷上，所以我雇佣了保安公司的人，对我们进行特卫，还有人专程为我们拍摄全部过程。”

“值了，我这辈子第一次这么风光！哈哈哈哈！”卫峰拍着桌子大呼。

“风光有代价,咱们输不得。”

“明天开始,我们保持体力,每天只做‘条件实战’练习,我是学医的,给大家好好保养保养身体。”无心从行李中,拿出自己的药箱,放在桌上。

“我也能去吗?”英明一脸期望地看着虎禅。

“去,当然去! 非去不可。”

“谢谢!”英明并没觉得是在帮虎禅的忙,反而认为是虎禅认可了自己的价值,毕竟来这儿的目的,正是为了面对挑战,学习武术。

一口气说完之后,虎禅轻叹一声,倒上酒。

“遍插茱萸少一人……不,少了两人。”

“谁啊?”

“别问了,这回咱们不管成与不成,一辈子都不会忘记这场搏斗,若是赢了,将来也能给儿孙们留下个话头。”虎禅再斟满酒,举起酒碗。

第八十四章　我的温柔，我的勇气

那一天
我闭上惊恐的双眼
蓦然听见
你力量的真言

那一年
我踏遍所有的圣地
没有野心
只为追寻你的苍天

那一世
我问心苦行修神龛
不为取胜
只为途中与你相见

大头在来泰国之后，模仿六世达赖仓央嘉措的诗，写出了这么一段，以表达自己对武道的态度与情怀。

从前，人妖、大象、佛教、泰拳，便是人们对泰国的一切印象。

当初四处寻找心目中的勇悍武术时，方才看清了一路风景，泰国居然如此浪漫柔美。人们依恋花草，歌颂爱情，喜欢谈论少女的婀娜、少年的俊朗。仪表堂堂、举止优雅，便可赢得绝大多数的支持与关爱。

泰国人太爱柔美，一个男孩子，在学校里可以肆无忌惮地化妆、接受异性和同性，大家相处得也融洽，任何麻烦，一句对不起和没关系便可解决。

可就是在泰国男女们的柔美背后，却又有着古代暹罗武士在战场上创立的凶悍武术。泰拳自创立之初，便为军队服务，搴旗斩将，毫不留情。

大头茫然了很久，为什么会有如此的反差，直到一次外出旅行，坐在大象背上才弄明白——驯象师笑得很憨厚，他告诉大头，这大象已经五十岁了，大头十分惊奇，抚摸象背细细感受，大象没有半点焦虑，走得如此悠然。大象太温顺，从来都与自然、人类和睦共处，但是一旦遇到危险，爆发起来必然是地动山摇。

大象是泰国的象征，太平之时，犹如一个漂亮姑娘，用甜美的笑容和细腻的话语表达对他人的敬意；而在艰难之时，便化身为面色冷酷的暹罗武士，不惧一切挑战。

今年庙会的拳赛上有了大头的身影。

前些日子，大头做打沙袋的练习越发暴烈，实战练习也是面露凶相，这都被布莱恩看在眼里。

“大头，你怎么最近老是张牙舞爪的？”布莱恩皱着眉头问道。

“和人比武，气势很重要啊！”大头反驳道。

“气势可不是这么来的呀，在与对手相搏之前，张牙舞爪地吓唬对手，只有外行才会这么干，那是因为有了恐惧才做出的傻事，你可不能犯这错误。”布莱恩面色少有的严肃。

“那我该如何？”

布莱恩并没有当场回答大头的问题，只是打开电脑，让大头看介绍动物的视频节目。

“看看毒蛇吧，它的眼里只有猎物，它的目的只有果腹，你瞧瞧毒蛇的神情，多认真哪！专注，只是纯粹的专注，这会让你受益！而燃烧怒火，发泄情绪，身体会僵硬，动作会变形，害了自已啊。”布莱恩第一次如此严厉地责备大头，让大头刻骨铭心，同时也受用终生。

接下来，又是刻苦的训练。大头努力将布莱恩的说话刻在心里，并且身心如一。多年来的恐惧，在布莱恩的教导下，终于被征服，毅然报名参加了庙会拳赛。

庙会的拳赛，虽然规模远不比国际大赛，但危险程度，则远在其上。庙会的拳赛不戴拳套，只以棉绳缠手，以保护自己的拳头。

充斥着阳刚之美的拜师舞，弯弓射箭、投掷标枪、挥刀劈砍的武道动作，在别具一格的泰拳音乐伴奏下，至诚至真，仿似感通神灵。

比赛开始，大头便如看着猎物般地观察对手，不骄不躁。

对手却是少有的凶悍，一开场，便发起凶猛的进攻。泰拳手的扫腿，犹如软中带硬的铁鞭，节奏也把握得非常好。

大头训练有素，不急不缓，提膝防御，遇到空当还上两脚，跟对手磨了起来。

如今的大头，就算是围着四百米的操场跑上二十圈后，还能接着做大量的训练；就算是与布莱恩对攻，只要不出意外，至少也能挨上十分钟。

"一二、一二……"大头心中暗数着节拍。

突然在对手方要起脚的瞬间，大头一个冲膝，撞向对手，冲入了对手内围，便要施展缠抱技术。

泰拳内围技术非常丰富，自从大头在内围的近身缠抱技术上下足了苦功后，再没被人轻易击败过。

大头双手相叠，搂向对手脖子，正要裹住，用顶膝，对手却反抢大头的手臂内侧，大头未能得手。

"嘿。"大头心中闪过一丝兴奋，两臂如蛇般缠上，再次反抢对手手臂内侧，对手刚要拆解，眼睛一花，连环的短打冲拳，连珠箭般砸向脸面——咏春拳。

一个月前。

"喂，把中国拳也用上吧，那玩意儿挺厉害的。"大头在拳馆中的师兄说。

"咦！这也行吗？"

"对啊，泰拳比赛中，犯规动作不多，尽情施展好啦！"

从那时候起，大头便一直盼着能在异国他乡的擂台上施展国术。

泰拳手的技术简单明了，大量的训练早就练成了身体的本能反应。大头虽是技术得手，而那连续的快拳，威力并不大，命中一拳之后，便被对手挡下。

大头的肘，划出弧线，一个点击，砸开了对手的防御，随即一式古泰拳——神猴献果，屈肘护头跟进，手一扣，便裹住对手脖子。

对手经验亦是异常丰富，颈部力量也很大，缩身一脚蹬向大头腹部。

大头硬挨了一脚，退却两步，盘算好距离，再次迎向对手，对手又一脚正蹬，狙击大头，被大头双手接住。

对方还以为大头要将自己摔出去，用力挣脱，谁知大头一松手，登时让对手失了重心，一脚飞扫，抽在对方脸上，击晕过去。

裁判举起大头的手，示意胜利。

“你的拳法，真的很好。”醒过来的对手，上前来祝贺大头胜利，双手握着大头的拳头，全不似刚才拳脚相加时的样子，却像是在叮嘱即将远行的朋友。

刚下擂台，不少女拳迷拥上，与大头合影，大头看起来比赢得比赛更高兴。(合影之后时常会给拳手小费，这也是拳手的收入之一。)

“喂，老弟，五连胜啦，恭喜你呀，我跟你说过的，下星期去巴裕将军家表演拳法的事，考虑得如何呀？”一个胖乎乎的中年人，分开人群走过来。

“嗯，这是个非常好的学习机会，我会珍惜的。”大头欣然同意。

在泰国，大资本家都拥有私人武装，而有关武术的活动，更是从未停止。

“喂！大头！”人群中，一位与大头年纪相仿的年轻人跑过来，原来是拳馆中的师兄。

“伦威，你怎么来了？”看到伦威，心里很高兴，他是大头在泰国最好的朋友。

“哈哈，我跟教练请了假，说要来看你打拳，顺便给你带来一封信。”

“咦……这是虎禅的信？”大头立刻拆开，越读越是讶异。

“对不起，派吞先生，我必须立刻回国，很遗憾，辜负您给我的机会了。”大头对胖乎乎的中年人说。

“噢？有什么重要的事吗？”

“非常重要，非常急，如果不立即出发，恐怕来不及了。”

“嗯……那……祝你好运，不过，哈哈，至少合个影吧！”胖乎乎的派吞先生攀着大头的肩膀，笑得眼睛也找不着了。

连日艳阳高照，偏偏这日清晨，天上荒荒油云，一声沉雷，忽然变了天，卷起了狂风，夹着大雨落下。

“衣服，都准备好了。”虎禅打开衣柜，运动服，宽松时尚。

“哇！这么潮？”卫峰喜出望外地看着虎禅。

“为什么不让我们穿自己的道服?”本多英明问道。

“拳打两不知,不要让对手还没开战就先看明白我们的武术来历,这很重要。沐浴,更衣,出发。”虎禅今日声色俱厉。

来接送虎禅一行的,是三辆铁砣一般的押运车辆,虎禅等人一言不发,钻进了车厢。

“老大,这事痛快啊……”

“闭嘴,给我憋着。”喀纳斯方要开口,被虎禅伸手止住。

“第一站,去黑虎武馆。”虎禅吩咐一声。

黑虎馆,是华盛旗下武馆,今日第一站,便是要表明态度,为武而来,绝无偏私。

“师父！有人来了!”看门的徒弟,急匆匆地跑进馆内。

“多少人?”馆主问。

“一共五人！看身板都是练家子!”

“奶奶的,这几天憋死我了,终于来了。”馆主面色铁青,腾地站起来,迎了出去。

这五人走得不紧不慢,身板看起来皆有不凡业艺,馆主只觉心中不安,没走到五人面前,只在一丈外拱手施礼。

“请问各位,来我武馆有何贵干?”

“虎叔,不认识我吗?”

“你……有些眼熟……是……啊！你是小虎禅哪！嗨！我以为是谁呢,你什么时候回来的?”馆主虎叔几年前曾见过虎禅数面,还教授过虎禅一点武艺。

“真武道场,是我们五人经营的,我们今天为武而来,请您指教。”虎禅没有理会虎叔的话,直说来意。

“什么！你胡闹也有个限度,你父亲知道这事吗!”虎叔大声呵斥。

“现在也许还不知道,但是知道了也没用,虎叔,你不要误会,我们只是为武而来,不论输赢,我们都高兴,请您像当年指导我一样,再次指教。”虎禅上前,再施拱手礼。

“你……我要给你父亲打电话!”

“我安排了保镖,别说父亲,就算元老会的人都来了,一时半会儿也拿我没辙。”

“你……你这臭小子！那就来吧！”

场内，两旁弟子数十人，均杀气腾腾。中央，虎禅五人并肩站立，虎叔持出一根茶杯口粗的白蜡杆。

“虎叔，我们五人，你选一个吧。”虎禅面色温和，仿佛是在与人闲话家常。

“喂！你，背上布袋里裹的是棍吧！咱俩练练！”虎叔指向英明。

虎叔心里有盘算，一来，不知事情原委，尽量先避开这华盛大少爷，与虎禅动手，输赢对自己都没好处。再者，五人中，见英明身架较小，不管力气多强，功底应该也不如其他四人扎实。

虎禅心里却明白，虎叔的棍招绝对比英明精妙，但是这些年来虎叔经营武馆，很少涉足江湖恩怨，兵器上的实战机会必定极少，对兵器实战的把握，绝不如英明。

虎叔持棍，立个门户，欲要后发先制。

英明久在青木原树海这一自杀胜地修行，动起手来，已得水月之心，水为己心，月为对手，心头没有半丝恐惧。

“咚”的一声闷响，场中所有人心中一颤，被英明冲出去的蹬地声吓了一跳。

“杀！”暴喝声中，英明不留任何退路，以棍为枪，当胸刺去！英明一时间，仿似师祖附身，回到了关原古战场，手持被武士刀砍断枪头的棍杖，无二无三，一念狂死。

不过十多分钟，虎禅五人走出武馆，钻进押运车里。

再五分钟后，全城武馆传遍，黑虎拳馆，败。而真武道场领头的拳师，则是华盛当家的儿子，岳虎禅。

第八十五章　平生苦战

“唔……”本多英明坐在车里，两边嘴角下撇，牙关紧扣，又是那张犟脸。

“哎，瞧……噗！哈哈哈哈！”虎禅对英明一努下巴，众人忍不住，捧腹大笑。

“八格！别憋着！你怎么这么犟啊！你紧张就叫出来行不行！”虎禅对这种表情挺烦的，对着英明额头上拍了一掌。

“八幡大神啊！”英明身子一松，腿便抖起来，低头看着手中断成两节的木棍，方知后怕。

二十分钟前——

虎叔在棍术的实战经验上，虽不如英明，但棍法却熟稔，常年练就的外壮功力，更是英明望尘莫及。几个回合后，虎叔一棍低扫，逼着英明跳起，随即凌空一棍劈下，破空声大作，震慑人心。这在国术里是极为常见的棍术招式，而英明哪里见过这等豪爽霸道的打法，一边退后，一边举棍硬接，手中长棍被虎叔打成两截。

兵器已断，本已输得不能再输。

脑海里闪现画面，宫本武藏与宿敌佐佐木小次郎之战，手握用船上桅杆削成的木棒迎敌。

“面！”刹那间，英明抛下一截棍，双手持住较长的一节，振足冲上，击面。

虎叔被打破额头，血流满面，英明不敢停留，刺突剑指住虎叔咽喉，寸止。

虎禅挥手，让英明退开。

“的确是侥幸获胜，多谢虎叔指教，我们受益良多。”虎禅走到虎叔面前，深深作揖，一躬下去，便没再直起身，虎叔愣了好一会儿，双手扶起虎禅。

“虎叔，小侄要走了，下一站，我们去神威武馆，过些天我们真武道场开张，希望您也能常来指教，我们五兄弟，各自所学都不一样，若您的弟子不嫌弃我们本领低微，我等也一定全悉传授，绝无半点藏私。”虎禅面色肃穆，撑住腰上气力，声震屋宇。

“唉……我老了，孩子，那是东联的馆，馆主是个门外汉，但看场的可是职业拳手，你要小心哪……呵呵，好好的大少爷不当，天生就爱打生打死，你到底是像谁啊？”虎叔双手把着虎禅肩膀，对这场败阵似全不在意，却对虎禅下面的挑战十分关切。

“发布消息给各个武馆，我输了。”望着虎禅五人离去的背影，虎叔吩咐下去，自己到房中，先拿毛巾捂住了伤处，点燃根烟，使劲抽两口，拿起电话。

“喂，老张，真武道场来过了，领头的大拳师，你猜是谁？哈哈！是小虎子！啊？他没出手，他一个手下就把咱打败啦！你不信？行！你告诉其他人，有种的都别关门，咱们大家挨个儿领教！厉害着哪，我就说嘛，咱是大虎，他是小虎，咱名字里带虎的，都厉害！为啥？他不为啥，就是为武术，为真武道场立威，你们放心打，打趴了他也跟董事长没关系！他还说，他要把自己所学都传授出来！怎么不可能，他刚说的……”

旗开得胜，大家信心更强，可是车里空气依旧闷热，气氛仍然寂静。

真正的武人，一般不会对“胜利”与“进步”这两样东西生出多大的喜悦，因为他们一步步走过来，面临过危险，付出血汗代价，以此换来一身本领，跟买卖一样公平。

“下一场，我来。”卫峰请战。

“不可能，那是我的战斗，出来的时候，我们说好了，让对方挑选对手。”虎禅摆手笑笑。

“你怎么知道别人一定选你？”无心问。

“因为神威是东联的馆，而我是岳虎禅，这个时候，虎叔该已将我的消息散了出去，他很相信我……今天我们每个人，都会打上好几场，保养好精力。”虎禅闭上了眼，养神。

“南无阿弥多婆夜……”英明对着断棍，诵起往生咒来，大家终于哄堂大笑，喀纳斯从座位底下，摸出一根备用的棍杖，塞到英明手上。

华盛总部内，岳殷鸿捂着脸，极度烦恼。

“七爷，你说，这混球是什么意思?”岳殷鸿问。

“混球？你是混球他爹，你都不知道，我问谁去。”七爷抽着雪茄，不知道哪来的乐子，还在逗着岳殷鸿。

“这胡闹还传染啊？他现在是在打我们的人。”岳殷鸿脸色冷峻，对儿子是动了真怒。

“我听说了，他可不止是打自己人，他是两边都打，没针对谁嘛。”七爷像是没事儿人似的，敲敲桌子。老牌的生意人，却打起了官腔。

“那你说，这什么意思?”岳殷鸿把手上的笔往桌子上一拍。

“什么意思？嘿嘿，我看……不就是想自立门户呗，好事儿啊，孩子大了，要独立嘛，你说这算啥大事儿嘛。”

“这……”岳殷鸿刚要说话，被七爷拿雪茄指住。

“哎哎哎！你感情用事了啊！我也得了消息，好像那些个老家伙，跟虎禅打得还挺高兴的。我说，你也别装了，你是担心他被东联的算计收拾了？还是面子上过不去？小混球可没你想得那么傻，人家花钱雇佣了一大批保镖！素质高得很！哈哈哈!”

“这都什么事儿哪!”岳殷鸿这会儿像是霜打的茄子，甩甩手，一副“老子不管啦”的样子。

“不管了是吧？我就说嘛，孩子胡闹，小事！说不定哪天，小混球做得比咱都大哪！哈哈哈!”这么多年，从没见七爷如此幸灾乐祸。

保镖们护送着五人，迈入神威馆的一刹那，虎禅心中微惊。

“苦也，虎叔这糟老头子，不给我说明白，居然是这样的职业拳手！若是有半分差错，我今天的战斗，怕只有这一场，或者大家的战斗，也就此终结。”虎禅心下透亮，也慎重到了极点。

场中两旁站着神威馆的弟子，正堂上坐个光头，一脸戾气，却是长了一身豆腐肉。

光头身旁，站了个黑人，一身筋肉黑铁似的光亮，看上去像电影《异形》中那怪物油亮的甲壳，是货真价实打出来的筋肉，绝非健美练出来的银样镴枪头。

肩膀沉坠，柔活，小腿极粗，骨架又大又粗，身子比自己还高几分，若非虎禅打斗极多，又是多年的扎实本事，换任何一人，便先怯了。

“不知天高地厚的东西，跟你罗汉爷爷耀武扬威，打死你。”威胁的字句，从堂上光头的嘴里，一字字地迸出来。

“是他，是他！我来！”喀纳斯突然激动起来，刚要走过去，便被虎禅拉住。

“怎么回事儿？”虎禅问。

“当初在内蒙古时，把我勒晕过去的就是他！”喀纳斯指着那黑人。

“你别闹了，人家也是跟你公平交手赢的你，你还当人家是仇人吗？这场我来，你现在打不过他。”

“不！老大！这回我不听你的……”

“小岳，一直没捞着你爹，今天你自家却送上门了，别找替死鬼，自己上来吧。”罗汉说话的时候，简直像条吐着信子的毒蛇。

“听见啦？人家挑的是我，你别急，一会儿打完了，我给你要个联系方式，你还可以跟他打嘛。”虎禅拍拍喀纳斯，耸耸肩，一脸无奈。

“还可以打……也是啊，呵呵。”喀纳斯一会儿又乐了，像个孩子。

“你这夯货。”虎禅暗骂，略一盘算，定定神，走到场中。

罗汉也奇怪，自从雇佣了这黑人拳手，带到地下拳赛去，多少拳手看见了便弃战，连出手的勇气都没有，这岳虎禅当真是不怕死，究竟哪儿来的胆子？

“签个协议吧，生死状，这东西法律上不生效，不过你爹是江湖中人，知道怎么处理后事。”罗汉“口臭”起来。

虎禅仿佛没听见，持了笔，一挥而就。

“真是荒唐的肌肉，看上去普通力道根本打不透。”虎禅知道，黑人肌肉，不光兼顾了爆发力和耐久力，身体还非常灵活，节奏感无与伦比。

“开始吧！”罗汉大声道，话音未落，黑人身子左右轻晃，前手直拳便捅了出来。

本来前手直拳只是牵制与取得对手的身体动向，可这黑人的直拳却又重又沉，要是被打中，完全可以把自己击倒，绝不可能硬挨。

虎禅立时缩身，在对方拳头击来的同时，连消带打，心如油烹，炸出全力，一脚蹬中对方膝盖。

"好沉的下盘!"犹如蹬在铁柱上,对方似乎伤害不大,不由暗惊,心知对方柔术绞缠亦是了得,腿缩得也快。

《内功十二大力法》云:"一曰底练稳步如山,二曰坚膝屈直似柱。"这黑人虽练的是外门搏击,但身子从上到下,却没有半点不合武术理论之处。

刚缩回,果不出所料,对方猫腰冲上,便欲搂住虎禅的腰。只要一得手,进而将虎禅扳倒在地,进入地面纠缠,若是成功了,虎禅绝无胜算。

多亏了戴家拳多年修炼的退步,虎禅前脚旱地拔葱,一下子退出数丈外。

黑人的行动,颇有拳诀中"追风赶月不放松"的精要,虎禅退,他却丝毫不停,如饿虎扑食般追上。

虎禅心头毒火冒起,再退半步,略举手挺身露出腰上破绽,黑人见况,便要抱上,虎禅两脚一交成龙形步,身子下坠,沉劈,一声闷响砸中黑人后颈。

重击得手,虎禅却是手上发麻,立刻展身后跃。

黑人只觉眼冒金星,双手在地上撑着,晃晃脑袋,又站起身来,压低重心再次进攻。

"身子的坚实程度,仅比赵伯略逊半筹……"虎禅定定神,方才使的这手退步沉劈极险,若是距离感上有半点差错,现在恐怕已经一败涂地。

更重要的是,这手沉劈,虽是戴家拳的身法,可手臂、手掌上却是武当拳练出来的重手功夫,要是换作别人后颈挨上,不死也要瘫痪,这黑人居然……

虎禅轻轻缩着身子,左右轻晃,缩着臀部,尾闾倒卷,腿脚并拢微蹲,一脚踩实,一脚以前脚掌着地,却是准备使上猴形,腾挪纵跃,与对手做长时间周旋,寻找战机。

第八十六章　势如破竹

场下，卫峰等四人，直看得大汗淋漓，倘若换作自己，哪里敢赌这等短促险招，暗赞虎禅胆识，也忧心如焚。

黑人是有苦自知，后颈痛不可当，左右一晃，便要近身拼拳，两拳敲出去，一拳被虎禅闪过，一拳被虎禅劈掌砸在小臂上，黑人身上虽是隐隐作痛，对战力却没构成多大影响。

虎禅心中不断盘算，如何能有效打掉这家伙，身子微微向前一起，引动对方身子略起，脚下一步跨进，踩住对方两腿间中门，似要用肩头硬挤硬撞。

拳诀中言："脚踏中门夺地位，就是神手也难防。"

黑人反应极快，待虎禅方撞进怀内，便回手搂抱，准备以柔术贴身绞杀。

虎禅早知自己膀法打不动这头大怪物，只是用足身上的劲道，弄假成真，骗得对方停下脚步，再展身拧腰，猛地向后跃出，撤退同时，虎掌对着黑人天灵盖上猛地拍下。

黑人动作亦是灵活，轻轻一闪便过，猱身而上，左右勾拳大铁锤一样连环爆砸虎禅。

虎禅这时已近馆中墙壁，退无可退，只得两臂抱头，连防带闪，仍然被对方捡着三四拳，打得眼前发了黑又闪了光，口中冒血，几欲昏死。

"时候到了……"虎禅虽打得极是辛苦，灵台依旧清明，忽然回忆起了一句话，也不知是谁曾说过——打架，不是比谁功夫好，是比谁更厉害，哈哈哈。

"oh!"黑人大叫一声，方要打出的拳头，顿时软了，罗汉看在眼里，猛地站起来。

原来，虎禅猛地大幅度闪开，黑人追上，又要抡拳硬砸，这样下去虎禅定会被击倒，就在这时，虎禅反向黑人欺近，脸对着脸，黑人如见鬼魅一般，方要后闪，被虎禅一脚八极碾步搓踏在脚趾上。

八极刚猛，落足踏步犹如闷雷，直接踏在脚趾上，不论多壮的人，骨头非断不可。

没有认输的余地，乃是个不死不休之局，好容易得了个机会，便似抓了根救命稻草，虎禅拼尽了心力，扭动起全身的劲道，再发猛攻。

黑人吃这剧痛本能便要弯腰，虎禅一脚钉在他脸上，血溅了出来，踢得对方弯着的腰又仰了起来。这时候已是杀红了眼，虎禅几乎咬碎满口白牙，额头狠狠对准对方鼻子撞下。

连环两个重手，全是肉撞肉，骨碰骨地闷响，周遭人群闻之心寒胆战。

虎禅血流满面站着，看着对手血流满面倒下，眼前一片模糊，愣了一会，忽然跃步跳到对手脑袋边上，神威馆的弟子都以为虎禅还要再打，刚要拥上去，被卫峰四人拦下，跟着一块上楼的十多位保镖也冲了上来。

“喂！喂！你电话！电话！太……Telephone number！对，Telephone number！”虎禅看来还在发懵，抓着昏厥的对手，使劲摇晃。

“喂喂，你在干吗！”卫峰看着虎禅不对劲，刚要上去看看，被无心扯住。

“大概是轻度脑震荡，神志恍惚，一会儿就好，我来检查一下。”这种事情正跟无心专业对口。

“这正当不当的东西，打晕了还会说英语！”卫峰骂道。

为免出现输打赢要之类的闲事，虎禅早安排了一个保镖在旁拍摄视频录像。

“慢着！你们只打赢了我神威馆一个外聘教练，代表不了我神威馆。”罗汉果然还是抵赖。

“行！请馆主亲自下场指教。”喀纳斯上前相请。

“你们没资格跟我打。”罗汉转过眼神，不加理会，底下神威馆弟子开始骚动，对虎禅五人辱骂之声不绝。有的说“你们算什么东西”，有的说“想怎么样”，简直就是一出闹剧。

“都给老子闭嘴！你们学了什么狗屁本事？咱们真武道场凭真本领转战，你们这群垃圾，有点血性、从此正儿八经好好练拳的，回头都给我到真武道场报到！想当拳混子的、半桶水的都给我滚蛋!”卫峰虎目圆睁，暴喝一声，镇住场面，众人面面相觑，鸦雀无声。

“我……我干啥了都?”虎禅醒过来，轻微脑震荡，出现了短时失忆。

“打赢了！走人!”无心拧着虎禅衣服，拽起来，虎禅刚一站起，脑袋有些发晕，走路不稳，喀纳斯搀着虎禅，场中沉默了好一会儿，五人在保镖的簇拥下离开了神威馆。

真武道场，二连胜。

“我只是胜在出其不意，侥幸得很。”车里，虎禅清理脸上的血污，嘴里还嘟哝着，整个一“大舌头”，细看之下，腿脚细细密密地打颤，脸上也开始肿了起来，无心递过事先准备好的冰袋，让虎禅敷上。

“现在才是早上九点不到，时间还长，我们不能有掉队的，前面停车，我先给虎禅处理一下身体。”无心打开药箱，取出一次性的灸针、药棉、纱布、医用酒精等物，先用推拿按摩放松虎禅的身体，再行施针。

来之前，虎禅预备了许多各种各样的巧克力和运动饮料，以备中途补充能量，正边吃边咧嘴笑。

“两小时能恢复七成状态。”无心检查了虎禅伤势得出结论。

“不能再让人随便挑，该咱们俩其中之一上了，无心能不出手便暂不出手，可以给咱们疗伤。”卫峰蠢蠢欲动，身体兴奋得已经开始发热。

“卫峰，拿资料给我看看。”虎禅早已探听过了各武馆详情，让卫峰整理保存。卫峰从座位下拿出电脑，打开，定出了下面的行程，以及出场顺序。

“你闭眼养神半小时，拔针后出发。”无心俨然是个老牌医生的模样，下着命令，虎禅被银针扎得像刺猬，老实得很。

在东联总部内，山爷与罗汉素来不睦，听闻神威馆落败，只冷哼一声，又闻得是岳殷鸿的儿子向各大武馆发出挑战，连本家旗下的馆都不放过，实在想不通华盛葫芦里卖的什么药。

不过他心里也清楚，虎禅接下来，绝对会找上自己手下开设的武馆。尽管武馆的收入不高，可是失了声威，许多道上的生意，便会偏向华盛，虽说虎禅也将自家旗下的馆击败，但毕竟是岳殷鸿的儿子，华盛脸上只会更有光彩。

“他是要捧儿子上位吗?”山爷想来想去,都没个合理的答案,唯一的办法,就是不让对方如意,便拨通电话,唤来了一人。

不多时,楼下一辆红色跑车停驻,公司门口的保安立刻上前开门。下来的人戴着闪亮墨镜,上穿黑色紧身衣,下着黑色笔挺休闲裤,还有一双亮锃锃的黑皮鞋,甩出张票子打赏小费,随手将车钥匙抛出,让保安泊车。

来人正是阿培,在近来的纷争中,战功赫赫,硬是打出了名堂,有钱有人,鸿运当头,俨然一个小暴发户。

“培哥!”一进公司,不时有人点头哈腰地打招呼,阿培微微点头,大步走进电梯,来到山爷办公室。

“阿培,拳练得怎样了?”山爷摆摆手,示意阿培坐下。

阿培坐在山爷对面,随手打开办公桌上的雪茄盒,咬上一根,山爷也不介意,随手把打火机扔在阿培面前。

“老板,你放心,我天天苦练,进步了很多,就算是神威馆那个老黑,要打败我也没那么容易。”阿培满脸冷酷,信心十足。

“那老黑刚给人打败了,来了一帮拳师,发了帖子,四处挑战,现在已经打下了华盛的黑虎馆和我们的神威馆。”山爷沉声道。

“哼,这么狂?在哪?我现在过去会会他们!”阿培一听此事,捏紧了拳头,热血沸腾。

“你跟不上,他们打完一间就走,谁也不知道他们下一间挑的谁,你到我们的尚武馆等着,那里场子大,地段好,他们一定会去。”

“老板放心,我现在就过去等着。”山爷话音不落,阿培便站起来告别,气势汹汹地出发。

“嘿嘿……”山爷耸耸眉毛,笑得酸甜苦辣,五味俱全。

阿培是杆枪,指哪打哪,只要有足够的银子与义气去收买,谁不想有这么个手下呢。

无心拔完最后一根针,虎禅活动一下身体,撑拔两下筋骨,活动无碍。

“出发!”

这一场的对手,是柔道馆。喀纳斯摩拳擦掌,死皮赖脸地请战。

“再不给我打，我就翻脸！翻脸！”

摔跤的功夫，喀纳斯一直没有丢下，相反的是在平日练拳之余，还努力钻研着中国式摔跤，百尺竿头更进一步。

随便什么人，在好老师教导下，摔上一年半载跤，定会上瘾，不论之后练了多好的功夫，都无法丢下这身跤衣，无法丢下这门技艺。

何况这场比武可以尽情施展跤技，喀纳斯便执著如怨鬼，纠缠如毒蛇，执意一战，否则誓不罢休。

“行，那你必须按照我说的做，不允许一开始便展露跤技，用翻子拳，而对方必然尽力寻找机会施展投摔技，或者寝技，到那时候，你再将跤技施展。”虎禅定下战术。

不出所料，对手见喀纳斯快拳短打，双手一叠，贴在额头上，冲入喀纳斯近身。

这双掌贴额的动作，平常摔跤是见不到的，但是在中国跤的技术里，有一套专用于“打架”的招式，这双手贴额的动作便是对付打击类技术，近身时用于保护自己的招数。

临阵使出这一手，可见对方打的架，怕不比摔的跤少。

可在武术中，专有一句话形容喀纳斯这种人的身体，叫“力大者，得艺三分，便可降人”，天生身体条件太好。

对方刚一冲进，喀纳斯居然放开中门让对方抓住，对方正惊讶，居然这么容易得手时，便被喀纳斯抓着了大领小袖，一个“盖步揣”，愣生生地从头顶上摔了出去，跌了个脆，像玩半大孩子一般。摔着摔着，冷不丁又一拳捅了过去，打得对手口鼻溅血，没几下便乱了法度，摔高兴了，又使出那“得合落”的要命绊子，只不过在落地时，把力道收了点儿，没往死里砸。

“喂喂喂，善良一点好不好？”虎禅四人蹲在场边看着这场没啥悬念的比武，轻声嘟哝着风凉话。

“不要脸，你没资格说这话。”无心小声骂着。

早上十点一刻，真武道场，三连胜。

第八十七章　孩子气的爹

"又赢了啊？"随行的保镖见五人生性豁达，便随口问道。

"今天还没过，便说不上赢。"卫峰一边活动着身体，已经快按捺不住了，不过他是个算无遗漏的人，知道今天的重要性，只在最合适的时候出手。

"好汉！"保镖忍不住竖起大拇指赞叹。

"节省体力，不排除有的道场从外边雇佣好手接战的可能。午饭前，先把小规模的道馆都走上一遭，好好休息一会儿，下午开始集中精神，拼上一回。"虎禅吩咐道。

接下来的比武，十分容易，对手几乎都被喀纳斯与卫峰两个坦克式的武人生吞活剥。在遇到一间外来拳师开设的太极拳馆时，还让无心做热身战，实战缠拳中扑跌之技，赢得顺顺当当，还给馆主留下联系方式，交上了朋友。

可不管实力强出多少，难免有些磕碰的小伤，卫峰与喀纳斯身上都有些疼痛的地方，他们知道，衣服下定是青一块紫一块的瘀肿。

真武道场众拳师的连胜战绩传开，又有好些武馆赶紧在这一日关门休业，毕竟歇业总比被打败好，之后对馆中弟子们还有狡辩的余地。虎禅却不客气，让负责拿摄像机的保镖拍下紧闭的大门，再拍拍电话上显示的日期时间。

"还剩七家，三家是东联的，四家华盛的。"虎禅拿着资料，考虑下面的顺序，可不管怎么想，都觉得没啥可选的，最后干脆看地图，说哪条路最顺就走哪条。

这家酒店生意红火，菜极好，若不提前订餐，就算是皇帝老子来了，也没吃的。

虎禅五人方在包厢中坐下，卫峰与喀纳斯便已露出些疲态。

“这家的汤水最好。”虎禅介绍。

菜还没上齐，“呼！”包厢外一声撞击，石破天惊，地面也微微震动，无心刚送入口中的汤水，又喷了出来，随着又是一片破坏声，冲撞声，必是有人与外头的保镖发生了冲突。

“喀纳斯，开门！”虎禅立刻掀开无心的药箱，持出早已藏好的关山老刀。

喀纳斯刚伸手，还没抓住门把，咔嗒，门轻轻地打开。

“嗯？吃饭没，一起吃。”虎禅一见来人，脸色虽已缓和，却没一点好心情。

“哼，长不大的犊子，闹得满脸泥土。”来人正是岳殷鸿，身后跟着赵伯。

“要是没赵伯，你不也得满脸泥土？他们虽是雇佣的人，也是我的人，打了我的人，不给个交代不成……赵伯，我没打算让爹明白，你也跟着不明白？”虎禅斜着眼睛，冷森森地看着老爹和赵伯。

赵伯没法子，只得翻着白眼，望天花板打仰。

“小小一个城市，被你斗得乌烟瘴气。”岳殷鸿冷冷地说道。

“这城市哪里小了？我一向不愿多留在这儿，因为抛开家里的情况不说，我也只是个在农村长大的孩子。在这么个近千万人口的城市里，如果没有明确的目的，我会连往哪儿走都不知道……而且，哪里是乌烟瘴气，明明是勃勃生机。”虎禅又盛碗汤，其他四人都停下了吃喝，看着这对父子抬杠。

冷了一会儿场。

“你看看，你在这儿，我们兄弟都不敢吃喝，他们肚子都饿狠了。爹，你还是请回吧。送客！”

外面的保镖跑进来，虽然摆出了下逐客令的姿态，可是领教了赵伯惊世骇俗的身手，谁也不敢有实际行动。

岳殷鸿一直以为，见儿子，用不着什么道理，想见就见，转身走出酒家的时候，却莫名地觉得自己有点任性、不懂事。

“慢着，打了我的人，还没交代哪？”虎禅叫住父亲，赵伯见这情形，在嘴上揉一把，没笑出来，全没打算转头看虎禅一眼，仿佛人是岳殷鸿打的。

“老子跟儿子交代？交代个屁！”岳殷鸿骂道，大步离开，再没停留。

“媳妇讲过，男人像孩子，越活越回去，真是任性的爹。”虎禅嘿嘿直乐，把鸡骨头一扔，身心舒展，仿佛身上的瘀伤都浮出了皮肉，刹那间变浅了。

饭后，无心吩咐服务员温上壶黄酒，从药箱里拿出个小木盒。

“我做的药丸，黄酒送服，药力一小时后发作，功效能维持七到八小时。古代人犯被抓到衙门打板子，只要事先服了这药，能保下条命。师父改过配方，药力发起来，使劲用力尤其顺当。”

“这回用的啥药材？以前你做过一次，我吃了气血上头，跟喝了个五分醉一样。”虎禅捏着药丸撇着嘴，细看这不明药理的“三无产品”。

“这回效果绝对赞！我好容易才弄到的材料，麻雀肉，牦牛血……”无心掐着手指数。

“打住！我还是不要知道的好！”虎禅倒上酒，把药丸丢进嘴里，不敢细尝，灌了下去，捂着胸口沉了半天气，免得犯恶心吐了出来。

英明倒是对这类东西兴趣十足，放嘴里咀嚼，嘴脸绷紧，严肃认真，仿佛与这颗药丸进行殊死搏斗。

五人商量之后，决定避开中午那段饭后疲劳的时间，下午四点继续行程，于是便去了就近的一家洗浴中心，沐浴更衣，稍事休息，以备下面的战斗。

带着保镖走进大厅，过往人们纷纷侧目。

“这个时候，他们该忙着调兵遣将了吧？”虎禅知道，这一段空闲时间，必然给了剩下的武馆以准备时间，下面会越来越难打。可自己跟兄弟们毕竟不是阿生师父与赵伯那样的拳法巨匠，不论一腔热血如何沸腾，在这个年纪，绝对不可能拥有惊世骇俗的实力，必须有足够的休息时间。

将近四点，虎禅等人在洗浴中心的健身房里热身完毕，便带上保镖穿衣离开，在大厅结账，这时走上来一个看起来谨小慎微的年轻人。

“敢问，各位可是真武道场的众拳师？”年轻人问道。

“是的，您是？”

“我是山河武馆的弟子，师父唤我来恭请各位。”年轻人向众人拱手行礼，虎禅立刻回了一礼。

“山河武馆……久仰。”虎禅并非客气话，的确是久仰，方答完话，一路上嘴角带笑地愣神。

七八年前，爷爷也还在这个城市居住，虎禅放假来陪伴爷爷，清早到公园溜达，见到一个让他仰止的武人。

一个身穿黑色布褂的中年人在撞树，从三米开外，大步跨出，脚下一个闯步，贴靠山撞在一棵直径约莫两尺的大树上。回身两步跨远，又再跨步闯步地撞出，大树摇摇欲倒，仿佛深山老林中的野猪王一般，纵是见惯了高手的虎禅，也被这样的贴靠山功力震撼着自己那稚嫩的心灵。

还记得当时有两个金发碧眼的洋人路过，跟虎禅一样目瞪口呆，一个摇摇头道："He's crazy."另一个也摇摇头道："Yes, He's crazy."

那中年人竭心尽力地撞，树上的叶子已经落得七七八八，直到午饭时分，一巴掌回抱，拍在树干上，嘭！继而展开，横臂扫上树干，嘭！两声闷响后，捡起地上的衣服，甩到肩膀上便要走人。

"大叔！大叔！你叫什么名字！你这是什么拳！"当时虎禅愣头愣脑就缠上了那位武人。

"我叫郑山河，沧州八极拳。"那汉子边说话，边打量面前的孩子。

"你也会打拳吗？"

"会一些。"

"好啊，打给我看看！"

虎禅尽展自己的本事，将"三拳""五行拳"打得十分工整。

"有福气的孩子，这辈子，好好练。"待得眼前这孩子束展收势，汉子上前摸摸虎禅的头，转身大步离去，虎禅也追上去，越追越远，还没出公园就没了人影。

很多年后，这个叫郑山河的汉子，他的相貌在虎禅心中早已模糊，可他眼中闪出的跋扈气焰，虎禅像虔诚的佛教徒想菩萨罗汉一样，回忆过无数次。

又过了一年，虎禅再次来到这城市看望父亲，听说这开了一个教授八极拳的山河武馆，心知十有八九是这汉子的武术馆，便要上门求教，问过父亲，父亲却禁止虎禅踏足。

后来才知，这山河武馆，是东联的产业。

"岳君，这道馆真是谦恭有礼，我来应战如何？"英明歇了半天早就手痒难耐。

"你？"虎禅撇着嘴。

"你这是何意？"英明很是不解。

“我想起一些往事，如果你上，很可能一两招间便被废掉。这一场，说不定我们会全军覆没。”虎禅心底透亮，就算是今日，自己也非那汉子的对手，但不知为何，心中没有半点惧怕，反倒嘴角现出一丝笑意。

大家面面相觑，再问下去，虎禅也没任何回答。

殊不知，若说原先的战斗，是携有额外的目的，而此时此刻，在没有逃避余地的情况下，虎禅却面对自己，捧出了赤诚的武心。

半小时路程，终于到了。这武馆建成了一座四合院的样子，还没下车，吐气发声、震足靠桩之声便已传出。迎请虎禅的年轻人，带着五人走进院子，这里全没之前各个武馆的森严气象，所有弟子对虎禅等人视而不见，各自练习。

穿过院子，走进内堂，那个有些熟悉的身影，正坐在堂中斟茶，像是一人便占了整张八仙桌，巨熊般的体魄，不动如山。

“长了这么几年，仍旧只是头幼虎。”面前的大汉笑笑，示意虎禅坐下。

郑山河的眼神扫过，似是择肥而噬，随时都可能暴起，浓重的压迫感将虎禅死死镇住，只觉得自己就是个蒙前辈召唤、不得不来听训的小学徒。这场不必打了，五人已输。

第八十八章　山河动八极，好汉终相惜

“呦，大叔，你还记得我？”虎禅坐下，其他四人立于身后。

“还没练出霸道的本事，却出了这嚣张的主意，找死吗？”郑山河斟上茶，虎禅接过，放在面前。

“我见过的高手不少，眼光还不差，知道打不过你。”虎禅摇摇头，在这种高手面前，诚实比什么都重要。

“那还敢受邀？”郑山河没再正眼看虎禅，将茶杯送到嘴边，直勾勾地看着屋外练拳的弟子们。

“我来的时候却没想输赢的事，只是想见你。”虎禅也端起茶一饮而尽。

“那来到了之后呢？”郑山河问道。

“既来之则安之，打一场呗，打不过你，保命逃跑的本事应该还是有的，我知进退，不会硬撑，我还要给自己继续进步的机会。”

“那真武道场的招牌就倒了。”郑山河依旧面无表情。

“郑大叔，别告诉我你这辈子没输过，我不信。”虎禅嘴角翘起，说出这句话后，心里轻松异常。

“哈哈哈！我大你三十多岁，没那么不要脸！”郑山河大笑，伸出手掌，轻轻拍拍虎禅，起身走出屋外。

虎禅全然感觉不出这大叔的敌意，那熊掌般的大手拍在身上出乎意料的轻柔，便起身跟了出去。

“小家伙，看看那边，会靠桩不？”

“贴靠山，八极拳的经典功夫，我也玩过两手。”虎禅顺着郑山河指的方向，见一身板年龄与自己差不多的年轻人，正对着木桩练贴靠山，不光势大力沉，脚下踏步沉稳暴烈，而且不失松活利落。

“平安，过来。”郑山河招招手，那壮硕小伙应了一声，便跑了过来。

“我的义子，郑平安，你们俩撞撞贴靠山我看吧。”郑山河坐在屋外的阶梯上，翘起二郎腿。

虎禅没想到，居然是这样的较量，看着眼前的同龄好手，欣喜非常。

周围的弟子们，停下练习，看着场中二人摆开架子。

也不知先贤们是怎样的威武，更不知怎么会诞生出贴靠山这样的打法。

莫说在中国，就是在全世界，这贴靠山也可说是这世上所有武术中顶尖霸道的打法之一，没有丝毫花巧。开弓没有回头箭，这以硬碰硬的练习，最见功力，没有任何侥幸余地。

双方同时抱拳行礼，两步跨进，闯步，“嘭”地撞上，退回，两步跨进，嘭……

虎禅与平安，没有任何保留，都下足了功力，谨慎非常，撞上的一刹那，谁若是心虚气短半分，下面等待着的必是兵败如山倒，甚至撞成内伤、口鼻溅血也丝毫无奇。

八极上的造诣，虎禅没法跟平安比，可虎禅自幼锤炼，筋骨、脏腑稳固非常，武当拳和摔跤又强化了其足下沉劲，纯粹凭借自家功力，已跟平安撞上了三十多个来回。郑平安长年靠桩，劲道暴烈，而虎禅则是丹田功练得深湛周身气力浑厚周全，谁也没被撞退半步。

这样的比武，跟男人拼烈酒般，是豁出去的比试。卫峰四人，额头手心已是大汗淋漓，心跳加速。

拳法中，有所谓的劲法，在细节上，稍微做些小动作，可以节省很多力道。比如这时的虎禅，完全可以把重心再压低一点，或者身子偏移一些，用肩头骨去撞郑平安的软肉，或者在撞击瞬间，在动作不变的前提下，改成略微上挑的劲道，这样有助于拔掉对手脚下根基。对这些法门，虎禅可谓烂熟于心，可并没这样做，而始终以最为工整的拳架，与平安死磕。

撞到六十来个回合，虎禅后颈脊椎已被震得疼痛非常，脑子晕了一瞬，再撞；平安牙齿一松，鼻涕唾液喷溅出来。两人撤开，微微一停，调整一口呼吸，狠命咬紧牙关，两步跨出，闯步！撞！

“哼。”郑山河看着，笑笑，微微点头。

八十回合。

两人每步跨出，已是不到两尺，虎禅虽仍有气力，可是一身筋骨皮肉像是彻底散了架，全凭丹田晃出的力道，带着整个身子往前，撞击的一瞬间，顾不上震伤筋骨，将脚步狠狠跺下，分毫不退。

郑平安则是出气多，入气少，跟个软布袋一般，挥动臂膀，借助两臂的猛劲，将身子甩出去。

卫峰、喀纳斯、英明三人，实战经验皆是丰富，只是这样前所未见的比武，让他们眼中发涩。

无心紧扣牙齿，嘴唇抿紧，撇成一个倒着的"U"，脸皮绷成铁板一块。

而山河拳馆的弟子们，更是默无声息。

再看郑山河，却是笑意更盛。

两人再撞，每撞一回，休息半晌，郑平安嘴角溢出血来，虎禅数次闭眼，几欲昏厥，又猛地睁开。

"义父……"恍惚中，郑平安喃喃道。

最后一次踏步出击，虎禅只觉天旋地转，随即眼前一黑，便不省人事。

"姐？是你？"虎禅开眼的时候，看见的居然是小颐，也顾不得旁边有人没人，伸出双手托着姐姐的脸。

"我……这些日子不敢分心，一直没去看望你。"虎禅撇着嘴，嘟嘟哝哝着，斜着眼睛不敢跟姐姐对视，竟是害羞了起来。

"我走了，你跟我回去吗？"小颐伸出手，捏捏虎禅的肿脸。

"嗯……走，等等……"虎禅只觉得背后天幕血红，转身见千红忽然闯来死死抱着自己，又见弟兄们焦急地呼喊自己。

"姐，我打完了再去找你。"虎禅微笑道。

"你大爷！"一大巴掌拍在虎禅脸上，登时醒了过来。

"啊！熊！"虎禅方睁眼，见面前的居然是郑山河，吓得差点儿又抽了过去。

"作死！"郑山河啐了一口。

原来虎禅昏厥中，无心给虎禅把了脉，检查过身体，又施了针。郑山河凑过来查看虎禅伤势，却被虎禅忽然伸出双手把在脸上，叫了声"姐"，恶心得郑山河全身发麻。

虎禅正要起身，却是疼痛欲裂，仿佛不是自己的身体。

"我输了？是输了吧？"虎禅咧嘴笑着，眼角却淌出泪水。

"没，郑平安也躺了。"无心指指对面的床。

"好吧……他先躺还是我先躺？"虎禅不甘心，又小声问道。

"我给其他馆去了电话，这回比的是贴靠山，不是你的强项，平安却操了十多年，你能撑到这份上当然是我们输了。"郑山河说道。

"嘿嘿，当然。"虎禅仰头看着天花板，不一会儿，又要挣起来，依旧疼痛难忍。

"不怕被我出卖的话，就在这儿躺着吧？我不介意。"郑山河说。

"我也不介意，但是哪怕让人搀着，我也必须把今天的行程走完。"虎禅一句话，换了两口气，胸口也很痛。

郑山河没再挽留，喀纳斯与卫峰，将虎禅搀了起来，虎禅刚落地，两腿发软，好容易适应，推开二人，一步步蹭到郑平安床前，看了看，轻声骂了句"老黑熊！"便走出大门。

场中弟子，皆停下练功，目送五人离去。

"平安，我知道你醒了。"郑山河戳破了郑平安装睡的伎俩。

"呜……"平安把脸转向里头。

"喂，我不怪你，那孩子功夫不错的，没练过贴靠山硬功，单凭自己的内功与筋骨功夫硬扛也能把你扛下来，稀罕。"

"呃，爹……"平安见郑山河不再责怪他，坐起身来。

"别以为我不知道，你怎么都还能再靠几下，看对手倒了，你也脚软，怎么回事？"郑山河压低声音，斜眼盯着平安。

平安一愣，又躺下去，转个身朝着里头，把郑山河气得七窍生烟。

"爹，我想要个朋友，跟别人在一起，我不敢说话，但是我觉得岳虎禅应该会跟我说话。"郑平安忽然自顾自地说起来。

"你怎么知道？"郑山河斟上杯酒，一饮而尽。

"爹，你说我天资特别好，我这么好的天资，还花了这么多的时间，他把功夫练得这么扎实，又要花多少时间？这样的人，不会有时间去盘算心机，不会有时间去笑话别人，不会像别人一样说我傻、木讷，我想有个这样的朋友。”

郑山河停下杯中酒，呆呆地望着平安的背影。这从大山里带出来的义子极少与人交往，但凡与人比试，从不留手。

比武不留手，是义父的警告，倘若留手惯了，真到了打斗时，那便全无老辣火候。

而这个自从山里出来，便在武术中活着的孩子，偏偏最知好歹，最知真假，别人跟他说话，是真情实意，抑或装模作样，是对他上心，还是给义父面子，这看似木讷的孩子，心中透亮。与大多数人交往的时候，他感觉不舒服，于是越发不愿与人接触，越发的孤独。

“呵，哪里是别人看不起你，明明是你看不起别人。”郑山河苦笑道，又斟上酒。

“人心浮躁，一个比一个急，都拼命地向上爬。我偏偏要用十五年，养出你这孩子一身本事，让你一鸣惊人……真难为你了。我觉得虎禅这小子倒也不错，他身边带着那帮弟兄，也都身手不俗，你跟他们混些日子，想必进步会不小。”

“啥？爹，你同意我跟他们做朋友？我听人说，这岳虎禅的父亲，好像跟山爷不对眼。我要是去了，山爷不会怪罪你吗？”郑平安又撑了起来，没想到义父能答应。

“我让我儿子怎么样，别人管不着，再说了，当年阿山欠我条命，这间武术馆他只还了半条，名义上是他的产业，但是他也管不得我。你一会儿喝两杯药酒，休息两天，身体好了，就去找你的朋友吧。”郑山河没再用杯子，端起铁壶，仰头饮尽残酒。

第八十九章　巫家单刀

东联总部，山爷正在办公室中看着从部分武馆送来的比武视频，盯着电脑屏幕，脸上呆滞，没有怒火，心中有些难受。

“有儿如此，就算是胡闹些，也是今生无悔了。”暂停了视频，山爷手上夹根烟，双手捂着脸。

武馆收入不高，对东联来说，只是一个精神凝聚力。山爷有各种摇钱树，就算旗下武馆全都关门，也动摇不了他的根基。

这些年，一直要应付来自官方、对手、自己人的压力，山爷有些疲惫。他虽然竞争不择手段、百无禁忌，但毕竟是个生意人，自得到阿信的死讯后，对这打打杀杀的事，兴趣更加淡薄，此时看见老对手有个这般勇猛的儿子，热血沸腾之余，心中的羡慕不言而喻。

“我的儿女也不错……嗯，可惜千红是个闺女，小蚊子虽是聪明，却不务正业。”正思量间，办公室的门被推开，山爷一见眼前人，顿时呆住。

麻衣如雪，黑发披散直至腰际，素面朝天，光彩照人，正是自己的女儿千红。

“爸。”

“啊！你什么时候回来的？怎么……这样子？”千红天翻地覆的改变，将山爷惊住，直到千红走到自己跟前，将一个文件袋放在山爷面前。

“给老爸的礼物。今早我到了之后，让人去罗汉的别墅走了一遭，拿了这些，之后立刻让人去办理手续，完成之后，我再让人把原件还了回去。现在，他的产业已从东联剥离出去，另外还有他的账本，若他有异动，能让他三代人都翻不了身。我想他毕竟是三朝元老，不管怎么样，给他留一线生机，没有赶尽杀绝，以后罗汉倘若再参与咱们生意，互相之间现金交易便是。”千红走到父亲身后，轻声细语，乖巧得像换了一个人。

“我的宝贝女儿，杀伐决断是青出于蓝哪。”山爷何曾见闺女如此温顺，心中甚是愉快。

“咦？你在看什么？黄色小电影？”千红见父亲电脑上正播放视频，仔细一瞧，正是虎禅一行人的交战记录，千红微笑一下，似是没多大兴趣，随手关掉。

“岳虎禅挑战各武馆的消息传遍全城了，爸，羡慕人家，还是想起从前的事？”

“适才有些羡慕，一见你来了，我觉得自己又赢了。”山爷轻拍千红搭在自己肩头的手。这回千红为自己攘除内患，解决了大问题。

“别啊，老爸，喜欢什么，就要惦记着，终会有机会，让惦记着的东西变成你的。”千红在对面沙发上坐下，伸着懒腰，揉揉肩膀，看来今天是忙坏了。

“什么意思？”山爷听出话中有话。

“嘻，字面上的意思。”千红笑得像个妖精。

“不对，闺女，我觉得你有些不对劲儿！”

“怎么啊？不喜欢？那我做SPA去喽！”千红起身就走。

“啊！回来回来！晚饭要吃啥？啊？说呀？”山爷立刻追出去，舰着脸粘上闺女。

“无心，把刀给我，我揣身上。”虎禅道。

“为啥？下场你要动刀？”

“我这样子是没法打了，如果没什么意外，下面几场，都得你们打，我把刀带着，大家多个安全保障。”虎禅将刀悬于腰间，这会儿自己走路都有些踉跄，更别说拳脚动手，真有个什么事，只能指望自己过人的胆识、经验、精准，以及手中的关山老刀了。

下面的拼斗，却比想象中容易得多，连走三间武馆，有示好的，也有以各种理由拒绝拼斗的，还有一家“贤德武馆”馆主，不接战也就罢了，偏还摇头晃脑地背着祖宗遗训，说虎禅五人欠缺武德，好勇斗狠，又说自己一把年纪（四十来岁），年轻人不配跟自家动手，气得卫峰七窍生烟，跳脚大骂：“你知道什么叫武德，练好本事，不惧挑战，不畏艰险，亦是武德！我们堂堂正正地找上你，好声好气地交流，你不接战也就罢了，轮得到你来指手画脚地教训俺，你这门功夫，传到你这儿算完啦！闭嘴！要不我当真揍你！”

“算啦算啦！视频已经拍了，不战而胜啦！”无心拉着卫峰便走。

“咱们都耗费了不少体力，你有便宜都不敢捡，见了兔子不撒鹰，别练啦！你废啦！”卫峰图个嘴痛快，一边出门一边嚷嚷。

“这下一间……虎禅，这算不算武馆？”坐车上，卫峰被撩拨起了战欲，迫不及待地拿出乾爷提供的资料，看着剩下的两间武馆。

只见其中一门写着——巫家宅院，后面标注，无弟子，非营业，不属于东联，亦不属于华盛，就连是什么流派的武术亦是不知。

“事出无常必有妖，乾爷写上的，该有道理，去。”虎禅下了决定。

已是日暮时候，顶上乌云滚滚，似乎又要下雨，沉闷压抑，很不舒服，好在虎禅身上虽痛，多服了一粒无心的药丸，药力开始发作，身上气血奔流，皮肉饱满，就连指掌也灌注得厚实红润，稍微活动一下，只是痛在肉里，脑子还有些微犯晕，身体状况比想象中的好了许多。

“这什么风水？要死人哪！”方下车，无心便皱眉，四处看看更是目瞪口呆。在山上待久了，隐居的老道多有能人，也学了点儿风水皮毛。这地儿已是城郊，明显的穷山恶水，孤零零的三层宅了一座，门前一条下坡大路，有八车道宽。下坡终点便是大门口，能见的范围内尽是泥地，有些许不明来路的臭味，寸草不生，只门口一棵看起来已死的老槐树，中空脱皮。无心又站坡上望，几百米远处，是火车铁轨，轰隆隆地开过一辆列车，这不是自找倒霉么？

门前悬一八卦镜，灰蒙蒙的，又脏又旧。

“别说风水，随便谁来住，都是个死局，能找个这样的凶宅，还真是不容易。”无心撇着嘴，哪有人这般选地的，省钱也不至于如此呀。

“敲敲门看。”喀纳斯心中有长生天大神，可不管什么凶地善地。

“没人？”正疑惑间，吱呀一声门开了，吓得喀纳斯蹦开老远。

“你们来干吗的？”门缝里伸出个黑瘦的脑袋。

“敢问，这里是否教授武术？”虎禅上前行个礼，大声问道。

黑瘦脑袋张着嘴，呆滞了半晌，待虎禅再次询问时，才醒过来，回头看看里边，又看看虎禅等人，显得有些为难。

“是否有些不方便？若不方便，我们改日再来？”虎禅对这风水破败的偏僻宅子，实在没任何好感。张三丰在诗中曾言：“选灵地，结道庵，会合先天了大还。”练武人的修行之所，虽不说风水宝地，怎么也该是个明亮清爽的地界才行。

“没，没不方便，只是……你们这么多人，是来干吗的？”黑瘦脑袋望望虎禅等人身后的保镖们，神色复杂。

“实际上就我们五人，没别的，只是找练武人切磋技艺，听说这巫家宅子里亦有绝技，所以便来拜访。”

“你们真是练武人……只能你们五人进来，其他人不行。”黑瘦脑袋打量着眼前五人，琢磨了好一会儿，似乎下了很大的决心，才答应虎禅，将门打开，独自走了进去。

“古怪得紧，这家伙不像主人，像贼。”卫峰看着一步三顾的黑瘦脑袋，皱眉道。

房子背阴，方踏入院子，好似刹那间便过了日暮，入了夜，宅子大门开着，黑洞洞的看不到里头。

“止步。”英明在青森修炼有些时日，对那风吹草动的敏感更胜众人，棍一横，拦住大家，立开预备式，指向宅门。

果不其然，黑瘦脑袋又走了出来，紧咬牙关，像遇见了杀父仇人，眉毛却是个愁苦八字，手中多了一把明晃晃的两尺雁翎刀，忽然加快了脚步，斜行而进。

英明自恃兵器在手，拦在众人身前，不知对手目的，不若抢个先机，以棍为枪，当胸刺突。

黑瘦脑袋不退不防，反向着英明两步赶去，身子微缩，刀刃向外，回手使个抹刀，将棍格向外，猛地一步跨出，刀尖直扎向英明小腹，格挡、进步、击刺，几近无声无息。

从未与这鬼魅般的刀术对过阵，英明被吓得魂不附体，回棍已是不及，被攻个手足无措，这一刺中，不死也要半残。

“巫家单刀……”只听一声轻叹，另一把刀斜刺里指向黑瘦脑袋的脸面，黑瘦脑袋方要再次回手抹刀格挡，那另一把刀却已缩了回去。

“喝！”短促地吐气扬声，这另一把刀，带着尖锐风声，对着黑瘦脑袋当头劈下，迅猛无伦。

“当”的一声金属撞击声，黑瘦脑袋的雁翎刀被劈成两截，半截刀身还没落地，下巴便被对方以刀柄回手击中，嘴里登时满口血沫，方一咬牙闭嘴，胯上又被人一脚蹬中，直飞而出，喷出满口牙血。

出手击溃黑瘦脑袋的正是虎禅。

“拳打两不知，兵器更是如此，以后加强些身法练习吧。”虎禅拍拍英明肩膀，自己也狠狠蠕动一下身子，揉揉肩膀，方才出手已是牵动了与郑平安硬拼贴靠山时落下的伤。

“湖南巫家门，下手够毒，身法也柔活，可惜你尚未练纯。”虎禅已认出对方所使的武术。

早年老太爷曾与虎禅提过这门拳，说是与戴家拳法有些许相通之处。虎禅也曾自己收集过巫家门的资料，细细研读，再加上这巫家宅院的大名，方能识破对方家数。

传说巫家的祖先，人称巫老大，原名巫必达，曾至湖南传授拳法，没几个月便击败当地好手无数，使得巫家拳一门独大。各处武馆被抢了饭碗，当然不甘心，忽而得知巫老大武功虽高，却是个旱鸭子，不谙水性，从未坐过舟船，便请他渡江赴宴。宴毕，将巫老大送回对岸的途中，于船上突袭，船身摇晃不止，不利斗战。巫老大被打断一条腿，苦苦哀求，表示自己已经残废，再无作为，请放我一条生路，对方心想残疾之人，已不必畏惧，也不愿随意动手杀人，便将他送回岸边。谁知巫老大方踏实地，猛然暴起，仅仅凭单腿双手，连杀数人。

自此之后，巫老大的心性与功夫日益阴毒，传至后世，这门武术中满是杀法。

第九十章　赎罪

黑瘦脑袋捂住腮帮子趴在地上，好一会儿，疼痛略微消减，抬起头来。

“是不是乾爷叫你们来的？”黑瘦脑袋两眼泪花。

“对。”虎禅微愣，苦笑一下，自己定是又成了乾爷算计的棋子。

“快，快跟我上来！”黑瘦脑袋爬起来，火急火燎地伸手去拉虎禅。

“把他拿下！”虎禅看着天色将晚，没时间猜谜，不愿耽误时间。

除了英明手中持棍，不方便出手，其他三人立刻扑了上去，立时将黑瘦脑袋按趴下，无心更是用凤眼捶，以食指关节按紧其背后夹脊。黑瘦脑袋稍一挣扎便是剧痛，爬不起来。

“你认识乾爷？这都是怎么回事，把来龙去脉给我说清楚，简单点，我赶时间。”

“你叫什么名字？”

“我叫岳虎禅。”

“是你来了……上面，上面住着我爹。”黑瘦脑袋手脚被按住，眼睛向上翻。

“你爹？”虎禅不禁抬头望望宅子的三楼，将刀收起。

虎禅挥挥手，示意放开，黑瘦脑袋果然没再露出半点敌意，坐在地上，一双大脏手狠狠地揉几把脸，便将因果道来。

黑瘦脑袋名字叫巫易云，他的父亲名叫巫百年，是巫家拳法嫡传。早年间，是个傲气冲天的角色，与赵伯相结识。两人深知对方修为深湛，若是比武，必有损伤，便一向相互尊重，就算是切磋，也只在搭手拆招上，从未放手一拼。当时赵伯收有一个弟子，跟随赵伯十余年，好武成痴，是强人，也是狠人，与人搏击，有进无退。

这个弟子一向听赵伯谈起巫家拳的妙处，心里甚是向往，一次赵伯外出办事，这弟子便去向巫百年讨教，巫百年毫不犹豫便答应下来，心中本就存有指点后辈之意。起初赵伯那弟子试探性地出手，巫百年随手招架、指点，警惕性慢慢降低，那弟子觉得时机已到，猛然暴起出手，击中巫百年的下巴，巫百年只觉失了面子。赵伯那弟子全不停手，再要追击，巫百年本能地一记凤眼捶，一记插掌左右轮番击出，势若流星。也是天意弄人，两下重击都打在眼睛上，待得巫百年发现手上触觉不对头时，早已收势不及，赵伯那弟子血流满面，捂脸哭号，送医院诊断，已是失明。

赵伯所习武术，是按照古法传承，收下徒儿之后，便当做儿子一般养育，全心全意都放在了徒儿身上。若有人将自家徒弟伤残或是杀害，那便是走遍天涯海角，也要报仇。

可这回却是武术指导中失了手，再加上又是徒弟事先没跟自己请示，自己也有责任，而巫百年更是悔恨内疚，第一时间负荆请罪，心中虽是悲痛难当，也没法再追究下去。

武术家的重击威力非同小可，最终赵伯的徒儿，摘除了双眼眼球。

巫百年心知这招法的厉害，心中追悔成狂，明知这年轻人无望复明，还是远走他乡四处寻访医道高手询问。一去两年，再回来时，依旧无所获，便想悄悄去看一眼赵伯的徒儿，结果却得知，赵伯的徒儿无法忍受自己残废的事实，早已堕楼自尽。

自此之后，巫百年封了拳，本欲一死了之，又觉得太便宜自己，便独居在这传说闹过鬼、风水破败的阴煞宅子里，时常折磨自己，只有这样方才好受些。

没过几个月，巫百年的老婆便也受不住，改嫁了人。只有儿子巫易云死活不走，要留下来陪伴父亲，巫百年的老婆也乐得少个累赘，从此销声匿迹。

可怜的巫易云，也是个爱武的孩子，自父亲封拳后，便再也没得传一分一毫的功夫，只能每日里刻苦磨炼从前学过的基本功和基本招式，自己细细琢磨，无人指导，进步艰难，又怕父亲一时想不开，寻了死路，只得寸步不离地守着。

乾爷曾欲将巫易云带走，让他练武读书，不论父亲做了什么，孩子是无辜的。巫百年时常打骂儿子，让他滚蛋。巫易云也想能够继续读书练武，可他害怕没了这唯一的亲人，死也不离开，便与父亲相持到了今天。

直到前些日子，乾爷来了，给巫易云带来了书本，坐在院子里与巫易云聊了一整天，告诉他许多外面的事情，好的坏的，美丽的丑恶的，男的女的。

小易云听着掌心全是汗水，死死捏住拳头。

“说实在的，我跟你父亲没有情分，他过得如何，我并不在意，只是可惜了你这孩子，看面相身形，属猴形火格，灵气逼人，是好孩子。最好的年纪，若是浪费了，实在可惜啊，过些日子，有个跟你年纪差不多，身手很棒的孩子会来看你，让他跟你父亲说说吧。”乾爷留下这句话，一阵风似的走了，留下心中骚动不安的孩子。乾爷离开的当晚，他又去开解父亲，结果父亲一个铁饭盒甩了出来，砸得小易云头上肿了个大包。

巫百年总是在夜晚的时候哭得很厉害，几次琢磨着要自杀，想到儿子孤零一人，实是舍不得，又希望儿子有一日自己离开，这样自己死得也无怨无悔。没想到儿子如此死心眼，巫百年内心矛盾也与日俱增，最后终是痴了一般，每日里脑子空白地愣神。

“臭老头！”耳边炸雷般的声音响起，那如蜡像般呆滞的身体猛地一跳，心肝差点儿从嘴里蹦出来。

“喂！老赵是我兄弟，他心宽，我心窄，来跟你算账啦！我叫岳虎禅，名声不坏，你该听过。”虎禅拔出刀来，戳在身边的柜子上，一副“土匪下山”的样子。

“动刀吧，我死了，易云也就可以走了。”巫百年低头喃喃道。

“别啊，你死了账谁还？你要死要活我不管，怎么着都得把我这笔账还了再死！”虎禅冷笑，拔出关山老刀把玩，像足了旧社会里欺压农民和良家妇女的恶霸，巫百年抬头看看这年轻人，不知他发的什么疯。

“你大爷的还不还！想做欠账不还的赖子吗？”虎禅龇牙咧嘴地发凶。

“哼，怎么还……”巫百年冷笑，低下头去。

“啪！”虎禅把一张纸、一支笔拍在巫百年面前的地上，自己也席地而坐。

“你和赵伯的徒儿动手，他虽然是有些无礼，但是却是依循武术的法则动手，没错。你，身为长辈，碰都碰不得，为了面子对晚辈下毒手，怎么都是你的错。”

“是我的错！我的错！别说了！”巫百年抱起脑袋，把脸闷在膝盖里，虎禅对着巫百年脑袋一巴掌。

“废话，不说清楚怎么还？亲兄弟还要明算账！看着看着！”虎禅拿笔敲敲地上的白纸，自顾自地写起来。

“现在很明确的是，你欠了老赵一个徒弟，比如，老赵的徒弟价值一万块，你至今没还，对不对！我问你对不对！”虎禅打得手顺，又是一巴掌。

“对，我一命还一命……”

“还命？拿谁的命还？”虎禅问。

“我的……我死了，一命抵一命。”

“好，我再算算，好比你和老赵的徒弟，命都值一万块，老赵损失了一万块，你自杀了，你也损失了一万块，可是老赵的损失却没得到补偿，这叫还钱？你自己花了，也当是还了？”虎禅又一巴掌，打得巫百年抬起头，怒目而视。

“欠了账！低头！想打我行啊！打死我！多欠一笔！”虎禅骂道，看巫百年又埋下头，虎禅继续拿笔画起来。

“所以说，你还的，得还到老赵手上，我看你儿子，也值不少，用他来补老赵徒弟的位置，估计不赖，就他了。”虎禅拿笔一敲，成交。

“嗯，你们把他带走吧。”巫百年小声道，头埋得更低。

“我带走？你说带就带？你根本使不动你儿子！我要带走他！他不愿意！使不动的钱就不是你的钱，懂不？”虎禅说一句打一巴掌，占足了便宜。

“那你要怎么样？”巫百年再没有任何动作。

“你说你要怎么样才能把他还到老赵手里？从现在开始，你就思考这个问题，我还有事，没空跟你磨，给你一个礼拜，想明白怎么办，就赶快把账还了。”虎禅把那邪恶的账单，丢在巫百年面前。

“喂，老头，你自己错了，那是你自己的事，为自己的错，影响这么多人，是你的自私，再这样越欠越多，下辈子都还不完。”虎禅抛下一句话，便下楼去了。

“我爹怎么样？”巫易云看见虎禅，像是见了从产房里出来的医生。

“还没渡过危险期，有待观察。我先走了，一个礼拜内应该会有结果。”虎禅搓搓手。

走出巫宅大门时，卫峰问虎禅事情如何。

“这父子俩，是一个前辈给咱的礼物，处理得好，对咱们有偌大的帮助。”虎禅笑笑。

停了一下，虎禅还是觉得有些没把握。

“卫峰。”

“嗯？”

“一个礼拜后，要是易云他老爹还不出来，咱们再找些人，一块动手把这破房子拆了怎么样？”虎禅咧开嘴，露出锐利虎牙。

话音刚落，其余四人都停下脚步，望向虎禅，咧开嘴，笑得悄无声息，新奇的快感，破坏的欲望，无限地扩张。

“走！打完最后一家！我请大家喝十年陈酿！”虎禅嚷道。

“老大？你哪来这么多好酒？”喀纳斯觉得虎禅吹牛，这五人疯起来，没有十来斤酒根本不够。

“嘿嘿……有，说有就有。”虎禅乐得合不拢嘴，又想，好不容易从金爷家刮来的佳酿，就这么便宜了这帮兔崽子。

第九十一章　君结绥之千里，惜瑶草之徒芳

“董事长，未央宫那边准备就绪，可以过去了。”赵伯走进岳殷鸿的房间。

房里黑着灯，岳殷鸿自见了虎禅后，就坐在客厅的沙发上望着天花板发呆，直到赵伯进来。岳殷鸿到卫生间洗了把脸，好好整理了一下身上的衣服，让自己显得容光焕发。

“今天别叫我董事长，叫我兄弟行吗？”岳殷鸿道。

“好，兄弟。”赵伯点点头。

今天全城最奢华的会所未央宫停业，以未央宫为中心，方圆五百米内戒备森严。

可未央宫内却是前所未有的美丽，玫瑰百合从门口便铺陈开来，绸缎悬挂如梦似幻。

亲朋好友都早早站在门口迎接，岳殷鸿、岳国忠、七爷、乾爷、舍爷、金爷、赵伯、小冲、小牛……连勇叔都带着妻子，不远万里从日本赶回。

脂粉香气溢满大厅，均是这些年来小颐培养出的姐妹，花枝招展的美人们，今日的笑容不同往日的媚态，洋溢着温情。

三辆车在门口停下，中间一辆宾利，走出一个全身素白的姑娘，转到另一边开了车门，将小颐搀下来，走入未央宫。

平日里的小颐，素面朝天也是一流美人，今日上了艳丽浓妆，身着丝绸晚礼服，另有一番倾城风情。

“来，咱们上去吧。”岳殷鸿挂着笑容上前，也要搀扶小颐。

“师父。”小颐却向金爷伸出手，金爷立刻扶着小颐，轻抚着徒儿的肩背，疼惜之情溢于言表。

“来，饿了吧，有你最爱吃的菜啊。”金爷轻声道。

“嗯，想吃了。”小颐笑得十分灿烂。

楼上，原本一丝不苟的会议厅，改成了Party会场，中央的桌子，满是美酒佳肴，铺上毛茸茸的地毯，很是温馨。

“真喜欢啊！”小颐轻轻坐在主位上，身边满是鲜花环绕。

“来！开席吧！”七爷招呼道。

用餐之间，大家随意坐下，无拘无束，全乱了辈分，讲着荤素笑话，乐得前俯后仰。

“要不……我……我打路拳？”轮到赵伯表演，他实在憋不出笑话，号了一句走调的京剧《将相和》，就没敢往下唱，挠挠头，很不好意思。

“我们才不要看呢，要不……你亲一下朝云？”小颐转头看着适才扶着自己下车，现在正坐在自己身边的姑娘，知道这孩子对赵伯早已情根深种。

“咦！哎！我可是练武人！这……”赵伯从来没有过如此紧张的支吾，七爷见老赵如此，乐得抚掌大笑。

“去！去去去！别假迷三道的！就你是练武的？”乾爷拿手杖捅赵伯。

“我……来吧！”赵伯伸手便要捋袖子。

“打架那你！好好亲！”岳殷鸿踢赵伯一脚，也笑得前俯后仰。

赵伯深吸口气，闭着眼，绷着嘴便要下口，忽觉嘴上一湿，朝云已是自动献了个吻，赵伯如遭雷击，直往后缩，众人的恶作剧欲望甚是满足。

“小赵，喜欢不喜欢？”七爷问。

“我这……今天这酒喝得有点多……”

“噢，你不喜欢！”金爷恍然大悟似地把话音拉得长长的。

“没……没……”

“到底喜欢不喜欢！”小颐板着脸。

“喜欢！喜欢！”赵伯见朝云脸色越发妖娆，立刻嚷了一声，又觉得双手不知该往哪儿放，便插在口袋里。

“谢谢姐姐，要不是遇到你，我……”朝云单膝半跪在小颐面前，双手轻轻搭在小颐腿上。

“看看，你打扮起来，比我有过之无不及哪。”小颐捧起朝云的脸颊。

“嗯，我记得你说过，别害怕人家觊觎自己的容貌，与其做一个没人注意的邋遢女子，不如做一个让人不敢随便下手的女人，我永远记得。”朝云眼角湿润。

“你瞧瞧，那蛮子不是一般人，他可敢下手呢！”小颐指指那坐立不安的赵伯。

“哼，总有一天我会像管儿子似的收拾他。”朝云转头，眼角带煞，盯着赵伯，眼神一对上，赵伯立刻看向别处，找身边的乾爷说话。

“阿勇，你和惠津子姐姐结婚时，我这儿脱不了身，没能参加婚礼，礼物早给你们备下了。”小颐示意，朝云从包里拿出首饰盒子。

勇叔接过，当众打开，是一对玻璃种、帝王绿翡翠挂坠，圆润细腻，纯洁无瑕，让人见之而忘俗。

“好东西啊！”七爷上前看，真是非常惊艳的礼物。

勇叔的老婆惠津子心中感动，捂着嘴，也不知是哭是笑。

小颐又让朝云从包里拿出一对首饰盒，是钻戒，交予小冲跟他的女朋友。

“谢谢你们这些日子看顾我，婚礼办得要漂亮，别亏了你的媳妇。”小颐道。

小冲抹一把脸，带着一道刀疤的凶相，这时候彻底软化。

就这么，一直闹腾了许久，大家酒到杯干，小颐也一洗病容，开怀畅饮。

“师父。”小颐要起身，朝云立刻扶住，送到金爷身边坐下，小颐揽着金爷的胳膊，头轻轻靠在金爷的肩膀上。

“孩子啊……”金爷轻轻抚摸着小颐的头发，胸中犯堵。

“我在腰上文有阴阳图，若是将来，您遇见哪个孩子，身上有这胎记，您一定要收他为徒。”小颐说话像是孩子撒娇一般。

“一定！一定！我好好找！好好找！”金爷脸上已是老泪纵横。

“殷鸿，殷鸿——”小颐呢喃着，在岳殷鸿耳朵里，犹如炸雷一般，腾地站起来。看到这，小颐笑得风情万种。

“我为你劳心劳力了一辈子，我不让你欠我的，下辈子你要给我结草衔环，做牛做马。”小颐跟小姑娘般地撒娇，岳殷鸿听到这话，心中忽然去了一块大石头，无端地轻松起来。

“我一定办到。”岳殷鸿心中赌咒发誓。

“舍爷，您要注意保重身体，这些日子，我让您操劳了。”小颐轻轻谢道。

舍爷闭上眼睛，点点头，老伴抚摩着舍爷的背，以示安慰。

“乾爷，以后不要让小牛挨饿受冻，请人看护好，他不懂生活……另外，虎禅还要劳您多费心呢。”小颐说到虎禅时，略显苍白的脸，泛起一抹绯红。

“嗨，我有数，你在虎禅心里，比亲人还亲。”乾爷俯在小颐耳边轻声道。

小颐没再说话，转头看了一眼小冲，小冲这内奸还很不好意思地挠头。小颐低下脸，抿嘴笑着，很是幸福。

慢慢地，小颐觉得倦意袭来，便道：“我还要喝酒，大醉一场。”

此语一出，岳殷鸿、舍爷、乾爷、七爷、赵伯心里同时咯噔一下，朝云几乎哭出声来。

“哎呀，这都冷场了，我要看‘蠢蛋搞怪秀’。”小颐使尽力气嚷道。

投影打开，是国外的一档疯癫恶搞节目，没有任何思想倾向，只是纯粹的开心。

又上了酒，这回是舍爷亲自去端来的，都是白酒，只有小颐的是一瓶拉菲。大家围坐在小颐身边，自斟自饮。

“哈哈哈哈！真是能玩啊！”小颐一边喝着朝云为自己斟上的酒，一边被“蠢蛋搞怪秀”逗得直抹眼泪。

眼前越来越模糊，越发地安详，不觉间，周遭流光飞舞，半梦流离中，听见有人呼唤。

“回来了呀？一定是赢了。”小颐见眼前的虎禅又长高了，脸上线条比从前更刚毅成熟了许多，身着长衫，腰间琼珮铿锵，君子如玉，温和静谧，站在面前，张开双臂。

“我是不是你最亲的人？你说啊……”虎禅的笑容依旧如阳光撒下，照得自己暖烘烘的。

小颐走上前，将自己埋入虎禅怀抱，闭上眼，脸上挂着一颗晶莹的泪珠。

金爷一直用眼角余光关注着小颐，见她缓缓垂下眼帘，口中轻声念叨。

“孩子，你……说啥？”金爷浑身颤抖，凑过耳朵倾听。

“……君居淄右，妾家河阳……同琼珮……之晨照，共金炉之夕……香，君结绶……兮千里，惜……瑶草之徒芳……”小颐口中念叨的，隐约便是江淹的《别赋》，金爷正迟疑间，徒儿嘴角却是越发笑得灿烂，一口气尽，香消玉殒。

我的郎君
你居淄水西面
妾住黄河北岸
我与你
曾佩戴琼玉
一同沐浴晨光
我与你
入夜时坐在
香烟袅袅的金炉旁
你结绶封侯
一去千里
妾如仙山琼草
徒自芬芳

第九十二章　友情的回馈

尚武馆中，众弟子、学员，目瞪口呆地看着场中席地而坐的两人。

“嘿嘿，混得风生水起啊。”虎禅捶了阿培一拳。

“你更厉害，这种疯狂的事情，除了你，还真没人会做。”阿培摇头苦笑。

“混黑道了，你说我该不该揍你。”虎禅笑笑。

阿培没答话，方见到虎禅时，诧异非常，随即让人买回瓶酒，与虎禅旁若无人地对饮。

“哈，别以为几杯酒就能糊弄过去，我这回对你真的是非常不满意，瞧啊，做打手，穿紧身衣，喇叭裤，黑皮鞋，头发硬得能戳死人，你还能不能更土、更恶心一点？”虎禅撇撇嘴。

“老太爷和阿生师父都还好吗？”阿培问道。

“阿生师父好着呢，还在老家里躲懒，老太爷去世了。”

“啊！什么时候？”

“一百岁生日的时候……哎，你别这样行不行，咱们将来都有份儿的，你，也是那‘土馒头里的馅儿’！”虎禅指着阿培那张难过的臭脸骂道。

“大头现在在做什么？”阿培又尽一杯。

“可能在泰国吧，真武道场里，我也给他留了一把交椅。”虎禅慢慢地嘬着酒，若有所思。

“有没有我的？”阿培问。

“你？哈！来吧，咱先打了再说。”虎禅扔下酒杯，走到馆中的擂台上。

“不行，我是帮山爷做事，但是我不能打你。”阿培摇摇头。

“你是尚武馆的拳师，我是真武道场的拳师，我们是纯粹的武术交手，从前咱们也没少掐架吧?”虎禅起身,跳上馆中的擂台,活动着有些酸痛的筋骨。

“要打也改天吧,你看你,脸都肿啦。”阿培对着虎禅扬了扬拿着酒杯的手,坐在原地,动也不动。

“大概不是这个原因,你如今站在山爷那方,若是打赢了我,你会觉得内疚吧? 你心里脏了,不敢再跟我打没目的的架?”虎禅趴在擂台的围绳上,勾勾手指,阿培没法回答,执拗地摇头。

“老大,你行不行啊,刚才还一路上叫痛哪,我来吧?”喀纳斯嚷着。

“无量天尊! 我一路上都没打几场,状态完美,我上啦!”无心刚要上前,被英明扯住。

“诸君! 请相信我!”英明满脸的严肃认真,双手搭上了喀纳斯与无心的肩头。

“信个屁! 自己人! 不许争! 我来!”卫峰一脚踢开英明。

阿培听着,不禁蠢蠢欲动,捏紧拳头,战欲疯长。

“不行。”阿培脑子开始打结,咬咬牙,只想不管不顾了,打了再说。

“你莫非真以为能打得过我!”虎禅忽然有些恼怒,大吼一声。

“哎哟! 谁!”阿培背上忽然剧痛,被什么东西狠狠砸中,无名火起,眼珠血红,转身便要把暗算自己的家伙宰了。

“嘻嘻! 真武道场第六位拳师报到。”一个身材不高不矮、面色黝黑的精壮小伙,分开围观人群走出来,手中举着一把弹弓。

“刚在街上买的,你皮痒欠揍,拿你来试试。”来人赫然便是大头,高兴地对着阿培挥挥手中的凶器。

“你……你敢拿弹弓打我!”阿培忽然又见老朋友,心中虽是兴奋,但那弹弓打在身上,实在痛不可当,又看虎禅哈哈大笑,登时火大,咬牙切齿,憋出一脸狞笑。

“怎么不敢,你是什么东西? 没钱了,去给人做打手也就罢了,不回家也不来个电话报平安,不像话嘛……我四处询问,找了半天才追到这儿来,差点就没我出场的份了。”大头悠然地走到场中,放下背包,便当众换起衣服。

“你翅膀长硬啦! 以前可都是我帮你打架……咦?”阿培忽然呆住,见大头脱下运动长裤后,里边只剩泰拳短裤,又从包里取出泰拳手的臂箍,套在大臂上，与从前脑海里的印象，判若两人。

“你的泰拳，练得如何？”阿培龇牙咧嘴地问道。

“打一场就知道了，我的挑战，你没理由拒绝吧？你说过，让我一定要变强的……咱们是戴拳套，还是裸拳？”大头继续慢悠悠地在手上缠着棉绳。

“嘿嘿！你还敢打裸拳？来吧！”阿培跳上擂台。

“喂，馆主，这里有没有音响？”大头取出一张CD光碟。

“有，干吗？”阿培应道。

“帮我把这音乐放上，打得有激情。”

“喂，你去放上！”阿培向围观人群中的一个尚武馆弟子示意。

终于有热闹可看，当泰拳战曲响起时，场中无聊了半晌的众人，欢呼声直要掀翻屋顶般。

“哼，泰拳，出去镀了金，就以为能打赢我了么？”这一两年玩命搏杀的经历，使得阿培进入打斗状态时，纵有天大交情，也是六亲不认。

大头玩得实在有些拖沓，居然跳起了泰拳拜师舞，阿培撇嘴冷笑，觉得这些花把式只是拖延时间。

场下众人从没见过这正统的泰拳拜师舞，却也新鲜，看得有味，但亦不乏起哄之人，污言秽语挑衅。

好一会儿，终于折腾完，两人走到擂台中央。

“喂，没有裁判怎么算哪？”虎禅问。

“打到爬不起来为止！”阿培话音没落，前手刺拳打出，方一试探，摆拳便抡出，大头随手挡下，略一停顿，阿培登时暴起，左右开弓，便要三拳两脚将这一直在自己保护下成长的小兄弟击败。

阿培积极走位，左右闪击，拳头凌厉得吓人，骨肉相碰的声音听得旁观的人心惊胆战。大头只是稍微控制好节奏，在阿培的攻势完全展开之前，一脚正蹬，将阿培蹬开，轻松自如，把握好了节拍。

“不骄不躁，经验心态都长进了许多。”虎禅看得真切，大头并没尽全力。据说泰拳正蹬腿，放在古代，是军队的战士们，赶战象时，蹬大象屁股的——最早听到这个说法时，虎禅目瞪口呆，怎么都想象不出那个情景。

现今当然不能随便去踹大象，泰拳手的训练量，依旧极大，原先虎禅与大头切磋时，也清楚大头腿劲有了长足的进步，而今更比从前举重若轻。

阿培显然是被大头这样的水磨功夫给拖烦了，发起了心中那股子敢于伤身杀敌的戾气，不再闪避大头那冷不丁出的拳，拼着挨拳头，也顶上硬砸硬抡，不彻底击倒大头誓不罢休。

“阿培有难了。”大头抓住个机会，双手一抄，绷住了阿培的脖子，便用力按下。

“叱！叱！”大头咬牙吐息，膝盖便连续撞向阿培胸腹，攻势沉重，阿培立刻双手挡驾，却被撞回胸口上，不过两下冲膝，阿培便已痛苦难当，又空不出手撑开大头，为保护自己，本能地轻轻跃起一点，以图卸力。

泰拳的缠抱技术，果然有独到之处，大头双臂感应到阿培脚下根基浮起，双臂一拧，“砰”地将阿培狠狠摔在地上。

阿培没有严格的“受身”训练，这一下摔得太突然，力道又重，有些发懵，一口气差点没喘上来，所幸身体强健得非同寻常，瞬息间又回过神来。回味着适才大头的斗技与力道，几乎不敢相信他已经成长到了这个地步，哪里还是每日里只懂在观音菩萨前焚香祈求的懦弱大头。

这么长的日子，阿培虽是心狠手辣，却始终是冷静非常，否则怕是活不到今日，更不可能窥准机会击败小冲两次。

可是阿培现下暴躁非常，拳头用力在拳台地面砸了一记。

平日里的对手，他们想什么与阿培无关，可是阿培心灵深处，在乎虎禅与大头，在乎他们活得好不好，在乎他们对自己的态度，更在乎他们看到自己时的眼光——所以，他急。

“阿培！你清醒点！好好打！”不知什么时候，扎克也闻讯来了，趴在擂台边上，怒斥着闹情绪的阿培。

“是！扎克！”阿培不敢开小差，看了一眼自己的教练，活动活动肩膀，调整呼吸。

“嘿。”虎禅五人，还有擂台上的大头，都关注到了扎克的存在。

“能让这蛮牛听话？这家伙有些本事哪。”虎禅期待着阿培下面的表现。

“把握好距离，掐好节奏，慢慢打，不要无谓地耗费体力！”扎克在下面提醒着，阿培也不断走位，调整身心。

“现在才是开始啊，应该有些看头。”无心点头笑笑。

虎禅更是满怀期待，能让阿培听话，并且将“是”字吐出口的人，是不是个强人还不知道，至少也是个好人，对阿培很好的好人。

就在大头一脚低位扫腿踢向阿培下盘时，阿培顺着大头踢来的方向，向侧面横移开来。移动的脚刚一落地，掐准大头一次攻击之间的停顿，立刻抢上，“嗵”的一拳，如灵蛇吐信般迅猛，大头虽是抬手防御，却也被打得倒退两三步。阿培不贪功，向侧前方上步，前脚上，后脚跟，犹如眼镜蛇般与对手保持距离，伺机而动，动向却又飘忽难测，让人纵要强攻亦无法下手。

“蝴蝶步？”虎禅看见阿培的表现，眼睛一亮，不禁脱口而出。

蝴蝶步是拳王阿里独创的传奇步法，灵动轻盈，如翩翩飞舞的蝴蝶，其动向难以预料，用以把握搏击节奏和消磨对手体力最好不过。当年阿里凭借这一步法，不光得到了胜利，还将凶猛的拳击打得极具观赏性，而阿里的女儿，也继承了父亲的步法风格，更得到了一个雅致的名号——蝴蝶夫人。

接下来，大头连续几次攻击，都吃了亏，不是被阿培的步法走位所引诱而攻击落空，就是攻击阿培后，被阿培以更凶猛的拳头还击。适才一拳没完全防住，擦过脸颊，大头嘴角流出血来，节奏一顿，被阿培那又快又重的组合拳打得节节败退。

第九十三章　长在黑暗里的向日葵

“虎禅，你看这顶得住吗？”喀纳斯轻声问道。

“还早，如果没有意外，会打上好一会儿，你看大头的重心把握得好好的，架子没半点散乱，脚步从容，胸有成竹得很哪。”虎禅一边说话，一边目不转睛地盯着擂台上的两个人。

“这算不算兄弟反目？”卫峰眼睛眯成条缝。

“我看倒像是各自修行后，给对方做学习汇报，展示自己这些日子得到的宝贝，兴奋得紧。”虎禅干脆坐在了地上，仔细观看，期待着两人那尚未亮出的底牌。

阿培打得顺当，把握住了自己跟大头两人的节奏，身子轻晃，保持这中远距离，忽左忽右，冷不防的一两拳又是极重，大头虽然用腿法将阿培逼住，但始终不如阿培的攻击有威胁。

大头好容易掐准了节拍，向前迎击，阿培向侧后撤开。大头早等着这一刻，趁阿培撤开之后落脚的一瞬间停顿，高踢腿如大铁鞭般扫向阿培头部，若是击中，必定赢了。

阿培反应极快，屈膝，半蹲闪过，抓大头扫踢过后的一瞬间停顿，纵身，疾步向前，扬起拳头，眼见便要一拳定音。大头忽然身子一侧，拳头几乎在鼻尖擦过，右手粘住阿培拳头，左手日字冲拳击出。阿培凭着本能闪开，退步，大头又跟上，左手一缠，右手日字冲捶击出，砸中阿培鼻子，便得理不饶人，噼里啪啦地连环打击。阿培一伸手，又被粘住，再打，刚要发狠抱头冲上，大头侧身靠，阿培还没发出的力道又被撞散。

“哈哈哈哈，咏春哪。”虎禅拍着大腿笑得张牙舞爪，不知什么时候抓过酒瓶子，时不时嘬一口。

场边的扎克不谙中国武术，心急如焚，只能不断地提醒阿培要保持距离、闪避，可是大头粘得很紧，又有围绳限制，阿培根本无从闪避，只能硬碰硬地招架。

阿培找到个机会，大力挥拳，逼开大头，便开始在擂台上游走，一副无处下口的样子，偶尔试探性地攻击，也是无功而返。这般耗时间的打法，使得底下观众开始不满，人群中混杂着辱骂之声。

大头心下盘算，该乘着阿培还没习惯自己的打法，速战速决，他太清楚阿培的身体素质，简直是个打不死的家伙，夜长梦多，万一被他逼得硬拼，说不定就要被击倒。于是，缓缓逼近阿培，一脚蹬出，逼阿培弯腰，双臂又套住阿培脖子，阿培猛地挣开，大头中段扫踢再起，抽得阿培适才喝的二两酒涌出了喉咙。

大头得手之后更不放松，低位扫腿再抽向阿培的大腿，骨肉碰骨肉的响声，已让馆内一些打架极少的混子出现不适。

大头得势不饶人，再扫。

"嗯?"虎禅忽然瞅见阿培收敛住了脸上的一切情绪，虽说已经因为伤痛，而开始缩紧身子，但是这熟悉的面孔告诉虎禅一个信息：阿培的脑子入了迷，要玩命了。

再看看大头，这节奏把握得如此之好，相信这些日子也有许许多多的战斗，对手一定都不弱，一定也历经了许多危险。

"嘿……若是我在打，谁来干涉，我一定会抽他。"虎禅这时已经微微起身，想了想，又坐下，摇摇头，反省着自己的懵懂。

可阿培若无那反败为胜的手段，纵然玩命，胜利的几率也是微乎其微，对武术好手来说，拼命，大多数时候反而会让自己输得更快更惨。

"阿培，别固执了！贴身！贴身！"扎克忍不住了，跑到阿培所在的台边，尽力压低声音嚷道。

"贴身?"大头正纳闷，论贴身近战，自己该强过阿培不少，只是大头向来谨慎，没多想，暂时后退为妙。

"糟！"大头正退，猛然发觉阿培死死抓住自己手腕，止住了自己后退的动向，适才退得急，这下两边力道迸发，大头重心偏移，拳架也散了开来。

这是难得的机会，阿培抓住大头的手腕，身子立刻下蹲，拦腰搂住，便要将大头扛起，过肩摔。

“哈哈！他还会摔跤哪！”虎禅看得两眼放光。

原来，扎克希望阿培的技术更加全面些，为避免出现贴身搂抱的危机，曾让阿培也学习自由式摔跤，阿培却十分不喜欢投摔类的技术，虽是黑着脸做完了扎克的训练安排，实战时却施展得甚少，这下子是病急乱投医，不得不用这技术，也打了大头一个出其不意。

大头为免被高高抛起，赶忙搂住阿培的腰，拼命上提，谁知力气始终逊阿培一筹，被高高扛起，“砰”地砸在地上。

“不急不急，他刚才受身不错，没受什么实质性的伤害。”卫峰这时候已站起身来，虎禅扯扯他的衣服，示意他别急。

果不其然，大头翻个身，腾地跃起，虽然没受什么伤，可是这跤摔得着实漂亮，给阿培赢足了气势。

阿培当然要乘胜追击，再猱身而上，要来个抱摔。

那一瞬间，大头嘴角不易察觉地翘起，反迎上去，两人速度都是极快，阿培一下没刹住车，近得几乎嘴对着嘴，吓了一跳，身子僵硬。

大头右肩内裹，右手便是一个插掌向阿培裆下捅去，阿培本能地低头护裆，谁知大头的右肘猛地一提，肘尖在阿培脸上撞个结实，磕得鼻血噗地喷出，眼前一花，晕了过去。

“不要脸的！偷师啊！”虎禅拍着大腿笑骂，这明明就是自家拳法中的“钻天肘”妙招。看似近战取人裆下，待对手防护时，若非弓身，则必低头，肘再上提短打，不论是打脸或者胸口，对手入了套，便是无论如何来不及回防的。从前切磋时，这类阴险的招数让大头吃了无数的亏，没想到如今被他拿去大显身手。

围观人群没想到有这等精妙的打架，惊讶得没了声，待扎克跃上擂台查看阿培伤势时，人群中的呼声方才响起——不论谁赢谁输，能看到这等漂亮的打斗，已是不枉。

“我是医生，让我看看吧。”无心走到阿培身边。

“你是他的师父？”虎禅上前询问。

“不，是教练。”扎克抬头瞟了一眼虎禅，便低头继续查看阿培伤势，没多加理会。

“喂，不要摆出一副排斥的样子好吗？我跟他的交情比你长得多。话说回来，你这教练怎么当的……嗯，当然，武术教得还行，可是其他的事情呢？”虎禅说到最后一句时，咬字十分用力，扎克闻言，眼睛看着地，一动不动地蹲着，仿佛冰冻一般。

“我们每日的对手，都是共同进步、相互勉励的练武人，不论身心，进步自然比他快些。他这样下去不是长远之计，夜路走多了，总是要见鬼的，过些天我会来找他，在那之前，你作为他的教练，先好好跟他谈谈吧。”见无心已为阿培处理好伤处，虎禅等人转头离开。

“永远都跟个土霸王似的，从前是你等着我，现在轮到我等你了。”大头轻轻踢了一脚坐起身的阿培，见他不答话，也不知是没醒过神来，还是不知道说什么。

随后，场中围观者也慢慢散去，扎克与阿培一直低首对坐，沉默不语。

就算是向日葵，没有了阳光，也会不知道生长的方向吧。

第九十四章　和光同尘再无想，禅心随我共天翔

也不知算不算作孽，这庄严的寺庙里，今日摆上满桌酒肉。

“岳君，这……寺庙里，咱们要不要恭敬点儿?”英明也非不饮酒，只是一直喝得精致，见了这大碗大坛的架势，心里犯怵。

“谁说佛家弟子不吃肉？我听说从前的僧侣化缘，是化到什么吃什么，心中无酒肉，口中便不是酒肉啦。”虎禅惫懒得很，拍开坛上泥封。

“可人家是化缘哪!”

“我这酒便是化来的。”虎禅微笑。

那日与乾爷交手后，虎禅临走前闯进了金爷藏酒的屋子，也不挑选，一手抱一坛便向外冲，想必是撞大运，拿走两坛最好的，把金爷气得直哆嗦，捶胸顿足地骂着：“蚊子腹内剜脂油！亏兔崽子下手!”

“干。”

一碗饮尽，有低首的，有望天的，没半分喜庆，更多的是明白自家功夫有几斤几两的如实反省。

“打完了，可是没有想象中的高兴，不过心里挺轻松、挺透彻。”大头叹道。

“当然啦，流了多少血汗，便得多少胜利，几乎是等价交换，跟买卖一样，哪里有什么特别值得高兴的。”卫峰搭话。

“是不是咱们累了?”无心问。

“我都没叫累哪，我的脸现在怕是肿成猪头了吧?”虎禅脱下衣服，光着膀子，众人才发现，不光脸上肿了，身上也是青一块紫一块，这会儿紧绷的神经松弛下来，跟瘫了似的靠在竹椅上。

“没关系，吃了我那药，又加上你的底子厚，明儿我给你做做针灸推拿就差

不多了。”无心一路上打得都不算艰难，这会儿还贼精神。

门口铜环又被人敲响。

“阿弥陀佛，这会儿千万别再来麻烦事了！”喀纳斯起身开门。

“啊！”刚开条门缝，看见眼前的人，不禁一惊，立刻退开。众人听见动静，顿时紧张，腾地站起来防备。

门口的人进来，原来是赵伯。今天午饭时，赵伯陪岳殷鸿来见虎禅后，喀纳斯向虎禅询问过赵伯其人，深知他是当今硕果仅存的高手，忌惮非常，今日跟诸多武人一轮争锋，此刻方得休息，精力未复，突然这么近距离见到赵伯，如何不惊。

“来，吃夜宵。”虎禅转头坐下，众人见虎禅无事，也跟着入座。

“不了，我来替诸位老爷子还有你父亲传话，让你明日清晨七点，准时到华盛商会总部门口。”赵伯面色古井不波。

“去做什么？”虎禅问。

“给亲人送行。”赵伯说完，见已经捂着脸的虎禅，背上微微抽动，显然呼吸急促，可是片刻间便平复了气息。

“过来，一块喝酒。”虎禅抹了把脸，再次邀请。

“不了，我得回去。”赵伯便要转身。

“今天你就算陪我喝到明天早上，七爷也不会说你，你非要走，我就让兄弟们把你拿下。”虎禅淡淡道。

“凭你们？白日梦。”赵伯十分清楚，虎禅，或者这帮孩子，若是苦心孤诣地修炼，将来也许有可能赶上自己，但就凭当下这几个伤兵，要拿下自己简直天方夜谭。

“几个不堪一击的善良晚辈，热情地留你下来饮酒吃肉，你如果真好意思出手，你就打吧，我用摄像机拍下来，明天出去唱通街，肯定把你唱得找地缝钻进去。”虎禅一边在没人用过的干净碗里斟上酒，一边神色冷漠地恶心赵伯。

“啧……喝吧。”赵伯被虎禅戏谑了，一屁股狠狠坐在石凳上。

“喝。”虎禅面无表情，碰了赵伯的碗，先干为敬。

“大家吃！别浪费！”虎禅招呼一声，便大快朵颐，果然食物一落肚，大家都有了精神，话也多起来。武人跟武人，话题特别多，刚来的大头，跟大家也是一见如故，渐渐热闹起来。

赵伯看看虎禅，这话多的孩子，偏偏今日像个旁观者般，只管咀嚼吃食，间或倒碗酒跟自己碰一下，头也不抬，都是酒到碗干。

“这酒很烈，没你这么喝的。”赵伯轻拍虎禅肩膀，虎禅没说话，继续低头吃食，又倒满，跟大家干了一碗。

“金爷的酒，喝得多醉都不会头疼的……赵伯，你这身本事，世间少有，虽然我跟你接触不多，我看得出，你也是个极精明的人，绝不止是一介武夫，为什么能死心塌地给七爷卖命？”虎禅像是吃饱喝足了，喘口气，望着天，风清月朗。

“不是七爷，是为咱家，因为都把我当一家人。”赵伯答案很简单。

“嗯，知道了。”虎禅依然望天，也不知道心里想的什么。

“西天落日残阳照，我归心似箭恨路遥，清风啊……快载上将军的马儿跑，清风啊……快将我归来的信儿捎，白云啊……快缠住落日无情的脚，白云啊……快托起夕阳下沉的腰……盼心燃，归心焦……”虎禅忽然开腔，唱起了梆子，一向清亮的嗓门，遭疲惫浸过，被烈酒割过，第一次蹭出了嘶哑的苍凉。

“我爱你，爱着你，就像……哎哟！”喀纳斯也凑热闹哼歌，被卫峰一巴掌拍脑门上。

次日清晨，虎禅大肿脸上，又多戴了个黑眼圈，熊猫一般来到华盛商会门口，没多说话，钻进了车里。

“虎禅，你怎么不去见小颐最后一面。”乾爷很是奇怪。

“见不得，我害怕。”虎禅低下头，乾爷见虎禅如此，便向送行的众人挥挥手，只自己一人与虎禅共乘一车。

“虎禅，难受就别憋着，号两声，这车上就咱俩，别人听不见。”乾爷见虎禅这般，心里甚是难过。

“我在书上看到过，说人死了哭不得，哭了会绊着魂走不安的……昨晚上我就试着哭，憋了半天，憋不出半滴眼泪，发发声，又发觉实在太难听，罢了。”虎禅看起来，犹如与人交手前般冷静。

车窗里，撒出漫天纸钱，虎禅忽然想，倘若下面的人真能用得着这钱，这钱和人民币的汇率是多少，要撒多少、烧多少才够姐姐挥霍？

“不对！乾爷，这是去哪?”虎禅猛地想起，为何不送回山西老家，安葬在自家坟地里。

“去火葬场，小颐交代过，自己一辈子算尽了心机，死后让她和光同尘。”乾爷轻抚虎禅的头发，虎禅死死咬住的牙关，挤出了呜咽。

“那么，火化后，让我端骨灰盒，我最合适。”虎禅一字一句地吐出来。

火葬场里，虎禅离火化的大屋子很远，在专用于烧衣物与纸钱的空地上，收拾着小颐生前的衣物。虎禅拿起身边一根三米来长、前头带着尖钩、黑黝黝的大铁钎，扒拉着火堆，一件件衣服烧掉，被烟熏得泪如雨下。

这大铁钎多数人都不大爱碰，据说是从前火葬场技术还不大好的时候，用来钩破尸体肚子的家什。

回头看看火化的大房子，一阵青烟冒起，随风散去。虎禅苦笑一下。

“要是谁心里有过不去的坎，真该来火葬场看看。”虎禅自言自语。

好不容易都烧个精光，熏得面黑眼红，虎禅脱下自己脏兮兮的运动背心，也扔到火堆里。

“给，你们看，这头盖骨我给你们保存好了。”烧尸工开了骨灰盒，拨弄一块圆弧状的灰色骨骼，虎禅快手拿过骨灰盒盖子，立刻盖上，红绸布一裹，抱在怀中，忽然发起呆来。

“怎么了?”七爷见虎禅愣着，怕这孩子走了魂。

虎禅从来觉得死亡只有冰冷、黑暗，而今这骨灰盒却热得有些烫手，怀里这盒子，无论如何都像是有了生命。

“真吊诡，这么大个人，如今变成了这么小个盒子。”虎禅捧起骨灰盒，把脸贴在盖上。

“今天的北风，不知道能刮多久，早些去洒了吧。”赵伯上前拍拍虎禅脊背。

汝似朝露降人间

来去匆匆瞬间逝

冰肌玉骨倾城态

亦如梦中虚幻姿

虎禅站在三十层楼顶天台，握一把骨灰，没等自己扬手，方张开手掌，小颐迫不及待地随着北风“呼”地飞向了天涯海角。

最后剩下一块烧得灰白的头盖骨，虎禅闭眼，双掌一碾，搓成粉碎，放开双手，再看看双掌上沾着余灰，想也不想，顺手抹在自己赤裸的胸膛上。

左右魂动，唯独虎禅背对众人，仿似青铜浮屠般，固若金汤，面无表情地远眺。

澄灵寺，即如今尚未挂牌的真武道场。大头在佛国浸染久了，甚爱听钟声，自从他来了之后，这两日，寺庙里的晨昏“百八钟”又重新响起，闻者烦恼消减。

晨钟醒神，暮鼓归心，都是很好听的。

“祇园精舍钟声响，诉说世事本无常。”虎禅很喜欢这首《平家物语》里的开篇诗句，不觉间轻声念诵。

“想什么呢，忽然念起佛偈来？”无心问。

“最近容易滥情，咳！各项事物准备得如何？”虎禅盘腿坐在厢房的床上，在接受无心的针灸治疗，恢复身体。

“今早卫峰已经把要用的一切设施准备好，至于会场布置，已经快完成了，只是你真有把握所有人都会来吗？”无心始终存有疑惑，毕竟将对手击败，对方脸上客气，说不定背地里已将这真武道场众拳师骂了一万遍。

“咱都是练武人，该知道上好的功夫对咱们的诱惑有多大，得来全不费工夫，这么便宜的事，足够让他们内心天人交战。在武术的光明大道前，面子能值几个钱？何况，他们若不来，就更没脸面见人了。”虎禅淡淡道。

“咱祖宗说过，宁可失传，不可乱传，万一他们练不对，岂不是失了咱功夫的声名，这……是否妥当？”无心食指轻轻捻转针尾。

“练不对，就教到对，一块钻研到对。”虎禅的话语执拗得厉害。

“他们如果不服教呢？”无心见过许多自作聪明、擅自改拳而自食苦果的武人。

“那我就先向他们请教，再诚心诚意地将咱们的武术和盘托出，细细讲解。人，总是会知好歹的，就算热脸贴个冷屁股，那也无所谓。”

“对了，卫峰找那书法协会老头写的道场牌匾，我觉得挺没气势的，不好看。”无心皱皱眉，总觉得那平平无奇的字，配不上这间道场。

“没法子，将就吧。”虎禅吐口气，也实在觉得有些美中不足。

“喂！虎禅，有人送东西来，你看看。”大头跑来敲门。

“斟茶，让人稍等一会。”虎禅应道。

拔了针，披衣走出去，正堂上，喀纳斯取刀拆开严实的包裹，虎禅见其中物事，登时两眼放光。

一块金边花梨木匾额，厚重隶书四个大字“真武道场”，笔法古拙雄劲，蚕头雁尾，更重要的是那简单的楷书落款——南宫千红题。

月至中天的时候，大路上一位老人正大跨步奔走，花白头发被风吹得甚是凌乱，不细细察看，哪里想得到这便是往日那沉稳儒雅、锋芒内敛的乾爷。

从宽敞街道上，转入巷子里，那巷子的墙壁上满是喷绘涂鸦。本就狭窄的小道，因为长久没人清扫，到处是胡乱丢弃的垃圾，显得更是狭窄。

这时候已是夜深，巷子里却并不冷清，来这儿找乐的红男绿女，小酒吧的霓虹灯，以及里边传出的摇滚音乐，将小巷子撑得满满的。路边还有四处拉客的流莺挡在巷子里，乾爷正急，两胯一转，使动身法，呼地从流莺身边窜过，带起一股劲风，这些姑娘像是见了鬼魅，愣了一会才发出惊呼。

乾爷奔到巷子尽头，有一间看起来最耀眼的夜场，门口两个穿着网眼袜的迎宾正四处抛着媚眼，场子里头忽然传出一阵骚乱。

“大爷的！滚！你这不要脸的老东西！没钱也敢上这儿玩！看我不打你！”看场子的正在往外赶人。

“哈哈哈！”里面被赶出个看起来跟乾爷差不了几岁，背上背了个长条布袋的老头，一边哈哈大笑，一边左躲右闪地避开看场保安手中挥得呼呼作响的甩棍。眼见老头跟油里泥鳅相似，死活都挨不着边，保安一顿乱棍倒是把自己累得气喘吁吁，好容易把这老头轰出来，忽然觉得心里有些犯怵，骂了几句狠话，便转头向里走，时不时回头看一眼。

“切，现在的人真小气，酒都舍不得请人喝。”那老头耸耸肩，扯扯裤裆，又扯扯背上的长条布袋，一脸满不在乎的样子，便要离开。

“师兄。”乾爷从暗处走出，皱着眉头叫了一声。

“呀哈？早打电话给你，怎么现在才来！早来付账不好嘛，我刚看上个姑娘就被赶出来了！”

“这……抱歉啊师兄，你也真是，每次见你都是一副泼皮破落户的德性，人活七十鬼为邻，等你死了，看你怎么好意思见师父。”乾爷苦笑着骂道。

“咱俩年纪差不了几岁，我死了你也蹦跶不了几天，你这古板家伙别给师父告状我就万事大吉喽！”这老不修的师兄，攀着乾爷的肩膀，一路出了巷口。

乾爷的师父死得早，多亏这师兄代师授艺。乾爷对他向来是如师父般尊敬，可是这老东西越老越胡闹，就连七爷见到这老东西也是直皱眉头。

“谁说练武人整天要装正经摆架子？瞧瞧，我这样活得率性的，就越来越年轻，除非是那阎王亲来唤，无常自来勾，那时候我才不往烟花路上走！”这老师兄，总是这么对乾爷嚷嚷。

两人来到一个通宵营业的小烧烤店里，斟上二锅头。

按理说，乾爷不该在这样的地方招呼师兄，可是师兄从来都特别不喜欢进入看起来很高档的场所，说在那些地方花钱、结账的时候，账单上的数目总是吓死人，吃喝都是提心吊胆的——想必是从前去过，也是被人赶出来的。

“什么?！不行！我不答应！你这么玩可是过分了！”乾爷腾地站起来。

“哎呀，就当我指点指点小辈，不行吗？你也是我教的，不照样没穿没烂嘛?”老师兄慢条斯理地啃着一串几乎烤成黑炭的小牛肉，他总是爱吃烤得很焦的部分。

“你还说！那时我身上也不知道被你‘一不小心’地刺伤了多少次，过了四十多年了，伤疤都还在！”乾爷头上沁出了细细的汗珠，适才长程奔跑也不见出半滴汗，可见此刻心中焦急。

“切……那时候不是我的剑术还没练成，控制不好嘛，后来你不是伤得越来越少了嘛……岳虎禅是吧？好容易出现这么个有意思的少年人，我指点他几剑，是他的福气嘛……我就去，反正你也拦不住我……”老师兄仰头将杯中二锅头一饮而尽，喃喃道。

“少跟我扯淡！行，我是拦不住你，但我也把话撂在这儿，那是岳文勋老太爷的重孙儿，你要是把他给打坏了，我跟你没完！往后你也休想我给你烟钱酒钱，我就给你一口米饭钱，刚好能活命就行，想必师父也不会怪我！”乾爷这下子可动了真火，拍着桌子大骂。

“好嘛……好嘛……恩将仇报了……要挟起我来了……”坏老头撇着嘴，满脸的不服气。

“听不听话！”乾爷盯着这麻烦师兄。

“听，听，听……”

吃饱喝足，乾爷给师兄留了些现金，让他好生玩乐，莫生事端，随即坐车离开。

“听？嘿嘿！才怪！”坏老头耸耸眉毛。

第九十五章　剑术拆字诀

“嗯？宴会？不去。”一家少林拳馆前日才与虎禅等人战过，之后馆主一直对真武道场众拳师张扬的做法颇有微词。

“不……师父，我想您还是看看帖子吧。”徒儿将请柬奉上。

“酒宴后，本道场将以少林心意把图谱、易筋经之混元一气功、平行贯气功、臂指功等拳家瑰宝相赠，望与大家在武术之路上，携手同行。真武道场大当家岳虎禅拜上。”馆主细细读完，深深皱起眉头。

“这……自愧不如啊。”

再看看宴会时间地点：八月初五，下午五点，中央街，届时有车辆前往各武馆、道场恭迎。

“中央街？”

一天之内，同样的事情在各武馆发生着。太极拳馆中奉上的请柬，则是写着将奉上李派太极吊蟾功、五捶捶法，武当五形功、九宫步法图，太极身法步法以及实战训练系统。

南拳馆的帖子，则言奉上“七厘散”药方，少林五老传硬功沐浴药方，至善禅师所创龙形摩桥图谱……

现代搏击的拳馆，则是奉上多位体重、身形、拳种各异，国外自由搏击王者的详细训练系统、流程。

如是许多，均是让武人能够得到实实在在进步的物事。

这些东西，除了一部分是师父、勇叔、乾爷等人曾送给虎禅的收藏，另一部分则是虎禅踏遍天南地北，跟诸多武术家或利诱、或交换来的好东西。

一间清真寺里。

“阿訇，你看真武道场也给我们发来请柬……他说要赠送我们一套古代穆斯林的剑术图谱……”

“我们虽然教授武术，但不是武术馆，我们的武术用于强身健体已足够了。我听说真武道场为了能将各武馆都请到，还准备将其拥有的各门各派珍稀秘典公之于众，我们拥有‘汤瓶七式’的武术，已是真主恩赐的秘宝，不必外求了。”

“可是他还说，要赠送咱们一柄与这剑术相匹配的剑，名叫祖勒飞卡尔，这剑上还刻有经文……”

“什么？祖勒飞卡尔？这是第四哈里发所佩的神兵利器！怎么会在他们手上！”

“噢……阿訇，我还没说完呢，信上还说‘此剑虽非真品，但也是硕果仅存之老匠人所打造，剑质极好’。”

“行了，我们去吧……虽说我们不假外求，但是各种武术，也是真主遗留在世上的智慧结晶，我们有责任将他们捡起来，难道不是吗？”阿訇摆摆手，展开笑颜，目光清澈。

虎禅除了赠送各人感兴趣的资料外，还在每一份帖子中承诺，将自己的炼功与打法的理路，以及修炼经历，无半点保留地尽数公开，这实是惊世骇俗之举。自古以来，没听说过哪位武术家将自己的一切本领，如此赤裸裸地展示于众人面前。

日前，这岳姓少年比武所展示的功力与打法，确是非凡，而身边众人皆是好手，光凭实力，就足够取信于人，城中诸多拳师被好奇欲折腾得心痒难搔。

众拳馆已被虎禅的请柬陆续扰乱了节拍，不论是沸腾、沉默、疑虑还是兴奋，那颗武人的岩磐之心已开始摇晃。

各处不间断的广告，示意真武道场离开业之日只剩一天。人的血液，总是热的，不光是武人的圈子，道场的开业在不练武的百姓中，也都成了谈论热点。多少年了，何曾出过如此特立独行的武人。

各武馆中的年轻人，没有前辈们的老成持重，做事亦百无禁忌，开始来到中央街四处晃悠，寻找真武道场的踪迹，均无结果。这几个声名鹊起的拳师，更似从这个城市里蒸发一般。而此时的虎禅等人深居浅出，每日便是练功修养，就连吃喝所需都是让人从后门送来。

午后炎热，正是败气之时，不宜大练，寺庙里众人正休憩，虎禅则盘腿坐在堂上的不动明王塑像前，闭目养心。

明日的仪式、宴会，寺庙内的布置，都已妥当，虎禅却没法松一口气，谋事在人成事在天，面对不可知的明天，心中总有说不清、扔不掉的焦虑。这时候，他真的很希望能在一个漂亮温柔的姑娘怀里拱来拱去，让自己像孩子似的撒撒娇。

但是虎禅更明白，这时候无论如何不能陷于温柔乡中，哪怕是妩媚入骨的小颐，妖气冲天的千红，抑或亲近可爱的胤如。

睁大眼睛见那大愤怒相、持剑提锁、足踏梵天的不动明王。

虎禅还没生出菩提心，没考虑如何断恶修善，亦不知何为大智慧，更不想那即身成佛。可在周身烈焰的明王跟前，虎禅却得了个心中清凉。

“这和跟人动手是一样的吧？比武最是真实。任何的虚假，在比自己强的武人跟前，都会被撕下伪装。赤裸面对，心中没了逃避，倒是轻松自在了。”睁开眼目，仰望面前的明王，真像个严苛至极的老师。

“老爷子，您是什么人？”虎禅忽然发现身边三步远近处，有一老人盘腿席地，一把朴素的剑，横放膝前，木鞘陈旧乌黑，剑柄以稻草缠绕。

虎禅心中一凛，却并不慌张。

何时来了这样一个人?!

“我是孙龙乾的老对头，听说他铁了心栽培你，我便来割了你这棵苗。”老人把这样的话说得理所当然一样，仿佛就是惯于拿人性命的无常鬼差。

“如果你说的是真话，我觉得你割不了我。”虎禅嘴角翘起。

“何解？”

“若真是对头，你该去把乾爷做掉，做不掉他，拿我撒气，可见你器量不够。练武人，体质、聪慧什么的，都在其次，重要的是器量，如此器量，想不出你功夫有多高。”虎禅说得轻巧。斜眼观察，对方气度深不可测，与自己的距离也把握得极好，一举一动间，没半点可下手的破绽，外面大门又上了锁。对方能在如此清静的环境下，无声无息地来到自己身边，自己已输了一局，倘若贸然动手，十有八九会死得很难看，只得暗自准备，随时拔刀护身。

“现在早就不是那武夫当道的时代，功夫高有何用。”老人话语依旧冷漠。

“我只是个手艺人，算不清也管不了什么乾坤社稷天下大势，今天要是侥幸能把您给拾掇了，那便是本事。”虎禅实话应答，抱元守一，六识牢牢锁定一切动静，谨慎之处，如临深渊。这老人的气势着实锋锐，如剑指咽喉，自己不敢多动半点身子。

“哈！好个手艺人，好个拾掇。”老人的那满脸冰霜忽然融化，豁达地笑起来，转身面对虎禅，那剑拔弩张的氛围忽然撤去。

“我们，打一架吧，你要是赢了，我请你喝酒，我刮来的好酒。”虎禅饶有兴味。

“打架？”老人脸上露出些微苦笑。这一世清心修行，与人生死争锋，在这少年口中，只是打架？

“天真。”老人轻声笑骂，虎禅却是如遭雷击——这死老头子什么时候拔出的剑？！

所幸老人尚未出手，只是起身走到大殿中央空地，虎禅不敢再有丝毫懈怠，起身跟上，老人行走，身轻如烟，迅捷无比，虎禅左手提刀，大跨步跟上。

忽然老人毫无预兆地一停，虎禅反应再快，也一下没刹住，多进半步，老人看似悠闲地转身，剑尖自下而上，缓缓上抬，看着便要指向虎禅。

“不好！”虎禅识得老人的剑术起手，乃是“霸王观阵式”。这时虎禅离老人的距离过近，老人又占了先机，若待剑尖抬起，那便已将自己逼住，到时候不退不行，在这等高手面前若是退却，对方的剑势必一泻千里，而自己定会兵败如山倒。

虎禅来不及多想，左手抓着刀鞘，格住这“霸王观阵”的起手剑式，将老人的剑压住。

“呛”的一声龙吟，右手闪电般拔刀出鞘，关山老刀犹如洞中窜出的大蟒，水里钻出的老龙，利角尖牙，直扎向老人咽喉。

“唔！”虎禅方下辣手，却是大惊，老人左手食中二指并成剑指，没待虎禅的刀扎出，反上前半步，早在虎禅扑出的方位等着，扎向虎禅眼睛。

慌忙中，虎禅用力转过脖子，被老人剑指捅在脸上，嘴里咸腥涌出，想是撞破了口腔，虎禅紧咬牙关，手腕一翻，刀刃向上撩向老人手腕，雁过拔毛，怎都要找回点补偿。

这关山刀子，在皮肉上轻轻印下，便能如切豆腐般开道口，若给虎禅反撩刀削中，手腕手臂非分家不可。

这回总算是老人退走，虎禅虎步窜出赶上，见退开不到一丈远近的老人缓缓运剑，那动作看得虎禅心头一凛，前脚旱地拔葱，本是前进着的人，硬生生退了半步。

只见老人右足单脚半蹲，脚尖踮起，左脚轻轻挂在右脚的膝盖窝上，左手剑指在胸前，右手的剑略高于右肩，斜斜指向背后，单脚站立，身体拧缩。

这招剑术不只是精，且是奇。

不难看出，这老头再出手时，定是用的“点剑”，偏偏这动作，太利于“点剑”。这等用剑高手，不论身法、速度、精准，都绝不会打半点折扣，虎禅只要踏入老头的攻击范围，对方的剑尖，一定会立时刺入虎禅身体最难转折、最难闪避的某个地方。

“哼，越老越毒。”虎禅刹住车，微一沉吟，站在当地，立个门户，持刀于腹前，手臂似伸非伸，似曲非曲，虚指着老头。

所谓剑不妄发，遇虚立之人便当审视。

可老头非常人也，照样一剑点向虎禅，却是击向刀背处。

“这是何意?”虎禅心里略紧，跟阿生师父与老太爷对打都有些年头了，练武到一定年纪的老怪物出手，往往都是打在你不知道他想做什么的地方，要是一个愣神不能破解，下面的战局立即万劫不复，这是非常危险的情况。

刹那间，虎禅没工夫勘破个中玄机，只把持着一个态度:“你要干啥，我就不让你干啥。”刀一撤，避开老头的剑，谁知老头身法已是炉火纯青，不着行迹，剑尖随身走，仍旧粘上了虎禅的刀背。

方要以离合破粘黏，却发觉这是很熟悉的劲道。

“力按！这是乾爷的十大连环法……”虎禅领教过乾爷的剑术，其中一手，是以自己的剑不轻不重地粘住对手兵器，对手发力则略退，对手退，则紧随，常年磨炼之后，能使对手生出错觉，以为用剑者的力道斩不断，压不折，且重若泰山。除此之外，还另有圈拿、提拦、问剑、闪击等九种精髓诀要，统称十大连环法。

还没等虎禅多想，老头身形一转，换了个方位，剑擦着虎禅的刀背，对准虎禅胸口刺来，虎禅侧身让过，剑尖一沉，又点向虎禅手臂。

避无可避，赶紧左手刀鞘格住老头的剑，心中不禁后怕。前些日子还嫌木鞘笨重，不方便，想换个皮革刀鞘，要真换了，今日定是遭殃了。

“抢回先机。”虎禅左手刀鞘格开利剑，右手关山老刀自下而上，反手撩刀，极是猛恶。

老头将手一抽，剑刃便拖向虎禅手腕，若是割实了，断筋伤骨定是难免。

虎禅故伎重施，左手刀鞘使个“纽扣刀”，自下而上格住；右手使个“拦马砍膝”，一刀抹向老头膝盖。

虎禅对宫本武藏的二刀流研究了很长一段日子，发现倘若腕力足够，能把大小二刀使得如溪流般顺畅，那这二刀分工，杀力绝对可畏，任何高手遇上这大小二刀，必是头痛之极，如今实战运用，确是管用。

“淘气。”老人嘴里轻吐两字，手腕一转，削向虎禅手腕。

“圈拿，果然是十大连环法。”虎禅自恃力大，关山刀子格向剑，同时，左手刀鞘照老人头脸便戳。

方要得手，眼前光芒一闪，那剑尖一点寒星，赫然便要斜斜画出一个“之”字。

“剑中拆字！”虎禅大惊，到此刻方知老人对自己一直容让，想起他之前粘黏自己刀背，当胸直刺、点剑，是个“宀”，那是从对手中路内门，逼对方兵刃脱手的阴损剑招，这会儿的“之”字，一点是刺脸问献，再左右削手腕，逼开虎禅的刀，第三画则是直取咽喉。

乾爷教导过虎禅，剑术中有拆字之法，以书法笔画来言明击刺方位、走势，除了老头画出的“宀”与“之”字，还有“半”字两点，取人双目；“也”字横折勾，取人耳朵；“共”字下取双足；“完”字，取脸面、双肩、颈项……除了行剑路线之外，每一个字还另有心法相传，实是剑中精要。

如今老人的真正实力才露出冰山一角，便已远远凌驾于虎禅之上。刹那间，虎禅只觉得在这等剑术面前，自己就像一个从未踏出深闺半步的千金小姐，突然被丢在黑暗旷野中。

第九十六章　试虎胆老剑逼命

当虎禅匆忙提刀格挡的时候，剑已快削到颈边，"当"地交碰，剑刃离颈项一寸远近，总算是格住了。虎禅心知，不能有半点停留，对方手腕一转便能取自己性命。一时间，身体灼热如火，心中冷若冰霜，那刀剑交碰之声，更是催逼虎禅行动的发令枪，身体犹如离弦之箭，射向对方，一刀"流星赶月"舍着性命对老头脸面斩下。

老头向后跃出，转身背对那拼命的犊子，虎禅一刀没斩中，又毫不犹豫地直追上来。老人返璞归真，使了个剑术中的基本招式——挂剑，如回马枪般，刺向虎禅的咽喉。

身形已是刹不住，急中生智，提剑鞘挡在咽喉前，可不知为何，老头的剑忽然就此顿住。

"是挺聪明，就是嫩了，不够火候。"老头慢条斯理地念叨。

虎禅向下瞟了一眼，自己握剑鞘的手指，几乎送到了老头的剑尖上，倘若不是对方停手，将剑微微挑起，自己的食指必然不保。

老头顿了一瞬，方才行动，撩向虎禅手指，虎禅缩手，老头脚随剑起，蹬踢向虎禅，竟是个"叶底藏花"。虎禅这会儿失了先机，重心本就有些后仰，再受一脚，立刻蹬得倒飞出去，又因呼吸不调，胸口难以受力，一口气被截住，缓不过来，趴在地上。

"你！在做什么？"英明的房间离佛堂最近，被打斗声惊醒，提出一支棍杖赶来，二话不说，冲到与老头五步远近处，略一定神，"杀！"一声怒叱，以棍代枪扎向老人脸面。

"铛"的一声，英明眼前一花，也没看真切老人是如何欺近，也来不及使出后着，脑袋被剑柄磕中，两眼一黑，晕了过去。

“倭寇的玩意儿，枪夹棍，不伦不类的粗鄙东西……唔?”老人正冷口冷面地斥道，忽而生出一股寒意，随后只听闻两丈外地面两声踏步，方抬头，一杆大枪扎向自己，枪尖一点寒星，直逼面门，立刻侧身退走，哪知枪尖一抖，画出一个圈，洗向老人。

老人哪里会坐以待毙，也不再躲，前脚带后脚跟，斜行飞步而出，剑尖直取使枪者，使枪者将枪一把抽回，转身便奔，回马一枪，逼住老人，老人没再追，停了脚步，眼前这身形比虎禅更高大的壮汉，赫然便是前些日子与虎禅硬拼贴靠山的郑平安。

“嗯？我见过你，没看出来，也是个惊艳的孩子，你功夫不错，可就算是几百年前的枪神吴殳，也不是渔阳老剑仙的对手哪。”

“我不是你的对手，你说的我也不知道，我只是有所为，有所不为。”郑平安摇头，马步站，双手平端大枪，使个“四夷宾服式”，指向老人。

“哼，自笑学兵已白头，初识囊中三尺剑……这两句话，你如何知道不是枪神吴殳的客气话。”老人忽闻背后有人说话，原来是虎禅已缓过劲儿，从后掩杀而来，刀尖一个反背点刺出，大跨步再追，顺手再一刀斩下，连环两刀，逼着老人闪开丈余。待得再要杀上，老人轻轻还剑入鞘。虎禅与郑平安两人心中像是一口气没喘痛快，憋在胸口，无所适从。

“见好就收？居然这般无赖?”虎禅沉着脸，这会儿就算让他拼命，也不会让老头逃跑，虽不知郑平安来做啥，看起来也是站在自己这边儿，更有了把握。

“瞧你都说的什么话，自古以来‘一击不中，远遁千里’，就是用剑者的铁则呀，我跟你走这么多招，已是给足了脸面啦。”老头哈哈一笑，转身便跑，虎禅跟在后面追，郑平安使个“灵猫捕鼠式”，大枪埋伏在下绊老头。这“灵猫捕鼠式”，还藏了个冲天挑打的后招，待得对方跃过，乘着他脚不落地，一枪刺杀。可老头好似认得此招，拐个弯，绕过乾达婆的塑像，飞奔出了大堂。

英明适才一声吼，已把众人惊醒，卫峰与大头跑出来，来不及叫醒喀纳斯，那家伙睡着的时候，别人都会以为他死了，无心又去同仁堂购买药材。二人远远看到一陌生老头奔逃，不管不顾便上去围追堵截，那老头泥鳅般东奔西走，步法走位极尽精妙，居然引得卫峰和大头奔跑中撞在一块儿。

眼看着老头就要上墙，虎禅无明火起，捡石头便砸，这是虎禅在山西老家练就的本事，没事儿便拿石头砸树枝练准头，阿生师父说这本事要练好了，跟单体攻击的手榴弹差不离。可是老头不急不缓，眼见石头离自己不到两尺，脚跟一转，堪堪避过，助跑，三步冲上墙头，高墙上转身坐下，看着众人。

“喂！孩子啊！你不该这么容易就跟人玩命，以后遇见厉害的，知点儿进退吧，要不恐怕活不过三十岁啊。”老头一脸的促狭，不论怎么看，这教诲都不似好心。

虎禅无名火正盛，扬手如鞭，忽地又是一块石头扔去，仍旧被老头避过。

“你啊，脾气怎么这般坏哪？”

“屁话！高手我见多了！你这种类型的最不是东西了，不留名，不留姓，赢点儿彩头就走人，说不定一辈子都不会再见，我今天要是不把你给留下，就像头发丝粘喉咙里一样，恶心人！”虎禅指着老头怒骂。

“哎呀，别这么抠门儿啊，一丁点儿遗憾都不肯留啊？亏我只使了六七分本事，要不你手腕跟身子早分家了。”

“呼……”虎禅登时气结。

“孩子，输几场吧，输比赢能得到的东西更多呀。”

“……”

老头没再说话，翻身下了墙，待得卫峰开了大门去看，早不见影儿了。

“你怎么来了？”虎禅转头问郑平安。

“干爹知道你的道场在此，说我需要历练，让我来应聘做个武术教习。”郑平安满眼期待。

“我这儿不收应聘上班的。”虎禅说得斩钉截铁。

“是吗？……”郑平安有些不知所措。

“因为不发工资，有收入，大家平分，所以不能应聘，只能入伙。”虎禅咧嘴笑笑。

“嘿嘿嘿，好。”郑平安就知道傻笑，虎禅忽然一屁股坐地上。

“老大，怎么了？”卫峰心中着急，见虎禅颈上有一处小伤口，莫不是刺中要害？

“没看到我脚在抖吗……哪来的老不死，差点戳死我，下次再遇见，我要弄死他……去打两角酒，我定定神，呼，又不是小说，哪来这么多的高手，这什么世界啊……”“还记得我们小时候，街上的广告，很多都是手工画成的，很是粗糙。后来有了霓虹灯，那时候觉得霓虹灯最多、最灿烂的地方应该是香港，再后来有了喷绘、大屏幕……嘿嘿，你瞧瞧咱们租的3D投影，这城市里最牛的广告就是咱们的啦！”卫峰欣喜不已道。

真武道场七位少年拳师，站在一栋大楼顶上，远望着自家道场的3D投影广告，打在这座城市中最大的商场墙面上。

“你瞧，广场上看热闹的人黑压压一片，还不是靠我做的动画剪辑。英明给了一百多个G的素材，最近挑格斗游戏CG片段，看得我快吐了。”大头正从一个高倍望远镜中，观看广场上的动静。

“看得热血沸腾的，从来没想过可以把武术做成这么好看的影像。”郑平安乐得合不拢嘴。才一日间的功夫，他已彻底融于了真武道场的气氛中，并把这当做了自己的家。

“应该还有不少变数，我们做到了这个份上，应该能使得年轻人仰慕，只是大多数的武馆、武术流派，是古老得已经僵化的团体。这种团体的特性，是安于现状，且团体成员们不可质疑权威，稍有质疑便会受到排斥，甚至踢出团体。这个团体的性质，更接近于小规模的俱乐部、苦苦挣扎的小公司，我不知道这些个武馆当家，会对我们的邀请作出什么样的回应。”

虎禅方才一直怔怔地出神，对下面的变数仍旧有些忐忑不安。

“你说得没错，所以这种团体中的成员，最需要激励。”卫峰的话，让虎禅悬着的心放下了一半。

“这不像你，盘算得太累了，世界不断变化，从某些方面说，你计划得越周全，风险就越大，我已经把能准备的都准备下了。咱们不就是来当拳师的嘛，活在当下，不也是你给我说的嘛。”卫峰继续说着。

“你说得对，我想太多了。”

“咱们今天早睡吧，明天清晨起床热身，大家打起十二分精神，睡得越晚，越不容易睡着啊。”无心招呼一声，拉扯大家回去。

虎禅却是睡不着，回到澄灵寺便在大殿上走来走去。

“呵呵。”郑平安也没睡，跑到堂上坐着，看着虎禅傻乐。

“乐什么哪？神经病似的？看我操心你高兴是吧?”虎禅看着郑平安那德性，自己也跟着乐，笑骂着。

“虎禅，你操心啥？咱不说武功高到啥地步，一个道场里，要说有七个咱们这般功夫的，那肯定是稀罕，咱是年轻了点儿，有啥事儿一块担着，总该担得住。”

“不，我不担心这个，我是想，咱们真武道场开好了，不能只是一场热闹，将来得好好经营下去，可武术不是门赚钱生意啊。”

虎禅看看那立在堂上，真武道场的牌匾，一笔一画地细细打量，直看到落款，南宫千红四字，心里渐渐充实起来，毕竟肩头上是个心甘情愿的担子。

这些日子，夜不能寐的人真不少。越接近真武道场开业的日子，时间便越是浓稠、憋闷、难熬。

“徒儿，这些日子，我跟其他几个馆主合计了一下，说实在的，真武道场在请柬上列出的谱诀、典籍、资料，这些都是宝贝，倘若咱们能拿到，几年内咱们的实力肯定大大提升。倘若是别家的典籍，咱们根本看也不看，但这正是咱们本家的上乘功夫，当年你师爷也不会，他们是怎么弄到手的？而且当真拿出来，必然有条件，真是让人忐忑不安哪。”一间拳馆的馆主，在办公室里，对自己唯一的入室弟子坦言。

“师父，别为难了，倘若他们的条件过于苛刻，咱们不要也罢，好好练好自家的功夫，不也得个问心无愧嘛?”这弟子确是个耿直忠厚之人。

“死心眼，你师父我这把年纪了，就算有再好的功夫，也不会有多大长进，要是能拿到手，将来你学了，再择人而授，那咱们这一脉功夫实力大增，你师爷要是泉下有知，必然欣慰啊！”馆主打定主意，这个机会一定不能放过。

第九十七章　我武惟扬

下午五点正，真武道场雇的车辆，早已停在了各个武馆门前。

有的馆主带上几个功夫最好、最亲近的徒弟赴宴，也有单刀赴会的，还有结伴而行的，形形色色，不一而足。

还未入中央街，便听得鼓声震天，这原是虎禅的主意，叫卫峰请来山西绛州鼓队，待车开近，见数十鼓手，于那红墙绿瓦的澄灵寺门前两侧列出鼓阵，赤裸上身，击鼓乐，正是一首《秦王点兵》。

自古以来，绛州鼓乐便有名望——声闻百里，地动山摇。

无心一开始担忧，如此铺张扬厉的排场，是否会让人厌恶，虎禅却说他自己其实也不喜欢这样，但在上月那场挑战中，咱们是赢家，气势越盛，他们在心里才会觉得自己输得有理。

果不其然，看到这等排场，大半拳师被那鼓声激得心旌摇荡，三魂不定，七魄不安，战战兢兢，就连走路的姿势，步幅大小，都不似平时。

还有那见惯大场面，心如止水者；有多年修炼，心若磐石者；有诚心祝贺，见此兴盛之景，越发激昂，点头赞许者。

又有众多过路人围观，门庭若市。

世上不会有太多人会用积极向上的情绪面对失败。所谓抬手不打笑脸人，为了避免不必要的争端，真武道场的诸位经商议后，雇了十个大胸大眼，小鼻小嘴，笑容甜腻、声线勾魂的迎宾姑娘，引各位宾客于澄灵寺门前所布置下的桌椅就座，奉上茶水点心。原本还带着些怨气的拳师，见到这些姑娘旗袍叉间忽闪而过的白花花一抹风情，又被眼角一勾，火气先就熄了大半，又不好意思直勾勾地盯着看，便开始不停地转头，眼睛从姑娘的脸面、胸前、腿上扫过。

虎禅很早就发现，大凡没经受过美人磨炼、看到个黑丝袜走过就胡思乱想的拳师，特别容易心浮气躁。

“嘻，离了阴阳道不全。”虎禅每次强行引用张三丰祖师的话来证实自己的歪理，阿生师父都会不屑地撇嘴：“切——”

每次想到这里，虎禅嘴角都会忍不住翘起，再看看身边无心，他也不好意思正视这些姑娘，时不时瞟一眼，吞口唾沫。

“喜欢不？喜欢的话把你这道袍换了，去试试？”虎禅拍了无心一把。

“没……没没……”无心红了脸——真是单纯的人，什么情绪都写在脸上。

虎禅心知人已到齐，起身整整衣衫。

门外客座上，众人多有相识，结伴议论起来。同是练武人，找话题本就容易，可都没离开“真武道场”这个主题。

“你们说，这会不会是华盛的什么阴谋算计之类？”

“我不这么认为，岳虎禅的功夫，我们有目共睹，他也是实打实的赢了神威馆那黑人，什么都可以作假，武功假不了。”

“不行，谁说功夫好的就不会算计，你看今天这阵势这般大，我看他是越活越回去，想在武术圈里坐大……”

“不可能，在武术圈坐大能有多少好处？据说这澄灵寺的主持，那可是八面玲珑，不知与多少达官贵人熟稔，居然能把自己的寺院让与真武道场，就这件事情本身就可见一斑……”

众人正猜得入港，鼓声击出了华彩段，果不负“地动山摇”之名。鼓声正在撼人神魂之际，忽然间偃旗息鼓。众人还没回过神来，猛然又一声呼喝，仿如晴天霹雳。

“真武道场大当家，岳虎禅，欢迎各位前辈！各位朋友！谢各位赏脸！谢谢！”虎禅立于台阶上，运足中气发声，不怒自威。

众人抬头，见寺门前虎禅趋前行礼，身着朴素的麻质长衫，后列六人，各穿属于自家拳种的武服。卫峰着空手道服；英明着柔术服；大头穿泰拳短裤，带上头绷与臂绷；喀纳斯只穿紧身运动衣，看不出流派；而无心则是一袭道袍，头带一字巾；五人前些日子俱出过手，众人识得，唯独多了个身板高大厚实、看上去能屠熊裂虎的猛壮青年，有人认出，是东联大拳师郑山河的义子，大家面面相觑。这东联华盛是死对头，两家的晚辈却如何坐在一条船上？左右看看，有东联的拳师，有华盛的拳师，亦有近十位不属于两派，自主中立的拳师，怎么看也不像是鸿门宴。

来客多是老江湖，熟稔江湖礼仪，没走神，起身还礼后，便不再说话。开口洋盘闭口相，老成持重的，谁都不愿先开口说错话、做傻子。

“平安，助我！”虎禅一声招呼，郑平安沉腰坐马，双手相叠，为虎禅踏脚之用。郑平安发一声巨吼，双手发力，助虎禅纵身而起，扯下蒙在招牌上的红绸，显出“真武道场”的红木招牌。

“咦？那是……”练武人眼尖，大都看见这牌匾的落款——南宫千红。

南宫千红何等样人？在场的人就算没亲身体会，也早有听闻，这妮子平日看似不食人间烟火，远离尘嚣，修身养性，可偶尔兴起，出手为山爷做上一两件事，却是心狠手辣，如妖似魔，甚至一副倾城姿容，也被那攒下来的凶名盖过。她竟也是真武道场的支持者吗？一小撮人又见虎禅相貌俊朗，不免有些猜测。

人心是世上最自由的东西，男人遇见美人，哪怕不爱慕，亦会引来些许浮想，可偏偏对于山爷这闺女，不管是谁，大家都没了念头。

东联的拳师们，本是抱着来看看的心，倘若真有白吃的午餐，那就啃上几口，若是跟真武道场往来得密切，那是万万不能的。而今见到南宫千红的手笔，心中再无忌讳，大家一直都听闻，就算是山爷，也惹不起自己这闺女。

“好！恭喜！”那曾被英明击败的虎叔，带头造势，身后人群也沸腾起来，正是虎威武馆的弟子在为真武道场助威。有人带了头，登时便热闹起来，不论真心假意，皆起身祝贺，真武道场七人亦下场还礼。

礼毕，七人回到真武道场招牌下，虎禅扬声说话。

“在下再次多谢诸位叔伯、前辈，诸位兄弟提携，日前一战，受益匪浅，若有冒犯之处，请诸位多多担待，莫放心上。”深深一躬，极尽诚意。

“我知道大家如今到来，心中多有疑虑，不需各位开金口，在下明白。我师承武当玄武派与戴家心意门，自幼便听着从前武术高人的典故长大，好武成痴，所做之事，唯武而已，请各位莫要怀疑。”

这话若是出自别人之口，众拳师却是难以置信，武术这门手艺，能传不能给，莫说是戴家拳，就算是罕世难逢的神功秘典，也得刻苦努力，再多加实战经验方才有成。虎禅未满二十，功力深厚，身法精纯，打法老辣，若不是日夕苦练，又有高手指点，根本没可能。

“明人跟前，不说暗话。如今太平盛世，早已不是武人当道的时代，咱们练武习拳，谈不上什么为国为民，也并非为财为物，只为在辛苦努力后，做到从前做不到的，击败从前无法击败的，为了这一刻，我们练武人能孤独困苦十数年、数十年、乃至一生，其中艰辛，不足为外人道也。在需要的时候，武人可以用武术行侠仗义、救世济民，但这些跟武术，从来都没有必然联系，我不相信这些会是咱们在场任何人对武术苦心孤诣一辈子的理由。武术的世界，也须得众人各自努力，开花结果，随后百花争艳，方才兴荣昌盛。在下自认武术知识甚广，却从未听闻任何一位英雄，能凭一人之力托起武术的辉煌。我们之所以能在武道上走这么久，也是因为看不到头，不论自己多厉害，都有人与自己并肩，这才是我们的动力，才让咱们兴致不减。今晚，我会履行承诺，将在请帖上所列出的典籍、资料，一一奉上，请大家莫再怀疑，希望在不久的将来，今天在场的各位，都能更上一层楼。”

听得虎禅这话，多有那耐得清贫志不移的拳师点头叹气。

“小子！不怕咱们记仇，等功夫练好了，再来踩你的场子，收拾你的人？”东联一位拳师为人豪迈不羁，随口笑言，看似针对，实则心中芥蒂已是渐消。

“若是前辈得到一部典籍，便能轻松拾掇了小子，只有两个原因：要不就是我自己偷懒，落了后；要不前辈您就是传说中那天生骨骼精奇、头顶一道灵光冲天的绝世天才。”

“哈哈哈哈！”众人连带这发问的拳师，均哄堂大笑，而众位拳师带来的年轻弟子，听虎禅这等言语，好感又多了几分。

“慢着！”另一位隶属于东联的拳师站起来，伸手止住众人笑声。

“小哥，既然明人不说暗话，我也就直言了。我不相信这世上有这么多的便宜事，白拿人家的东西，我会吃不好睡不着。我知道你是华盛董事长岳殷鸿的儿子，如今你做这么些事，真能没半点私心？或者说咱们得了这些好处，你是要咱们为你做些啥？不妨直说了吧。”

大半人闻得此言，点头称是，纷纷侧目，望向岳虎禅。虎禅亦收了笑容，神情凝重。

“我很小时，就常听得门中长辈说一句话：‘拳这东西，想要的，千金难买；不要的，粪土不值’，我虽年轻，不及诸位见多识广，可也走访了许多武术胜地，见过许多练武人，练功倒是刻苦，可就是因为缺了些细处功夫，或是原本的功法体系散落别处，不得周全，浪费了太多时光，终不得成就。人生一世，前除幼年后除老，中间光景不多，再有炎霜烦恼，还能剩下多少时日？一辈子，因为这点欠缺，活得没了价值，就是谁见了，心中都不免酸苦。若我知道这欠缺的部分，而对方不嫌弃我年轻无知，我便帮一把，这本就不是什么上刀山下火海的事情。若说私心，倒也有一点，若各位觉得我的功夫还过得去，不会误人子弟，今日之后，便给我的武馆多捧捧场。”

“捧场？这是武馆，可怎么个捧法？”适才发问的拳师再次问道。

“我的武术来历，大家都已知晓，请我的六位兄弟，给大家报上自己的流派。”

“沧州八极拳！”

“极真空手道！”

“藩蓝泰拳！”

“武当玄武派弟子！”

“古柔术，无比流枪术！”

“摔跤与翻子拳！”

“我们有心将自己的武艺尽心传授，有教无类。如大家对我们还算放心，对咱们的武术有兴趣，大可以派自己的学生与弟子来我们这儿学艺、串活儿，把我这儿当做一个不论身份，不论出处，纯粹的武技交流场所，也算是给我们旺旺人气。只要学者用功，我们便不会有半点藏私，知无不言，言无不尽，这便是我的请求。”

发问的拳师，早已认出了郑平安，也看清了牌匾上南宫千红的题字，虽不知这里头有什么样的因缘，终究是信了虎禅的话，拱手行礼。

众拳师反复议论，这事对自身实在是百利而无一害。除了少数几个功夫不过硬，生怕学生被真武道场抢走的拳师仍静默不语之外，其余的人皆兴致勃勃地与身边的相识议论纷纷。

“七人皆是少见的青年好手，能聚在一起真是少见。”

“拳打两不知，咱们虽是无意让弟子们学国外的搏击术，但是见识、切磋一下还是必要的，免得将来碰上了被打得手忙脚乱。”

“我早听说，戴家的内功是少有的好功夫，不知他可愿拿出来教授？”

“说老实话，咱们自己都还得对徒弟留一手，他一个外人，不好说啊。”

“他说了知无不言，言无不尽，又要把各种武术资料公布和赠送，想必是没问题的……”

众人正议论间，虎禅把手一摆。

“本道场已为各位准备好了宴席，请大家入场，吃好喝好后，我们便请出各家典籍，与诸位一同参研。”

第九十八章　武心布施破愚顽

七部3D投影机在真武道场的空地上分布，点亮的那一刻，宾客们发出惊异的呼声，陆续起身走上前参看被做成3D影像的典籍，那些字迹、图像凌空漂浮，恍若高山之鹤，绝顶之云。

“科技改变世界啊！”看见宾客们的反应，卫峰和大头在远处直乐，再看那些拳师带来的年轻人，更显兴奋，想必对他们来说，真武道场才是他们心目中理想的练武地。

“这些投影的资料，原先是不立文字之物，我得自师长、前辈的口传身授，将展出三日，有兴趣的，需要的，可以来我道场里抄录。”

虎禅挥挥手，迎宾的姑娘将托盘捧上，其中承托的书本都是崭新的线装本，厚薄不一，乃新造之物。任虎禅再大方，也不可能将那些来之不易的孤本古籍随便送人。

“这些典籍，真假不必我说，大家都是武术行家，自己本门的功夫，就算有没练过的部分，稍微一看，还是会有头绪的。”

虎禅按照典籍旁放置的标签，哪部书赠哪一家拳馆，从迎宾姑娘手中接过，亲手交予宾客们。

“请好好修炼，莫辜负了祖先的智慧结晶。”虎禅将拳谱放在对方手上时，均微微欠身行礼、嘱托。

“这岳家小子，真是好武成痴了，难怪年纪轻轻，身手这般了得。”许多人心里都这么想。

虎禅又捧过一把用绸布包裹好的兵刃，来到大殿内，这里单独置办了一桌清真菜肴。

“阿訇,这是我给你准备的。不必客气,我当初得到这把‘祖勒飞卡尔’的仿制品,并不懂得这种兵器如何使用,又恐怕其中有什么特殊意义,因为自己的无知而失了礼数,那便是罪过了。想来想去,还是觉得把它交给一个懂得对待它的人比较妥当。”

阿訇对虎禅说:“愿真主赐你平安!”虎禅便更加郑重的词语互致“色目兰”,令阿訇有些意外。

“我认识另一位阿訇,从前我也常去清真寺与他聊天,是他教我的。”虎禅一向觉得穆斯林的眼睛看起来大都很清澈,平时人也很好,显得一身正气,所以很喜欢跟他们闲聊。

“有空也可以到我们清真寺交流,每天我们礼拜后,都会有许多穆斯林一块儿练武。”阿訇提出邀请。

“嗯?”虎禅方要答话,耳中听得气氛有异样,抬头向外面看,“呯”的一声,见一年轻拳师拍案而起,满脸悲愤。

“真武道场!混蛋玩意儿!这是我师父的拳谱!当年我师父就是被华盛赵横江打死,这拳谱却落在了你们手上!”

赵横江,便是赵伯的大名。

一时间,众人议论纷纷,更有些拳师略一沉吟,便对虎禅怒目而视,虎禅心中也是诧异。那日真武道场挑战众人时未见此人,想必是那些关了门、高挂免战牌的拳馆弟子之一。再看他手上扬起的拳谱,乃是《十路缠花手》,分属南拳体系,专讲一门还算精妙的擒拿打法。从虎禅练武起,这本书已经在阿生师父的柜子里了,他读过一回,只因这打法与自己的功夫体系并不对路,习之无甚助益,便束之高阁。试想赵伯武术练到那等境界,自有奇功,绝不会贪图这等物事,但是赵伯打死人,却真是毫不稀奇的事情。这年轻拳师说的并非完全没可能,何况此时若与他争吵,就算争出个对错,也是场闹剧,没任何意义。

除了适才嚷嚷说赵伯打死其师父、夺其拳谱的年轻拳师之外,其他人虽然都瞪着虎禅,却无人再发作,虎禅心中忽然有了一点了悟。

自打小时候看了《隋唐演义》后,虎禅对李元霸妖魔般的武功高山仰止。抛开那些文字上的记载,没任何东西可以证明世上曾有这么一个怪物。当然,也没任何东西能证明没有过这么一个怪物。可是所有人都告诉虎禅,那是虚构的人物，不是真的。

后来自己长大了，跟许多拳师提起枪神李书文时，极少人愿意细说，不是含糊其辞，便是一句带过。

这种类型的人历史上不少，后世的人在议论他们时，都貌似很聪明地否定古人的功绩与本领，好像每个人都长了双能看穿一切谎言的天眼。

直到后来，虎禅听人说得都有些怀疑了，当他问师父，这些人的存在还有他们的本领，到底是真的还是假的，阿生师父说："不须出处求真迹，但喜英雄做话头。相信这些故事，激励自己，对你有好处。"

赵横江，自己称呼他为"赵伯"。他指点过自己，也曾对自己拳脚相向，虽然打不过他，自己在他面前却是直着腰杆，底气十足，因为那是虎禅还是个孩子，一个赵伯觉得有情分，乐意关怀的孩子。

赵伯与阿生师父是完全不同类型的武人。师父一心只在悟道修行上，赵伯却是地下秩序中的煞神。在别人心里，他的名字恐怕也是个人们不愿提起的咒语。百年之后，这些拳师们的徒子徒孙，很可能也会告诉自己的徒子徒孙："嗨，都是瞎吹的，哪有这个人。"

"之后的结果呢？不敢对付他的人，只能迁怒于我，他们因为害怕赵伯，未必敢当真对自己下手，可是今日要是闹起来，怎么办？"

"这事，我并不知晓，是否属实还……"虎禅还未说完，忽闻一清亮女声叱道："给我拿下！"

虎禅闻得这声音，只觉天降投星，好似久旱逢甘霖。

随之人影一晃，正在喊冤的年轻拳师被人拿住了手腕，立刻单膝跪地，正是张军，使个"小缠"的手法，将人擒下。

"都坐下吧。真武道场是岳虎禅当家，可我却是大股东。华盛的赵横江，除了我郑山河伯伯，谁敢跟他单打独斗？你师父？你师父当年收了罗汉的钱，十几人埋伏赵横江，被打死了还好意思翻旧账？"千红只是淡淡地说着，吐字清晰，大家都听得明白。她也没再像往日那般，稍有不顺心，就变出一个酒瓶。

众人面面相觑，没想到东联大小姐这时候出现。

"你那本破玩意儿值得人家杀人夺宝？郑伯跟赵横江分不了胜负，你别辱没了这两人。你回去告诉罗汉，唯女子与小人难养也，我是女人，在我的馆里闹事，我记仇，以后再算。”

“这……大小姐，您的地头？”一位东联的拳师问道。

“哼……”千红嘴角翘起，望向虎禅。

“老板，有失远迎。”虎禅大步上前，离千红三尺远近便停下，行个抱拳礼，深深一躬。

“我雇你做武术教习，是因你与你众兄弟的本事压得住场面，以后若再有这等无理取闹之人，乱棍打出去！还有，以后别叫老板，怪难听的。”

“是，我会注意的，卫峰，给大姐上茶，看座。”虎禅一袭长衫，望之俨然，言语正气，还真像个君子。

“嗯，好，很好。”千红本就比虎禅大上几岁，一听这称呼，贝齿咬得咯吱响，好似泼油入火，寸心如焚，脸上绷着笑，只想等众宾客一会散去后，活生生弄死他。

卫峰在大殿门前放上张黄花梨木椅子，旁置一茶桌，千红落座，仪态万方。虎禅站在千红身旁，场中众人目瞪口呆，一时间有些不明白。千红低头沉吟片刻，脸色红晕，嘴角泛起一片欢喜，伸手在虎禅屁股上狠狠掐了一把，疼得他倒抽凉气。

众人恍然大悟，“噢”地发一声，立即各做各事，收好真武道场赠送的谱诀，起身观看投影上的字迹与绘图，再没多说多问一句话。

七部3D投影机所打出的内容，分别为：身法篇、内壮外壮篇、打法篇、计略篇、修身篇、育人篇、日常篇，虎禅将自己从小练武所知所得，竭尽全力整理成系统，阐述武术中方方面面的理路。

身法篇——无论内壮、外壮、打法之类，总需从身法入手，若非如此，纵有千斤巨力，罕世奇招，与人较技、搏杀，终是失机失势，盲拳瞎脚。起初调教身姿，举手投足皆有法度，日久天长，一举一动皆能周全。再行步走拳，久后筋骨灵活，身心协调，或动、或静，周身皆无阻碍处，无懈怠处。再加向上功夫，纵高伏低，闪躲避险，纵横来去，走转灵通，皆由苦修身法而得；若进攻，身法规整者，齐进齐退，恍若排山倒海……

内壮外壮篇——功力修炼，无非内壮外壮，内壮即旺盛、导引气血，强固内脏，保养精神。锻炼气血、强固内脏之法，或静、或动，皆以相应身法体式配合呼吸运动。常年修炼，精细观照，犹如明医用药，随身体状况、天时气候、人之情志而加以调节……外壮者，强化筋骨皮肉，筋长则气力雄猛，髓浓则骨硬似钢，而气血流畅，脏腑清洁，则皮肤润滑细密，肌肉柔软坚韧。除各人本家拳法外，另列有数种内壮功法、筋骨皮肉锤炼之法，适宜于各种功夫，供各位参考取用……

打法篇——武术中，拳脚功夫常见基本招法为踢、打、摔、拿、挤、靠、挨、膀。各家各派武术中，又以扑跌、捶把，为拳中之最精要者。扑法者，如虎扑食，非打非摔，一把击出，可虚可实；若敌方打法严密，守御整齐，则须在交手瞬间取得对手动向，或使绊、或牵扯、或冲撞、或进退，随机应变，亦可谓之“搏”……

计略篇——打法之外，与人相搏，另有谋略，人之周身，不外一体一首四肢，人之心中，悲喜、哀乐、强弱、善恶……古往今来，从未改变，不论拳脚千变万化，皆有迹可循，如：欲打人后颈，当胸一捶，下起暗脚，对方必低头，引颈就戮；若攻对方下盘，不可直进，反要后退，一退再退，对方必然追打，待对方冲上，重心必落在前脚，此时先照脸抓一把，脚下随出，或使盘脚，或使钩挂腿法，必倒；又如扑跌之时，若要抄入对手右腋下，须得先夺左臂，左臂受制，右臂必动，右腋下必有破绽；若要拔人根基，必先向下按住，敌本能欲起，我劲道忽变向上，他脚下根基必断，若要将其按倒，也必先向上托，他定然沉身相抗，我劲道忽变向下，他必跌倒；欲打人腹部，一巴掌反手对脸扇出，另一手在下，崩拳随即而出，必打人手忙脚乱；又若要将对手击得飞退，必先拉拽对方，或衣或手，待他欲向后逃脱时，松手推出，这时莫要停顿，赶步冲上，不胜亦难；又或抓、或搂、或缠、或拿、或踩等，将敌牵制，敌必将奋力挣脱，当敌发力之时，莫要相抗，突然轻巧地撤手、让位，敌必用力过猛而散乱身架，或集中精力挣脱，而顾此失彼，这时破绽极多，正是下手猛击之时，而拳中之重手法，在此刻使用，方可见效，或继续近身快摔、扑跌、挤靠、冲撞，亦是上选……此类计略运用，非虚招、实招之分，手手是实，乃方便法门，须得不断与人切磋较技，熟稔人心，方可有成，此一对一战法；若以一对多，且战且退时，出手多用封目、扎眼，慌一人，攻另一人，退守则选高低两路……

修身篇——天下治道，曰德曰威，曰文曰武，乃互为根基之学。先人云：武事还需文事精，言不失仁，行不失义，在武术中细细揣摩自己内心，又向外认知外物、人心，便不会受人所制，不让外物伤害自己。练武，本是修身正道，常年心平气和，坚持刻苦，久后能祛贪嗔痴之念；而德行本身，又与练武息息相关，心逆险诈者，行僻固执者，虚伪好辩者，记丑博杂者，顺非结党者，不论任何手艺，皆难得成就——若在桩功中，略一疲惫，随即烦躁，烦躁则心跳急促，身体滞僵，久后充血上脑，未伤他人，先伤自己，灭却不了心头火，功夫难有寸进；若在打法中，则无法专注，乱打、黑手等，皆成技穷之状。反之，我不生欺辱、愤怒之心，则魂魄不散，五脏俱宁，来犯之敌不得不中我法之制。而平和之心对于练拳亦是重要。各门拳法，为成就后人而代代传承，修行之时，实是拳炼人，而非人练拳。健全完善的武术，有各种正确方法，须得舍下固执，舒活身心，将自己彻底交给拳中法度，则进步迅速……

育人篇——山大石多金子缺，天下人众奇才少。学者，山长水远，访一名师，将心意付于他，却未得师父之心，不易；师者，费了心血，满树皆开花，结果无人成，亦是不易。师择徒而徒亦择师，好似男子择妻，女子嫁汉，有几个天生一对？所以，单是以武传武，难遇贤良，须得从心改善，慢慢教化——对于血气刚强者，需以心平气和柔化；心机思虑深者，便以实诚和蔼感化；勇猛凶暴者，则需合情顺理者辅助；敏捷轻快者，则需举止合宜者约束；器量狭窄的，需要宽宏大量者来开阔；卑鄙贪利者，就用远大志向来激发他；庸俗散漫者，就以良师益友来潜移默化他；鲁钝厚重者，便用文章歌乐来调剂，用多加思索来导通……

日常篇——防身者，保身避险之法，与医家“不治已病治未病”的道理相同，莫等到了凶险关头方才拔刀出鞘、拳脚相向，若早早多加防备，亦是君子之道。出门在外，旅途结交需用心，坐船过渡莫争先；宁走高岗十里远，不走低洼五里平；未晚先投宿，清晨早看天；黑夜烈风莫行路，行路多有凶祸来；路遇转弯需绕大，有凶有恶能防备；目中不时要轮转，行坐经常要小心，耳中多多忆报应，语中不时常调和……

众人看得入港，论得真切，受益匪浅，无不赞叹。

第九十九章　门生受辱，虎禅护短

天色已晚，众人慢慢散去。华盛剩下虎叔，还在那影像前看得入迷，虎禅走到身边，轻咳一声，虎叔才醒过神来，见虎禅向自己挤挤眼，又向千红努努嘴，这才知趣。

“贤侄，赶明儿这些资料能给我打印一份吗？”

“行，小事。”虎禅笑笑。

“那我先告辞啦！”虎叔好似发了少年狂，蹦蹦跳跳地跑了。

还有两个东联拳师也在那影像前着魔似的，千红捡块石头扔去，挑动两下眉毛，笑眯眯地说：“别急着走啊，明儿记得再来啊！”两人猛醒过来，不禁额上冒汗。千红的艳色，看在眼里与孽鬼毒魔无异，互相攘着，疾走忙逃。

“我出去一趟。”虎禅回头对弟兄们说。

“我也是。”千红道。

“噢，有啥事大家一块去。”平安跟着。

“哪凉快哪待着去！”千红骂道，虎禅苦笑。

其实，虎禅有时候会觉得千红生气、跳脚骂人的时候，更有人味儿，还挺好看的。

“大小姐，去哪？”张军问。

自从跟虎禅发生关系后，千红便没再开车去公路上撒野，出门都让张军做司机，那辆斯巴鲁翼豹也一直扔在车库里，不受待见了，张军很奇怪为什么会这样。

“去……去……哪？”千红抛个媚眼盯着虎禅。

“前方两百米，便捷酒店！”虎禅随口道。

“兄弟，霸气。”张军回头竖个大拇指。

“霸气霸气霸气！”千红抡着包便砸，两人各打二十大板。

“便捷酒店实惠，我是刚创业的人。”虎禅睁大眼睛，一腔子纯良青涩。

天热，人心气旺，千红气得粉汗淋淋，一把扳过虎禅脑袋，抓耳挠腮。

“你长大了你！你翅膀硬了你！涮起我来了……张军！调头！开车！”

“喂，我脸上还有瘀……痛啊！”虎禅被挠得晕头晕脑。

“哈哈！”张军大笑，一脚油门，十分畅快。

待到两人私下相处，为免当真被收拾，虎禅像个牲口似的先下手为强，抱起千红放在自己腿上，双臂环腰搂着，不说话。

“这些天，我和我爹，像两块磨刀石，我磨他，他磨我。”千红道。

“结果如何？”

“下午我爹累了，不说话了，我就来这找你了。”

“还有什么担忧的事情吗？”

“咱们的事情，大致已经周全了，尽管还有些外患，但成不了多大气候，虎禅，我爹累，我也累了。”

“嗯，那你先躺下吧，我去洗个澡。”

“不要，我不嫌你脏还不成吗……”千红抓着虎禅的袖口，笑得像个狐狸。

“……嘿嘿，男人是泥捏的，女人是水做的，我嫌自己脏。你先躺下，一会儿就好。”虎禅愣了好一会儿，自己把自己嗅了一遍，眼中恍惚，千红这样子，真的很像从前那位不知道如何称呼的亲人。正要惆怅，莫名地想起七爷有一次开玩笑说过：“女人漂亮到一定地步后，怎么看起来好像都长得一样？”忽然想笑，憋了回去。

洗完澡出来时候，虎禅见千红眼睛闭上，似是睡着了。刚刚走近，千红忽然醒了过来，伸手搂过虎禅，滚在床上，把脸扎在虎禅怀里，腿也环着虎禅，抱得很紧。

次日，真武道场正式开放。

虎禅在寺院的底子上进行整修改建，在那大俗场八部众神铜像坐镇之下，道场更显得气势恢宏。再加上这些日子的广告造势、外界传闻，已经让真武道场的传奇色彩深入人心。更重要的是，这里七位教练，除了卫峰脸上凶巴巴的，显得有些老相之外，其余六人，面相都不错。这样一个好地方，当然不是寻常武馆可比。

七人分别教授七种武术，由学武者自行选择。七门课程之外，另开设一门讲授中外武术高手典故与练武者为人之道的必修课。一时间，门前车水马龙，交费报名者络绎不绝。老一辈的各武馆馆主看到这景况，直觉得自己老了，力不从心。年轻的武师见了，开始总觉得是虎禅傍上了千红，但细想下来，虎禅的身份较之那大小姐也只高不低，何况这道场里六个如狼似虎的家伙，都服气岳虎禅，这岳家小子自然也有些本领。于是只能叹口气，说真武道场大当家艳福无边，随即又转个念头："南宫千红这样的凶恶婆娘，岳虎禅要是出了轨，说不定就被阉了！"想到这里，便觉得南宫千红没喜欢上自己，才是真正的运气。

自真武道场开张以来，已经一月有余，除了开始三天，跑来抄写拳谱和索要资料的人络绎不绝外，东联旗下武馆派来交流学习的，只来得"大猫小猫两三只"，好在华盛有拳馆派徒儿们来学习拳法。现今整个道场中，有七成是背景干净的普通民众，此外据说东联华盛两家的争端近来少了许多。

每日开始练习前，虎禅都要挑些武术中的守则讲课，希望学武者在接下来的练习里可以用上。

"臂，乃一身之门户，宜狭不宜开，开则使敌人可揭可挑，而我则身法涣散、辗转不易，难保不失。臂力向上使，则吸气向上，臂力向下使，则呼气堕下……手，围护自身者，手也，须得上下左右相顾，左手上，则右手下，右手上，则左手下，若在身法转动中，身转左，则双手俱左，身转右，则双手俱右，如此方能迅疾，又有长短伸缩之变，总而言之，以熟为要……"半小时理论课讲授完毕，虎禅来到偏厅。前些日子，千红让人送来一整套海南黄花梨家具，大家便将这偏厅布置成了办公室。

"虎禅哪，有些问题啊，这么大个场子，虽然方丈没有收你租金，真要按照市价算，这种地方一年的租金，没有二三十万根本拿不下，咱们这个月的收入是三万块，虽说收入不算太少，还要除去水电费，训练器械折耗……方丈没收咱们钱，那是咱们的运气，可生意没这么做的。我想把李晨也叫来，让他给咱们管财务、做军师，顺便多开些经营项目，你说呢？法财侣地，咱们练拳的，没钱不行哪。”卫峰每次一提到赚钱、生意之类，便严肃非常，眉宇带煞。

“行。”虎禅没多说，这方面的盘算，卫峰比自己擅长了不知多少倍，坐在椅子上闭目养神。

“老大，咱这儿真是南宫千红投的钱？”

“是。”

“那她那部分收入……”

“我拿钱的时候，就没立字据，她买的是我这个人，你放心干就行。”

“不是……我听着咋这难听，这叫……叫包养是吧？”卫峰一边说，一边准备伸手格挡，不知虎禅要扔个什么东西过来。

“嘿嘿，我乐意。”虎禅傻傻咧着嘴儿。

“你骨子里的那点儿贱，终于生根发芽了，脸皮也练厚实了，大事可成矣。”卫峰拍着桌子狞笑。

正说着，大头的泰拳训练也已结束，来到办公室稍事休息。

“虎禅，今天小辉没来上课。”大头随口说道。

“打个电话问问吧，咱们既然是教拳的人，那就该适当地督促。”虎禅说。

小辉本就是东联旗下一家自由搏击拳馆的学生，主修泰拳，同时也为东联做事，负责一间赌场的放贷。那一日，大头与阿培交手时，小辉也在场观看，才知道自己所学的国产泰拳与正统泰拳的差距有多大。他在真武道场宣布对外招生后立即报名，每日练习亦是非常刻苦。说也奇怪，当他一心扑在拳法上时，在外与人打架越来越少，也不知是在真武道场中实战多，已经打得没了脾气的缘故，还是真正迷上了武术本身的技术。

国内对泰拳有太多的误传误解。有人说泰拳手每日里踢香蕉树和椰子树之类，有的说泰拳就是个狠，狠得多了，寿命就短，想当然的说法跟各种谣传数不胜数。

泰拳手的练习量巨大，可光是练习，并不会缩短拳手寿命。只是擂台实战多了之后，身上难免有各种旧伤，就算有适当的方法保养，也没有足够的时间恢复，日久天长累积下来，便削减了寿数。

虎禅与大头再见到小辉时，是在医院里。小辉全身上下都有轻重不一的钝器伤，好在并不致命，送到医院时已然昏厥，这会儿已经醒来，靠在病床上，说是还得观察两天。

“能告诉我是怎么回事儿吗？”大头轻声问道，也许是在泰国时，多与僧侣交往，佛荫之下，也有了些慈眉善目。

“哎，华盛有几个人在我们的赌场耍钱，输红了眼，借了十三万，老板让我去收了几次账，把他惹恼了，找了十几人，揍了我一顿。教练，我是按你的吩咐，真的没有先动手……唉，被打成这样，给你丢人了。”小辉叹口气，摇摇头。

“猛虎难斗群狼，世上哪有没输过的练武人，好好总结一下当时的情况，把不足的地方补足，这便又是一场来之不易的实战经验。”

“嗯，师父放心吧，我会尽快养好伤，回去训练的。”

听了大头的话，小辉脸色也开朗了许多。

“出了这样的事，东联不出人给你帮忙吗？”虎禅问。

“是我自己不想跟上面说，给老板多添麻烦，好像没能力的样子。我女朋友说，想明年跟我结婚，我也想多存些钱买房，等我伤好了，我还是再催几次吧。”小辉的样子很是无奈，这跟硬着头皮讨打差不了多少。

“你的武技是大头一人教的，但你是咱们真武道场的弟子，我也没理由逃避，回头我给你讨个公道。”

说完虎禅也细细地看了小辉的伤处。

“晚些我让我师弟无心来给你扎几针，用点药，不出一个星期就能痊愈，伤好了，就立刻回来练拳。另外，告诉我欠账的人叫什么名字。”虎禅拍拍小辉肩膀。

午饭后，真武道场七位拳师，出现在华盛总部大楼的接待大厅。

第一〇〇章　聚财之人

保安有认识虎禅的，没多阻拦，众人上了岳股鸿办公室。岳股鸿正与七爷商量事儿，一见七人闯进来便觉势头不对。

“爹，七爷，来看你们啦。”虎禅唱个喏。

“来来来，七爷看看，有出息啦，真武道场大当家呀！”七爷见到虎禅倒是十分高兴，只是岳股鸿见七人同来，嗅出点儿不寻常的味道。

“叔叔好！”

“好好好，你们好。”六人忽然行礼，倒把岳股鸿下面那句“带这么些人，来给爹显摆哪”憋了回去。

“七爷，我有些事儿，想找你私下说说。”

“什么事儿，就在这儿说！”岳股鸿严厉训斥，却得了虎禅一个鬼脸。

“走，到我办公室。”

虎禅把华盛职员欠账，又把去讨债的真武道场弟子给揍了一事，与七爷明说。

“你想要我如何办？”七爷笑笑，问虎禅。

“按道理，按规矩办。”虎禅道。

“哼，难怪还带着这么些人来，也是啊，要是小赵不在，你们七人也还真能横冲直撞，要按道理按规矩，也得显显实力，是这意思吧？”七爷冷笑。

“既然要按规矩按道理，我当然不好意思跑来跟七爷撒娇，我都多大了？如果那样，就是七爷您在帮我，已经不合规矩了。”

“行，我给你问问。”七爷刚拿起电话，却响起了敲门声。

“进来。”

“七爷，您……”来人一脸的谄媚，方要打招呼，见虎禅等七人也在办公室里，愣了一下，又挂上笑容与虎禅等人打了个招呼。七爷也是一愣，便让虎禅留下，其他六人出去。

“这是我侄子，你有事儿就说。”七爷对来人道。

“七爷，我最近手头紧，想跟您借点儿钱，不知……”那人还没说完，七爷做个手势止住他的话，拿起电话。

“替我查查王二的账，对，还有欠的外债，我马上就要。”七爷说完放下电话，靠在椅背上闭目养神。尽管办公室内开着空调，来借钱的家伙额头上冷汗直冒，虎禅这才知道，来人便是欠了小辉账的人，看七爷这般做事，也不好轻举妄动，便在一旁站着。

一刻钟后，电话响起，七爷接了电话，一句话不说，面无表情，抬眼瞟着王二，不怒自威。王二不敢看七爷，只低着头。

“好，把账单打一份，发给我。”两三分钟后，七爷对电话里吩咐一句，便挂了电话。

“据说，你输得快要卖自己老婆啦？”七爷端起茶杯抿一口，王二以为七爷要抄东西砸人，脸微微侧了一下。

“钱，可以借给你，但是你要戒赌。”七爷淡淡道。

“戒，我一定戒。”王二有如皇恩大赦，乐得自己姓啥都不知道了。

“不行，现在立刻戒。戒了，我就给你钱。”七爷打开办公桌下的柜子，数出一堆白花花的现金，王二按捺不住，便要上前接钱，方一伸手，被七爷一把抓住手腕，把食指和中指按在裁纸刀上，抓着刀柄便闸了下去。

“啊！”一声撕心裂肺的尖叫。

“虎禅，我管教我的人。”七爷的手，被虎禅一把抓住，再也闸不下半寸，王二裤裆已经湿了。

“七爷，钱，你得让他还了，至于如何处理，交给我才合规矩。”虎禅道。

“他不让你当洪七公，你逃过一劫。”七爷对王二说，王二这时直想给虎禅跪下。

“七爷，我有个话，今天留在这儿。我的道场很大，七人分别教授七种武术，有教无类，是纯粹的练武地，所以会有华盛的弟子，也会有东联的弟子，更多的会是普通人家的男女老幼。若是有人与我道场的弟子结怨，只要双方同意，我便给那结怨双方在我道场里有个公平一战的机会，成王败寇，不牵涉更多人，这是良性竞争。”虎禅说罢，转头看着王二。

“我答应！我答应！”王二抓着了救命稻草，不管再怎么打，总比被七爷收拾要强。

“这回，虎禅给了你机会。下次再赌，我切了你子孙根。”七爷撂狠话的时候，从不发怒，语气平平，说到做到。

“两个星期后，到中央街真武道场，跟我道场的小辉公平打一场，不论输赢都是解了恩怨，不再追究。哼，这两个礼拜，好生练练身体吧。”

“小子，你挺行的嘛，乍看上去，跟黄飞鸿似的。”待王二走后，七爷跟虎禅侃起来。

“我讲道理嘛。”虎禅又咧嘴，露出两颗虎牙笑起来。

“乾爷和金爷走了，我挺无聊的，晚上跟我喝一顿吧？”七爷问。

“不找我爹喝？”

“他？他不好玩，跟他喝酒就是大眼瞪小眼，你一杯我一杯，倒了，回家睡觉。”七爷嘴里嘟哝着抱怨。

“嘿嘿，那就吃海鲜吧，还有我六个弟兄也要有福同享，让您破费啦！”虎禅大笑。

“呼，真是‘土匪下山’哪。”

两星期后，虎禅请来华盛与东联旗下的多位拳师，举行了一次武术交流会，摔跤、自由搏击以及传统武术的较技，由众人各自挑选项目，再行抽签。华盛拳师自不必说，东联这些拳师也受了虎禅赠送拳谱的恩惠，而且比武较技也不涉及恩怨，自然也都到场。小辉与王二也打了一场。比武的时候，小辉不骄不躁，将节奏把握得死死的，王二只打中小辉两记盲拳瞎脚，完全不构成威胁，一分钟不到便被小辉 K. O。

这两个星期，王二在健身房拼命练习，可哪里比得了踏实扎好基本功，又常与道场内其他学生交手的小辉，倒是比赛后小辉在台下找到王二，说：“比赛而已，不必觉得有什么丢脸的，我学的武术系统完善，而且下的苦功比你多很多，我赢是应该的，有空多练练，你觉得自己练好了，咱们再比划。”

王二也被打得没了脾气，平日里在街头巷尾没少打架，当真遇上了拳法系统完善，并且持之以恒的练武人，才发现自己像个孩子。从前总是说狂话，什么武术再高，也怕菜刀，如今一试，才知是自作聪明了，适才擂台上那一分钟，简直比一个星期还难熬。看看自己身高体壮的，挑了许久，决定跟随喀纳斯学习翻子拳和跤术。

“唉，真是有其师必有其徒啊。”大头看着小辉越来越像一个合格的拳手，老气横秋地长叹，逗得其余六人乐不可支。

七个人中弟子最少的就是无心。因为没有切身体会过的人，看那武当拳，虽是行云流水，走转之间，游刃有余，总觉得不够威猛。所以，无心干脆在大殿后的佛堂里开设了一间针灸、正骨、推拿以及为伤员治疗的医务室，没想到收入比其他六人都高得多。

没过几天，李晨也来了，不光带来了殚精竭虑制作出的策划案，还带来了穆蕴贤这纯正的跤手及学校里那代理教练莫家豪。穆蕴贤摔跤功力纯正，早已定型，那莫家豪举手投足间，竟也比之从前沉稳得多了。

“老哥！想你啊！”虎禅见到穆蕴贤，高兴得直扑上去。

“咦！功夫又长进喽！力道越来越大啦！”穆蕴贤见到虎禅，心情极好。

“老弟，你功夫也长进啦。”虎禅转头，见莫家豪手足沉稳，气度已跟从前大不一样。

“惭愧，惭愧，这些日子我加强基本功，没想到有了不小的进步，才知道自己从前舍本逐末，真的太毛躁。”莫家豪不好意思地摆手笑着。

“来了就好，你的莫家拳和洪拳，非常利于群体教学啊！”卫峰嬉皮笑脸上前揽住莫家豪的肩膀，他从来不会放过一点可利用资源。

“你的伤都好了吧？真是对不住……”

“行了，先别说了，办公室在哪？大家都来，我们尽快把策划案落实，尽快实施。”

李晨是做生意的脑子，已经准备好了一系列的经营对象：除了将道场作为广告平台外，还与各大旅行社联系，将真武道场作为特色旅游项目推销出去；与各大公司联系，将武术作为员工培训或锻炼团体意识的职场必修课；穆蕴贤带几个徒弟，开设格斗酒吧式的踿场；莫家豪辛苦点，给他两个月时间，带出一帮学生，能上广场表演，能给人做舞狮队；虎禅，你是当家，努力练拳，每隔一两天便要去跟各武馆交流心得，维持道场声望……

之后，又开始考虑如何拿郑平安、英明、大头、无心当枪使。待得填充完策划案，李晨那肥厚的抓金小手对着虎禅张开："钱！我来跑业务！要请人吃饭、喝酒、唱K、洗桑拿！"

"行行，拿发票来找我报销！报销！"虎禅看着策划案，嘴都合不拢，直点头。

"噢！喀纳斯，你媳妇我也带来了，前面便捷酒店里等你，给她去电话吧！"李晨一拍额头，猛然想起。喀纳斯这壮汉火山爆发般，腾地冲了出去，办公室内大家笑作一团。

第二个月，虽然营业额还没开始上升，但是各项策划已经启动。虎禅、郑平安是镇馆之宝，每日里照常练功讲课。无心除了医务工作，李晨安排他每日清晨六点半至上午八点半在馆中无偿教授老人们太极拳以及武当的养生功法。这些老头老太身体有了确实的改善，喜出望外，不遗余力地进行口碑宣传，其中更有曾在高位的离退休老干部、老领导——虽是退了，其人脉关系却是盘根错节，不说大有用处，至少寻常人等，不好为难真武道场。

而卫峰的空手道与大头的泰拳教学，生意本就极好，李晨又再加大广告力度，一时间，真武道场无比红火。

李晨却是累坏了，虽是多年锻炼、两斤二锅头的底子，也不得不请了一个看似清秀文雅，大眼大胸，小鼻小嘴，美得"人畜无害"，喝起酒来却是"吸海垂虹"的女秘书。

虎禅几乎半个月都没见千红面了，十分想念。但是虎禅知道，千红虽不习武，却是自己如今还无法相比的强人，也清楚，千红亦想念自己，只是有事要办，当她有了休息时间的时候，会与自己联系的。互相之间不光不会成为对方的羁绊，还能在许多方面支持对方，两人活得海阔天空，几年，甚至十几年后，感情还能与如今一般。

只是那是非恩怨，心魔所造，人血是热的，欲望也永不削减。地藏菩萨不能成佛，不动明王的怒火永不平息，该是因此吧！

中央街附近有间茶楼，是山爷的产业。山爷正在包厢里喝着闷茶。

“千红，我说过，华盛不会因为你投资了一个真武道场就轻易对咱们罢手，你偏不相信。你要让我折了这半辈子的心血，再送了我最疼爱的女儿，才肯罢休吗？”

“爹，舍不得孩子套不着狼，说不定吃点儿小亏后，还有大便宜给您收哪。”千红笑得滋润。女儿本就长得美丽，近来又冒出一股子莫名其妙的丰润艳色，妖媚、妖娆之类的词，都不足以形容。山爷阅人无数，也不禁一肚子狐疑。

“因为真武道场的存在，最近暴力冲突，已经少了很多。相逢一笑泯恩仇，也得给双方一个能够相逢的机会。世上没有无缘无故的恨。前几天，华盛突然在经济上对我们进行打击，我已经留心，应该是罗汉从中作梗，他已经知道了我们手上掌握了他的各种资料，现在狗急跳墙，想多卷些钱走人，破坏性很大。”千红说完，嘴角冷笑。山爷看到，心里也为罗汉叹气，千红这孩子，怕是当真要出手了。

“爹，罗汉这单事情，交给我吧。”千红为父亲斟茶，轻柔而稳当。

第一〇一章　明王降罗汉

千红吩咐张军做事,众人不敢有丝毫怠慢。原来不论拳馆学徒、夜场保安、赌场保安中,多有张军心腹。方下令,真可说是“军令如山”,无人胆敢懈怠,皆奋力向前。

罗汉在桑拿城的包厢里,赤裸裸地被抓了出来。

“你一个晚辈,还是个女人,居然敢擒拿元老,回头我收拾起你来,你那顽固不化的爹也保不了你!说起来,我干儿子还没结婚,回头我让他跟你圆房,也不枉你叫我声叔,哈哈哈!”被带到千红面前的罗汉,依旧跋扈。

“都布置好了吗?”千红没半点火气,盯着罗汉。

“布置?布置什么?”罗汉心中有鬼,继续装傻,可眼睛中的细微动作,被千红看得一清二楚,更确定了近日查证的许多事实。

“你是忘记了还是明知故问?”

“你指的到底是什么事情?”罗汉不耐烦地沉身吼道。

“我投资的真武道场缓和了矛盾,以此为突破口,慢慢将事情解决,也好给公司的各位元老一个安定晚年。这些日子,从不分地段售卖毒品到低价转让出卖公司的场子、地皮,打乱市场秩序,惹来华盛的怒火与吞噬,招致报复,你‘好事多为’啊。”

本来东联将旗下的房产、铺面、地皮分与众元老做生意使用,虽然产权归各人所有,以安众人之心,但是若要卖出这些房产,须得由公司同意,否则若随意卖出,那么势力必将被人蚕食。

“原来是明知故犯。”千红没等罗汉回话,读着罗汉的表情,自顾自地点头。

“哼,这是对公司明目张胆的背叛。”千红口中冒出一句可怕的话,罗汉心脏怦怦地跳起来，面色紫涨。

“丫头，你这不是开玩笑嘛……”

“利欲熏心，不惜将公司所有人置于受到报复的危险之中，这不是叛逆又是什么呢？”这句分量极重的话准确命中了罗汉的要害。

“洪门规矩，自己挖坑自己跳，自己埋刀自己剽，我给你这最后的机会吧。”

这“自己埋刀自己剽”指的是帮会中犯大错、当以死谢罪者，若要自我了断，或申诉冤屈，当挖出一个大坑，内埋三把刀，刀柄在土中，刀尖向上，自己扑入坑中，若刀倒下，或刺而不死，众人便不得再加追究——只是从未听说有生还先例。

“你没资格！这只有……”罗汉正要嚷嚷，被一个苍老的声音打断。

“只有我能定罪，这是我的职责。”门外走进一个拄着拐杖，头发半白的老者。

“刑堂二太爷。”千红见到老者，喜笑颜开。

“二爷！”罗汉大惊失色，才明白千红的手段非同小可，请出了辈分最高的刑堂老爷。

“该如何是好……怎么样才能让你们高抬贵手？”罗汉服了软。

“你自己应当明白。”千红言道。

罗汉心中明了，东联是不会再让自己多刮走半分油水，只有将自己所有明处的资产交出来，净身出户，才能买回自己一条命。

赚了一辈子钱，如今全没了，剩下的日子，恐怕虽生犹死。不论如何，只能先答应，回头找到自己做事时的合伙人，说明利害，再把属于自己的一切夺回来。

次日晚上，罗汉在山爷豪宅附近的停车场上，靠着自己的车，身边蹲着一个神情冷漠的年轻人。罗汉一根接一根地抽烟，一个小时不到，已经抽掉了半包。

罗汉忽然咳嗽起来，咳得两眼血红，面色发青。今天求了山爷很久，山爷始终不松口，罗汉经营的夜场、商铺全部收回，也不答应让罗汉继续留在公司里做事。

“……小狗，上车。”罗汉对身边的年轻人说。

“大哥，你回去吧，我不走了。”年轻人从左右皮靴里各抽出两把相同制式的军刀。

“不要犯傻，跟我走。”罗汉抓住年轻人的衣领要往车上拽，年轻人却纹丝不动。

“你替我葬了我爹，把我从乡下带出来的时候，我就说了给你卖命。这些年，好酒，我喝够了；美女，我玩够了；银子，我花够了。你说过，我成不了什么大器，除了能打就只是能打，我得到了太多别人一辈子都得不到的东西，如今，您就收下我这条命吧。”

“不要啰唆了，我对你没恩，把你当枪使，知道我为什么叫你做小狗吗？是让你咬人的，你逼不了阿山那混蛋，我认识他这么多年，太清楚他的骨头有多硬。”

“大哥，所以我说我不走了，如果我杀了他，群龙无首，你就还有一丝翻本的机会。你把剩下的现金都带上，然后去机场，如果四十分钟后还没有我的消息，你立刻离开这里，有多远走多远。”

“不……”罗汉刚要阻止，适才被他称为“小狗”的年轻人，已经转身向山爷别墅的方向快速奔跑，罗汉哪里追得上，咬紧牙关，钻进车里一路奔逃。

真武道场后院，众人正烧烤、饮酒庆贺。自从李晨开始实施各项计划起已经两个月，每月各项收入突破了十万，倘若众拳师将钱分了，大家的工资也能赶上白领了。但是李晨说，倘若这道场的地盘是租的，这些钱付了租金便没剩下几个子儿了，所以除去伙食和日常用品的开销，大家每个月领两千块做零花，剩下的用于道场维护，还有今后发展的资金。

“嗯，我每日就只是练功，用不了这许多，每天可以买点零食吃就行了，给我五百就好。”郑平安抓抓头，小心翼翼地看看大家。

“老婆，你看……”喀纳斯转头看看潘瑜。

“男人兜里别搁这么多钱，多了该胡思乱想了，咱俩领一份就行。”潘瑜说。

“我有时候给人开方、推拿，有额外收入，你们不必担心我了。”无心挥挥手。

“英明，这薪水本来就不多，你该拿着。”虎禅拍拍英明，英明和大家在一块的时间长了，随意了许多，不像一开始时老绷着脸了。

“我是出来修行的，你们的武术十分精深，这些日子里，我受益匪浅，不用我交学费就已经让我喜出望外，还有吃有住，再让我收钱，实在说不过去。”

“我跟大头一样，天天除了练拳教拳，就是吃饭睡觉，有钱也没多少地方花，给我点买可乐的钱就成。”卫峰说。

“不用管我俩，我俩兜里还有几个子儿，没钱了来找我们，只收三成利息。”穆蕴贤抹一把被炭火熏得黑黝黝的脸，攀着身边正在一起烤食物的虎禅打个哈哈。

“有吃有喝有住，还能剩五百，这待遇已经很不错了。”莫家豪这些日子整个人沉浸在武术世界里，已经疯魔了，五块钱用半个月，还能剩五毛。

“不多说了，每个人必须得有个两千块傍身，万一有什么特殊事情，也不至于几块钱难倒英雄汉，同意吗？”李晨端起酒，众人不多言，碰杯，一饮而尽。

已是明月当空，气氛依旧火热，穆蕴贤披上跤衣跟喀纳斯摔起跤来，大家以二人胜负赌酒。

“李晨，我有个想法，可能一时间不能实行，但是我希望能当成今后的目标。我想将来把这真武道场开成‘真武书院’，除了武术之外，还能聘请各种教师，教学生们实实在在的文化，让他们对传统文化重新燃起兴趣，还可以给他们讲古代那些武术家、武将以及各位英雄的事迹。这书院所教授的知识，所讲的故事，能给他们一根支撑心灵的柱子。社会越来越浮躁，但是我依旧希望将来的孩子，我们的后辈，还能懂得仁义、懂得道理、拥有诚信。”虎禅拍拍李晨的肩膀。

“有把握吗？”

“想法不错，你在我肩头上压了个巨大的担子啊……我是个俗人，没有任何伟大的情怀，我来这儿做事，便是为了创业，有这么好的项目，我当然要鞠躬尽瘁。”说罢，李晨与虎禅又干了一杯。

“嘿嘿，看来我的‘棋子’还真不少啊，有信心了啊。”李晨笑嘻嘻地盯着眼前这一群人。

“还缺一个，明天我想去找他谈谈，如果可以的话，让他回来，跟咱们一块做事。要人才，管够；能不能物尽其用，看你本事吧。”道场崭露头角，虎禅笑得很是爽朗。

大家喝酒也不忘生活遵循规律，十一点前已经各自回房休息。说起来，教授拳法赚钱，是名副其实的“血汗钱”，不光辛苦，在喂手、实战中，不管训练系统多完善，受些伤在所难免。这样的工作，需要保持体力，亦不敢宿醉，大家只喝到微醺，便已止住。

虎禅在后院的井边冲了个澡，神清气爽。很久以前虎禅就来过这后院，这里的空气比别处要清新很多。一开始虎禅还以为这是块佛荫庇护之地，惹得文彦禅师大笑："你真抬举我啦！我这尊佛没别的神通，也就能施点保持空气清新的法力啦！哈哈！"

当时，文彦禅师指指后院长廊边上的一排植物，说那是他栽种的常春藤，能保持空气清新。虎禅拨弄着常春藤的枝叶，说："这常春藤还真'长'啊。"说着便要动手拽一根下来。

文彦禅师赶忙制止，一声大吼，震得虎禅耳膜生疼："虎禅，莫断了长远心！"

"长远心？"虎禅不明白。

"你看，这常春藤经历了许多日子，慢慢长成这般景象，你是个练武人，算起来，也是个修行人吧？记住，修炼这种事情，易发勇猛心，难持长远心，这常春藤，就是你的学习对象，要长久不懈地努力。"

"谢谢方丈！我明白啦！"虎禅仍记得那学懂新道理时的兴高采烈，可他一直都不知道在他蹦蹦跳跳离开后的事。

"呼……这小子一破坏起来，就一发不可收拾。胡说八道一通，总算让我的常春藤逃过一劫。"方丈抹一把额头上渗出的汗。

这样好的环境，睡得也很安稳。

凌晨时分，"嘭嘭嘭"的砸门声将众人惊醒，那砸门声杂乱无章，暴躁凶狠，任谁听了都知道，定然是祸事上门。

众人迅速披衣起身，跑至前院集合，开了门闸，一人精疲力尽地扑了进来，滚翻在地，呜呜直哭。

卫峰把头伸出门外，四围看看，没发现任何异样。无心上前把人扶起，在院中的石凳上坐下，为其推拿前胸后背顺气。

虎禅开灯上前，略加端详，认得来人："你是……扎克？阿培的教练？"

无心替扎克顺了气，稳住了呼吸，扎克双手死死抓住大腿上的裤子，面无表情，僵尸般呆滞。

看他这副模样，虎禅脸上不自觉地绷紧——出事了。

第一〇二章　风萧水寒，兄弟永诀

“阿培……死了！”良久，扎克呆滞的脸，终于有了动静，吐出的却是这石破天惊的四个字。

大头张大了嘴，作声不得；虎禅一股酒气上涌，堵在胸口，两眼一黑，往后便倒。

再见阿培的时候，是在冰冷的太平间里，尽管已有准备，虎禅身子仍是抽搐不停，大头的眼睛更如水库开了闸，哭得稀里哗啦。

无心、卫峰二人站在虎禅身边，也不知如何是好。

良久，虎禅颤巍巍地摸出手机，拨通电话，言语哽塞：“千……千红，告诉我……我的兄弟，阿培，是怎么……怎么死的……”

“我在真武道场，你回来，我跟你细说。”千红道。

来时，李晨想到潘瑜是个女人，怕她看不得这类情景，这时候又不合适让一个女人在偌大的道场里独自待着，便命喀纳斯、穆蕴贤和郑平安留守。待虎禅与众人回到道场，那留守的各位，虽不知来龙去脉，但也明白出了大事。看虎禅面色带煞，极是难看，各位立即迎上去。

无心让大家各自回房，只留虎禅、大头与千红三人，在办公室中。

原来，那晚罗汉被山爷放逐之后，小狗为报恩，潜回别墅中欲杀山爷。当日恰好阿培在山爷宅子里守护，发现楼上有动静，便去查看，撞见小狗持刀潜入，要出手拿下。小狗的功夫本不比阿培弱，又持有匕首，阿培虽然也带有匕首防身，但在兵器上却并不精通，被小狗双刀连斩。山爷听见动静，拿了一把手枪冲出来，见阿培倒下，慌乱之中便开枪射击，但由于距离太近，被小狗避过要害，只打中左肩，小狗冲上前，一刀捅入山爷腹部，方要再下手，已经倒下的阿培回光返照，忽然暴起，从后搂住小狗，张口咬住小狗的脖子，小狗拼了命，挣开纠缠，回身一刀，削断了阿培的喉咙。待人发现时，阿培已经死透了。山爷流血过多，休克过去，现在正在医院抢救，尚未渡过危险期，而小狗却不知所踪，之后派人追踪，亦是无果。

这一切，都被山爷家中的监控拍摄下来。

虎禅得知一切，面无表情，不言不语，也不知心中想着什么，就这么坐着。

"我先回去，请各位元老压住场面。"千红起身，走到虎禅身边，轻轻搂一下虎禅。

"尽快振作，这不是一个人的担子。"千红离开前，站在办公室门口留下这句话。

第二天傍晚，潘瑜和喀纳斯端着饭菜来到虎禅的房门前。

"还是不吃吗？"

"嘘，好像已经睡着了。"无心示意二人压低声音。

"大头也说他吃不下……这样下去不行呢。"喀纳斯十分忧心。

"睡着了也是好事。等他醒了你招呼我一声。"潘瑜说道。

潘瑜心知，自己一个女人，在道场的事务上帮不了什么忙，虽然大家完全不会见怪，但她也不想做个吃白饭的闲人，于是担起了道场里许多日常家务。都说男人窝就是狗窝，自从潘瑜来了以后，任劳任怨，大家的衣服、被褥整洁了不少，饭菜也干净了许多，大家都说喀纳斯撞大运，得了个好女人。

"有饭菜吗？饿了。"两人正要离开，门忽然开了，头发乱蓬蓬的虎禅走出来。

"啊！有，刚做好的，有你爱吃的菜，快吃快吃。"喀纳斯立刻端进虎禅房间。

"老大就是老大，比大头好得快……嘶！"喀纳斯正要嚷嚷，被潘瑜踩了一脚脚趾，痛得抽气。虎禅虽是没什么表情，但是却显得很随意，脸上看不出什么悲痛的情绪，只是大口吃着饭菜，想必是饿得狠了，一大海碗的饭，顷刻便解决了，端起碗跟潘瑜要添饭。看虎禅有了胃口，两人都很高兴。

"虎禅，好好休息吧，道场里有我们，保证安安稳稳的，放心吧。"潘瑜安慰道。

"嗯，你们都是我的良师益友，我自然放心，辛苦你们了。"虎禅说完，继续大口扒饭。

“明天是阿培火化的日子，一会儿我想去陪陪他，太平间里怪冷清的。”放下吃得干干净净的碗，虎禅拿起毛巾脸盆便出去洗漱。

“我陪你去吧？要不叫上大头？”喀纳斯问。

“让大头多休息会儿，我自己去就行了，放心吧。”虎禅挥挥手。

入夜，太平间里，虎禅塞给保安几张钞票，说是要跟自己兄弟喝两杯，让他莫要搅扰。

拉开裹尸袋的拉链，阿培张着嘴，冰冷僵硬，也许是流血太多，干枯得只剩下皮包骨头。

人生在世，真如风里孤灯草头露，一不小心便火灭烟消。

如今这副模样，真让人怀疑这副皮囊，曾经也有灵魂居住。

虎禅望着阿培的尸首，先大体看了落刀方位，再细致检查每一刀自何处起，自何处终，皆凝神观察。随后抽出关山刀子，慢慢比划，先挥刀，再按照凶手落刀的方位，选择最适合的身法，一点点将对手的刀法重复，比划了一会儿，又凝神思索，左手再持刀鞘，比划出双手刀法。

虎禅知道，阿培身手不凡，对方倘若不懂武艺，就算持刀亦杀不了他，又听千红说对方持的是双手刀，所谓“单刀看走，双刀看手”，若无熟练精纯的手法，是不可能在生死搏杀中选择使用双手刀的。

本来，若是虎禅要看监控录像，千红应该也会答应，但毕竟千红还并没嫁入岳家，且需要扛下应付东联内乱的重担，自己不该给她多添麻烦。但重要的是，虎禅不希望有人阻止自己出手。既然千红已经在言谈中告诉自己这事是罗汉手下的人所为，那么便可凭自家本事，揪出凶手以及幕后指使者，为自家兄弟复仇。

知己知彼，百战不殆。凶手既然没抓住，那必然还活着，自己须得知道对方使出的是何种刀法，理出头绪，将来下手时，才更有把握。

慢慢地，这刀术模拟出了头绪。阿培的伤，不光伤在身体正面，也在手臂上。既是双刀，有可能是双手同出，一格一斩，身体背面，又有四刀，成“井”字交叉，八成是南派武术中的咏春八斩刀。

两日后阿培火化，大家在道场里设了灵位，将骨灰盒供上，日后得空，再将阿培送回山西老家。

大头自幼念佛，恕心修养已是极高。虽然悲伤，却并未生出复仇之念，只说是因果报应，每日里都会为阿培念经、上香。扎克也寄居在道场中，见众人练武气氛甚是活跃，心情也渐渐开朗了一些，向李晨提出希望在道场中任教，李晨答应下来。

如今真武道场所能教授的拳种已非常丰富，教练又都是年轻人，与学员流比老辈武人融洽得多，生意越来越好。

虎禅每日里按照李晨的安排，外出与各大拳馆交流心得，回来之后，除了练武与吃喝拉撒外，都窝在自己屋里，里锁上门，不让人打搅。

直到有一天凌晨，大家已然入睡，虎禅给众人留下封信，说要外出些时日，自己修行，最多一个月便回，大家不要挂怀。为免惊动众人，他没从大门出去，翻墙离开。卫峰看到信时，立刻蹦了起来，冲到后院，踹开虎禅的房门，见里边挂着一幅本市的详细地图，地图上，粘着许多棉线，每根棉线上都挂着些照片，照片背后写着照片中人的基本资料。再打开虎禅的柜子，关山老刀也带走了。

卫峰既惊又急，方才明白这些日子虎禅外出，是在查询、追踪那些与东联罗汉有关的人，这回外出，定是要以一人之力为阿培报仇。随即召集众人，说明了自己的猜测，便要关门停业，分头出去寻找虎禅。

正要出门时，遇见李晨联系业务回来，便也跟李晨说了一声，没想到李晨只是轻声说："都别闹了，跟我进来。"

"我的兄弟，来不及了！再不去找，万一真出了什么事，就晚了！"卫峰的话，几乎是吼出来的。

"你们都是练武人，比我更了解虎禅的身手。这么大个城市，他要想不让你们找到，你们能找得着吗？"

"找不着也要找啊！"还未从悲伤中走出来的大头，更是忧心。

"慢着！我想，李晨说的是对的。"郑平安发了话。

"要想找着虎禅，不是件容易的事，如果是我，也有把握不让人找到，这么大个城市，要躲起来实在太容易。而且就算我们能找到他，他也必定逃走，你们功夫都不如他，我跟他虽难分上下，打个平手还行，但是要我擒拿他却是千难万难。明知如此还要去找，实际上是咱们自己图个心安，这不好。我们应该好好地经营好道场，相信虎禅即使遇到危机，要想全身而退，应该不成问题，到时候，我们在这里，便是他最好的避险之地。”

大家低头细想，虽然是有道理，但是终归放不下心。

“我仔细想了想，虎禅一定会将自己置身于暗处。只要不是我义父或者赵横江前辈出手，应该没人能把他拿住。”郑平安笑笑。

“你义父会出手吗？”卫峰沉下脸，盯着郑平安。

“我只知道义父很疼爱我，也很喜欢虎禅。”郑平安还是一脸傻乎乎的笑容。

“不过，就怕万一。这几日，大家多留意些外界的动向，有什么事情大家都合计着。”李晨点上根烟，本已戒烟的他，这些日子奔波得很辛苦，应酬多，又抽上了。

这些日子，千红更累。山爷躺在医院里，仍在沉睡中。罗汉找到那些曾经与他合伙吞噬公司利益的股东，威逼利诱，试图弹劾南宫家。一些威望极高的元老家人，也受到了骚扰威胁，为求个平安，虽不说反对千红，却都缩回了对南宫家的援手，持观望态度。千红自己也清楚，罗汉这回是孤注一掷，派人暗中盯着自己，一有机会便会下手，但是自己却不能有丝毫退却，定要保住父亲毕生的心血。

这日，已是深夜，千红正驱车回家，大概百米远近的地方，有辆熄了车灯的车如幽灵般尾随着。

千红将车停在别墅门口，刚回到家把门关上，疲倦便袭上身来。她把文件放入保险柜，便要去沐浴休息。

离千红住处几十米远的一辆面包车里，有三人正在磨刀霍霍。

“我说，这妞长得可真是要命，要能睡了她，我这辈子就是睡过女神仙了。”

“老板说了，取她命就行，一会儿如果条件允许，咱们乐乐。”

“你们先上，给我留个剩菜就成，这样的妞，就算死了都有味儿啊，嘿嘿……”

三人下车，沿别墅绕了个圈，四顾无人，避开监视器，留下一个接应的，另两人翻进别墅侧面的花园，落地无声，身手非常利索。

就在三人偷偷走过别墅侧面时，千红停在门口的车，后座车门像闹鬼似的，竟然轻轻地开了。

第一〇三章　山河动，鬼神愁

一人用铁丝插进后院玻璃门上的钥匙孔，撬开锁，无声无息地开了门。一人在前，两人在后，向楼梯走去。走到二楼，便听见洗手间的水响，三人对望一眼，兴奋得面容扭曲，三人呈三角队形向洗手间走去。

神不知鬼不觉间，后面两人中的左边那人左侧脖子后伸来一只大手，轻巧地掐断了那人的喉管。剩下两人一惊，刚要转头时，跟在后边的右侧一人还没来得及出声，便被一条铁臂勒住了脖子，前面领头那人被当头一掌拍下，脑浆四溅，眼珠迸出，半个脑袋被拍入胸腔里，待得铁臂松开，适才被勒住脖子的那人颈椎已断，没了气。

从出手到将三人击毙，用时不足十秒。

“喂，让人来大小姐宅子里收拾残局，带齐工具，来时动作轻点儿，大小姐休息了。”杀人者脸贴着手机压低说话声。

“郑伯伯，我已经听见了。”楼梯上传来脚步声，是千红沐浴完，正在下楼。杀人者是郑山河，这些日子千红知道危机重重，特地到山河武馆，请出郑山河。

“丫头，别下来，二楼现在脏乱得很。”郑山河生怕千红看见自己的杰作会不适。

“嗯，你知道，我不晕血……嗨，从来都是这样，你出手不多，可是每次出手，总是干净利索。”千红虽是说嘴，想想看了也没好处，一边擦着湿漉漉的头发一边上楼去了。

“倘若在屋外动手，善后会比较麻烦，要不明天你到另外一间宅子住下？”郑山河怕千红住在这死过人的宅子里会不安，显然对千红十分关爱。

“不必，我百无禁忌。”千红淡淡言语，回房睡觉了。

不一会儿，来了三人，身穿无孔防护服，将尸体收集、装袋，拿出强力喷雾器，真空吸尘器等各类清洁器具，将能洗净的地方洗净，用酶溶剂溶解那些已经风干的血迹，抹净，再用抹墙粉修饰因刮掉血迹而出现瑕疵的墙壁，之后喷雾消毒……二十分钟后，善后的人无声无息撤离，这里又回到了事故发生前的原状，连哪怕一丁点异样的气味也没留下。郑山河从茶室里拿来一个蒲团，盘腿坐在千红卧室门口，闭目养神。

有郑山河或赵横江这种级别的高手守门，就如当年李世民的卧房门口有秦琼跟尉迟敬德一般，睡得安心。千红想，有朝一日，能不能让虎禅替换掉门口郑山河的位置。如果到那时候太平了，她就找些人假装来害自己，骗虎禅在门口守夜，反正虎禅脑袋一根筋，不会认为有诈，想到这儿，嘴角带笑，甜蜜入梦。

次日，千红精神抖擞地步入东联总部大楼，郑山河跟随其后。

“妈的，原来是郑山河跟在这小婊子身边，看来你找来的人是凶多吉少。”远处一辆车上，罗汉正咬牙切齿，身边的小狗脖子上缠着纱布，左臂也包扎着。看来山爷那一枪并没命中要害，虽然至今伤势还没能痊愈，却已无大碍。

“大哥，这些日子，南宫千红一心压制着公司各股东。但你已经重新收回了部分娱乐场所的生意，也算是有了些进展。”

“这样的速度，怕是等我死了也拿不回属于我的东西！这两间小规模夜场，只够咱们吃两碗闲饭吧。南宫家的人死绝了，东联才能乱得起来，到时候，我手上有人，就能把东联拿下。”

“大哥，交给我吧，今天早上，我从南方乡下请的几尊‘菩萨’已经到了，就算是郑山河，也保不住南宫千红。另外，我还招回了七个猛字当头，脑袋又灵光，又能搏命的年轻人，炮灰就交给他们去当。”

“先把他们吃喝玩乐伺候好，车后面有现金，需要多少，你提去就行，能卖命，能干干净净地拿下南宫家，什么都行。”

自古以来，练武人的社会身份，一直处于白道黑道之间，亦正亦邪。历史上，官方曾借以保平安，但对挟武犯禁的提防也从未停止。一个武术团体，既是民变械斗的主角，也能成为维护地方秩序的力量。那时的武师们，主要的钱财来源，除了开馆授徒、比赛交手，还有便是为人们解决纠纷所得到的谢礼。时至今日，这股势力的威慑力降低了许多，练武团体的力量与国家执法机关的力量悬惹天壤，人们对武术的敬畏与崇尚已经下降到了极低的程度，不免出现许多苦心孤诣修炼却贫困潦倒的武人。

如今小狗请到的几尊“菩萨”，便是那身手不凡、生活清苦、满腹怨气，如无意外本当老死乡间的高手。

千红今日在会议桌前发现气氛与昨日全不一样。参加会议的股东，没有翘起二郎腿的，没有吸烟的，衬衣也扣到了最上面一颗扣子，想想难道是因为有郑山河跟随的缘故？可并无任何人知道今日郑山河会来。何况郑山河当年就跟父亲有协议，绝不主动出手伤人，只是到了有人要威胁南宫家人的安全的时候，他才会毫不留情地干掉侵犯者，知道这件事的人不在少数。

千红把这份狐疑放在一边，开始与众人谈论正事，却发觉出奇的顺利，有过半的股东，似乎从“豺狼”变成了“家犬”，老老实实。

“郑伯伯，你说，这是什么回事儿？这帮老油子们忽然转性了，这是好事儿，还是阴谋的预兆？”会议结束后，在办公室里，千红拿出一个新的鼻烟壶嗅着，随口问着身边的郑山河。

“丫头，你脑子这么好使，也不明白，我一介武夫哪里懂得？不过，你有了心上人，这鼻烟，也该戒了吧？”郑山河似乎对这些并不在意

“老东西，该管的不管，不该管的比什么都清楚。”千红笑眯眯地骂，郑山河却爽朗地笑。

东联一半以上的股东昨日都收到了一个信封，有的装着他们儿女的照，有的装着父母的照片，若是父母儿女都不在身边的，干脆便装着自己日常来去的照片。每个信封里都附有一张打印纸片——富贵百年难保守，轮回六道易循环，乘早收手，莫为难弱质女流。

罗汉与小狗为了方便行事，一直躲在暗处，居无定所，行动极是小心，如今在酒店房间里，见到了那四位“菩萨”。

一个精瘦的家伙，像是四人中说话做主的，不大看得出年岁，想来不过四十，龅牙外露，三角眼既凶且浊，满身浓烈的泥土臭，唯独引人注目的是一双手，骨节又粗又大，手指既粗且长，晃眼一看，生得好似猛禽的手爪。

另外一人，剃个光头，中等身材，从始至终，左手都抄在口袋里，罗汉不禁多了份警惕。其他两人，一时间看不出有何特别。

“大哥，我给你介绍，这是唐阿水，我在南方时的生死之交，也是我的半个师父。”小狗指向那浑身泥土臭的精瘦龅牙。

“这个是他的亲弟弟，唐阿金。另外，这两位一个叫青铜，一个叫小栓，是他们二位的徒弟，身手只比阿水阿金略逊一筹。”

“呵呵，呵呵。”唐阿水点头哈腰，现出满口龅牙，对着罗汉傻笑，一股口臭冲出，罗汉已经闭不住气了，忍不住大吸了一口，几欲昏厥。

“远道而来，先让我尽尽地主之谊。小狗，带四位到隔壁房间洗个澡，休息好，吃完饭后，带四位好好乐乐。”罗汉把四人支开，终于松了口气。

“老大，我跟他们说好了，玩归玩，从见到你开始，就得听你的话，保你周全，我现在出去招呼我找来的那七个狼崽子。”小狗毕恭毕敬地向罗汉请示。

“去吧。”罗汉挥挥手。

小狗来到城中最贵的海鲜楼，上了三楼豪华包厢，推开门。

“狗哥来啦！”七个精壮少年站起身来，每人身旁都坐着个打扮得花枝招展，一看就知道价格不菲的姑娘。小狗挥挥手，示意大家坐下。

“哎？阿三，你的妞哪？”小狗见一少年身边无妞陪伴，便开口问道。那个叫阿三的少年一脸享受，嘴里咬着根烟望着天花板，伸手向下指指，其他人爆发出一阵哄笑。

就见阿三浑身打颤，大口喘息，没一会儿，一个妖艳姑娘从桌底钻了出来，拿过桌上的餐巾纸抹嘴。

“哈哈哈！这么会玩儿！”小狗大笑，身边的少年给小狗倒上杯酒，七人举杯敬了他，小狗每碰一下杯，只是轻轻抿一口。

“行了，你们玩开心点儿，我要回去做事了。明天你们也有任务，要是干得好，以后天天都是这样的日子。”小狗站起身来，扔下两沓厚厚的钞票。

“还有，明天阿步到我那去一趟，提辆车走，做事需要。等办完了事，那车就转到你们名下。”

“噢！狗哥万岁！”七人争先恐后地拥着小狗出门，小狗挥挥手，把他们赶回包厢继续淫乐。

饭后，狼崽子们兴高采烈地下了楼，正是得意忘形时，谁也不知道，远处正有一只“野兽”窥伺着他们。

又过了一日。傍晚时分，七人来到酒店，听小狗的安排，要七人去医院把山爷干掉，并吩咐了行事时的各种细则。七人得了命令后，到地下停车场内取车，见是一辆别克商务车，又想到做完事后便日日吃香喝辣，每晚能换女人暖被窝，兴奋得脑充血。

七人上了车，关上门，正要发动汽车，“啪”的一声，整个地下停车场灯光熄灭。

坐在驾驶座上的阿步正纳闷，刚要打开车灯，角落里冲出一团黑影，直奔车前，乒哩乓啷的破碎声，也不知是用的什么家伙，敲碎了汽车左右两侧大灯。

一股无名火腾地上冒，阿三转身抓起小狗为他们准备好放在后座的刀，跳了下车。

“狗日的！谁！我非弄死你不可！”阿三暴跳如雷，其余六人也跟着下了车。

远处忽然亮起盏灯，有人拿着个手电筒站在远处。

“骂骂骂，骂你老母，咦？灯怎么黑了？”拿电筒的人随口应道。

“找死啊！”

“傻逼。”拿电筒的人轻声回应。

“老子弄死你！”阿三提着刀便向拿手电筒的人冲了过去，没想到那拿手电的家伙嘴上硬朗，却是胆小如鼠，转头就跑。阿三上了火，搏命般追上去，转了个弯，那手电筒的光停在了原地，阿三冲上去便要砍人，跑近了才发现，那电筒没人拿着，而是悬挂在一根绳子上，忽然脑袋如炸裂般剧痛，两眼一黑，不省人事。

其余六人听见动静，追了上来，见阿三倒在血泊里。

“走！先出去再说！”阿步脑子还算清醒，谁知话音刚落，便听见隆隆声响。

“阿步！不好！有人关了车库大门！”

“走！先回车上！车里有灯光！大家不要走散！”阿步又下令道。六人眼前一片血红，也管不得阿三死活便向自家汽车的方向直奔，正行走间，跑在最后的一人，忽然脚下不知被什么东西绊倒，跌了个狗抢屎，一嘴的血。

“等等！”阿步听见声音不寻常，转头看时，见那跌在地上的家伙，脚上似乎被什么东西缠住，一边大叫，一边被拖进了黑暗中。

“呀……”黑暗中,惨叫声还没来得及出口,就被两下撞击骨肉的声音给截断了。

“娘,遇鬼了!”阿步只觉得快要尿出来了,更不敢转头查看,疯了一般往车里跑,好在车离车库门比较近,还记得车库门的方位,不管怎么样,撞出去都好,办不成事,也比丢了性命强。

“他妈的! 这是谁干的! 这是怎么回事!”阿步刚上车,见方向盘上被扣了一把保险锁。

“你是谁! 你是谁!”五人受不了恐惧,发泄式地大吼。

“讨债的,先讨点利息。”答案从黑暗中悠悠地飘来。

第一〇四章　邪道螳螂

“老大，我听说郑山河的徒儿张军也带几人守着山爷，这七个崽子能干得掉他们吗？”小狗知道，保护山爷的两三人算不上什么好手，偷袭下手，很容易收拾，唯独张军是个棘手货色。

“要是这帮崽子能干掉山爷，也就干掉了。要是干不掉，怎么都能把张军咬上两口。刚才有眼线报告，说千红已经回了家，你立刻带上唐家师徒四个，去千红宅子附近，找个僻静处埋伏，先开车撞他丫的。阿山那混蛋不管死不死，只要出了事，千红那小婊子，大有可能带着郑山河去医院处理，就等这七个崽子的消息了。”吩咐完后，小狗离开房间，罗汉深深地吸口烟，闭眼靠在沙发上，似是等待命运的揭晓。

谁知不到十五分钟，敲门声又响起。

“谁？”罗汉问。

“大哥，开门，我是小狗。”

罗汉开了门，小狗左右看了看，没什么可疑人，便进了房间。

“怎么回事？”罗汉看小狗面色铁青，连忙问。

“那七个崽子，在地下停车场被人收拾了。”小狗把声音压得极低，始终掩盖不住紧张的情绪。

“什么？是怎么回事？”

“有人用药物迷昏了保安，关了灯，锁下了地下停车场大门，把那七个家伙收拾了，但是好像没死，却伤得极重，八成都废了，已经被急救中心拉走，现在封锁了现场，没见下手的人。大哥，我看事情先放放，我找来的那四人，不能让他们离开，得随时保护你。”

“难道南宫千红先对我下手了?”罗汉低头细想。

“大哥,虽然我没进去看,但是能把事情做得干净利落,能快速离开现场,按我的经验,做事的人不会多,如果就是一个人做的,那这个人非常可怕。”

“可是,眼线说了,郑山河现在在千红宅子,没出来。”

“大哥,要是郑山河,反倒安心了,就怕是卧虎藏龙啊!”

“嗯,让我想想。”罗汉压下紧张的情绪,一根接一根抽着烟,这时候他发现自己的手有些抖。

“大哥,我去跟唐家两兄弟说一下,让他们好好戒备。”小狗见山爷不说话,先自己回避了。

罗汉拧开瓶红酒,仰头喝了一大口。还剩不到五百万的现金,现在来了唐家那师徒四个酒色恶鬼,真是花钱如流水,就算自己手上现在还剩下一个赌场和两个小酒吧,每日的入账也撑不起这么花钱,一定要尽快想出能切实解决掉南宫家的计划。

晚上十一点。

“大哥,酒吧出事了。”小狗面色很是难看,因为他看见自己大哥手上一抖之后,眼神极为凶狠。

“说吧。”良久,罗汉才从牙缝间挤出这两个字。

“酒吧门口来了一大帮乡下人,拖来一具尸体,在酒吧里泼了粪,又在门口拉出个横幅,上面用血写着‘售卖假酒,血债血偿’,几个妇女在那里号……”

话还没说完,罗汉抓着酒瓶砸在地上,摔个粉碎,愤怒至极。

“场子里的保安干什么吃的!全给我打跑!”

“大哥,那帮闹事的人还带着一帮拿锄头铲子的乡下男人,要动起手来,打不打得过还不好说,场子里蒙受的损失更大。”

罗汉低头,不再说话。

“我听说过,有专门做这种堵门闹事的团伙,应该是从外省请来的……”

“妈的!我不想听!”罗汉一声大吼。这时,小狗的手机又响起来。

“喂,我是。”小狗接了电话后,听了一会儿,不再说话,转过头,背对着罗汉。

“什么事?”待小狗挂了电话,罗汉问道。

“……没什么,小事……”

"我他妈问你是什么事!"罗汉已经快要发疯了。

"咱们在赌场里的三个放贷人被砍伤……一个用纱布裹着脸的人单枪匹马下的手,砍伤三人,抢了钱袋后,一边逃跑一边扔钱,被哄抢一空……损失……损失……"

"损失多少!"

"统计过了,二百五十二万……"

赌场里,有现场放高利贷的人,这是一笔极其可观的收入,生意好的时候,一天能提走将近十万。江湖中有言:打赌打赌,能打才能赌。那些提现金放贷的人,不光能打,还很能跑,若有人抢钱,就算打不过,至少也能抱着钱逃跑,如今三个放贷人被一锅端,可见下手者不光身手高强,亦是早有详细计划。

"说不定,我们现在已经被人盯上了……这回我怕是翻不了身了,你拿这点钱,回南方乡下做点小买卖,安静过活。"罗汉把一张银行卡丢给小狗。

"老大,不行,不管你到哪……"小狗刚要说话,罗汉手机响了,拿起来看,是个不认识的号码。

"喂……是我……哼……"罗汉听着电话,一阵冷笑,冷到了小狗的心底,放下电话,一片寂静。

"想问吗?别问了,我告诉你吧,东联董事会,还有多位元老,把我弹劾了。"

"不可能!他们收了钱……"小狗焦急万分,要再说下去,被罗汉伸手止住。

"我最后问你一次,你,是走,是留?想清楚再说,你怎么选择都好,我绝不怪你。"

"呵呵,大哥,你说呢?"小狗把"大哥"二字,说得很重,走到罗汉身边坐下,拿起罗汉的烟点了一根。

"把唐家四人叫过来,一会儿把酒店房间退了。"罗汉再无半点怒容,嘴角微笑,非常平静。

真武道场中,每日的练习依旧如常,每种武术分出单独的场地,武当拳场、跤场、空手道场、洪拳场、枪棒场、泰拳场……倘若真如古书中所写,有那种能够"望气"的高人,观得此处,必然是欣欣向荣,阳刚豪迈可蔽苍穹。

"卫峰,看看报纸。"待到午休时,李晨关上办公室门窗,丢出一份报纸在桌上。

“停车场里……七人重伤，于七人之车后厢搜出长短不一管制刀具……伤者已送往医院抢救，至今未醒，疑似犯罪分子内部纠纷……李晨，什么意思？”

“没什么意思，就让你看看。”

“你啊，跟我有什么不好说的。”

“卫峰，我最近还听到些消息，你们刚来时，与各武馆交战的时候，有遇上过一个神威武馆吧？馆主叫罗汉，我听说阿培的死，与他有关。”李晨把声音压得很低。

“说重点。”卫峰也把耳朵凑近。

“我听说，前天晚上，罗汉的酒吧和赌场，都被人端了，外面传得很邪乎，说是有人单枪匹马下的手。”

“李晨，我每天忙训练，外面的事情你多注意点。”

“放心，我肯定会注意，咱们道场的教习，一个都不能少，你们还要做我创业的垫脚石呢！”李晨嬉皮笑脸道。

“去你大爷。”卫峰笑骂道。

千红的宅子里。

“丫头啊，这几日局势稳住了，该好好睡一觉。”郑山河见千红辛苦，不禁出言关怀。

“这两日，人事须得尽快调整，就怕夜长梦多，躺床上也睡不着。”

“哼，两个黑眼圈，岳虎禅见着你的时候，会不会嫌弃呢？”郑山河一脸认真，做思索状。

“老不修！他要是嫌弃我，你就帮我杀了他。”千红笑着，放下笔，揉揉干涩的眼睛，双手抱胸。

千红也知道这两日发生的诸多事情，她却不似别人般紧张。各大股东妥协的原因，地下停车场七人重伤案件，还有罗汉的场子被端，她猜想，该是虎禅做的，虽不能确认，但应该是他。千红知道，虎禅要为兄弟报仇，但也是帮了自己。他像个鬼影般，来去无踪，颇有古代刀客剑侠的味道——真是胡闹，这什么时代，还这般乱来。

想到这些，千红看看窗外，虎禅好像无处不在……嗯，到底在什么地方呢？说不定，他现在就在什么地方看着自己呢，好像一伸手就能抱住似的。

“丫头，你干啥？”郑山河见千红着魔似的对着天花板伸出双臂，很是诧异。

“没……累了，伸展伸展。”千红醒过神来，又正儿八经地坐在书桌前。

“嘿，越活越回去喽，今年十八，明年十七……哦，你继续忙，我在门口守着。”郑山河看见千红伸手抓桌上的酒瓶子，立即起身出去。

郑山河依旧坐在门口的蒲团上，眼观鼻，鼻观心，松弛身体，已近龟息之态。

忽然“呯”的一声暴响，大门被人撞开，千红猛地抬起头。

“丫头，别出来。”郑山河嘱咐一声，反手关上房门。

“哼，知道我在也敢如此，来者不善。”郑山河双脚踏地无声，冲至一楼到二楼之间，楼梯转弯处不足十平方米的空地。

“什么人？”郑山河如飞将军般，一夫当关，盯住眼前四人。

“嘿，给人卖命的人！双拳难敌四手，你武功再高，也是个死！阿金对付他，你们俩，跟我闯过去，上楼杀人。”唐阿水咧开长满杂乱龅牙的大嘴一笑，阿金双足一弹，抽出了一直插在口袋中的左手。

这如何还能称得上是手？五个手指长成一片，手心手背透着乌黑之色，整只手掌直至手腕，几乎全被死粗茧覆盖，何种功夫能练成这般？

明末清初时，有山东人王朗，自幼好武成痴，倾万贯家财，访名师学得少林拳法，后又自创螳螂拳，为象形拳术中最著名的拳法之一，亦是山东四大名拳之一。

随着时间流逝，这门拳法开枝散叶，有聪慧刻苦之人，将原本的螳螂拳融入自己的经验，或与其他类型的拳法相配合，创出风格各异的螳螂拳，如七星螳螂、八步螳螂、梅花螳螂、太极螳螂……不论哪家的螳螂，都讲究个招式既快且连，变化迅疾，动起手来钩挂连环，气势逼人。

只是故老相传，在中国南方曾有一门邪道功夫——光板螳螂。

所谓邪道功夫，以损伤自身为代价，换取搏杀之力。

练这光板螳螂者，须削去指间皮肉，以夹板固定，绑在一起，待肉长好，手掌已并成一块，以这只手掌苦练“贯”“插”“劈”等硬功，再加药水浸泡，日久天长，出掌如刀，极是猛恶。练这种功夫的手掌，除了搏杀之外，再无他用，所以一般练在左手。

沉默寡言的唐阿金，脚下亦是灵动，双足一点，已经越过六级阶梯，双腿一撑，猱身而上，直冲向郑山河。

郑山河脚步轻轻迈出，脚下一碾，“嗵”的一声闷响，整个屋子似乎都跟着一颤，简简单单一个撑捶，衣袖也抖出了一股罡风，凤眼捶如大枪般，直捅向唐阿金面门，若被打中，脑袋定被打成个烂西瓜。

哪知这唐阿金脚下极是灵便，双脚一错，轻巧点地，待郑山河拳势已老，将要收回时，右手叼住郑山河的手腕，一拉扯借力向前，左掌如刀，直插郑山河右眼。

第一〇五章　干臂即刚臂

那老架八极拳，在诸多拳法中，本是号称“刚中之王”，郑山河更是这拳法的绝顶高手，岂能容得这邪门宵小放肆。他嘴角冷笑，右脚向左后方再踏一步，换了个身位，让过唐阿金的攻势，左手一巴掌，带着罡风，“轰”地挥出去，大巧若拙，正是“六大开”拳的抱打。

八极拳谱云：“吾门拳法若问形，本是深山老熊精。”

这巴掌便如熊掌挥出般沉重，唐阿金也算反应快，那经受自残之苦，如刀如锉的手掌运足气力挡驾，整个人却“嘭”地被拍到墙上，撞晕过去。

“不好！”唐阿水大惊，立刻纵身而上，这一来一去，不过瞬息间的事。尽管小狗事先已叮嘱，说郑山河厉害，唐家兄弟心里也有准备，但却不想。世上真有将武术练到这等地步的妖魔般人物。还没等他多加分析，那向来与人搏杀无往不利的唐阿金已经完败。

这并非准备不足，而是武术见识的限制，实在怪不得唐家兄弟。

眼见郑山河提足，便要将唐阿金脑袋踏成个稀巴烂。唐阿水那双猛禽般的大手爪已经扑出，一手抓脸，一手去牵制郑山河身侧的手臂，要来个围魏救赵。

郑山河不得已，收回脚，向着唐阿水的方向，前脚一进后足一跟，两足并步，“嗵”的又是一声动地闷响，右拳仍旧是一撑捶轰出，被唐阿水后仰闪过。郑山河紧接一脚碾出，顺势一掌劈下，“轰”的一声，有开山裂石之势，“呯”的一声，骨肉碰撞，砸在唐阿水手臂上，直砸得滚落楼梯，被两位师侄接住。为安全起见，郑山河便要回头了结倒在地上的唐阿金。

谁知，郑山河刚回头时，忽然脚上一痛，挂了彩。

适才中郑山河一掌“抱打”，唐阿金臂骨已被打断，手掌再厉害已是无用。

可是毕竟功夫在身，瞬息间便醒过来，见郑山河仍背对自己，便拔出备用匕首，要削断郑山河的脚筋。

多亏郑山河神经极是灵敏，削中的一瞬间，一个惊乍提脚，略微缩回了一点儿，毫不犹豫地蹲身，一手抓住唐阿金持刀的手腕，沉劲压下，一个“落地捶”，当真如霹雳击地，瞬间响起复杂的骨碎肉裂之声，唐阿金脸已被打烂，面骨彻底击碎，再分不出眼鼻嘴。

击杀唐阿金，立刻回头，右脚剧痛，力道有些发不出来，应是伤了后脚大筋。

“嘿……活到老，学到老，像你这般人物，我算是见到了，我弟弟死得不冤。”唐阿水笑得有些落寞，他手臂硬接郑山河一掌，看上去居然无事。

“嗯，我也长了些见识，你这样的筋骨功夫，从前只听过没见过，不过也挨不了我几拳。”郑山河看起来比唐阿水年纪还要小，却像长辈点评着晚辈的武艺。武术世界里，果真是拳头大的说了算。

莫看唐阿水精瘦，一副鸦片鬼模样，大凡练武人，仔细回想便知道，历朝历代的大高手中，不乏身体精瘦的人物。他们随着年纪增大，肌肉渐消，脂肪渐少，但是筋骨和一部分小肌肉群等不显于外的身体部位，却随着他们的修炼而日益坚固。看似皮包骨般的身躯，体内却蕴藏极大的力量，筋、膜、骨也是质量极大，坚实无比，所以在武术较高的境界中，有“干臂即钢臂”的说法。

“咱们都是武痴呀……可惜多厉害的猛兽，伤了腿脚，都没了作为。”唐阿水笑着摇摇头。

“是否听说过，我八极拳的祖师爷，枪神李书文也是个瘸子？你弟弟上路，怪冷清的，我送你下去。”郑山河不再多说，自己挂了彩，真的要速战速决了。

唐家兄弟的两位徒弟各从背后抽出两把奇形兵刃，看似刀状，上有大锯齿，如螳螂之刃爪，是为螳螂刀。

自古以来，都有“空手入白刃”之说，这并非是有了空手对兵刃的招式便能做到。空手者，综合实力须高出持兵刃者数倍方可以做到，换言之，面对四柄利刃与一个大高手，郑山河击倒对手的难度又大了许多，大到他自己也没有绝对的把握。

“你们俩莫恋战，有机会……”唐阿水还未吩咐完，巨大压迫感扑面而来。唐阿水不愧是个亡命徒，左手腕臂，自下向上挂起，右手刁指，便要扎郑山河眼睛，快准狠三者俱全，身边两个徒弟也提那锯齿螳螂刀向着郑山河劈来。

忽而面前压迫感一松，郑山河居然猛地蹿向阿水的徒弟，那徒弟方举起螳螂刀便被郑山河抓住了手腕，郑山河一发力，将这徒弟当做挡箭牌，转身甩向唐阿水，脚下丝毫不停，趁着这徒弟遮挡住唐阿水视线，闯步一碾即成八极拳著名重招——贴靠山，倘若撞实了，很可能一箭双雕。

唐阿水似乎早有预料，仗着身法迅疾，跃步闪到侧面，那后生的应变却也不坏，被甩出去后，为避免再受打击，脚上立即狂奔逃跑。纵然如此，郑山河多赶了一步，变化成“单翼顶”，一击之下，那徒弟直被击飞两丈，扑倒在地，一口血喷了出来，若被外人看见，这情景定是极其震撼。

那唐阿水正想贪个便宜，猱身而上，被郑山河一脚蹬踹逼开。

“切……”郑山河咬咬牙，这一招实在是可惜了，这徒弟看似被撞得远，事实上力道已经卸去了不少，倘若确实撞上，怕是脊椎连带胸骨都要断掉。

更麻烦的是，八极用劲刚烈，适才两下，伤口已被撕开更大，脚上能察觉到，血已经浸满了鞋袜。

唐阿水向背后打打手势，另外那个徒弟转身即向楼上疾冲。

郑山河知道，不能再有半点耽误，豁了出去，箭步追上前，使出八极拳的“三盘连击”。这“三盘连击”，上盘有云、掳、提、点四种手法，中盘使挤、靠、挨、傍，下盘又可吃根埋根，三盘打法相互配合，不光用劲刚猛，亦能拳打到处人不知，就单论精妙变化，亦不在戴家拳之下。

那唐阿水早已不打算战胜郑山河，只想慢火煎鱼，拖些时间，等楼上那徒弟杀了千红，即刻走人，郑山河死不死都无所谓。

这房子真大，二楼三楼的灯全都熄了，房间门看起来都一样，只好一间间踹门搜查。待查完二楼，冲上三楼时，忽见楼梯上又站一人，身形魁梧，只比郑山河稍逊一筹，都说做贼心虚，家伙果然吓了一跳，就在他心弦颤动的一瞬间，那人影饿鹰捉兔般疾冲近前。这徒弟慌乱间右手举刀便要砍下，那人身法甚快，方冲进攻击范围，那藏在背后的右手短刀亮出，手腕一转，画出一“9”状圆弧，刀光凄厉，经过了阿水徒弟的手腕、膝盖。那徒弟顿时感到撕心裂肺的剧痛袭来，手腕与自己分离，再也站不住，身子一歪，侧身倒下，还未及叫唤，被来人一脚蹬上脑袋，昏死过去，又补两脚，踩断剩下的一只手臂尺骨与另一条小腿胫骨。

楼下郑山河上半身已经光了膀子，浑身是血，因着急千红处境，两次要上楼救人，都被唐阿水给拖住，腿上的伤势逐渐严重，走转闪避的灵敏度大减，才被抓破了几处皮肉，幸得未伤筋动骨。适才又作势要冲上楼，唐阿水上前便要拖住，被郑山河回马一捶，虽然他凭借两条如钢似铁的手臂挡下六成力道，但亦是受了伤，嘴角溢出血来。

郑山河焦急万分之时，“当啷”一声，一副螳螂双刀，扔在了二人中央。

“老黑熊，你还行不行啊？”来人头脸皆以纱布缠住，只露出鼻子眼睛，手上正拿着一件衣服，擦拭着沾染鲜血的尺半快刀，冷森森地问道。

“你……”唐阿水一看，那螳螂双刀与擦血的衣服，正是自己徒弟的，既惊且怒。

“是你啊，没事就好。”郑山河认出来人便是岳虎禅，知道楼上的后生已被收拾，顿时从容了，抖抖肩膀，边说话边两步走到挡住门口的方向，拦住了正要逃跑的唐阿水。

“老螳螂，别急，大把时间。”郑山河双眼直勾勾地盯死了唐阿水，这样的专注，仿佛饿了两三天终于见到了一只兔子的猛虎。

虎禅也不急，擦干净关山老刀，双手抱胸，慢慢观看。

那唐阿水心知今晚已难成事，要撞破身后窗户逃命，“嘭”的一声被弹回来，白费力气。原来自从上次那三个被郑山河杀掉的可怜虫闯入后，这里都换成了密封防弹玻璃。

唐阿水就地一滚，方要站起来，双脚脚踝已被铁钳般的大手握住，整颗心霎时变得冰凉。

“哈！”郑山河运起八极拳中哼哈二声，力道惊炸，身体一抖，将唐阿水放风筝般抽离地面，抛过头顶。

“哼！”丹田抖出周身刚劲，一声沉雷般的闷响，动地惊心，唐阿水在半空中“呼”地划出破空声，被甩在地上，砸成个稀里糊涂的血肉口袋。

“呼，可算完事儿了，上面还好吧。”郑山河长舒了一口气。

“事儿还没完。前辈，帮个忙，你要死一次。”虎禅冷森森地言语。

百米之外的车里，罗汉与小狗正抖着腿，心焦如焚。

“这四个人有把握吗？怎么这么长时间还没出来？”

“大哥，我亲身领教唐家兄弟的身手，也亲眼见过他们杀人，何况郑山河还要保护南宫千红，实力发挥不了多少……”小狗正说着，只听见远处别墅里“嘭”的一声撞击巨响，顿见一人影从别墅门口被抛了出来，赶忙拿出望远镜察看，见是一身形壮硕的汉子瘫在地上，不是郑山河又是谁？再看一会儿，仍旧没有动静。

“死了？大哥，咱们去接应唐家兄弟。”看了好一会儿，地上的郑山河都没动静，小狗心急，便要将车开过去。

“慢！唐家兄弟怎么不出来！”罗汉抓住小狗那握方向盘的手，制止他进一步的行动。

“这……”小狗愣住，不知如何是好。

正踌躇间，虎禅那猫般的身影，正从后方潜近罗汉的座驾。身着墨绿色衣服，与周遭事物融为一体，他越接近，身体越低，最后只能用伏地爬行的姿势接近，到路边时，已没有了可以隐蔽的障碍物，唯一的掩护，只有夜色。

迅雷不及掩耳，罗汉身旁响起了玻璃爆碎的声音，虎禅掐住了罗汉的脖子便往窗口外拖，要活生生将他扼死。

小狗大惊失色，抽出短刀，下了车单手一撑，跃过车顶，一刀斩向虎禅的手臂。小狗肩上的枪伤虽未痊愈，可动作依旧敏捷。

罗汉太胖，卡在车窗里没拖出来，又有刀斩向自己手臂，虎禅也不争这尺寸之间的便宜，放了手，避过刀锋斩击，抽出关山老刀，大步后退。后脚点地，便如离弦之箭般射向前方，刀尖扎向小狗咽喉，正是心意刀中“上反背点”的妙招，刀尖一点寒星如鬼魅般，直直地到来索命。小狗不识此招，手忙脚乱地就地滚开。

忽然汽车打火声响，罗汉已在驾驶座上发动了汽车，一脚油门儿踩到底，舍着命地奔逃。

虎禅心中大急，拔腿便追，却眼看着汽车渐行渐远。那边，郑山河已从地上爬起来，只是脚上伤得不轻，想要帮忙霍布斯却无能为力。

小狗见罗汉驾车离开，自己也赶忙向另外的方向夺路而逃。

“是你！”小狗这一逃窜吸引了虎禅的目光，那奔跑时的身体动作因左膀的伤势而变形。虎禅认定，这就是杀死阿培的人，眼中血红，誓要追到天涯海角。

第一〇六章　杀念无明，道师棒喝

虎禅追至一转弯口，不见了对方踪影。正咬牙切齿发狠，忽觉背后有异，回身一刀破风挥出，逼开了从后掩杀而至的小狗，两人都是极险。

戴家刀术不比别家，走势非常流畅，每一刀将尽之时，身法转动，旧招未老，新招又发。虎禅这一刀虽是挥得刚猛，手腕一转，刀尖游走而出，正是一刀"拨草寻蛇"，斜斜扎向小狗面门。

小狗纵然使不动左臂，其杀力也不可小觑，仗着刀快，右手短刀刚格住虎禅那关山刀子，立刻脚步横走，斜劈虎禅脖子。虎禅没接，也格了一刀，退开，一刀"金鸡夺粟"，又向着小狗挑去。

虎禅这打法却是奇怪，刀刀都是以扰敌为主，似是猫玩耗子般，眼神却是越发的冰冷瘆人。

几刀下来，虎禅验出小狗的刀是"八斩刀"的路数虎禅随手一刀劈出，小狗出刀却发现格了个空，虎禅的刀早缩了回去。就着这一下破绽，虎禅猱身而上，"并步大撩"逼住小狗，横移半步再来一刀"拦马砍膝"，削中小狗大腿，进步反手再使"乌龙摆尾"，刀柄当胸撞得小狗闭了气，又一脚蹬出老远，脚下还没停步，虎步窜出，还加一刀"流星赶月"，斩断了右肩锁骨。小狗仰面倒下，已无还手之力，猛然间腿上剧痛，左腿胫骨又被虎禅踏断，彻底成了砧板上的肉。

"你的账，还清了。"虎禅扬起关山老刀大力劈出，刀刃破风激起尖啸，宛若鬼哭，便要砍下仇家的头颅。

突然间，手腕被根从后伸来的棍子格住，虎禅登时惊乍起来。为防背后有人偷袭，一刀向后横挥，却是落了空，待得自己转过身来，闻得一声轻喝："脱手！"手腕便被那根棍子抽中，痛得钻心，再也握不住关山老刀，"当啷"一声落地。

虎禅这时已是两眼血红,状若癫狂,大步跨进朝来人一脚钉过去。谁知踢出的脚被那棍子一带,跌个四脚朝天,喉咙一紧,已被那棍子戳住,不能再动。

待凝神观看,眼前的人一把大胡子,身板厚实,穿麻布道袍,斜背着一个绣有阴阳图样的旧布包,手持十三把棍,眉心紧蹙,面有狮虎之威。正是自己的师父,通玄道人,阿生。

原来,阿生师父经过深思熟虑,想要外出云游,将上好的武术教给更多人作为强壮身心之用。这一去也不知会离开多久,便先到虎禅的真武道场里看看,结果李晨跟阿生师父说了这些日子里发生的一切。阿生师父立刻让人收集各种资料,一路追踪,终于及时赶在虎禅取人性命前,找到了这个胡闹的徒儿。

"师父！他杀了阿培！放开我!"虎禅边发出低声的嘶吼,一把推开阿生师父的棍子,方要转身挣扎起来,脚下又被棍子一绊,跌了个狗抢屎。

再要爬起来的时候,又遭阿生师父戳住了脊椎上的穴位,痛得没法动弹,再也挣扎不了。

"虎禅哪,怨怒憎恨,心魔所造,师父不能看你杀人,把他交给警察就是,咱们这就回去吧。"阿生师父终于开口说话,依旧浑厚慈祥。

"我……杀……"虎禅被点住穴道,喘着粗气。

阿生师父放开棍子,虎禅腾地蹦起。便要去捡刀,阿生师父一步赶上,棍子一点。虎禅两眼一黑,晕了过去。

醒来的时候,虎禅发现自己被关在一间空屋子里,手脚被绑得死死的,挣扎几下,身子十分无力。蠕动着身体,靠墙坐着,略一回想,想起自己应是被师父擒住,阿培的仇,却是难得再报了,想到此处,眼泪滚了出来。抬头看看,这房间有些眼熟,正是真武道场中的杂物间,看看门口,那铁门却是被几个手腕粗的大铁链牢牢锁死,扯了几下绳子,实是无力挣脱,一股子暴戾之气从心头渗出。

"来人！放了我！大头！卫峰！喀纳斯！无心！郑平安！你们这帮混蛋！赶快给我开了！要给我自己挣脱出去！便找你们算账!"虎禅放声大吼,把嗓子也吼哑了。

"被你找麻烦,总比被你师父找麻烦好些。"李晨忽然出现在门口。

"你大爷的！给我开了！开了!"

“不敢，阿生前辈交代过，谁放了你就拿谁是问。你这么厉害都被他擒回来，我哪里敢不听他的。”

“你……你什么人啊！”虎禅气得七窍生烟。

“你还骂郑平安呢，他刚才说，人有气撒不出，对身子不好，得泄泄火，让我给你买来两瓶酒，知道你爱喝酱香型的，不错吧。”李晨边说边开了酒盒子，拧开盖儿，登时酒香四溢。

“要死啊！反绑着我！让我怎么喝！”虎禅依旧骂骂咧咧。

“过来点，我给你解了。其实大家都知道，这绳子你要蹭也能蹭断；这门呢，你发起狠来也撞得开，就是个摆设。可是阿生师父就住在前面那间屋子，这有什么响动都听得见，你跑不了。”

解了绳子，虎禅拿起酒瓶猛灌一口，喉咙被烈酒刮了一把，靠在墙上，长出了口气，冷静了许多，才发觉肚子也十分饥饿。

“喏，还有你爱吃的脆皮烧肉，今天大清早卫峰去排队买的。”李晨又递进一个饭盒。

虎禅拈起几块塞入嘴里，嚼得嘎嘣脆，却食不甘味。又吃了两块，悲从中来，喉咙发堵，难以吞咽，捂着眼睛，靠墙蜷缩着，把头埋在膝盖里。

“没空陪你啦，他们忙着训练，晚上我还要去跟人谈生意，回得晚，你要照顾自己，早点醒过来，大家都在等着你。”

“哼。”虎禅鼻子里轻轻发了一声，也不知李晨是不是听得见。

傍晚时分，真武道场里依旧响起雄浑庄严的钟声，虎禅知道已经到了饭点儿。

“感觉好些吗？”大头出现在铁门前。

“做啥？”虎禅抬头，看见大头手中拿着一面镜子。

“我也不知道。阿生前辈让我弄面镜子靠在这儿，我想我明白他的意思……不过你还是看看吧，我也觉得你看起来不太对劲儿，人生一世，过去就过去吧……我先走啦，过会儿给你把晚饭拿来。”说完便转身离开了。

“这什么意思？”虎禅不解，待得挪到镜子前，才觉得十分难受。

镜中的自己，哪里还是从前那光彩照人的模样？鼻唇沟陷下，面色铁青，眼中泛煞，还布满血丝，自己也不愿多看一眼，随即转过了头。良久，忍不住又瞧瞧，自己这模样实在难看得很，随着暮色降临，镜中的自己更是惹人讨厌。

人在负面感情爆发的时候，都会失去自我。他们从来不知道，这时候的自己，在他人眼中是多么丑陋。若是拍摄下来，自己再用心看看，怕是会讨厌死自己。

虎禅对着镜子，抹了几把脸，抿抿嘴唇，试图让自己看起来不那么讨厌，可是镜中的自己始终有些不对，不论如何也想不出个端倪。

直到太阳落山，镜子里的映像也逐渐看不清了。但哪怕是一个影子，也看得很不舒服。

“小子，怎么样？没想到自己是这副德性吧？”

虎禅猛地抬头，见阿生师父正背着手，站在铁门前。

“呼……”虎禅长叹一声，没说话，靠回墙角。

良久。

“师父，杀阿培的人现在怎样了？”

“让警察带走了。逃掉的那一个，也被逮住了，据说他还有许多其他的重罪，够判好几次死刑。”

“哼，最后还不是个死。”虎禅冷笑。

“不一样，他死了，是他的报应。你却不能离了武人的正道，你要好好地修炼，还要好好地活着，手上不要沾人命。”阿生师父摇摇头。

虎禅背过脸，仍旧不服气。

“虎禅，知道师父为何出家吗？当初我武术小成后，离家近二十年。我参过军，上过战场杀敌。虽说是为国效力，无怨无悔，可是我始终忘不了那些被我击杀的人……我后来时常想，虽是运气好，捡回条命，可那时候倘若我死了，你的师娘会如何？我的父母得知我牺牲，他们又会如何？每当想到此处，便越想越是害怕。推己及人，那时候被我杀死的敌人，他们亲人的世界里，又会是如何的天崩地裂？”阿生师父说到这里，沉默了好一会儿。

“虎禅，你应该记得，咱们的拳谱里有一句话：‘拳是祸根，不可轻传’，我十分在意这句话，倘若拳法留在世上，便是为了给人招灾惹祸，那为何还要让这东西存于世上？为了有个清净地方可以让自己一边修炼，一边慢慢参悟所有的问题，我便到了武当山，出家做了道士。”

“结果,想明白武术可以用来造福于人,是吧?这不是个很难的问题,为何要思索得这么久?”虎禅冷冷地问。

“呵呵,师父可不似你这般聪明,师父从小就是个笨孩子。更重要的是,当我把所有道理都想通了以后,更清楚自己有几斤几两。有许多想法,还没本事做到,有许多善心,没有力量去实行。所以,师父便用了许多年的时间来锤炼自己的心性,磨砺自己的本事,这样才能把前人留下的武术,用来造福他人。让软弱的人,变得坚强,让体弱的人,变得健康,让迷茫的人,找到自己的路标。现在的我,可以做到了。所以,等你好起来,师父便要走了。”

“什么?师父?你也要去云游了?”虎禅惊道。

“哈哈哈,别多想,师父年纪还轻,不似张爷那般一去不复返,等我哪天走累了,还是会回来的。对了,虎禅,知道今天是什么日子吗?”

“今天?”虎禅顿时迷茫起来。

“今天是你生日,我给你带了本书作为礼物,当我看见这本书的时候,我就很奇怪,你怎么会一直都没动过这书呢?想必是缘分不到吧?”阿生师父从布袋里摸出那厚重的书本。

“是《说岳全传》?”虎禅接过,就着铁门空隙里投射进来的些微光亮,看清了封面。

“对啊,你从小听着岳武穆的故事长大,每年都要祭拜岳氏祠堂,却没读过,真是的。出来吧!大家都等你很久了。”阿生师父见虎禅的面色渐渐祥和,自己也越发的爽朗起来,开了门,搂着虎禅的肩膀,向前厅走去。

当年,有人与阿生师父论及师徒间的规矩,论及各种传统礼仪,都将各种各样的复杂规矩当做武术流派中的骄傲。阿生师父没发表任何意见,只是等那人说得口干舌燥,停下来时,淡淡言语道:“师徒如父子。”——想必便是当下与虎禅这样的关系。

次日清晨,虎禅起床要找师父时,师父房里的被子叠得整齐,人已不见踪影。

“这些个道爷真是,生怕自己显得不够仙风道骨,来去总是不打招呼!”虎禅抱怨完,便回到房中,捧起了《说岳全传》。

“嘿!原来还有这么一段说道啊!”虎禅看着开篇第一章,原来岳飞还在佛祖光焰上做大鹏金翅鸟的时候,便与还是小妖怪的秦桧结下仇怨。这引起了虎禅的兴趣,越看越是入迷,茶饭不思。

待得虎禅看到结局,澎湃的热血,顿时浇灭——佛祖云:大鹏,回首往昔,英雄何在?

这一夜,月光皎洁。虎禅盘腿正坐,直到次日天明。

第一〇七章　寻梦不恨天涯远，咫尺一趟归去来

又回到了刻苦修炼的日子。真武道场众拳师每日里除了教学、练功，便是捉对打斗，虎禅与平安二人功夫最强，为了提升自己，还常与其他人做一对二、一对三的搏击练习。最可怕的是二人基本功越发深厚，实战练习时越来越不讲理。在这两头怪物的压迫催逼下，其他人武艺也有了长足的进步。

李晨说，他这辈子最开心的事就是数现金，利用真武道场的人力资源，生意范围越来越广，每日里笑得合不拢嘴。

只是如今的道场里少了两人。

神威武馆里那个曾经被虎禅打败的黑人，又找上门来，不过却不再是敌对，而是诚恳交流武术，顺便对道场内的学生进行义务指导。原来，他也是一个来中国寻访武术的人。毕竟对于武人来说，中国、日本、泰国等东方国家，都是武术史上的主角，可偏偏中国地域广大，武术派系繁杂，他寻找了许久，已经身心疲惫，便应聘到神威馆做教练，与罗汉纯是雇佣与被雇佣的关系。几个月后，他认定喀纳斯的体魄和格斗天赋都极好，便跟大家商量，想将其带到美国进行系统训练后，参加UFC的拳赛。喀纳斯兴奋得气血上涌，毫不犹豫地答应了。而潘瑜怕喀纳斯到了美国见到“波斯猫”会把持不住，与自己父母沟通后，也跟随去了美国。喀纳斯说，等他拿到一两条金腰带，有资格得瑟的时候，就回到真武道场。

无心也回到医学院里继续学习，不过每逢各种假期，都会回来行医、任教。

千红自从山爷受伤住院后便一直忙碌，不过每隔一两个礼拜，她必然会抽空到真武道场蹭饭，饭后总是和虎禅一同消失，然后虎禅第二天日上三竿后才回来。

虎禅近来发现市内有一处小公园，环境极好，每天晚上都会去那地方走拳，神清气爽，只是打从前几日起，来了个老伯，每次自己练拳时，老伯都在远处看着他。

这一日，虎禅练得入港，练习时间持续了很长，最后兴趣所至，又打了五趟闸式捶，有些新的领悟，身体轻灵矫健更胜往昔，练罢，发声收式。忽然听得鼓掌声，转头一看，鼓掌的正是这几日在远处看着自己的那位老伯。

"打得真好啊。"老伯笑着向虎禅点头。

"老伯，最近常看见您，您也是练家子吗？"虎禅问。

"不不不，我不是练拳的，但是从前认识些练武人，只会看，不会练。"老伯摆摆手，十分友善地看着虎禅。

"原来如此啊。"

"小兄弟，这些日子看你打拳，真是让我赏心悦目。练了这么长时间，你也辛苦了，为表示感谢，咱们到公园对面的小店，我请你吃碗面，喝杯啤酒，好吗？"老伯面色很是祥和，虎禅看着这样的长辈，真是很对胃口。

"好啊，那我不客气啦！"

公园对面的食店，面积不大，桌椅板凳也显得陈旧，可是煮面的汤头和凉菜却是相当不错，虎禅与这老伯吃得痛快淋漓。

"小兄弟，从什么时候开始练拳的呀？"

"嗯，很小的时候啦，具体是多少岁，我也记不很清了，哈哈。"虎禅挠挠头，连自己从什么时候开始练拳都记不清了，确实有些不好意思。

"像你这样的年轻人真少见，练拳是很孤独、很辛苦的事情，是什么东西支撑着你一直坚持的呢？"老伯跟虎禅碰了一杯，问道。

"其实不少啦，我身边有好些跟我一样的朋友呢。至于什么东西支撑……您忽然这么问起来，我还真不知如何回答……嗯，应该是对先贤的敬仰吧。"

"嗯？不是喜欢吗？"

"当然喜欢，可是修炼武艺，光凭喜欢是坚持不下去的，我也有犯懒的时候，每次犯懒都要自己逼自己活动开身子，然后精神头上来了，就不懒了。"

"为什么练武呢？"

"哈哈，这个我可真的答不上来了。"

“为何？”

“因为每当多进步一点，多经历一点，我练武的目的就会不一样……我想，那些都不是正确的目标，因为如果是正确的，那就不该再改变了，您说是吗？啊！对了，我想，我练武的目标就是为了不断窥得从前所不知道的道理，涉足从前所不能涉足的境界吧！”

“嗯，那就是说，在修炼中，不断地超越自己，对吗？”

“嗯，听起来好像太简单了些，不过也可以这么说吧！至少我觉得这个目标比从前那些目标都要正确，哈哈，多谢老伯启发了！”

“哪里哪里！”

虎禅与老伯喝了六七瓶方才尽兴，只觉一见如故。

“老伯，下次如果再见面，我请你喝酒好啦！”虎禅挥手道别，回道场去了。

虎禅的身影消失在夜色中后，一辆车停在了那老伯跟前，老伯坐进车里，开车的司机赫然便是丑脸张军。

“山爷，您觉得如何？”

“嘿嘿，千红真是挑了个傻孩子。”老伯说到“傻孩子”三个字时，显得十分快乐。

将近年关了，大家都回家过年，道场里只剩下虎禅、卫峰、郑平安、英明四人，准备关门休假。

“卫峰，咱们几个组团，陪你去日本过百人组手吧？英明，你也顺道回去看望父亲。”虎禅道。

“没问题，我现在自信满满的。”卫峰拍拍胸口。

“嘿嘿，我还没出过国呢。”郑平安咧着大嘴傻笑。

四人说干就干，很快便安排了行程。

一场百人组手，是卫峰这辈子最严酷的经历。最后结果，以六十七胜的成绩通过，结束时体力、心力几近耗竭。郑平安给卫峰解开空手道服，用冰块镇在青肿的地方。

“虎禅呢？”卫峰要死不活地问道。

“他说他对你能通过百人组手这件事没有半点怀疑，这硬打硬扛的看着挺气闷，跑歌舞伎町找姑娘搭讪去了。”英明说。

“回……回去后……把这件事情告诉……千红，让她弄死虎禅……”本来就已经伤疲交加的卫峰听到虎禅的动向，几乎昏厥过去。

在日本停留了十来天，四人叫上勇叔，总去英明父亲的居酒屋里闹腾。英明的父亲见儿子不仅没有因为刻苦修炼变瘦，反而健壮了许多，神情也越发威严，很是高兴。

众人去富士山旅行时，顺道去了青木原树海中黑田先生的道场。黑田先生惊讶于众人武艺之精，又提出了当年问过本多英明，却没有得到答案的问题——为何那场战争让日本武道界蒙受了巨大损失，而中国的武人却光芒万丈？

“啊？这需要想吗？别人都来欺负咱了，咱就更要练好身体打他呗！”虎禅差点没笑出声来。

“这……哈哈哈哈哈！”黑田先生撇了半天嘴，随即与众人一同哈哈大笑。

一日，虎禅在英明道场中，又看见了墙上那首松尾芭蕉的俳句——长夏草木深，武士当年梦痕。

感慨之余，十分想念阿生师父。这两年，师父没给自己来过半点消息。

英明仍然打算到中国继续修炼武技，四人依旧同来同往。

过完年，道场学生们都要开始训练，众拳师又回到真武道场。聚会时，虎禅提出自己要外出些日子远行历练，众人赞叹之余，都让虎禅放心，大家定会守护好真武道场，并将练习武术的益处惠及更多的人。

这一年，中国一位名叫胤如的女钢琴家，在维也纳金色大厅演出，不论技巧还是才情，都成为轰动一时的焦点。

“长孙老师，谢谢您。”胤如在台下，向自己的恩师深深鞠躬。

“是你的勤奋让你有了今天的成就。”虎禅的母亲长孙青妍托住胤如的脸，很是欣慰。

“老师……过几天……我想……回国看看……看看父亲……母亲……”

“知徒莫如师。你是想回去看虎禅吧……”

“您……您怎么知道？”

"因为每次说到虎禅你就结巴。"长孙青妍笑笑。

"是……是吗？被发现了……"

"不过我听说，他在那边有了一个女人，一个很惊艳的女人。"

"嗯，我有心理准备。我离开这么些年，要是有人跟我说虎禅身边一直没有女人，我才不相信呢。"胤如笑了笑，全没有半点焦虑与怨念。

"哎呀，我可忘了，你也是个惊艳的女子啦！"长孙青妍笑道。

"当初我跟随您学习时，就知道想要的东西，需要自己争取。我扔下虎禅这几年，被人乘虚而入，现在我还要去把他夺回来。"

"就是！我就喜欢你这样的姑娘！放心，有我给你做后盾！"长孙青妍鼓励着。作为一个母亲，她总觉得南宫千红这样的妖女就是不如自己亲手培养的知根知底的纯洁听话的姑娘。

第一〇八章　老少壮志不言愁，万里问路白云头

弹指十年，一梦如是。

虎禅最后一次外出修行，是去年的秋天。很多年前虎禅就说，拳脚厉害不厉害倒是其次，孩子们要是有个能听故事，能打打闹闹，能寄托心灵的地方，那才是功德无量。要是让孩子们听着古代那些大武将、大高手的故事长大，他们将来的胸怀与气魄，定是雄奇。

在李晨、郑平安、卫峰、大头、无心与本多英明的携手经营下，真武道场早已挪了地方，将寺院还给了和尚，再挂牌开业的时候，竟成了“真武书院”。除了作为顶梁柱的武术课程外，卫峰也不知道从哪儿刨出来一个说书先生，专讲古代那些个大英雄、大高手的故事，书上的讲完了，再提供资料，让先生编写。

此外，真武书院里，琴棋书画都有高人教授，卫峰猎头的本事，越发的老辣刁钻。

真武道场拳师携手挑战全城三十余间武术馆的往事，已成为佳话，将青少年刺激得热血沸腾，都以能入真武书院学习为荣，因此书院生意十分红火。

常有学生问卫峰，当年真武道场众拳师，究竟谁最厉害、谁第二、谁第三……卫峰左右望望，看看大头、无心和本多英明不在，便说：“院长岳虎禅跟总教习郑平安最强，我仅次于他们俩。”

“真的吗？”学生们斜着眼怀疑。

“当然是真的啦，所以我是副院长嘛！哈哈哈！”

“可是好像很少见院长露面呀？”

“这个……他还在继续努力修炼嘛，所以神龙见首不见尾，少涉尘世啦！”卫峰挠挠头，看了一眼书院的音乐楼。

“真厉害啊!”学生们景仰万分。

“噢!副院长,听说除了南宫阿姨,咱们书院教钢琴的胤如教授,也爱着院长呢,对不对呀?”一个十来岁的男孩满脸坏笑。

“呃……嗨!喜欢我那兄弟的人可多了!你说,像岳院长这样的人,长得帅,文武全才,你们难道不喜欢?”卫峰对着旁边站着的几个女孩子嚷。

“嗯……也是啊!”几个姑娘想想,觉得真是这个道理。

当年,虎禅读书的城市,许多事情都在这里缘起。一场热闹散了,留下的人心里格外的冷清。

穆蕴贤的生意稳当,知足常乐,开设了一间免费教授跤技的场子,忙完了就来场摔跤,每逢周末便去陪黑爷。

今儿早晨,黑爷又在公园里与一班京剧票友围成一圈儿唱起来。

“当年曾把董卓讨,弟兄们阵前逞英豪;虎牢关前曾把吕布的发冠挑,长坂坡前喝断了灞桥……”一折《白帝城》唱罢,黑爷眼中神采黯淡下去,每当这时候,穆蕴贤上来亮开嗓子喊声“师父”,黑爷便又舒展开微皱的眉头,满脸和气。

“师父,今儿是你生日,师娘做好了饭菜,我这还带了瓶虎禅让人捎来的酒,今天咱们早些回去吧?”穆蕴贤小心搀着。

黑爷取过倚在桌边的手杖,慢慢走着。

“哎,听说老黑以前会武功,很厉害哒!”一个票友跟身边的人问起。

“嗨,那是以前啦,老了不都一个样儿!你瞧,用上手杖了,还不如我呢。”另一票友搭腔。

“师父,现在我跟人摔跤,用力越来越少了,跤感是越来越好,这么些年的火候,我才真正体会到了跤技的细腻。”

“嗯。”黑爷不咸不淡地应了一声,那热火朝天的激情,早就随着岁月流逝了。

穆蕴贤却是知道,黑爷虽然消磨光了那股子冲劲,但是却爱听人家摔跤的经验下酒,尽管黑爷这时候往往心不在焉,穆蕴贤也不厌其烦地将近来跤场里的事情娓娓道来。

走到楼下,忽见一个扎眼的情景,一个八九岁的孩子,长得眉清目秀,男生女相,手腕上系着一根粗绳儿,绳子的另一头,系在另一个孩子的腰带上。那孩子穿着空手道服，却是高大粗壮，跟头小熊相似，剃着个光头，旁若无人地在那儿扎了个弓步，打正拳，满头大汗，也不知已打了几千拳。

此情此景，黑爷与穆蕴贤不禁多望几眼，那眉清目秀的孩子也望着黑爷。

“您好！您长得这般黑，是不是黑爷？”那长得漂亮的孩子忽然叫起来。

“孩子啊，你是？”黑爷皱着眉，奇怪着。

“听爹说，您的跤术高明得很，俺兄弟俩是来找您学跤的，嗯……我爹说了，让您在我们两兄弟间选一个做徒弟！”

“你爹是谁？你叫啥？”黑爷问。

“我爹叫岳虎禅，我叫岳武烈，这是我的哥哥岳淳风。”小武烈扯了把绳子，那长得像小熊般壮实的淳风立刻站得直直的，扛起一个老大的包袱，挺着腰板跟在弟弟身后走过来。

“啊！哈哈！原来是虎禅的儿子……这，小淳风他……”穆蕴贤大笑，忽然觉得这孩子表情、眼神都有些不对，登时沉下面孔。

“噢，我哥哥从来不太爱听别人的话，医生说他叫做什么孤独症，可能也会特别怕孤独吧，所以不管到哪我都跟着他。听说当初二娘知道哥哥的病情时，差点儿晕过去，可是俺爹却常说哥哥是个天才……不过哥确实非常聪明的，他嘴上不说，别人对他好不好，他都知道的。”小武烈转过头，忽见哥哥站着个摔跤中十三太保功的魁星点斗式，登时气不打一处来，上去照淳风的屁股就一脚。

“不带这样的啊！平日看着老实，这时候就懂得表现！给老爷子自己选吧，虽然我也想学学跤……”小武烈边骂边踢，可淳风看起来身体远较同龄孩子结实，武烈也没使多大劲儿，那腿脚踢在哥哥身上，犹如蜻蜓撼石柱。

“你们回去吧，我教不动了。”黑爷低下头，叹口气，转身要离去。

“老爷子，等等，我爹还让咱给您带了份礼物，说是拜师礼……”

“我不收礼，回去吧。”黑爷挥挥手。

“老头脾气真臭！哥！把东西给我！”小武烈的脾气当真不小，大声嚷着，一把抱过哥哥背着的大包裹，掀开上衣，腰带上拔出一把明晃晃的精钢短刀，手法极是利落，刀光三闪，割开了捆着包袱的绳子。

“师父！你看！”穆蕴贤大吃一惊，叫住黑爷，黑爷转身一看，直是呆若木鸡。

“嘿嘿，老爹说了，您看见这东西，不教都不行！”小武烈咧嘴笑，露出白森森的虎牙。

咣啷。

黑爷一甩手，手杖扔了老远，挺直了佝偻多年的腰杆，快步上前。

上面的花纹，没错。

黑爷轻抚那“永不沾尘”的字迹，搂着牌匾，呆若木鸡，约莫一盏茶的工夫才哭出声来。

虎禅呢？

如今的虎禅也蓄了长发，扎个辫子，身着道袍，与那些道爷一样，云游四海。只是这个“道爷”看起来真是太年轻了，每次见到街上的漂亮姑娘，总是露出邪恶的虎牙，灿烂地笑着。

通幽师伯曾说，淡了名利心，则生出山林之气；淡了儿女情，则生出烟霞之气；淡了生死心，则生出仙佛之气。

可是虎禅像什么呢？看不出有什么烟霞、仙佛气，还是像个野人多些。

孤身万里游，问路白云头。

这一日，虎禅来到了巴西，身后跟着背行李的小冲。小冲当年两战均败在阿培手下，阿培的阴毒手段，使得小冲心中的阴影挥之不去，便向岳殷鸿请辞，住在真武道场中，任洪拳教练，如今又给虎禅做了跟班，一同外出修行。

虎禅记得，当年柔术大高手，人称“流星伯爵”的前田光世来过这个地方，传下武艺，造就了“格雷西”这个名震一时的武道世家。

“嗯，不知道我能不能也在这儿留下段传奇呢？”虎禅想着，便开始四处寻访武馆。

半个月后的一天，虎禅听闻有一处教授太极拳的场馆，便登门拜访。

“嗯？这儿居然叫做真武道场？什么人开的？”见那招牌与自己道场曾经的名字相同，虎禅诧异非常，三步并做两步走了进去，道场中众学员正在练拳。

“咦？这是……”虎禅见众人所练太极拳，更是惊讶，那明明是武当玄武派的拳法！虽然不论身法、功力，这场中的人远不能跟自己或者无心相比肩，可正统武当拳那种圆转如意的仙气儿，是绝不会错的。

这时，褐发碧眼的馆主见虎禅身着道袍，立刻上前行礼，左右手双掌相叠，拇指相交，竟然是道人们的“龟背礼”。惊喜之余，虎禅亦还了一礼。

“可以与你们切磋一下吗?”虎禅英语口语已经有了些火候。

“好,请。”馆主轻轻挥手,那散淡家风,像足了武当的道人。

“呼呼,又开始欺负人了。”小冲细声嘀咕。

见那馆主斜行逼近,一个引手抽向虎禅脸面,虎禅随手接住,那馆主如鞭子般抽打出的引手被虎禅截下,却无丝毫停顿,身法一转,便要贴身近战,打乱虎禅的身体重心,这种缠拳打法风格赫然便是虎禅年少时常用的武技。

“哈哈!”虎禅不论功力还是实战经验,早已今非昔比,反向前迎上,避开馆主的梢节,双臂一开,击在馆主腋下,下盘同时提膝,撞在馆主大腿上,正是戴家“三拳”中“剪”拳打法。

馆主身体被击得腾空而退,落地时却未有人仰马翻,只缓冲了两步便稳住身形,遂明白是虎禅留手。

所谓“剪拳如马奔”,可虎禅只使出了半招,并未继续追打,一击之后,立于原地。

如今的岳虎禅,不论功力还是实战经验,都已直逼赵横江与郑山河两位煞星,多年艰苦卓绝的修行,终是开花结果。

“oh!”场中爆发出一阵惊叹。

“多谢指教了! 您的功夫真好! 请一定多多赐教!”这馆长居然说出了略带些山西味儿的普通话。

“不敢当,请问你的功夫是从何处学来?”虎禅问。

“啊! 我六年前遇见一个来自中国的道人,和你穿一样的道袍,只是他年纪比你大很多!”

“啊! 等等! 是他吗?”虎禅赶忙从背包里拿出了阿生师父的照片。

“啊! 师父! 是我师父! 请问你为何会有我师父的照片?”那馆主激动得厉害,抓住虎禅的肩膀狠命摇晃。

“我叫岳虎禅,也是他的……”

“啊! 岳大师兄! 是大师兄! 师父说过你!”那馆主乐得连自己姓什么都不知道了。

“哈哈哈! 不敢当! 不敢当!”虎禅也是高兴非常,挠挠头,看起来还有些不好意思。

“师父说过你的很多事情。他说你虽然有些好色，犯起混来又总是不管不顾的，但是功夫却很好！”

“……”（臭老道，我的坏名声已经传到巴西了！流毒无穷啊！）

“你知道师父现在去哪儿了吗？”虎禅尴尬地撇撇嘴，又问。

“啊！我差点忘了，师父留下了一封信，说如果有一日你来到此地，便将信交给你，他老人家真是神机妙算哪！”

“……”（估计师父在很多地方都留了信……这哪里是什么神机妙算……）

那馆主双手颤抖着捧出一封信，虎禅拆开时，心中亦不免有些激动。展开信，那馆主也凑过来瞧，却瞧得丈二和尚摸不着头脑。

“哎呀！这老道！”虎禅看完，将信往桌上一拍，哭笑不得地骂道。

小冲凑过来看时，信上只寥寥四句诗——

万里相寻不须言，
虽云总是意难全。
倾尽肝胆觅相知，
料定前头必有缘。